Diogenes Taschenbuch 24240

Urs Widmer

Gesammelte Erzählungen

*Mit einem Nachwort von
Beatrice von Matt*

Diogenes

Die Erstausgabe
erschien 2013 im Diogenes Verlag
Umschlagillustration:
Anna Keel, ›Stillleben mit gelber Birne,
rotem Apfel und Strauß mit weißen Heckenrosen‹,
Los Angeles, Mai 1999
Copyright © Anna Keel

Veröffentlicht als Diogenes Taschenbuch, 2014
Alle Rechte vorbehalten
Copyright © 2013
Diogenes Verlag AG Zürich
www.diogenes.ch
50/14/8/2
ISBN 978 3 257 24240 9

Inhalt

Vorbemerkung 7

I

Alois 11
Die Amsel im Regen im Garten 48
Liebesnacht 98
Indianersommer 199
Das Paradies des Vergessens 258
Liebesbrief für Mary 336

II

Tod und Sehnsucht 415
In Amerika 425
Aachen bis Zwieselstein. Texte zum amtlichen
 Verzeichnis der Ortsnetzkennzahlen
 für den Selbstwählferndienst, hrsg. von der
 Oberpostdirektion Frankfurt am Main, 1972 433
Erinnerung an Schneewittchen 476
Der unbekannte Duft der fremden Frauen 489

III

Vom Fenster meines Hauses aus 501
Gespräch mit meinem Kind über das Treiben
der Nazis im Wald 530
Die schreckliche Verwirrung des Giuseppe Verdi 546
Das Verschwinden der Chinesen im neuen Jahr 560
Hand und Fuß – ein Buch 574
Eine Herbstgeschichte 583
An die Freunde 593
Yal, Chnu, Fibittl, Shnö 607
Mutter Nacht 616
Bildnis der Eltern als junges Paar 624

IV

Durst 637
Orpheus, zweiter Abstieg 647
Der Müll an den Stränden 658
Pia und Hui 676
Bei den Augen-Wesen 683
In Hotels 690
Im Kongo 697
Grappa und Risotto 712
Das Ende Richards III. 719
In Timbuktu 722
Reise nach Istanbul 731

Nachwort von Beatrice von Matt 743
Nachweis 756

Vorbemerkung

Das sind meine gesammelten Erzählungen, die man beinah die sämtlichen nennen könnte. Es ist die Ernte eines Lebens, und ich bin selber erstaunt, wie viele und wie verschiedene erzählerische Texte ich geschrieben habe. Ich habe die Erzählungen in der Reihenfolge ihrer Entstehung geordnet, jene, die ganze Bücher geworden sind, zuerst, dann die, die oft an verborgeneren Orten erstmals erschienen sind. So steht meine erste Erzählung (»Alois«) am Anfang des Bands, und meine bislang letzte, »Reise nach Istanbul«, am Schluss.

Ich danke dem Verlag, der mir – so wie ich ihm – 45 Jahre lang treu geblieben ist, und vor allem May, die meine erste Leserin war. Ihr ist dieses Buch gewidmet.

U. W.

I

Alois

I

Aus meinem Kamin kommt Rauch, jetzt scheint die Sonne. Mein Haus ist groß und windschief, es ist aus Arvenholz gebaut, es hat rote Ziegel. Mein Rauch steigt senkrecht aus dem Kamin, auf meinem Kirschbaum sitzen Schwalben, bei Föhn sehe ich weit unten die Stadt, jetzt ist Föhn.

Wenn ich von dem Haus nachts übers Meer sehe, bewegen sich Lichter, ich bin aber nicht immer sicher ob.

Ich komme jetzt mit meinem Paket unter dem Arm über den Kiesweg. Ich gehe ums Haus herum zum Scheunentor, ich stoße das Scheunentor mit dem Fuß auf, mein Haus hat eine Scheune. Mein Haus hat das letzte Schindeldach des Kantons, es ist geschützt. Wenn ich die Fensterläden gelb anmale, muss ich dem Heimatschutz schreiben.

Alois kauert am Boden. Er hämmert mit einem Hammer (ich lege das Paket auf den Tisch) und rollt von einer großen Spule eine Schnur ab. Bomben sehen aus wie Gasflaschen oder Zigarren, sie machen erst Ticktick und dann Schbrounz. Wer in Ballonen nicht rechtzeitig an der Leine zieht, erfriert in der Stratosphäre. Alois füllt jetzt weißes Pulver in den Trichter.

II

Die Scheune rutscht den Hang hinunter, es muss nur einmal richtig regnen und die Scheune steht hundert Meter weiter unten. Auf meinem Bücherregal stehen der Gute Kamerad, Schloss Rodriganda, Was fliegt denn da, Große Schweizerschlachten, der Steuermann Ready, das Telefonbuch von Appenzell-Innerrhoden.

Alois nimmt Streichhölzer aus der Tasche. Meine Mutter, sagt er, sagte immer Mäuschen zu mir, komm Mäuschen komm, sagte sie, schau dir den schönen Kuchen an den Frau Meier unsere Nachbarin aus dem zweiten Stock gebracht hat. Meine Mutter schnitt den Kuchen, sie schnitt und schnitt, nein, rief ich, nicht so viel, für mich nicht so viel. Mäuschen, sagte meine Mutter, du arbeitest zu viel und du isst zu wenig.

Es ist gelb, weiß und blau. Es ist daumennagelgroß, aber größer gemeint. Es ist zweidimensional, aber dreidimensional gemeint. Es ist so groß gemeint wie ein Zwölfjähriger oder ein kleiner Vierzehnjähriger. Es ist vielleicht ein Symbol. Es ist am Boden abgestützt, es ist mit zwei Beinen am Boden abgestützt, der Winkel beträgt 90 Grad. Wenn es windet und wenn der Boden abschüssig ist, verändert sich der Winkel.

Es spricht nicht, man hört es nicht, es denkt vielleicht. Es ist nicht rund. Es trägt einen Matrosenanzug und, kein Zweifel, eine Matrosenmütze. Nie würde der Matros so den Stürmen trotzen. Es hat, zwischen Anzug und Mütze, zwei große Augen. Donald Duck. Sogleich habe ich ihn erkannt.

Donald Duck ist korpulent und ein Liebhaber der Ballonfahrkunst, ums Haar wäre er ein Pionier der Aviatik geworden. Donald Duck trägt Schuhe aus rostrotem Saffianleder, noch lieber den Zoccolo, das Schuhwerk Arlecchinos und Cindarellas. Donald Duck, von oben nach unten: Haarfedern, Stirn, Augen, Schnabel, Brusthaare, Nabel, Bauch, Genital, Oberschenkel, Kniescheiben, Unterschenkel, Knöchel, Schwimmhäute. Mit abgespreizten Armen, diese schwenkend, sieht Donald Duck wie Ikarus aus. Es ist schwierig, Donald Duck zu beschreiben. Vielleicht ist sein Name Eugen.

In Bodio hat es immer Rauch.

Eugen: Rote Haare und eine rote Stirn, auf der Schweißperlen perlen. Es ist elf Uhr, Eugen kommt, den Rechen geschultert, von der Mahd. Er hat lustig zwinkernde Augen und ein markiges Kinn. Wenn Eugen die Mahd nicht nackt vornimmt, trägt Eugen Krawatten von Annas Onkel Donald, rufen Tick, Trick und Track: Onkel Dagobert.

Onkel Dagobert hat Augen wie Greta Garbo, nur größere. Er schaut Donald innig an.

Leck, sagt Tick oder Trick oder Track. Mich, sagt Trick oder Tick oder Track. Doch, sagt Track oder Tick oder Trick.

Liebe Lady Duck, schreibt Ed Mörike an Grandma Mary Duck: ich ging im Walde so für mich hin, schbrounzz.

Donald nestelt seine Maske vom Gesicht: er ist Cäptn Hornblower. Er ist auch nicht jünger geworden.

Was für ein Ballon ist eigentlich in deinem Paket, sagt Alois. Ein malvenfarbiger, sage ich. Daniel Düsentrieb sitzt im Bad. Heureka, heureka, heureka, sagt er vor sich hin.

Panzerknacker-Joe lauert hinter dem himmelblauen Stein. Er ist 100 Kilo schwer, er hat den Charakter eines

Elefanten und lächelt: höhehihu. Panzerknacker lächeln, wenn sie lächeln, so. Hochstapler lächeln so fein, dass man ihr Lächeln nicht sieht, man kann es erraten, man kann sich auch täuschen. Sie beherrschen den Karate-Schlag, den sie aber selten applizieren. Totschläger lächeln nicht. Sie sind humorlos. Sie haben überhaupt keine Jugend gehabt. Bankeinbrecher lächeln, wenn sie vor dem Schalterbeamten stehen, das Geld aber dalli sagen sie. Schalterbeamte lächeln, wenn sie auf die Alarmklingel treten, mit Schweiß in den Schuhen, denn sie scheuen den Browning. Lüstlinge lächeln, wenn sie das Mädchen, das Christa heißt, im Gebüsch haben. Kindergärtnerinnen lächeln, wenn sie während ihrer Arbeit einen Kindermund notieren.

2

Die weiße Dame stand hinter weißen Vorhängen und starrte in den Garten, sie bemerkte die geringsten Veränderungen, sie sah, wie ich einen Ast vom Kirschbaum brach, dass Schaubs Katze durchs Gras ging, sie sah, wenn das Mondlicht die Schatten veränderte.

Nur wenn die Alarmklingel losging, kam Leben in die weißen Gewänder der weißen Dame, dann rannte sie ans andere Fenster, von dem aus sie ihren eigenen Garten überblickte: der Gärtner, der wie ein Storch durch den Flieder und die Pfingstrosenbeete stelzte, war an einem Stolperdraht hängen geblieben. Er sah nach oben.

Ich steige auf den Tisch. Die Sonne scheint jetzt ins Zimmer. Alois sieht mir zu.

Der Verkäufer sagte, sage ich, ganz recht der Herr, ich sehe, der Herr ist ein Kenner.

Wie selten sind Herren, die sich noch auskennen. Wir haben achtmal größere Umsätze mit Hundedrecken als mit Ballonen. Jaja, sagte ich, sage ich. Unglaublich. Der Verkäufer sah aus wie Kaiser Franz Joseph nach der Schlacht von Marengo.

Ich packe das Paket aus. Der Ballon ist gelb. Die Zündschnur brennt, nach zwei Seiten. Ich springe vom Tisch, ich renne hin und her und sammle meine Ballone ein, ich stürze hinaus. Du ungebildeter Trampel, ruft Alois.

In Pisa wird jedes Jahr gemessen, ob der Turm schiefer wird. Es gibt verschiedene Vorschläge, den Turm in seiner derzeitigen Schiefe zu konservieren. Man will ihn mit Kranen und Hubschraubern abheben und mit neuen Fundamenten versehen. Man will ihn, mit einem Riesengerüst, einfrieren. Damals wollte jeder Italiener den schiefsten Turm haben.

Gotthelf hieß in Wirklichkeit Bitzius, Johann Christoph Bitzius. Einstein sah aus wie Albert Schweitzer, aber er hatte ein sehr schweres Hirn. Wenn man sich schneller fortbewegt als das Licht, sieht man sich hinter sich selbst herlaufen.

Die Schweiz wurde 1291 gegründet. General Guisan versammelte 1940 die Offiziere auf dem Rütli. Er gab dem Krieg eine entscheidende Wendung. Wilhelm Tell ist eine Legende. Schweden sind auch Schweizer. Königin Astrid ist bei Küssnacht verunglückt. Die Österreicher ertranken, weil sie zu schwere Rüstungen trugen. Mir nach, rief Winkelried, wer ein wacker Herz sein Eigen nennt. Arnold

Schick rief: Da, friss eine der Rosen. Baden war das Bordell der Eidgenossenschaft.

Die Ballone fliegen gegen die Stadt hin, ich winke. Jetzt lasse ich den letzten, den gelben, auch los.

Hier fliegt eine Jugendzeit dahin.

Was hast du denn auf dem Kopf, frage ich. Ein Salatsieb, sagt Alois und wirft sich zu Boden. Ich werfe mich auch zu Boden.

Ich habe einmal einem Mädchen, das Martha hieß, einen Roman erzählt, der so ging: Ein Vater findet, sein Sohn muss etwas von der Welt sehen. Der Sohn macht sich auf, er fährt mit der Eisenbahn, er geht durch ein Tal auf ein fernes Gebirge zu, er ist Geologe und sammelt Gräser in eine Büchse. Er kommt zu einem Haus, das ganz mit Rosen zugewachsen ist. Jetzt wirds spannend. Ein alter Mann öffnet die Pforte und sagt: es wird bald regnen, Gewitter sind keine Seltenheit hier in dieser Region. Der Sohn und der alte Mann gehen in Filzpantoffeln durch das Haus, sie betrachten Steine, auch der alte Mann sammelt Steine. Der Sohn ordnet seine Marmore: der alte Mann hat ihm neue Horizonte eröffnet. Es gewittert. Der alte Mann ist nervös. Zwei Frauen kommen in einer Kutsche, eine alte und eine junge. Jetzt wirds spannend. Der alte Mann geht mit der alten Frau ums Rosenhaus spazieren, der Sohn mit der jungen. In diesem Park, sagt er, gibt es Bäume, die Jahrhunderte alt sind. Ich heiße Martha, sagt sie. Die alte und die junge Frau fahren wieder ab. Warum haben Sie so viele Rosen, fragt der Sohn. Der alte Mann wischt sich mit der Hand über die Augen. Sie ordnen ihre Steine ganz neu. Sie fahren mit der Kutsche zur alten und zur jungen Frau, diese sind überrascht. Der alte Mann nimmt die alte Frau an der Hand und sagt: es ist ein Geheimnis, sie ist meine Frau. Der Sohn schreibt einen Brief nach Hause. Im vierzehnten Kapitel fährt er mit der Eisenbahn wieder nach Hause. Seine Gesteine hat er im Rosenhaus vergessen.

Nichts, nichts, nichts, sagt Alois. Die Zündschnur ist schwarz, die umgestürzte Cognacflasche liegt daneben, der Cognac sieht nicht gut aus.

Aus, sagt Alois, es muss das Pulver sein. Nunu, sage ich.

Ich sehe zum Fenster hinaus. Die Tour de Suisse hat sieben Etappen. Die erste führt von Zürich-Oerlikon über Schaffhausen und die Enklave Büsingen nach Herisau. Die Appenzeller sind die kleinsten Leute, sieben Berner gehen auf eine Kuhhaut, aber vierzehn Appenzeller. Am Vorabend werden die Räder plombiert. Im Hof der Sulzer AG stehen die Schulbuben und vergleichen die Bilder im Tip mit den Männern, die in Maßanzügen ihre Rennräder daherschieben, zum Tisch, wo die Offiziellen sitzen: drei Funktionäre des Schweizer Radsportbundes, der Obmann, der Kassier und der Aktuar. Der Obmann raucht einen Stumpen, er zeigt dem Rennfahrer, wo er unterschreiben muss, den Applaus der Schulbuben hört er nicht, nachts träumt er davon, noch einige Nächte lang. Fünfundneunzig Routiers haben sich angemeldet, vierundneunzig haben unterschrieben. Gianni Santarossa kommt nicht, er kommt eine Viertelstunde zu spät. Der Obmann, der Kassier und der Aktuar kennen das Reglement. Aber eine Tour de Suisse ohne Gianni Santarossa ist keine Tour de Suisse, und so lassen sie die Fünf gerade sein. Vor Gianni Santarossa haben sich eingeschrieben: Bruno Ziffioli (I), Rudi Altig (D), Fritz

Binggeli (Sz), Aldo Fornara (I), Jacques Anquetil (Fr), Jean Starobinsky (Fr), Peter Post (Ho), Gottfried Weilenmann (Sz), Eddy Merkxz (Be), Petro Santarossa (I), Rik van Steenberghen (Be), Fritz Schär (Sz), ich, Mario Cortesi (Sz), Jan Goldschmit (Lux), Jan Jansen (Be), Federico Bahamontes (Sp), Paul »leone« Zbinden (Sz), Vittorio Adorni (I). Vittorio Adorni schreibt Vittorio Adorni unter ein Foto von Vittorio Adorni, das ihm ein Schulbub hinhält.

Die zweite Etappe führt durchs Mittelland. Nach Aarau ist die Staffelegg zu nehmen, ich prüfe mit einem trockenen Antritt die Konkurrenz, aber Adorni steigt nach, mit ihm Bahamontes, der spanische Bergkönig, ich insistiere nicht. In dieser Reihenfolge holen wir uns die Bergpreispunkte: Ich, Adorni, Bahamontes vor dem überraschend starken Goldschmit, der eigentlich ein Roller ist.

Ich bin ein Roller und ein Kletterer und ein Sprinter. Ich greife, bei der Dreihundertmetermarke, aus der letzten Position an, aber manchmal ziehe ich den Sprint auch von der Spitze aus durch.

Die Brüglingerstraße steigt steil an, Basel ist nichts für Hundertprozentsprinter. Fritz Schär, Jan Jansen und Vittorio Adorni suchen die Entscheidung in Gelterkinden (km 214), Mario Cortesi bolzt kräftig mit, kann aber das mörderische Tempo nicht halten. Bei Sankt Jakob presche ich vor, ich habe Santarossa, Santarossa und van Looy am Hinterrad, ich lasse ihnen im Spurt aber keine Chance. Ich kreuze das Zielband 1:14 hinter dem Sieger Adorni (256 km in 4:43:38,7, Mittel 35,203). Ich bin frisch für das Zeitfahren.

Das Zeitfahren ist das Rennen der Wahrheit. Wer im

Rennen gegen die Uhr versagt, ist den Gummi auf seinen Felgen nicht wert.

Ferdy Kübler war ein Abfahrer, der Kopf und Kragen riskierte. Was machsch dänn du da, fragte Hugo Ferdy, als Ferdy nach Göschenen wieder in der Spitzengruppe auftauchte.

Ich gewinne das Zeitfahren.

Das Tragen des Goldtricots belastet die Nerven, vor allem vor der großen Alpenetappe. Adorni trinkt Ovomaltine, Santarossa trinkt Ovomaltine, Gianni Motta isst Redoxon. Ich bin sehr ruhig.

Bis Tirano lassen sich die Favoriten nicht aus den Augen. Ich habe immerhin ein Polster von 2:12, da kann ich ruhig abwarten. Nach Campocologno zieht Göpf Weilenmann das Tempo an, in Le Prese fällt er vom Rad, aber er hat das Feld gesprengt.

In Poschiavo holt sich Ziffiolo den mit zweitausend Franken dotierten Premio Cooperativa. Die ersten Rampen bis Sfazù werden geschlossen genommen. Da schau einmal zum Fenster hinaus, sagt Alois. Ich werde bei La Rösa angreifen. Ich muss bis Ospizio mindestens eine Minute dreißig auf Santarossa und Bahamontes herausfahren. Ich gewinne die Etappe. Damit ist die Tour gelaufen. Die Schlussetappe ist eine reine Formalität, Mädchen und Bauern stehen an den Straßen und klatschen.

Ja, sage ich, was ist?

Da kommt jemand, weit unten am Hang.

Nach der Wegbiegung aber noch vor der Buche kommt ein schwarzer Punkt bergauf. Der Briefträger kanns nicht sein.

3

Eines Tages merkte ich, dass mein Vater sich die Hände wusch, immer häufiger, alle fünf Minuten. Niemand, sagte er und begann zu weinen, hat mich lieb. Um sechs Uhr früh fiel er um, er schlug mit dem Kopf gegen die Badewanne. Der Arzt trug Pantoffeln, eine blaugestreifte Pyjama-Jacke und einen Regenmantel.

Du, ruft Alois, der mit einer Angel durchs Wohnzimmer in die Küche kommt, kannst du Fischsuppe kochen?

Eine Fischsuppe lässt sich, zur Not, schon aus einem geschlachteten Goldfisch herstellen.

Wir nehmen die Barsche aus, einen nach dem andern, wir sehen zum Fenster hinaus, über mein äsendes Schwein hinweg ins Grüne.

Salz, frage ich.

Käse, sagt Alois.

Alois wirft die Barsche ins kochende Wasser, er summt vor sich hin, dann die Languste, dann den Hummer, die Krabben.

Ich gebe Petersilie hinzu, ein Ei, Salbei, Quendel, etwas Ketchup.

Nein, sagt Alois, keinen Ketchup, denk an Escoffier.

Mein Vater trank jeden Abend einen Liter Milch, er ließ die Milch stehen, bis eine dicke Haut obenauf schwamm. Milchhaut, sagte er, ist gesund. Mein Vater wickelte einen Milchhautfetzen um einen Teelöffel, drängte ihn mir in den Mund und sagte Iss das ist gesund.

Ich rühre in der Fischsuppe, ich sage zu Alois: Einmal habe ich in Sankt Moritz Hildegard Knef zum Kaffee eingeladen. Hildegard Knef saß in der Bar des Hotels Carlton. Sie hatte einen ganz nackten Rücken.

Alois wirft etwas Käse in die Pfanne, wischt die Hände an der Schürze ab und sieht ins Grüne.

Schwalben versammeln sich auf den Drähten. Sie hatte einen nackten ganz weißen Rücken, sage ich.

Wir setzen uns an den Tisch.

Überhaupt zäpfelt Féchy nie, sage ich, er ist von Natur aus so, er kommt aus der Sonnenstube der Schweiz.

Alois beißt in einen Barsch, ich esse eine Kartoffel.

Es klopft.

Ich sehe Alois an.

Ich gehe, sage ich und gehe. Ich gehe durch den Gang, gehe auf Zehenspitzen an der Haustür vorbei, es klopft, nach links die zwei Stufen hinab in die Küche, auf Zehenspitzen durch die Küche, es klopft in meinem Rücken, zwei Stufen hinab in die Scheune, durch die Scheune zum Tor, ich öffne das Tor. Ich luge ins Freie. Vor der Tür steht eine Frau mit einem schwarzen Regenmantel und einem schwarzen Hut. Ich schließe die Scheunentüre wieder, sie quietscht. He, ruft die Frau, he Sie.

Ja, sage ich und öffne die Tür wieder.

Die Frau kommt auf mich zugeschritten. Ich bin Frau Knuchelbacher, ich bin die Mutter, Frau Knuchelbacher, sagt sie. Sie sticht mit ihrem Schirm in meinen Boden. Ich sehe nach unten.

Ja, sage ich, was kann ich für Sie tun.

Eine Herbstzeitlose ist kaputtgegangen.

Ich bin Frau Knuchelbacher, sagt Frau Knuchelbacher. Wo ist Alois?

Ich sehe in den Himmel, Schwalben, Schwalben, viel Schwalben, es wird schlechtes Wetter geben.

Es wird schlechtes Wetter geben, sage ich.

Hä, sagt Frau Knuchelbacher.

Die Schwalben, sage ich, jedes Jahr die Schwalben. Seit vier Jahren wohne ich nun hier oben, allein, da bin ich froh, wenn wenigstens die Schwalben im Frühling und im Herbst da sind, sonst habe ich ja nur das Schwein, ja, sage ich, und die Hühner.

Schön haben Sie's hier, sagt Frau Knuchelbacher.

Ich knalle ihr die Faust unters Kinn schlage ihr das Nasenbein zu Mus die Ohren in Trümmer trete ihr ins Schienbein in den Bauch haue ihr eine schleudere sie an die Wand. Aber, aber. Ich nehme die Tomatenkiste und schleudere sie durchs Schaufenster, ich wische die Ölflaschen vom Regal, ich schmettere die Kaffeerahmflaschen in die Frischeier, werfe die Mütze des Beamten in den Dreck und trample darauf herum, ich zertrümmere alles haue alles kurz und klein und zusammen. Ich trete, schlage, schmettre, knalle, quetsche, schüttle, zerre, reiße, schieße schieße kchkch.

Ich mag Schwalben auch, sagt Frau Knuchelbacher. Sie atmet tief ein.

Im Haus knallt es.

Alois, ruft Frau Knuchelbacher, Alois. Rauch kommt aus der Scheunentür, aus der Küche, dem Wohnzimmer, dem Bad, wo Alois mit einem schwarzen Gesicht liegt.

4

Aus Mr. Henry Livingstones Kamin kommt Rauch, jetzt scheint die Sonne. Mr. Henry Livingstones Kraal ist groß und windschief, er ist aus Bambusstäben gebaut etc. Sein Rauch steigt senkrecht aus dem Kamin, auf seiner Palme sitzen Affen, nachts bewegen sich Lichter, aber Mr. Henry Livingstone ist nicht immer sicher etc.

Mr. David Stanley sieht weit unten den Tanganjika-See, im windstillen Morgen kann er Bab-es-Mala sehen, Bab-es-Mala sagt Jim in seinem Pidgin-Kongolesisch und deutet auf Bab-es-Mala, I know I know, sagt Mr. David Stanley, denn er spricht immer Englisch, he is an Englisher.

Mr. Henry Livingstone kommt mit seinem Fliegenwedel unter dem Arm über den Kiesweg. Mr. David Stanley kommt mit der Flagge des United Kingdom in der Hand durch das Schilf, er stapft durch den Gemüsegarten, durch die Kakteen, er sieht Mr. Henry Livingstone, der im Palisadentor steht und nach der Sonne sieht, er schreitet nicht schneller aber festen Schritts auf Mr. Henry Livingstone zu.

Mr. Livingstone I presume, sagt Mr. David Stanley. I have a dog his name is Snooks, sagt Mr. Henry Livingstone. Very pleased to meet you. How is your wife.

In den Palmen schreien die Affen. Die Sonne versinkt blutrot im Tanganjika-See.

Yes yes, sagt Mr. David Stanley, I must just quickly tipewrite that I have found you.

Alois, sagt Frau Knuchelbacher, Alois, habe ich dich endlich gefunden, warum hast du nie angerufen. Frau Knuchelbacher nimmt aus der Handtasche ein Taschentuch, rennt zum Wasserhahn, legt das nasse Taschentuch auf Alois' schwarzes Gesicht. Mäuschen, sagt Frau Knuchelbacher, was hast du wieder angestellt, das ganze Bad ist schwarz.

Ich setze mich auf den Tisch.

Frau Knuchelbacher wäscht Alois mit einem Wattebausch mit Alkohol aus einer Flasche mit einem roten Etikett. Ich sehe vor mir das Brotmesser, das Holzbrett, die Suppenschüssel, die Pfanne mit der heißen Fischsuppe, und die Stühle, und die Kohlenschaufel, den Schürhaken,

das Fleischmesser,

den Briefbeschwerer, ich stehe auf und nehme einen Apfel und beiße hinein, ich beiße auf den Bissen, schmeiße den Rest zum Fenster hinaus, gehe zur Tür, vors Haus.

Chhätschhächa, sage ich und gebe einem Stein einen Fußtritt.

Jetzt grunzt mein Schwein.

Pshaw, sage ich zu Sam Hawkins, das kann nur Tante Droll sein, thunderstorm.

Der kleine Sam Hawkins nimmt seine Rifle, schreitet breitbeinig zu seinem alten, treuen Klepper, streichelt ihn zwischen den Ohren und sagt: Wir beide werdens schon noch schaffen, wenn ich mich nicht irre, hihihi.

Will Parker und Dick Stone schauen zweifelnd zu mir, aber ich winke unmissverständlich mit den Augen. Es gilt weiterzureiten. Die Sonne erhebt sich über dem Llano Estaccado.

Wenn Winnetou stirbt, ruft Winnetou hinter mir, stirbt Winnetou als Christ.

Der Knieschuss ist der schwierigste aller Schüsse. Er ist was der Löwe unter den Tieren: der König der Schüsse. Ich sitze am Lagerfeuer, die Freunde dösen vor sich hin, Will und Dick würfeln, ich denke vor mich hin und trinke hin und wieder einen Schluck Brandy. Trapper sind auch unter Trappern einsam. Ich sehe die Sterne.

Da höre ich ein Geräusch, nicht einmal ein Geräusch, ein Nichts: ein Westmann hat Ohren wie Suppenteller.

Der anschleichende Indianer, der sich nur auf zehn Fingerspitzen hält, um keine Spuren zu hinterlassen, verrät sich durch seine Augen. Sie sind zwei leuchtende Punkte im Gebüsch. Ich weiß: er oder ich. Wie im Spiel – oder als ob ichs reinigen wollte – greife ich zum Gewehr, und jetzt zeigt sich, ob der Mann im Gebüsch den Knieschuss kennt. Kennt er ihn, schließt er die Augen, und ich habe kein Ziel mehr, nur noch surrende Blätter im Schein des Lagerfeuers. Er schließt sie nicht, er ist ein ungebildeter Comanche. Ich winkle mein Knie an, so dass die Verlängerung des Oberschenkels den lauschenden Indianer trifft. Ich bringe das Gewehr mit dem ich schon seit Minuten spiele ohne es in eine dem Comanchen bedrohliche Position zu bringen in eine dem Comanchen bedrohliche Position: an meinen Oberschenkel. Das Zielen, ohne Aug und Kimme, ist schwierig, der Finger muss unauffällig zum Abzug, auch Comanchen haben manchmal für mehr als zwei Unzen Grips. Dick und Will würfeln, ich rufe ihnen ein Scherzwort zu: Wer wagt, gewinnt, zounds.

Der Schuss kracht. Alle springen auf. Ich schnelle ins Gebüsch. Da liegt ein toter Sioux, mit einem Schussloch in der Stirn. Huhu, ruft Frau Knuchelbacher. Ich drehe mich um.

Alois hat jetzt ein kreisrundes weißes Gesicht. Wo habt

ihr das Putzzeug, sagt Frau Knuchelbacher, ihr müsst doch Putzzeug haben, Alois weiß nicht wo das Putzzeug ist, er hat alles schwarz gemacht, das ganze Bad ist schwarz. Ich sehe Frau Knuchelbacher nach, die aufs Haus zuschreitet. Übers Haus fliegen Schwalben, sie sehen mich und Alois, der sich auf den Baumstamm setzt. Ich gehe hin und her. Alois steht auf und schneuzt sich, ich setze mich auf den Baumstamm. Alois setzt sich neben mich. Wir sehen Frau Knuchelbacher aus dem Haus kommen, in der Hand trägt sie den Schirm und die Handtasche, sie ruft etwas, doch welche Schwalbe versteht Frau Knuchelbacher.

Dann geht sie schnell den Abhang hinab, sie wird klein und kleiner, nach der Buche, aber noch vor der Wegbiegung ist sie ein schwarzer Punkt, der auch der Briefträger sein könnte.

5

Wie soll eine Amme beschaffen sein? 1. Eine Amme muss gesund und sauber sein. 2. Sie muss reichlich Milch haben, und ihre Brüste müssen eine Beschaffenheit zeigen, dass man von ihnen eine ausgiebige Produktion von Milch erwarten kann. 3. Die Amme muss vor allem gute Zähne haben. Darauf achte man unter allen Umständen, denn nur dann hat sie eine leichte und gute Verdauung. 4. Man hüte sich, die Amme zu überfüttern. 5. Kann der Säugling die ganze Milchmenge der Amme nicht konsumieren, dann bleibt ein Rest in der Brust zurück, und die Milchbildung geht zurück. Die Amme wird unbrauchbar.

Im Winter, wenn Schnee im Garten lag, sah die weiße Dame die Spuren im Garten, sie sah die Amseln, sie sah mich, ich hatte den Watutin auf.

Meine Ängste: unter Gewittern spazieren zu gehen. Irgendwo am Rückgrat auseinanderzubrechen. Nachts ums Haus zu gehen. Zwischen fünfzigtausend Leuten zu stehen. In einem Sinfoniekonzert plötzlich laut schreien zu müssen. Abends bei Regen in einer Kleinstadt anzukommen. Jemanden im Estrich hängend zu finden. Gebackene Nierchen essen zu müssen. (Meine Freuden: nach einer langen Reise einen halben Liter Fendant zu bestellen. Luftballone zu sehen, die größer sind als die Kinder unten dran. Männer in breiten Hüten über weite Ebenen reiten zu sehen. Pendelnde Saloon-Türen. Mortadella zu essen. Kalenderbilder mit Motiven aus der Südschweiz, etwa die Brissago-Inseln, zu betrachten. Auszuschlafen.)

Wie hat sie uns denn nur gefunden, sagt Alois, wie denn nur, ich verstehe nichts, ich verstehe kein Wort.

Ich stehe vom Baumstrunk auf und gehe ins Haus. Es wird jetzt langsam dunkel.

Die Besatzung einer zweimotorigen Fokker Friendship besteht aus zwei Männern im Cockpit, einem Steward und der Stewardess. Ich bin der Chef, Alois ist der zweite, aber bei ruhigem Wetter darf er auch einmal steuern. Starten und landen allerdings, das tue ich, das ist das Heißeste am ganzen Fliegen, man landet nur einmal pro Flug, und das lässt sich kein Flugkapitän entgehen. Ich habe eine Mütze mit viel Gold, während des Fliegens habe ich die Ärmel hochgekrempelt, in der Luft zählt der Mann und nicht die Uniform. Die Stewardess heißt Sonja. Ich kenne die Flugplätze dieser Welt, Rom, Bangkok, Karachi, Rio, Lima. Aber Piloten kennen nur die Flugsicherungsbüros und die Flughafen-Restaurants, ich kaufe Sonja am Duty-free-Shop einen Elefanten aus Elfenbein.

Ich muss den Frühkurs nach Athen fliegen, es regnet, man meldet mir eine Gewitterfront über den Alpen. Ich habe dreiundsechzig Engländer, da muss ich sehen, dass ich mit der Maximalbelastung gut wegkomme. Die Piste ist kurz.

Ich komme übers nasse Betonfeld, Alois ist schon im Cockpit und hakt die Checkliste ab. Benzin, sage ich und hänge den Kittel an den Haken, die Mütze werfe ich in die Bordküche. O.k., sagt Alois. Tausenddreihundert.

Dann wollen wir, sage ich und setze mich auf den Sitz des Kapitäns. Alois schnallt sich auf dem Copiloten-Sitz an. Ich schalte den Sprechfunk ein, alles klar, sage ich, wir könnten.

O.k., sagt der Mann im Turm, der Jean-Pierre heißt, vous pouvez partir wenn d'Whisky Nordpol drinn isch.

Rodger, sage ich.

Ich löse die Bremse, schiebe den Gashebel vor, die Fokker beginnt zu rollen. Die Sicht ist miserabel, ich werde nach Instrumenten fliegen müssen.

Ich steuere das Flugzeug auf dem Runway zum Pistenanfang, ich höre im Kopfhörer die Whisky Nordpol im Endanflug, jetzt sehe ich sie als Schatten im Regen, wie sie auf der Piste aufsetzt. Sie ist fast eine Stunde zu spät, manchmal reichts noch zu einem Jass. Meine Damen und Herren, sage ich ins Bordmikrophon, hier spricht Ihr Flugkapitän. Wir heißen Sie willkommen auf unserem Flug von

Basel nach Athen. Bitte schnallen Sie sich an und rauchen Sie nicht mehr. Ladies and Gentlemen, this is your captn speaking. Please fasten your seat-belts and do not smoke.

Ich wende die Maschine am Pistenende, rechts und links verlieren sich die Pistenlichter im Nieselregen, ich schiebe die Gashebel für beide Motoren auf volle Kraft, ich halte die Maschine mit der Bremse, das Flugzeug zittert, jetzt löse ich die Bremse, das Flugzeug rollt los, noch steuere ich es mit dem Fahrwerk, jetzt – ich beobachte Tourenzähler und Geschwindigkeitsmesser – nur noch mit dem Seitensteuer, der Zeiger klettert auf Abhebegeschwindigkeit, ich ziehe das Höhensteuer gegen mich, die Maschine hebt ab, kurz vor dem Pistenende.

Sie ist rammelvoll beladen, in Rom muss ich nach unten, um Benzin nachzutanken. Ich gehe auf 5300 Meter.

Bider flog mit einem Fahrrad mit Flügeln von Luzern nach Mailand. Schwarze Herren mit weißen Kragen, Melonen und Spazierstöcken, Damen mit weiten Röcken und großen Hüten rannten auf der Piste hin und her, als er landete. Nachher zertrümmerten sie vor Freude das Flugzeug, so dass Bider mit der Alpenpost nach Hause musste.

Marcel Jeanvilliers flog vor achttausend Zuschauern dreißig Meter weit.

Auf der Schützenmatte flogen Ackermann und Weder mit ihrem Doppeldecker zwei Meter über dem Boden hin, zuerst mit den Köpfen, dann mit den Fahrradrädern nach oben, dann stiegen Ackermann und Weder knatternd nach oben, stachen nach unten, oh schrien die Zuschauer, dann gingen sie in Seitenlage, hielten das Flugzeug so, schließlich gingen sie auf tausend Meter Höhe, Weder sprang mit dem Fallschirm aus dem Flugzeug, aber der öffnete sich nicht.

Spinnst du eigentlich, fragt Alois.

Flugfeste waren wie Pferderennen, man sah bärtige Herren mit Ferngläsern und Damen mit Sonnenschirmen. Männer in Lederkleidern, mit Schutzbrillen und gewaltigen Flügeln sprangen von hohen Gerüsten und brachen sich die Beine, andere traten ein Tandem mit Flügeln wie verrückt, sie hatten rote Köpfe und große Hüte. Wenn das Tandem für einen Meter vom Boden abhob, klatschten alle Leute und warfen Blumen in die Luft.

Lass das doch wie es ist, sagt Alois, und ich nehme das rosa Handtuch, hänge es an den Plastikhaken, er packt die rotweiße Ajaxbüchse, ich versorge die braune Schrubb-Bürste, er schiebt den braunen Hocker in die Ecke, er sieht sich sein rosa Gesicht im Spiegel an und ich lege jetzt den roten Waschlappen auf den weißen Rand der Badewanne.

Im Fußball, im Fußball muss jeder ein Allround-Mann sein und ein Vollathlet. Ich spiele Libero, aber meine Flügelläufe sind gefürchtet. Der FCB spielt einen kompromisslosen Zweckfußball, der Ball wird steil gespielt, über wenige Stationen. Tore zählen, nicht artistische Schönheiten. Wir müssen auf den immer noch verletzten Benthaus verzichten, dreiundzwanzigtausend Zuschauer sind im Stadion Sankt Jakob.

Beide Mannschaften beginnen nervös, Internazionale muss auf seine Sturmspitze Santafini verzichten; wir haben Respekt vor dem berühmten Gegner aus der Lombardenmetropole und versuchen durch Ballhalten dessen Anfangskadenz zu brechen. In der 2. Minute schon bricht Riva gefährlich durch, Pfirter kann ihn nicht halten, doch Kunz lenkt den perfiden Innenristschuss zur Ecke. Ich gehe im Angriff mit, ich bin sehr schnell. Der Ball liegt mir auf dem Fuß als sei er angewachsen. Nur Haller und Pelé beherrschen diesen Trick gleich souverän. Feuer ist in Internazionales Verteidigung, auch Herreras Schützlinge kochen nur mit Wasser. Odermatt wird an der Strafraumgrenze hart gelegt, ich trete den Freistoß, der Ball saust hart an der gegnerischen Mauer vorbei an die Latte, Hauser erbt den Abpraller: 1:0. Ich bin die Seele des Angriffs. Eine Musterflanke setzt Odermatt an den Pfosten, eine perfekte Dreierkombination Michaud–Frigerio–Hauser kommt zu mir, ich tricke Schnellinger und Macciolo ab, dem Mailänder Schlussmann lasse ich mit einem trockenen Schuss in die rechte tiefe Ecke keine Chance.

Ich werde auch das Rückspiel in Mailand spielen müssen.

Herrera macht mir, bei einem Glas Chianti in der Bar des Schweizerhofs, ein Angebot: achthunderttausend offiziell und hunderttausend unter dem Tisch. Er braucht einen Realisator, einen mit dem Torriecher, mit Goldfüßchen, einen Reißer, er braucht mich. Ich hätte, sagt Herrera, Dynamit im Stiefel, hai della dinamite nelle scarpe, sagt er augenzwinkernd zu mir.

Diese Schrift ist gewidmet:
Seppe Hügi,
Wyni Sauter,
Babette Zaugg, der noch nie etwas
gewidmet worden ist,

Eugen Gander, der vier Duke-
Ellington-Platten unter seinem
Bett versteckt,
Zoe und
Daniel Düsentrieb.

6

Huhu, ruft jetzt jemand. Ich sehe Alois an und sage: Das ist deine Mama.

Huhu, ruft eine andere Stimme.

Das ist meine Schwester, sagt Alois.

Ich gehe durchs Wohnzimmer, schiebe die Weinflasche hinter den Vorhang, gehe nach links durch den Gang zur Tür: Guten Tag.

Guten Tag, sagt die Schwester von Alois, ich heiße Miriam.

Miriam trägt einen olivfarbenen Regenmantel mit braunen Lederknöpfen, einen rostbraunen Pullover, einen beigen kurzen Rock, beige Netzstrümpfe, rostbraune Schuhe, einen schwarzweiß karierten Büstenhalter, einen weißen Strumpfhalter, schwarzweiß karierte Unterhosen, ich glaube, ich liebe Miriam schon.

Nehmen Sie Platz, sage ich, ich nehme die Flasche vom Fensterbrett.

Miriam trinkt nichts, sagt Frau Knuchelbacher. Und ich trinke auch nichts.

Sie lässt den Colt um den Zeigefinger rotieren. Ich setze mich und schenke mir ein, Miriam setzt sich mir gegenüber, Frau Knuchelbacher setzt sich nicht, sie streicht mit dem Zeigefinger übers Fensterbrett und sieht sich den Finger an.

Wollen wir nicht eine Partie Schach spielen, sage ich zu Miriam, ich spiele sehr gern Schach, ich habe einmal simultan an dreißig Brettern gespielt.

Ich habs mir ja gedacht, ich habs mir ja, sagt Frau Knuchelbacher im Bad.

Und haben Sie gewonnen, sagt Miriam, die ich jetzt liebe. Ich stelle die Figuren auf, schon das Aufstellen ist eine Kunst. Ich weiß nie, ob der König rechts von der Dame steht oder links.

Aber nein, das ist doch nicht wahr, sagt Alois im Bad.

Ich spiele Weiß, ich ziehe mit dem Königsspringer. Miriam zieht einen Bauern. Ich ziehe mit dem zweiten Springer. Miriam denkt.

Wenn ihr nicht wollt, kommt alles an die Luft, sagt Frau Knuchelbacher im Bad, du weißt das sehr gut. Das Wasser beginnt zu laufen, Miriam zieht einen Bauern. Ich mache eine Rochade. Aber natürlich, sagt Alois. Es windet, Zweige schlagen ans Fenster, jetzt, ich verschiebe meinen Läufer: Miriams Dame ist bedroht. Das Wasser läuft, die Leitungen glucken. Miriam schiebt den Läufer vor, zum Schutz der Dame. Aber sicher werdet ihr, schreit Frau Knuchelbacher. Ich ziehe den Turm, Miriam die Dame, Schach. Jemand schrubbt jetzt etwas im Bad.

Ich bin ein Meister im Blitzschach. Blitzschachmeister sind Denker: sie verlieren bei den ersten zehn Zügen so viel Zeit, dass sie die letzten zehn in einer halben Minute hinhauen müssen. Ich habe Nerven aus Stahl, in dieser Sekunde sehe ich die Spielanlage glasklar vor mir, vieles ist auch Intuition, Genie. Der Gegner, der noch dreieinhalb Minuten auf der Uhr hat, lässt sich anstecken: in der Eile, er ist kein Blitzschachmeister, zieht er Ld4-f5: damit ist die Partie im Eimer. Nach dem Abbruch kann er mit seinen Sekundanten die Nacht durch dran herumanalysieren, ich gehe mit Fisher und Smyslow einen trinken, nachher gehe ich ins Bett, ein wacher Kopf ist Voraussetzung für ein Schachturnier. Auch Bobby Fisher ist ein Blitzschachmeister, er lacht, wenn er seine Züge hinknallt, einen in drei Sekunden, aber er ist höllisch konzentriert.

Ich gehe in den Spielpausen schwimmen, Bottwinnik, Euwe, Smyslow und Keller analysieren die Spielanlage ihres Gegners des nächsten Tages und spielen die Partien der vergangenen Tage nach. Fisher tauscht bei Druck auf seinen Königsbauern die Figuren nicht ab, er spielt defensiv, bei mir sieht das Brett wie ein Schlachtfeld aus, ich opfere in fünf Minuten zehn Figuren, am Schluss habe ich einen Mehrbauern. Euwe kann seinen schwachen Damenflügel nicht mehr halten.

Ich werde Turniersieger mit zehneinhalb Punkten. Mit Fisher habe ich remis gespielt. Diese Partie spielen wir, mit einer Flasche Slibowitz, in Fishers Hotelzimmer im Hotel Dubrownik nochmals nach. Da sehe ich, dass mein achtzehnter Zug schwach war: er führte im fünfundzwanzigsten zum Verlust des Läufers, und Fisher konnte sich damit in ein Patt retten.

Spielen Sie nicht mehr, sagt Miriam.

Och ja nein, sage ich, trinken Sie nie etwas? Ihr müsst einfach, sagt Frau Knuchelbacher im Bad, ihr habt gar keine

Wahl. Was keine Wahl, was keine Wahl, wieso keine Wahl, sagt Alois im Bad.

Doch, sagt Miriam, aber Mama will nicht dass ich trinke und mein Vater hat schon so viel getrunken.

Große Männer sind auch große Trinker. Napoleon hatte Werthers Leiden unter dem Kopfkissen und trank Dreistern-Cognac. Churchill regierte vom Bett aus, in einem Flanell-Nachthemd, er trank Havanna-Rum, Ginger Ale, Guinness und, als er sich im Alter langsam auflöste, einen leichten französischen Rotwein, den er bei der Invasion in Saint-Pré-sur-Dunkerque kennengelernt hatte. Sir Baden-Powell trank, wenn er trank, glasklares Quellwasser. Wilhelm Tell trank Kirsch und Birnenschnaps, aber er zog allem einen Grappa vor, den die Säumerkolonnen von Bellenz herüberbrachten. Rasputin trank Ouzo. Pius Buser, Sir Stanley Matthews, Abraham Lincoln, Billy Budd und Sigmund Freud tranken, ich trinke, Gioacchino Rossini, Gauguin und Dick tranken, nicht aber Doof.

Es ist doch ganz einfach, sagt Frau Knuchelbacher. Sie kommt hinter Alois her ins Wohnzimmer.

Salü, sagt Miriam.

Sä, sagt Alois. Er legt mir ein Papier hin, ich sehe es mir an. Miriam stellt die Schachfiguren neu auf.

Ihr spinnt ja, sage ich, ohne mich.

Wir werden ja sehen, sagt Frau Knuchelbacher, ich sehe die Lederriemen ihrer Pistolentaschen.

Gradaus, sagt Frau Knuchelbacher.

Ich habe die ganze Innenstadt im Kopf. Um 20 Uhr, manchmal einige Minuten später, kommt der Wagen aus dem Tor des Hauptpostamts. Er fährt durch die Freie Straße bis zum Marktplatz, wendet nach links und fährt die Gerbergasse hoch, über den Barfüßerplatz zum Bankverein. Die Fahrt dauert zwischen neun Minuten und dreizehn.

Alois, Miriam, Frau Knuchelbacher und ich starren geradeaus. Die Scheibenwischer laufen.

Zwei Männer begleiten den Wagen: der dreiundvierzigjährige Chauffeur Paul Schmidt und der vierundfünfzigjährige Bankangestellte Peter Baumgartner. Der Bankangestellte trägt eine Walther acht.

Gute Warenhauseinbrecher lassen sich nach Geschäftsschluss einschließen, ihnen ist ein Wochenende am liebsten. Sie rollen sich in Teppiche ein, sie kriechen unters Doppelbett und kauern hinter Weinkisten, wenn der Nachtwächter durchs Haus geht, mit dem Schlüsselbund klimpernd. Der gute Hochstapler herrscht eine junge Angestellte an, folgsam trägt diese die Vase aus der Ming-Periode zum Rolls-Royce, nachher kann sie ein nur ungenügendes Signalement geben.

Gute Taschendiebe arbeiten auf Rennplätzen und Bahnhöfen. Sie werden im Balkan ausgebildet, sie üben an Puppen, die mit Glöckchen vollbehängt sind. Gute Taschendiebe arbeiten nie allein. Auf ihnen findet sich nie ein fremder Cent, die Handtasche ist längst in den Händen Antonios und auch dort nicht mehr.

Aber Bankraub ist nur etwas für harte Männer. Miriam biegt in die Clarastraße ein. Vor uns fährt ein Streifenwagen mit gutgelaunten Polizisten.

Schulze, Körner und Deubelmann gruben sich unter einer Plane des Städtischen Bauamts ins Trottoir ein, unter dem Fundament der Bank durch und im Tresorraum wieder hoch. Bankräuber arbeiten mit Damenstrümpfen, Kinderpistolen und Volkswagen, nervöse Komplicen warten mit laufendem Motor.

Eine Sekretärin, die auf einen Alarmknopf hustet, kann eine ganze Polizeiwache in Aufregung versetzen.

Es regnet. Alois niest.

Bei jeder Ampel habe ich, wenn ich Glück habe, etwa dreißig Sekunden. Wenn der Postwagen in die grüne Welle gerät, muss ich bis zum nächsten Tag warten.

Wir stehlen den Möbelwagen am Dreispitz. Ich habe alles genau ausgerechnet, so etwas verlangt Generalstabsarbeit. Am Abend noch wird der Wagen umgemalt. Der Möbelwagen steht am Marktplatz, halb auf den Taxistand gedrängt, er blockiert die Sicht auf die Einfahrtsstraße. In spätestens dreieinhalb Minuten wird er einen Polizisten anlocken, ich sitze, im offenen Hemd, rauchend, am Steuer.

Auf der andern Straßenseite, vor dem Café Mariza, steht Alois.

Ich ziehe mir die Fernfahrermütze ins Gesicht. Der Polizist kontrolliert am andern Ende des Platzes Fahrräder.

Im Rückspiegel sehe ich den Postwagen anrollen. Es ist zwanzig Uhr zwei, die Ampel steht auf Grün, der Postwagen biegt langsam in die Einfahrt zur Gerbergasse ein. Die Ampel wechselt auf Rot. Der Wagen hält dicht neben mir.

Ich drücke sorgfältig meine Zigarette aus. Eine Rotphase dauert vierunddreißig Sekunden. Ich steige sehr langsam aus meinem Wagen. Der Fahrer des Postwagens sieht mich an, seine Hände liegen auf dem Steuer, er sieht wieder auf die Ampel.

Ich blicke auf die Uhr. Achtundzwanzig, neunundzwanzig, dreißig. Bei einunddreißig öffne ich sehr schnell die Wagentür.

Alois öffnet die Wagentür.

Der Lauf einer Pistole lässt auch Leute, die sich nicht kennen, zusammenrücken. Zu viert fährt sichs eng, aber es geht, der Fahrer spürt etwas Hartes an seiner linken Seite.

Ein Fehler und es knallt.

Fußgänger benützen den Zebrastreifen. Ein Polizist hält ihnen den Weg frei. Ich schwitze. Wir starren nach vorn. Der Wagen rollt wieder an.

Bis die beiden wieder aufwachen, haben Alois und ich den Panzer aufgeschweißt. Die sieben Leinensäcke laden wir in den Simca, obenauf kommt schmutzige Wäsche. Den Postwagen lassen wir im Steinbruch stehen.

So, sagt Frau Knuchelbacher beim Spalentor, stell den Wagen da hin. Alois, Miriam und ich klettern aus dem Citroën. Frau Knuchelbacher sagt: Ich warte hier. Es wird alles so sein wie ichs gesagt habe. Alois, Miriam und ich gehen aufs Spalentor zu, Miriam geht allein weiter. Wir kommen in den Laden, Miriam steht bei den Tischbomben. Wissen Sie, sagt sie, so Schnurrbärte mit Brillen dran, aber nicht wie diese, mehr rund. Nein, nein, sagt der Verkäufer, wir haben nur die da. Guten Tag. Guten Tag, sagen Alois und ich. Schön, sagt Miriam, haben Sie Wachsblumen. Miriam sieht sich die Wachsblumen an. Haben Sie keine gelben Rosen. Ich geh mal schnell ins Lager, sagt der Verkäufer, er sieht aus wie Kaiser Franz Joseph. Darf ich mit, sagt Miriam und geht mit. Alois gibt mir einen Stoß. Jetzt, zischt er.

8

Nachts ging die weiße Dame übrigens ums Haus herum, ich sah, wie sie durch den Schnee ging, immer ums Haus herum. Sie tauchte von rechts aus dem Dunkeln auf, ging schnell vor dem Haus durch, verschwand links im Dunkeln, heute träume ich jedenfalls davon. Die weiße ging hinter der schwarzen her, die schwarze glich ihr aufs Haar, sie ging auch ums Haus herum, war aber immer auf der andern Seite des Hauses, die weiße hat sie nie gesehen. Aber manchmal blieb sie an der Hausecke stehen und wartete, dann stapfte sie wieder los, wenn das kein Traum ist.

Auf der ›Swallow‹ stehe ich nachts, wenn die See hoch ist, allein am Steuer, ich muss den andern die kurze Ruhe gönnen, das Leben auf hoher See ist anstrengend. Das Schiff stampft, ich sehe die Wellen von vorn auf mich zukommen, ich ziehe den Kasten mit hartem Druck in die Welle hinein, die Swallow geht hoch, sackt drüben wieder hinunter, brave Swallow. Ich habe Handballen aus Leder.

Es gibt chinesische Lotsen, die können im Stehen schlafen, sie verbringen ihr Leben am Ruder und spüren in den Fußsohlen, wenn sie aufwachen müssen.

Die Swallow hat Hopfen geladen, wenn sich die Ladung verschiebt, sind wir geschmissen. Die Reeder lassen bis zur

Marke laden, die Hafenpolizei nimmt das Schiff ab, und erst draußen nehmen sie das Wasser auf, so bekommen sie eine Tonne mehr hinein. Das nächste Mal werde ich mich nicht mehr auf so etwas einlassen, jetzt aber muss ich den Kahn noch nach Hongkong bringen.

Der Druck auf die Segel wird größer, die Wellen werden größer. Achtern, vor dem Topp, steht eine weiße Gestalt, jetzt ist sie weg, jetzt ist sie rechts an der Takelage. Der Erste Offizier kommt die Treppe zum Steuerhaus hoch.

Wird eine harte Nacht geben, sagt er, sollten vielleicht das Topp reffen.

Ich bin schweigsam, alle Kapitäne sind schweigsam. Die Nächte auf See sind lang, vorne die glänzenden Wellen, oben die Sterne, ich kenne sie wie alte Freunde, ich brauche den Kompass nur so nebenbei.

Ich habe mein eigenes Grog-Rezept: vier Dezi Rum, ein Dezi Wasser, zwei Zitronen.

Lassen Sie reffen, Forster, sage ich zu Forster. Der Wind drückt das Segel durch, der Mast quiert. Die Swallow schießt dahin, sie pflügt sich in die Wellen hinein. Ich habe sie in der Hand.

Wenn jetzt der Wind wendet, haut er die Swallow um wie eine Wetterfahne.

Es gibt Wellen, die sind viermal so hoch wie das Boot, sie überrollen jedes Schiff. Paule, im Mastkorb, war angebunden, doch die Seile sind abgefetzt, wie mit einer Axt durchgehauen.

Am Morgen hat sich die See einigermaßen beruhigt. Ich kann das Steuer dem Ersten übergeben. Ich gehe mal runter, sage ich und nehme meine Pfeife von der Fensterkante, wo ich sie immer hinlege. Ich gehe die enge Treppe zur Kajüte hinunter, ich bücke mich. Am besten, ich lege mich für eine halbe Stunde hin, die gelben Wolken am Horizont versprechen nichts Gutes.

Forster, rufe ich noch aus dem Kajütenfenster, Forster, waren Sie heute Nacht achtern, vor dem Topp? Forster macht im Steuerhaus unbestimmte Handbewegungen, er versteht meine Frage nicht.

Ich rauche Amsterdamer, unter dem Bett habe ich eine Flasche amerikanischen Whiskey, ich verstecke sie vor der Mannschaft, die Mannschaft weiß, dass ich sie vor der Mannschaft verstecke, und ich weiß, dass die Mannschaft weiß. Ich trinke einen Schluck.

Es gibt Schiffe, die fahren ohne Besatzung durchs Gelbe Meer, monatelang, mit vollen Segeln, bis der Wind wieder wendet. Hawks hat eines gesehen, vor vier Monaten, es gab kein Signal, auf Deck war kein Mensch zu sehen, nur achtern eine weiße Gestalt. Immer wieder verschwinden Seeleute von Schiffen, Tom Crewer, Nino, Irving Smooth, sie waren alle eines Morgens weg, niemand hat sie verschwinden sehen.

Ich blättere im Fotoalbum.

Ich räuspere mich und beginne meine Eintragungen ins Logbuch zu machen. Ein Schiff ohne sauber geführtes Logbuch ist wie eine Whiskeyflasche ohne Boden, wer weiß, was da verdunstet. Nur die Chinesen packen ihr Schiff mit Waren voll, verkaufen sie dann wieder und schauen, wie viel Geld sie im Hut haben.

Piraten greifen an, wenn Stürme aufkommen. Sie manövrieren geschickter als schwerfällige Handelskutter. Das

Schiff ist noch eine Seemeile entfernt, ich erkenne das schwarze Segel. Das muss Tiger Cow sein, sage ich zu Forster, lassen Sie die Männer antreten. Leute, sage ich zu meinen Leuten. Das dort ist Tiger Cow, und ich muss euch nicht sagen, was das bedeutet. Aber ich sage euch eines, das ist, dass Tiger Cow sich mit uns verrechnet. Keiner schießt, bevor ich nicht den Befehl dazu gebe. Tiger Cow wird versuchen, backbord bei uns anzulegen, er geht immer backbord, und wir können ihn nicht daran hindern, sein Kahn ist schneller als unsre Swallow. Baut euch mit Säcken was, dass Tiger Cow seine Gewehre in unsern Hopfen schießt und nicht in unsere Ärsche, und ihr werdet sehen, ich hab für Tiger Cow auch noch eine Überraschung bereit. Und Billy saust in die Kombüse und holt uns eine Extrarunde Rum, los.

Ich gehe ans Steuer, die Doppelwand des Steuerhauses hält auch einen gehörigen Schuss auf.

Auf der Flagge der ›Caravelle‹ ist jetzt der Totenkopf zu sehen, die Piraten schreien, wir sind ruhig. Tiger Cow wendet in voller Fahrt, steuern kann er, er will von hinten nach backbord aufholen. Ich fahre weiterhin voll vor dem Wind. Tiger Cow kommt näher. Ich weiß, hinter der Reling sind die Männer mit den Enterhaken in der Hand, noch zweihundert Fuß.

Ich nehme mein Gewehr, der Mann muss seine Nase am Boden suchen.

Hart vor der Caravelle gehe ich scharf nach steuerbord, die Segel knattern und schlagen wild, aber ich kann das Schiff halten. Damit hat Tiger Cow nicht gerechnet. Die Caravelle schießt knapp am Heck vorbei, Forster schleudert die Benzinflasche und dann die Fackeln, zwei fallen ins Wasser, die dritte aber geht auf Deck, das Focksegel beginnt zu brennen.

Es ist ungeheuer, sage ich am Abend und gieße mir meinen dritten Whiskey ein, wie schnell ein Schiff ausbrennen kann. Wenn wir, sage ich, unser Tempo halten, sind wir morgen Abend in Hongkong.

9

Miriam, sage ich, wissen Sie, wie die ›Titanic‹ untergegangen ist.

Nein, sagt Miriam, wer.

Es ist jetzt dunkel geworden draußen.

Die Titanic, sage ich. Die Titanic ist wegen des Nebels untergegangen. Damals hatten die Schiffe verrostete Rettungsboote, wie sie heute nur noch griechische Luxusdampfer haben und solche aus Panama. Der Kapitän stand als Letzter auf der Brücke, die andern schwammen schon in der Nordsee, man sah ihn noch, salutierend, als er von den Wogen verschlungen wurde.

Och, sagt Miriam.

Die Kapelle hieß The Merry Christmas und spielte abwechselnd God Save the King und Lonely Sunday.

Ah, sagt Miriam.

Miriam, sage ich, ich liebe Sie.

Wenn ich mit Ihnen auf der Titanic gewesen wäre, sage ich, dann wäre ich mit Ihnen zum Kapitän gegangen und hätte gesagt, Cäptn, geben Sie uns eine ruhige Erstklasskabine, wir haben noch eine Stunde bis zum Untergang, ich gebe Ihnen zehn Dollar, eine Stunde reicht uns. Ich hätte Sie auf Händen in die Erstklasskabine getragen, ein Steward hätte durch den leicht schrägen Gangway zwei Gläser Gin mit Orangensaft gebracht, und Ihnen hätte ich eine Margerite, die ich gehabt hätte, hinters Ohr gesteckt.

Oh, sagt Miriam.

Ich bin ein Liebhaber der alten Schule, sage ich. Ich hätte den Steward weggeschickt, wir hätten uns aufs Doppelbett gelegt, ja, und von ferne hätten wir Lonely Sunday und God Save The King und Lonely Sunday gehört. Eine Stunde lang, oh Miriam. Es wäre ganz heiß gewesen und wir hätten uns schnell ausgezogen und ich hätte gesehen, dass Sie im Sommer einen Bikini tragen, falls man damals schon Bikinis trug, ich glaube, man hat sich noch in Badehäuschen umgezogen. Wir hätten dann nebeneinandergelegen und ich hätte Ihnen erzählt, was ich mit Ihnen gemacht hätte, wenn wir beim Untergang der ›Königin Luisa‹ im Jahr 1887 zusammen eine Seereise gemacht hätten, aber dann hätte die Titanic mehr Schlagseite bekommen, der Kapitän hätte sich zum ersten Mal salutierend an die Kappe gegriffen, ich wäre auf Sie zu liegen gekommen, und wir hätten dann noch eine halbe Stunde gehabt, Miriam, und das hätte uns gereicht.

Was tut denn ihr hier, sagt Frau Knuchelbacher zu Miriam und zu mir.

Wir vögeln, Mammi, sagt Miriam.

Die sinnlichsten Frauen sind die von Tuhapete, sie kennen zweiundneunzig Stellungen, sie können einen Mitteleuropäer in einer Woche ins Grab schaffen und springen angeregt aus dem Schilfbett. Schwedinnen haben keine Moral, sie sind von der Pille verdorben und baden nackt in der Mitternachtssonne. (Lappen begleiten ihren Gast auf den Abtritt, nachher teilen sie ihre Frau brüderlich mit dem Reisenden.) Italienerinnen sind feurig, aber von der Kirche verdorben, bei den Spanierinnen kommt noch der spanische Stolz hinzu. Bernerinnen sind langsam, aber von einer stillen Glut, mancher Engländer fühlt ein Beben, wenn er in Meiringen aus dem Car sieht.

10

Vierzehn Tage noch kämpften sich Robert Falcon Scott und John Perry durch den Schneesturm, jeden Tag aßen sie eine halbe Büchse Corned Beef, die Schlittenhunde eine andere. Dann aßen sie nur noch eine viertel Büchse Corned Beef, dann aßen sie den ersten Schlittenhund, dann den zweiten, am dritten Januar 1912 aßen sie den dritten Schlittenhund. O Gott, o Gott, schrieb Scott in sein Tagebuch, wir essen unsern letzten Schlittenhund.

Der letzte Schlittenhund Scotts hieß Blacky. (Die weiße Dame wurde, als sie gestorben war, in einen Dodge verladen. Die Erben montierten die Klingeln ab.)

Vierzehn Tage zuvor hatte Scott die britische Flagge in den Nordpol gepflanzt. Sir Walter Raleigh hatte die britische Flagge in Westindien in den Boden gerammt, Sir Hilary stieg als Erster auf den Everest, er machte mit Sherpa Tensing auf den letzten Metern ein Kopf-an-Kopf-Rennen, aber er hatte die Flagge, nicht Tensing. Whymper kletterte, mit einer Flagge im Rucksack, aufs Matterhorn, von Brueil her kamen die Italiener mit einer Flagge angeklettert. Auf dem Abstieg rutschten Hudson, die Gebrüder Supersaxon und Höltschi aus, zwischen Sepp Supersaxon und Whymper riss das Seil, es ist eines der Rätsel des Alpinismus.

Auch Robert Falcon Scott hatte zu Hause eine alte Mutter.

II

Miriam, Frau Knuchelbacher, Alois und ich sitzen jetzt in meinem Wohnzimmer von meinem Haus. Es windet, Wolken ziehen vorbei, und jetzt schlagen die Äste des Kirschbaums gegen das Fenster. Die Scheune knarrt. Miriam und ich spielen Herzblättchen, ich spiele gern Herzblättchen. Ein Windstoß wirft das Fenster auf. Die Spielkarten fliegen durchs Zimmer. Das Herz Ass bleibt vor Alois liegen. Ich stehe auf und gehe zum Fenster. Plötzlich schreit Miriam auf. Ich sinke langsam zu Boden. Ein Messer steckt in meiner Brust. Um zwölf mittags sterbe ich. Alois folgt der Leiche. Miriam vermags nicht. Man fürchtet um ihr Leben. Handwerker tragen mich. Kein Geistlicher begleitet mich.

Have a drink, sage ich aber jetzt und gieße nach. Prost, sage ich. Alois und Pauline bekommen starre Augen, sie fahren vom Stuhl hoch und greifen sich an den Hals, bevor sie umfallen. Miriam küsst mich. Ich kenne den Wert eines Königreichs nicht, sagt sie, aber ich weiß, dass ich ein Glück erlangt habe, das ich nicht verdiene und das ich mit nichts in der Welt vertauschen möchte.

Nana, brummt Kommissär Smith, kommt schon, macht nur keine Zicken.

Miriam stirbt, als eine verderbliche Kinderkrankheit herrscht und sie sich mit ihren hilfsbereiten Händen in eine ratlose Behausung armer Leute stürzt, die mit kranken Kindern angefüllt und von den Ärzten abgesperrt ist. Sonst hätte sie leicht noch zwanzig Jahre leben können und wäre ebenso lange mein Trost und meine Freude gewesen.

Die Schlüssel klirren, die Schritte entfernen sich schlurfend.

Lebt wohl, Alois, Frau Knuchelbacher, Miriam und ich, des Lebens treuherzige Sorgenkinder. Eure Geschichte ist aus. Wir verleugnen nicht die pädagogische Neigung, die wir in ihrem Verlauf für euch gefasst und die uns bestimmen könnte, zart mit der Fingerspitze den Augenwinkel zu tupfen bei dem Gedanken, dass

WIR EUCH WEDER SEHEN NOCH HÖREN WERDEN IN ZUKUNFT.

Die Amsel im Regen im Garten

I

Das Korn steht gelb in der weiten großen Ebene, die Vögel ziehen krächzend darüber hin. Die Sonne scheint. Die schwarzen Gewitterwolken haben sich am Himmel aufgetürmt, die Luft ist heiß und still, und jetzt fährt der erste Blitz in den Horizont. Die Landmänner, die mit den großen Hüten in den Feldern stehen, sehen zum Himmel auf, jetzt sehen sie zum Haus hinüber. Der ferne Donner grollt. Die vollen gelben Wagen fahren über die Wege. Aus dem Moor dampft der Abenddunst. Das Haus steht im letzten Abendlicht auf der Anhöhe, es leuchtet über die Ebene hin, auf der jetzt die schwarzen Schatten liegen. Der Wandersmann, der ein Punkt am Horizont ist, kommt über den Feldweg auf das Haus zu. Sein grasgrünes Säckel pendelt hin und her. Er zieht den Hut tiefer über die Ohren und sieht zum Himmel auf, aus dem die ersten schweren Regentropfen noch immer nicht fallen. Er hört das Geräusch, wenn er die Schuhe aus dem Sumpf zieht. Er geht an der kleinen morschen Holzhütte vorbei und schwingt seinen Wanderstab. Die Schafe blöken.

Ich gehe in der Sonne durch den Garten des Hauses, ich nehme eine Raupe vom Rosenblatt, ich zerquetsche sie. Ich klingle. Ich putze die Schuhe und gehe die Treppe hoch und am Bücherzimmer, in dem der Vater ist, vorbei. Ich sehe zum Fenster hinaus. Es ist Abend. Der Wind weht leise. Die kleinen Vögel fliegen ums Haus herum und auf und davon. Sie zwitschern aus den Rosen. Über den Schindeldächern geht blutrot die Sonne unter.

Ich hüpfe auf der heißen Terrasse auf und ab, ich mache viele Liegestütze, und jetzt spiele ich den Ball gegen die Mauer. Der Ball saust zwischen die Heckenrosen, der Kalk rieselt herab, mit dem Fuß tue ich die Blätter weg, die am Boden liegen.

Ich sitze am Küchentisch mit dem rotweißkarierten Tischtuch. Ich trinke die lauwarme Milch mit schnellen Schlucken. Ich spüle den Mund, in dem die Milchhaut klebt, mit Wasser aus. Ich schlüpfe in die Filzpantoffeln und gehe durch das Steinezimmer in mein Zimmer. Ich sehe mir das Buch mit den Pflanzen, die ich selbst gesammelt habe, an. Jetzt nehme ich mein Buch mit den Schiffsmodellen und sehe es an. Ich höre, dass der Vater ruft. Er sagt mir, er erlaubt mir, im Spielzimmer mit Käte zu spielen.

Die Sonne scheint. Der Vater ist jetzt in der Bäckerei. Er ist weiß und staubt aus dem Mund, wenn er lacht. Mit einer Hand trägt er den Mehlsack in die Backstube. Die Bäckerei ist groß, dunkel und weiß. Der Backofen glüht und knattert, der Vater trägt die heißen Brote auf der langen Schaufel. Er singt. Ich patsche im Kuchenteig herum. Der Zuckerstaub legt sich über den Vater, mich und den Lehrling. Überall sind die Lebkuchen. Auf den großen Blechen stehen die Osterhasen und die Sankt Nikoläuse. Der Vater macht mit dem Lehrling einen Kuchen. Wie der Blitz spritzt er die weiße Verzierung über den Kuchen. Ich schaue mit großen Augen auf was der Vater da tut.

Es ist 12 Uhr. Der Vater kommt zum Essen. Ich habe das Serviettchen, der Vater nimmt den Ärmel. Wir essen. Ich höre zu, was der Vater sagt. Ich und Käte haben Grieß. Wir machen Mulden mit Himbeersirup. Der Vater und die Mutter haben den Braten und das Glas Wein. Die Hausangestellten bekommen vom selben Braten und vom selben Wein. Sie lachen, als ich jetzt lache.

Der Vater ist jetzt im Bücherzimmer. Er blättert in einem Buch. Da ist ein Stäubchen. Ich darf ins Bücherzimmer, wenn der Vater im Bücherzimmer ist, nicht hinein, außer er ruft. Ich stehe auf der Terrasse, ich spiele leise den Ball gegen die Mauer.

Überall stehen die Blumen. Es ist heiß. Plötzlich kommt jetzt der Vater und sagt: Wir können essen. Der Esstisch steht unter der schattigen Platane, das Gras ist grün und saftig, die Wespen sitzen auf dem Schinken. Vom Nussbaum patschen die Nüsse, und jetzt, wo es Morgen ist, sitzen die schwarzen Krähen in den Bäumen. Wenn die Morgensonne durch den Nebel bricht, leuchten die Rosen ums Haus herum. Ich atme tief und fest, ich werfe das schwere warme Deckbett weg. Der Vater hat Mehl auf den Augenbrauen. Wir lachen. Die Mutter hat die Zimmer aufgeräumt, das Bücherzimmer, das Esszimmer, das Plättezimmer, das Gästezimmer, das Herrenzimmer, das Elternschlafzimmer.

»In meinem Haus«, sagt der Vater zur Mutter, »soll es keine gemischten Zimmer geben, und keinem Zimmer soll man die Spuren des unmittelbaren Gebrauchs ansehen.« Der Vater und die Mutter stehen in der Küche, sie sehen sich an. Ich stehe da. Die Mutter flüstert, der Vater ist still, jetzt zischelt er. Der Wind stößt heftig durchs Haus.

»Ja, Karl«, sagt die Mutter.

Außen ist das Haus voll von Rosen bis hinauf zum ersten Stock. Rings um das Haus ist der Garten. Ich stehe im Garten. Ich sehe den Schatten, der der Vater ist, im Fenster des Bücherzimmers. Es ist heiß. Große schwarze Wolken stehen am Himmel. Die Luft ist still. Aber der Vater, der jetzt aus dem Haus tritt, weiß, dass das Gewitter nicht kommt. Er steht im letzten Sonnenlicht und sieht über die unbewegten Kornfelder. Mit einer Handbewegung zeigt er den Landarbeitern, die unter ihren Hüten aus der Ebene zu ihm aufsehen, dass sie das Korn weitermähen müssen. Ich stehe neben dem Vater. »Jener Wandersmann dort«, sagt der Vater, »hat Angst, der Blitz könne ihm in sein Säckel fahren. Er hat keine Bildung.« Es donnert über den fernen Bergen.

Da klingelt es auch schon draußen an der Gartentür. Der Vater schickt den Hausmeister, er geht ins Haus zurück. Der Wanderer ist jung, er hat einen frischen Schnurrbart, er deutet zum Himmel. Ich stehe im Garten zwischen den Bäumen und schaue. An seinen Füßen ist Schlamm, durch den Garten weht der Geruch des Moors.

Ich zertrete die Kartoffelkäfer auf den Wegplatten. Die Maikäfer in den Buchen stinken.

Die Eltern reden miteinander mit leiser Stimme. Im Keller höre ich, wie der Vater, der mit einem Seil hantiert, ganz allein mit sich selber spricht. Schnell mache ich einen Lärm. Der Vater, der einen Hut anhat, fährt herum. Er hat einen Zettel in der Hand.

»Was siehst du mich so an«, sagt er.

Er hat einen Kasten, in dem er seine Gesteine ordnet. Er besitzt viele Steine, ich darf einen farbigen bewundern, jetzt legt ihn der Vater in seine Watte zurück und macht den Glasdeckel darüber. Er hat eine Zimmerdecke aus dem Gebirge mitgebracht, die aus Lindenholz ist. Er lässt sie mit einigen Zutaten versehen, die man nicht merkt, so dass sie als Decke ins Steinezimmer passt. Ich bin nun doppelt so gern mit dem Vater im Steinezimmer. Es ist kalt in der Nacht im Garten im zusammengestampften Korn. Schwarz stehen die Bäume, und die Vögel schauen mit ihren Augen daraus herab. Ich sitze im Schlitten, der Mann und die Frau neben mir machen ein eisiges Gesicht. Die Wölfe springen an den Seiten hoch. Wir müssen, sagt der Mann, jemanden opfern. Da springe ich lieber selber hinaus, vielleicht kann ich mich mit den Wölfen, die jetzt ihre Zähne in mein Fleisch hauen, anfreunden.

Der Vater und der Wandersmann diskutieren im Bücherzimmer. Ich höre die Stimme des Vaters und die leise Stimme des Gastes. Im Esszimmer sagt der Vater zum Wandersmann, ich habe Ihr Säckel ins Gästezimmer bringen lassen, denn Sie wollen das Gewitter abwarten. Es ist mir angenehm, dass Sie unser Gast sind, aber aus dem Gewitter wird nichts. Ja, es ist ein wissenschaftlicher Disput, sagt der Gast. Er geht hinaus und die Treppe hoch. Der Vater sagt zur Mutter, die das Geschirr in die Küche trägt, dieser Gast ist ein ungebildeter Mensch. Ja, Karl, sagt die Mutter.

»In Indien«, sagt der Vater, »brennt tagtäglich die Sonne vom tiefblauen Himmel.«

Der Vater steht am Fenster. Ich stehe hinter ihm im Zimmer, ich sehe auf seinen großen Rücken. Vor dem Fenster treibt der heiße Föhn die Blätter durch den Garten. Der Vater hustet, er dreht sich langsam um, er schwitzt. Er ist ganz klein geworden. Er sieht mich an. Es ist eine Stille. Der Vater dreht sich langsam um und sieht in den Garten hinaus, jetzt schlagen die ersten Regentropfen aufs Fensterbrett.

»Das ist«, sagt der Vater, »die Skizze von einem alten Meister. Sie ist sehr schön.« Ich sehe die Skizze an. Der Vater zeigt mir mit dem Finger, wie schön sie ist.

Der Vater und die Mutter flüstern in ihrem Zimmer, sie schreien leise. Ich stehe auf der Terrasse, ich beiße die Zähne gegeneinander, ich mache mit den Füßen einen Lärm. Das Haus knarrt, wenn der Vater hin und her geht, und jetzt, wo alles still ist, mache ich schnell mein Album mit den Dampflokomotiven auf.

Die Leintücher der Mutter hängen im grünen Garten. Sie werden gedreht, alle Leintücher bekommen gleich viel Sonne. Zimmer um Zimmer wird unter Mutters Aufsicht geputzt, außer denen, in welchen die Sachen des Vaters sind, die immer unter seiner Aufsicht geputzt werden.

Der Vater sitzt im Herrenzimmer am Fenster und sieht sich das Album an. Jetzt aber, als ich ins Zimmer komme, fährt er auf und klappt das Album zu.

Ich und Käte, die eine rote Schürze trägt, schwimmen und springen, wir erzählen dem Vater, wie viele Meter wir gemacht haben. Wir sind ganz sonnengebräunt. Dass der Vater so weiß ist, ist, weil er der Bäcker ist. Ich höre in der Nacht, dass der Vater leise mit der Mutter spricht. Jetzt quietschen die Dielen des Hauses da, wo der Vater und die Mutter sind, und jetzt geht der Vater im Korridor herum, er muss in die Backstube. Die Mutter flüstert, und dieses

Flüstern da, das nicht der Vater ist, ist der junge Wandersmann. Es geht lange, bis es still ist. Die Vögel pfeifen im dunklen Garten, ich höre, dass die Treppe langsam knarrt. Ich habe die Augen offen. Ich sitze in der Morgensonne auf dem Bettrand. Es ist ein Sonntag.

Jetzt sage ich dem Vater, dass ich auch Bäcker sein will. Ich freue mich, dass der Vater sich darüber freut. Ich habe ein Gefühl in mir. Ich stehe am Fenster. Über mir ist ein unendlicher, blasser Himmel, in dem die Vögel ihre Kreise fliegen.

Der Vater liegt auf dem Teppich im Bücherzimmer. Er atmet noch ein bisschen, jetzt aber nicht mehr. Ich schleife ihn an den Beinen zum Bett. Der tote Vater ist ganz schwer geworden. Ich gehe in der Abendsonne über die schnurgeraden Feldwege, ich sehe die Hand, die mir übers Kornfeld zuwinkt. Die Gewitterwolken stehen am Horizont. Ich kehre um. Die Mutter im Haus hat ein starres Gesicht.

Der Regen fährt in die Rosen am Haus, er fetzt die Blätter vom Spalier, jetzt aber sammeln ich, Käte und der Gärtner die abgeregneten Rosen in einen Korb. Wir tun sie auf den Kompost, und alles ist wie vorher. Das Haus ist eine Pracht.

Ich schreibe alle Ausgaben, die ich habe, in das Wachstuchheft. Für Rauchwaren unterschreite ich meinen Plan. Da würde Vater Augen machen, wie ich wirtschafte, sage ich.

Jetzt stehen die Mutter und Käte am Bahnhof. Die Mutter trägt ein dunkles Kleid, sie hat ein graues Gesicht. Ich lache. Käte gibt mir den Pfirsich. Der Zug fährt ab. Die Mutter hebt die Hand. Ich winke. Jetzt ist der Zug um die

Ecke, er rattert über die Weichen, der heiße Wind riecht nach Rost und Rauch. »Es ist eine herrliche Landschaft, besonders bei dieser Sonne«, sage ich zum Gegenüber in meinem Abteil. In der Tiefebene steht die kleine Hütte im Moor, die Bauern und Esel gehen auf den schmalen Wegen, die sie kennen, durchs sumpfige Schilf. Die schwarzen Vögel fliegen aus den weiten wogenden Kornfeldern. Zwischen den Hecken weiden die Schafe, sie sind sehr viele und rücken langsam über die Ebene vor. Hinter den blauen Bergen geht jetzt der Mond auf.

Der Mond steht über den Dächern der Stadt. Die Giebel und die Speicher knarren im Wind, der aus der Ebene kommt. Der Hund heult am Horizont. Jetzt, wo die Morgensonne aufgeht, komme ich durch die enge Gasse der Altstadt. Ich niese, es ist das gedroschene Korn, das vom Wind über die Stadt getragen wird. Ich rieche die Sumpfdottern. Ich kann den Stadtplan nicht zusammenfalten und stopfe ihn so wie er ist in die Reisetasche. Vor den Fenstern der Häuser der Altstadt wachsen die nassen Geranien. Die Katze schaut aus ihnen hervor. Am Horizont höre ich den Donner. Ich schaue zum Himmel empor, dieses Gewitter, das weiß ich, wird sich über der Stadt entladen. Die Frau wischt mit dem Fuß die herabgeregneten Geranienblätter ins Wasser im Rinnstein. Ja, jetzt treibt mir der Wind die Gischt ins Gesicht, ich schnappe nach Luft, da ist das Haus, es ist gelb, es hat zwei Stockwerke. An der Hauswand wachsen die Kletterrosen, es ist so, wie die Mutter es gesagt hat. Es leuchtet im Morgenlicht.

»Ich bin Karl«, sage ich zu der Frau, die jung und dick ist. »Meine Mutter hat Ihnen geschrieben.«

»Ja«, sagt die Frau. »Ich habe alles vorbereitet: die Bettwäsche, den Tauchsieder und die Waschgelegenheit.« Ich steige hinter der Frau, die jung und dick ist, die enge Treppe hoch. Mein Zimmer ist kühl, weil der Wind durch die Fenster fährt und zur offenen Tür hinaus. Die Frau lacht, als ich die Treppe hinabkomme. Sie rollt mit der Gabel die Haut von der Milch und tut sie in die Tasse, in der schon die andern Milchhäute sind.

»Bei uns«, sage ich zu ihr, weil wir in der Küche stehen, »verstehen die Leute etwas von Bergstürzen und vom Glauben. Wir haben viele Kinder, aber sie kommen unterwegs schon irgendwie um.«

»Ja«, sagt die Frau, »bei uns jedoch hält man die Gabel in der linken Hand, nicht wahr.« Sie seufzt.

Leise bewegt der Abendwind meine Vorhänge. Ich bin schweißüberströmt. Ich sehe den See. Da steht der braungebrannte Mann. Die Schwalben ziehen über die Dächer, auf die die Abendsonne scheint. Aber jetzt sitze ich am Fenster und esse mein Frühstücksei. Der Kopf des Mannes, der am Baume hängt, ist abgeknickt. Seine Füße hängen schlaff in der Luft.

»Die Kornfelder gehen bei uns bis zum Horizont, wo die Berge sind«, sage ich zur jungen und dicken Frau, »ein Gewittersturm im August ist eine Katastrophe. Die Männer streichen die Konfitüre auf den Käse und stecken ihn mit dem Brot in den Mund.«

Es knirscht, als ich in das Frühstück beiße. Die Frau rührt den Quark an.

»Ich bin Witwe«, sagt sie.

»Ja«, sage ich. Wir lachen. Ein junges Pferd an einem

Seil schlägt, wenn man es nicht ganz sicher hält, aus, sage ich. Ich reibe mit dem Taschentuch den Teller aus. Es ist heiß.

»Ist etwas«, sagt die Frau. Aus ihrem Mund sprüht der feingebissene Käse über den Tisch.

Ich lache. Der Vater zum Beispiel, sage ich, hat sich den Schweiß von der Stirn wischen müssen, wenn er das Pferd mit den bebenden Nüstern im Stall hatte. Es ist merkwürdig, wenn der Vater plötzlich am Bett steht und mich ins eiskalte Kornfeld trägt. Ich stehe in den erfrorenen Halmen, es windet, die Bäume sind große schwarze Schatten.

Die junge Witwe isst die Milchhaut. Die Sonne scheint, wir lachen. »Heute darf ich auf die Pauke hauen«, sage ich, »nämlich, ich werde Bäcker.« Ich sehe die Dächer der Stadt bis an den Horizont, der Rauch steigt aus den Kaminen, und der Kaminfegermeister droht dem Gehilfen mit der schwarzen Putzkugel. Die Luft riecht nach dem würzigen Morgenkaffee, den sich der Kaminfegermeister aus der Thermosflasche eingießt.

»Der Vater«, sage ich, »sagt zur Mutter, Mutter, du machst keinen so guten Apfelstrudel wie Mutter.«

Der Seiler steht vor der Tür seines Ladens.

Aus der Tür des Tierhändlers krächzen die zahmen Raben. Der Eisverkäufer, der ein Italiener ist, singt, während er den Spachtel am Biskuit abstreicht. Der Mann liegt mit offenem Mund auf der Straße, die schreiende Frau schleift ihn an den Beinen von der Fahrbahn. Heiß fährt der Föhn durchs Tal, in Sekundenschnelle ist das Städtchen niedergebrannt. Die Bäckerei ist, wie die Mutter es auf den Zettel geschrieben hat.

»Ich bin Karl«, sage ich, »ich möchte den Herrn Bäcker sprechen. Meine Mutter hat ihm geschrieben.«

Der Bäcker lacht und staubt aus dem Mund, als ich ihm die Hand gebe. Der Zuckerstaub legt sich über uns. Die Hand des Bäckers spürt, wenn der Teigklumpen des Lehrlings nur 490 Gramm hat. Die Lebenslinie der Hand des Bäckers ist mit Weißmehl aufgefüllt.

»Das ist eine Bäckerei wie bei uns«, sage ich zum Bäcker. »Wir haben überall Blumen.«

»Ja«, sagt der Bäcker, »bei mir herrscht eine peinliche Sauberkeit. Dieser Ventilator muss immer laufen, und hier sind die Filzpantoffeln.«

Die Bäckerei ist weiß und aus dicken Steinquadern, sie ist ein altes Patrizierhaus. Um drei Uhr früh raucht der Backofen in die kalte Winternacht, dem Bäcker und dem Lehrling rinnt der saure Schweiß in den Nacken, wenn sie die ersten Brote aus dem Ofen holen. Der Bäcker drückt den Daumen in das Brot, die Kruste kracht, und der Bäcker wirft das Brot zufrieden in den Korb. Der Bäcker ist der älteste Bäcker am Ort, sein Vater war der Bäcker, sein Großvater und sein Urgroßvater. Die Decke der Backstube ist aus angekohltem Holz, Daten und Inschriften sind ins Holz eingeschnitzt. Später dann hocken der Bäcker und der Lehrling in der Backstube, sie halten die Hände an die warme Ofentür. Der Bäcker hat das heiße Brötchen im Mund. Draußen fegt der Schneesturm durch die Straßen. Er pappt dem kleinen Lehrling, der die Brötchen ins Gasthaus trägt, die Lungen zu. Ich trage die Brote in die Auslage, ich sehe hinaus in die Sonne. Dieser Herr mit der Aktentasche ist der Stadtgärtner.

Ich drehe mich um, da steht der Bäcker und sieht mich an.

Ich weiß, wann die Gewitter kommen. Ich sehe zum Himmel auf nach den schwarzen Wolken, sie werden sich, das weiß ich, über den fernen Hügeln entladen. Hier wird die Sonne scheinen, ich sage es den Kollegen, die Vertrauen zu mir haben. Sie heben nicht einmal den Kopf, als die ersten Blitze in die Dachfirste einschlagen. Ich fürchte den eisigen Winter. Da weht der Wind das Schneeloch zu, in dem ich kauere, und ich tue meinen letzten Atemzug.

Aus den Ritzen des Bodens der Backstube, die dem Ofen am nächsten sind, wachsen die Blumen. Jetzt, als die Klingel der Ladentür klingelt, weht die kühle Luft herein, die ich kenne. Es ist die Luft des Gebirges. Es ist der wintige Jänner, der jetzt die Tür zuhaut, dass die Gläser klirren.

»Eigentlich gehe ich jeden Tag in die Bäckerei«, sage ich zu Sonja, »plötzlich aber fährt der Blitz hinab und es ist gar nicht die Bäckerei, was dann.«

Die Bäume werfen lange Schatten, als wir jetzt durch den grünen Park gehen. Die Tauben gurren, Sonja trägt heute ihr violettes Kleid. Sie hat schwarze Haare. Sie geht mit schlangenartigen Bewegungen. Ich nicke ihr zu, unmerklich, wir verstehen uns auf den ersten Blick. Obwohl Sonja aus dem Flachland ist, weiß ich, dass sie mich liebt, denn ihre Hand in meiner Hand ist feucht.

Rauschend erhebt sich der Kranich aus der Platane, als wir uns jetzt am Waldrand hinlegen.

»Karl«, sagt Sonja, »sag du zu mir.«

»Du«, sage ich.

Die Marmorstatue dort im Pavillon gleicht Sonja aufs

Haar, mit ihrem ausgestreckten Arm, nur, Sonja ist angezogen und farbig.

»Karl«, sagt Sonja, »ich möchte zuerst in einen Film gehen, dann ein Eis essen und dann zu einem Tanz gehen.«

»Ja«, sage ich. Ich spüre, dass mein Herz mir schier die Brust zersprengt. Ich zeige Sonja die Damhirsche dort drüben am Horizont, ich lege ihr den Zeigefinger auf die Lippen, ihr Herz klopft. Da, jetzt haben die Hirsche doch Lunte gerochen und brausen krachend durchs Unterholz. Sonja hat große ungläubige Augen, sie ist ein Stadtkind.

»Was soll denn der Hase auf dem eiskalten Feld tun«, sage ich, »soll er mit dem Jäger plaudern oder soll er seine Haken schlagen. Ich zum Beispiel«, sage ich, »bin ein leidenschaftlicher Jäger. Ich gehe am frühen Morgen durch den nassen Tau, das Holz knackt unter meinen Schuhen. Es ist anstrengend, das tote Wild an den Beinen nach Hause zu schleifen.«

Die Abendsonne scheint durch die Äste der Platane, da kommt der erste Nebel. Ich sehe die Zweige gegen den Himmel. Leise bewegen sich die Herbstzeitlosen im Wind. Sonja hat einen Grashalm im Mund, sie lacht. Die Mädchen, sage ich zu Sonja, können nicht ausschlafen, auch wenn ein liebes Mannsbild an ihrem heißen Herzen liegt frühmorgens. Die Mädchen möchten in der Sonne vögeln, jedoch sie sind so müde, dass sie es dann nur am Samstagabend tun, nach dem Tanze, dem Speiseeise und dem Kusse unter dem Baume, sage ich.

»Sonja«, sage ich, »wollen wir heute zum Tanze, oder.« Blind blinzle ich in die Blendlaterne des Kontrollbeamten. Es ist ein Irrtum, sage ich, ich bin nur der Ohrenzeuge.

Sonja schläft im hohen Gras.

Ich gehe durch die hohen dichten Büsche dahin. Über mir sehe ich den blauen Himmel. Das Hemd klebt. Die Mücken tanzen über dem Wasser. Die Schuhe schwappen im Sumpf des Moors. Die Zunge klebt am Gaumen. Reiher ziehen über mir hin, sie krächzen. Plötzlich sehe ich jetzt den See unter mir, wie er daliegt im Sonnenlicht. Er leuchtet rot, jetzt, wo die Sonne hinter den Bergen untergeht. Mit dem Handrücken wische ich den Schweiß von der Stirne weg. Ich atme sehr langsam, ich gehe zwischen den Hütten herum. Die Schwäne, die am Ufer schwimmen, essen die Brocken der Leute. Ich sehe den Mann am Ufer stehen, er steht vor der Sonne, als er jetzt etwas sagen will, ist mir doch nicht so ganz wohl in der Haut. Ich drehe mich schnell um und gehe dem See entlang auf die Stadt zu. Jetzt wende ich mich um, aber jetzt ist die Sonne untergegangen.

Es wird dunkel, aber es ist eine warme Luft.

Wenn der Vater und die Mutter miteinander geflüstert haben, gehen sie ins Haus, und ich sitze im Sand und haue den Kessel an den Zaunpfahl.

»Das ist ein Abend«, sage ich.

»Ja«, sagt Sonja.

Die Grillen zirpen im dunklen Park. In der Ferne ziehen die Eulen vorbei. Die große Wolke schiebt sich vor den Mond, die Nachtvögel zwitschern in den Büschen. Ich spritze. Mein Gott, sagt Sonja. Sie weint, vor Glück. Sie knüpft ihre blonden Zöpfe neu. Ich trage einen grauen Anzug, ein weißes Hemd und eine schwarze Krawatte. Ich schnaufe noch einmal so tief ich kann, als ich jetzt den Strick um den Hals spüre.

Ich höre den ersten Hahnenschrei, und schon stehe ich am Backtrog. Im Schein der Petroleumlampe, die am schwarzen Balken hängt, wische ich die Stube aus, mein Atem macht große weiße Wolken, aber im Ofen knacken schon die ersten Buchenscheite. Jetzt krempele ich die Ärmel hoch, als ich den Teig, den ich gestern Abend vorbereitet habe, zum Tische trage. Ich trete den Blasebalg, jetzt donnert das Feuer, ein richtiges Brot kommt nur mit Buchenholz zustande. Ich werfe eine neue Fuhre hinein. Von hundert Bäckern, das weiß ich, stirbt kaum einer im Bett. Kopfüber fällt der Gehilfe in den Ofen, er schreit, schnell wirft der Meister die Tür zu, und das Brot am Morgen hat einen Geschmack. Jetzt nehme ich den Anis, jedes dieser Brote bekommt eine Handvoll. Es ist eine Spezialität. Ich mache mit dem Teig eine lange Wurst, mein Messer teilt sie blitzschnell, kein Stück hat mehr als 10 Gramm Untergewicht.

Die Messer hängen an allen Wänden. Es ist dunkel, draußen ist gewiss ein Unwetter. Die Backstube hat dicke Mauern, einen lauten Schrei in der Backstube hört man im Bäckerladen als ein fernes Gurren. Was war das, sagt die alte Dame. Ich stehe am Schiebefenster und drücke die Stirn ans Glas, ich sehe, wie es die Amsel macht da draußen im Regen im Garten. Oh Sterben, sage ich, ist des Menschen Verderben. Ich nehme das Buchenscheit und werfe es ins Feuer.

»Guten Morgen«, sage ich zum Bäcker, der mich ansieht. Der Bäcker arbeitet am Trog. Er ist breit von hinten und hat einen weißen Hut auf. Er singt. Er macht die Semmeln, die Wecken, die Laibe, die Striezel, die Schrippen, die Baunzerln, die Stollen, die Schnecken, die Salzstangen, die

Pfannkuchen und die Mohnbeugel, der Bäcker. Ich stehe am Tisch. Ich trage die Brote in die Auslage, jetzt mache ich die Negerküsse und die Wurstweggen. Der Fußboden der Bäckerei, sage ich, ist eine ganz dünne Schicht, plötzlich breche ich ein und bin wer ganz anderes.

Ich habe ein aufgekratztes Handgelenk.

Es windet. Ich fahre herum, kein Mensch jedoch ist in der Backstube.

»Harrrrgoschd«, sage ich. Ich wische mir den Schweiß aus dem Gesicht.

»Mit wem sprechen Sie denn da«, sagt der Bäcker. Der Bäcker trägt den Zuber zum Tisch. Er keucht. Der Ventilator surrt, der Bäcker schlurft, als er jetzt zur Kasse geht. Er darf nicht gestört werden, natürlich. Er schaut zum Himmel hoch, nun, sagt er, dieses Gewitter kommt nicht zu uns, schau nur, da fahren die ersten Blitze in die Hügel jenseits der Dachfirste. »Bei uns zu Hause«, sage ich von der Bockleiter herab, »darf der Bräutigam die Braut vorher ausprobieren.« Der Bäcker lacht. Ich lache. »Das Schönste ist das Gebirge«, sage ich, »wenn der Bergkamerad am Gipfelgrat ausgleitet, springe ich auf der anderen Seite in den Abgrund. Mit Seilrucken verständigen wir uns. Oben dann geben wir uns stumm die Hände. Wir atmen tief die gute Luft ein, und jetzt, wo wir weitersteigen, spüren wir das leise Zittern in den Knien schon nicht mehr. Um unser Haus sind viele Blumen. Wenn es ein Gewitter gibt, leuchtet es in der letzten Sonne. Meine Mutter hat eine große Ordnung im Haus und im Garten.« Der Bäcker schreibt in sein Buch, er tippt die Zahlen in die Rechnungsmaschine und kontrolliert sie nach. »Zu Hause«, sage ich, »haben wir auch schöne Holzböden.« Der Bäcker sieht mich an, jetzt, wo ich hinter dem Ladentisch stehe, sieht er auf meine Füße.

Blind tappe ich durch den finstern Park. Überall sind die schwarzen Schatten der Bäume, Büsche und Blumen, dies hier ist die Marmorstatue. In der Ferne galoppieren die Tiere des Waldes, der Sand knirscht auf dem Parkweg. Taghell erleuchtet jetzt der Blitz den schwarzen Mann, es ist ein Schrecken von vor zwanzig Jahren.

Mein Hemd ist zerrissen, das Handgelenk ist aufgekratzt. Der Kies stiebt, während ich renne, hinter mir hoch.

Ich fasse mich an die Kehle. Der Mann, sage ich, trägt die graue Hausjacke, er lächelt, er hebt die Axt hoch. Es knackt. Schon liege ich im Bett. »Ja«, sage ich zu Sonja, »heute gehen wir aufs Land und essen Eis.«

Guten Tag, Herr Bäckersmann, sage ich. Die Luft ist stickig, draußen fegt der Sturm vorbei. Schwarze Wolken hängen am Himmel, das Wasser sprüht mir ins Gesicht, der Wind pfeift. Es ist kalt, nass peitscht der Regen. Mit steifen Fingern lege ich den Brotteig auf die Waage, das Holz ist feucht und qualmt im Ofen. Der Rauch beißt in den Augen, der Bäcker hustet und flucht, es ist die Witterung.

»Es ist sicher meine Schuld«, sage ich.

Der Donner kracht. Ich sehe zu den verrußten Holzbalken hoch, ich rutsche, wenn ich mich nicht festhalte. Ich gehe unsicher über den glitschigen Holzboden, und jetzt wirft mir der Bäcker plötzlich den Teig, der zu leicht ist, zu. Ich sehe, er wimmert. Er ist klein, er hat einen Hut auf und eine weiße Gesichtsfarbe. Er sieht mich mit großen Augen an. Zwischen den Holzplanken wächst das Moos, es ist fast so zäh wie der gemeine Hauswurz. Der rechte Arm tut mir weh. Es ist der Starrkrampf. Es ist ein Geschrei in diesem Raum, die Petroleumlampe schwankt hin und her, durch diese Regenwolken kommt kein Tageslicht mehr. Ich klopfe dem alten Mann auf die Schulter, es ist nichts, sage ich, reg dich nicht auf, es geht vorbei. Nur ganz ruhig bleiben, sage ich zum Bäcker, der jetzt ganz ruhig bleibt und heftig atmend den Kopf auf die Brust gesenkt hält. Es geht schon, sagt er. Ich spüre, dass ich durch den Ring, den ich um die Brust habe, eine Luft bekomme, die nach Palmen, Sand und Menschen riecht.

Jetzt reißt der Bäcker die Ofentür auf. Ich stehe da. Der Bäcker, der auf der Ofenbank sitzt, sieht mich an. »Was stehst du da«, sagte er.

Ja, sage ich zum Bäcker, der alte Mann hat einen kahlen Kopf, oder. Er nickt vor sich hin. Er atmet die Luft pfeifend durch den Mund ein, und ich auch. Jetzt wird die Tür aufgerissen, es ist der Lehrling. Er schreit etwas, er wirft den Sack in die Ecke, der weiße Mehlstaub füllt langsam den Raum. Es gibt einen neuen Stoß. Komm schon, Herr Bäckersmann, sage ich, der nach unten zu rutschen beginnt. Es geht schon, es ist das Wetter, sagt der Bäcker, vorhin habe ich mich elend gefühlt, jetzt aber. Ich habe nasse Hände.

»Was für ein Wetter«, sage ich zum Bäcker.

Der Bäcker hat sich auf die Ofenbank gesetzt, denn er hat weniger Brot gebacken, weil er denkt, dass die Leute nicht kommen, wenn es regnet.

»Ja«, sagt er, »schon.«

Der Seiler, dessen Seile sich bei Nässe zusammenziehen,

dichtet die Türritzen mit Filz ab. Vor der Tür bellt der nasse Hund des ersten nassen Kunden.

So sehe ich in die Nebel hinaus, die dem Moor entsteigen. Ich blinzle, die Dämpfe machen, dass mir die Tränen aus den Augen rinnen. Der Wind, der aus den Bergen kommt, treibt die Wolken durch die Stadt. Ha, sage ich, es riecht. Ich bin ganz starr, lieber Herr Bäckersmann, schnell setze ich mich auf die heiße Türschwelle.

Die warme Sonne tut gut, sage ich, oder. Ich sehe vor mir das dumpfe braune Moor, in dem die schlammigen Schafe stehen. Die kleinen Büsche stehen um die Hütte herum. Dort ist der Weg, dieser Punkt ist der Wandersmann. Er ist der Bauer, der zu seinem Kornfeld geht. Ganz am Horizont fällt der letzte Sonnenstrahl auf den Hügel. Über dem heißen Moor zittert die Luft. Vor mir gehen die Hausfrauen unter der Stadtmauer dahin, die auch den Türken trotzen würde. An der Kirche läutet die Glocke.

Sonja sagt: »Ich habe gestern sehr lange mit der Mutter gesprochen, sie hat von ihrer Seite eine Einwendung gegen den Bund nicht zu machen.«

Kein Flurhüter ist weit und breit, wenn ich übers Moor gehe. Der Regen kann jeden Augenblick kommen, schon ist die Luft ganz still und die Vögel schweigen. Die Mücken surren um meinen Kopf, ich schlage mit der Hand um mich, ganz vorne sehe ich auf der Anhöhe das Haus in der Sonne. Ich gehe schnell auf dem Weg, mein Säckel drückt mich. Mein Fuß quatscht im Schlamm, jetzt sacke ich ab, aber ich schaffe es nochmals. Rings um mich sind die Schafe, sie kennen die sichern Inseln im Moor und rücken in kleinen Sprüngen vor. Da rechts sehe ich die kleine

Holzhütte, es ist sicherer, ich warte das Unglück hier ab. Jetzt fallen die ersten schweren Tropfen auf meinen Kopf. Wenn ich dann nach dem Winterschlaf erwache und aus meinem Loch krieche, dann ist da noch ein Meter Schnee. Ich blinzle in die Märzensonne, jetzt kann ich nur noch über die weißen weiten Felder hoppeln und eine Beute des Adlers werden, oder aber ich sitze vor meinem Loch und warte, bis mich der Hunger zu Tode gebissen hat. Wenn ich durchs Moor, den Schnee und den Sturm zum Haus komme, geht die Tür auf, da steht der Hausmeister und zieht die Kappe vom Kopf. Ich gehe hinein, es ist warm, ich liege im Bett und darf mit einer richtigen Knipszange ein Loch in das richtige Tramabonnement knipsen.

Jetzt jedoch, wo die Sonne schräg in den Bäckerladen scheint, sehe ich die kleine Erhebung unter dem Teppich, ich spüre genau die Kanten mit meinem Fuß, den ich aus dem Filzpantoffel ziehe. Es ist die Falltüre. Ich hebe den Teppich an und lasse ihn wieder fallen, die Sonne scheint in die Staubwolke. Der Bäcker walzt im goldenen Abendlicht den Teig, er lacht ganz alleine. Unter der Falltür unter dem Teppich ist der Keller. Ich lache dem Bäcker zu, als ich jetzt, mit meinem Strohhut auf dem Kopf, aus der Bäckerei trete. Ich wirble den Spazierstock, tänzelnd gehe ich die Straße hinunter. Der Seiler, der Töpfer, der Seifensieder und der Silberschmied spielen Karten, sie haben rote Köpfe, es geht um die Wurst. Der Silberschmied haut das Ass auf den Teppich, aber der Seifensieder sitzt wie die Spinne im Netz in der Hinterhand.

»In dort wo ich zu Hause bin«, sage ich zu Sonja, »sind alle Gasthöfe innen dunkel. Die Gäste, die Männer sind, trinken einen Rotwein, sie sagen langsame Sätze oder lesen das Amtsblatt. Die Wirtin sitzt am Nebentisch, sie fädelt die Bohnen für morgen ab und nickt, wenn die Männer etwas sagen. An den Wänden hängen Bilder mit Bildern aus den Bergen und das Suchard-Plakat aus Blech. Um halb zwölf kommt das Auto mit den Polizisten. Die Polizisten trinken stehend ein Glas mit den Männern, sie legen die Kappe auf den Tisch, dann sagen sie, es ist Polizeistunde. Die Männer gehen hinaus in die kalte Nachtluft des gebirgigen Tales.«

»Mein Vater«, sagt Sonja, »ist ein Briefmarkenhändler.« Wenn der Vater tot ist, steht die Tante mit weißem Gesicht an der Tür und sagt kein Wort. In diesem Gasthof, in dem ich jetzt bin, trägt der Kellner die Biere in einem Tragkorb herum, jetzt bringt er mir das Schnitzel und stülpt die Soße darüber.

»Ach«, sage ich zu Sonja, »ach.«

Ein heißer Wind fährt in die Sonnenstoren. Sie blähen sich auf, gerade noch erwische ich meinen weißen Bäckerhut. Da wirbeln die Spielkarten des Seilers, des Töpfers, des Silberschmieds und des Seifensieders durch die Luft, gerade jetzt, wo der Töpfer die Hundert vom Ass hat.

Ich drehe die Storen hoch. Sie knattern. Vater, ach Vater, die Spechte hauen in den trockenen Baum. Es ist heiß, es riecht nach brackigem Holz. Ach, ich bin der kleine nackte Vogel in der großen Hand, der große Daumen spürt das Herz, das jetzt seinen letzten Schlag tut. Es ist eng hier, und jetzt ist mein letztes Streichholz ausgebrannt. Ach, der Bäcker steht in der Backstube, ach, er trägt die weiße Mütze, wie hart ist sein Blick. Er ist mit Mehl bestäubt, jedoch seine Augen sind rot, und jetzt, wo er die Mundwinkel verzieht, sehe ich seine Zähne. Der Bäcker staubt aus dem Mund. Mit einer Hand trägt er den Mehlsack in die Backstube, aus seinem Mund, das sehe ich jetzt ganz genau im Schein der Blendlaterne, kommt Speichel. Oh, wie der Blitz spritzt der Bäcker die weiße Verzierung auf den Kuchen, ja, sein Blick ist unstet. Der Bäcker bewegt den schönen Mund, ich höre keinen Laut, wenn nicht dieses Pfeifen. Wir können essen, sagt der Bäcker.

»Halali Frau Herzogin«, sage ich zu Sonja, »da habe ich natürlich große Augen gemacht.«

Ach, eine gewaltige Veränderung geht im Bäcker vor sich, ich sehe es an seinen Augen. Diese glühen. Der Bäcker ist ganz klein geworden. In der Hand hat er die kleine Skizze, er fährt mit dem weißen Finger darauf herum. Oh, der Bäcker singt. Die Bretter des Fußbodens knarren, denn der Bäcker geht hin und her, eiskalt fährt es mir durchs Herz, als ich jetzt das ferne Rollen, wie von niederstürzendem Gestein, vernehme.

»Ich staune nicht schlecht«, flüstere ich Sonja zu, »als ich das Aschehäufchen neben der Leiche finde, die das Weinglas noch in der warmen Hand hält. Der alte Mistbock hat das Testament verbrannt.« Der Zuckerstaub legt sich über den Bäcker, mich und den Lehrling. Ich patsche im Teig. Auf den Dächern liegt der Rauhreif. Was soll das, ruft der Bäcker laut von nebenan.

»Es war doch nie ein lautes Wort«, sage ich, »es ist doch der Beruf meiner Träume.«

Ich und der Bäcker sammeln ein, was am Boden liegt. Noch einmal, sagt der Bäcker, und es rauscht.

»Ich gehe also ganz ruhig hinein«, sage ich zu Sonja, »und stell dir vor, was ich da sehe.«

Still scheint die Sonne über die Stadt, in der die Eseltreiber die Peitschen mit den Widerhäkchen in die Esel hauen. Ein ferner Donner ist zu hören. »Das haben viele«, sagt Sonja, »das geht vorbei.« Ach, krachend wirft der Wind den Fensterladen zu. Ich nehme die Flasche und schlage sie über den Kopf des Bäckers. Ach, ich nehme das Messer und steche es in den weißen breiten Rücken des Bäckers. Der Bäcker sieht mich an, er ist ganz klein geworden. Ich nehme das Messer und steche es nochmals in den Bäcker. Der Bäcker hat eine peinliche Ordnung in seinen Sachen, ach, nie vermengt er die verschiedenen Dinge. Ich nehme den Hammer. Der Bäcker knirscht.

Leise rieseln die Nadeln von den Arven, in die der Specht haut. Die Rehe gehen auf ihrem Wechsel zur Futterstelle, wo der Förster das Heu hingetan hat. Die Hirsche, die brünstig sind, röhren und verhaken ihr zwölfendiges Geweih im Gegner, sie sind eine leichte Beute des Grafen. Es ist schon wieder ein Blattschuss, sagt die Gräfin. Die Füchse schnüren über die Wiese, ich rieche das Moos und die Agaven, die Zikaden zirpen. Sonja setzt sich an den Waldrand. Ich beiße in den Käse. Es riecht nach einem Waldfeuer. Ich höre die Kuhglocken.

»Mein Vater hat das Bücherzimmer und das Steinezimmer«, sage ich, »nie vermengt er die Zimmer untereinander. Nie zeigt ein Zimmer Spuren des Gebrauchs, und immer stellt der Vater das Buch, in dem er auf dem Lesetisch gelesen hat, ins Regal zurück.«

»Ja«, sagt Sonja.

Sonja sammelt die Himbeeren in das Kopftuch, sie hat das Taschentuch voll mit den Heidelbeeren. Jetzt macht sie sich an die Erdbeeren.

»Adieu, Sonja«, rufe ich, jedoch der Abendwind trägt meine Stimme in die andere Richtung. Es ist kühl.

Die Sonne ist untergegangen, es ist abendgrau. Das Gebirge ist kalt. Rechts und links stehen die schwarzen Tannen. Ich sitze im Postauto. Es dämmert und nieselt. Das Postauto fährt durch die Schlucht, unter mir ist der rauschende Wildbach, er rauscht über die Felsen, und das Wasser sprüht über die Straße. Der Fahrer sieht geradeaus, er kennt die Bergstraße, er weiß, um diese Zeit kommt keiner mehr hinunter. Er kaut am kalten Stumpen. Jetzt, wo ich aus dem Postauto steige, ist es schon fast dunkel. Es ist kalt. Es ist die Höhe. Der Wind fegt von den Bergen herab. Über mir sind die tiefen schwarzen Wolken. Ich stehe neben dem Postautomobil, das gelb ist, ich sehe das gewaltige Haus jenseits des Wildbaches. Ich atme tief, ja, das ist die Luft. Ich drehe mich um, ich gehe in die Gaststube. Ich frage, ob ich ein Zimmer haben kann für eine Nacht oder zwei Nächte. Die Wirtin ist jung und dick. Sie geht vor mir die steile Treppe zum ersten Stock hinauf. Im Zimmer sagt sie: »Wir heizen nicht zu dieser Jahreszeit. Es hat so wenige Passanten.« Ich setze mich in die Gaststube. Ich habe den halben Liter Rotwein vor mir und esse das Trockenfleisch. Die Wirtin sitzt am andern Tisch und blättert in der Zeitung, jetzt schraubt sie den Docht in der Lampe höher. Am dritten Tisch sitzt der Postautochauffeur. Er sagt: »Raubforelle.« Die Wirtin sagt »Bachforelle« zu ihm. Sie sagt, nehmen Sie noch einen Halben.

Liebe Sonja, schreibe ich, hier tun die Leute dem Großvater ein Giftlein in den Wein, wenn er lästig wird. Sie schleifen ihn an den Beinen in den Saustall, dein Karl. Es ist traurig, dass man sterben muss, schreibe ich, gern hätte ich mit dir zusammen ein paar Feinde in der Luft zerfetzt, dein Karl. Es ist kalt hier. Ich trinke den Rotwein. Die Wirtin schaut mich an. Ich nehme die Kerze und gehe in mein Zimmer. Ich liege auf dem Rücken im Bett. Ich sage: »Morgen gehe ich aber auf den Berg.« Aber die junge und dicke Wirtin kann mich so nicht hören, natürlich.

Ich steige den Berg hoch. Ich keuche. Tief unter mir sehe ich den Gasthof. Es windet. Dort oben, wo die Nebelkrähen fliegen, ist der Gipfel. Ich kreuze die Kuhwege. Der Stein rutscht unter meinem Fuß weg, da springt er nach unten, jetzt kracht er gegen den großen Felsbrocken. Ich stehe auf dem Gipfel, ich atme und wische den kalten Schweiß von der Stirn. Unter mir sind die kleinen Gipfel. Die großen Gipfel verschwinden in den schwarzen Wolken, aus denen es donnert. Ich stemme mich gegen den Wind, ich halte mich am Steinmännchen, ich habe kalte Ohren.

Ich renne die Geröllhalde hinab, jetzt stehe ich im Kreidestaub. Ich habe weiße Beine und marschiere durch die Alpenrosen. Ich kaue die getrocknete Pflaume, dieser Weg ist eine Abkürzung. Zur Wirtin sage ich, als ich das Zimmer bezahle: »Sie haben es schön in Ihrer Höhe.« Der Postautochauffeur kommt aus dem Zimmer der Wirtin, er nimmt seine Kappe vom Haken. Die Sonne scheint, die weißen Wolkenbänke fliegen an den Gipfeln vorbei. Von den Haarnadelkurven aus sehe ich tief unten die gelbe Ebene und den Dunst über der Stadt.

Ich gehe durch den Garten des Hauses, ich nehme eine Raupe vom Rosenblatt. Ich zerquetsche sie. Ich klingle. Ich höre den Ton und rieche die Rosen, und ich sehe den Schatten durch den Garten rennen und quer durch das Getreidefeld und auf und davon. Es gibt Grieß und Sirup. Der Garten muss noch gemacht werden, aber sonst ist es wie immer. Die Mutter, der ich die Alpenrosen mitbringe, zeigt mir das Haus. Die Sonne geht blutrot hinter den Dächern der Häuser des Dorfes unter.

2

Das Haus steht im Sonnenlicht auf der Anhöhe, es ist heute ein heiterer Tag. Strichregen gehen auf die entfernteren Wälder nieder, ich stehe im Garten und rieche die Rosen, auf die der Regen gefallen ist. Ich nestle an den Bändern meiner Stiefelchen herum. Ich kann den Knoten. Die Vögel singen im Gebüsch. Ich habe die rotweiße Ärmelschürze, ich krieche mit dem Netz durchs hohe Gras, und die Amsel, die nach dem Wurm pickt, zappelt unter den Schnüren. Ich lasse sie fliegen. Ich sehe auf die Ebene unter mir. Das Korn steht ruhig. Die Pferde gehen zwischen den Feldern. Die Sonne brennt vom Himmel. Es ist Sonntag. Die Bienen summen, es ist Ostern. Ein leiser Wind fährt durch den grünen Klee. Der Vater, der neben mir im Klee sitzt, klatscht in die Hände. Die Amsel fliegt davon. Der Vater lacht. Ich wische die Hände an meinen neuen gelben glänzenden Samthosen ab. Der Vater wirft den Schlapphut, den er auf dem Kopf hat, weg, jetzt hat er lange schwarze Haare.

Ich lache. Der Vater spielt die Mundharmonika, er sitzt auf dem Fensterbrett, meine Freunde stehen im Gras im Garten, und der Gärtner hat die Tränen in den Augen. Ich komme ganz verdreckt nach Hause, du Vater, rufe ich, wir haben Regenwürmer gegessen.

Die Mutter, die Sabine heißt, freut sich. Sie steht in der Küche und macht Zwetschgenkuchen. Ich verzettele mit der Gabel das nasse Heu. Der Vater, der neben mir arbeitet, wirft die Schlange in die Luft, jetzt haut er ihr mit der Heugabel den Kopf ab. Ich sage jetzt zum Vater Karl, Karl sagt Karl zu mir. Wir stehen hier und sehen in die Sonne, die hinter den Bergen hinter dem Kornfeld, das wir gemäht haben, untergeht.

Ich und Käte gehen hinter den Kühen daher, wir klatschen ihnen die Holzstecken auf den Hintern, wir treiben sie in den Stall. Die Kühe werfen in der Abendsonne lange Schatten. Käte hat leuchtende Augen.

Der Vater kann den Tanz vormachen, mit dem er die Mutter gefreit.

In der Bäckerei steht er unter der offenen Tür, lüftet den weißen Bäckerhut, weil die Seilersfrau ihn grüßt. Die Katz sitzt auf dem Fensterbrett. Der Vater spritzt die Verzierung auf den Kuchen. Im Laden sind die Anker, Seile, Galionsfiguren und Sturmlaternen. Alte Kapitäne, mutige Matrosen und Seebären sind die Kunden des Vaters. Ich stehe in der Ecke des Ladens und sehe sie an. Die Sonne scheint dem großen Matrosen, der den Kuchen kauft, auf die Mütze.

Hand in Hand stehe ich mit dem Vater, als ich den kleinen Neger sehe. Da habe ich Glück gehabt, sage ich, dass ich nicht so ein Saumensch geworden bin.

Der Vater lacht mit der Mutter. Die Treppe knarrt. Sie flüstern, es ist still. Karl, rufe ich im Korridor, lass uns in den Garten gehen und den Raupen den Garaus machen.

Ich und Karl gehen zusammen durchs hohe Gras. Strichregen gehen auf die entfernteren Wälder nieder. Wir schweigen, die Mücken summen um unsere Köpfe, wir hören, wie in der Ferne die Damhirsche durchs Unterholz brechen. Ich schieße dem Eber die letzte Kugel schräg in den Kopf. Es ist ganz schön mühsam, den toten Eber von Karl herabzurollen. Wir schleifen ihn durchs Unterholz. Wir wischen uns mit dem Handrücken den Schweiß von der Stirn und sehen uns an. Golden liegt der tote Eber im Gras. Ich und Karl klettern auf den Baum. Unter uns liegt die Ebene. Am Horizont sehen wir das Haus, es ist von der Sonne angeleuchtet, wir sehen die Rosen bis hierher. Es windet. Über uns türmen sich die schwarzen Wolken. Es ist schwül. Ich und Karl machen den Landarbeitern mit den Armen das Zeichen, dass das Gewitter nicht kommt. Der Wandersmann, der ein gewaltiges grasgrünes Säckel mit sich trägt, geht mit schnellen Schritten unter dem Baum durch. Sein Blick ist auf den Horizont geheftet. Dieser Wandersmann, sage ich zu Karl, der neben mir auf dem Ast sitzt, ist ein Tolpatsch. Er weiß nichts vom Wetter. Er kann von Glück reden, dass wir zwei ihm nicht in den Nacken gesprungen sind.

Karl zündet das Feuer an. Langsam ziehen die Vögel in der Abendsonne über die Ebene dahin. Um uns stehen die gelben Roggengarben. Zwischen den Stoppeln wachsen der Mohn und die Kornblume. Karl sitzt im Schneidersitz. Jetzt ist es stockfinster, und Karls Gesicht leuchtet rot im Feuerschein. Das Feuer prasselt, das Buchenscheit, das ich jetzt darauflege, knackt. Es wärmt uns, als wir die Koteletts, die Karl an einem Stecken herumreicht, essen. Weißt du, sagt Karl leise zu mir, manchmal muss ich an das Mädchen denken, das mit den zerrauften Haaren vor dem Heuschober steht. Ja, sage ich leise, ich verstehe. Ich habe, sagt Karl und streichelt meine Hand, alles für dich getan. Im Dunkeln zischt der Fuchs, dem ich das brennende Buchenscheit nachwerfe, davon. Karl hat die Hand von Sabine in der Hand, während ich jetzt mit dem Stecken im Feuer rühre und einen gewaltigen Qualm verursache. Endlich aber, sage ich zu Käte, wird doch die Zeit kommen, in welcher du von uns scheiden wirst. Nie, nie werde ich es tun, ruft Käte beinahe heftig, ich liebe nur den Vater und die Mutter und dich.

Der Hahn kräht. Das Gras ist feucht vom Tau, den ich an den Füßen spüre, als ich jetzt durch den Garten gehe. Nie, nie werde ich es tun, rufe ich beinahe heftig. Ich sehe, dass der Gärtner die Rhabarber in die Küche trägt. Ich binde die Bohnen hoch, gieße die Tomaten, stutze die Reben und lege das Schneckenpulver um den Salat.

Ich möchte der Bäcker sein wie du, sage ich. Karl haut mich auf die Schulter, Sabine lacht, und Käte klatscht in die Hände.

Du sollst dich ganz aus dir selbst entwickeln, sagt Karl zu mir, ich gebe dir hier diese Ratschläge.

Karl, Sabine und Käte stehen am Bahnhof. Karl hat seinen Hut in der Hand, er winkt mit dem roten Taschentuch. Der Zug, aus dem ich winke, biegt um die Ecke, die Luft ist heiß. »Es ist«, sage ich mit einem Schleier vor den Augen, »ein schönes Land.« Mein Gegenüber lächelt durch ihre

Tränen hindurch, als ich ihr erkläre, dass alles einmal ein Ende hat. Ich lade das Mädchen in den Speisewagen ein. Das Mädchen trägt ein violettes Kleid, das beim Gehen klingelt. Karl, Sabine und Käte, die auf dem leeren Bahnsteig stehen, sagen jetzt, jetzt können wir aber auf die Pauke hauen, wo Karl weg ist, sage ich. Das Mädchen sieht mich aus weit aufgerissenen Augen an. Ich habe den Salzstreuer in der Hand. Es macht nichts, sage ich, das geht vorbei, man kann sich daran gewöhnen.

Ich bin Karl, sage ich zur Zimmerwirtin, die jung und dick ist. Der Vater hat mir erlaubt, entfernt von den Eltern in der Stadt zu sein. Die Wirtin führt mich in mein Zimmer hinauf. Es hat rotgeblumte Tapeten. In sehr kurzen Zwischenzeiten hängt die Wirtin neue schneeweiße Fenstervorhänge auf. Ich sehe über die Dächer der Stadt mit den rauchenden Kaminen, den Hunderten von Türmen und dem rosa Schimmer am Horizont. Sehr oft kommen Karl, Sabine und Käte und besuchen mich und verbringen den Tag in der Stadt.

Mühelos stemme ich die zweihundert Brote hoch, im Laufschritt trage ich sie in den Gasthof, und ich rede mit den Serviermädchen. Wir lachen. Auf den Straßen weht ein sandiger Wind, als ich in die Bäckerei zurückrenne.

Das ist Karl, sage ich zum Bäcker, ich habe Ihnen von ihm erzählt. Der Bäcker sieht mich an. Er schmiert jetzt seine Glasur auf die Erdbeertorte. Karls Hand ist kalt, als ich ihn durch die Backstube führe. Donnerwetter, sagt er, wie du das machst, Karl, alle Achtung.

Unser Haus liegt in der Sonne. Auf der Wiese des Gartens glitzert der Tau. Ja, die Amseln essen die guten Würmer, die Würmer essen den guten Boden, der Geier isst das gute Murmeltier, das die gesunde Rübe isst. Ich wende mich häufig an Karl, der neben mir hergeht, und frage ihn verschiedene Dinge. Karl antwortet mir ruhig, er zeigt über die Ebene, er weiß, dass das Gewitter möglicherweise doch kommen kann. Wir kommen zusammen durchs Haupttor in den Garten zurück, als die ersten Tropfen vom Himmel fallen. Wir reden über die Witterung und den Fußboden, wir grüßen Sabine, die aus dem Esszimmer ins Herrenzimmer geht. Karl nimmt ihre Filzpantoffeln und wirft sie zum Fenster hinaus, ein Loch mehr oder weniger in die Tannenbretter, was solls, sagt er.

Da ist auch schon der fremde Wandersmann. Er steht mit seinem Säckel im Garten, er lacht, er pfeift Sabine nach, die in den Tomaten steht und lacht, weil ihr der fremde junge Wandersmann mit seinem Säckel auf die wohlgeformten Hinterbacken sieht. Tändelnd geht der junge Wanderer auf die Tomaten zu, das Gewitter, das im Anzug ist, hat er vergessen. Er schwingt sein Stöckchen, in seinem Gesicht ist eine Röte. Ich stehe im Gebüsch, ich hüpfe von Stamm zu Stamm. Der Wandersmann steht in der Dahlienrabatte und lüftet den Hut. Sein schweres grasgrünes Säckel steht neben ihm. Sabine wird rot, sie lächelt dem fremden jungen Mann zu. Das ist, höre ich sie sagen, mein Mann, Karl. Der junge fremde Pfeifer zappelt im Ziehbrunnen, ich höre ihn prusten, jetzt sehe ich seine Hand, die voller Tang ist, am Brunnenrand. Ich sehe ihn, mit seinem nassen Säckel in der Hand, zum Gartentor schleichen. Ich sehe, dass der Hausmeister auf den nassen Gast einredet, er deutet zum Himmel, zu dem jetzt auch der junge Wissenschaftler aufsieht.

Ich schleiche mit meinen kleinen Füßen die Treppe hoch. Sie knarrt. Ich sitze im Dämmerlicht oben auf dem Treppenabsatz, ich sehe in das Buch mit den seltenen Pflanzen, jetzt endlich kommen Karl und Sabine aus dem Zimmer, sie steigen über mich hinweg und die Treppe hinab. Jetzt kommt auch der Wandersmann, er hat sich eine blaue Weste umgetan und geht langsam ins Esszimmer hinunter. Draußen, in der Dämmerung, fährt der Blitz in die ferne Hügelkette, es windet sehr, jedoch der Vater hat auf der Veranda decken lassen. Da sitzen wir jetzt, wir halten die Servietten fest und sehen, während wir an den Maiskolben nagen, wie der Regen auf die Felder der Nachbarbauern fällt.

Bolzgerade sitze ich im Bett, als die Treppe knarrt. Vor der Tür tuschelt Sabine mit Karl oder mit dem kräftigen jungen Wandersmann. Jetzt ist alles still, das Licht ist aus, die Tür ist zu. Im Zimmer des Wandersmanns ist kein Laut zu hören. Was machst du denn da, sagt er, als ich im Dunkeln über sein Säckel gestolpert bin.

Ich und Karl sind im hohen Korn, wir haben uns einen Weg getrampelt, huhu, ruft Karl, bis auch ich die Kammer in der Mitte des Kornfelds gefunden habe, die Karl zurechtgestampft hat. Wir haben es uns eingerichtet: die Wasserflasche, die Schokolade und die Rauchwaren. Karl raucht seine Pfeife, ich rauche die Niele, die stinkt. Es geht ein leiser Wind, er surrt in den Ähren. Wenn wir vorsichtig atmen und schweigen dazu, riechen wir den Geruch des Meeres und der Palmen. Der Vater hat sein großes Gewehr. Er schießt die Vögel ab, der Hund, den wir mitgenommen haben, holt sie aus dem Schilf. Wir dösen dahin. Es gibt keinen natürlichen Feind, wenn nicht die Hitze, die Ameise und den Hunger. Da, schau nur, sagt Karl. Er gibt mir sein Album. Ich sehe die Frauen an. Ich gebe ihm mein Album mit den Schiffsmodellen.

Wir lassen es ruhig donnern über uns. Unser Rauch vertreibt die Mücken, er verrät uns aber nicht. Es ist, trotz allem, eine ungewohnte Situation. Nun ja, sagt Karl mit belegter Stimme zu mir, als er das Album wieder an sich nimmt, wenn wir in der Ödnis dieser Ebene nicht auf eine verirrte Wanderin stoßen, können uns sowieso alle Frauen Hekuba sein. Ja, sage ich, auch in mir ist eine merkwürdige Unruhe.

Am nächsten Morgen, als ich mich aus der Wolldecke rolle, sage ich, ich habe vom Mädchen geträumt. Ich bin in der Wohnung drin. Sie schreit, aber schon habe ich sie am Boden und das Kabel der Nachttischlampe um ihren Hals. Sie strampelt mit den Beinen, dann bin ich in der Bäckerei, dann sehe ich, dass ich einen rosa Seidenstoff in der Hand habe und ein aufgekratztes Handgelenk.

Jetzt beginnt es doch noch zu regnen.

Die Amsel hüpft auf den Ast der Blutbuche und wartet, dass sie in den Himmel wächst. Es ist drückend heiß, die Sonne bricht jetzt durch den Morgendunst. Ich gehe durch das Schilf. Meine Schuhe schwappen im zähen Moor. Ich trage einen großen Hut, auf dem Rücken habe ich ein Gewicht. Das ist der Korridor durch die Halme, ich biege sie auseinander, die Enten fliegen vor mir auf. Aus der Ferne höre ich Schüsse und Hunde, die bellen. Ich gehe vorwärts, mitten durchs hohe Getreide. Plötzlich sehe ich das Dorf. Es liegt im Schatten. Da ist der See. Fast weine ich. Wir haben uns lange nicht gesehen, sage ich. Es gibt ein gewaltiges Abendessen. Alle bekommen vom selben Braten und vom selben Wein. Wir erzählen uns, was wir erlebt haben, und erst als die Sonne schon fast wieder hinter den Bergen hinter dem See aufgeht, gehe ich in mein Zimmer, wo das junge Mädchen, das das Gastgeschenk ist, auf meinem Bett eingeschlafen ist.

Karl, sage ich, herzlichen Dank. Weißt du, sagt Karl, jetzt wollen wir zusammen einmal so richtig losgehen.

Ich sitze auf der Terrasse, ich esse mein Frühstücksei. Über die Freitreppe kommt der Hausmeister hoch, er hat die ersten Himbeeren gepflückt und trägt sie, während er grüßt, an mir vorbei ins Haus. Ich blättere die nächste Seite des Ausgabenheftes um, wiederum sind die Kosten für Rauchwaren gestiegen.

Karl und ich gehen durch die Gassen der Stadt. Die Sonne geht unter, wir grüßen den Töpfer, der vor seinem Laden hockt. Höflich grüßt er zurück. Karl grüßt die ältere Dame, die durch ihn hindurchsieht. Sie hat, sage ich, sicher ihren Kopf anderswo oder den grünen Star.

Ja, sagt Karl, vorhin, früher, da habe ich mich nicht ganz wohl gefühlt, überhaupt nicht eigentlich, aber jetzt ist es ja schön. Wir gehen unter der heißen Sonne am Flussufer entlang. Wir sehen die Kohlenkähne und die Fährschiffe, dieser Tanker, auf dem der Erste Offizier mit dem Fahrrad die Befehle des Kapitäns übermittelt, muss eine große Reise hinter sich haben. Die Möwen fliegen vor uns auf. Sie schreien, wenn Karl in ihre Nähe kommt.

Ja, sagt Karl zu mir, eine Schiffsreise ist nicht schlecht, was jedoch ist eine Erinnerung gegen eine Frau mit Haut, Haar, Stumpf und Stiel.

Karl und ich drängen uns zusammen durch die Menge, wir halten uns an den Händen, ich bahne ihm einen Weg. Karl hält sich dicht hinter mir, er lächelt, aber er atmet schnell. Jetzt haben wir wieder mehr Luft, Karl schwingt seinen Stock, er kennt sich von seinen früheren Besuchen in der Stadt gut aus hier. Das ist das Haus mit der roten Laterne am Tor. Karl lacht mir zu, dieses Lokal, sagt er in unserer Geheimsprache zu mir, ist was wir brauchen. Geh du voraus, sagt er, es ist wegen der Überraschung.

Der Salon ist in rosafarbenem Kolonialstil. Überall sind Topfpalmen, Schlinggewächse, chinesische Vasen, Puffs, Sofas, Troddeln, Teppiche, Staubwedel, Kronleuchter, Chaiselongues, Kaffeetässchen und Aquarien. Die Damen, die auf den Stühlen sitzen, haben schwarze Strumpfbänder, Rüschenunterröcke, Ausschnitte und Absätze. Sie haben das Bein hochgezogen und lachen. Die ältere Dame trägt das Lorgnon, sie tippt den Beleg in die Kasse und gibt uns den Bon. Karl ruft Halloo, er lächelt, aber er bleibt nahe bei mir. Die Damen kommen lachend auf uns zugetrippelt. Es ist eine Aufregung. Ich sage, dass ich Karl bin, der Sohn von Karl, den sie von früheren Besuchen her kennen. Ich sitze auf dem weichen Sofa, ich gieße den Damen um mich herum den Champagner in die Kelchgläser. Karl sitzt am andern Tisch, wo die Damen an ihrer Hausarbeit häkeln, er plaudert, dass ich nur so staune. Er ist ein ganz anderer, als er mir jetzt die Zigaretten zuwirft. Das schwarzhaarige Mädchen neben mir sieht mich mit großen Augen an. Trinkst du denn nichts, Karl, sage ich. Welcher Karl, sagt die schwarzhaarige Dame.

Sie gefällt mir besonders gut. Sie hat schöne Haare und

ein violettes Kleid. Ich heiße Karl, sage ich zu ihr, ich bin neu hier, aber der dort, Karl, ist schon oft hier gewesen.

Aha, sagt sie, ich heiße Sonja.

Wir sehen uns in die Augen, ich nehme ihre Hand in meine, ich zittere. Sonja riecht. Warum hat die alte Frau an der Kasse ein steinernes weißes Gesicht, sage ich. Sonja trinkt schnell den Champagner. Karl und ich sehen blendend aus in unseren Smokings. Die anderen Herren, die Bratenröcke tragen, sehen gut aus. Sie plaudern mit den andern Damen, sie tragen Vatermörder und wippen auf den Fußsohlen. Der Klavierspieler sitzt mit dem Rücken zum Salon, er ist in Hemdsärmeln, um die Oberarme trägt er Gummibänder. Er hat das Whiskyglas auf den Tasten stehen.

Zu Hause, sage ich zu Sonja, haben wir Blumen um die Häuser, wir wissen, wenn der Wind das Tal hochkommt, wechselt das Wetter. Am Morgen liegt der Tau auf den Wiesen, die Türen der Küchen der Nachbarn stehen immer offen.

Ich bin noch nie hier herausgekommen, sagt Sonja. Erzähle mir mehr davon.

Sie sieht mich, als ich Karl zuproste, mit ihren großen Augen an. Ich habe, sagt sie, auch meine Marotten.

Wir trinken das Glas, das vom Piccolo nachgefüllt worden ist, aus. Karl hat kein eigenes Glas, er bedient sich bei seiner Nachbarin.

Ich und Karl stehen jetzt auf dem Tisch. Wir singen zusammen das zweistimmige Lied. Wir halten uns bei den Händen, unser Lied ist leise aber präzise. Die Damen stehen um den Tisch herum und klatschen. Es ist ein gewaltiger Rauch im Salon. Plötzlich springt Karl vom Tisch herunter, und jetzt, wo ich fertiggesungen habe, helfen mir die Mädchen vom Tisch. Ich gehe, rufe ich mit rotem Kopf Karl zu, mit dieser Dame für eine Weile weg, du weißt schon. Ja, sagt Karl. Sonja starrt mich an. Sie zieht mich mit sich, als ich hinter ihr die Treppe in den ersten Stock hochgehe, sehe ich, dass sie eine Gänsehaut hat. Ich drehe mich um, da sind die Mädchen und die Herren, sie stehen in lebhaften Gruppen, und dort ist Karl, in der Mitte des Salons, in seinem schwarzen Smoking.

Sonja und ich liegen auf dem Doppelbett. Wir hören den Klavierspieler, der La Paloma spielt. Wir wollen, sagt Sonja, noch nicht hinuntergehen, weil es so schön ist.

Sicher ist, sage ich, der Klavierspieler dein Herr Vater.

Ja, sagt Sonja, und wo ist dein Vater.

Es ist warm im Zimmer. Der Ventilator surrt. Ich trinke aus der Flasche mit dem Zitronenwasser, ich reiche sie Sonja hinüber.

Alle unsere Zimmer, sagt Sonja, sind kleine Salons. Ich bin gern hier. Ich habe immer dieselben Herren, die mich gernhaben. Trotzdem will mir ein Leben nicht aus dem Sinn, in dem der Regen durch die Bäume rauscht.

Sonja sieht mir, als ich jetzt in der Abendsonne davongehe, fast flehentlich nach. Es regnet. Sonja hat einen Schleier vor den Augen. Wir müssen, sagt Karl mit einer knarrenden Stimme, nun ins Gebirge. Es regnet. Ich habe Angst, sage ich, dass ich auf den Speicher komme und da hängt jemand. Ich winke. Ich gehe durchs harte dürre Gebüsch, ich sehe zurück und sehe den Schatten am Fenster, der winkt, jetzt renne ich in die Steppe hinein. Karl, der vor mir hergeht, kennt den Weg.

Ich habe es immer geahnt, sagt Käte weinend zu mir, wer wird jetzt mit mir zeichnen, spanische Bücher lesen und Gitarre spielen, und wem werde ich sagen, was mir in das Herz kommt.

Ich und Karl gehen am Seil. Ich gehe hinter Karl, kalte, regelmäßige Wolken kommen aus seinem Mund. Jetzt, wo er sich umdreht und ein letztes Mal ins Tal sieht, hat er ein starres Gesicht. Ich bleibe auch stehen, es ist die Schneegrenze, unter uns stehen die letzten Föhren. Ich sehe die Nebel im Tal, das dort ist die Straße, das dort ist der Gasthof, in dem wir gewesen sind. Die Wolke schiebt sich ins Tal hinein, wir sehen nur noch die Gipfel über uns, Karl wendet sich um. Er hat die Ärmel hochgekrempelt. Wir gehen langsam aber regelmäßig, unsere Schuhe knirschen im Schnee. Ich wickle das Halstuch um mich, an meinem Pickel bildet sich eine Eisschicht. Karl kennt den Weg. Wir steigen höher und höher, jetzt bleiben auch die letzten Gebirgskräuter zurück. Dort unten ist das Lager, unsere früheren Kameraden sind als kleine Punkte zu erkennen. Karl steht im Spagat über der Gletscherspalte. Ich sehe in den blauen Abgrund, als Karl mich mit einem kurzen Ruck auf die andere Seite holt. Ich trage eine Sauerstoffmaske, Karl trägt keine, ich keuche. Ich sehe, als ich mich jetzt umdrehe, dass nur ich tiefe Spuren im Schnee hinterlasse. Karl ist oben am Couloir, er sichert, während ich die Griffe suche. Er geht ohne zu zögern auf dem messerscharfen Grat. Ich warte, ich lasse das Seil durch meine Faust rollen. Jetzt, wo die Westflanke weniger steil ist, gehen wir gleichzeitig. Ich kann dem steten Schritt Karls kaum folgen. Ich spüre das Seil am Rücken, wenn Karl zu sehr zieht. Über uns kreisen jetzt die Bergdohlen. Die Luft ist stahlblau, tief unter mir, über die schwarzen Wolken hinweg, sehe ich die blauen Gipfel, und ganz in der Ferne das ferne Meer.

Wir kommen auf das Hochplateau. Wolken stehen über den Bergen am Horizont. Es wird, sagt Karl über die Schulter zu mir, ein Gewitter geben. Ich kenne die Gefährlichkeit der Stürme hier oben, ich weiß nicht, ob du den Wind hier oben überleben wirst. Wir gehen schneller. Ich keuche. Die kleinen Bauern mit den verwitterten Gesichtern schneiden mit den Sicheln das kurze Getreide. Der Weg führt schnurgerade über die Ebene. Die Bauern schauen nicht einmal auf, als jetzt die ersten Blitze in die nahe Bergkette fahren. Es windet heftig, die kurzen, dürren Gesträuche werden flach gedrückt. Rechts ab vom Weg steht im letzten Sonnenlicht das Haus. Es ist unter den Schlinggewächsen kaum zu erkennen. Dort wollen wir unterstehen, sagt Karl. Er zieht an der Kette, die unter den Blättern verborgen ist. Die Glocke läutet. Hier ist der Sturm kaum noch zu spüren. Der Mann, der uns die Tür öffnet, führt Karl und mich durch das Hintertor ins Haus. Er trägt seine weißen Haare in ein Netz eingebunden. Karl und der Mann, die vor mir gehen, gehen im gleichen Schritt, sie lächeln sich an, ja, Karl zeigt dem Mann einen Bergkristall, den er für die Sammlung mitgenommen hat. Der Besitzer bittet mich und Karl, hier im Zimmer zu warten. Wir bewundern den Fußboden, wir sprechen über die sinnvolle Einrichtung in gebeiztem Arvenholz, und als der Gastgeber noch immer nicht zurückkommt, blättern wir im Buch. Ich frage mich, woher dieses Vogelgezwitscher hier so hoch über der Baumgrenze herkommt. Ich sehe zum Fenster hinaus. Es duftet, noch immer ist das Gewitter in der Ferne. Stundenlang sitzen wir da, manchmal geht Karl zu einem neuen Wandkasten, nimmt ein neues Buch heraus und schlägt es beim Lesezeichen auf. Ich und Karl tragen die Bergschuhe, die Knickerbocker, die Windjacken und die Säckel, die uns vom gleichen Schneider im gleichen Stoff gemacht worden sind.

Jetzt öffnet sich die Tür. Es ist dämmrig geworden. Der Gastgeber trägt noch immer seine alte geflickte Hausjacke. Ich habe, sagt er, eure Rucksäcke und die Sauerstoffmaske in die Gästezimmer tragen lassen. Wir wollen Ihnen nicht lästig fallen, sagt Karl. Wir dachten, es gibt ein Gewitter, aber dieses ist noch immer nicht da. Es wird, sagt der Mann, kein Gewitter geben. Ich bin zwar kein Wissenschaftler, aber ich kenne den Flug der Vögel.

Wir essen. Es gibt Schnepfen und Wein. Der alte runzlige Hausmeister trägt die Teller in die Küche. Er trägt, wie wir, Hausschuhe. Draußen, in der Finsternis, fährt der kalte Sturm vorbei, hier aber brennen die Buchenscheite im Kamin. Es ist für Sie, sagt der Gastgeber lächelnd zu mir, wir hier sind die Kälte der Höhe gewöhnt. Der Fußboden ist wundervoll, sage ich, vor allem, wenn man bedenkt, dass es hier oben keine Bäume gibt. Ja, sagt der Gastgeber, ich sehe sehr wenige Leute hier oben. Aber die stillen kalten Berge tun mir gut, und meine Landarbeiter verehren mich. Ich habe meine Gesteine. Haben Sie keine Frau, frage ich. Nein, lieber Herr, sagt der Gastgeber und streicht sich mit dem Handrücken über die Augen.

Als ich plötzlich aufwache, steht ein fahler Mond am Himmel. Ich gehe ans Fenster, ich sehe die helle Milchstraße, die Ebene unter mir liegt im matten Licht. Jetzt höre ich das Geräusch wieder. Ich starre in die Nacht hinein, ich sehe die schwarze Gestalt, die ihre schwere Last auf den Schultern trägt. Sie verschwindet hinter den Gebüschen. Ich atme heftig. Ich höre Geräusche wie von einer Schaufel oder einem Pickel. Der Gebirgsbach rauscht. Karl, rufe ich, Karl. Ich höre, als ich das Ohr an die Ritze lege, dass jemand flüstert und zischelt im andern Zimmer. Ich poche an die Holzwand. Ich schlage mit den Fäusten daran, ich stürze in das Zimmer von Karl, und da sehe ich, dass sein Bett leer und unberührt ist. Da steht sein Säckel, es ist zugeschnürt wie immer. Das habe ich mir eigentlich gedacht, sage ich, ich tappe mit kalten Füßen ins Zimmer zurück, ich schließe das Fenster, ziehe die Vorhänge und mache die Augen zu.

Los geht's, sagt Karl, der gestiefelt und gespornt in meinem Zimmer steht. Wir steigen die Gipfelwächte hoch. Der Himmel ist blau, die Sonne brennt, es ist sehr kalt. Ganz tief unter mir sehe ich das Hochplateau, ich erkenne den schnurgeraden Weg und das Haus. Karl geht jetzt sehr schnell. Als ich keuchend stehen bleibe, dreht er sich nach mir um. Ich sehe, dass er über Nacht weiß geworden ist.

Der Wind fährt über die Wächte des höchsten Gipfels dahin. Das Eis knirscht unter meinen Steigeisen. Der Schnee, der jetzt durch die Luft wirbelt, klebt auf meiner Sonnenbrille, ich wische mit meinen steifen Fäustlingen über sie hin. Karl macht nur zum Spaß das Rennen zum Gipfel, ich stolpere. Wir stehen auf dem Gipfel. Karl lacht mich an, er reckt die Arme in die Höhe, es ist eiskalt hier oben. Ich sehe bis zum unendlichen Horizont. Überall sind die Wolken. Ich trinke einen Schluck aus der Thermosflasche, Karl, dem ich sie anbiete, schüttelt den Kopf. Ich schnitze meinen Namen in die abgebrochene Fahnenstange, ich sehe, dass Karl sich schon mehrere Male eingeritzt hat. Jetzt müssen wir wieder hinunter, sage ich, bald ist der Abend da. Ich renne, Karl, der hinten am Seil sichert, bremst mich. Auf dem Hochplateau sehe ich das Haus nicht mehr. Wir klettern über das Geröll. Im Basislager werden wir begeistert empfangen, die Bergkameraden sind beunruhigt, sie haben auf dem Hochplateau Spuren gefunden wie von Wölfen oder Bären. Die Sonne geht unter.

Sonja, rufe ich, Sonja, heut ist der Hochzeitstag. Die Fensterläden sind verschlossen. Sonja kommt die Treppe herunter. Sie hat ihre Ersparnisse in ihr Tuch eingebunden. Sie gibt der alten Frau die Hand, adieu, sagt sie. Ihr werdet glücklich sein, sagt diese, und ich, wenn ich so allein bin jetzt, werde sowieso bald sterben.

Hand in Hand stehen Sonja und ich im Garten. Wir können uns, jetzt, wo ich das Diplom habe, auch ein kleines Extra leisten in unserm Leben, sage ich. Sonja lächelt. Wir haben eine Wohnung im ersten Stock des Hauses. Wir stehen in der Sonne, wir sehen die Rosen nicht, weil wir die Tränen in den Augen haben. Es ist die Rührung. Ich höre, als ich jetzt zum Haus gehe, den Reis unter meinen Schuhen knirschen. Käte wendet sich immer mehr und mehr zu mir, sie ist gleichsam mein Bruder, ich bin ihr Freund, ihr Ratgeber, ihr Gesellschafter. Sabine sagt, was das Leben der Frauen betreffe, so sei es ein abhängiges und ergänzendes, und darin fühle es sich beruhigt und befestigt.

Der Versammlungsort ist das Steinezimmer. Sonja ist blass. Ihre Edelsteine sind in mittelalterlicher Fassung, aber ich habe nicht die Stimmung, darauf zu achten. Ich gehe ihr entgegen. Sie zittert sehr.

»Das ist nun Sonja«, sage ich zu Käte, »das ist Sonja, die ich so sehr liebe, so sehr wie dich selbst.«

Die Mutter will wahrscheinlich etwas Heiteres zu Sonja sagen, aber als sie sie näher anblickt, wird sie sehr ernst, sie grüßt sie anständig und beinah scheu.

Wir sitzen in unserm Holzzimmer, der Mond scheint zum Fenster herein, wir hören das Streichorchester draußen. Alle Gäste lachen. Ich trete die Tür des alten Bauernschranks ein. Sonja hängt die weißen Vorhänge auf, ich ordne das Besteck in der Besteckschublade. Die Schritte da auf der Treppe, das ist die Mutter, die uns das Joghurt bringt. Wir tanzen unter den Lampions. Wir verabschieden uns von den Gästen, weil wir ins Hochzeitszimmer wollen. Die Rosen an der Hauswand sind eine Pracht. Wir hören, wie draußen die Gäste toben. Morgen, sage ich zu Sonja, werfen wir das Besteck in der Besteckschublade in den Bach. Ich habe das Ohr an der Ritze der Holzwand. Es ist jetzt still im Haus, jetzt knarren die Treppe und der Boden des Speichers.

Ja, sagt Sonja, während sie die Leintücher zum Fenster hinaus an die Morgensonne hängt, auf geht's. Sie schlägt die Schubladen auf und zu, sie wirft die Kleider in den Schrankkoffer. Wir machen eine Reise, sage ich zur Mutter und zu Käte, die am Frühstückstisch sitzen. Sonja lächelt, sie wird rot, ich lache schnell und sage, es dauert ja nicht ewig. Im Garten, als ich mich umdrehe, sehe ich den Schatten am Fenster. Wir gehen den Weg in die Ebene hinunter, durch die ersten Herbstnebel. Wir gehen über die Felder in die untergehende Sonne hinein, und als wir den Horizont erreicht haben, sage ich, du Sonja, ich muss eine Reise unternehmen. Es beginnt zu regnen. Die Amsel sitzt im Regen im Garten, das Wasser rauscht über ihr schwarzes Fell.

3

Das Korn steht gelb in der weiten Ebene, die Vögel ziehen krächzend darüber hin, sie setzen sich in den Nussbaum, der knackt. Auch die schwarze Gewitterwolke hat sich am Himmel aufgetürmt. Die Luft ist heiß und still. Jetzt regnet es. Die Stadt in der Ferne liegt im Dunst. Leuchtraketen steigen aus ihr hoch. Ich schmunzle. Es regnet. Ich gehe durchs Steinezimmer, durchs Sterbezimmer und durchs Herrenzimmer, ich gehe auch am Bücherzimmer vorbei. Auf dem Tisch, auf dem das rotkarierte Tischtuch liegt, stehen die beiden Teller. Es ist kalt. Ich hebe den Deckel der Schüssel hoch, der angeschnittene Braten liegt in der eingedickten Sauce. Die Weingläser sind eingeschenkt, ich nehme das Kelchglas und rieche das Bouquet. Das Wasser fließt aus dem Gästezimmer ins Esszimmer. Meine Filzpantoffeln saugen sich voll. Ich gehe barfuß auf die Terrasse. Ich setze mich neben die Marmorstatue, die ihren Arm ausstreckt. Mit beiden Händen reiße ich das Efeu herunter, jetzt lasse ich es bleiben. Die Kühe im Stall muhen. Der Hausmeister kommt die Stufen der Terrasse hochgerannt, er stolpert. Jetzt ist er im Haus verschwunden. Ich höre ihn klirren.

Ich schlurfe durchs nasse Laub, zwischen meinen Zehen quillt der Saft hervor. Ich nehme die Schere und schneide einen Strauß Astern aus der Rabatte. Sie leuchten herrlich. Unter meinen Nagelschuhen knacken die Nüsse. Der Nussbaum deckt den ganzen Garten zu, er stößt ans Haus, von dem der Verputz abbröckelt. Der Ziegel fällt vom Dach. Der Regen regnet die Rosen vom Spalier. Ich tue einige zu den Astern. Das Gartentor steht offen. Ich gehe hindurch und sehe jetzt über die Ebene hin, ich bin die Silhouette im Morgendunst. Es donnert. Dort steigen Dämpfe aus dem Moor. Das Korn auf der Ebene ist braun. Die Landmänner rennen an mir vorbei, sie schreien und lassen ihre Sensen und Heugabeln fallen. Sie halten ihre Hüte mit beiden Händen fest. Der Blitz fährt in die Platane, unter der die Frauen und Kinder kauern. Es donnert, und wenn der Donner verrollt ist, höre ich das Geschrei der Vögel. Ja, der Schatten am Fenster macht mir das Zeichen. Ich ziehe den Hut tiefer in die Stirne, und ich hänge mein grasgrünes Säckel um. Die Schafe kommen den Abhang hoch. Der Leithammel knabbert an der Hecke. Die Beine der Schafe sind braun vom Schlamm des Moors. In der Ferne saust der Hund herum, er ist bei den letzten Schafen. Jetzt schlägt der Blitz in den Kamin des Hauses. Ich stehe unbeweglich und sehe mir das alles an. Der Ziegel rutscht vom Dach. Es donnert. Jetzt gehe ich los. Ich sehe, während ich auf dem nassen Pfad in die Ebene absteige, das Gebirge, in das die Sonne scheint. Ich schmunzle. Der letzte Bauer kommt, er keucht und stöhnt und schleift die Frau an den Haaren hinter sich her. Auf den Feldern stehen die nassen Korngarben. Das Pferd, das sich vom Wagen losgerissen hat, galoppiert an mir vorbei. Die Bäche sind größer geworden. Ja, das Wasser des Gebirges schwemmt die Bretter, die die Brücken sind, weg. Jetzt komme ich ins Moor. Ich gehe auf dem schmalen Pfad, den ich kenne, ich darf nicht zu lange auf demselben Grasstück bleiben. Ich sehe die vielen Spuren. Ich trete, als der Boden plötzlich nachgibt, auf das tote Schaf, das vom Weg abgekommen ist. Die Tür der Hütte ist offen. Der Schnee hat die Schindeln weggerissen. Die Sonne scheint übers Moor. Ich sehe das Haus auf der Anhöhe, es ist schwarz von den Vögeln, die auf ihm sitzen. Es regnet. Über mir ist der Regenbogen. Über dem Wasser des Moors fliegen die Schmetterlinge. Es ist warm. Hinter mir springt die Bauernfamilie von einer Grasinsel zur andern. Vorne springt der alte Bauer. Jetzt, wo er danebengesprungen ist, versuchen die Kinder, ihn wieder aus dem Morast zu zerren. Sie stochern mit langen Stangen im Schlamm. Die Sonne scheint.

Der Friedhof steht vor der Stadt. Ich sehe die Zypressen. Ich sehe, wie der Pfarrer im Morgennebel über die Gräber steigt. Er murmelt. Er geht an mir vorbei, ich grüße ihn und lüfte den grasgrünen Hut mit dem Gamsbart, aber der Pfarrer hat seinen Kopf woanders. Es windet. Über die Ebene kommt die Bauernfamilie, sie gehen schweigend durchs Korn, das der Sturm platt gedrückt hat. Zwischen den Bauern rennen die Schafe herum. Der Leithammel kommt zur Friedhofstür herein. Der Hund jault, als er mich sieht. Jetzt, wo wir schon alle um das Grab herumstehen, kommt der Wanderer zum Tor hereingerannt, er hat ein unpassendes grünes Wams. Er stellt sich hinten an. Er nickt den Leuten zu. Käte wendet sich nach ihm um. Sie hat Tränen in den Augen. Sie errötet, als ihr Blick den Blick des Wanderers trifft, der die Lider zum Gruß senkt. Sein Säckel steht neben ihm.

Karl steht ganz hinten, er ist nachlässig gekleidet und hat die Hände in den Taschen. Er winkt mir zu und lacht. Er raucht. Neben ihm Sabine sieht mit roten Augen an mir vorbei. Es windet.

»Es ist eine wunderbare Gegend, vor allem im Herbst«, sage ich leise, fast flüsternd, zu meinem Nebenan, das ein schwarzgekleidetes Mädchen ist. Es fährt herum und blickt um sich herum.

Ich schmunzle. Der Wind jagt die letzten Wolken weg. Ich habe jetzt auch die Hände in den Hosentaschen und rauche. Es wird dir gut gefallen am See, sagt Karl zu mir, während wir zusehen, wie der Pfarrer den Lebenslauf in den Papieren sucht. Wir sitzen am Ufer, wir sehen, wie die Sonne hinter den Bergen untergeht, sagt Karl. Du hast deine eigene Hütte.

Karl pfeift seinem Hund. Er zeigt ihm mit der Handbewegung, dass er seine Schafe aus dem Friedhof treiben soll. Sie drängen sich mit den Gästen durchs Tor. Diese Gäste haben es eilig, zum Schmaus zu kommen, sage ich. Zu deiner Zeit gab es noch die traurige Musik hin und die lustige retour, nicht wahr.

Ja, sagt Karl, aber dies ist auch nicht ohne.

Wir gehen über die Kieswege. Ich springe über die Wasserlachen. Karl schlurft hindurch. Ich bin es, sage ich schmunzelnd, noch nicht gewohnt.

Die Gäste sitzen an den langen Holztischen. Der Bäcker trinkt den Glühwein. Sonja, die zwischen Sabine und dem

Töpfer sitzt, trägt den Witwenschleier. Käte sitzt neben dem Wanderer, sie ist an ihn geschmiegt und blickt mit großen feuchten Augen zu ihm auf. Der Wanderer leckt seinen Schnurrbart, wie wär's mit einem kleinen Spaziergange im Parke, Fräulein Käte, sagt er leise in Kätes Ohr. Käte, die errötet, legt ihre Hand auf den kräftigen Oberschenkel des Wanderers.

Alle haben ihren Glühwein, nur ich nicht, sage ich. Der Ober geht kopfschüttelnd in die Küche. Karl schmunzelt. Er trinkt aus dem Glas der Nachbarin, die die Frau des Seilers ist. Die Männer haben rote Köpfe, gelockerte Krawatten und Hosenträger. Wir sitzen an langen gebeizten braunen Tischen, jetzt scheint die Sonne durch die Fenster.

»Er hat einen lustigen Abschiedsbrief geschrieben«, sagt Sonja, »soll ich ihn vorlesen.«

Ach, seit Stunden rührt Sabine mit dem Löffel im Kaffeeglas, sie starrt vor sich hin, sie hat ein weißes Gesicht. Käte jedoch hat Augen und Ohren nur für den Wandersmann, der jetzt sein Säckel unter dem Tisch hervorholt und Käte, die errötet aber nicht widerstrebt, mit sich zieht.

Karl, sage ich zu Karl, ich will nicht an den See von dir. Meine Sehnsucht ist die Weite der Wüste, die Winde des Waldes und der stille ruhige Atem, nicht wahr. Ich gehe hinaus in die Abendsonne. Ich sehe den Hausmeister, der außer Atem an mir vorbeirennt. Er stürzt zu Sabine und redet auf sie ein, jetzt stehen alle und gestikulieren, und da fährt auch schon der Feuerlöschzug an mir vorbei in die Ebene hinaus.

Adieu, schreibe ich in meinem Abschiedsbrief, der Teufel soll mich holen, wenn ich jetzt nicht ins Gebirge gehe.

Ich bin noch etwas steifbeinig, bald aber wird kein Viertausender mehr vor mir sicher sein, euer Karl.

»Das war so«, sagt die dicke und junge Wirtin zu mir, als ich endlich bei ihr in der Gaststube sitze. »Ich stehe also vor dem Gasthof, es ist ein sonniger Tag, ich sehe also so ganz automatisch hoch und sehe den Punkt, der schnell auf mich zukommt und immer größer wird. Ich sehe, wie der Punkt, der ein Mann ist, winkt. Ich winke, jesses, denke ich, wenn das nur gutgeht. Der Mann stürzt in die Geröllhalde neben dem Gasthof. Sein Fallschirm im Säckel auf dem Rücken ist geschlossen. Ich renne zum Felsblock mit der roten Alpenrose hin, zu diesem dort, und als ich in dem blutigen Fleischbündel den Gast vom letzten Jahr erkenne, breche ich schluchzend über dem Felsblock mit der roten Alpenrose zusammen.«

Die dicke und junge Wirtin sieht mich mit Tränen in den Augen an. »Er war ein so netter lieber Mann«, sagt sie, »wie er immer dagesessen hat und seinen Rotwein getrunken hat. Ich habe ihn richtig liebgehabt.« – »Nun denn, Frau Sonja«, sage ich, »sind Sie sicher, dass er derselbe war.« – »O gewiss«, sagt Frau Sonja, »heute ist seine Beerdigung. Ich hatte nicht die Kraft dafür. Sehen Sie nur, wie es regnet über der Ebene im Tal. Er wird seiner Frau sehr fehlen, aber mir erst. Ich habe gedacht, ich fange ein neues Leben mit ihm an, ich meine, ich dachte, sicher kommt er.« – »Ja«, sage ich, während ich mir den Schnurrbart von den Lippen reiße und die Sonnenbrille von den feuchten Augen nehme, »so ist es.«

Die junge und dicke Sonja stößt den kleinen spitzen Schrei aus. Ich gebe ihr die Astern mit den Rosen. Arm in

Arm gehen wir zur Absturzstelle. Die Sonne geht unter. Es ist kalt geworden. Jetzt, das wissen wir, kommen keine Wanderer mehr die Bergstraße hoch. Wir heizen in der Gaststube, wir wollen uns nachher ganz allein am Kaminfeuer lagern, es gibt ein ruhiges Glas Rotwein und zum Lesen den Volksboten.

Ich gehe hinter Sonja die Treppe hoch. Das Zimmer ist ein kleiner Salon, es ist warm, es ist rosa und voller Spitzen. Sonja hat eine Haut wie Milch. Das Feuer prasselt im Kamin. Es wärmt uns. Ich grunze, als Sonja mir jetzt die breiten roten Hosenträger von den breiten Schultern streift. Ihre heiße Hand krault meine Brusthaare. Draußen spielt der Zitherspieler. »Das Problem ist«, sage ich, »du kannst ein unglücklicher Mensch werden, wenn sich nämlich dein Feuer von seinem Gegenstand abwendet und sich gegen dein Inneres richtet.« Ich streichle Sonja. Leise geht unser Atem, und unsere Herzen klopfen. Der Zitherspieler unterm Fenster ist der Postautochauffeur. Ich werfe ihm das Wasser in die Klampfe.

»Wir wollen noch nicht hinuntergehen«, sagt Sonja leise, »weil es so schön ist.« Wir liegen auf dem Rücken, als jetzt die Morgensonne durch die weißen Vorhänge scheint. Die Vögel zwitschern. Es ist Sonntag. Auf, Sonja, rufe ich, es ist Hochzeitstag. Schon sind wir auf den Füßen und in den Kleidern und bei den Gästen.

Wir essen im Garten vor dem Gasthof in der Sonne das Gericht, das Sonja aus den Pilzen und Kräutern, die ich im Wald gesammelt habe, gekocht hat. Ich summe. Ich gieße mir den Rotwein ein. Dann geht die Sonne hinter den Bergen unter.

Liebesnacht

Joseph Conrad hat gesagt, jeder Schriftsteller sei so alt wie die Jahre, die seit seinem ersten Buch verstrichen sind. Kann sein, dass er sich dabei nach neuer Jugend sehnte, denn als er mit dem Schreiben anfing, hatte er schon ein halbes Leben hinter sich. Ich jedenfalls wäre nach seiner Zeitrechnung gerade dreizehn Jahre alt. Vielleicht bin ich nun wirklich dabei, die Tür zur tätigen Welt der Erwachsenen aufzustoßen. Vielleicht. Jedenfalls hatte ich in den vergangenen Jahren zuweilen das Gefühl, einen traurigen Mangel an Erfahrungen durch wild Herbeigesehntes ersetzen zu müssen. Ich unternahm Forschungsreisen ins Innere meiner Ängste und kam mit Kamelladungen voll Erfundenem zurück. Wie unter einem Zwang führte, obwohl ich mich oft in einer Großstadt aufhalte, mein Weg zurück in mythische Berge, in denen es keinen Lug und Trug gab, und wenn, dann von mir inszenierten. Heute staune ich, wie sehr meine Mittel und Inhalte – obwohl ich nach Freiheit dürstete und diese wenigstens in meinem Geschriebenen simulieren wollte – eingeengt waren; wie bei einem Maler, der eine volle Palette in der Hand hat und dessen Pinsel dennoch immer nur ins Blau oder Grün taucht. Nicht einmal in der Vergangenheitsform konnte ich schreiben zu Beginn. Jetzt, jetzt, jetzt. Und immer ich; nie er. Jedes Solange oder Obwohl machte mir Mühe. Und das Leben, wo steckte dieses Leben, das irgendwer mir einmal versprochen hatte? Ich rannte ihm hinterdrein, dem Leben anderer, immer jenes kleine bisschen zu schnell, als dass ich mit meinem eigenen, das neben mir herkeuchte, hätte reden können. Dennoch. Ich habe ja auch an Gräbern gestanden und über Babys auf Zukünfte angestoßen; weshalb sollte das bei mir weniger gelten als bei anderen? Ich habe gegrinst und geweint; mich nach einem Streicheln gesehnt und gestreichelt; und auch Siena gesehen, und Seveso; den Flugplatz von Dakar; Südamerika, wo ich nachts auf einer Pritsche stand und nach einer Kerze und Streichhölzern tastete, weil ganz in meiner Nähe eine Klapperschlange klapperte, die, als die Kerze brannte, ein im Wind hin und her schlagender Fensterladen war; eine Katze, die unter ein Auto lief, schrecklicher kann kein Schreien sein; New York, wo von all den vielen Menschen dort nur einer den heftigsten Asthmaanfall meines Lebens wahrnahm; und ich schrieb und schrieb in diesen dreizehn Jahren, weil ich dachte, solange ich schreibe, kann ich nicht sterben; malte aber auch ein Haus an, bekam ein Kind, saß glücklich in der Sonne und unglücklich im Regen und umgekehrt und lernte, wie ein Distelfink aussieht und dass nichts bleibt wie es ist. Ich hatte auch heftige Wüte, in denen ich das Gefängnis meines Daseins verfluchte, fühlte zwei drei Male jene Schreie der Sinne, die das Flüstern des Herzens und des Hirns übertönen, und war zuweilen auch nur schlechter Laune, was das Einzige ist, was ich mir übelnehme, denn die schlechte Laune ist der Todfeind der Poesie.

Um dem Leben in einem Land, das mir zuweilen zuwider ist, ein bisschen auszuweichen, fahre ich hie und da in eine Gegend, deren Bewohner nicht jeden Fortschritt mitmachen, nur weil sie dann nicht an die Mördereien von früher denken müssen. Hügel, Weinberge, weite Felder und ein riesenhafter Wald. Die Bauern reißen zwar auch jeden Weißdornbusch aus und schütten jeden Schilfsumpf mit Bauschutt zu; aber geruhsamer. Da sitze ich dann an einem Holztisch in einem Haus, das sehr allein in Raps- und Maisfeldern steht; Fasane gehen, Hasen; Fliegen surren; in den Feldern immer irgendwo ein Traktor, aber noch gehen Bauern mit jenen Säbewegungen, deren Anblick uns inzwischen in heiligem Staunen stehen bleiben lässt; im Winter gefriert alles zu einem starren Graubraun; einmal sah ich an einem Morgen dreizehn Wildschweine in einem irren Tempo über den Acker vor dem Haus rasen, auf den Wald zu, und im kleinen Brehm las ich dann, dass Herden bis zu neun Stück schon gesehen worden seien. Zuweilen ist der Himmel gewaltig, voller Wolkengebäude; und eher selten sieht man einen grünen Hügelzug am einen Horizont und einen blauen am andern; in den Nächten Sternenmassen, aus denen Schnuppen sausen.

Wie sehne ich mich nach Geschichten, die von einer Zukunft sprechen; von einer Gegenwart wenigstens; ich ertrage nicht, nicht mehr, dass mir das, was ich erzähle, zu Eis gerinnt. Diese Endzeit. War wirklich in der Renaissance schon angelegt, dass Raketen auf uns zielen, weil in den Wäldern, in denen unsere Väter Pilze suchten, Raketen verborgen sind? Wenn ich mit meinem Auto jene steile Autobahnrampe hinabrase, die einen von den schwäbischen Höhen ins Rheintal hinabbringt, dann denke ich zuweilen tatsächlich an Hölderlin – neben mir donnernde Zehntonner –, wie er aus ebendiesen Wäldern trat und unter sich diese Ebene sah, die zu seiner Zeit *so* anders auch nicht ausgesehen haben kann. Zu Fuß gingen sie alle vom Nordkap bis nach Rom. Bücher voll von dem, was sie erlebten. Nie liest man eine Klage über den Weg.

Die Amerikaner, sagt man mir, zweifeln nie an einer Zukunft. Der definitivste Aussteiger dort freut sich aufs Übermorgen. Vielleicht, wenn alle anderen Kulturen verschwunden sein werden im Schwarz der Geschichte, wenn die Amerikaner die ältesten sind – das Kapitol der Höhepunkt alter Kunst –, dann packt auch die Amerikaner die Angst. Um sie herum nur Pinguine, immer mehr, und immer aggressivere.

An einem Abend saß ich in meinem Haus und sah über die Felder, hinter denen die Sonne am Untergehen war. Das ist etwas, was ich ebenso gern wie unaufmerksam verfolge: ich sitze am Tisch und gucke oder auch nicht, neben mir steht ein Glas Bier, und die Sonne gleitet schräg über den fernen Wald, über die leuchtende Silhouette eines Dorfs, aus dem ein Kirchturm und der hohe Kamin einer Ziegelei aufragen, und dann taucht sie in die Äste der Apfelbäume im Garten und versinkt schließlich im Kirschbaum, hinter einem Weinberg, an den sich eine stets rauchende Müllhalde anschließt. Dann wird alles sehr schnell sehr blau, das Geviert des Fensters ein japanisches Bild, bis ich das Licht anknipse, eine alte Lampe aus meinen Kindertagen, deren Stoffschirm umfällt, wenn man dagegenstößt. Ich trinke das Bier fertig und sehe mich im Raum um – olivbraunes Getäfel, noch ein Holztisch, eine Theke, ein Ofen – und bin froh, dass ich keine Sonne bin, die in ewigem Leuchten um diese Erde herumkreisen muss. Oder hält sie doch, wie immer mehr meinen, hinter dem Horizont inne, krabbelt unter der Erdscheibe hindurch und taucht, wenn es Zeit ist, nach einer geruhsamen Nacht wieder auf?

Auch die Sonnenaufgänge kenne ich. Ich sehe sie seltener als die Untergänge, und oft weniger gern. Oft ist es mein Kind, das sie sehen will; das heißt, es trifft sich einfach so, Sonne und Kind sind gleichzeitig unterwegs. Mit ihnen nach und nach das ganze Haus. Die Morgensonne taucht hinter einem andern Dorf auf, in einem helleren, klareren Licht; alles funkelt nass, und die Felder dunsten. Der Wald steht. Überall aber lärmen Vögel, unglaublich laut und unglaublich schön.

Ich saß also und sah über die Felder und sah ganz fern jemanden gehen, quer durch Mais und Korn, vom Dorf her. Er kam unbeirrbar auf unser Haus zu, eine schwarze, größer werdende Silhouette im verglühenden Licht der Sonne, schnell, aber langsam genug, dass ich mein Bier trinken konnte und noch eins und denken, was ist denn das für einer, ein Bauer ist das nicht; er hält einen Stock in Händen wie in alten Zeiten. Dann sah ich, es war ein Mann, nicht alt nicht jung, winkend jetzt, mit einem Rucksack auf dem Rücken, einem Felleisen vielleicht, wenn ich wüsste, was genau ein Felleisen ist, und einem schwarzen Koffer in der stockfreien Hand. Er winkte nochmals, nun genau vor der tiefen Sonne, die mich blendete. Dann endlich erkannte ich ihn. Egon. Mein Freund Egon kam wieder einmal auf Besuch.

Egon hatte sich, während ich mich langsam zum Nesthocker entwickelte, früh schon fürs Gehen entschieden. Fürs Rennen. Es gibt wenige Orte auf dieser Erde, wo er nicht gewesen ist. Heiße und kalte. Als wir noch zusammen waren, vor unzähligen Jahren in unsrer Heimatstadt, war er der beste Tischfußballspieler unsrer Stammkneipe, und ich weiß, wovon ich spreche, denn ich wäre es selbst gern gewesen. Er ist der Einzige, den ich kenne, der sich die Bälle wirklich von Holzmann zu Holzmann zuspielen kann, und er hat ein unfassbar schnelles Auge für Lücken in der gegnerischen Abwehr. Später, nachdem er mehreren Lehrmeistern in verschiedenen Branchen seine Meinung gesagt hatte, eine für sie ungünstige immer, ging er fort, und Postkarten erreichten mich aus überall. Briefe auch, die er auf immer derselben uralten Schreibmaschine schreibt, das heißt, er haut blind auf die Tasten und hofft auf einen Sinn. Ich wurde Pate von mehreren Kindern in mehreren Kontinenten. Er hängt an allen und verbraucht immer mehr Geld und Kraft, um sie auf immer weiteren Rundreisen zu besuchen. Seine Flugtickets sind inzwischen lange Papierschlangen. Einmal sagte er mir – zuweilen taucht er auch da auf, wo ich wohne, ohne hier ein Kind zu haben –, eigentlich sei es bedauerlich, dass beim Kinderhaben immer irgendwie eine Frau dabei sei. Allerdings kam er einmal mit einer gemeinsamen Freundin namens Betty einen ganzen Tag nicht aus dem Zimmer, in dem mein Autoschlüssel lag, und hatte dann kein Kind mit ihr. Auch trinkt er gern, gern viel, und oft, und oft schnell. Er übt auf mich einen ziemlichen Sog aus. Einmal saßen wir in einem andern Kontinent als unserm – ich hatte meine Trägheit überwunden und ihn mit

Teddybären im Gepäck inmitten von Zuckerrohrplantagen aufgesucht – in einer Urwaldkneipe zusammen mit schnauzigen Zuckerrohrschneidern, und als nach einer kurzen Nacht urplötzlich die Sonne am Himmel glühte, gingen wir mit ihnen zur Arbeit mit, weil wir vergessen hatten, wer wir waren.

Egon war inzwischen im Garten angekommen, der nun japanisch blau war, ich war ihm entgegengegangen und hatte ihn umarmt, und nachdem er auf meine Frage, woher er denn komme, auf das Dorf mit der Ziegelei gedeutet hatte – »das sehe ich, ich meine, hinter dem Dorf?« –, gingen wir ins Haus und setzten uns an den Tisch und schenkten uns Wein ein, als täten wir das jeden Abend zusammen, und nach und nach tauchten die anderen Bewohner des Hauses auf, zu den Türen herein, die Treppen herab, aus dem Keller, und setzten sich zu uns.

Wir sprachen und tranken, tranken und sprachen, und irgendwann – draußen war längst eine schwarze Nacht – kamen wir auf die erste Liebe zu sprechen, und auf die letzte, und auf das, was dazwischenliegt, all die Wege, die das Herz geht, in die Irre und doch auf ein Ziel zu. Die anderen Bewohner sagten wenig, aber sie kannten das auch, die Flammen, in die sich der Behütetste zuweilen jubelnd stürzt.

Egon kam gerade aus Südamerika; sein Felleisen, eine Art Golfsack, war das Einzige, was ihm von fünf Jahren Argentinien geblieben war; der schwarze Koffer in seiner Hand war wohl doch nur eine Vision von mir gewesen. Hingegangen war er mit Ambitionen im Gastgewerbe – er hatte sich irgend so ein Pampascafé vorgestellt, wo er, selbst sein bester Gast, unter einer Weintraubenpergola Schnäpse ausgeschenkt hätte –, geworden war daraus eine Abfolge unterschiedlicher Jobs; der zweitletzte gehörte zu einem Regierungsauftrag, in den entlegensten Gebieten des Landes Musterfarmen anzulegen. Als sich zeigte, dass es darum ging, Indianer umzubringen, schlug sich Egon in die Büsche und kam nach zwei Tagen zu einer Autobahn, die einsam durch den Urwald führte, und nach einem weiteren Wandertag, der ihn aus dem Dschungel herausbrachte, zu einer Tankstelle inmitten unendlicher Zuckerrohrfelder, wo er als Tankstellenwart blieb und mehrere Monate lang versuchte, aus Benzin Alkohol herzustellen. Er hatte damals auch eine Kuh und ein Pferd, auf dem er weite Ritte unternahm; ein Auto kam sowieso nie; und wenn er dann zurückkam, teilte ihm der Indio, mit dem zusammen er die Tankstelle bewirtschaftete, unweigerlich mit, wiederum sei die Kuh an einer geheimnisvollen Seuche eingegangen, und von der Kuh war keine Spur zu finden, allenfalls ein paar abgenagte Knochen.

Natürlich hatte er auch in Argentinien Kinder, zwei, und zwei Frauen. Sie waren Schwestern und die Töchter eines Gemüsehändlers, der seinen Laden gleich neben der Tankstelle hatte und eines Tages beschloss, nie mehr zu arbeiten; ein Grund dafür war, dass in dem Gebiet nur noch, statt wie ehedem alles und jedes, Zuckerrohr angebaut werden durfte, Zuckerrohr und Zuckerrohr. So sahen der Vater und die Brüder und die Cousins, die alle ebenfalls arbeitslos waren, in Egon eine Bereicherung der Familie, war er doch der Einzige mit einem Einkommen und einer aus allen Muskeln sprühenden Arbeitslust. Und Egon, der eigentlich nur die zwei Frauen hatte haben wollen, sah sich jeden Abend umlagert von Witze reißenden Männern, die ihn nie um Geld anpumpten, aber erst gingen, wenn er ihnen vorschlug, ein kleines Darlehen anzunehmen. Später dann eskalierte die Geschichte, das heißt, Egon erklärte dem Vater, er denke nicht mehr daran, allen ständig Geld zu geben, er sei doch kein Depp, und der Vater verfluchte ihn und die Töchter, und eine Tochter sprang aus einem Parterrefenster und brach sich ein Bein, und die andere weinte und weinte, und die Kinder waren unglücklich, und so legte Egon, als einmal ein ganzer Militärkonvoi vollgetankt hatte, in einem plötzlichen, ihn selber überraschenden Entschluss das ganze Geld in ein Ticket der Aerolineas Argentinas an, in einen einfachen Flug; er verließ das Haus im Morgengrauen durch das Fenster und hatte am Zoll Angst, verhaftet zu werden wegen Fahnenflucht.

Da war er also. »Wenn ich bei meinem ersten Kuss geahnt hätte, was daraus wird«, murmelte er, »vielleicht hätte ich ihn sofort zurückgenommen. Aber in Wirklichkeit gibt es da kein Zurück mehr. Wer den ersten Schleier hochgehoben hat, will hinter den siebenten blicken. Bald war mir das Pressen der Lippen gegeneinander nicht mehr genug, alles ging unheimlich schnell, und eines Morgens war ich mit allen Wassern gewaschen. Ich kannte die Unterschiede. Langsam stellte sich wieder die Sehnsucht nach dem ein, was ich einst möglichst schnell hinter mir hatte lassen wollen, der Berührung der Hände, die wie zufällig gegeneinanderschlenkern beim Spazieren in einem Park.«

Zuerst hatten wir gelacht, aber dann trank jeder still aus seinem Glas. Nachtfalter surrten um die Lampe, so dass der

Schirm leise schwankte. Die Kinder bauten im Salon, der einst – denn unser Haus war eine Gaststätte gewesen – der Saal für die Jahresfeiern der freiwilligen Feuerwehr gewesen war, aus Klötzen eine Vorrichtung, die aus dem Schaukelstuhl einen stabilen machen sollte. Auch sie sagten kaum ein Wort. Der Hund schlief. Aus der dunklen Küche, deren Türe offen stand wie immer, hörte ich eine Maus, die zwischen alten Zeitungen herumraschelte. Mir gingen Erinnerungen an eine Zeit durch den Kopf, da ich mich auch als ein Reisender gefühlt hatte. Sonne auf der Haut, Möwen am Himmel, und im Gesicht das Gesprüh von Meerwassergischt.

»Was für unsre Kinder Afghanistan ist«, sagte ich endlich, »ich meine, Katmandu, das war für uns die Provence oder, wenns ganz hoch kam, Griechenland. Ich meine die Zeit, wo, wenn in Griechenland ein Schiff unterging, nur Griechen ertranken. Einmal war ich auf so einem Schiff. Es hieß Despina und fuhr zwischen den ägäischen Inseln hin und her. Später wurde es verschrottet oder nach Afrika verkauft, weil ein Dampfer auf der Fahrt nach Hiraklion untergegangen war, er hieß selber Hiraklion, und danach wurden im Rahmen einer umfassenden Untersuchung alle Schiffswände der griechischen Flotte mit Fußtritten auf ihre Seetüchtigkeit überprüft, und bei der Despina brachen die Füße der Prüfer durch wie durch Pauspapier, und da irgendeine radikale Maßnahme der Presse gemeldet werden musste, wurde dieses Schiff geopfert. Seither sind die Inseln nicht mehr dasselbe.«

Ich schenkte mir neuen Wein ein und überhörte eine Bemerkung Egons, ich solle nicht so alt tun. Er hatte gut reden, er ist ein Jahr jünger als ich und hat eine fabulöse Fähigkeit, alterslos zu sein. Er wird einst, wenn überhaupt, umstürzen wie ein gefällter Baum. Inzwischen sitzt er in T-Shirts, auf denen Kawasaki oder Harvard University oder so was steht, zwischen Siebzehn- und Achtzigjährigen, wenn sie nur trinken und brüllen. Tagsüber baut er eigenhändig Häuser, wenn er eins braucht, einmal eins ausschließlich aus leeren Flaschen, das dann so sehr in der Hitze glühte, dass er es zum Brotbacken und Kaffeerösten verwenden musste.

»Ich fuhr auf dieser Despina nach Naxos«, sagte ich. »Sie fuhr gegen Abend los. Ich stand zwischen vielen Griechen an der Reling und schaute nach dem Festland, dem wir dann stundenlang entlangfuhren, einem schmalen weißen Felsband, vor dem das blaue Meer lag. Das heißt, fast alle andern waren schon seekrank, alle Griechen sind sofort seekrank, sie scharen sich auf den Schiffen um den vom Wasser entferntesten Ort, legen sich da auf die Planken, schließen die Augen und verharren so, unter Decken verschwunden, bis zu ihrem Ziel; erst wenn sie wieder die weißen Steine ihrer Erde unter den Füßen haben, verwandeln sie sich in die, die sie waren, lebhafte lachende Menschen.«

»Genau«, sagte Egon, der in Kreta einen halbwüchsigen Sohn hat. »Es gibt so Dinge. Die Bewohner der Kanarischen Inseln zum Beispiel nennen ihre eigenen Vögel Harzer Roller.«

Ich nickte; ich hatte zwar den Zusammenhang nicht verstanden, aber warum nicht. »Später wurde es dunkel«, fuhr ich fort, »und ich stand allein an der Reling; das Meer war heftiger geworden, und Wasser sprühte zu mir hoch. Das Schiff rauschte tief in die Wellen hinein und stieg dann wieder in die Höhe. Die Gischt war auch in der Nacht weiß. Ich stand da, und in mir war ein Gefühl, ich könnte das nun ein Leben lang so tun; in meinem Rücken stöhnten einige ineinanderverkrümmte Frauen, und aus einer fernen Luke kam Licht; da war eine Bar, wo man Bier kaufen konnte. Von daher kam zuweilen ein Gelächter.

Plötzlich, ich weiß nicht wie lange ich aufs Meer hinausgeblickt hatte, stand jemand neben mir, jemand, den ich eher spürte als sah; ein etwa zwölfjähriges Mädchen. Es sah wie ich auf das lebhafte Meer hinaus. Nach einer Weile begannen wir miteinander zu reden. Das Mädchen, auf der Heimfahrt von einem Besuch bei Verwandten in Athen, sprach ein unfassbar schönes, glasklares Französisch, neben dem meine Rachenlaute ziemlich grob klangen. Es sagte, das lerne man in Naxos so, da seien früher französische Nonnen gewesen, und geblieben sei ihre Schule. Es gebrauchte ausgesucht komplizierte Wendungen wie *Quoi qu'il en soit* oder *Veuillez bien me dire* und stand um Mitternacht mit einer Selbstverständlichkeit in der nassen Gischt, als lebe es im Rhythmus des Wassers. Bald vergaß ich, wie jung sie war, denn sie war nicht kindlich, oder auf eine so selbstverständliche Weise, dass ich es nicht mehr wahrnahm; höflich; zutraulich; um mich besorgt. Wir sprachen mit leiser Stimme über alles und jedes, ohne das geringste Zögern, was wir als Nächstes sagen könnten.

›Ihr‹, sagte sie und meinte entweder uns Erwachsene oder uns Nordländer oder beide, ›erklärt alles. Wir‹ – entweder *wir* Kinder oder *wir* Griechen – ›erklären nichts. Die

Sonne ist die Sonne. Wir haben keine Angst, wenn etwas nicht erklärt ist.‹

Ich sagte, was ich denn machen solle; um keine Angst zu haben, erklärte ich mir eben die Gründe meiner Angst. ›Ja‹, sagte sie. ›Und deine Erklärungen machen dir neue Angst, weil sie nicht stimmen, undsoweiter. Wir‹ – sie lächelte, um Verzeihung bittend – ›freuen uns über *Veränderungen*.‹ Sie sprach manche Wörter kursiv.

Ich erzählte ihr schließlich, ich befürchtete, etwas allzu Heftiges könnte aus mir herausbrechen. Sie nickte und schwieg. Dann war sie auf einmal verschwunden, und als sie wieder zurückkam, gab sie mir ein plätzchengroßes Ding, das ich in den Mund stecken musste, und ich biss darauf und aß das Süßeste, was ich je gespürt habe, das absolut Süße. Ich war ihm nicht gewachsen und hustete es heimlich in die hohle Hand, und das Mädchen sah mich lächelnd an, froh, mir eine Freude gemacht zu haben.

Später dann legte ich mich auf die Planken – das Mädchen war grußlos weggegangen; war es so vornehm, dass es eine Kabine hatte? – und schlief ein bisschen, nahm undeutlich wahr, dass wir in der Nacht in mehreren Häfen anlegten; einmal wurden an Gurten zappelnde Schafe ausgeladen, die erbärmlich blökten. Einmal mit viel Geschrei ein Auto. Dann fuhren wir wieder, rauschend, und als die Sonne aufging, war ich hellwach und frisch, und ein neues Ufer tauchte ganz fern auf, mein Ziel, und vor mir stand im Sonnenlicht meine Freundin mit einem jungen Mann, den sie mir als ihren Bruder vorstellte und der ein fast so schönes Französisch sprach, allerdings ohne ihre süße Höflichkeit. Er schlug mir vor, in ihrem Hause zu wohnen, zufällig sei ihr Vater nämlich der einzige Gastwirt der Insel, und gerade ein Zimmer sei noch frei, und das sei nun meins, wer auch immer auf diesem Schiffe sich da noch hineindrängen wolle. Ich nahm das Angebot dankbar an.

Tatsächlich gingen wir dann zu dritt über weiße Stufen zwischen weißen Häusern, zuweilen durch Häusertunnels, bis wir, ziemlich oben am Hang, zu dem Hotel kamen, das sich in keiner Weise von den andern Häusern unterschied. Höchstens, es war etwas größer. Es hatte eine geräumige Terrasse, auf der die ganze Wirtsfamilie saß, jeder auf drei Stühlen; auf dem ersten der Hintern, auf dem zweiten ein Fuß und auf der Lehne des dritten ein Arm. Ich begrüßte sie: den Vater, die Mutter, eine Tochter, älter als ihre Schwester, und noch einen jungen Mann, der, wenn ich das richtig verstand, auch irgendeine Funktion in dem Hotelbetrieb hatte. Ich bekam ein Zimmer am äußersten Ende einer langen Zimmerreihe ohne Korridor, so dass ich, wenn ich schlafen gehen wollte, durch drei andere Zimmer musste: im ersten wohnte ein Ehepaar aus Paris, im zweiten ein Engländer, im dritten eine Italienerin, die immer, wenn ich durch ein Klopfen meinen Durchmarschwunsch angekündigt hatte, die Decke über den Kopf zog, als sei der Kopf im Bett ein intimer Körperteil. Von meinem Fenster aus sah ich über den ganzen Ort, auf den Hafen und das Meer, in dem, nicht weit draußen, eine Segelyacht schaukelte, eine wie aus Joseph Conrads Zeiten, allenfalls etwas kleiner. Wo meine kleine Freundin wohnte, bekam ich nie heraus, überhaupt verschwanden die Wirtsleute nachts in unerklärliche Winkel; vielleicht aufs Dach.«

»Ich habe einmal auf einem Dach geschlafen«, sagte

Egon an dieser Stelle, »und in einer Nacht träumte ich, ich sei ein Cowboy und spränge aufs Pferd, und als ich aufwachte, hing ich in einem Aprikosenspalier; ich war im Traum über den Dachrand gesprungen.« Keiner sagte etwas zu dieser Bemerkung, wahrscheinlich hielten die anderen Hausbewohner sie für Jägerlatein; ich wusste, dass Egon solche Dinge erlebte; aber was hatte das mit meiner Geschichte zu tun.

»Ich weiß nicht recht, was ich in Naxos wollte, das heißt, ich weiß es genau«, sagte ich. »Nichts. Damals war mir Gauguin der Liebste, nur, ich konnte nicht malen. Ich wollte so sehr keiner aus meiner Heimat mehr sein, dass ich falsche Namen nannte und andere Sprachen sprach als meine. Ich hatte vorher schon an Stränden gesessen, zu den Horizonten hinübergeträumt und in meiner Traurigkeit gebadet. Ich hatte zum Beispiel zwei fahrende Sänger kennengelernt, sie fuhren einen VW, und da ich Mundharmonika spielen kann, durfte ich, wenn ich nicht zu laut wurde, mitbrummeln und mit dem Hut herumgehen. Einmal, in Marseille, gab uns Hammarskjöld 20 Francs. Jetzt, hier in Naxos, wollte ich es nur heiß haben, heiß heiß heiß; ich war irgendwie von den ersten zwanzig Jahren meines Lebens unterkühlt; ich stand jeden Morgen früh auf, klopfte mich durch die Zimmer hindurch – immer hoffte ich vage, das französische Paar als Paar zu überraschen, aber immer lagen sie tief schlafend jeder auf seiner Pritsche – und ging durch die noch kühlen Gassen zum Hafen und dann den Strand entlang, immer weiter und weiter. Saß auf Felskaps über dem schäumenden Meer und träumte. Vögel überall, Fische, die aus dem Wasser sprangen. Irgendwann kam ich wieder zurück. Ich malte nicht, schrieb nicht, komponierte nicht, trotzdem hatte ich ein Gefühl, all das zu tun.

Ravel«, sagte ich, »ist einer, von dessen Leben ich kaum etwas weiß, aber in seinen Sachen ist etwas Sonnensehnsüchtiges, das mich zu Tränen rührt. Feigen, von einem gepflückt, der im Regen aufgewachsen ist und nicht aufhören kann zu staunen, dass es das für andere ganz selbstverständlich gibt: überreife Früchte, auf denen Wespen surren. Gras, das bewässert wird, und das Sonnenlicht bricht sich im Sprühwasser. Nasse rote Blumenkelche. Die Südländer haben keine Ahnung von dieser unfassbaren Sehnsucht, die uns Nordische packen kann. Sie sehnen sich nach Ludwigshafen, wo es allen so gut geht, dass sie sich nach einer Achtundvierzigstundenwoche einen gebrauchten Mercedes kaufen können.«

Ich schwieg wieder. Ich muss vielleicht anfügen, dass Egon zufällig an einem jener hohen Feiertage – Ostern, Pfingsten oder so was – aufgetaucht war, an denen alle Menschen in ihren Autos losfahren. An diesen Tagen tun wir keinen Fuß vors Haus. Hie und da stellen wir Südwest drei ein, den wir ganz schwach noch hören, und warten auf eine Meldung von einem Stau, und mit einem befriedigten Aufstöhnen stellen wir das Radio wieder ab. In diesen Nächten kann man lange sprechen; keiner eilt davon, einer Nichtigkeit des Lebens hinterdrein.

»Mit der Zeit ergab es sich, dass mich der Hoteliersohn begleitete. Dann der andre junge Mann auch; und schließlich auch die ältere Schwester. Wir erforschten die halbe Insel. Nur das Mädchen kam nie mehr. Es war wie vom

Erdboden verschluckt. Tatsächlich zeigten mir die andern drei einen kleinen Tempel, von dem nur noch eine Säule stand, da sei einst eine junge Frau in einem Spalt verschwunden, der sich plötzlich aufgetan habe. Ich sehnte mich nach einem zweiten Gespräch wie dem auf dem Schiff; aber die Spaziergänge am Strand waren mir auch recht. Wir alberten herum und spritzten uns nass und schwammen zuweilen auch, die Schwester in all ihren Kleidern, die dann an ihr klebten wie die schreiendste Nacktheit. Weit und breit war an den Stränden niemand, nur zuweilen schlenderte der Engländer wortlos vorbei, oder das französische Paar tauchte auf. Sie waren Archäologen oder Hobbyarchäologen und sprachen immer von einst. Die Italienerin war tagsüber nie zu sehen, das heißt, zuweilen saß sie auf der Terrasse des Hotels, in die Lektüre der *Promessi sposi* vertieft. Einmal, auf einem Heimweg, nachdem wir alle blödelnd am Strand gesessen hatten, ich neben der Schwester, schob diese ihre Hand in meine; ich drückte sie und sah sie überrascht an, und sie zog die Hand zurück, und schon waren wir im Städtchen und das Ganze vergessen.

Noch später gewöhnte ich mir an, abends am Hafen vor dem Café zu sitzen, ohne Furcht zwischen den Männern dort, obwohl diese nicht französisch sprachen. Aber *ein* Wort reichte oft für ein sehr langes Gespräch; bei einem jungen Mann mit vielen schwarzen Bartstoppeln war es das Wort *Citroën,* er sagte es zuerst, und ich wiederholte es, und dann in allen Variationen des Fragens und des Bewunderns; alles in allem deutete ich die Unterhaltung so, dass er den Citroën für das tollste aller Autos hielt, oder allenfalls, er habe einmal bei Citroën gearbeitet.

Die Joseph-Conrad-Yacht war inzwischen in den Hafen hereingekommen, lag an seinem äußersten Ende vor Anker und gehörte einer Engländerin, die nie von Bord ging, dennoch aber in Naxos verliebt schien, denn sie war nun schon mehrere Wochen da. Oft veranstaltete sie an Bord so etwas wie Feste, zu denen nach unklaren Kriterien ausgewählte junge Inselbewohner hinausgerudert wurden; ziemlich betrunken und voller Geschichten kamen sie dann wieder zurück und barsten vor Seefahrermären, denen zufolge da draußen ein männerverschlingendes Ungeheuer hauste; dazu aber lachten sie fröhlich, die Überlebenden.

Jeden zweiten Morgen kam die Despina, schon weit draußen tutend, kroch auf den Quai zu wie ein strahlendes Geschenk, erwartet von ungefähr allen Inselbewohnern. Wenn die Despina kam, ruhte jede Arbeit.

In einer Nacht waren wir an einer Hochzeit, das heißt, ich stand etwas abseits im Dunkeln – ich war nicht eingeladen – und sah auf einen erleuchteten Platz, auf dem die Hochzeitsgäste zu einer Musik tanzten, die auf fremdartigen Instrumenten erzeugt wurde; auf einer Art Geige, einer Art Trommel, einer Art Mandoline. Musik wie aus einem verschollenen Orient. Dazu tanzten die Männer und Frauen ganz anders, als ich das bisher gesehen hatte, nicht das bekannte Hand-in-Hand mit dem Taschentuch, und auch keine Bravourtänze mit Tischen zwischen den Zähnen. Sie tanzten fast ohne Bewegungen, als glühten sie innen. Unter den Tanzenden sah ich meine kleine Freundin. Sie tanzte wie die andern, in sich versunken und doch für alle aufmerksam. Jeder Muskel war beteiligt. Ich starrte sie an. Dann war plötzlich der Tanz fertig, und sie kam auf mich zu, setzte sich neben mich und sagte, sie habe mich gesehen, meine Augen.

›Meine Augen?‹, sagte ich.

›Deine Augen. Sie würden am liebsten die ganze Insel und uns damit in dein Hirn hinaufsaugen.‹ Sie lachte. ›Ja. Uns geht es gut. Das Elend des wirklichen Elends ist hinter uns, und das Elend des Zuviel hat uns noch nicht erreicht. Wenn ich groß bin und du ein Vater, sitzen hier die Badenden Backe an Backe; mein Bruder wird der Wirt seines Hotels sein und reich. Aber nur ich weiß, dass wir gerade heute unsere schönste Zeit haben; die andern genießen sie nicht; sie sehnen sich nach einer besseren Zukunft.‹

Sie rannte davon – ich dachte sekundenschnell, auf die warte ich, die heirate ich –, und ich verlor sie aus den Augen, auch weil ihr Bruder kam, der von der Schiffseignerin eingeladen worden war und mich fragte, ob ich mitkomme, er könne kein Englisch, und natürlich ging ich mit.

Wir wurden von schweigenden Matrosen zum Schiff gerudert, auch wir schweigend, denn auf dem dunklen Wasser des Hafens hatten wir plötzlich so etwas wie beinah Angst. Diese verging, als wir beim Schiff waren und über der Reling laute witzereißende Köpfe auftauchten, Griechenfreunde meines Freunds. Wir kletterten, auch schon redend, an einer Strickleiter hinauf und standen auf den Planken des Decks, auf dem die Freunde lagerten und eine Frau, alle Whisky trinkend. Die Frau war die Britin, eine wuchtige Person, nicht jung nicht alt, die uns ständig volle Gläser hinschob, die wir tranken. Sie redete englisch, die Griechen griechisch und ich französisch. Irgendeine Scheu riet mir, nicht zuzugeben, dass ich die Frau verstand.«

»Englisch haben wir beim selben Lehrer gelernt«, sagte Egon. »Er hasste uns und sich und fand die Worte nicht, uns das einfach und klar zu sagen.«

Ich lachte. »Genau. Einmal traf ich ihn auf einer Skiabfahrt; da saß er unter einer Tanne und sah irgendwie arm aus; ich hielt und wechselte ein paar Worte mit ihm; er war zwar wortkarg, wünschte mir aber eine gute Fahrt. Später hörte ich, dass er sich das Bein gebrochen hatte.«

»Wow«, sagte Egon. Gleichzeitig stürzten die Bauklötze der Kinder um, die nun auch nicht mehr leise waren. Der Schaukelstuhl schaukelte ganz allein, und der Hund war hochgeschreckt aus seinen Träumen.

»Um die Geschichte fertigzumachen«, sagte ich lauter. »Ich weiß nicht genau, wie das Fest weiterging. Ich fand es jedenfalls an Bord dieses verzauberten Schiffs immer herrlicher. Fern blinkten die Lichter des Hafens, und von ganz weit her kam die Hochzeitsmusik herübergeweht. Mitten in der Nacht zwitscherten Vögel. Wir tanzten auf dem Deck herum und hangelten uns durch die Takelage, und irgendwie geschah es dann, dass ich am nächsten Morgen neben der Schiffseignerin aufwachte, in einer Kajüte aus Mahagoniholz. Die Schiffseignerin war auch nackt sehr wuchtig, und ich hatte großes Kopfweh, und nach einem wortlosen Frühstück, während dem mich die Schifferin mit großen innigen Augen ansah, wurde ich von einem Matrosen in den Hafen gerudert, wo gerade die Despina einlief, so dass die Teilnehmer der Party, die an der Mole herumstanden, mich übersahen. Ich schlich die Stufen zum Hotel hinauf, ging ohne zu klopfen durch die Räume – nur die Italienerin war noch im Bett und starrte mich wie ein Gespenst an – und legte mich hin und schlief, bis mich eine hochstehende Sonne weckte.

Ich blieb dann noch wenige Tage in Naxos, holte in gedrängtester Form nach, was es an Sehenswürdigkeiten zu besuchen galt; fuhr also mit einem uralten Bus quer über die Insel in ein Fischerdorf, in dessen Nähe ein Steinriese im Gras lag, auf dessen Gesicht ich eine Weile hockte und aufs Meer sah; besuchte auf einem Esel reitend ein Tal voller Schmetterlinge, an dessen Ende ein Kloster stand; stieg an einem Abend einen Serpentinenweg bis zu einer weißen Kapelle hinauf, von der aus ich ein paar Nachbarinseln sehen konnte, ein Meer wie glattes Öl; badete nochmals mit der Bewusstheit des Abschieds; saß auch wartend auf der Terrasse. Aber meine kleine Freundin kam nie mehr zum Vorschein, auch als ich schließlich, früh an einem Morgen, allen die Hand gab, dem Vater, der Mutter, der älteren Schwester, dem jungen Angestellten und der Italienerin, die gerade mit einem Schmetterlingsnetz unter dem Arm aus ihrem Zimmer kam. Sie wurde rot und lächelte und drückte meine Hand mit großer Kraft. Irgendwie wollte ich dem Bruder noch sagen, er solle seine Schwester grüßen, tat es aber nicht. Während die Despina schon tutete, rannte ich die Stufen zur Stadt hinab, zum Hafen und über die Planken an Bord; sofort fuhren wir los, ziemlich nahe an der Yacht der Engländerin vorbei, die an der Reling stand und bewegungslos einem Boot nachsah, in dem einer ruderte und ein anderer hockte, ein Mann mit einem weißen Hemd und einem Strohhut auf dem Kopf. Ich fuhr nach Athen zurück und von dort mit einem Flugzeug der Globe Air zurück in den Norden, wo uns der Pilot, als wir ausstiegen, faustgroße Löcher im Bug der Maschine zeigte, Treffer von riesigen Hagelkörnern während des Flugs.«

Ich schwieg und trank mein Glas leer. Die andern räusperten sich, tranken und streckten die Beine. Die Kinder waren wieder still – jetzt kramten sie in der Truhe herum –, und der Hund saß aufrecht da und sah zwischen ihnen und uns hin und her.

»Ein paar Wochen später«, sagte ich, »bekam ich einen Brief von der älteren Schwester – der, die mir die Hand gedrückt hatte –, in dem stand, dass sie ewig auf mich warten werde nach dem, was zwischen uns gewesen sei; sie sei meine Braut und ich ihr Bräutigam; immer werde sie für mich leben.«

»Und was hast du ihr geantwortet?«, sagte Egon.

»Nichts.«

Unser Haus ist eine ehemalige Bahnhofswirtschaft; allerdings ist der Bahnhof, der einen Steinwurf weit im Raps steht, inzwischen eine Ruine, aus der Brombeeren wuchern, die Geleise sind verschwunden, und vom Dorf, dem dieser Bahnhalt galt, ist – wie damals schon – gar nichts zu sehen. Damals wurden die Bahnlinien weit an den Dörfern vorbeigebaut, und die Bewohner gingen lange Wege, um die in Getreidefeldern haltenden Züge zu erreichen. Als die Bahn gebaut wurde, waren das hier alles wichtige Dörfer, die jemand erreichen und verlassen wollte. Heute werden jene Bauern, die nur noch abends mit dem Traktor über die Felder rasen, weil sie tagsüber in einer Fabrik arbeiten, mit Firmenbussen eingesammelt. Auch wir haben ein Auto.

Inzwischen hatte uns alle ein heftiger Hunger gepackt, und die Frauen holten Käse und Brot aus der Küche. Wir aßen und sprachen mit vollem Mund weiter, über dies und das, über Käse vor allem. Egon, der als Einziger schwieg, verschlang in kürzester Zeit einen ganzen Munster, und ich begann zu ahnen, dass er am Verhungern gewesen war und seit dem Plastik-Essen der Aerolineas Argentinas nichts mehr gekriegt hatte; er ist nicht scheu; nur, wenn er trinkt und redet, vergisst er die Stimme seines Magens.

»Ich bin in den Steppen aufgewachsen, die heute Polen heißen«, sagte plötzlich der älteste von uns Hausbewohnern zu Egon, ein etwa sechzigjähriger Versicherungskaufmann, der mit Versicherungen nichts mehr zu tun haben will. »Im Sommer war es glühend heiß und im Winter so kalt, dass uns die Finger in den Handschuhen abfroren, und dann weinten wir, und die Väter hauten uns, weil deutsche Kinder damals nicht weinten.«

Egon hob den Kopf und sah unsern Freund mit großen Augen an. Dieser hat merkwürdig graue Büschelhaare, die überall aus ihm herauswuchern, aus den Ohren und aus dem Nacken. Er trug an dem Abend ein kragenloses Drillichhemd und eine unförmige unfarbige Hose, ich aber habe ihn noch gekannt, als er in Flanellanzügen ging und magenkrank war. Da arbeitete er im Frankfurter Filialbetrieb der Hanauer Assekuranz und war, wenn man eine Berufskarriere mit einer Bergbesteigung vergleichen will und seine Firma mit dem Matterhorn, etwa bei der Hörnlihütte angekommen. Eines Morgens, wirklich wie eine Erleuchtung, dachte er, dass die Menschen nicht menschlicher werden, wenn man sie gegen alles und jedes absichert, und verließ das Versicherungsgebäude. Ausgelöst wurde dieses Licht, das den Text von immer wieder in die dunkelsten Ecken des Herzens gedrängten Gedanken so plötzlich erhellte wie jene biblische Sinaisonne die Gesetzestafeln Mose, durch einen Schadensantrag, in dem ein Mann Geld wollte, weil er in seiner Jugend Abitur gemacht habe und nun, im Alter, unwissend sei. Unser Freund steht jetzt meistens im Gemüsegarten und gräbt sich die Wut über dreißig Versicherungsjahre aus dem Bauch. Er ist unverheiratet und hat in der Tat manche Marotten eines Hagestolzes; Lärm tut ihm weh, und wenn die Pfeife am falschen Ort liegt. Die Frage, die sich jedem Mann einmal stellt – soll er jemanden lieben, und wen –, hat er in grauer Vorzeit zugunsten seines Hunds entschieden. Ihm ist er mit einer Heftigkeit zugetan, die ahnen lässt, was ihm bei den Menschen gefehlt hat.

»Da war so ein Ruinengrundstück«, sagte er, »Trümmer aus der Zarenzeit noch, sozusagen, voller Ginsterbüsche und schwarzer Winkel. Da traf ich mich immer mit einem Mädchen, das mir sehr sympathisch war, obwohl es einen schlechten Ruf hatte – andere nannten es das Volksloch –, wir lagen in den Ginstern, und um uns surrten die Mücken, es war heiß und herrlich, und nie kam jemand in diesen verwunschenen Garten, so dass wir immer kühner wurden, nackt in Hörweite einer begangenen Straße lagen, aber dann brach das Mädchen den Verkehr mit mir ab, es weinte und gestand mir beim Abschied, dass es ihr zu viel werde, ich machte ihr Angst.« Egon lächelte, immer noch mit vollem Mund, und wir andern, auch die Frauen, sahen unsern Freund mit einer Aufwallung von Zärtlichkeit an. So eine

Geschichte hatten wir nicht von ihm erwartet. »Ich muss noch anfügen«, sagte er dann, »dass ich einen Zwillingsbruder habe. Damals habe ich mir keine Gedanken darüber gemacht, der Schmerz der verlorenen Liebe marterte mich zu sehr, aber heute schon. Tatsächlich hatte sie nämlich zuweilen Erinnerungen an mich, die in meinem Kopf nicht vorkamen.«

Egon schluckte und sagte, ja, das könne er sich gut vorstellen, er sei ein Einzelkind, ihn habe jeder Abschied fast getötet. Und immer wieder sei es so weit. Er wisse nicht, wie das gehe, aber plötzlich finde er sich wieder auf einem Bett sitzend, wie vereist, und ihm gegenüber eine tränenstarre Frau, weit weg jetzt und gehasst beinah, und schreckliche Wörter kämen aus seinem Mund und aus ihrem, es sei, als würden Fremde aus ihnen sprechen. Und es sei dann wirklich das Ende. In der Erinnerung übersonnten sich diese Frauen dann wieder, manchmal – es sei ihm peinlich, das jetzt so zu sagen, aber andrerseits sei es so – stelle er all die Frauen in Gedanken nebeneinander, eine schwesterliche Freundinnenkette, alle hätten ihn immer noch lieb und sich gegenseitig, dieses Spiel kenne er in einer bekleideten und einer nackten Variante. Das Leben mit Frauen sei eine Hölle, und das Leben ohne auch. Was solle er machen? Der letzte Abschied sei auch übel gewesen, das Wegschleichen durch die Bananenstauden; aber noch schlimmer sei es, wenn eine Frau weggehe, und er hatte gedacht, sie liebten sich innig. Ach Gott. Obwohl es sehr verschiedene Frauen gebe, laufe seine Geschichte immer ähnlich, wohl weil *er* immer derselbe sei. Wie mache man es, aus seiner Haut zu fahren.

»Ich habe meinem Bruder immer alles gesagt«, murmelte der Sechzigjährige.

In der Stille, die nun eintrat, waren die Kinder plötzlich sehr gut zu hören. Sie saßen alle in den Schaukelstuhl gequetscht und trieben diesen mit Körperbewegungen an, die so ungleichzeitig waren, dass der Stuhl bocksteif stehen blieb. Zu meiner Zeit, dachte ich – alt! alt! –, kriegten die Kinder, wenn ein Besuch da war, einen Grießpudding mit Sirup drauf, und dann ab in die Heia. Ferne, ganz ferr- hörten wir das donnernde Lachen der Großen; was mussten das für Geheimnisse sein, die so ein Röhren auslösten! Heute bringen reisende Staatsmänner ihre Kinder zu den Banketten mit, und die Außenminister warten mit verbissenem Lächeln, bis die kleine Tochter des Gasts ihre Geschichte fertigerzählt hat, wie eine kleine Maus eine andre kleine Maus trifft, und was sie dann sagt.

»Ich habe einmal in einer alten, im Sonnenlicht gebadeten Stadt in Südfrankreich gelebt«, sagte ich nach einer Weile. »Platanen überall; alte Paläste mit schweren Mauern; ringsum Reben und ganz nahe das Meer, dazwischen Lagunen voller Salz und Flamingos; Strände mit vielen Leuten; und eine Hitze, die das Gefühl heftigsten Lebens vermittelte. Ich wohnte in einer stillgelegten Mühle etwas außerhalb der Stadt und hatte eine Vespa, deren Scheinwerfer mir am Tag meiner Ankunft gestohlen worden war. Einfach abmontiert. Seither musste ich, wenn ich nachts heimfuhr, am Straßenrand ein Auto abwarten, in dessen Licht ich mich dann wie von einem Lotsen nach Hause ziehen ließ. Einmal, ich weiß noch, erkannte ich erst nach mehreren Kilometern Fahrt im Auto vor mir die Silhouette der Käppis von vier Polizisten, und ich stieg vor Schreck so heftig auf die Bremse, dass ich in einem Graben landete.« Wie eine zu undeutlichen Fotos vergilbte Zeit wieder ganz gegenwärtig sein kann! Das Gefühl der Sonne auf der Haut! Damals war ich braun! Das Flirren der Schatten der Platanenblätter auf den Trottoirs, die Luft ganz frühmorgens, und sogar die Tankstellen sahen fröhlich aus! »Ich hätte die Universität besuchen sollen, betrat sie aber nur ein einziges Mal und wurde von dem bösen Grau, das ich in dem hellen Himmelslicht nicht für möglich gehalten hätte, gleich wieder in die Flucht geschlagen. Stattdessen saß ich am Fenster meiner Mühle und schrieb ein Drama, in dem ein Eifersüchtiger nicht merkte, dass er der Gegenstand der Leidenschaft ebender Frau war, die er verdächtigte. Ich fuhr mit der Vespa in den Reben herum, durch all die Dörfer, die alle einen staubigen Platz haben, über den, wenn man ankommt, stets ein Hund trottet. Das Meer. Ich lernte auch einen Maler aus Stuttgart kennen, der nie deutsch sprach, ein Haus am Rand eines Weilers bewohnte und entsetzliche Bilder malte. Aber wie er lebte, das faszinierte mich. Das heißt, einmal trat ich in den kühlen Raum, in dem er malte, und er hatte eine große Leinwand vor sich und darauf den Akt einer Frau, und das Bild lebte so ungeheuerlich, dass ich sprachlos war. Ich sagte es ihm. Er lächelte, ich glaube, er freute sich wirklich, und am nächsten Tag hatte er den Akt fertiggemalt, jede Kontur des Körpers mit einer schwarzen Linie nachgezogen, und das Bild war tot wie alle zuvor. Aber es war schön, vor seinem Haus zu sitzen, die Grillen zirpten zu Millionen, lauer Wind, Frösche in der Ferne, und am Himmel Sterne von Orient zu Okzident. Sein Klo war die Landschaft. Baden tat er wohl nicht. Immer wieder machte er gewaltige Einladungen, einmal eine mit einem Ungarn, der ein Gulasch kochte, das Gulasch aller Gulaschs, ganz anders als all das, was ich bisher dafür gehalten hatte. Auf der Heimfahrt saß der Ungar dann auf meinem Soziussitz, und nachdem er sich an meine Technik des Ausnützens fremder Scheinwerfer gewöhnt hatte, streichelte er mich von oben bis unten, und als er unten war, hielt ich an und ließ ihn, nach einem kurzen sehr erregten Disput, mitten in einem Rebberg stehen und fuhr weiter, im Licht eines halben Monds. Der Maler hatte ein Modell, seine Freundin, eine gnomige Frau, die immer schwieg und sich einmal die Pulsadern aufschnitt und dann am gleichen Abend schon wieder bei uns saß, als sei nichts gewesen. Wenn er sie malte, streckte er ihren Körper so sehr in die Länge, dass ich nicht begriff, wieso sie sich überhaupt auf ihren Sockel stellen musste, in schwierige Posen verrenkt, eine Rose hinterm Ohr. Sowieso schien er *seine* Vision der Frau zu malen; oder war sein Ungenügen *so* groß, dass, bei aller Anstrengung, genau zu sein, stets etwas ganz anderes herauskam?

Bei dem Maler hatte ich den Ruf eines Don Juan, weil er mich einmal im Gespräch mit einer sehr hübschen Frau gesehen hatte. (Diese war die Freundin eines Freunds und hatte mich gefragt, ob ich diesen gesehen hätte.) Seither machte ich bei ihm zuweilen Bemerkungen, die nicht logen und dennoch eine reiche Erfahrung ahnen ließen. Obwohl ich immer allein kam, zwinkerte mich der Maler als seinen Komplizen in Frauenfragen an, und nie dementierte ich das.

Dann lernte ich wirklich eine Frau kennen. Sie war neunzehn und sprach mit der Abgebrühtheit einer weitaus Älteren, vielleicht, weil sie Hebamme war und aus Casablanca. Ein Opfer des Endes des Kolonialismus. Ich weiß nicht mehr, wie ich sie kennenlernte; ich erinnere mich an den ersten Abend zu zweit, wo wir in einem dunklen Park saßen, einem Statuengarten eher, aus dessen Büschen und Bäumen die Pathétique von Tschaikowsky dröhnte. Das hatte die Stadt für ihre Einwohner so eingerichtet. Wir saßen auf einer Steinbank und sprachen und sprachen, ich glaube, ich hätte die ganze Nacht hindurch weitergeplappert, diesen fremdartigen hektischen Blödsinn, zu dem ein frisch Verliebter fähig ist, wenn nicht meine neue Freundin plötzlich gesagt hätte, komm, gehn wir nach Hause, und wir gingen durch enge Gassen bis zu einem schwarzen gewaltigen Gebäude, dessen winklige Treppen wir bis unters Dach hinaufstiegen. Ich hätte nie gedacht, dass es so einfach sei. Ich muss anfügen, dass es das erste Mal war. Wie auf Flügeln ging ich im Morgengrauen zur Vespa, die mich in die Mühle flog, wo ich aufs Bett krachte und schlief wie ein Stein. Es folgte eine herrliche Zeit, die, wenn ich sie heute rekonstruiere, etwa eine Woche lang gedauert haben muss. Wir fuhren auf der Vespa über Sträßchen und Wege, meine Freundin um mich geklammert, und ihre Hände waren, während ich meine Leidenschaft in den Fahrtwind hinausschrie, überall und nirgendwo. Wir fuhren zum Meer und stürzten uns ins Wasser, einmal auch nackt mitten in der Nacht (und das kam vielleicht sogar ihr kühn vor); lagen in den Mulden von Dünen und machten uns über einen strandbekannten Voyeur lustig, der stets unter allerlei rührenden Vorwänden in den Dünen unterwegs war. Trafen uns in altmodischen Cafés mit ihren Freundinnen, die alle Hebammen waren und fast ausschließlich vom Wunder der Geburt und dem, was dazu führt, sprachen; ich glaube nicht, dass ein Klassentreffen emeritierter Gynäkologieprofessoren wissendere Witze erzählen kann als diese Gruppe braver Frauen. Ich kam mir wie ein plötzlich Eingeweihter vor. Seltsamerweise war ich der einzige Mann zwischen ihnen. Die Freunde der Freundinnen entzogen sich wohl längst diesem Klima des Einverständnisses. Aber mir gefiel das. Ich konnte ein Gesicht machen, als sei mir kein Geheimnis fremd. Ich, der sich ein paar Tage früher noch gewundert hatte, dass es gemischte Chöre gibt ohne dass ihre Mitglieder falsch singen vor Schreck.

Eine Woche lang schliefen wir zusammen, und ihr gefiel es und mir. Der Rausch dieser Idylle wurde auch dadurch nicht gestört, dass gleich am ersten Wochenende ihr Verlobter auftauchte, der seinen Militärdienst irgendwo in der Gegend von Orange abdiente und von dem sie mir nichts gesagt hatte, erst ein paar Minuten vor seiner Ankunft. Ich nahm das hin wie einen Witz, dessen Pointe noch viel besser ist als nach den ersten Worten des Erzählers vermutet. Als ich am Montag früh wieder bei ihr auftauchte, rührten mich die zwei Kaffeetassen auf dem Tisch, und unser Rausch ging weiter. Plötzlich kannte ich ganz viele Leute. Wir gingen zu Festen in Gärten und auf Dachterrassen und aßen gegrillte Fische in bretterbudenartigen Restaurants, die irgendwo im Schilf standen, da wo der Boden nicht recht weiß, ob er flüssig oder fest sein soll. Dann, urplötzlich, war alles aus. Sie war nun eklig und hatte ein Schmollkinn wie eine Concierge, und wenn ich sie fragte Warum, sagte sie Darum; dazu machte sie ein Gesicht, das eine Ohrfeige kriegen will, und eines Abends kriegte sie wirklich eine, und es war wie im Kino – im Kino von damals –, wir stürzten ein letztes Mal ineinander und heulten aus Lust *und* aus Hass.

Nachher machte sie ihre Tür nicht mehr auf, wenn ich klopfte; ich presste mein Ohr dagegen und hörte gar nichts, aber in meinem Gehirn drin sah ich quälendste Szenen, sie besinnungslos hingegeben in jemanden verschlungen, der einen nie gesehenen Wahnsinn in ihr auslöste, aber wer war das? Nun wurde *ich* eklig und stellte ihr in den Cafés nach, wo sie mit ihren Freundinnen saß und lachte, und ich konnte mir denken, worüber, und stänkerte sie an und ließ ihr einmal die Luft aus ihrem Solex, bis mich eine ihrer Freundinnen beiseitenahm und mir in mütterlichem Ton sagte, ich sei ein Arschloch, was ich denn erwarte, es sei doch alles bestens gewesen, und jetzt möge ich mich davonmachen wie eine Schwalbe. Dazu lächelte sie mich ohne jeden Groll an. Ich ging eine Woche lang jeden Morgen in die Berge, das heißt, ich stand mit der Sonne auf und kletterte jene weißen Felsen hinauf, in denen die Vipern herumkriechen. Leuchtend stand ich dann hoch oben im Morgenrot und sah über das ferne tiefe Meer. Die Häuser der Stadt ganz klein. Autostraßen, auf denen Autos fuhren wie Spielzeuge. Einmal brüllte ich wie ein Stier ins All hinaus. Dann rannte ich über die glühenden Steine abwärts, durch Dorngebüsche und Lavendel bis in die Ebene, wo ich keuchend an einem Wegrand liegen blieb. Ich schwamm stundenlang im Meer; nie mehr nachts. Dann hielt ich die

Millionen Schrecken nicht mehr aus, die mich jeden Tag überfielen, weil ich vermeinte, sie um irgendeine Straßenecke biegen zu sehen, und fuhr mit meiner Vespa weg, durch die Camargue bis nach Marseille, wo ich in einen schwarzen Dinah-Panhard hineinfuhr, langsam wie in Zeitlupe und doch schnell genug, mich mit schmerzenden Knien auf dem Pflaster wiederzufinden. Das Erste, was ich von dort aus sah, war ein Glas Schnaps, das mir eine behaarte Hand entgegenhielt, die dem Wirt eines Cafés an jener Straßenecke gehörte. Erst dann entstieg dem Dinah-Panhard ein etwa achtzigjähriger Mann, der sich zu mir herabbeugte und murmelte, mein Missgeschick sei ihm sehr unangenehm, in hohem Maße unangenehm, ob ich ihn denn nicht gesehen hätte, er sei nicht schneller als zwanzig gefahren? Und wie ich ihn gesehen hatte! *Weil* er nicht schneller als zwanzig fuhr, füllte er während Stunden die ganze Kreuzung wie ein Cinemascopefilm! Wir wechselten einige weitere bedauernde Worte, ich inzwischen auf dem Rinnstein sitzend, und der Greis fuhr weiter, wieder mit zwanzig; ich humpelte ins Café und ließ, als ich nach einer Stunde wieder gehen konnte, meine Vespa liegen, weil ich ziemlich betrunken war und weil sich das Vorderrad unter die Fußrasten verkrochen hatte, und fuhr per Anhalter weiter.

Ich blieb einige Tage in einem Städtchen an der ligurischen Küste kurz vor Genua, weil ich einen Mann an der Bar eines Campingplatzes vertreten konnte, und geriet an einem Abend ins Gespräch mit einer Landsmännin, die dort mit ihrer Schwester zeltete und am nächsten Abend in unsere Heimat zurückfahren wollte, und probeweise verliebte ich mich ein bisschen in sie; ich fuhr mit den beiden mit; die Fahrt wurde sehr lustig, das heißt, die beiden Schwestern stritten sich über alles und jedes, ich aber kam mit beiden gut aus und hatte, während wir zwischen mondblauen Platanen dahinfuhren, eine immer bessere Laune. Wir kamen die ganze Nacht hindurch aus dem Lachen nicht heraus. Keine Sekunde mehr dachte ich an die Tragik meiner Verlassenheit. Auf dem San-Bernardino-Pass war der Nebel so dicht, dass die Schwester, die gerade steuerte, den Kopf durch das offene Seitenfenster stecken musste, um die Straße zu sehen. Da draußen in den Wolken klang ihr Lachen seltsam dumpf. Im Morgengrauen kamen wir in einem Städtchen voller Fischschuppenhäuser an und gingen erschöpft ins Bett, ich zwischen den beiden, und während ich einschlief, spürte ich zu beiden Seiten die zärtliche Wärme der Schläferinnen, und als wir aufwachten, lachten wir wieder.«

»Kenn ich«, sagte Egon. »Ich habe oft zwischen meinen Frauen in Argentinien schlafen wollen.« Er lachte auch, aber es klang, wie wenn man auf eine Handharmonika tritt. »Die ältere wusste nicht, dass ich auch mit der jüngeren. Es war schon ziemlich, wie soll ich das jetzt sagen, ich weiß nicht, warum ich immer wieder so was anfange. Mir bringt es keinen Frieden, und den andern auch nicht.«

»Genau«, sagte ich, als Egon eine Sekunde lang innehielt mit Sprechen und Luft holte. »Ich blieb dann den Rest des Tags bei den Schwestern; meine Verliebtheit war einer stillen Zufriedenheit über so viel heitere Harmonie gewichen. Auch zu Hause keiften sich die Schwestern an und überschütteten mich mit Freundlichkeit. Abends setzte ich mich in einen Zug und fuhr durch sanfte Hügel bis in die Stadt, in der ich geboren bin, und du auch« – Egon grinste – »und ging in die Kneipe, in der ich immer sitze, wenn ich in meiner Heimat bin, und nahm wieder teil an dem täglichen Spiel, den andern ihre Flügel zu stutzen.«

Wir hatten die Bahnhofsgaststätte von zwei uralten Wirtsleuten gekauft, die sie bis zuletzt in trotziger Auflehnung gegen das Schicksal betrieben hatten. Die Gäste waren mit ihnen zusammen gealtert. Jeden Abend machte sich ein immer kleinerer, immer gebrechlicherer Zug alter Männer aus dem Dorf auf, zum ehemaligen Bahnhof hinunterzuwandern, jenen Weg, den sie in ihrer Jugend voller Kraft, die Welt zu erobern, gegangen waren. Dann tranken sie Weißwein, spielten Karten oder diskutierten die Statuten des Sparvereins, zu dem sie sich alle organisiert hatten, und machten einen Umsatz, von dem niemand begriff, wie er die Wirtsleute vor dem Verhungern bewahren konnte; ich glaube, diese aßen die Reste der Gäste; und das Dach war voller Tauben, und im Garten gingen Hühner und Hasen, und überall völlig ungepflegte Obstbäume, die dennoch barsten vor Früchten.

Das Haus hatte zu Ende des Krieges im Zentrum einer umkämpften Panzerschlacht gestanden. Eigentlich waren die deutschen Eroberer schon über den Rhein zurückgeströmt – dahin, woher sie gekommen waren –, und die ersten amerikanischen Jeeps fuhren in unserm Raps herum, aber aus irgendeinem Grund machte ein ganzer Panzerverband rechtsum kehrt und rasselte wieder Richtung Atlantik, als sei nichts gewesen. Vor unserm Haus trafen sie auf amerikanische Tanks. Im Keller saß der Wirt mit seiner Frau und schoss mit einem Karabiner aus dem ersten Weltkrieg durch eine Luke auf alles, was sich bewegte, auf alles Deutsche. Zu seinem Glück war sein Einfluss auf das Kriegsglück beider Parteien so gering, dass ihn niemand bemerkte, und dann verschwanden die Deutschen endgültig und auf alle Ewigkeit in den Wäldern am Horizont. Sie dröhnten noch eine Weile in der Ferne herum, und dann war es still, ganz still, und langsam regten sich die Hasen und Vögel und begannen wieder zu hoppeln und zu pfeifen wie vor dem Krieg. Der Wirt und die Wirtin taumelten auf die Straße und luden die Amerikaner, die schweißüberströmt aus ihren Tankluken kletterten, in die Wirtschaft ein. So jedenfalls hatten sie uns das erzählt.

»Ich habe auch einmal einen Soldaten gekannt«, sagte eine der beiden Frauen, die unser Haus bewohnen, zu Egon. »Ich war damals in Paris, und er kam aus dem Senegal.« Seit immer, wenn Egon und ich zusammen sind, wenden sich alle Frauen, auch wenn ich das große Wort führe, ganz automatisch Egon zu. Ich weiß nicht, warum. Sie tun es auch, wenn er das große Wort führt. Er hat etwas, was sie veranlasst, ohne Scham zu erzählen, was sie anderen verschweigen. »Ich war ihm sprachlos verfallen.« Egon lächelte und sah sie an. »Ich meine«, sagte sie, »ich konnte damals noch kaum Französisch, und er gar nicht Deutsch. Er hatte mich zu einem Glas Wein eingeladen, und nach dem ersten Schluck hätte ich, hätte er die leiseste Bewegung gemacht, getan, was immer er wollte. Eigentlich war ich zu der Zeit mit einem andern verlobt; aber ich schlich mich immer zu dem Soldaten in ein Hotel in einer winkligen Gasse. Mein Verlobter schlich mir nach und suchte nach Signalen meiner Treulosigkeit, und einmal stand er so plötzlich in unserm Zimmer, dass der Soldat nur noch sein Gewehr zwischen unsre unschuldigen Körper legen konnte, und wir stellten uns schlafend, und überzeugt von unsrer Keuschheit stahl sich mein Verlobter beschämt davon. Das sei in seiner Heimat ein alter Trick, sagte der Soldat mir dann. Denn in Wirklichkeit, obwohl tiefschwarz und ganz weiß, verflossen wir so sehr ineinander, dass das Weiße überall im Schwarzen drin war und umgekehrt. In mir schrie Afrika, und er spürte das Alter unsres Kontinents. Ich erzähle Ihnen das alles« – Egon nickte ernst –, »weil er mich einmal fragte, ob ich ihn in seine Heimat begleiten wolle, auf immer und ewig, und ich schrie ja ja ja, ich will, ich wills, ich will es, und wir schliefen ein, und mitten in der Nacht schrak ich hoch und zog mich an und ging auf Zehenspitzen davon. Er atmete leise und ahnungslos. Ich habe ihn vergessen. Ich heiratete den Verlobten und trennte mich wieder von ihm. Auch ich habe Umwege gemacht.«

Jetzt ist diese Frau mit einem Mann zusammen, der einer der Hausbewohner ist. Unser Freund. Er begleitete die Geschichte mit einem Lächeln voller Zustimmung. Kannte er sie? Die andere Frau im Haus ist meine; ach, seitdem jemand den Possessivpronomina die Maske vom Gesicht gerissen hat, sage ich nur noch, wenn ich einfach so daherrede, *meine* Frau, obwohl ich denke, dass es schön ist, wenn eine Frau zulässt, dass man so etwas von ihr sagt. Ich träume zuweilen davon, dass wir beide steinalt auf einer Bank vor einem Haus sitzen, vor diesem hier vielleicht, in wortlosem

Glück, weil die Teufel der fleischlichen Begierde und die Dämonen des Ehrgeizes uns längst vergessen haben. Als ich das meiner Frau einmal gestand, lächelte sie und sagte, ist das nicht ein bisschen langweilig?

Jedenfalls, die andere Frau, die jetzt Egon mit einer seltsamen Innigkeit ansah, hat ihre Kindheit hoch oben auf der Zugspitze zugebracht, wo ihr Vater Wetterwart war. Im Sommer rannte sie den Murmeltieren nach und lernte pfeifen wie sie, im Winter musste sie monatelang im Haus bleiben, weil draußen der Schneesturm heulte, durch den sich ihr Vater zweimal täglich zu seinen Instrumenten durchkämpfte. Er las sie ab und telefonierte die Werte ins Tal hinab, immer pünktlich zur immerselben Sekunde. Beim Essen musste sie ein Buch unter den Achseln halten, wegen der korrekten Haltung, und wenn sie ein hässliches Wort sagte, kriegte sie eins auf die Finger. Aber von wem konnte sie das hässliche Wort überhaupt gelernt haben? Als sie sechzehn war, ging sie ins Tal und arbeitete in einem botanischen Garten. Sie interessierte sich für künstlich angelegte Amazonasse und Tiere, die nur in der Gluthitze gedeihen. Ihr Vater – von einer Mutter habe ich nie gehört – blieb auf seinem Berg und war im Alter erstaunt zu hören, dass zu seinen Lebzeiten ein zweiter Weltkrieg stattgefunden habe. Er konnte sich allerdings erinnern, sich über die seltsamen Grußformeln gewundert zu haben, die sein Gegenüber am Telefon eine Weile lang gebraucht hatte. Ganz zum Schluss seines Lebens fuhr er dann doch mit der Bahn nach unten und besuchte seine Tochter; beide tranken ein Bier in einem Lokal namens Gletschergarten. Sie sahen sich stumm an. Aber als er starb, merkte die Tochter, wie leer die Welt plötzlich war, trotz ihrer Kinder und dem Mann, unserm Freund; sie ging sehr einsam im Garten hin und her und sah nirgendwohin; lange Wochen; plötzlich, an einem Morgen, spürten wir alle, dass sie Abschied genommen hatte und wieder bei uns war. Die Blumen, für die sie im Garten zuständig war, wuchsen wieder.

»Und wie ich Sie verstehe«, sagte Egon, dieser Schleimsack, und sah unsrer Freundin in die Augen. Seine Hände deuteten an, dass sie nach den ihren greifen könnten. Aber er tat es nicht. Er schaute nur mit einem Gesicht, das mit jedem Leben innehielt für einige Augenblicke, und ich dachte, wahrscheinlich durchforscht er sein Hirn nach Spurenelementen eines vergleichbaren Erlebnisses. »Mir ist gerade eine Zeit in den Sinn gekommen«, sagte er aber dann zu der Frau und berührte nun wirklich den Hauch einer Sekunde lang mit einem Finger ihren Handrücken. »Da war ich mit einer Frau zusammen, die unendlich lieb aussah und der doch alles, was sie tat, zum Unglück, und was sie sagte, zum Vorwurf geriet.« Das war noch in unsrer Heimatstadt gewesen, auf die Egons Formulierung auch passen würde. Wenigstens war das damals so. Ich wohnte im Haus meiner Eltern – kurz nach meiner Rückkehr aus Südfrankreich –, und eine innere Stimme befahl mir jeden Abend, Gaststätten aufzusuchen. Mein Vater, vor allem mein Vater, beobachtete diese allabendliche geheimnisvolle Flucht mit traurigen Augen. Zuweilen sagte er sehr leise, ob wir nicht, zum Beispiel, sagen wir, ob wir nicht jassen könnten, aber der Dämon in mir sagte nein, und so war ich, sogar als er starb, in der Gastwirtschaft. Egon, der seine Probleme seit eh und je mit Handkantenschlägen löst, wohnte zu der Zeit in einem schmalen Gebäude aus dem dreizehnten Jahrhundert, an einem kleinen Platz, der eher wie ein unaufgeräumter Hinterhof aussah – abgestellte Marktwagen, Mülleimer –, inmitten anderer Häuser aus derselben Zeit, die damals noch keine zurechtsanierten Juwele waren mit Geranien vor den Fenstern und bewohnt von gutgelaunten dynamischen Menschen, sondern farblose Bauwerke voller alter Frauen mit Schürzen und Schuster und Straßenbahnschaffner, die heute, da derselbe Platz strahlt wie auf einem Kalenderblatt, verschwunden sind. Egon, der eine Zweizimmerwohnung ohne Bad hatte, die man über eine steile Außentreppe erreichte, hatte von seinem Vormieter ein Schwein geerbt, das in einem Kasten in der Küche wohnte. Er arbeitete in einem biologischen Forschungsinstitut, in dem der Chef für seine Versuche Enten brauchte, denen Egon zu den unmöglichsten Nachtzeiten irgendetwas injizieren musste. Zuweilen gab es bei ihm Festessen, stets einen *Canard à l'orange,* den Egon, betrunken in seiner Küche hantierend, stets nach dem gleichen Rezept briet und der immer ganz anders schmeckte. Es waren sehr ausgelassene Feste, und nach einem fuhr ich mit einer Frau in deren Auto an einen ruhigen Ort, wir waren so aufgeregt, dass uns keiner ruhig genug vorkam, und so waren wir schließlich weit im Jura in einer strahlenden Morgensonne. Egon heiratete dann diese Frau – das war das Ende des Schweins – und verschwand bald darauf nach Aden, wo er eine Weile lang im Auftrag der Standard Oil nach Öl suchte.

»Ich heiratete eine Frau«, sagte Egon jetzt, »deren Vater ein Granitfels war. Das hätte mich warnen sollen. Böse,

böse. Ist es nicht erstaunlich, wie viele Menschen ein Böses in sich tragen? Es sitzt da drin, als hätten sie ein Teufelchen verschluckt, ihnen selbst fremd; kaum reden sie mit jemandem, einem Kind zum Beispiel, quälen sie. Jener Vater leitete als Hobby ein Museum für Fingerabdrücke; er hatte die Fingerabdrücke der berühmtesten Männer, einen Napoleons zum Beispiel in einem Rest Siegellack. Napoleon muss sich ziemlich die Finger verbrannt haben. Hitler, Bismarck – ein Wunder, dass der Vater nicht behauptete, einen von Dschingis Khan zu haben. Der Fluch, der von ihm ausging, befiel dann allerdings mit voller Macht seinen Sohn, den Bruder meiner Frau, der immer wie ein Regenschirm gegangen war und mit ausgesuchter Höflichkeit gesprochen hatte. Es war entsetzlich, als die Haltestreben brachen. Meine Frau, die Schwester, war anders, still, aber immer mehr fühlte ich, dass sie leer war, leer, wie getötet in frühester Kindheit. Ich war ihrer Gier nach meinem Leben nicht gewachsen.«

Er hatte Tränen in den Augen und wischte sie auf eine Weise weg, die uns sagte, wir sollten so tun, als sähen wir sie nicht. Ich stand auf und öffnete herumfuhrwerkend eine neue Flasche. Die Kinder hatten mit Schnüren und einem Seil eine komplizierte Anlage gebaut, um den Schaukelstuhl aus der Ferne zum Schaukeln bringen zu können, und das kleinste von allen saß krähend darin. Der Versicherungsmann trank jetzt Schnaps, meine Frau hörte lächelnd unsrer Freundin zu, die ihr Ohr zu ihrem – unserem – Freund gebeugt hatte und ihm etwas zuraunte, was ich nicht verstand, offenbar aber meine Frau, denn sie lachte leise mit, als die beiden in ein Gelächter ausbrachen, das so rein war, dass ich einen Augenblick lang wusste, dass die beiden – jetzt, in dem Moment – ohne jede Trübnis miteinander lebten.

»Aber *ich* bin einmal in Paris gewesen«, sagte ich zu unserer Freundin, als das Lachen verklungen war. »Ich hatte in meiner Heimatstadt eine Frau aus Paris kennengelernt, die ein paar Jahre älter als ich war –«

»So alt wie deine Mutter war sie«, sagte Egon.

»– und ich bekam sie durch meine witzige Beharrlichkeit so weit, dass sie mit mir essen ging und ins Kino. Wahrscheinlich war sie auch einsam. Einmal nahm sie mich mit nach Hause, und im Nebenzimmer wohnte eine Frau, die, wenn sie mit ihrem Freund schlief, so unglaublich laut schrie und heulte, dass niemand es taktvoll überhören konnte. Also sprachen wir davon, meine neue Freundin und ich, es stellte sich heraus, dass das so ziemlich jeden Abend so war, und ein Hauch von Neid klang wohl aus ihrer Stimme. Ich aber hörte nichts davon, ich hatte mit *meinem* Neid zu tun. Wenn ich die Frau im Treppenhaus sah, starrte ich sie an wie ein Meerwunder, denn sie war ganz gewöhnlich hübsch, hatte ganz gewöhnlich nette Kleider und ging ohne jede Scham. Ihr Freund war ein blonder großer dürrer Mann, der immer eine Ledertasche mit sich trug. Nie kam ich auf die Idee, mit meiner Freundin zu schlafen, bis auf einmal, wo wir ganz gegen unsere Absichten ineinander versanken; denn sie übersetzte – es war die Zeit des Algerienkriegs – Kampfschriften gegen die französische Gewaltherrschaft ins Deutsche, die dann von irgendwelchen Organisationen an Universitäten oder sonst wo verteilt wurden, und ich half ihr dabei, weil sie nicht sehr gut

Deutsch konnte; nachher waren wir erstaunt aber nicht beschämt, uns nackt auf ihrer Couch zu finden; von da an sprach sie ganz offen über die Erfahrungen, die sie mit der Liebe gemacht hatte, und es zeigte sich, dass sie eigentlich einen andern liebte, um dessentwillen sie aus Paris gekommen war, aber dieser wollte sie nicht mehr. Sie deutete einmal an – mir war, als schliefe *ich* mit diesem Ungeheuer –, dass jener ein Berserker der Leidenschaft gewesen sei und sie mit einer Glut erfüllt habe, die sie nun nie mehr in ihrem Leben spüren werde. Wir sprachen von da an so oft über die intimsten Dinge, dass wir sie nicht mehr taten, und irgendwie fehlten sie mir gar nicht. Ich kann es heute nicht verstehen. Geradezu jahrelang ging ich weiter mit ihr ins Kino und half ihr bei ihren Kampfartikeln. Säue, die im Auftrag ihrer gepflegten Herren aus dem Land der Bonmots Menschen abschlachteten. Einmal spazierten wir in einem großen Wald und küssten uns wohl auch und fanden dann die Vespa nicht mehr – eine neue, genauer, eine neue alte – und mussten per Anhalter nach Hause. Geschlagene drei Tage lang suchte ich das ganze Waldgebiet nach dieser verdammten Vespa ab, bis ich sie in genau dem Gebüsch fand, in das ich sie gelegt hatte. Dann fuhr meine Freundin nach Paris zurück, nicht grußlos, aber doch ohne ein sichtbares Bedauern, mich zu verlieren. Nun, da sie weg war, loderte eine Leidenschaft in mir auf, die mich schier wahnsinnig machte. Ich dachte ununterbrochen an wilde Liebesräusche. Ich schrieb ihr Briefe und bekam keine Antworten. Dann brach ich auch nach Paris auf, auch von dem Zufall beflügelt, dass es mir gelungen war, eine Stelle für deutsche Konversation an einem Lycée in einem Vorort zu ergattern, da wo die ganz Reichen wohnen. Da fuhr ich jeden Tag hin – eine Stunde Metro – und setzte mich den Blicken von Jungen und Mädchen aus, denen die Sicherheit vorgezeichneter Karrieren aus den Augen leuchtete. Söhne von Generälen und Töchter von Großindustriellen. Es war die Zeit der OAS, und das Leuchten bedeutete wohl auch, dass bald *sie* das Sagen haben würden in dieser verrotteten Demokratie.

Oft ging ich spät in der Nacht über nasse Kopfsteinpflaster nach Hause – ich fürchtete mein Zimmer –, und in jedem Hauseingang stand ein bewegungsloser Polizist mit einer Maschinenpistole. Meine Schritte hallten, ich ging in der Straßenmitte, und nie hielt mich einer von diesen schwarzen Männern an. Aber ich spürte ihre Blicke und sah die Finger an den Abzügen. Stets krachte es irgendwo, und die Schule war oft zugeriegelt, wenn ich ankam, weil Spezialeinheiten der Polizei alle Räume nach Bomben absuchten. Die Kinder standen feixend im Hof. Ich stellte, wegen mangelndem Interesse, einen Kurs nach dem andern ein und brachte es schließlich so weit, für den gleichen Lohn nur noch einmal pro Woche in den reichen Vorort fahren zu müssen. Mein Hotel hieß *Hôtel de France,* aber wohnen taten darin Algerier, Marokkaner und Perser. Oft stand ich in meinem Zimmer, einem kleinen Raum mit einer Blumentapete, und kämpfte mit mir, ob ich eines der sieben Valium, die ich noch hatte, essen sollte oder nicht. Ich war so von Einsamkeitsängsten geschüttelt, dass ich gern zum Zahnarzt ging. Immer regnete und stürmte es in dieser entsetzlichen Stadt, immer ging ich schräg vorgebeugt mit zusammengekniffenen Augen, vom Wind gepeitscht. Eigentlich erinnere ich mich nur an einen einzigen Sonnentag. Da war das Begräbnis eines jungen Manns, der von der OAS erschossen worden war, und buchstäblich mehrere Millionen Menschen gingen hin. Ich nicht. Meine Straße war völlig leer. Sogar die Hunde erwiesen dem Toten die letzte Ehre.«

Ich schwieg und lächelte meine Frau an, die die Geschichte kannte und so doch auch wieder nicht, denn manchmal erzählt man Geheimnisse gerade wenn alle zuhören. In Büchern zum Beispiel. Kafka schrie seine Wahrheit brüllend aus sich heraus und fürchtete dann bis zum Wahnsinn, jemand könnte ihn verstehen. Ich sah Egon an, der die Anfänge meiner Romanze miterlebt und mir damals prophezeit hatte, ich würde in die dunkelste Episode meines Lebens hineinschlittern: er saß völlig behaglich da und las die Etikette des Weins, den wir tranken. In dem Kontinent, in dem ich ihn besucht hatte, schien es nur zwei Weinmarken zu geben, die beide Château Irgendwas hießen. Ich war oft mit Egon und einem völlig stummen Mathematiker von Kneipe zu Kneipe gezogen; immer der Château oder Bier oder Zuckerrohrschnaps; an dem Mathematiker war einzig faszinierend, dass einer, der eine Universitätslaufbahn hinter sich gebracht hatte, so blöd sein konnte. Er konnte, wenn nicht just *das* die falsche Metapher wäre, zwei und zwei nicht zusammenzählen. Er saß einfach da und glotzte innigvergnügt vor sich hin und ließ in einem stetigen Rinnsal das Bier in sich hineinlaufen, aber das gehört nun wirklich nicht hierher.

»Es gehört zwar nicht hierher«, sagte Egon, von der Weinetikette aufsehend, zu unserer Freundin, die inzwischen mit meiner Frau ein tuschelndes Gespräch begonnen hatte. »Aber ist es nicht schrecklich, dass man Kinder ein Kinderleben lang auf Armen tragen kann, und *einmal* lässt man sie fallen, und als Erwachsene erinnern sie sich nur daran und erzählen ihren Freunden, was ihre Eltern für Scheusale gewesen sind?« Niemand sagte etwas, auch unsre Freundin nicht, sie nickte nur, hob ihr Glas und prostete Egon zu. Beide tranken. So sagte ich nach einer Weile: »Endlich auch suchte ich jene Frau auf, der ich nachgereist war, und ging zu der Adresse, die sie mir genannt hatte, und klingelte an allen Türen, weil auf keiner ihr Name stand. Greisinnen, die ihre mit Ketten gesicherten Türen wieder zuschlugen. Eine Tür nur stand gleich sperrangelweit offen, eine seltsame alterslose Frau stand darin in einem großblumigen Morgenmantel und strahlte mich an. Hinter ihr krächzte ein Papagei oder ihre Mutter – beide lernte ich gleich darauf kennen, denn die Frau zwitscherte, aber gewiss, sie wisse Bescheid, und bat mich in den Salon. Da saß ich auf Gestühlen, bei denen mir das Wort Empire einfiel, obwohl ich damals keine präzise Vorstellung von diesem Stil hatte und die Stühle mit Plastikfolien verhüllt waren. Die Frau kicherte, nachdem sie ihre Mutter und den Papagei aus dem Zimmer gescheucht hatte, neinnein, sie irre sich, meine Bekannte sei ihr gänzlich unbekannt, und ob ich eine Tasse Tee wolle. Ich sagte: Ja. Da siehst du, wie einsam ich war.«

Egon fuhr herum wie ertappt. Er hatte nicht aufgepasst. Ich schüttelte vorwurfsvoll den Kopf und fuhr fort, diesmal mit Egons Augen an meinen Lippen: »Irgendwie blieb ich an ihr kleben. Sie war jederzeit für mich da, ließ alles und jedes für mich sausen, Mutter und Papagei, nur ihren Psychiater nicht; die Treffs mit ihm waren heilig; oft berichtete sie stolz, in wie leuchtenden Farben sie mich bei ihm geschildert habe, und ich versank fast in den Boden vor Scham. Klar, dass ich mich rächte, indem ich jene trat, die das Schicksal an der Tarnadresse meiner Freundin ausgesetzt hatte. Ich erlaubte mir alles. Sie putzte für mich, und ich stand mit gerunzelter Stirn in der Küchennische, bis sie nochmals über den zuvor schon blitzblanken Gaskocher wischte. Sie war eine besinnungslose Anhängerin der Größe Frankreichs und nannte die Algerier Neger. Je kolonialherrlicher ich mich aufführte, desto demütiger wurde sie. Dankbar, dass sie mein Opfer sein durfte.«

Ich schwieg, weil ich keine Lust mehr an meiner Geschichte hatte. Ich hatte beim Anfangen vergessen, auf was sie hinauslaufen würde. Es ist grässlich zu erkennen, dass in einem drin ein Quäler sitzen kann, der wirklich auch quält, wenn die Umstände es zulassen. Die Nächte mit ihr waren wortlose Wutausbrüche. So ungefähr alles an ihr missfiel mir. Einmal fuhren wir mit einem Liebespaar – Freunden von mir, die mich überraschend besuchten – für ein Wochenende aufs Land, und da wurde der Kontrast zwischen uns und der ruhigen Innigkeit der beiden Besucher so groß, dass ich zu einem Mord fähig geworden wäre. Ich trank wenig und machte Märsche über mückensummende Felder, und als wir wieder in der Stadt waren, ließ ich sie von der Vespa absteigen und fuhr sofort weiter. Oft stand sie an der Tür und kratzte daran, aber ich öffnete nicht mehr.

»Kurz bevor ich abreiste«, murmelte ich endlich, »traf ich meine verschollene Geliebte. Sie trug eine große Sonnenbrille und kam das Trottoir eines breiten Boulevards heruntergerannt. Wir prallten beinah ineinander. Sofort vergab ich ihr alles. Sie sah anders aus, viel mehr zu Hause. Wir sprachen ausschließlich von der Unabhängigkeit Algeriens, die inzwischen erreicht worden war, und sie stand froh und selbstsicher da. Es hatte sich gelohnt. Ich sagte, ja, mich freue es auch. Ich sei an einem Lycée tätig, wo die Söhne und Töchter der Verlierer seien, grässliche Scheißkerle und widerwärtige Ziegen. Es stimmte ja auch. Sie lachte. Dann gaben wir uns die Hand, und ich sah sie davongehen, wieder fast rennend, mit vielen Papieren in der Hand. Am gleichen Abend noch verließ ich die Stadt – natürlich regnete es – und geriet in eine Lebensbahn, die eine schönere Strecke befuhr.«

»Siehst du«, sagte Egon. Wir hoben beide die Augen und sahen uns an, und beide hatten wir Tränen, er alte, ich neue. Wir wischten sie uns gleichzeitig weg. Ich gab ihm quer über den Tisch einen Stupserbox, wie die Buben, und dann tranken wir stumm einen großen Schluck, betrachtet von den andern, die auch schon deutlich an die Wand gemalte Menetekel missachtet hatten.

Als wir die Bahnhofsgaststätte kauften, war sie wie ein Bunker oder ein Munitionsdepot angemalt. Wahrscheinlich hatte der Wirt gehofft, den Krieg ungesehen überleben zu können, und das hatte er ja auch. Vor Kriegsschäden kann man sich heute nicht mehr mit grüner Farbe schützen, aber daran dachten wir nicht, als wir beschlossen, unser Haus kaisergelb anzumalen. Eine diffuse Hommage an ein imaginäres Esterhazytum. Unser Haus ist zweifellos ohne gezeichnete Pläne entstanden und nur zur Hälfte unterkellert, weshalb die andre Hälfte langsam im Erdboden versinkt. Klaffende Spalten haben sich zwischen den gestützten und den schwimmenden Mauerteilen gebildet, die zudem aus den Ziegeln einer Ziegelei erbaut sind, die zumachen musste, weil ihre Produkte nach einiger Zeit stets zu Staub zerfielen. Auch an den Dachrinnen war der Rost das Stabilste. Ein Bröckeln und Zerfallen überall, dem wir seither wie die Matrosen eines großen Schiffs beizukommen versuchen. Wenn wir beim Bug angekommen sind, zeigt das Heck ein neues Leck, undsoweiter.

Sofort nach dem Erwerb unserer Besitzung – bedeutete es etwas, dass der Wirt, nachdem wir uns per Handschlag einig geworden waren, an unsere Tür pinkelte? – ging der Versicherungsmann in den Garten und verschwand in Bergen von Zucchini, Tomaten, Karotten, Peperoni und Broccoli. Auch in der Kräuterzucht wurde er ein Ass. Meine Frau, wenn sie nicht immer neue Berge leerer Patronenhülsen aus dem Speicher heruntertrug, hielt sich am liebsten in einer im hohen Gras unsichtbaren Rosenplantage auf. Unsre Freundin laugte im Schuppen Möbel ab, bis sie wieder alt waren. Ihr Mann ging sinnend in unserer Arbeitswelt herum und löste die ihm aufgetragenen Probleme – etwa, die Geranientöpfe zu gießen – so lange im Kopf, bis ein anderer die Sache erledigt hatte; dann konnte er nicht immer verstehen, weshalb seine Lösungsvorschläge – mit einem steuerbaren Schlauch vom Schaukelstuhl aus – zuweilen etwas frostig aufgenommen wurden. Ich stürzte mich auf Farbe und Pinsel und hielt mich nur noch auf Leitern auf; ich genoss meine Schwindelfreiheit; von hoch oben, farbverklebt und mit surrenden Wespen um den Kopf, sah ich weit über die Felder bis in die fernen Berge; überhaupt kam mir diese völlig flache Landschaft wie eine in ihren Gegensatz verkehrte Gebirgsgegend vor; hatte ich bisher sehr Schroffes gemocht, so hatte ich da nun ein extrem Ebenes. Pflanzen und Tiere, von denen ich gemeint hatte, sie seien ausgestorben; Sauerampfer und Kartoffelkäfer. Es war herrlich. Ich malte und malte und hörte unter mir die Stimmen der Dorfbewohner, die in immer größeren Scharen wie zufällig ihre Abendspaziergänge an unserm Haus vorbei machten, das gelbe Wunder zu bestaunen.

Inzwischen hatte meine Frau mit Egon ein leises, fast privates Gespräch angefangen. Sie saß ihm gegenüber und beugte sich ein bisschen vor, um ihm näher zu sein. Ihr Gesicht war erhitzt, und Egon hatte ein ganz leise ironisches Lächeln, während er ihr zuhörte. Aus irgendeinem Grund – meine Frau stammt aus einer Gegend, deren Bewohner kaum je sprechen, aber wenn, dann französisch – findet er ihren Akzent komisch. Obwohl um die halbe Welt gereist und vieler Sprachen mächtig, hält er aus demselben irrationalen Grund ein Deutsch, das nicht die Rachenlaute seiner Heimat aufweist, für maniriert. Er ist ein bisschen stur zuweilen. Ich jedenfalls ließ von meiner Denkerei ab, um zu hören, was meine Frau erzählte.

»Das war ein kleines Dorf in einer Mulde zwischen Tannenwäldern« – es konnte nur ihr Kindheitsort sein –, »und wenn wir etwas anderes als Brot und Milch einkaufen wollten, mussten wir einen langen Serpentinenweg hinabgehen und über eine Hängebrücke aus Seilen und Holzbrettchen, die oft vom Hochwasser weggeschwemmt war, und dann musste es bei Brot und Milch bleiben.« Egon lächelte jetzt fast gar nicht mehr ironisch, und ich dachte, sie hat überhaupt keinen Akzent, oder ich rücke aus lauter Liebe all die kleinen Abweichungen vom Sprachgebrauch so automatisch zurecht, dass ich sie nicht mehr höre. »Mein Vater arbeitete in einer Fabrik für feinmechanische Maschinenteile«, fuhr sie fort, »und musste den Serpentinenweg jeden Tag gehen, viermal, denn ohne darüber nachzudenken, kam er auch über Mittag nach Hause damals. Zum Essen blieb ihm allerdings kaum Zeit. In der Fabrik stellte er Laufachsen und Kugellager her, so kleine, dass er sie nur mit einem vors Auge geschnallten Mikroskop sehen konnte. Die weiteste Arbeitsbewegung, die er ausführte, hatte einen Ausschlag von einem Millimeter. Er erzählte wenig von seiner Arbeit, er war froh, welche zu haben; wir waren acht Kinder, und meine Mutter verteilte ihre Liebe gleichmäßig auf uns. Einmal war die Rede davon, dass er in die Gewerkschaft eintreten könnte – sie war neu gegründet worden –, und er besprach sich mit einem Bruder seiner Religionsgemeinschaft, der ihm davon abriet, weil ihm die Fabrik gehörte. Durch die Bibel war mein Vater einer geworden, der das *Wort* über alles schätzte, und als ich die Schulpflicht hinter mir hatte und auf einem Bauernhof Geld zu verdienen begann – ich war sechzehn –, brachte er mir eines Abends einen Hauslehrer nach Hause, der mir eine Ahnung von den Dingen jenseits der dünnen leuchtenden Wand des Anscheins vermitteln sollte.« Jetzt hörten wir ihr alle zu, und sie sprach auch längst zu uns allen. Sie sah mich einen Augenblick lang ernst an – ich dachte, sie will mir sagen, auch ihr falle es heute seltsamerweise leichter, das

Geheime laut zu sagen als leise –, und ich lächelte zurück. Sie hatte die Haare geöffnet – oft bindet sie sie in einer Art Knoten hoch – und trug ein Kleid, das wie ein rostroter Sack an ihr herumschlappt und trotzdem zeigt, dass sie eine schöne Frau ist; sie trug es schon vor fünfzehn Jahren, als wir uns kennenlernten; ein hauchdünner Stoff, der, zu einem Segel verarbeitet, auch in einem Orkan nicht reißen würde. »Der Hauslehrer«, sagte sie, »war auch ein Bruder der Religionsgemeinschaft, *claro,* aber einer, der viele Jahre im Tiefland unten gelebt hatte, am See, wo er Bibliothekar einer Stadtbücherei geworden war. Er war so um die fünfzig und winzig klein. Er kam jeden Abend und unterrichtete mich in den Dingen, die ihm nahestanden. Mit Gott hatten sie wenig zu tun. Ihn interessierten Alexander von Humboldts Reisen, und wir lasen zusammen, wie er einsame Flüsse befuhr und den Chimborazzo bestieg. Auch sprachen wir von Tieren – von Igeln – und von Musik. Seine Lieblingskomponisten waren Mozart und Schubert. Mozart, weil er besser komponierte als sein Vater – der meines Hauslehrers war ein Besserwisser gewesen –, Schubert, weil er komponierte wie ein überirdisches Wesen *und* trank.« (»Ich –«, sagte an dieser Stelle unser Freund, der Musiker, machte aber seinen Satz nicht fertig, über und über rot.) »Der Hauslehrer spielte ganz gut Klavier, ich auch, und da es im ganzen Dorf keines gab, saßen wir oft nebeneinander im Versammlungslokal der Religionsgemeinschaft am Harmonium und spielten vierhändig Sonaten in ad hoc zurechtgeschusterten Fassungen.« Sie hielt inne und trank langsam wie jemand, der weiß, dass jetzt niemand eine andere Geschichte anfangen wird. Alle sahen sie an. Auch ein

Nachtfalter, der seit langem versuchte, in die Glühlampe hineinzukommen, saß still und schien auf sie hinabzusehen. Sie war ganz ruhig geworden und sah wieder wie sechzehn aus, obwohl sie da Zöpfe getragen hatte.

»Natürlich kam es, wie es kommen musste. Unsere Knie berührten sich, und die Hände, und mitten in einem schnellen Satz verschlangen wir uns und blieben in einer schrecklich unbequemen Stellung auf den Klavierhockern bis zum Ende der Stunde. Von da an war alles anders. Wir setzten uns nie mehr ans Harmonium. Ich lernte, stumm und unhörbar zu sein. Aber irgendwie waren wir *zu* unhörbar, mein Vater schöpfte Verdacht, und eines Abends stand er so unvermittelt über uns, dass kein schnell hervorgezogenes Schulbuch uns noch schützen konnte. Tobend schleifte er meinen Geliebten an den Haaren aus dem Versammlungslokal, in dem ich zu Eis erstarrt sitzen blieb, und ich hörte beide im Vorraum herumschreien. Ich sah meinen Freund nie wieder. Aber er schrieb mir eines Tags, einen seltsam besonnenen Brief. Ich fror, als ich ihn las. Er lebte nun im französischen Teil des Jura in einer Art Kloster, das von jener Religionsgemeinschaft betrieben wurde und Korbwaren herstellte. Er schrieb, man müsse sich schicken in das, was Gott für einen bereithalte, und so Dinge. Ich schickte mich in nichts, sondern schrieb ihm Briefe von solcher Hitze, dass ich fürchtete, ihr Weg über die Hügel müsste eine einzige Brandspur werden. Mit einer Offenheit, zu der nur ein Kind fähig ist, sagte ich ihm alles. Er antwortete immer philosophischer; tatsächlich beschäftigte ihn nun das Problem, ob er nach Gottes Bild geschaffen sei oder Gott nach seinem; ich warf seine Briefe weg, weil sie mich schmerzten; ich hoffte, er habe mit meinen dasselbe getan.«

Sie lächelte uns an. Die Geschichte war fertig. Der Nachtfalter über ihr hielt noch einen Moment inne, bewegte dann die Flügel und stürzte sich in sein Verderben. Ich dachte daran, wie ich sie kennengelernt hatte, lange Jahre nach dieser Geschichte. Es ist schon ein Rätsel, auf welche Weise das Schicksal einem Mann just *eine* Frau bereithält; und dieser Frau genau *diesen* Mann. Schon damals hatte ich ein Dichter werden wollen und war zu Fuß den Jurahöhen entlanggewandert, tagelang, wie Robert Walser, der nur glücklich war, wenn er so schnell ging, dass das Denken aufhörte. Es war ein so heißer Sommer gewesen, dass er auch jene kargen Höhen warm machte, und ich übernachtete unter Tannen. Dichtete im Kopf eine Liebeserzählung, die ich in Singapur ansiedelte, weil ich glaubte, die Gefühle seien am Äquator heftiger. Während ich Kühe auf grünen Auen sah, phantasierte ich von Geparden, die zwischen Farnen schlichen. Kobras unter den Teetischen schreckerstarrter Kolonialdamen. Ich wollte nach Genf und kam nie dort an. Das ist lange her.

»Von unten sieht der Jura aus«, sagte jetzt Egon, »als wolle er einen erschlagen. Wer in seinem Schatten wohnt, grüß Gott. Selbstmörder oder Linolschnitzer.«

Wie früher schon wechselte Egon das Thema, wenn er sich besonders gut auskannte. Ich wusste von ihm, dass er auch schon in Heuhaufen gesteckt hatte, in die wutblinde Väter und Brüder Stangen stießen; unter einem Stadeltor eine händeringende Frau. Und Egon rannte dann wie ein Hase. *Er* war kein Feinmechaniker. Millimeter waren nicht sein Maß. Noch heute hat er Zähne, die gleichzeitig nach Ost und West zeigen, und seine Augen rollen so, als könnten die Gefahren von allen Seiten gleichzeitig kommen. Nach seiner Flucht vor der stillen Frau hörte ich monatelang nichts von ihm. Dann erst schrieb er mir, aus Aden eben, ohne Absender, als traue er sogar mir zu, ihn zu verraten. Langsam nur beruhigte ihn der unendliche Sand, und seine Briefe wurden weniger panisch. Er verbrachte gleichmäßige Tage in der Wüste, wo er half, Bohrgestänge in den Boden zu versenken. Einmal explodierte so ein Ding – sie waren fündig geworden –, und Egon musste, von jenem berühmten Brandlöscher aus den USA mit einem Walkie-Talkie gesteuert, zum Brandloch kriechen und Dynamit hineinwerfen. Schnurrbart und Augenbrauen waren weg. Liebeserlebnisse hatte er dort unten keine, einmal nur suchte er ein Bordell auf und wurde von einer schönen Schwarzen aufgefordert, sich zuerst zu waschen, und erst als er nackt und eingeseift in einer Badewanne stand, kam ihm eine Art Verdacht, und tatsächlich waren alle seine Kleider weg und das Geld und der Pass und die Schwarze. In ein Betttuch gehüllt ging er barfuß nach Hause und sah sehr beduinisch aus. Sonst begann er neben dem Bohren mit dem Aufbau eines Handelsunternehmens, er schickte Masken und Elefantenzähne und so Zeug in Kisten nach Marseille, wo sie heute noch stehen, denn er hatte just mich zu seinem Vertriebsleiter für den Raum Europa bestimmt. Ich fuhr auch die 800 Kilometer ans Mittelmeer hinunter – nachdem ich ihm geschrieben hatte, mit dem Unfug ein für alle Male aufzuhören –, scheiterte aber an der unerwartet großen Warenmenge. Ich hätte einen Zehntonner gebraucht und hatte nur einen 2CV. Einen Moment lang spielte auch ich mit dem Gedanken, in ein Bordell zu gehen – ich hatte es noch nie getan –, ging aber dann doch zum Hafen und trank Bier, auf die langsam schaukelnden Maste der Segelschiffe schauend. Am nächsten Morgen fuhr ich auf der N7 zurück. Unterwegs, in einem Restaurant für Fernfahrer, schrieb ich Egon, ich hätte ihm alle Kisten zurückgeschickt, was nicht stimmte, aber genügte, ihn zu einer überstürzten Abreise zu veranlassen. Sowieso hatte er die Nase voll. Er hatte irgendetwas mit einem aus dem Tross des Löschmeisters aus den USA angeleiert und fuhr nach Chicago, wo er sehr bald mit einer schwarzen Jazzsängerin eine Tochter zeugte, ein süßes krauses Kind, das immer tanzt. In Aden müssen ihm auch andere Schrecken in die Glieder gefahren sein. In jenem Land bekommt, wer Alkohol trinkt, eine Hand abgehackt. Es war keine Gegend für Egon.

Ein schreckliches Rumpeln ließ uns hochfahren. Die Kinder hatten ihre ferngesteuerte Schaukel so kräftig angetrieben, dass das kleinste von ihnen, der Passagier, hinausgeschleudert worden war und nun schreiend unter der Couch steckte. Meine Frau stürzte zu ihm hin, hob es hoch und tröstete es. Die andern Kinder standen betreten um das Unglück herum. Auch wir Großen waren erschrocken, trotz dem Trostsatz aller Eltern, dass ein brüllendes Kind ein lebendes sei. Langsam beruhigte es sich, und plötzlich, als habe es einen Kippschalter in sich bedient, plapperte es wieder völlig wohlgelaunt und wollte erneut auf das Katapult. Da saß aber inzwischen der Hund, der viele Jahre mit sich gekämpft hatte, ob er Kinder lieben oder hassen sollte – er ignorierte sie während dieser Zeit –, bis er sich eines Tages für eine bedingungslose Identifikation entschloss. Seitdem folgt er ihnen auf Schritt und Tritt und will alles auch können, Schaukeln und Mikadospielen.

»Eigentlich wollte ich euch jetzt erzählen«, sagte ich, während die Kinder den Hund vom Schaukelstuhl zu locken versuchten, »wie wir uns kennengelernt haben, ich meine, meine Frau und ich. Eine Geschichte, in der ein Blinder mit einem Bolzengewehr in die Luft schießt, und ein Albatros fällt herab. Beziehungsweise, wie Gott, der in dieser Geschichte eine Rolle spielt, mich am Kragen nahm und über Wege und Stege stupste, die ich freiwillig nie gegangen wäre. Aber soeben ist mir aufgefallen, dass niemand inniger liebt als ein Kind. Dieses Gefühl, wenn die kleine Hand sich in die große legt.«

»Drei Sachen auf dieser Welt interessieren mich überhaupt nicht«, sagte sofort ziemlich heftig der Versicherungsmann. »Kindheiten, Schwarzafrika und Opern. Wenn Sie erlauben, werde ich Ihre Reise nach hinten innen ignorieren und Sie weiterhin als den behandeln, als den ich Sie kennengelernt habe.« Ich nickte. Ich hatte nichts anderes erwartet. Er ist einer, der als Erwachsener zur Welt gekommen ist. Wir sagen uns Sie in einer Welt, wo Opfer und Henker sich duzen, eigentlich ohne Absprache, nur so aus Angst vor zu naher Berührung. Einigen wenigen Menschen seines Alters sagt er du, seinem Zwillingsbruder, ein paar Frauen und seinem Hund.

»Ich habe einen Teil meiner Kindheit in Italien zugebracht«, fuhr ich fort. »In Fiesole, hoch über Florenz. Mein Großvater, der Papa meiner Mutter, war Chemiker bei der staatlichen Weinüberwachung, ein würdiger Herr mit einem Verdibart, der jeden Abend eine Flasche aus einer anderen Produktion austrank und schaute, ob er Kopfweh bekam oder nicht. Wir wohnten da in einer Villa voller Kachelböden und Küchen und Terrassen, von denen aus man hinter Pinien, Reben und ockerfarbigen Häusern die flirrende Stadt sah, aus deren Mitte die Domkuppel wie eine Beule herausragte. Mein Vater hatte meine Mutter auf einer Bildungsfahrt kennengelernt, er war mit dreißig Abiturienten aus dem Norden gekommen und hatte sich so in die keusche Südländerin verliebt, dass seine Schüler allein zurückfahren mussten. Irgendwie, nach einer Hochzeitszeremonie irgendwo, kam auch er im Haus des *nonno* unter, dessen Befehle unzählige schnatternde Tanten und Cousinen durch Keller und Korridore hetzten, unter ihnen ein verängstigtes Mädchen, meine Mutter, die Augen nur für ihren Vater hatte, dieses Gebirge aus Donnerworten, und ihren Mann nicht anzusehen wagte. Keine Ahnung, wo sie schliefen, wie. Mein Vater jedenfalls wurde in diesem Haus immer kleiner, bis schließlich seine eigene Frau neben ihm aussah wie ein Berg, ihrerseits ein *nonno* geworden. Längst tat er so, als könne er kein Italienisch. Am Ende eines langen düsteren Korridors voller Ahnenbilder gab es eine schwere Eichentür, hinter der *er* saß, das Gesetz, und zuweilen tat sich die Tür auf und das Gesetz wurde sichtbar und sprach etwas, was stets so laut war, dass ich nichts verstand. Im Haus sagte mein Vater kein Wort zu mir, umso mehr aber auf seltenen Spaziergängen, dann konnte er Italienisch und ich Deutsch, und wir gingen Hand in Hand und kamen uns vor, als täten wir etwas herrlich Verbotenes. Der Großvater hätte das nicht gern gesehen. *Er* war es, den man zu lieben hatte. Nicht nur waren alle Frauen seine, auch die Feigen wuchsen für ihn, die Oleander, und nie hätte es jemand gewagt, sich vor ihm an den Esstisch zu setzen.

Ohne mir etwas zu sagen, schloss sich mein Vater eines Tags einer Schulklasse aus dem Norden an, die Fiesole besichtigte, und begleitete sie in ihre Heimat zurück. Ich weiß nicht, ob der andere Lehrer an seiner Stelle in Italien blieb; in unserm Haus jedenfalls nicht. In meiner Phantasie wuchs mein kleiner großer Vater wieder. Ich hasste und liebte ihn immer glühender. Meine Mutter versteinerte unter dem Verlust und sagte dennoch kein Wort gegen die Eichentür. Sie kochte – herrliche Risottos, mit Tränen gesalzen – und war stundenlang im Garten, einem abfallenden Gelände, in dem eine Melone, wenn sie einem entglitt, mehrere hundert Meter weit kullerte. Dieses Licht dort, die Totenglocken aus der Tiefe des Tals immer wieder, und ferne Autohupen. Ich kletterte auf Bäumen herum und spielte Fangen in der Kirche und schoss mit Steinschleudern auf Touristen. An einem Sommermorgen, so früh, dass erst unsre Höhen im Morgenrot glühten, die Stadt aber noch in einem blauen Dunst ruhte, rannte ich durch die Rebberge hinab und fuhr mit dem ersten Bus zum Bahnhof, wo ich mich in einem Zug hinter Koffern versteckte und bis zu meiner Vaterstadt fuhr. Natürlich regnete es, als ich ausstieg. Ich hatte noch nicht einmal eine Adresse und wusste nur, dass mein Vater Lehrer war. Also stellte ich mich jeden Tag vor eine andere Schule. Als er nach einer Woche wirklich aus der Schultür trat, machte ich in die Hosen vor Glücksschreck, und mein Vater starrte mich an wie ein Gespenst. Ich war ja auch eins, ein ausgehungertes und umarmungstolles. Ohne meine Unterhosen – die ließ ich auf dem Bubenklo der Schule – gingen wir Hand in Hand eine Kastanienbaumallee entlang, der Regen rauschte, und dann saßen wir patschnass in einer Konfiserie und tranken heiße Schokolade (einem geheimen Befehl folgend trinke ich das heute noch, wenn ich mich traurig fühle), und mein Vater schimpfte ein bisschen mit mir und dann nicht mehr, und dann gingen wir zum Postamt und telegraphierten, ich sei noch am Leben. Ich wollte seine Hand gar nicht mehr loslassen. Ich sagte ihm alles, alles. Er wohnte in einer Stadtstraße mit grauen Häusern in einer kleinen Wohnung voller Bücher und hatte ein Aufziehgrammophon, auf dem er ununterbrochen Opernarien spielte. *Che gelida manina* und *O wie so trügerisch*. Wir gingen zusammen zu Bett und frühstückten gemeinsam. Er erzählte mir von seinen Büchern, zum Beispiel eine Geschichte von einer Nonne, die so lange nicht auf dem Klo gewesen war, dass, als sie endlich musste, das ganze Kloster einstürzte, und las mir eine Geschichte vor, die *Wind im Mond* hieß und von der ich nur noch weiß, dass nachts Zweige gegen ein Fenster schlugen; eine Stimmung wohliger Trauer. Wir gingen auch ins Kino und sahen ein Radrennfahrerdrama, und zu einem Fußballspiel, bei dem ich direkt hinter dem Tor saß – ein Privileg der Buben – und den verschwitzten roten Kopf meines Vaters zwischen den Stehplatzzuschauern sah, wenn ich mich nach ihm umwandte. Wir winkten uns. Er schnitzte auch Schiffe, obwohl ich fast schon zu groß dafür war, und ließ sie in einem Bach schwimmen. Wir sprachen und sprachen. Ich glaube, ich habe nie so viel gesprochen wie in jener Woche; Witze und Geständnisse – dass der Süden *schrecklich* sei. Mein Vater hörte immer zu, und manchmal sagte er auch etwas, die Liebe zwischen ihm und meiner Mutter sei anders geworden, als er es erhofft. Doch dann kaufte er zwei Fahrkarten in ebendiesen schrecklichen Süden, und wir fuhren los durch Getreidefelder, hinter denen Hügel brannten. Den Gotthard hinauf saßen wir im Speisewagen und tranken Orangina – das war etwas Neues für mich, dass ein Erwachsener selber Lust auf etwas hatte – und starrten die immer näher rückenden Felswände hinauf. Lawinenverbauungen, über denen Adler kreisten. Später fuhren wir in einer klebrigen Hitze durch unendliche Rebenfelder, und der Zug war so voll, dass ich nicht aufs Klo konnte. Noch später versank jeder in seinen Gedanken. Ich begann mich vor den Blicken meiner Mutter zu fürchten; meinem Vater war vielleicht auch nicht ums Jubeln. Als wir die steile Straße von der Bushaltestelle zum Haus hinaufgingen, wäre wohl jeder von uns umgedreht ohne den andern. Einmal im Haus drin aber ging mein Papa mit festen Schritten direkt zur Eichentür und sprach in klarstem Italienisch so donnernde Sätze durch sie hindurch, dass sie zu und stumm blieb. Meine Mutter wurde weich wie eine Frau und brach in Tränen aus, wir umarmten uns alle und tanzten wie die Blöden durch die Korridore, vorbei an sprachlosen Tanten und Cousinen. Wir weinten die ganze Nacht, und am nächsten Morgen gingen wir zu dritt zum Bahnhof, ich an jeder Hand einen Elter. Hinter uns schnaufte ein alter Knecht und schob Mamas Koffer auf seinem Wagen. Der *nonno* war die ganze Zeit über nicht aus seinem *studiolo* gekommen. Wir hörten später von einer Cousine, die sich um den gegen uns verhängten Bann nicht kümmerte, er habe in jener Nacht die Arbeit eines ganzen

Monats erledigt und sei erst am übernächsten Morgen bartstoppelig und mit roten Augen aufgetaucht. Nie mehr sei er der Alte geworden; niemand sei darüber unglücklich gewesen.

Meine Mutter war kein Berg mehr, und jetzt wusste ich, wo meine Eltern schliefen. Der *nonno* war nicht mehr in ihr. Sie konnte sehen, dass es andere Gesetze gab; lachen; sogar begreifen, dass auch er ein Armer war, den zu streicheln einst jemand unterlassen hatte. So lebten wir, und wenn wir nicht gestorben sind, so leben wir heute noch.«

»Und?«, sagte Egon. »Seid ihr?«

»Mein Vater«, antwortete ich. »Ich fühle mich heute auch nicht wohl« – Egon streckte mir die Zunge heraus –, »und meine Mutter ist eine kühne alte Dame geworden, die den Orient bereist und sich wegduckt, bis sie weiterwandern kann, wenn Aufständische und Regierungstreue aufeinander schießen. Sie nimmt immer einen Fotoapparat mit, aber immer sind alle Filme schwarz. Der *nonno* hatte fotografiert. So sind wir auf ihre Erzählungen angewiesen, Berichte aus Tausendundeiner Nacht, in denen meine Mama ganz allein im Sand versunkene Busse ausbuddelt.«

Wir lachten und sprachen eine Weile davon, dass wir unseren Müttern – alle unsre Väter waren gestorben – Postkarten schreiben sollten, mit Grüßen darauf, die erkennen ließen, dass wir die Schmerzen der Älteren ahnten. Noch ein Handumdrehen, und wir waren selber so weit. Wir redeten so lange vom Altwerden, bis wir uns wieder beruhigt hatten, und dann tranken wir und sahen zu, wie die Zweige des Kirschbaums gegen das schwarze Fenster schlugen.

Unser Haus besteht nicht nur aus der Gaststätte, sondern aus mehreren ineinandergeschachtelten Gebäudeteilen, und manchmal, wenn ich mich hoffnungslos fühle, male ich mir aus, wie ich wohindurch fliehen würde, wenn irgendwelche Schergen kämen. Aus dem Gastraum in den Keller und durch die Bierfassluke. Die Leiter hinauf zum Taubenschlag, über das Schuppendach zum Kirschbaum. Durch den Hof in die Scheune und hinten hinaus ins Maisfeld. Ein Gewirr von An- und Nebenbauten, die nach einer Strategie der jeweiligen Notwendigkeit gebaut worden sind: das Haus mit dem Saal, die Scheune, der Schuppen und ein Trakt, der Scheune und Haus verbindet. Im Hof lag früher der Mist. Heute wachsen da unsre Kräuter, im umgekehrten Verhältnis zu unserm Bedarf: ungeheuer viel Minze, sehr viel Estragon, kaum Basilikum.

Wenn man weit draußen in den Feldern steht, sieht das Haus wie ein gelber Frachtschlepper aus, der einen weißen Kahn, die Scheune, durch ein Maismeer zieht. Der Mais bewegt sich in leisen Wellen im Wind, und manchmal raucht der Schornstein des Schleppers. Sonst ist alles ruhig, obwohl wir auf einem Erdbebengraben leben. Meine Heimatstadt, die am fernen Ende derselben unterirdischen Plattenfalte steht, ist im vierzehnten Jahrhundert in sich zusammengefallen, weil ihre Bewohner gottlos geworden waren und nur noch dem Geld hinterher; heute aber ist jeder überzeugt, dass San Francisco dran ist. Wir haben über der Theke – neben einem Foto von García Márquez und einem gestickten Hasen – eine Darstellung des Brandes dieser Stadt aufgehängt, man sieht, wie die Leute mit hochgereckten Armen fliehen, hinter ihnen ein Flammenmeer, das sogar auf das wirkliche Meer übergreift; brennende Schiffe.

Die Scheune ist leer bis auf einen alten rostenden Wohnwagen, der einem aus dem Dorf gehört, dessen Traum das Reisen ist. Keine Ahnung warum, denn er arbeitet in der Türkei, wo er Röhren schweißt, und taucht oft an den Wochenenden hier auf, sitzt ruhig vor dem Haus wie ein Arbeiter, dessen Fabrik ums Eck herum steht, und geht dann am Montag früh wieder. Auch spricht er nicht anders als die andern Bauern hier, vom Getreide und den Kartoffeln; nie von der Türkei. Der Wohnwagen ist von Schwalben bewohnt, die seit Jahren wiederkommen und mit einer fabulösen Sicherheit durch eine kleine Öffnung über der Tür fliegen. Vor ein paar Jahren, als ein plötzlicher Winter die Vogelwelt überraschte, konnten die Schwalben nicht mehr weg; die aus dem Norden waren schon da, und Hunderte von ihnen wollten in die paar Nestchen hineinkriechen. Ein fast stummes Drängen und Stoßen. Eines Tages waren sie weg, obwohl es nicht wärmer geworden war, und ich vermute, dass sie mit wissendem Mut ein letztes Mal den Weg nach Süden geflogen sind. Sind die, die jetzt die Nester bewohnen, dieselben? Bedeutete das, dass gerade unsere damals den Flug über die Alpen doch noch geschafft hätten?

An die Scheune angebaut ist der Schuppen. In ihm fanden wir besonders viele leere Patronenhülsen. Ein einziger Antwortschuss, und das Bretterbüdchen, das unsern Wirt tarnte, wäre über ihm zusammengestürzt. So aber diente es weiter als Heim der Kaninchen und Hühner, Holz wurde und wird darin gespalten, Fahrräder stehen herum, alte Kisten, Flaschen, Sägen und unzählige Schwellen der verschwundenen Eisenbahn, deren Holz unglaublich hart ist. Auch die Bauern im Dorf haben kaum noch etwas, was lebt. Einige hunderttausend Hühner: sie stinken durch Lüftungsluken an langen Betonbunkern. Ein paar Kühe ohne Glocken. Zwei Pferde, von denen eines dreiunddreißig Jahre alt ist und sein Kreuz fast fröhlich trägt; auf ihm reiten die Kinder, sogar das ganz kleine, denn nie hat dieser gute Gaul eine unbedachte Bewegung gemacht. Kaum noch einer im Dorf erinnert sich an die Tauben. Dabei war dieses Dorf – unser Haus! – ein Brieftaubenzentrum. Zwischen den Kriegen fuhren der Wirt und sein Sparverein mit den Fahrrädern über Berg und Tal. Sie lagerten sich an einem Waldrand, aßen und tranken, und dann ließen sie nach einem genauen Ritual eine Taube nach der andern aus den Körben und sahen mit glühenden Gesichtern zu, wie sie eine kurze Zeit verwirrt im Kreis flogen und plötzlich zielsicher in die Sonne hinein verschwanden. Wenn alle Tauben in der Luft waren, fuhren ihre Herren so schnell sie nur konnten nach Hause, wo sie dennoch stets nach den Tauben ankamen, so dass sie nie wussten, wie schnell genau ihre Tiere waren. Abends in der Gaststätte wurden die Schätzungen jedoch zu immer gewisseren Gewissheiten, und mehr als einmal wurde beschlossen, nunmehr den direkten Vergleich mit den Weltmeistern zu suchen, den Tauben aus Belgien und dem Ruhrgebiet. Dann kam der Krieg. Nach dem Krieg waren der Sparverein und die Tauben älter geworden. Nach dem Verkauf des Hauses holte der ehemalige Wirt wochenlang die Tauben einzeln ab, jeden zweiten Tag eine, bis wir begriffen, er aß sie.

»Eine Sängerin«, sagte da völlig unvermittelt in meine

Gedanken hinein der Freund der Freundin, »war meine größte Leidenschaft. Eine Sopranistin.« Alle sahen ihn an. Er sieht nicht wie ein Leidenschaftlicher aus. Aber Einstein erschien manchen auch nicht als ein Kluger. Unser Freund gleicht ein bisschen einer Eule, sitzt am liebsten bedächtig da und scheint in seinem Hirn drin einen geheimen Text zu lesen, von dem er nie spricht. Er ist Musiker oder Musiktheoretiker, denn er spielt zwar sehr gut Flöte und recht gut Geige, ist aber mit beidem so unzufrieden, dass er es nie tut. Er will das Absolute, nie gehörte Klänge, so dass die von ihm produzierten oft gehörten ihn völlig verzweifelt machen. Inzwischen hat sich die ganze Musik in seinen Kopf zurückgezogen und kommt da nur noch in Form von kurzen Brummern heraus, etwa wenn einer von uns unbedacht von Wagner oder Fischer-Dieskau redet. Er schreibt in seinem Kopf drin, glaube ich, eine Theorie der Musik, die mit dem Bisherigen Tabula rasa machen wird; jedenfalls hält er Haydn für größer als Mozart und Gesualdo für einen Gipfel, der in unserm Rücken leuchtet wie ein Kilimandscharo, den zu besteigen wir den Atem und das Schuhwerk nicht mehr haben. Seltsamerweise toleriert er mein Mundharmonikagedudel mit einem freundlichen Lächeln. Ich habe ihn aber schon dabei ertappt, wie er in seinem Zimmer stand – die Tür war offen und ich auf dem Weg zum Speicher – und still eine unhörbare Musik dirigierte, ein gewaltiges Orchesterwerk offenbar; von hinten sah er ein bisschen wie sein Todfeind Karajan aus.

In der Familie unsres Freunds durfte keiner einen Ton singen. Ein Instrument lernen schon gar nicht. Der Vater hasste alles was klang und wollte auch unsern Freund zum

Schäferhundhalter machen. Unser Freund aber, entgegen jeder Wahrscheinlichkeit, entwickelte angesichts der Schäferhundmäuler um ihn herum immer mehr Zartheit, lernte unter der Bettdecke mit einer Taschenlampe Noten lesen und las dort alle Partituren der Musikgeschichte. Er hat sich so an diese Form des Musikhörens gewöhnt, dass er bis heute, obwohl ers dürfte und könnte, kein Grammophon hat und die Kleine Nachtmusik noch nie gehört. Von unserm Hund sagt er, er sei eine Katze; so kann er ihn auch liebhaben; tatsächlich *ist* dieser Hund ein Mäusefänger und gleicht einem kleinen roten Löwen, so einem, wie sie auf den Säulen von Venedig sitzen, von denen eine im Canal Grande liegt. Unser Freund ist seit Jahren mit unsrer Freundin zusammen, mit einer innigen Selbstverständlichkeit. Er lässt sie als Einzige seine Tonwelt ahnen, und wenn er denkt, schützt sie ihn vor uns. Getrennt voneinander erlebe ich sie eigentlich nur, wenn unser Freund auf Schmetterlingsjagd geht; da staffiert er sich mit grünen Knickerbockern und roten Wandersocken aus, setzt sich einen Lodenhut mit einem Pinsel auf und zieht mit einem Netz los durch die Wiesen. Wir sehen ihn dann in der Ferne durchs Grün huschen, innehalten und losstürzen, das Netz schwingend, bis es herniederfährt wie der Donner Jupiters; und oft verschwindet der ganze Freund längelang im Gras. Natürlich hat er schon viele viele Schmetterlinge gefangen, aber, da er auf *Unterschiede* aus ist, doch nur einen einzigen, denn immer und immer wieder zappelt in seinem Netz der gemeine Kohlweißling. Sein geheimer Traum ist, eine noch nicht bekannte Art zu entdecken. Unter den Schriftstellern ist ihm deshalb Vladimir Nabokov der liebste, der in den Rocky Mountains einen Falter fing, der nun nach ihm benannt ist, zudem als Erwachsener erst eine neue Sprache *absolut* zu beherrschen lernte und erst noch ein hohes Alter erreichte, gewiegt in so viel Geld, dass er in einer Suite in einem Luxushotel wohnen konnte, unter dessen Terrassen ein See blinkte. Von uns allen sehnt sich unser Freund am unverstelltesten nach dem Wohlleben. Wahrscheinlich ist er der Ehrlichste.

»Sie sang, herrgott, wie sie singen konnte«, murmelte er und verstummte. Noch immer sahen ihn alle erwartungsvoll an. Über das Gesicht unsrer Freundin huschte eine kleine Röte; es ist schwer, keine Eifersucht zu empfinden, wenn einem jemand anderer vorgezogen wird. Sogar die Erinnerung daran tut weh. Wie zäh die alleinigen Minuten verstrichen. Keinen Augenblick lang wollte man daran denken, tolerant und verstehend wollte man sein und tat doch nichts anderes, als sich ununterbrochen vorzustellen, wie er oder sie in den Armen des andern jubilierte. Diese Hilflosigkeit, gegen die kein Kino oder Schnaps oder Buch hilft. Jeder weiß, dass es jedem andern auch schon so ergangen ist, und trotzdem trifft es einen wie der Schlag einer Urzeitkeule. Bei manchen bricht dann tatsächlich alles auseinander, und das Leben nimmt mit einem jähen Ruck eine neue Richtung; zuweilen vernarben die Wunden nur, ohne richtig zu verheilen; manchmal aber gehen wir herzensklüger aus unserm Wahn hervor. Unser Freund, wenn er mit seinem Netz loszog, schlug sich, um treu bleiben zu können, auf die Seite der Strafe. Denn die Sinne sind Schmetterlinge, denen jede Blume recht ist.

»In Dublin«, murmelte unser Freund noch leiser. »Just in

Dublin. Eine Leidenschaft in Dublin.« Wieder schwieg er und schien sich die Geschichte in seinem Kopf drin weiterzuerzählen.

»Jetzt mach schon«, sagte seine Freundin.

»Warum soll es in Dublin keine Leidenschaft geben.«

»Wegen dem Nebel«, sagte er, erwachend. »Ein furchtbarer Nebel war, der jeden einsam machte. Stumm und taub. Ich war wegen einem Kongress da, einem *workshop of silent music,* ja, und da war eben diese Frau, eine Irin mit allem Irischen, was ihr euch jetzt denkt, roten Haaren und Sommersprossen.«

Erneut Stille – jeder stellte sich eine Irin vor –, bis die Freundin sagte: »Und?«

»Sie sang Koloraturen«, sagte unser Freund. »Eigentlich nur Beispiele zu einem Vortrag ihres Manns. Ich fühlte mich so heftig zu ihr hingezogen, dass mir gar nicht auffiel, dass ich es ihr vor ihrem Mann sagte. Unsre Augen ertranken ineinander. Während die Kongressteilnehmer die Thesen ihres Manns diskutierten, hielten wir uns die Hände. Mitten in einer Replik des Manns standen wir auf – er blieb einen Moment sprachlos – und gingen in mein Zimmer, wo wir jene nie gehörten Töne hörten, von denen ich manchmal auch schon gedacht hatte, es gebe sie nicht, und das Absolute spürten, wie es das Rückgrat hinabschoss. Dann saßen wir mit ineinanderverschlungenen Händen stumm in einem Pub und sannen den verrauschten Klängen nach.«

Jeder sah unsern Freund aufmerksam an und ließ ihm Zeit, jene ferngerückte Musik noch einmal zu hören. Die Freundin war jetzt nicht mehr gerötet; diese Geschichte gehörte ihr inzwischen auch ganz. Sie ist eine jener Frauen, die, wenn sie ein bisschen älter geworden sind, jünger aussehen als zuvor. Reife, wenn das nicht eine so blödsinnige Vorstellung wäre; denn fällt nicht gleich viel, wie hinzukommt, von einem ab?

»Abends hätte ich meinen Vortrag halten sollen«, fuhr unser Freund ganz ohne Aufforderung fort. »Ich glaube, er hieß *Invisible sounds in some works of Frescobaldi*. Ihr kennt mich ja. Stattdessen gaben wir ein Konzert, sie öffnete den Mund wie ein Fisch, und ich spielte Unerhörtes, bis alle Zuschauer weg waren. Damals fiel uns nicht auf, dass es wohl ein Skandal war. Wir tranken danach noch einige Biere, aber nun war ihr Mann dabei – er hatte als Einziger ausgeharrt, war sehr freundlich –, und wir gingen bald zu Bett. Ich machte am nächsten Morgen eine lange Wanderung über Hügel und Weiden und geriet in eine Schafherde, die Irland von Horizont zu Horizont zu füllen schien, blökende Tiere mit farbig bemalten Hintern, die mich mit sich rissen eine schräg abfallende Wiese hinab bis zu einem Bach, durch den ich mich retten konnte. Sehr nass kam ich am Abend wieder im Hotel an; da war gerade das Abschlussbankett; niesend saß ich da und sah am andern Tischende die Sängerin – sie machte mich sofort wieder wahnsinnig in ihrem Liebreiz, verrückt – neben ihrem Mann, der gutgelaunt mit ihr plauderte und später eine Tischrede hielt, in der er sagte, jede *silent music* sei nicht mehr als eine notwendige Arbeitshypothese – jener Anteil Utopie oder Sehnsucht, der einen davor bewahre, nur zu tun, was alle andern gerade zu erwarten scheinen –, das Ziel aber bleibe die *audible music*. Dazu sah er mich an, und ich sah seine Frau an, die in ihren Teller starrte. Gleich darauf gingen beide, während die Gäste noch klatschten. Ich fuhr am nächsten Tag mit dem Schiff nach England und gleich weiter nach Calais, wo ich den Zug verpasste und als einziger Gast in einem goldglitzernden Hotel übernachtete und allein in einem riesigen Speisesaal das teuerste Menü aß.«

Wieder war unser Freund still, aber diesmal schwieg er wohl auch in seinem Kopf drin. Den letzten Teil der Geschichte hatte er ausschließlich Egon erzählt, so wie es zuvor seine Freundin getan hatte; und Egon sah auch ihn so an, als seien ihm alle Irrwege des Herzens vertraut. Seltsamerweise ist das auch so. »Am besten verstehe ich den Teil mit den Schafen«, sagte er nun auch prompt. »Ich bin auch einmal in eine Herde hineingeraten, in Amerika, es muss ein Augenblick der Verwirrung gewesen sein, denn ich hielt die Schafe für eine Kompanie GIs im Manöver und wollte ihnen mit einem Stecken in der Hand die Vietnams der letzten hundert Jahre zurückzahlen.« Er lachte und prostete unserm Freund zu, der auch sein Glas hob und sich zurücklehnte, einen langen Schluck trank und leise vor sich hin zu summen begann. Alle taten wir so, als bemerkten wir das Wunder nicht. Aber wir atmeten leiser und bewegten unsere Hintern auf den Stühlen nicht mehr. Eine Melodie kam aus unserm Freund, die an einen Mühlbach erinnerte, der in einer hellen Sonne durch Auen und Blumenwiesen sprudelt.

»In Merika war das«, sagte Egon, taub für die Stimme der Engel. »Mannomann, das war eine Zeit, oioioi.« Unser Freund hörte auf zu singen. Tatsächlich hatte mir Egon damals lange Briefe geschrieben, mit immer derselben uralten Maschine, die ihn überallhin begleitete. Wo hatte er sie jetzt? In Merika war sein Leben jedenfalls gleich von Anfang an turbulent gewesen; wahrscheinlich brauchte er das nach den Wonnen Arabiens. Seine Freundin, die Jazzsängerin, sang jeden Abend in einem Klub progressive Stücke, in denen der an Charlie Parker geschulte Egon keine Melodie und keinen Rhythmus hören konnte. Er setzte sich an den Spieltisch im Hinterzimmer und beherrschte bald das Pokerface; nur die richtigen Karten fehlten ihm. Die andern hatten sie so oft, dass ihm der Verdacht kam, sie spielten falsch. Er begann seinen Hund zu trainieren, ihm ein royal flash zu bringen. Aber irgendwann waren seine Schulden so hoch, dass er sich nicht mehr im Klub blicken lassen durfte, und die Jazzsängerin schlief woanders, und er saß zu Hause mit dem süßen krausen Kind, und ihm war nicht mehr ums Spielen zumute. So pumpte er sich hundert Dollar, kaufte sich ein Pferd, setzte das krause süße Mädchen vor sich auf den Sattel, und sie ritten los, nach Westen, immer der road 66 entlang. Die Tochter hielt sich an der Mähne fest und lehnte sich an ihn, und während bullige Lastzüge an ihnen vorbeidonnerten, sangen sie Lieder vom Weg der Sonne und sagten sich alles, was sie wussten. Das süße krause Mädchen erklärte Egon, wie man die Beine wirft beim Tanz, und Egon sprach von der Trauer, vom Alleinsein und dass man etwas *tun* muss. Sie schliefen hinter Kakteen und aßen in Drive-in-Restaurants, auf dem Gaul zwischen Fords und Chevis sitzend. Nach einer Woche sahen sie aus wie Indianer und hatten gegerbte Hintern. Nach einer weiteren Woche – inzwischen waren sie in einer Prärielandschaft und hatten jene Schafherde in die Flucht getrieben – streikte das Pferd und wollte selber getragen werden. Sie gingen in ein Motel, stellten das Pferd mit viel Hafer in eine Garage, duschten stundenlang, aßen wie die Drescher und schliefen dann zusammen in einem Doppelbett hinter einem offenen Fenster, vor dem Grillen zirpten und eine Leuchtreklame die ganze Nacht über an- und ausging. Nach drei Tagen war das Pferd bereit, vorsichtig weiterzutappen; einer musste nun immer nebenhergehen, und nach einigen Kilometern fiel ihnen auf, dass der Wirt des Motels in einem Respektabstand von hundert Metern hinter ihnen dreinritt. Er war ein kleiner dicker Mann, und sein Pferd war ein noch älteres Modell als ihres. Zuerst wollte Egon ihn mit Flüchen und Steinwürfen vertreiben, mit der Zeit aber gewöhnten sie sich an ihren Schatten, und als sie in der wirklichen Wüste waren – in jener glühenden John-Ford-Kulisse –, ritten sie nebeneinander. Besonders das krause süße Mädchen verstand sich gut mit dem Wirt, einem Polen, dessen Vater nach den USA ausgewandert war, um Abenteuer zu erleben, und den der Sohn jetzt rächen wollte. Zusammen griffen sie ein in Felsen verstecktes Atomkraftwerk an und gaben den Mauern Fußtritte. Sie saßen um Lagerfeuer und erzählten sich, wenn das süße krause Mädchen schlief, von der Reinheit ihrer Frauen. Der Wirt erzählte dann auch noch anderes, weil er sich in den letzten Jahren in seinem Motel so gelangweilt hatte, dass er jede Nacht von Schlüsselloch zu Schlüsselloch gekrochen war; und als er durch allzu häufige Augenscheine alles wusste, *wusste*, wurde er unfassbar traurig, denn nie mehr würde er denken können, als Erster etwas unsagbar Herrliches zu entdecken. Jetzt, auf diesem Ritt, wollte er seine Unschuld wiedererlangen. Er und Egon verstanden sich immer besser, auch hatte der Wirt seine ganze Motelkasse bei sich, und an einem Morgen kamen sie tatsächlich am Pazifik an, in der Gegend von Big Sur, wo die Klippen hundert Meter hoch sind und sie nicht baden konnten, nur schauen.

»Was haben die Amerikaner nur mit ihrem Westen?«, sagte meine Frau. »Wahrscheinlich bebt ihre Westküste überhaupt nur, weil inzwischen die halbe Nation draufsteht.«

»Und was haben wir mit dem Süden?«, sagte ich.

»Die Sonne«, sagte Egon. »Es ist immer die Sonne. Wenn in eurer Wahlheimat die Sonne wie in Italien schiene, hätte es nie –« Er verstummte, schien seine Theorie nochmals zu überdenken und brummte dann: »Jedenfalls, sogar das Rhein-Main-Gebiet leuchtet an dem einen Tag im Jahr, an dem die Sonne zeigt, was sie wirklich kann.«

Gut, sie konnten nicht baden, aber sie atmeten diese ungeheuerliche Luft aus Salz und Jod und gingen dann ganz langsam wieder auf die Menschen des 20. Jahrhunderts zu, aßen zuerst in Würstlbuden, gingen dann in richtige Restaurants mit Klimaanlagen und lungerten schließlich begeistert in weißen Ledern. Die Pferde verschenkten sie, und auf Egons Brief waren Tränenflecken, als er beschrieb, wie sie ihnen nachgeblickt hätten. Aber sie flogen mit dem Flugzeug zurück – der Wirt verjuxte tatsächlich die gesamten Einnahmen – und gingen in Chicago zu dritt auf eine Abschiedstour. Das Kind tanzte alle Discos in Grund und Boden. Erst am frühen Morgen trennten sie sich – nun schlief das Kind in Papas Armen –, der Wirt trampte zu seinem Motel zurück, und Egon ging heim, wo die Jazzsängerin sich freute, dass beide zurück waren. Er blieb dann recht lange bei ihr; noch heute schreibt er ihr Briefe. Das Kind ist ihm fast sein liebstes.

»Wo hast du eigentlich deine Schreibmaschine?«, sagte ich.

»Am Bahnhof«, sagte Egon. »Was soll ich hier bei dir mit einer Schreibmaschine.«

»An was für einem Bahnhof?«

»An eurem«, sagte Egon und deutete mit dem Daumen in die Nacht hinaus, wo, unter einem runden Mond, die schwarze Silhouette der Ruine in den Himmel ragte. In einem der Bäume, dem Schlafbaum der Fasane, war ein plötzliches Chaos; vielleicht irgendein Räuber, der den Stamm hochschlich. Wind bewegte die Äste und trieb Wolken vor dem Mond vorbei.

Weil sich der Hund nicht vom Schaukelstuhl hatte vertreiben lassen, waren die Kinder nun dabei, eine Art Kran zu bauen, ein Schlingensystem, das sich böse und hinterrücks um ihn legen sollte, ihn hochheben und vor seinem Napf absetzen. Sogar das ganz Kleine nestelte irgendwie Schnüre zusammen. Nur, der Hund war plötzlich auch an der Arbeit interessiert und sprang genau in dem Augenblick, wo er es nicht mehr gedurft hätte, vom Stuhl herab. Also war nun ein großes Geschrei; die Kinder wollten den Hund in die Falle zurücklocken, der aber hatte alle Seile im Maul und zerrte an ihnen, Täter geworden, ohne zu begreifen, dass er als Opfer ausersehen war.

Nun begann ich doch zu erzählen, wie ich meine Frau kennengelernt hatte, obwohl sie, anders als die Frauen der andern Berichte, ja dasaß in Fleisch und Blut und gleich auch rot wurde, nicht aus Scham und nicht aus Eifersucht, sondern weil sie wie ich fühlte, wie lange das alles zurücklag, so fern, dass wir manchmal denken, ganz andere haben sich einst zusammengetan und sind, schwer zu sagen wie, die geworden, die wir heute sind. Ich einst ein zittriges Büblein mit einem sonnigen Grinsen; sie eine, deren Herz ein bisschen in Glas gehüllt war. Vielleicht haben wir wirklich jeder dem andern etwas gegeben, was der nicht hatte. Nicht dass meine Frau jetzt sonnig grinste; aber die Glasscherben, die an ihr hingen, als ich sie traf – Stolz? Zukunftswille? –, sind in ihrer Wärme geschmolzen. Und ich kann ernst sein und schweigen.

»Ich trat aus einem dieser schwarzen Tannenwälder, die es in jenen Höhen gibt«, sagte ich. »Dachlose Hallen ohne Geräusch und Licht, die mich ängstlich werden ließen. Also ging mir das Herz auf, als diese Düsternis zu Ende war und ich über eine sanft abfallende Weide blicken durfte, die erst zum Horizont hin wieder anstieg und in einem Wald wie dem meinen endete. Rechts und links dasselbe. In der Mitte dieses Trichters stand ein einziges Haus, zu dem von vier Seiten her vier Wege führten, alle aus den Wäldern heraus. Es stand still in einem blumenblühenden Garten. Auch sonst kein Laut, nur auf der einen Weidenschräge standen zwei, drei Kühe und bewegten hie und da die Glocken. Ich war hungrig und durstig und ging – es gab gar keinen andern Weg – auf das Haus zu, aus dessen Tür plötzlich Kinder herausquollen – nun war es nicht mehr ruhig – und davongingen, drei nach Ost, drei nach West, drei nach Nord, drei nach Süd. Eine Schule. Gleich trat auch die Lehrerin unter die Tür: eine Frau, der nur noch der riesige Brotlaib über der Schürze fehlte und ein irdener

Krug; aber wahrscheinlich hatte sie Brot und Milch schon vor der Heimatkundestunde verteilt. Ich stand und starrte so lange, bis sie den Kopf wandte; Augen, dass mir sofort alles verschwamm. Sie schaute noch einen Augenblick und ging dann ins Haus zurück und schloss die Tür. Nun sah ich auch ein Auto in einem Schuppen stehen, einen alten Peugeot. Wir waren also doch in unserem Jahrhundert. Vor der Tür zögerte ich; ich war selber einmal Lehrer gewesen und aus der Schule geflohen, weil ich zu vergreisen begann. Dann klopfte ich. Die Frau stand in der Mitte der Schulstube zwischen Bänken verbarrikadiert und hielt einen Besen in der Hand. Es roch nach Kreide. Ich war sofort eingeschüchtert von ihrer Unberührbarkeit und sprach mit einer Stimme, die viel leiser war als sonst. Sie lächelte und sagte nichts, und ich begriff, dass sie gar keine Angst hatte. In der Tat wundere ich mich heute noch, dass sie jahrelang völlig allein in diesem einsamen Haus hat leben können, ohne von den Waldmenschen der hinter den Hügeln verborgenen Höfe besucht zu werden, die doch alle Absinth trinken und unter seinem Einfluss die unfassbarsten Dinge tun.«

»Absinth macht blind«, sagte meine Frau. »Wie Liebe. Aber bei der Liebe findet man erst den Rückweg nicht mehr, mit Absinth verläuft man sich schon auf dem Hinweg.«

»Das muss es sein«, sagte ich. »Ich weiß nicht sicher, ob es Liebe auf den ersten Blick war; vielleicht Gier. Es gibt auch eine Liebe, die erst im Lauf der Jahre sehend wird und dann der Gier dankt, dass die einem riet zu bleiben.«

»Stimmt das?«, sagte Egon zu meiner Frau und sah zwischen uns hin und her, als mache er sich zum ersten Mal

Gedanken über unser Zusammensein. Zuweilen hatte ich tatsächlich schon das Gefühl gehabt, er sehe uns zwei als ruhige Wasser, von keinem Wind bewegt.

»Das mit der Gier?«, sagte meine Frau. »Ja.«

»*Ich* bin dran«, sagte ich zu ihr oder zu Egon. »So eine zerbrechliche Story erträgt keine zwei Versionen.«

»Bittebitte«, sagte Egon und sah dazu meine Frau an, als sei er sicher, sie sage ihm später sowieso alles.

»Also. Ich saß dann in der ersten Bank, da wo die Streber sitzen oder die ganz Schwatzhaften, die man strafversetzt hat, trank Most und aß ein Speckbrot. Die Lehrerin saß auf dem Pult und sah mir zu, zufrieden damit, wie ich meine Aufgabe löste. Ich erzählte ihr mit vollem Mund von meiner Wanderung und dass ich im Kopf einen Roman schriebe, der im Gelben Meer spiele. Sie sagte, sie sei die ganze Woche hier oben und sehe keine Sau, nur am Samstag setze sie sich ins Auto und fahre in den Ort, zehn Kilometer hinter den Wäldern. Dann gehe sie ins Kino oder sitze mit Freunden im *de la Poste*. Im Sommer liebe sie diese Wälder, die im Winter zu Mördern würden. Dann kämen die Kinder mit Skiern über die Hügel und erzählten von Wolfsspuren, die sie gesehen hätten; auch die Erwachsenen – Holzfäller, Bauern, Köhler – sehnten sich dann nach unsichtbaren Tieren. Sie habe noch nie eins zu Gesicht bekommen, nein, nie; nur den Schulinspektor, der im Winter jeden Monat zwei, drei Male ihre Leistungen prüfe und auf einen Schneesturm hoffe, der ihn zum Bleiben zwänge. Bis jetzt aber habe Gott immer einen Föhn geschickt, wenn der Inspektor, beraten von der Meteorologischen Zentralanstalt, einen neuen Anschlag geplant habe. Und als wir beide lachten, fügte sie plötzlich ernst geworden an, zuweilen sehe sie schon Schatten, etwas Huschiges, was die Oberlichtfenster sekundenschnell verdunkle, wenn sie aufblicke; wenn sie schlafe, komme es ihr so vor, als ob ein Auge auf ihr ruhe. Aber sicher sei sie nicht.

Obwohl es ein Dienstag war, fuhren wir mit dem Peugeot in den Ort; sie steuerte ihn sicher über Kuppen und durch Hohlwege und hupte zuweilen mit einem ganz dünnen Ton. Im Ort, einer kleinen Industriestadt voller grauer Häuser, saßen wir zuerst im *de la Poste* und tranken Weißwein, und die Frau winkte ihren Bekannten zu, ohne an ihren Tisch zu gehen. Wir saßen uns gegenüber und beugten uns beim Reden so sehr vor, dass sich unsre Köpfe berührten. Wahrscheinlich sah jeder im Restaurant, was aus uns zu werden begann. Später gingen wir in ein Lokal, das einen schlechten Ruf hatte und in dem sie noch nie gewesen war; es hieß *la licorne* und war so etwas wie eine Arbeiterdisco – Schummersamt und ein Tonband – in einem Keller unten, und wir waren die einzigen Gäste. Ein gelangweilter Kellner mit einem kühnen Schnauz. Wir tranken weiter Weißwein und tanzten zusammen; das war schon fast zu viel; sofort wären wir dazu fähig gewesen, unter einen der Tische zu stürzen; dass es nicht dazu kam, lag daran, dass gleich darauf Polizeistunde war und wir gehen mussten. Draußen war eine kühle Nacht. Wir fuhren durch die Hohlwege zurück, Hand in Hand in einem schönen Mondlicht, hielten immer wieder und küssten uns. Wölfe hätten heulen können, wir hätten sie nicht gehört. Die Schule stand noch viel ruhiger als am Tag in den blauleuchtenden Wiesen, und nur, als die Frau die Tür aufschloss, huschte so etwas wie eine Katze über das Dach. Wie schliefen zusammen, natürlich, obwohl es für mich ein Wunder war, dass die Frau einfach so selbstverständlich mit mir sein wollte.

Am nächsten Morgen – die Sonne schien schräg durch die Vorhänge hindurch auf unser rotweißkariertes Deckbett – weckte uns ein Geräusch, als stürze eine Wildsauherde durchs Haus hindurch. Wir hatten uns verschlafen, und die Schulkinder waren schon da. Die Frau zog sich sehr hastig an, fuhr mit der Bürste ein paarmal durch die Haare und sauste die Treppe hinab; gleich war es ruhig. Ich stand langsamer auf und versuchte, keinen Lärm zu machen. Aber in diesem Haus schrie jeder Balken auf, wenn er den Fuß nur schon kommen fühlte. So knarrte ich über die Köpfe der Kinder hinweg – später sagte mir die Frau, alle hätten nach oben gestarrt, als sei ihnen ein Engel erschienen – und in die Küche hinab, wo ich geräuschlos Kaffee machte, bis mir die Nescafé-Büchse auf den Boden fiel und über den ganzen Steinboden schepperte. Jetzt wars auch schon egal. Ich trank den Kaffee und ging in den Garten hinaus. Eine warme Sonne. Die Kühe waren ganz nahe und fraßen Malven. Schmetterlinge tanzten über Rosen, die so dicht wuchsen wie im Süden. Die Wälder ringsum standen schwarz und rahmten ein leuchtendes Grün voller Löwenzahn ein; über allem ein blauer Himmel. Ich hob gerade so etwas wie den Deckel eines Ziehbrunnens hoch, unter dem jedoch kein Brunnenloch war, sondern eine von Schmierfett verdreckte Scheibe, die sich mit einem hohen sirrenden Ton drehte, als ich jemanden neben mir bemerkte, einen Mann, einen Zwerg fast, alterslos, aber sicher nicht jung. Er deutete auf den Brunnendeckel und sagte etwas, was so krächzig war, dass ich es nicht verstand.

›Bitte?‹, sagte ich.

›Das‹, sagte er jetzt etwas verstehbarer, ›ist die Mitte der Erde.‹

Ich hob den Deckel wieder hoch, sah aber nicht mehr als vorher. Wie der Achsbolzen einer Mühle. Noch so ein Irrer, dachte ich, in dieser rauhen Luft haben alle einen Sparren, da gibt es kein Entrinnen. Das Männchen kicherte mich an, als lese es meine Gedanken und sei mit ihnen einverstanden. Es trug ein uraltes Jöppchen, weite warme Bauernhosen und, merkwürdigerweise, ziemlich neue weiße Turnschuhe. ›Dochdoch‹, sagte es und setzte sich auf einen moosigen Stein zwischen Sumpfdottern. ›Früher haben alle gewusst, wo die Mitte ist. Hier. Hier bei der Achse wird keiner herumgeschleudert von dieser unermüdlichen Zentrifuge. Ja. Aber die weiter weg‹ – er deutete vage über die Hügel hin –, ›denen wirbelt der Kopf, und die Gedankenteile sprühen auseinander und setzen sich ganz falsch wieder zusammen. Hier‹ – er hielt inne und sah gedankenverloren auf das Haus –, ›hier muss eigentlich keiner in die Schule gehen. Wozu denn. Horchen und schauen, das genügt. Schule! Die hier steht nur da, weil die, die über die Volksweisheit zu entscheiden haben, weit weg wohnen, da wo die Fliehkraft ihnen das Hirn zusammenquetscht.‹ Er lachte plötzlich los, und ich lachte erleichtert mit, weil ich dachte, wenn er ein Verrückter ist, dann wenigstens kein gefährlicher. Wieder las er meine Gedanken und nickte ihnen zu. Er hielt einen Packen Papiere in der Hand, mit einem rosa Band umwickelte Briefe, beschrieben mit einer blauen Tintenschrift. ›Eine Frage‹, sagte er unvermittelt. ›Finden Sie, dass ich Gott gleiche, oder eher, dass Gott mir?‹ Ich sah ihn an und dann zum Himmel hinauf. ›Gott Ihnen‹, sagte ich. ›Kein Zweifel.‹

Er strahlte. ›Ich habe die Frage jahrelang analysiert und bin zu demselben Schluss gekommen. Ich –‹ er senkte die Stimme, als könnte uns hier jemand belauschen – ›ich habe nicht immer hier gewohnt. Aber jetzt ist das hier *meine* Mitte geworden. Ich habe Sie heimkommen sehen. Passen Sie gut auf sie auf.‹ Er deutete mit dem Kinn gegen die Schulzimmerfenster, aus denen jetzt Kinderstimmen ein lustiges hüpfendes Lied sangen. Dazwischen ihre Stimme, eine Möwe eher als eine Nachtigall, eine gutgelaunte Möwe. Der Mann lauschte so verzückt, dass ich ihn nicht fragte, was er damit sagen wolle. Was ihn unsere Liebe überhaupt anginge. Und sofort auch erklang eine kleine Glocke, wie wenn an Weihnachten das Christkind den Weihnachtsbaum gebracht hat, und die Kinder stürmen scheu in das verwandelte Zimmer und sehen gerade noch den Unterhosensaum des wegfliegenden Engels. Der Gnom sprang auf und zischte grußlos durch die Blumen weg. Oben in den Löwenzahnen drehte er sich noch einmal um, rief ›Ein Hirn voller Feuer, junger Mann, ein Gehirn voll Feuer‹ und verschwand fast sofort irgendwo in dem gelben Grün. Nun kamen die Kinder, und hinter ihnen die Frau, und ich vergaß die Erscheinung, während wir schweigend Hand in Hand die Wege hinaufsahen, bis die vier Wälder die Schüler verschluckt hatten. Dann ging die Frau, ohne ein Wort zu sagen, ins Haus zurück, und als ich oben an der Treppe ankam, hatte sie ihren Koffer schon fertiggepackt, und gleich darauf saßen wir im Auto. Hier konnte oder wollte sie nicht bleiben. In einer strahlenden Sonne fuhren wir weg von diesen Hochtälern, in denen die Herzen so rein bleiben müssen, dass alle Unreinen sich in grauen Winternächten erhängen.

Nun, vom ruhigen Pol fern, wirbelten auch unsre Leben schneller; wir wohnten in einer Stadt am See, ich schrieb meine Geschichte von der Leidenschaft in Hongkong und warf sie dann weg, und die Frau spielte in einer Theatergruppe mit, die, wenn in der Seestadt keine Leute mehr ins Theater kamen, in die Jurahöhen hinauffuhr und das im Licht Geprobte in vom Nebel umwallten Gasthöfen zeigte. Molière, Goldoni, Marivaux. Auf die ersten drei Gastspielfahrten zog die Frau allein, auf der vierten aber begleitete ich sie. Wir fuhren mit einem Lastauto von Dorf zu Dorf. Alle Schauspieler, auch die Frau, hatten einen Deklamationsstil, der wie in jenem Spiel zustande gekommen sein musste, in dem einer dem andern eine bestimmte Information ins Ohr sagt und man sich darüber freut, was beim Letzten herauskommt; die Information in diesem Fall wäre gewesen, wie man in der Comédie-Française Theater spielt. Aber den Zuschauern gefiel es, und jeden Abend waren die Säle voll. Das Stück war der Tartuffe; die Frau spielte jene, die mit dem Feuer spielt, indem sie ihrem unter einem Tisch versteckten Mann zeigen will, was sein vermeintlicher Freund in Wirklichkeit mit ihr im Sinn hat, und sie lässt die Glut so nahe an sich herankommen, dass sie den Moment des Löschens verpasst und keine Abwehr mehr findet, und alle drei rasen und schreien plötzlich völlig überrumpelt, die Frau, der Liebhaber und der Eifersüchtige. Nach jeder Aufführung saßen wir mit den Bauern und aßen und tranken, und danach war ich Orgon und Tartuffe in einem.

Schließlich kamen wir in den Heimatort der Frau, in jenes Dorf, das man nur über eine Hängebrücke und einen langen Serpentinenweg erreichen kann. Auch wir schleppten uns da hinauf; die Kulissen trugen wir, das Notwendigste, ein paar Wändchen und Tartuffes Mappe. Ich fragte die Frau, ob sie das nervös mache, so in der Heimat, und sie sagte Nein, ihre Eltern gingen sowieso nie ins Theater, weil sie dächten, das sei Teufelszeug. Tatsächlich war sie dann wie immer, bis kurz nach der Pause, wo wir alle sahen, dass irgendetwas im Zuschauerraum herumrumorte; da spielte sie plötzlich wie eine Traumwandlerin, viel langsamer als die andern, so dass sie kaum mehr dazuzugehören schien. Ihre Sätze waren nun wie Tischtennisbälle, die man gegen den Wind wirft. Ich stürzte in den Saal und sah auch sogleich den Gnom, den Zwergmann, der, als er mich erblickte, davonzischte wie damals im Löwenzahn. Ich hinter ihm drein. Wir rannten durchs ganze Dorf, und obwohl er doch viel älter war, gelang es mir nicht, ihn einzuholen. Allerdings hängte er mich auch nicht ab, obwohl er sich gut auskannte, durch Scheunen rannte und über Mauern sprang. Endlich verschwand der Ungeist in einer niederen Tür, und als ich durch sie hindurchgerannt war, stand ich allein in einem düsteren Raum ohne Ausgang. Hinter mir drehte sich ein Schlüssel im Schloss. Ich fluchte leise in mich hinein und suchte einen Lichtschalter: ich war in einem kargen Saal mit Holzstühlen und vorn einer Art Podium; in einer Ecke ein Harmonium, davor zwei Stühle. Keine Bilder an den

Wänden. Ich rüttelte an der Tür und begann zu brüllen. He, hallo, aufmachen. Es war gleichzeitig lächerlich und beängstigend. Endlich hörte ich Schritte, der Schlüssel drehte sich wieder, die Tür ging auf, und ich stand vor einem Hünen mit schlohweißen Haaren, der mich strafend ansah. Ich stammelte etwas Wirres, ich sei vom Theater, und der Hüne begann Feuer zu speien und mich mit einem Kreuz zu bannen; aber da ging die Tür erneut auf, und die Frau trat ein. Scheu, rot. Natürlich war der Hüne ihr Vater. Langsam verwandelte sich der aus einem feuerspeienden Berg in ein gemütliches moosiges Gebirge, und in dieser Nacht schlief ich allein, denn die Frau ging mit ihrem Vater mit. Ich war fast die ganze Nacht über wach und sah zum Fenster hinaus, den Serpentinenweg hinunter in die Ebene. Der Gnom blieb verschwunden. Am Morgen, ich saß am Frühstückstisch, kam die Frau, die Handtasche schlenkernd, ins Restaurant herein und setzte sich zu uns an den Tisch. Sie war wieder ganz die Alte. Allerdings spielte sie von da an nie mehr Theater. Sie sagte, so etwas wie die Traumwandlersätze komme nie mehr aus ihr heraus. Wir fuhren mit dem Zug in die Seestadt hinab. Ihre Rolle wurde für die letzten paar Vorstellungen von irgendwem gegeben, vermutlich vom Direktor selbst, dessen Lieblingsbeschäftigung das Einspringen war. Monate vergingen wieder, Jahre fast. Erst dann sah ich in ihren Sachen jenes Briefbündel, das der Gnom einst in den Händen gehalten hatte, und erst dann begriff ich, wer er gewesen war. Die Frau hatte ihm gesagt, sie habe nun einen neuen Pol. Mir schwindelte. Die Mitte der Erde war plötzlich woanders. Ich weiß nicht, ob die in der Schule den jähen Wechsel des Magnetfelds bemerkt haben. Vielleicht flogen ihnen die Kappen von den Köpfen. Vielleicht hingen in den kalten Ställen die Erhängten plötzlich schräg, und die Überlebenden waren zum ersten Mal unsicher, ob sich die ständigen Opfer lohnten.«

Das wars. Alle sahen meine Frau an. Sie aber sagte gar nichts, lächelte und trank aus ihrem Glas. Das war eine Sprache, die die andern auch gut verstanden, und sie tranken auch. Wir reckten uns und gähnten; Egon stand auf und ging ein bisschen auf und ab; aber gleichzeitig klopften unsere Herzen sehr ruhig, denn die Erde drehte sich in einem Tempo, mit dem es sich leben ließ.

Eine Weile lang saßen wir schweigend da, jeder damit beschäftigt, den Spuren seiner eigenen Freiersfüße nachzublicken, als plötzlich mit einem dumpfen Knall der Gips von der Decke stürzte und uns in eine weiße Wolke hüllte. Großes Gehuste. Als sich der Nebel lichtete, waren wir alle weiß, als seien wir ins Mehl gefallen, und alles – Tische, Theke, Stühle, Fußboden – war voller Gipsbrocken und Dreck. Ein Erdbeben? Ich hatte nichts gespürt, und der Lampenschirm war auf der Lampe geblieben. Eher eins der Lecks des Hauses. Schiffe gehen erst unter, wenn die Bordwand Löcher kriegt, und auch dann kann man pumpen, wenn die Mannschaft kräftig genug ist.

Nun stand jeder und tat etwas völlig Sinnloses: der Versicherungsmann kletterte auf die Theke, um der Decke näher zu sein, und äugte zu den Abrissstellen hinauf; Strohgeflecht und Balken; Egon hatte die Flasche an sich gerissen und hielt ein Auge übers Spundloch; unser Freund stand

mit einem kalkweißen Stück Rhabarberkuchen in der Hand
da und kratzte darauf herum; ich war in die Küche gestürzt
und wieder zurück, ohne etwas zu holen oder hinzubringen; nur die beiden Frauen beugten sich über die große
Couch, auf der sich die Kinder und der Hund zu einem
Schlafknäuel eingerollt hatten; sie schliefen, ohne von dem
Unheil etwas bemerkt zu haben. Die Frauen wischten die
Kindernasen frei und holten Besen und Schaufeln, und
dann putzten wir alle, wie Geister aussehend, den gröbsten
Dreck weg, weil wir nochmals einigermaßen manierlich an
einem ein bisschen manierlichen Tisch sitzen wollten. Wir
hatten uns noch nicht ganz alles gesagt. Ich öffnete ein
Fenster und sah in die Nacht hinaus. Der Mond war weg;
noch war es dunkel, aber die Vögel pfiffen schon. Eine
kühle Luft um bewegungslose Bäume, die von keiner Katastrophe wussten. Die Hiraklion, jenes Schiff zwischen Piräus und Kreta, war untergegangen, weil ein schlecht vertäuter Camion im Laderaum ununterbrochen gegen die
Schiffswand gerollt war, bis er sich ins Meer durchgeschlagen hatte. Die Titanic. Auch die Andrea Doria, wenn ich
mich recht erinnere, war größenwahnsinnig geworden und
tutete im Nebel, statt anzuhalten. Sonst wusste ich nur
noch von einem Flugzeug, jenem, in dem ich mehrmals geflogen war, einer Britannica der Globe Air, die dann mit
etwa zwei Litern Benzin im Tank bei Nikosia gegen einen
Berg prallte. Ich war damals gerade in Deutschland angekommen – meine Frau war noch in der Stadt am See und
nahm Abschied – und las es in einer Zeitung in einem jener
Lokale, die mir damals herzlos vorkamen und die ich heute
gemütlich finde.

Als wir wieder saßen, neuen Wein in neuen Gläsern hatten und uns wie Überlebende anlächelten, sagte Egon: »Seht ihr, ob wir an die Katastrophen denken oder nicht, sie kümmern sich nicht um uns. Sie kommen oder nicht. Auf unserm Ritt nach Westen schliefen wir einmal in der Wüste, den Kopf gegen so merkwürdige Hubbel gelehnt. Abschussrampen für Atomraketen. Aber meine Erinnerung ist eher die an ein furchtbar zähes Steak, weil unser Sancho Pansa die fixe Idee gehabt hatte, das Fleisch unter seinem Sattel zuzureiten. Eine Tradition seines Volks.«

»Die Polen sind doch keine Tataren«, sagte der Versicherungsmann, der, weil er nichts von privaten Kindheiten hält, die Kindertage der Völker gut kennt. Er spricht gern davon, wie alles angefangen hat. Und er meint, dass wir alle geblieben sind, was unsre Ahnen waren. Tatsächlich, wenn wir gemeinsam einkaufen gehen, sehen wir aus wie eine Horde Barbaren in einem uralten Garten.

»Nach dieser Katastrophe«, sagte Egon, ohne auf den Einwand einzugehen, »ist der Augenblick gekommen, euch meine letzte Lebenskatastrophe zu gestehen. Jetzt kann ich es. Bis gestern hat meine Seele nämlich dem Satan gehört. Er hat seine eigene Art, das Leben zu genießen, und benützt mit Vorliebe mich als sein Medium.«

Unsre Gesichter schwebten zwischen Lachen und Ernst. Wenn Egon erzählt, drückt einem, während man wiehert vor Vergnügen, zuweilen eine kalte nasse Hand innen das Herz zusammen. Ich glaube, er selber will sich immer wieder als ein heiterer oberflächlicher Egon sehen, um nicht von seiner eigenen Lava verschlungen zu werden. Er bückt sich beim Wandern, um eine Raupe in Sicherheit zu bringen. Aber stell einen Lastwagen mit Nitroglyzerin vor die Tür, und er balgt sich darum, ihn über Schotterwege in die Berge fahren zu dürfen.

»Aus Argentinien«, sagte Egon, »bin ich nicht eigentlich wegen der zwei Schwestern geflohen; oder nur indirekt. Da war noch eine Dritte.«

Er war schon immer ein Meister des Dreiecks gewesen, aber das war nun ein Quadrat. Er hatte mir nichts davon geschrieben, wahrscheinlich, um mich nicht zu überfordern. Er trank einen großen Schluck und fuhr fort: »Diese Frau war sehr dick, ein Fass, mit Brüsten wie Weinschläuche. Ich erwähne das, weil sie für mich schön war. Ich war nach ihr verrückt. Nie begreift der Nüchterne, was den Verliebten rasend macht: alle sehen eine ganz gewöhnlich nette Frau, und nur *einer* eine, bei der das kleinste Lächeln ihn aus der Haut fahren lässt und, wenn sie's zulässt, in ihre hinein. Ich hatte diese Frau in Buenos Aires kennengelernt, als ich das erste Mal vor meinen beiden Frauen geflohen war, oder vor den gierigen Männern um mich herum. Ich wollte meinen Fluchtflug buchen, und sie war die, die mir mein Ticket ausstellte; eine Stadtfrau; ich war ihr sofort so verfallen, dass ich nur dummes Zeug über die Theke stammelte und sie um keine Telefonnummer oder so was bat; ich ging fast ohne Abschied. Aber sie hatte, von Amts wegen, meine Hotelnummer und rief abends an, ganz ohne Scheu und sehr herzlich. Ob wir zusammen essen könnten. Jetzt bin ich fast vierzig und kann noch immer nicht fassen, dass Frauen, denen ich gefalle, mir das auch sagen. Ich schrumpfe ein, just wenn ich eine *sehr* will. Wenn nur ein bisschen, bin ich viel frecher; so ist oft die mit mir gekommen, die ich kaum begehrte, und die, die es gewesen wäre, saß keusch am Tisch und sah uns nach. Ich drehte mich nicht um, ein blöder Orpheus, der dann einer in die Ohren sang, was einer andern galt. Jedenfalls, wir saßen in einem Steak-Lokal und sprachen miteinander, und einmal schüttete ich ihr mit einer unbedachten Handbewegung allen Wein in den Schoß. Auf Anhieb verstanden wir das Symbol und lachten. Gerade deshalb verabschiedeten wir uns dann fast scheu, und sie ging weg. Ich – soll einer verstehen, wer welche Entschlüsse in einem auslöst – ging zu einem der Plätze, von denen immer Lastautos ins Landesinnere abfahren – Bier hin, Zuckerrohr her –, und kehrte noch in derselben Nacht zu meinen zwei Frauen und der Tankstelle zurück; mein Flugticket war in meiner Hintertasche; niemandem war meine Abwesenheit sehr aufgefallen, alle hatten mich auf einem meiner Dschungelritte gewähnt, und der Indio hatte noch nicht einmal die Kuh geschlachtet. Ich hockte wieder im Tankstellenhäuschen und begann auf meiner Schreibmaschine eine Darstellung der Gegenwart Argentiniens aus der Sicht eines Indios zu schreiben; ich wollte das Grün des Dschungels schildern, dieses satte nasse Grün, und dann den fernen Lärm von Baumaschinen, der immer näher kommt, und der Indio starrt auf die Blätter vor seiner Nase, gelähmt, bis ein erster sichtbarer Axthieb hindurchdringt, und dahinter die Fratze des Weißen. Es sollte eine vor Wut bebende Geschichte werden. Hie und da kam ein Auto, und ich füllte seinen Tank oder, wenn der Fahrer lässig am Steuer blieb und mit dem Schlüssel schlenkerte, einen eigenen Kanister. Nachts schlief ich mit der älteren Schwester und, wenn sie, wie oft, bei ihrem Vater war, mit der jüngern, obwohl sie ein Bein im Gips hatte, an der Biegung des Flusses. Da umsurrten uns Mücken und zerstachen uns die Popos, aber die Qual gab dem Abenteuer erst den richtigen Reiz, auch weil jenseits einiger ziemlich locker gepflanzter Bananenstauden die Männer Radau machten und sich leere Bierflaschen an die Köpfe warfen.«

Er schwieg, und ich begriff, dass er mir das gar nicht hatte schreiben können, weil er selber sein Brief war. »Ich habe deinen letzten Brief noch nicht beantwortet«, sagte ich, »und jetzt kommt schon ein neuer mit einem ganz neuen Inhalt.« Egon lächelte mich an; manchmal kann seine dicke Haut zart und fein sein.

»Schreib mir postlagernd«, sagte er, »wohin du willst. Was ich erzählen wollte: Natürlich ging mir das wortlose Versprechen der dicken Frau nicht aus dem Sinn. Aber im Dschungel ist es nicht wie in der Stadt; da kann keiner schnell mal Zigaretten kaufen gehen. Buenos Aires war 800 Kilometer weit weg. Aber der Sinnenwahn bahnt sich rücksichtslos seinen Weg« – ich sah, dass unser Freund und die Freundin sich anlächelten und es auch wussten –, »wenn er einen befallen hat, wird einem die fremd, die man eben noch *liebte*. Und seltsam, nur im wirklichen Leben ergreifen alle die Partei des Betrogenen; im erzählten ist jeder für die Betrüger. Die Geschichten edelster Liebe ließen sich stets auch anders herum erzählen. Wie die Geliebten lügen. Wie sie quälen. Wie sie weh tun. Wen kümmern die Tränen König Markes.« Er hustete – er hustet oft, weil er raucht wie ein Schlot. »In Buenos Aires ging ich sofort zum Haus der dicken Frau; sie stand mit einem lustigen Kleid aus lauter Lappen unter der Tür und bat mich in eine kahle Wohnung herein, in der ein Kind herumtobte und mich sofort mit seinen Spielsachen bombardierte. Ich tat so, als amüsiere mich das, und die Frau saß im Schneidersitz auf einer Matratze; es gab keinen Stuhl, nur einen Fernseher, eine Truhe, ein paar Bücher in einer Ecke, eine Lampe. Zum Glück kam ihr dann in den Sinn, dass das Kind gerade an diesem Abend zu seiner Oma musste. Nein, schrie das Kind; doch!, die Mama. Wir verabredeten uns in demselben Steak-Haus, und während sie das sich sträubende Kind in einen fernen Stadtteil verschleppte, trank ich Wein und staunte durch das Fenster. Ich hatte vergessen, dass es so viele Menschen gab. Frauen. Männer ohne Beine und Arme. Bei uns im Dschungel waren die Krüppel ein Teil des Lands; irgendeine Banane fiel immer vom Baum; hier waren sie Abfall, der sich bewegte, bis eine städtische Reinigungsmaschine sie wegkarrte. Ihr in eurem Land«, er sah mich an, »habt keine Ahnung. Das, was ihr scheußlich findet, ist inzwischen das *Beste* auf dieser Erde. Die Pampas, der Dschungel, mein Gott. Fünfjährige ziehen mit ihrem Schuhputzzeug los.«

Er hatte mit verschüttetem Wein auf dem Tisch so etwas wie eine Landkarte gemalt, den Entwurf einer neuen Erde, auf der zum mindesten der Alkohol gleichmäßig verteilt war. Er sah sich seine Schöpfung eine Weile lang an und wischte sie dann mit dem Handballen weg. »Als die Frau zurückkam, war ich schon ein bisschen glasig; aber es machte nichts, wir fanden den Ton vom letzten Mal sofort wieder. Vielleicht ist das Lieben nicht mehr als jene völlige Sicherheit, auf den Flügeln der Zeit mitzufliegen, ohne in ein Luftloch sacken zu können. Es gibt Nächte, die ein Wunder sind. Vielleicht stimmte alles, weil wir so *wenig* voneinander wussten. Am nächsten Morgen, bevor die Tochter zurückkam, fuhr ich erneut in den Dschungel zurück. Ich dachte noch immer, ein unentdecktes Geheimnis zu haben. Mein Fahrer war diesmal einer, der ununterbrochen davon berichtete, was er unternommen hatte, als ihm der Motorblock auf die Straße gefallen oder eine Brücke unter ihm eingestürzt war. Auf unserer Fahrt passierte gar nichts, ich schwamm im Rosa der vergangenen Nacht und spürte kaum, wenn mein Schädel wegen eines Schlaglochs gegen das Dach krachte. Ich stieg so träumend aus, dass mir zuerst gar nicht auffiel, dass die ältere der beiden Schwestern weg war; erst die jüngere brachte mich durch ihr Grinsen darauf, als ich gerade, nur mit Unterhosen bekleidet, vor dem Kühlschrank kauerte und ein Bier suchte; sie lehnte – barfuß, mit Gips – in einem roten Kleidchen am Türrahmen und schaute mir so provozierend zu, dass mir der Verdacht kam, nicht sie und ich hätten ein geheimes Bündnis, sondern die beiden Schwestern. Um es kurz zu machen, die Erkenntnis, dass die ganze Zeit, während ich auf Wolken geschwebt war, meine Frau bei einem andern gelegen hatte, traf mich wie ein Blitz. Meine Vernunft war sofort ausgeschaltet oder blieb es, jetzt nur mit einem neuen Thema, und ich rannte zuerst zum Haus ihres Vaters, dann ohne jede Zurückhaltung durch die ganze Siedlung, wo ich alle Türen aufriss, ohne zu klopfen. In den Hütten fand ich grinsende Männer und alte Frauen. Ich schüttelte die Schwester und brüllte Wer? Wer? Wo?, aber sie sah mich nur an mit einem Blick, wie jemand, der längst Abschied genommen hat. Da überschwemmte mich ein furchtbares Elend. Ich hockte auf dem Bett und redete mit Tränen im Hals auf diese stumme Frau ein, die ich doch gar nicht meinte – die eigentliche war schon fort –, und spürte immer unabweisbarer, dass alles endgültig war und ich daran schuld. Abschiede sind etwas so Entsetzliches, dass sie mir, nach dem Gesetz einer fremdartigen Logik, ununterbrochen zustoßen. Es gibt Menschen, dich zum Beispiel«, wieder ich!, »die gehen ihr ganzes Leben auf einem schnurgeraden Weg; kein Links, kein Rechts, stets ein Ziel, zu dem sie dann auch gelangen.«

»Sehr witzig«, sagte ich.

»Mir aber«, er nickte, »zieht ein unsichtbarer Titan immer den Teppich mit einem so plötzlichen Ruck unter den Füßen weg, dass ich völlig blöd in völlig neuen Umständen auf der Nase liege. Na ja. Ich rappelte mich auf und ging zu dem Lastwagen hin, der mit laufendem Motor vor der Kneipe wartete. Setzte mich neben das Steuerrad. In meiner Tasche war ja immer noch das Flugticket. Ich hatte schon wieder so etwas wie eine Auch-recht-Stimmung. Zusammen mit dem Fahrer humpelte nach einiger Zeit die kleine Schwester aus der Kneipe. Sie hielten sich die Hände und ließen sie erst los, als sie mich sahen. Bitte, warum nicht auch das noch. Die kleine Schwester kam an das Autofenster, sah zu mir herauf und sagte, so sei das, sie habe mich liebgehabt, aber jetzt sei sie bei einem, der zart sei; nüchtern; der frage und nicht fordere; bei dem es kein plötzliches Nachher gebe, sondern wo aus der Zartheit danach zuweilen ein neuer Heftigkeitssturm werde, der herrlicher sei als der erste. Ich fragte sie, von wem sie spreche, von sich oder von ihrer Schwester. Sie lächelte und sagte, von beiden. Es war schon eine harte Dosis. Mit ihrem Liebhaber fuhr ich dann die achthundert Kilometer nach Buenos Aires zurück; jetzt, wo er meine Rolle in seinem Leben zu ahnen begann, sprach er nicht mehr so viel; vielleicht auch, weil es inzwischen unglaublich heiß geworden war. Wir tranken Bier, wo immer wir welches fanden, in Tankstellen, Urwaldläden und zwischen Büschen verborgenen Kneipen, für die der Fahrer eine untrügliche Nase hatte. Die Hose und das Hemd klebten auf der Haut.

Auch die dicke Frau, als ich am Abend bei ihr klopfte, war in Schweiß gebadet. Ich hatte Orangen für das Kind gekauft, die es sofort nach mir warf, und ich warf sie zurück, so lange, bis wir eine Art Waffenstillstand erreicht hatten, der uns zusammen fernsehen ließ, einen Kindertrickfilm, in dem Popeye oder sonst wer ununterbrochen sehr schnell rannte. Die Frau ging die ganze Zeit in der Wohnung auf und ab und rauchte und verschwand im Bad, aus dem sie mit immer andern T-Shirts oder Hosen auftauchte. Nichts passte. Wir aßen dann zu dritt, Pommes frites und Ketchup, in einem waschküchenartigen Lokal, an dessen Decke sich ein Propeller drehte, und ich schlief auf einer Liege, von der Tochter durch die offene Zimmertür beobachtet. An der andern Zimmerwand schnaufte die Frau. Am nächsten Morgen beim Frühstück erzählte sie mir von ihrem Mann; der unterrichtete an irgendeinem Institut Zollbeamte und hatte unzählige Freundinnen, aber für die Frau war er eine Sicherheit, einfach weil sie *wusste*, dass er, Bettgeschichten hin oder her, nur sie liebte. Das Kind, erzählte sie, sei gleich nach der Geburt zu ihrer Schwiegermutter gekommen, weil Mann und Schwiegermutter gesagt hätten, das könne sie nicht, ein Kind großziehen, und sie hatte zu allem genickt. Saß daneben, wenn die Oma dem Kind zu trinken gab. Sah zu, wie sie es in den Schlaf wiegte. Und auch der Sohn, ihr Mann, lag an der Mutterbrust und übersah ihre. Sie war mit allem einverstanden und war es immer noch. Jetzt ging das Kind zur Oma, wenn einer wie ich kam. Sie wusste nicht, was sie dort trieben, aber wenn das Kind zurück war, schaute es sie an wie einen Feind. Der Mann kam zuweilen. Er hatte ein Motorrad, auf dem er wie ein Unverletzbarer herumraste, und stand plötzlich im Zimmer, Herr im Haus. Sie schlief dann auch widerspruchslos mit ihm. Sie war ja seine Einzige. Er liebt mit der Gewalt eines Mörders, sagte sie einmal; es kann schon sein, dass er auch tötet.

Nach einigen Tagen mietete ich ein Zimmer unter dem Dach eines kleinen Hotels ohne Klimaanlage. Ich wollte überleben. Noch immer war mein Wahn nicht von mir gewichen. Es machte mich rasend, auch nur ein Kleidungsstück von ihr anzusehen, oder auf der Straße ein ähnliches, wie sie es hatte. Ununterbrochen sah ich mir im Kopf drin nochmals an, wie das Liebeswunder gewesen war, einen Film, in dem ein Stück fehlte, das wichtigste; es war, als sei die Kopfkamera blind geworden vor lauter Jubel. So geht es mir oft« – Egon lächelte, als wisse er, dass es uns auch so ging –, »ich spiele mir zuweilen alte Filme vor; aber meistens sehe ich eher eine Art Nebenhandlung in aller Deutlichkeit. Ja. Versteht mich recht« – er schien alles erklären zu wollen –, »die Geschichten der dicken Frau rührten mich. Ich dachte, sie seien das Zeichen eines besonderen Leidens; sie brauche meinen Schutz; ich phantasierte in dieses gesunde Fass so etwas wie einen keimenden Tod hinein, als sei sie eine Mimi, deren kalte Hand ich wärmte. Ich ging noch immer jeden Tag zu ihr, sie ließ das auch zu, und wenn das Kind schlief – *so* misstrauisch war es nun nicht mehr –, saßen wir nebeneinander auf der Matratze, den Rücken gegen die Wand gelehnt, und streichelten uns. Aber schlafen taten wir nicht mehr miteinander. Das Verbot des Kindes war unseres geworden. Gerade deshalb raste ich immer hitziger. Das Unerreichbare war mir täglich ganz nahe, es bebte vor meiner Nase, aber ich stellte keine Forderungen. Es war wie es war. Wir gingen ins Kino und küssten uns vor der Haustür, bevor wir zusammen nach oben gingen. Beim Duschen schlossen wir die Tür. Einmal nur, wir lagen auf der Matratze, sagte sie völlig plötzlich, ich halte das nicht mehr aus, und wir kümmerten uns nicht mehr um die offene Tür des Kindes, das, als wir wieder sehend geworden waren, schlief wie zuvor. Dann nie mehr. Aber meine Spannung nahm keinen Augenblick ab. Ich war ein Wahnsinniger.«

Ich dachte, vielleicht gehört es zu den Liebestechniken unsrer Heimatstadt, dass wir uns die Verbote selber aussprechen. Diese Stadt ist eine, wo jeder witzig ist; wenn einer ernst wird, bekommt er die gnadenlose Lebenslust aller andern zu spüren.

»An einem Abend«, fuhr Egon mit einer leisen Stimme fort, »klopfte es, und die Tür ging auf, und die kleine Schwester stand im Zimmer, ohne Gips, mit Schuhen an beiden Füßen und in Reisekleidern, die sie wie verkleidet aussehen ließen. Sie kreischte sofort laut und aufgeregt etwas, dem ich entnahm, dass die ganze arbeitslose Verwandtschaft mit Macheten und Spießen auf dem Weg sei, mich zu suchen, wegen meines Liebesbetrugs und meines Gelds. Keine Ahnung, wie sie herausgefunden hatte, wo ich war. Als ich sie nach der großen Schwester fragte, lächelte sie nur. Sie – sie meinte sich – liebe mich noch immer, aber ich hätte ja nun die da; sie zeigte auf die dicke Frau, die sprachlos am Fenster stand. So was soll einer verstehen. Vielleicht versuche ich es in meinem nächsten Leben doch mit Männern; in diesem kann ich nicht mehr umlernen.«

Diesen Gedanken hatte ich auch schon gehabt. Aber *alles* hat nicht Platz in einem einzigen Leben. Wie vielen Männern gefällt auch mir der Gedanke, dass Frauen bei Frauen liegen; aber wenn es mir an den Kragen geht, fliehe ich in lodernder Panik. Egon, sollte ich es mit Egon versuchen? Wir lächelten uns an, zwei Passagiere an Deck desselben Gedankens, und tranken stattdessen unsre Gläser aus. »Wir hätten«, sagte ich zu ihm, »sofort den prächtigsten Ehekrach. Ich würde deine Jacken nach Kinokarten durchsuchen und mit der erhobenen Pfanne hinter der Tür warten, bis du aus der Kneipe zurück bist.«

»Das Ende ist nahe«, sagte Egon, »ich meine, der Geschichte. Klarerweise hatten mich die Verwandten längst gefunden, sie tuschelten im Korridor draußen, und die kleine Schwester war der Parlamentär, den sie vorgeschickt hatten. Geld oder Leben. Kurz darauf war das ganze Zimmer voll, ein fürchterliches Durcheinander aus braunen Gesichtern, Schnurrbärten, Alkoholduft, Schweiß und Geschrei. Einer der Cousins saß einem andern huckepack auf dem Rücken, weil ihm vor Jahren eine Zuckerrohrschneidemaschine das Rückgrat zertrümmert hatte. Von da oben brüllte er irgendwelche Befehle und deutete dazu immer auf mich. Der Schwiegervater hatte mich mit beiden Händen am Kragen gepackt und schrie auf mich ein. Nach etwa einer halben Stunde ging die Tür wieder auf und eine Art Gorilla stand darunter; ihr Mann. Dann ging alles schnell. Der Gorilla packte den ersten Cousin am Kragen und am Hosenboden, den zweiten, den dritten, den Vater; auch der Gelähmte schüchterte ihn nicht ein; und bevor ich ihm helfen konnte, spürte auch ich seine Pratzen im Nacken und am Hintern und lag oben auf einem Verwandtschaftsknäuel am Fuß der Treppe, auf den, mir ins Kreuz, gleich noch die kleine Schwester geflogen kam, von der dicken Frau geworfen, die ich oben an der Treppe stehen sah, beide Arme um die gewaltige Brust ihres Beschützers geschlungen. Schimpfend und stöhnend knäuelten wir uns auseinander und gingen im Gänsemarsch aus dem Haus, in dessen erstem Stock gerade eine behaarte Hand die Vorhänge zuzog; nun hatte sie ja wieder, wonach sie sich sehnte. Wir gingen indessen alle in einen Kneipengarten und besprachen das Malheur. Viel Bier. Langsam wurden wir ruhiger und schließlich fast gutgelaunt. Wir erzählten uns Witze. Die Bäume, kleine Palmen in grünen Kübeln, rauschten in einem frischen Nachtwind. Ringsum ein furchtbarer Krach von Mofas von Jugendlichen, die sich zu irgendwelchen Morden verabredeten. Gegen Morgen hatte ich gerade noch genug Geld, um unsre Zeche zu bezahlen, gab den Männern die Hand und der kleinen Schwester einen Kuss und rannte, bevor die Messer der Verwandten aus den Gürteln kamen, in die Nacht hinaus, zu Fuß zum Flugplatz, der immerhin zehn Kilometer außerhalb der Stadt liegt.«

»Hier ist der nächste Flugplatz hinter dem Horizont«, sagte ich. »Bist du das auch alles zu Fuß gegangen?«

»Ja. Als ich ankam, war die dicke Frau schon da. Sie hatte an jenem Morgen Dienst am Check-in-Schalter. Also gab ich ihr meinen Flugschein, sie tippte meine Daten in den Computer, riss den Abschnitt heraus, gab mir die Einsteigkarte, lächelte mich an und sagte, sie wünsche mir einen guten Flug. Hasta la vista. Ich sagte auch auf Wiedersehen und ging zum Zoll, wo ein strahlend weiß gekleideter Schwarzer mein Gepäck durchwühlte, als sei ich ein Drogenschmuggler. Durch eine Pendeltür sah ich, immer wenn jemand den Zollbereich betrat, die dicke Frau, wie sie ruhig dasaß, in einer weißen Bluse und einem dieser lächerlichen blauen Hütchen, mit denen man die Ground-Hostessen verkleidet.«

»Ist das wirklich wahr?«, sagte ich, als Egon schwieg.

Der sah mich beinah verletzt an. »Bist du denn sicher, wer in den Himmel kommen wird, du oder die Lügner?«

Er stand auf, öffnete das Fenster und sah hinaus. Über dem Wald begann sich der Himmel zu röten. Eine frische Luft voller Tau füllte unsere Lungen; die Vögel lärmten jetzt, als sähen sie zum ersten Mal das Wunder des beginnenden Tags; wir standen stumm da; wir hatten vergessen, wie schön ein Morgen ist.

»O.k.«, sagte Egon plötzlich und holte seinen Golfsack unter dem Tisch hervor. »Dann will ich mal.« Er stand auf, stellte den Stuhl sorgfältig hin, ging zu unserer Freundin und umarmte sie; sie lächelte, küsste ihn und sah ihm in die Augen. Dann küsste er meine Frau, die, für den Hauch einer Sekunde, ihren Mund heftig in seinen wühlte; dann gaben sie sich die Hand. Der Versicherungsmann bekam einen männlichen Händedruck ab, den er herzlich erwiderte. Auch unser Freund, mit schräg geneigtem Kopf, streckte die Hand aus und wollte nicht geküsst werden. Ich wollte es vielleicht auch nicht, wurde es aber, allerdings mit einer Robustheit, die uns über den Schmerz des Abschieds hinweghelfen sollte. Dann standen wir vor dem Haus und sahen zu, wie Egon, noch immer gipsbestäubt, in die Wiesen hinausging – er hatte plötzlich wieder den Koffer in der Hand –, in eine gewaltige Sonne hinein, die eben aus dem Horizont aufstieg. Ein Wunder, dass keine Musik vom Himmel schmetterte. Lange sahen wir ihm nach, wie er ging und ging, schwarz nun und klein. Endlich war er nur noch ein Punkt. Wir standen noch da und winkten, als er schon verschwunden war, und sahen auf seine Spur im Tau. Fünf Bäcker nach der Frühschicht. Endlich machte einer eine Bewegung, wir gaben es auf, die Zeit anhalten zu wollen, und gingen zu Bett. Kuschelten uns aneinander. Während ich fast sofort aus dem Wachen ins Träumen hinüberglitt, fragte ich mich noch, wie er seine Schreibmaschine aus dem Schließfach geholt hatte; dann schlief ich, bis das Kind uns weckte. Es stand vor mir am Bett, ein zuckerbestäubter Zwerg mit großen runden Augen, und fragte mich, wo der Mann mit dem Schnauz und den Zähnen hin sei; als ich es ihm sagte, weinte es.

Ich möchte, glaube ich, nur noch anfügen, dass ich mich erinnere, dass Picasso mein Zeitgenosse war, vor noch nicht allzu vielen Jahren. Als die Sonne schien und die Seen blau waren. Seine Stiere waren meine, und ich zitterte über dem Strich, mit dem er den Rücken einer Frau zeichnete. Heute ist er ein Inka. Wäre ich ein Maler, jetzt auf der Stelle würde ich anfangen damit, Auberginen zu malen. Heitere Luft.

Wo sind die hin, die gelassen die Oberfläche der Dinge zeigen konnten. Woher haben sie diese Gnade genommen. Das Herz öffnete sich beim Anschauen, und der Atem wurde ruhig.

Ganz ohne ein eigenes Glück lässt sich nicht vom Glück sprechen. Es gibt welche, die schöpfen nicht aus einem Mangel, sondern aus dem Überfluss.

Da treibe ich nun also. Ein warmes Meer unter einem hohen Himmel. Hie und da eine Möwe über mir. In der Ferne Schiffe nach Bangkok oder London. Nach dem Kap der Guten Hoffnung, das auch ich immer wieder zu umschiffen versuche, geschüttelt von jenen Stürmen, von denen mir die Bücher so oft berichtet hatten.

Indianersommer

Ich kannte einen Maler, der malte und malte, und malte, bis er die Menschen nicht mehr gernhatte und aufhörte zu malen. Dabei waren noch so viele Bilder in ihm. Aber für wen. Er (der ein Leben in Demut geführt hatte) begann Kunstkritiker anzuschreien und baute eine Selbstschussanlage vor seine Zimmertür. Sofort am ersten Abend (er war in die Kneipe gegangen und hatte einen Wein getrunken) stolperte er in den Kugelhagel. Starb. – Schon zuvor war er wunderlich geworden. Die Ränder der Leinwände kümmerten ihn nicht mehr, er malte in die Luft; malte Luft. Wer sich durch wirkliche Türen und gemalte Wände zu ihm hindurchgearbeitet hatte, musste seine hingehauchten Plakatfarben atmen. Blau, Rosa. Nach einer Schrecksekunde merkte man, es ging. – Im letzten Winter war seine sehnsüchtige Wut so groß geworden, dass er mitten ins matschige Kalt hinein Savannengras malte, glühende Luft und jenes klare Abendlicht, das nur die Indianer in ihren späten Sommern kennen. Oft ging er nackt darin, mit Federn auf dem Kopf, und einem Kalumet. Er rauchte viel für den Frieden und hustete noch mehr. Natürlich erfror er an Haupt und Gliedern und musste aufgetaut werden. Dieses Licht, sagte er, schau doch dieses Licht, das gibt es nur bei uns in Massachusetts, auch wenn inzwischen korrupte Iren in unsern Stammlanden wohnen. Die Kiefern! Als ich hinging und ihre rissigen Stämme streicheln wollte, kriegte ich rote Hände von der noch nicht trockenen Farbe. – Ich begleitete ihn oft. Wir hüpften nackt mit Tomahawks durch den Wald, wo die Spaziergänger davonstoben. Rauchten auch zusammen, und an einem glücklichklaren Abend fing alles Wirkliche Feuer, verbrannte, und nur der gemalte Teil der Welt blieb. Von da an schlief er in einem hastig hinaquarellierten Bett. Malte sich, wenn er Hunger hatte, ein Wurstbrot; trank selbstgepinselten Wein. – Später wollte ich eins seiner Bilder kaufen (seine Tochter hatte sie geerbt, obwohl sie sich für ihren Vater schämte) und ging in sein Zimmer, ohne an die Selbstschüsse zu denken. Hätte ich nicht, weil ich die Schöpfung lesen wollte, eine Bibel in der Brusttasche getragen, ich wäre tot gewesen.

Kurz vor seinem Abschied hatte der Maler mir diese Geschichte erzählt: Ein Mann und eine Frau fuhren in den Süden, und als der Mann starb, legte ihn die Frau bis zum Ferienende in eine Tiefkühltruhe. Sie kostete jede Sekunde aus am Strand; und einen Prozess führte sie dann, weil der Mann sieben Mahlzeiten nicht gegessen hatte. Das Hotel machte eine Wertminderung der Tiefkühltruhe geltend, und es kam zu einem Vergleich; man verglich die Mahlzeiten mit dem Mann und einigte sich auf unentschieden. – So ging das damals. – Zu Sigmund Freuds Zeiten waren Leute wie Sigmund Freud in die Sommerfrische gefahren. Sanfte Hügel, Sonne; Pferde, Fliegen, Staub, Kornblumen, und in grünen heißen Gärten tarockten Tenöre mit Bauern mit Gamsbarthüten. Als Freud zum ersten Mal seine Grenzen überschritt und bis zur Akropolis fuhr, stürzte diese ein. Der Grund war, dass entweder Freud oder die Akropolis sich ein Leben lang gewünscht hatten, einander zu sehen, wie ihre Väter schon. – Den Vater übertreffen. – Freud nannte seinen Körper Konrad. Wahrscheinlich dachte er dabei an jenen Vers, wo die Mama sagt, ich geh weg, und du bleibst da. Er blieb mit seinem Konrad.

Ich hatte mir in meinem Leben verschiedene Ziele gesetzt. Eins davon war, älter als Schubert zu werden. Ich schaffte es fast spielend. Später waren die Ziele schwerer zu erreichen. Meinem Vater näherte ich mich mit Riesenschritten. Hinter ihm waren dann nur noch weiße Greise. – In den Urzeiten hatte sich die Erde linksherum gedreht, und so waren die Jahre schneller vergangen, glücklicher. – Immer hatte ich den Schatten geliebt. – Warum weinte ich nie, wenn ich Beethoven hörte? – An einem Abend (in den Straßen eine Luft wie Schwefelschleim) ging ich in eine Kneipe, und ein faltiger bärtiger Mann setzte sich neben mich, und es zeigte sich, dass er ein Professor für Musik war. Als ich ihm mein Problem andeutete, erklärte er es mir. – Auf dem Heimweg weinte ich.

Zu der Zeit auch, in derselben Kneipe, hielt mir jemand meinen zwanghaften Optimismus vor, und ich vergaß, ihm zu antworten, dass jeder, der lebte, zwanghaft optimistisch war; sonst hätte ihn die Erkenntnis zerfetzt. Ich saß aber nur da und trank. – Die Kraft zu haben, rechtzeitig zu sterben. – Ein stolzer Hundertjähriger zu sein, das war schön in jenen russischen Steppen, wo nur stolze Hundertjährige lebten. Sie saßen unter noch älteren Weiden und berichteten vom Zaren. Zahnloses Gelächter. – Dann starben alle an einem Tag, und der Staat setzte ein neues Schock Achtzigjährige aus, die das Planziel erfüllen mussten. – In Seneca City, New York, USA, starb damals niemand an Krebs, kein Mensch. Die Bürger dieser schönen Waldgemeinde waren so stolz auf ihre gute Quote, dass sie, wenn doch einmal jemand Krebs kriegte bei ihnen, diesen nachts über die Gemeindegrenzen abschoben. An jedem Wochenende fuhren unzählige Großstädter nach Seneca City und atmeten die würzige Luft. Man konnte sie sehen, wie sie gingen (in Pelze gemummt, mit Sonnenbrillen) und atmeten, nur atmeten und atmeten, als sei diese Luft das Wunder, das sie retten könnte. – Dem, der mir Vorwürfe machte, hätte ich noch sagen wollen, wer habe denn all das geschrieben, was er so möge, wenn nicht die Schlaflosen. – Im Schlaf dichteten damals nur die Götter, die meinten, die Schöpfung geträumt zu haben.

Ich wusste so vieles nicht, auch nicht, was besser war: müde oder wach. Wenn ich erschöpft war, wusste ich oft Klareres. Wach wollte ich nur vorwärtsleben; gesund und dumm war dann das Gleiche. Aber ich kannte auch einen, der immer müde war, und alles blieb völlig unklar in ihm drin bis er implodierte. Ich fand ihn tot im Bad. – Dennoch waren oft die Besinnungslosen klüger als Besonnene. Physiker tranken, und am nächsten Morgen rann die erlösende Formel aus ihnen heraus. – In einer Nacht einmal lag ich bis fünf wach. Ich las mit wehen Augen Proust, der von einer Frau schrieb, die ihn nicht erhörte, und deshalb lag er schlaflos und las in einem Buch, das ihn auch nicht einschläferte. Klar, mir fehlte auch eine Frau. Hätte eine neben mir gelegen, auf der Stelle wäre ich eingeschlafen. – Erschwerend kam dazu, dass Proust im wirklichen Leben an Männer gedacht hatte. – Es war alles schon recht kompliziert. – Zum Beispiel aß jener Müde jede Menge Aufputschmittel, die er dann mit ungezählten Valium dämpfte. Auch rauchte er so viele Zigaretten, dass, als er eines Tages die Marke wechselte, seine bisherige Konkurs machte. Die neue konnte ihr plötzliches Glück nicht fassen. Monatelang analysierten die Fachleute ihren unerwarteten Erfolg. Als sie die Lösung zu haben schienen, wechselte mein Freund erneut die Marke. – Ja, das Glück. – Ihr Kinder, schaut über euch. Seht ihr die Adler? – Die Adler sind hier *liebe* Adler und kreisen in einem blauen Himmel.

Dann kam die Zeit, in der wir Väter mehr und mehr zu Müttern wurden. Unsre Stimmen wurden heller, und im Schwimmbad entblößten wir ohne Scham unsre Brust vor den andern Frauen, die vor uns auch keine Scheu zeigten. Wir wurden Dahlien oder Geranien. – Austern, zu meiner Zeit, waren abwechslungsweise Mann und Frau. Ich hatte sie dutzendweis geschlürft, gedankenlos, aber vielleicht war es wichtig, ob man einen Mann verschlang oder eine Frau. *Ich* sah den Unterschied nicht, die Auster schon. – Damals dachte ich an Tintenfische wie an Retter in der Not. Lieber schrieb ich allerdings mit Filzstiften, mit ganz schmalen harten schwarzen. – So etwas wie meine Schreibmaschine, ein kräftiges mechanisches Ungetüm, wurde längst nicht mehr hergestellt. Es gab nur noch Spielzeuge für solche, die einmal im Jahr ihr Tagebuch abtippten, oder dann Schreibcomputer, mit denen ich meine Verse direkt meinem Verleger einspeichern konnte. Selbst jene summenden IBMs, die ich immer abgelehnt hatte (ich war Maschinenstürmer; und ich wollte nicht nur da schreiben können, wo Steckdosen waren), waren reif für den Flohmarkt. – Wie zitterte ich, mein Liebes, du könntest verrecken. – Zurück zu den Austern. Einmal hatte ich mich in Paris vor das Café de la Paix gesetzt und ein Dutzend bestellt (ich war mit einer Dame). Der Kellner verbeugte sich höflich und ging über die Straße und kaufte sie an einem Stand auf dem gegenüberliegenden Trottoir und kam zurück und stellte sie auf unsern Tisch. Drüben hatten sie sechs Francs gekostet, nun achtzig. – Meine Dame war hingerissen, und ich von meiner Dame. Es war ein schöner Abend. Wir verschlangen uns am Seineufer und rochen nach Meer. Um uns noch viele andere Röchelnde. Es war in jenen Zeiten, als die Menschen noch glücklich sein wollten. – Und nun noch ein Wort zur Trunksucht.

Ziemlich lange nämlich war ich erschrocken darüber gewesen, dass die Mächtigen der Erde tranken, schnupften und Tabletten aßen. Ich dachte, in ihrem Dusel machen die gewiss einmal einen Blödsinn, den zu bereuen sie am nächsten Morgen keine Gelegenheit haben, weil es keinen nächsten Morgen gibt. Aber konnte es nicht sein, dass gerade die nüchterne Menschheit immer todessehnsüchtiger wurde, während die mit dem Daumen am Drücker von Party zu Party taumelten und uns das Ende verweigerten, weil sie sich so wohl fühlten? – Manchmal träumte ich von meiner

Kinderzeit wie in Gold getaucht. Licht. Immer hatten mir meine Eltern erzählt, als ich auf die Welt gekommen sei, hätte ich einen Kopf wie eine Quitte gehabt. Tatsächlich saß ich auf einem Foto in einem Quittenbaum, und mein Schädel war in der Blätternatur nicht zu sehen. – Heut, hier, mag ich immer noch den Quittenschnaps. Und den Trester, den Zwetschgen, den Kräuter, den Marillen, den Birnen, den Zuckerrohr. – Und andere. – Lange dachte ich, aufpassen!, das ist deine Sucht. Wenn nur. – Der Maler, mein Freund, musste gleich am Morgen ein paar Pinselstriche tun, um das Zittern in seinem Körper zu überlisten. Dann war er fast wie ein Normaler und konnte Kaffee trinken, ohne ihn zu verschütten.

Ich brauchte lange, mich von meinen Verletzungen zu erholen; ich meine die, als ich das Zimmer meines toten Freunds betreten wollte. Die Tochter hatte mich dabei begleitet, unwirsch und schlechtgelaunt, und die meisten Kugeln abbekommen. Sie lag vor mir auf dem Linolboden des Treppenhauses (Blut) und staunte starr zum letzten Bild ihres Vaters hinüber. Sie war kinderlos, also gab es keine Erben. – Ich nistete mich in dem Zimmer ein und fummelte so lange an der Selbstschussanlage herum, dass ich schließlich nicht mehr wusste, war sie geladen oder nicht. Lag im aquarellierten Bett, das ich mit etwas Ocker und gebranntem Siena verlängert hatte, weil der Maler ein Gnom gewesen war. – Rannte in den Kiefernwäldern von Massachusetts um mein Leben, wenn mich Grizzlys verfolgten. – Einmal fiel vor der Tür ein einziger Schuss; ich traute mich nicht zu öffnen und zu schauen; wenn es kein Bilderdieb gewesen wäre? eine Frau, ein Kind? – Das Bild, das ich hatte kaufen wollen, nahm mich ganz gefangen. Es stand gegen das Fußende des Betts gelehnt und zeigte Indianer in einem wasserglitzernden Land, im Hintergrund ein auf Land gelaufenes Schiff. Frühling. Die Indianer tanzten, Männer mit wehenden Haaren, Frauen, nackt, mit Kindern im Arm. Das Bild war in einem kitschigen Stil gemalt und zog mich an wie nie etwas sonst. Ich rückte ihm immer näher (einmal noch ein Schuss, fern nun), meine Haut färbte sich rot (der Widerschein der Sonne auf der Leinwand), ich fühlte mich gefiedert. Hielt mich noch eine Weile aufrecht und stürzte dann aufstöhnend willenlos ins herrliche Bild. Tanzte besinnungslos mit den Indianern. Nun, da ich ihnen nahe war, konnte ich auch ihre Gesichter besser erkennen. Gleich der Erste, gegen den ich taumelte, war der Maler. Er hatte sich selber ins Bild gemalt und uns seine Hülle überlassen. Um ihn herum Frauen. Ihr Lieben! – Einmal versuchte ich noch, aus dem Bild hinauszusehen in die vergangene Welt, und sah weit hinten einen schwarzen Himmel. Er verschwand mehr und mehr hinter näheren Wolken, die sich rosa davorschoben. – Hier in dieser seltsamen Welt *sang* der Maler, wie eine Krähe übrigens, aber alle hörten ihm gern zu. – Meine Frau und mein Kind waren auch längst Indianer; merkwürdig. – Die Sonne: ein so helles Glänzen hatte ich zum letzten Mal gesehen, als ich im Grünkohl meiner Heimat zum ersten Mal die Augen aufschlug. Gleich danach musste sie nach hierher gegangen sein; und wir hatten alle verzweifelnd das Bild, an das wir uns erinnerten, in den leeren Himmel projiziert. – Mir war allerdings in den letzten Jahren manches etwas leer vorgekommen. – Hier im Frühling der Indianer war ich zuerst ein bisschen eifersüchtig, gekränkt, als ich merkte, dass ich überhaupt nicht der Einzige war, den mein Freund in seine Schöpfung gelockt hatte (ich war der Letzte); aber dann barst das mit Trauer angefüllte Fass in mir und rann durch meine Augen aus. Jetzt, im Tod, wusste ich, was Leben ist.

Bevor ich auch in die Jagdgründe kam (mir hatte keiner gesagt, wie herrlich es da war; heiß), wohnte ich in einem rußschwarzen Haus in einer jener Großstädte, in denen es nie Tag wurde. Mit mir der Maler und fünf andere, die ebenfalls malten. Nie hatte einer eine Ahnung, welche Jahreszeit herrschte; und die Reisebüros, das Farbigste jener Welt, sprachen im Sommer vom Winter und umgekehrt. Jeden Tag wurde in den Zeitungen das Szenario des Endes beschworen. Lassen wir das. Wir wussten jedenfalls alle nicht mehr, sollten wir unsern Kindern das ABC verheimlichen oder besonders genau beibringen. Wir wussten überhaupt nichts mehr. Stattdessen malten wir, das heißt, die andern. Ich schrieb. Die andern waren: Beder, der Peter hieß, aber vom Leben so weichgeklopft war, dass er seinen Namen stets wie um Gnade bittend aussprach. Baul, der sich aus Solidarität mit Beders Schwäche so nannte. Der Dritte: Emil. Vier und fünf waren Frauen, Cia und Dora. Und mein Freund. – Während die andern schon in ein paar Galerien ausgestellt hatten, waren er und ich namenlos. Ich, weil ich noch nicht weit gekommen war, er, weil er nie etwas herzeigte. Er war eine Generation älter als ich und hielt sich für gescheiter *und* gut. Er hatte schwarze Zähne und trank an den Abenden Retsina in einem griechischen Lokal, dessen Wirt Kommunist war und jede Nacht – sagen wir, jede zweite – die Einnahmen des Tages verzockte. Alle Geldgierigen der Stadt fanden sich nach und nach in seinem Hinterzimmer ein. Sein Traum war, die Spielbank von Bad Homburg zu sprengen und ein völlig gerechtes Roulette einzurichten, das er dann allerdings nie mehr besucht hätte. – Der Maler stand jeden Morgen um fünf auf. Während er die Farbe in kleinsten Mengen auf die Leinwand brachte, hörte er aus einem kleinen Transistorradio Nachrichten, eine Gewohnheit, die ihm aus dem Krieg geblieben war, wo er in den bayrischen Bergen sein Leben riskiert hatte. – Er erkannte Nazis, bevor ein anderer auch nur den leisesten Argwohn hatte. – Ich erinnere mich, dass er, ein Hässlicher, um zehn Jahre jünger aussah, wenn er mit einer Frau war; fast schön.

Wir bewohnten zusammen das rußige Haus, das eng wie ein Schlot war; in seinem Erdgeschoss ein Laden, der *alles* verkaufte und dieses Alles, da auch er mit der Schlotbreite auskommen musste, aufeinandergeschichtet und hintereinandergestapelt bereithielt. Zuweilen wollte ein Kunde etwas von hinten unten, und dann wuchsen die Waren zur Tür hinaus bis auf die Straße. – Der jammernde Händler, wie schlecht doch die Welt sei; und um seine Mordgedanken dem Kunden gegenüber wiedergutzumachen, gab er ihm seine ganze Gewinnspanne als Rabatt. – Im ersten Stock Beder und Baul. Beder weich, Baul hart. – Im zweiten Cia und Dora, die wie Pech und Schwefel aneinanderklebten. Cia wollte Vermeer übertreffen, Dora Raoul Dufy; beide waren noch unterwegs. – Im dritten Stock ich. Ich verteidigte den zweiten leeren Raum (und eine Art Sitzbad) mit einer zähen Verzweiflung, weil ich mich nach einer Frau sehnte, nach einem Kind, das sich, wenn es groß wäre, zuweilen an seinen Papa erinnerte. – Ich dann ein schrulliger Herr, irgendwo im Süden verschollen. – Emil drängte sich in einen kleinen Raum im vierten Stock, und der Maler hauste im andern; damals ohne Selbstschüsse. Diese Räume waren kleiner als die unten, wahrscheinlich verjüngte sich der Schlot gegen oben hin. Allerdings hatten wir das Dachgeschoss als Atelier ausgebaut, und in diesem fanden wir alle Platz. Wir hatten die Ziegel herausgerissen und durch Glas ersetzt. Da hockte jeder an seinem Platz, den er sich wie selbstverständlich erobert hatte. Es gab keine Gerechtigkeit. Dora brauchte viel mehr Platz als Beder; am meisten allerdings Emil; wahrscheinlich kompensierte er sein Wohnunglück. – Mein Schreibmaschinenlärm hielt mir die Ellbogen frei. – Lange malten die andern Akt, und ich beschrieb ihn. Zuerst waren es Frauen, die uns Baul zuführte, Studentinnen zumeist. Aber da er das Berufliche immer mit dem Privaten vermischte, war er stets mit seiner Liebe schneller fertig als wir mit unsern Bildern oder Beschreibungen. Oft saß ich vor einem Fragment und rätselte einer Hinterbacke hinterdrein. – Also standen wir dann reihum füreinander Modell, jeder so wie er das konnte. Cia und der Maler zum Beispiel waren ungeeignet. Cia, weil sie keinen Augenblick ruhig bleiben konnte; der Maler, weil er so abwesend dahockte, dass wir alle von Todeslähmung befallen wurden. Den Malern vertrocknete die Farbe auf dem Pinsel; ich vergaß den Anfang meines Satzes vor seinem Ende. – Cia war hübsch, gerade auch nackt, und behauptete, ihren Namen vom amerikanischen Geheimdienst zu haben. An ihr war aber nichts Geheimes. – Sie hatte lange Zeit eine Leidenschaft mit einem Berufsspieler, der aber nicht der griechische Wirt war. – Davon später. – Ich hatte das Beschreiben von Muskelsträngen nach einer Weile satt.

Saß dann im Laden im Erdgeschoss und beschrieb Regale mit Badeschäumen, Rasiercremen, Bürsten. Hinter der Kasse der Händler, ein netter Mann, der in andern Zeiten in einem zum Bersten komischen Film einen Händler hätte spielen können. So aber saß er nur da und zählte sein Geld. Aufleben tat er beim Fotografieren (er verkaufte auch Kameras und Filme), da war die Wirklichkeit blaustichig (Agfa) oder rot (Kodak), und zuweilen ging sie ganz kaputt, wenn ein gnädiges Licht den Film überschwemmt hatte. Dann kriegte er ganz leuchtende Augen, auch wenn er dem Kunden dann korrekt den Fehler erklärte und sein Unglück bedauerte. Sogar zuweilen den Film ersetzte. – Mein Schreiben beobachtete er mit Misstrauen. Ich nahm ja auch ziemlich viel Platz in Anspruch (meine Maschine stand auf einer Kartonkiste mit Pantoffeln drin), und ich war natürlich am lautesten, wenn er für einen Kunden eins seiner unbeschreiblichen Chaosse anrichtete. – Ich sagte ihm, mein Dichten sei wie das Polaroidfotografieren; ich schaute die Wirklichkeit an, und auf meinem Papier sei sie wieder in verfälschten Farben. – Es leuchtete ihm ein. – Einmal erzählte er mir die Geschichte von van Goghs Ohr, die ich aber schon kannte. Ich konnte ihm sogar sagen, wie die Prostituierte hieß, die das blutige Geschenk erhalten hatte, Rachel. Der Händler hatte gemeint, die Mutter. – Einmal fotografierte er mich mit einem Polaroid (es war eine Kundendemonstration), und man sah mich käsebleich, einen Toten, und der Kunde kaufte den Apparat nicht.

Es gab immer weniger Bilder; alles verschwand. – Also malten alle wie vergiftet, und wir trafen uns nur zu den Abendmahlzeiten, die wir reihum kochten. Die andern waren irgendwo draußen im Felde gewesen, die Leinwände auf Verkehrsinseln. – Ich versuchte zu der Zeit zu fassen, was ich durch mein Fenster sah: ein abblätterndes Haus, einen Baum, einen Neubau mit Kran. Das Erlöschen, das Keimen, die gedächtnislose Kraft des Neuen. – Wieder war mit Cia und dem Maler nichts anzufangen. Cias Spaghetti klebten aneinander, und die des Malers waren eine sämige Brühe. – Am besten kochte sie Emil, der auch Bildhauer war und einmal eine ganze Schüssel voll aus weißem Carraramarmor gehauen hatte, für unser Nachtessen, als Virtuositätsbeweis. Unverkäuflich auch, obwohl sie al dente aussahen.

Der Maler hatte einen Sommer lang versucht, Ruhe zu malen. Hast du gewusst, sagte er, wie schwer es ist, einen Platz für die Leinwand zu finden, der still ist. Zu schweigen davon, was folgt, wenn du ihn gefunden hast. Er war im tiefsten Forst, und die Sägen kreischten; auf Gipfeln, und darüber Flugstraßen; endlich auf einem Gletscher, von dem er Bilder mitbrachte, vor denen wir flüsternd standen. Ich flehte danach, diesen Ort zu kennen, und als er sich anderem zuwandte – der Ekstase, glaube ich –, legte er mir eine Karte aufs Bett, eine von Island, einen Gletscherfluss mit einem mit einem Filzstift gemalten Kreuz. Ich überwand ein Hindernis nach dem andern wie Initiationsprüfungen: ein graues mörderisches Meer zuerst, an die Reling eines Passagierkutters geklammert, kotzend wie alle; einen Wall aus Fischköpfen und Colabüchsen, Schnapsflaschen; blaurote Heide, durch die Landrovers donnerten; und gelangte an die Spitze der Eiszunge. – Der Eishauch ging mir tief in die Lunge. – Ich stieg über Risse und Schrunden dem Kreuz entgegen, erreichte es gegen Abend. Haushohe Eistrümmer, Riesenpilze mit Eisfüßen und Steinhütten, Abgründe, über denen hinabstürzendes Wasser im Flug erfroren war. Dunkle Berge, deren Grate glühten; als brennten sie. – Hie und da Fahnen aus weggefegtem Schnee dort oben, wie schräg abstehende Haare. – Im Nachtschatten ich. Versuchte, die Stille zu hören, und krachte in allen Scharnieren. *Ich* war die Quelle allen Lärms. Das Gehirn knackte, das Ohr rauschte, mein Atem war wie ein Rasseln von Ketten. – Alles, was außen war, schwieg. Die Bergriesen mit erhobenen Fäusten. – Ich hockte im Schnee wie ein Hirt, ein Anbetender, ein Stück der Landschaft. Tatsächlich wurde der Lärm in mir geringer. Die Schwatzstimmen verschwanden, und der Atem glich mehr dem der Berge. So saß ich die Nacht und den Tag. – *Hörte* die Stille. – Sie war laut, ein Schreien, von überall her. Ich wusste nicht, was es war; bald aber hörte das Denken auf; die Stille denkt nicht. – Einmal hatte ich einen Traum, in dem ich meinem toten Vater so lebensdeutlich begegnete, dass er einen ganzen wachen Tag danach noch lebte und mich mit dem bestürzenden Gefühl erfüllte: das hatte mir also gefehlt. – Aus dem Eis stand ich plötzlich auf (der Himmel war grau geworden wie das Meer der Herfahrt; Eisschläge schwebten über mir) und sprang den Gletscher hinab. Schneebrücken, die einbrachen. Unten merkte ich, dass ich die Schreibmaschine vergessen hatte, verschlossen wie zu Beginn der Reise. – Dieses Gefühl des *Nie wieder*, das einen zerreißen konnte.

Übrigens sah ich den Gletscher später noch einmal; als ich Indianer war. – Ich ging in einem Randbezirk (jagte einen Büffel) und warf einen Blick in das Jenseits. Der Gletscher, da war er, und obwohl ich nackt in einer glühenden Sonne war, fröstelte ich. – An der Stelle von damals stand eine Leinwand, und eine vermummte Gestalt mühte sich. Eiszapfen an den Armen, Schnee auf der Kapuze. – Der Maler war in einem andern Jagdgrund; das hätte ich ihm gern gezeigt. Cia? Dora? Hatten sie Vermeer und Dufy aufgegeben? – Da kam der Büffel, und die Jagd nahm mich ganz in Anspruch.

Im Nebel im Schnee geschah es, dass der Abwärtsgehende (gerade noch vergnügt in einer Einerkolonne von Freunden) ins Rutschen kam und meinte, er fahre in den Himmel. Bis zum Hals begraben lag er und wusste nicht, wo war oben wo unten. – Die Augen blind. – Um sich zu retten, wühlte er im Schnee; versank er kopfvoran oder stieg er mit dem Hintern zuerst den Berg hoch? – Vielleicht war der Berg flach. – Himmel und Erde waren hell und undurchdringlich. Der Atem: atmete der jäh Einsame oder der Schnee? Wo jetzt ein Schnee hinkam (in einen Handschuh, in den Nacken), da blieb er. – Es war immer weniger kalt, und immer einverstandener war der Verschwundene mit dem Verschwinden, so dass er zwar hörte, dass von oben oder unten Stimmen riefen, aber nicht antwortete; als ginge es ihn nichts an.

Du lobst mich, sagte der Maler, wenn ich mein Inneres nach außen kehre; aber wie viel schwerer ist es, das Fremde zu malen. – Übrigens war er der großzügigste Schenker, so selbstverständlich, dass nie jemand auf die Idee kam, *ihm* etwas zu geben. – Manchmal, wenn in der Kneipe jemand lachte wie ein Panzer, blitzte in seinen Augen Hass auf. Eine Sekunde lang blickte er wie ein Mörder. – In seiner Jugend hatte er bebende Erden gemalt, in denen sich Spalten auftaten. Später quälte ihn vielleicht Schrecklicheres, ohne dass er es zeigte. – Aufhören im Glück. – Offene Balkontüren, die zum Flug aufforderten. – Einfahrende Züge, diese schönen Lokomotiven! – In den Nächten im Bett sitzend. Der Grund der Panik aber so nah, dass er ungesehen blieb. – Schrecken malte der Maler keine mehr. Sagte, es sind *meine*, nehmt sie mir. Sie machen mich zärtlich, weil ich ihnen Widerstand leiste, so lange ich kann. – Und nun zu Cias Leidenschaft.

Sie hatte sich einem Spieler zugeeignet. Der Gedanke an ihn löschte alle andern Empfindungen in ihr aus. Die Welt konnte abbrennen, sie bemerkte es nicht; oder dachte, *ihre* Glut versenge alles. – Bei ihm wurde sie schamlos, weil sie wollte, dass alle ihren Verzicht auf Bedingungen erkannten. Saß gedankenverloren, wenn er weg war; war er da, wandte sie keinen Blick von ihm. Beim Lieben schwatzte sie krauses Zeug aus sich heraus bis er irritiert innehielt. Tat Neues;

alles; sie, die bisher nie das Denken hatte verscheuchen können. – Sie fühlte sich in einer strahlend andern Welt. Die Cia von früher war ihr ein Rätsel, denn die neue mochte Pferderennen, ging in Spielsalons, fuhr, an ihren Freund geklammert, Motorrad und trank giftgrüne Cocktails, in denen Eiswürfel schwammen. – Einmal, als sie am Nachmittag mit dem Spieler geschlafen hatte, schlief sie abends mit einem andern, einfach nur um den Unterschied zu spüren. – In dem ganzen Sommer ihrer Leidenschaft malte sie am selben Bild, einer unsäglichen Spitzenklöpplerin. Es war ihr völlig egal, dass das Bild nichts taugte. – Bei jedem Motorrad rannte sie ans Fenster; es war gerade jene Zeit, da sie Modell stehen sollte; sie machte uns wahnsinnig. – Die Leidenschaft endete dann so, dass beide (nun war Herbst, rote Blätter der Autobahn entlang) zu einem Jazzfestival fuhren, und gleich nach dem Ankommen schliefen sie auf einem breiten Hotelbett in der Spätnachmittagssonne miteinander, sie erschöpft und er herrisch, und während er dann im Bad herumrumorte, stand sie auf einer zentimeterschmalen Terrasse und sah über einen See und *wusste,* es war der Anfang vom Ende gewesen; obwohl es dann noch lange dauerte. – Aber nie mehr wars wie zu Beginn. – Er schlief nun wie ein Befehlshaber. – Später, in einer Frühlingsnacht, öffnete sie das Atelierfenster und warf die Spitzenklöpplerin auf die Straße hinunter. Ein Mofa fuhr darüber und kam beinah zu Fall. – Noch später sagte sie mir, es sei ein Wahnsinn, *wie* lange dann noch das Denken bleibe.

Wie konnte es denn anders sein, als dass die vielen Tode, von denen wir wussten, im Herzen rechtsumkehrt machten und wieder nach draußen wollten. – Die vielen, die fort waren für *immer*. – Erschlagen, erhängt, erschossen. – Ich kannte eine, die stieg jahrelang jede Nacht in den Speicher, mit einem Seil in der Hand, und wieder zurück ins Bett, und niemand wusste es, ihr Mann nicht, nicht ihre Kinder. – Die über sechzig waren in Stalingrad. Die darunter: im Glück war das Entsetzen zu leben zuweilen noch jäher.

Dann malte der Maler Luft. Zuerst war ich erstaunt – Luft! Renoir hatte das Problem gelöst, indem er das Schwarz wegwarf –, aber ich merkte, dass es für ihn kein technisches Problem war. – Seine Bilder waren wie aus einer erfundenen Zeit. – Die Luft am Ufer eines krachenden Meers! In einem Hafen dann (Algen, Fische, Motoröl)! Weiße sonnige Felsen hinauf (Wind in der Abendhitze) bis in den Lavendel! Aus einem kühlen Haus: der Schritt in die glühende Sonne. Um vier Uhr früh in einer Stadtstraße: Lindenblüten. – Wie hasste ich den feuchten Nebelbrei damals, als es nie tagte.

Die Luft, dieses Hitzezittern; dieses Getränk. Nach oben hin blau werdend, ganz allmählich; und plötzlich im Zenit das heftigste Strahlen. – Blätter bewegend, Pflanzenranken, die sich wiegten, als seien sie Schlangen. – Zuweilen wurde ein Vogel von einem unsichtbaren Schlag zur Seite geworfen; da flog er dann woandershin. – Das Kornfeld, Wellen darüber hin, tatsächlich ein gelber See. Im Winter aber krachten die Äste von den Fichten beim leisesten Hauch. – Tulpen auch, in holländischen Feldern, neigten sich alle plötzlich nach Osten wie Betende. – Vom Sandsturm schwiegen wir. Wir waren keine Beduinen. – Ja, sagte der

Maler, als er das letzte Luftbild gemalt hatte, warum wohl fuhr Cézanne nie mehr nach Paris? Wir saßen im Atelier und aßen und tranken, und Cia sang später mit einer süßen kleinen Stimme, die an einen Vogel gemahnte.

Für die Luft in den Jagdgründen fehlen die Wörter. – An den Rändern ist keine Trennung, nichts, nur plötzlich wird die Luft fett, gelb, und keiner, der auf *dieser* Seite ist, würde einen Schritt in jene tun. – Von außen sieht die Lebewelt wie ein qualmender Müllplatz aus. – Von der Indianerluft waren die späten Sommer in Massachusetts die erste Stufe. Jenes Flirren zwischen den Farnen zwischen den Kiefern; Schmetterlinge; Harzduft vom Boden her (braune Nadeln überall). Und der lauteste Lärm der einer Ameise, die eine Kiefernzapfenschuppe über einen Wurzelwall schleppte.

Irgendwann einmal war der Maler ganz durchlässig geworden. Der Weg nach hinten früher frei. Er konnte ihn im Licht gehen und die warmen Steine an den Füßen spüren. Wärme, die es nicht mehr gab, nur noch in ihm. – Er konnte nicht nur nach hinten gehen, sondern auch nach vorn. Einmal ging er bis zu seinem achtzigsten Lebensjahr und kam nachdenklich zurück.

Der Tod gab uns Zeichen. Der Maler, der noch immer seine Farben ganz sicher setzte, hatte plötzlich eine Schrift wie wehe Vögel. Immer mehr interessierte er sich für nichts. Höchstens, dass er stundenlang gotische Kreuzigungen anstarrte. Er stand mitten in der Nacht auf, lange bevor die Sonne aufging; lag um neun im Bett. Rauchte, noch während er einschlief. Einmal, als wir feierten (Dora hatte ihr erstes Bild verkauft, einen azurblauen Hafen), war er plötzlich verschwunden, und ich fand ihn weinend in seinem Zimmer, das Gesicht ins Indianerbild gewühlt. Sein Kinn nass und zitternd. – Seine Haut war gelb geworden, gefleckt. Seine Stirn gerunzelt in ständigem Schmerz. Er war allein, weil wir ihn allein ließen. – An einem sehr frühen Morgen hörte ich, schlafend, ein Geräusch, das ich noch nie gehört hatte und das ich sofort erkannte. (Als bräche ein Ast.) Eine Sekunde später war ich bei ihm. Er war ins Bild hineingestürzt.

An einem Tag voller Sturmböen hatte er das Bild von den ewigen Jagdgründen zu malen angefangen, aus heiterem Himmel, denn seit der Mittsommernacht (inzwischen aber starb das Jahr unübersehbar) hatte er Lithographien gemacht, Männer und Frauen, die immer mehr auseinanderrückten bis sie schließlich an beiden Steinrändern kauerten. Der Stein, ursprünglich ein Brocken, war dünn geschliffen, und das Atelier stank nach Säure. – Plötzlich stand diese Riesenleinwand da, und davor der Maler wie ein Irrwisch, seine Palette schwingend und den Pinsel wie einen Degen. Noch nie hatte er so gemalt, hemmungslos wie ein Almenmaler, ohne Scham; sogar ein Hirsch stand im Forst. Rosaflammender Himmel. Die Indianer tanzten um etwas (um etwas Heiliges?), das von einem braunglänzenden Rücken verdeckt war. Feuer. In der Ferne eine Ebene, in der Büffel grasten. Frauen mit nackten Brüsten und Röcken, deren Webstruktur man genau sah. Kinder mit Feigen zum Hineinbeißen in der Hand; Trauben mit Glanzlichtern. – Der

Maler malte, ohne zu stocken, er!, weidende Rehe und unbekanntes Getier, aber keiner von uns lachte, keiner auch nur einmal. Die ganze Zeit standen wir stumm hinter ihm und sahen ihm zu. – Als er fertig war, wischte er sich die Hände an Cias Schürze ab (sie rührte sich nicht) und ging wortlos. Später fand ich ihn in der Kneipe des Griechen, und noch später flipperte er und machte zweiundzwanzig Freispiele.

Als er sich einmal an den Tisch setzte (der dem Wirt und seinen Freunden vorbehalten blieb), trank er einen großen Schluck, sah mich mit stechenden Augen an und sagte: »Alle Maler malen schnell. Rembrandt, van Gogh, Picasso. Auch Cézannes Pinselstrich war rasend; die Pausen zwischen den Strichen, die dauerten.«

Genau an diesem Abend schmerzte mich mein Rücken besonders. Ich hatte mich am Nachmittag, in meinem Auto sitzend, mit einem Herrn in einem andern Auto um einen Parkplatz gebalgt (das tat man damals) und erzählte es dem Maler. Und?, sagte er. – Nichts. – Du hättest dein Auto da stehen lassen sollen, wo es stand, auf den Straßenbahngeleisen, irgendwer hätte es schon zum Schrottplatz gebracht. Was erwartest du? Willst du reich werden? Dein Geschriebenes von Stanley Kubrik verfilmt? – Mein Kopf begann zu nicken, und erst nach einer Weile gelang es mir, ihn kräftig zu schütteln.

Als ich ein Kind war, sagte ich dann (der Maler schnaufte nun, als habe er zu viel Luft in sich), erfror ich zuweilen zu einem unbeweglichen Klotz; alle Muskeln angespannt. Meine Augen blind, dahinter wilde Wünsche. Geballte Fäuste; Fieber. Man hätte mich wegtragen können wie ein Scheit. (Wäre es geschehen – ich an einem andern Ort zu Bewusstsein gekommen –, die Scham hätte mich getötet.) Ganz langsam lockerten sich dann die Muskeln, und ich trat wieder in die Atmosphäre ein. Atmete. In den Nächten schlug ich mich auf den Kopf. Heute noch habe ich zuweilen ein Fäusteballen; erstarre aber nicht mehr. – Der Maler sah mich an. Dann stand er auf und ging zum Flipper zurück, und als er sah, dass ich auch kam, drückte er ein Spiel für mich, und wir spielten bis wir dreiunddreißig Freispiele hatten, die allerdings alle er machte, bis auf eins, das ich in der Endzahllotterie gewann.

Obwohl er sonst nichts spielte (kein Klavier, kein Roulette), war er der sicherste Flipperer, den ich je getroffen hatte. Er spielte mit den Mittelfingern und hielt den Oberkörper so ruhig wie man das von Mozart sagte. Ihn interessierten nur Freispiele. – Und Schnapszahlen. Bei jeder Schnapszahl tranken alle Anwesenden einen Viertel Roten, und da fast stets er der Schütze war, gab er viel Geld aus. – Manchmal spielte er so, dass man dachte, der Ball rolle an der Schnur seines Willens. Fast musste er sich dumm stellen, um das Spiel zu beenden.

Hier, von hier aus gehen zuweilen ein paar (Rothäute; von wem geschickt?) ins Leben zurück, einen Brief in die Haut des Rückens geschnitten. Wir stehen am Rand der Jagdgründe und sehen ihnen nach (einer schweigenden Einerkolonne), bis sie in den Nebeln verschwinden. – Von der andern Seite her, wenn sie über dem Horizont auftauchen (wolkenhohe Kolosse), müssen sie herrlich aussehen. (Wenn sie sich dann umwenden!)

Hier gibt es übrigens einen Indianer, der eine Höhle mit Tierfiguren ausmalt. Seltsamerweise nur Schweine. Kein anderer Indianer beachtet ihn, ganz allein fegt er auf Leitern und Gerüsten seinen Felswänden entlang, ein zottiger Bock mit schwarzen Zähnen; dazu singt er. – Nur weil so seltsame Töne aus dem Ginster kamen, entdeckten wir den Eingang seiner Höhle. Hockten dann auf feuchten Steinen, ohne dass er von uns Notiz genommen hätte. – Als wir wieder draußen waren, sagte mein Freund zu mir, so alt hätte er gar nie werden können, eine solch unschuldige Hand zu erlangen. Nicht einmal einen gequetschten Kreis habe er zeichnen können; einen ungelogenen Strich. Alles habe einen solchen Schmiss gehabt, dass er verzweifelt sei. (Sogar mit dem Munde habe er gemalt: Imitationen der souveränen Hände.)

Die ewigen Jagdgründe: stille Täler (sattes helles Grün), gegen den Himmel begrenzt von weißen Felsen. Adler; und bunte Kleinvögel. Die Täler öffnen sich auf weite Ebenen, über denen die Luft flirrt; Büffelherden. Rote Felstürme. – Es gibt aber auch Buchenwälder, darin plötzlich das Ufer eines blauen Sees. – Einmal schäumte das Wasser eines Bachs über eine Stufe kaum höher als zwei Hände in ein Becken, in dem wir bis zum Hals stehen konnten. Kühles Wasser, ganz klar. – Stundenlang standen wir, den Mund an der Oberfläche, und kalte Fische glitten zwischen unsern Beinen hindurch. – Ein anderes Becken ist ganz rund, in einem Felskessel, von Kastanienbäumen umwuchert, deren Blätter das Sonnenlicht dämpfen. In Stufen rauscht das Wasser über Felsrutschen zu einem nächsten Becken, einem nächsten, einem vierten. – Einmal flossen wir, als seien wir selber Wasser, den ganzen Weg; unten in hellem Kies landend.

Jeden Tag saß ich mit den andern im Atelier (vor mir der Rücken Cias), und obwohl wir auf einem Küchenhocker ein sehr einfaches Stillleben aufgebaut hatten (zwei Äpfel, eine Gitarre, eine Flasche), irrten meine Blicke immer wieder auf Cias Hintern, und meine Buchstaben verwirrten sich; Is zwischen den Schenkeln von As. Dann verließ ich das Atelier in Panik und kauerte mich ins Sitzbad, einen kalten Wasserfall über dem Kopf, bis ich eine Gänsehaut hatte. Abends ging ich in Lokale und versuchte, fremde Blicke festzuhalten (Cia hatte ihren Spieler!). Kam auch zwei drei Male mit einer Frau ins Gespräch und bezahlte ihr Bier. Ging einmal in ein Eroscenter, wählte eine mit einem Fliehkinn (kleine Brüste) und kehrte auf der Treppe um, als uns ein weinender Mann entgegenkam. Besuchte eine Disco, und es gefiel mir, obwohl jemand Hallo Opa zu mir sagte. – Einmal begleitete mich eine. Nackt lag sie da, breit und grob, und ich schäumte los, bevor sie auch nur brummen konnte. – Bald ging sie. – Es war als brütete ich Millionen heißer Ameisen in mir aus. Ich zündete Zigaretten an, wenn ich noch welche im Mund hatte. Lachte viel, versteinert.

Alle schienen verurteilt. Kein harmloses Wort mehr. Kein Blödsinn, nur so. Wenn es schon kein brausendes Leben mehr gab, wollten sie Hand in Hand freiwillig auf den Horizont zugehen. Wir. Glücksstrahlende Hungerstreiks. Oder war *ich* es, wollte *ich* es! – Die Luft. Am gesündesten schien sie mir inzwischen, wenn ich sie *sah*.

(Einmal fragte Emil Cia, zu welcher Zeit sie am liebsten gelebt hätte, und bevor Cia den Mund auftun konnte, rief der Maler: In der der Griechen. – Cia saß rotglühend da und sah aus als könnte sie ihn treten. – Der Maler wollte der Liebhaber der Pythia bzw. der wechselnden Pythien sein; in einer heißen Sonne mit nacktem Hintern auf Steinen hocken und sich dunkle Sprüche ausdenken. Wisst ihr, dieser Bergkessel, im granitgrauen Abendhimmel Raubvögel, weit unten das Meer der Olivenbäume, und noch ferner das wirkliche Wasser! Die Säumerkolonnen der Könige, auf dem vordersten Esel ein nachdenklicher Bote. »Dereinst wird es Ottomotoren geben, genieße das *heutige* Elend.« – Cia starrte den Maler an; in ihrer Verblüffung noch hübscher als sonst. Hatte der Maler ihren Traum erzählt? – Was hätte ich sein wollen? Einer zur Zeit der Entdecker – die Erde weiß vor Hoffnung –, auf Indien stoßend, so dass Amerigo ein nicht sehr häufiger Vorname geblieben wäre? – In vorchristlicher Zeit auf Bali? – Oder doch hier, vor hundertfünfzig Jahren, hinter furzenden Rossen Kutsche fahrend? – Was war besser, Zahn um Zahn ausgerissen zu bekommen, Auge um Auge blaugeschlagen, oder alles aufs Mal?)

Dann, an einem heißen Nachmittag, schrie ich Cia!, Cia!, Cia!, stürzte in ihre Wohnung hinab (barfuß, in rotglänzenden Turnhosen), fand Dora vor, rannte mit ihr an der Hand die Treppe hinauf (auf den Stufen ihr Rock, die Unterhose, Sandalen), und sofort, die Tür offen, lagen wir ineinander. Ihre Haut weiß, warm. In einem immer stampfenderen Rhythmus schrie ich Cia! Cia! in ihre Ohren, und sie stammelte auseinanderfließend Dora, Mensch, Dora. Dann (ich wie ein Dampfhammer) heulte sie nur noch, egal wie sie hieß, und als wir brüllend wie Gummibälle über das Matratzentrampolin schnellten, war auch mir egal geworden, wer sie war. Ihr Gesicht ein Flehen. Dann lagen wir übereinander (keuchende Säcke), und Dora war viel weicher, als es die drahtige Cia gewesen wäre, die, als ich endlich den Kopf hob, an den Türrahmen gelehnt stand, die Daumen beider Hände in den Taschen ihrer Jeans. Unter eine Achsel geklemmt Doras Wäsche.

Still, wie auf Zehenspitzen nahmen die Abschied, die ihn sich leisten konnten. Konten jenseits der Meere; Ländereien. – Die andern (kein Geld, kein Mut, keine Sprachen) waren wie vorher; nur hatten sie keine Pläne mehr. – Hatten kein Jetzt, weil sie kein Morgen erwarteten und das Gestern nicht wahr sein durfte. – Lange hatte ich es nicht gemerkt oder das Merken nicht geglaubt. – Hie und da fehlte einer! – Mir lagen ferne Weiten nicht. Schafzucht. Ich war ein Enger, mochte Schluchten, solange ich auf den Graten oben sitzen durfte; die kantigen Steine zwischen den Beinen.

Die beiden Frauen waren die Treppen hinabgerannt (ich gelähmt auf dem Bett). Von unten her dann Cias schrille Stimme, ob sie (Dora) wahnsinnig geworden sei, sie (Cia) liebe sie (Dora). Und im Übrigen sei sie (Dora) gar nicht gemeint gewesen, sondern sie (Cia). – Was hatte diese Cia nur (sie tobte und warf Möbel), sie, die vor aller Augen ihren Mund in den des Spielers wühlte? – Dora schluchzte leise. – Während ich mich anzog, wurden die Stimmen leiser, und schließlich (ich legte ein Ohr auf den Fußboden) hörte ich gar nichts mehr. Versöhnten sie sich? – Am Abend traf ich Dora im Keller vor der Waschmaschine. Ich trug meine Leintücher über dem Arm, sie einen Korb voller Unterwäsche. Sie lächelte und sagte nichts. – Gleich darauf kam Cia, lächelte auch und sagte auch nichts. – Also ich auch, ich lächelte auch, sagte auch nichts. – Ein stiller Abend zu dritt vor dem Fernseher, später kam noch der Spieler, wir sahen einen Krieg mit verstümmelten Kindern. – Am nächsten Morgen gelang es mir wieder nicht, das Stillleben auf dem Küchenhocker zu beschreiben, obwohl ich mein Pult verrückt hatte, hinter die Leinwand Beders.

Zwei Äpfel, eine Gitarre, eine Flasche: das musste doch zu schaffen sein. Die Äpfel waren rot und glänzten, der kleinere hatte einen braunen Fleck nahe beim Stiel. Ja, Stiele hatten sie auch. Die Flasche: eine Flasche; braun, staubig, mit Spuren von Bauls Fingern. Die Gitarre hatte eine einzige intakte Saite; die andern kringelten sich am Steg. (Wie geschlitzte ins Wasser getauchte Löwenzahnstiele.) – Den Malern ging es allerdings nicht viel besser. Emils Gitarre: Juan Gris. Beders Apfel: Cézanne. Morandi hatte eine seiner Flaschen an Baul ausgeliehen. Cia war noch mehr als sonst Vermeer hinterher, und nur Dora biss auf ihre Unterlippe, während sie flatternde Flaggen über unsern gemeinsamen Vorwurf malte: sie war gerade dabei, Dufy zu überholen. – Ein Sieg, aber wir waren alle schon einmal besser gewesen. – Der Maler setzte gegen Abend einen einzigen Strich knapp neben die Mitte der Leinwand und riss diese mit einem heftigen Ruck vom Rahmen. Sienarot, aber gebrannter Siena kam in den Dingen auf dem Hocker nicht vor.

Es schien zu bleiben, am Atelierfenster zu stehen und über die Dächer zu schauen.

Ich dachte, der Maler wollte die Form im Inhalt verschwinden lassen, obwohl sie sein Inhalt war. – Eine riesige Anstrengung, die Anstrengung unsichtbar zu machen. Nur Freude sollte übrig bleiben, Leben. Wahrscheinlich darum fiel mir nicht auf, dass der Maler kaum mehr im Atelier malte, sondern bei sich im Zimmer. Er hatte die Gitarre mitgenommen, und den ganzen Tag über drang zartes Zirpen zu uns herauf. – Wir knubbelten weiter an unsern Stillleben herum; die Maler saßen, weil sie das Missglückte ständig übermalten, vor brettdicken Leinwänden, und meine Füße standen in einem Meer aus verbrauchtem Tipp-Ex. – Einmal hatte ich keine Zigaretten mehr und stieg zum Maler hinauf. Er bemerkte mich nicht, weil er gerade an der Saite zupfte und dann, während ein stumpfer Ton in der Luft hing, wie ein Wichtel zur Leinwand zischte, mit hocherhobenem Pinsel. Zu spät, wozu auch immer, denn er ließ ihn sinken. Eine Weile stand er nur so da, schnaufte, ging dann erneut zur Gitarre und rannte wieder. – Natürlich wollte er Töne malen. – Als ich mich räusperte, erschrak er so, dass ein schwarzer Klecks auf die Leinwand klatschte. Er sah ihn an, fiel mir um den Hals, lachte, weinte. – »Dein Gegrunz.« – Aber später versuchte er es nie mehr. Im Gegenteil, er gab mir alle seine Zigarillos, saß stundenlang hinter mir und las mit (obwohl ich qualmte wie ein Vulkan), wie ich den Geranientopf beschrieb, den Baul an Stelle der entwendeten Gitarre auf den Küchenhocker gestellt hatte. Einmal, als ich ein Adjektiv durchstrich, stöhnte er wie erlöst.

Hier in den Jagdgründen rauche ich nur noch die Friedenspfeifen, die mir die Indianer ständig in den Mund stecken, obwohl nirgends ein Krieg in Sicht ist. – Ein grässlicher Gestank, den auch die Indianer nicht mögen. – Den Tabak machen sie aus trockenen Buchenblättern, die sie zwischen den Fingern zerbröseln. Dazu Moos. – Die Indianer rauchen so oft (mit verkniffenem Gesicht), um nicht zu vergessen, wie schön alles andere ist. – Das Wipfelspringen zum Beispiel. Immer wieder klettern sie in die höchsten Bäume und schnellen von Wipfel zu Wipfel. Nie habe ich einen stürzen sehen. Zuweilen kreuzen sie sich in der Luft und geben sich im Vorbeifliegen die Hand. Lachen wie die Kinder. – Einmal, ein Tonnenschwerer, landete auf einer zu jungen Tanne, und deren oberster Ast brach. Fiel mit ihm auf den nächstunteren, der brach. Undsoweiter. Unverletzt kam der Dicke unten an und stand mit so vielen Ästen in den Armen da, dass er selber wie eine Tanne aussah. Neben ihm der kahle Stamm. – Der schönste Platz hier ist eine Bucht an einem Meer. Leise Wellen gegen weiße Steine voller Eidechsen. Dahinter Kornfelder mit Blumen. Das Korn ist so hoch, dass ich darin verschwinde. Ich habe ein Labyrinth hineingetreten (alle Indianer tun das), und obwohl es sich mehrmals mit den Labyrinthen anderer kreuzt (es kommt vor, dass ich mich in ein fremdes einfädle), befällt mich nie die Furcht, etwas Drohendes könnte mir entgegenschnauben. – Im Jenseits habe ich einen Herrn Schnauber gekannt. Solche Namen sind hier undenkbar. Die Indianer heißen *He-du!* oder *Mein-lieber-Scholli.* – Das Korn wird mit Sensen gemäht. Breitbeinig, gestaffelt schreiten die Indianer vorwärts, und hinter ihnen bündeln die Frauen die Ähren-Garben. Ich dresche dann. (Diese schönen Wörter! Hier *sind* sie wieder.) Habe einen Flegel. Es ist eine Arbeit, die man den Neuen gibt, weil in ihnen zuweilen noch Wutreste von früher sind, die das Schlagen erleichtern.

Immer klagte ich, alles sei immer gleich. Der tägliche Trott. Meine immergleiche Klage war aber längst eine Beschwörung geworden, alles möge so bleiben wie es war.

Ich gehe oft in mein Labyrinth. Die Ähren rauschen, wenn ich sie mit meinen Schultern streife, ein kitzelnder Geruch in meiner Nase, und das Korn kracht unter meinen Füßen. Wenn ich den Kopf in den Nacken lege: ein tiefblauer Himmel. Vögel. – Einmal (hier verrinnt die Zeit anders, wenn überhaupt) kreuzte ich erneut ein fremdes Labyrinth und folgte einem unbekannten Weg. Eine Spirale in noch höherem Korn, die mich ins Zentrum des unendlich gewaltigen Felds sog. Als ich erschöpft aufgeben wollte: eine in die Ähren getrampelte Kammer, und in Kornblumen und Mohn wie die römische Wölfin eine Frau mit einer Kuhmaske vor dem Gesicht. Kleine Zitzenbrüste. Hinter ihr ein Stier (ein Pappkopf, dessen Federn wippten), ein Häuptling, auf der Brust Tätowierungen von Echsen und Ochsen. – Ich glotzte atemlos, weil ich noch nie gesehen hatte was ich oft getan. – Nach einer Ewigkeit (beide sangen hohl aus ihren Köpfen) lösten sie sich voneinander; nahmen die Masken ab. Die Frau war Cia, der Mann der Maler. Beide schwitzten und strahlten mich an.

Ich hatte den Maler in der Höhle des malenden Indianers vermutet. Er war jedenfalls öfters hingegangen, ohne mich, und verändert zurückgekommen. Als singe etwas in ihm. Also ließ ich die zwei (obwohl mir Cia etwas nachrief), bahnte mir quer durch die Ähren einen Notausgang aus dem Getreidefeld, rannte durch dürres Gras bis zur Erdritze (in Ginstern verborgen) und hockte dann in dieser Bauchhöhle, mich langsam beruhigend. – Fackeln brannten. – Wieder kletterte der Indianer auf Leitern herum, die er blitzschnell den Wänden entlangschob. Schweine, überall Schweine. Dazu sein Singen. – Ich saß. – Gerade als ich weggehen wollte, begann der Indianer eine neue Figur (und eine andere Melodie), eine Kuh diesmal (eine Art Fuge), die im Nu die ganze Wand füllte (die Höhlenhallen). – Ich blieb. – Wenn je ein Tier weise war, dann die Kuh. – Während ich zusah, wie der Indianer mit besenlangen Pinseln schwarze Farbe über das Gestein schmierte, dämmerte mir, dass es ihm nicht ums Malen ging. Dieses war dröhnend genug, aber sein Ziel waren die Töne. Je unerhörter sein Malen wurde, desto leuchtender sang er. Eigentlich krächzte er, aber sein Krächzen war so, dass ich bald in einem Fruchtwasserglück schwamm, das mich willenlos machte. – Ich kauerte auf meinem Stein, bis er verstummte. Brummelnd schob er seine Leitern beiseite, sah mich an (zum ersten Mal; zusammengekniffene Augen), und wir traten ins Freie; in eine rotglühende Abendsonne. Als er durch das hohe Gras davonging (Vögel aufstöbernd), sah er wie eine alte Frau aus.

Ich ging zu meiner Hütte zurück und traf unterwegs den Maler. Er trug den Stierkopf unter dem Arm und hatte eine Hose angezogen. Cia war nicht bei ihm, aber als wir später zwischen vielen Lagerfeuern durchgingen (schwadronierende Indianer), sah ich sie zwischen andern Frauen sitzen, auch sie nun mit einer Bastschürze. Sie erzählte gerade einer sehr großen Frau etwas, und beide lachten. – Wir fachten ebenfalls ein Feuer an und setzten uns, Wasser trinkend. Der Maler sah glücklich aus. Ich erzählte ihm mein Erlebnis in der Höhle oder besser in den Höhlen, und mein Freund trank zuerst einen Schluck und sagte dann, er glaube, die Töne seien Erinnerungen an ausgestorbene Tiere. – »Vielleicht ist die Tierheit als Ganzes das Göttliche. Uns ist das Tierdenken verwehrt. Was für eine Weisheit müssen Kuh und Schwein haben, dass nie ein Mensch aus ihnen geworden ist. Keine Sau würde Krawatten tragen oder Mikrochips löten. Keine Kuh ist jemals so trauergeschüttelt, dass sie in Lachen ausbricht.« – Dann saßen wir stumm und sahen dem Feuer zu, wie es niederbrannte. Äste knallten und schleuderten Sternenfunken ins All. – Als nur noch eine schwache Glut glühte, gingen wir im Mondlicht zum Meer hinunter (sein zitternder Spiegelschein auf dem Wasser) und beobachteten Tiere, die sich am Tag nie zeigten. Wir ahnten sie. Pelzige Vögel. In der Ferne ging ein Ungetüm mit einem zottigen Fell. Am Ufer Pinguine mit roten Fräcken (blutschwarz im Mondlicht), klein wie Kaninchen. Und einmal stieß eine Eule aus dem Himmel herab, die einen Schrei ausstieß, der einem Engelruf glich.

Die Geschichte mit Dora ging dann so weiter, dass es eines Abends an meiner Tür klopfte, und ich öffnete, und draußen stand sie in einem himmelblauen Nachthemd, einen Daumen im Mund und ihr Bettzeug unter beiden Armen. Wortlos drängte sie sich an mir vorbei und richtete sich ein Lager auf meiner Couch her; kroch unter ihre Daunen und schlief fast sofort, immer noch lutschend. – Ich stand eine Weile verblüfft, legte mich dann in mein Bett im andern Zimmer und schlief auch. – Am Morgen weckten mich ungewohnte Geräusche. Dora briet in der Küche Spiegeleier. Es stellte sich heraus, dass Cia ihr mit nicht enden wollenden Jammergeschichten (den Spieler betreffend) auf den Sack gefallen war. Entschuldigung. – Dora lächelte mich an und streichelte ganz kurz meine Hand. Sie tat die Eier auf zwei Teller, und wir aßen sie, ich auf einem Hocker hockend, sie auf der Couch. Sie trug immer noch das Babynachthemd und war schwanger; blieb in meiner Wohnung. Wir waren bald ein richtiges Paar. – Erst kurz bevor sie das Kind gebar, zog sie wieder zu Cia hinunter, die dann dem

Kind (einem Mädchen, das sie Fee nannten) ein guter Vater zu sein versuchte. – Oft hörte ich ihre tiefe Stimme, wenn sie Wiegenlieder sang. – Manchmal durfte ich den Buggie schieben, wenn die beiden Frauen einkaufen gingen. – Fee war ein süßes Mädchen, mit blonden Locken und beinah so etwas wie Negerlippen. – Ich arbeitete nun wieder im Laden unten und stellte die Maschine diesmal auf die Pampers-Schachteln. Zuweilen, wenn der Händler Feierabend rief, kaufte ich eine und brachte sie nach oben. – Den Tag über aber saß ich da und dachte an Fee und versuchte, sie zu beschreiben.

Es misslang mir, und ich begann ein Buch, das seit einiger Zeit in mir innen wie eine ferne Sonne glimmte, eine Reise in ein lange vergangenes Land, das ich Inti nannte. Allmählich, während ich Seite um Seite füllte, wurde die Sonne wärmer und heller. Inti begann an einem Meer zu liegen, in Oleanderdüften, aber es gab auch Gipfel und Schnee. Der Held war ein alter Mann. Als er gerade in Jerusalem bei einem Kongress war, erhielt er die Nachricht vom Tod einer Frau, mit der er als Sechzehnjähriger in Inti gewesen war; sie damals dreiunddreißig. Er erzählte einer energischen Israeli, die sein security officer war und, alle Sicherheiten missachtend, ohne ihre Uniform neben ihm im Sand lag (sie waren an den See Genezareth gefahren), von dieser ersten Liebe hinter einem Schleier aus wehmütiger Sehnsucht. – Als sie sich dann liebten, war auch er energisch, aber ihm fehlte das Versagen von damals. – Später gingen die beiden durchs glühende Jerusalem und einmal sogar nach Jericho. – Die Landschaftsschilderungen gelangen mir besser als die Beschreibungen der Frau, die jung gewesen war und doch alt. Als wirkliche Greisin (der Mann hatte sie, selber schon sechzig, in Los Angeles besucht, wo sie in einem Wohnwagen wohnte, auf einem Parkplatz) war sie sarkastisch geworden und hatte ununterbrochen kleine Pfeifen geraucht, wie manche Appenzeller Sennen. – Aber als der Abend gekommen war, hatten wir in Campingstühlen auf ihrem von Geranientöpfen umstellten Asphaltvorgarten gesessen, und sie hatte plötzlich mit einer ganz leisen Stimme begonnen, sich an jedes Wort, das wir einst gesprochen hatten, zu erinnern. Alte Klänge. Jetzt, im Dunkeln, sah sie aus wie früher, wie damals in Inti, in meinen hilflosen Armen, als wir angefangen hatten mit jenem Leben, das nun zu Ende ging.

Zuweilen durfte ich Fee wickeln, die quietschte vor Vergnügen, wenn ich meinen Mund in ihren Bauch wühlte und in ihre zarte Haut hineinfurzte.

Auf dem Heimweg vom Strand, da wo die Eule vom Nachthimmel gejubelt und ich Mammuts geahnt hatte, verlor ich den Maler aus den Augen, meinen Weg überhaupt, und irrte durch Felder und Büsche. Hie und da ein Raubtierfauchen. Die mondleuchtende Luft voller Vögel. Dröhnende Rufe aus der Ferne (jene Mammuts?), aber keine Spur vom Hüttendorf, in dem ich es mir eingerichtet hatte und wo, zwischen vielen alteingesessenen Indianern, auch der Maler wohnte; drüben im Frauenteil Cia. – Ich ging und ging und hatte zum ersten Mal das Gefühl, auch hier in den Jagdgründen könne dem Unbedachten etwas zustoßen. – Vielleicht schlief ich in einem Wald. Als die Sonne den Himmel zu röten begann, war ich jedenfalls zwischen Bäumen, großen flechtenbehangenen Stämmen, und begann, als zeige es mir den Weg, mit dem Licht zu gehen. Bald wurde das Unterholz lichter. Ich sah einen großen Hirsch, der in die gleiche Richtung schaute wie ich, und kam an den Waldrand. Tauglitzerndes Gras, Feuer, um die Indianer tanzten, Männer mit wehenden Haaren, Frauen mit Kindern im Arm. – Ich wagte mich in die Sonne hinaus; erblickte nun auch, etwas ferner, einen in Schilfgras liegenden Kutter, der nicht mehr seetüchtig schien. – Ich war erneut, diesmal von der andern Seite her, ins Bild hineingeraten. Nun aber wandten mir die, die ich bei meiner Ankunft von hinten gesehen hatte, ihre Gesichter zu; und umgekehrt. Die Frauen! Ich erkannte viele von ihnen, obwohl sie, bis auf kurze Lendenröckchen, nackt waren und Federn trugen. Die dort zum Beispiel mit den roten Haaren hatte mich einst auf den Armen getragen; mit jener andern war ich an einem Flussufer geschlendert und hatte von Infinitesimalrechnungen geredet, und plötzlich hatten sich unsre Hände berührt, und wir waren verstummt. – Eine andre (jetzt sprang sie höher als alle andern, ein Bild der Kraft) hatte mir alle Sternbilder erklärt, nur das nicht, in dem wir uns befanden. – Und jene dort!, die mich sehr lange vor ihrer Tür hatte warten lassen! Auch sie tanzte und hatte ein Kind im Arm. – Vor allem aber sah ich, was diese verrückten Indianer mit ihrem johlenden Veitstanz umkreisten, eine Art Krippe mit einem Baby drin nämlich, einem heulenden Bündel mit einem Quittenkopf, blau vom Ringen nach Luft und mit schrumpeliger Haut.

Und der riesige Indianer, der mir das Baby verborgen hatte, war mein Vater. – »Papa!« – Das hatte ich nie mehr erwartet, alles, aber nie mehr das. – Wir setzten uns abseits ins Gras, die Rücken der vergangenen Erde zugewandt. Mein Vater war genau wie einst und doch wieder nicht, denn er hatte Federn auf dem Kopf und einen nackten Oberkörper (er, der in Hut und Mantel am Ufer gesessen hatte, wenn wir im See schwammen), eine Wildlederhose mit Troddeln an den Nähten, einen Tomahawk am Gürtel, Mokassins. Muskeln! Er war gesund! Lebte, und ich wollte ihm erzählen, was aus mir geworden war, nachdem er mich verlassen hatte eines Nachts, jäh, ohne sich zu verabschieden. Aber er legte mir einen Finger an die Lippen. – Zusammen sahen wir den Frauen zu, Freundinnen alle untereinander und auch meines Vaters, denn sie warfen ihm immer wieder Kusshände zu. Hüpften immer übermütiger bis das Baby im Korb schlief. – Mein Vater räusperte sich immer noch auf die gleiche Art (als grollten Wörter einer Ursprache aus seinem Innersten heraus), und als ich ihn später einmal in seinem Pueblo besuchte (in einem Horst aus Lehm, der an einer Felswand klebte), kochte er in einer Glaskugel wie einst einen vertraut starken Kaffee, klopfte das Löffelchen am Tassenrand ab wie niemand vor und keiner nach ihm, und natürlich rauchte er (als einziger Indianer *gern*), selbstgedrehte Stengel aus einem Tabak, der tief unter seinem Wohnhorst wuchs.

Während wir den Frauen zusahen, löste sich plötzlich eine aus dem Reigen und kam auf uns zu, eine große schlanke, und ich dachte, sie will etwas von meinem Vater, aber sie meinte mich, und weil mein Vater mir zunickte, stand ich auf und folgte ihr, in ein Getreidefeld hinein, ihr Labyrinth, dessen Geheimnissen ich mich überließ bis wir in die Innenkammer gelangten, wo die Frau in *einer* Bewegung ihren Rock abstreifte, sich eine Kuhmaske überstülpte und auf die Knie fiel. Anders allerdings als Cia es getan hatte, bettete sie ihren Maskenkopf ins Heu; vor mir ihr hochgereckter Hintern. – Zitternd setzte ich den Stierkopf auf. – Rings um uns in den Halmen Millionen lärmiger Spatzen. – Aber dann legte ich meine Hände auf ihre Backen, und eine neue Hitze begann mein Rückgrat hochzuströmen, höher und höher und immer unvertrauter, und schließlich so glühend, dass sie mein Hirn entzündete und dieses nach unten schoss und aus mir heraus und in die Kuhfrau hinein. – So blieben wir. – Dann nahmen wir die Masken ab. Am Eingang hockte mein Vater und rauchte, und natürlich kam ich mir dumm vor mit einem so leichten Schädel ohne jede Erinnerung.

Keiner von uns floh durch einen Notweg aus dem Getreide, sondern wir gingen Kurve um Kurve ins Freie, wo wir uns ins Gras setzten, so nahe dem Rand unserer Ewigkeit, dass wir ins alte Jenseits hinüberblicken konnten. – So saßen wir eine Weile, die Frau zwischen uns Männern. – Wieder sahen wir über den Gletscher hin, die Staffelei und die Gestalt, die nun über meiner Schreibmaschine kauerte, in einer endgültigen Stellung erfroren. – Sie schien etwas auf ein Blatt getippt zu haben, aber ich konnte nicht lesen, was. – Mein Arm berührte den der Frau neben mir (auch mein Vater lehnte sich an sie), und ich träumte von eben vorhin. – Weit unten auf der Gletscherzunge bewegten sich fünf oder sechs Punkte, kamen näher, wurden Männer, die hintereinander in einer Spur gingen, und endlich die Indianer, die von ihrer Mission zurückkamen. – Am Toten gingen sie vorbei, als sähen sie ihn nicht. – Wir winkten, und sie standen keuchend und grinsend am Erdrand. Ihre riesigen Federbüsche wehten über den Köpfen mit den scharfen Nasen. Während die Welten aneinanderdockten wie zwei Schiffe auf hoher See, brüllten sie uns Erlebnisse zu, die wir wegen des starken Winds nicht verstanden. – Kaum waren sie auf unsrer Seite: gleich wieder ein immer größerer Graben aus Nichts. – Mein Vater gab jedem einen Klaps auf den Rücken, so wie es einst Fußballtrainer getan hatten, wenn sie einen Spieler auswechselten, und alle lächelten, bis auf den Letzten, der aufstöhnte, weil seine Botschaft noch nicht vernarbt war, eine Schrift, die irgendwem gesagt hatte oder hätte sagen sollen, er könne gerettet werden, wenn er das nicht tue, wozu er imstande sei.

Der Höhlenmaler duldete mich inzwischen so sehr, dass er einmal ein schielendes Schwein malte, und an seinem Gesicht sah ich, er tat es nur für mich. Ich lachte, und er kratzte an den Sauaugen herum bis sie blind waren. – Etwas später stieg er von seiner Leiter (das Schwein leckte inzwischen an seiner Eichel) und verschwand in einer schwarzen Höhlenecke. Ich hinter ihm drein, in ein noch viel höheres Gewölbe, dessen Dämmerlicht aus Löchern hoch oben herabströmte. Die Wände vollgeschrieben in einer Art Indianer-Sütterlin: Kreuze und Haken. – Ich schaute den Indianer fragend an. Er hob die Schultern und sagte endlich doch, das da schreibe er so nebenbei, obwohl dafür eigentlich eine Ganztageskraft nötig sei. Jedes Symbol sei etwas Ausgestorbenes. – Hä? – Er deutete auf beinah farblose Zeichen nahe dem Lehmboden und sagte, da unten sei damit angefangen worden, von wem, wann? Auch er habe keine Ahnung, was da warum den Erdboden verlassen habe; aber jedenfalls hätten die Statistiker einst alle Muße gehabt. – Die historischen Zeiten begännen etwa in der Wandmitte, dort. Saurier, Atlantis, etwas weiter oben: Veitstanz. Erst fast unter der Höhlendecke fange *seine* Schrift an. Er habe eine Strickleiter, mit der er sich jeden Abend aus den Beleuchtungslöchern abseile, um die Verluste des Tages zu notieren. Deshalb die Schmierschlieren zuweilen, aber er möchte den sehen, der da oben wie ein Kupferstecher arbeite. – Ich glotzte, den Kopf in den Nacken gelegt. Natürlich konnte ich von so weit weg noch weniger lesen, zumal auch er die Ahnenschrift schrieb, eine hastige Variante. – »Was sind denn die letzten Eintragungen?« – Der Indianer spähte mit zusammengekniffenen Augen, kratzte sich am Kopf und sagte schließlich: »Rebe, Goldfisch, Schulpflicht, glaube ich.« – Wir gingen in die Schweinehöhle zurück. Wir hatten Hunger. Die Indianer machen eine gute Wurst (scharfes Fleisch in einer Haut, die ein Prickeln auf den Lippen hinterlässt), und die aßen wir.

Ich war zudem auch oft bei meinem Vater, nicht so sehr seinetwegen (er sah mich gern, ohne mich zu brauchen), sondern weil mir sein Haus die Jahre wiedergab, in denen ich ein Quittenkopf gewesen war. – Natürlich gibt es ein Paradies, die Zeit, in der wir noch nicht entdeckt haben, dass es den Tod gibt. – Zur Tür dieses Hauses führte ein Weg aus Granitplatten, auf die ich mich barfuß stellte. Diese Wärme. Wenn ich nach unten sah: Glimmersplitter, als spiegelten die Sterne sich im Stein. – Im Haus drin ein Grammophon (wie ein Schiffskoffer aus Mahagoniholz), aus dem oft Schellacktöne kamen. – Das Gekicher meines Vaters, der in einem Buch las. Sein Kopf im Tabakqualm, die Fenster offen, draußen Bienengesumm. – Bevor ich ging, aßen wir oft eine Kartoffelsuppe, in die mein Vater Rotwein goss. – Nichts aus den Urzeiten wird vergessen. Nur die neuen Dinge verfliegen spurlos. – Einmal, keine Ahnung warum ich gerade *das* meinem Vater erzählte, hatte ich geträumt (jenseits natürlich noch), alle andern Menschen trügen plötzlich schwarze Uniformen, nur ich nicht. – Eitel war ich damals. – Die Männer, von denen ich viele kannte, röhrten vor Lust, als ich schwitzend versuchte, die Lage mit Witzen zu entkrampfen, mit meiner Art von Witzen. Trotzdem gaben sie mir Tritte, dahin, wohin die Frauen zeigten, Frauen mit Häuten aus Email. – Mein Vater hob den Kopf und sagte, dein Traum, wenn man ihn lebt, macht er nicht eitel.

Schließlich ging ich doch wieder zum Maler, und schon auf dem Weg zu seiner Hütte kam mir manches merkwürdig vor. Überall Gerümpel, wie bei einem Trödler. Als ich vor der Tür stand und das Ohr an das Schilf presste, hörte ich seltsame Geräusche. Ich öffnete. Der Maler saß breitbeinig auf einem Küchenhocker, mit einer Tuba im Mund. – Es stellte sich heraus, dass er ein Virtuose in der Kunst werden wollte, laute Instrumente leise zu spielen. – Tatsächlich haben die Indianer ganze Sinfonieorchester, hundert Mann bzw. Frau, die man kaum hört. – Er spielte eine Sonate von Ravel, wie von Ravel, jedenfalls kullerten die Tubatöne wie Glasperlen über den Fußboden. – Heute, wo er wirklich ein Virtuose geworden ist, wählt er zuweilen auch kleinere Instrumente, spielt Rachmaninow auf einem Kamm, das, was ihm von Rachmaninow in Erinnerung geblieben ist, denn ein ungeschriebenes Gesetz schreibt vor, dass kein Indianer Noten hat oder braucht oder kennt. – Die Solopartiten von Bach klangen wie Schlangenbeschwörungen, abgesehen davon, dass der Maler sie auf Schnapsgläsern spielte, die er verschieden hoch mit Trester gefüllt hatte und gegen die er mit Zahnstochern schlug.

Und während er spielte, sagte er, ach weißt du, das Verbotene damals. Ich konnte Frauen aus jedem Blickwinkel malen, oder Morde, oder Atomschläge. Aber einmal malte ich einen Präsidenten. Hängte ihn im Laden auf. Fünf Briefe an die Staatsanwaltschaft, bis ich das Bild wiederhatte, und ich musste zwei Gutachter bezahlen, obwohl das Verfahren eingestellt worden war. – Noch immer erregt, fegte er zwei Gläser auf den Boden, das C und das A, den Grundakkord der Partita. – Also steckte er die Zahnstocher in die Tasche, trank die übrige Tonleiter leer und sagte dann, früher, da alterten wir Menschen, und die Welt um uns herum blieb. Dann aber allmählich wurde die Welt schneller als wir alt, die Greise mussten fürchten, sie bleibe vor ihnen auf der Strecke.

Nachdem, im rußigen Haus, der Maler durch das Bild verschwunden war, herrschte eine ziemliche Verwirrung. Wo war er hin? Ich war mit Cia, mit Dora, mit Fee, mit meinem Buch beschäftigt, aber Baul ging plötzlich aufrechter als früher und nannte sich, zumindest am Telefon, Paul. Als Einziger fürchtete er sich nicht vor den Selbstschüssen, versuchte zweimal, in das Zimmer des Malers einzudringen, und schien von den Schusslöchern hinter ihm in der Treppenhauswand kaum beeindruckt. Emil, unser Neidischster, ließ ihn dabei nicht aus den Augen. Er konnte so sehr an sich denken, dass ihn die tägliche Zeitungslektüre deprimierte, nur weil sein Name nicht vorkam. Auch er startete einen Angriff auf das Malerzimmer, mitten in der Nacht, als alle schliefen. Die Schüsse hatten wir verschlafen, aber seine Schreie weckten uns. Er war in den Hintern getroffen worden, auf der Flucht. Wochenlang stand er beim Essen. – Schließlich wurde keiner der Nachfolger des Malers, und das Zimmer blieb zu, bis, viel viel später, ich es dann versuchte. – Dafür aber entvölkerte sich unser Haus. Das heißt, zuerst wurden unsre Gespräche frostiger, als hätten wir uns ohne den Maler nichts mehr zu sagen, und bald malte jeder, ohne sich um die andern zu kümmern. Beder plötzlich abstrakt, Baul wild, Emil Selbstporträts, auf denen er dem jungen Rembrandt zu gleichen versuchte. Ich schrieb sowieso von Inti. Dann, an einem diesigen Morgen, war Beder verschwunden, just Beder, der unter Agoraphobie litt und die Stadt vorher nur an Bauls Hand durchstreift hatte. (Sie waren manchmal nächtelang unterwegs, ich glaube, sie besuchten Bordelle im Bahnhofsviertel.) Beder hatte gar nichts mitgenommen, nicht einmal sein Geld. – Wir gaben eine Vermisstenanzeige auf, sogar in der Zeitung war Beders Bild, eine alte Kohlenskizze von Cia, weil wir kein Foto hatten; er glich darauf dem Spieler, und tatsächlich wurde der dann mehrere Male behutsam festgenommen. – Baul, ich meine Paul, schaute wochenlang ziemlich dumpf. Ließ sich einen Vollbart wachsen und kaufte einen Walkman. – Dass auch er weg war, merkte ich erst, als Emil plötzlich im ersten Stock wohnte und seinen engen dritten nur noch als Rumpelkammer benutzte. – Dann war auch er fort, alle Türen offen. – Wir Frauen hatten so sehr mit uns zu tun, dass wir das hinnahmen, ohne die Fliehenden zurückholen zu wollen. Sie waren uns egal geworden. Fee dappelte zwischen den Bildern der verschwundenen Meister herum und verschönte sie mit ihren Filzstiften. Dora bügelte, Cia strickte einen Pullover nach dem andern, und ich kochte, wenn ich nicht gerade an meinem Buch schrieb.

In diesem fuhr der Held zu einem Kongress nach Jerusalem. Er hatte einen Lehrauftrag für Urgeschichte an einer französischen Universität, den er mehr schlecht als recht erfüllte, weil er die Landessprache nicht beherrschte. Allenfalls *bonjour*. Seine Freunde übersetzten ihm die Vorlesungen und notierten sie in phonetischer Schrift, und er las sie dann vor; zuweilen mischten sie ihm einen Unfug hinein, und er schaute ratlos ins Auditorium, wenn plötzlich alle kicherten. – Das Thema des Kongresses war die Kontinentaldrift und ihre Folgen, die Kongresssprache Englisch, und da er auch das nicht konnte, trug er auch hier eine phonetische Version seines Vortrags bei sich. Er hatte eine Theorie entwickelt, nach der die Fest- und die Nassteile der Erde in einem Spannungsverhältnis zueinander stehen und sich im Lauf der Jahrtausende austauschen. Die

Ozeane werden zu Festländern und umgekehrt. Gerade seien die Landmassen wieder dabei, flüssig zu werden, der Moment des Umkippens (der *clap down*) sei nahe. – Aber die Kongressteilnehmer waren an anderen Fragen interessiert, sie starrten auf die Zeitgeschichte. – Hinzu kam, dass die Freunde, die den Vortrag übersetzt hatten, auch nicht Englisch konnten.

In dem Buch schrieb ich aber nicht, dass etwas in mir mich selbst fast zerriss. Schreib einen besinnungslosen Satz, dachte ich, und zehn Minuten später bereust du ihn. Aber irgendwann einmal muss der Besonnenste zum Himmel schreien. – Inzwischen mehrten sich die Anlässe. – Ich wärmte mich an meiner Geschichte, das ging schon, ich schrieb ja von Menschen, deren größte Bedrohung Typhus oder Pest waren. Aber dann das Aufstehen vom Tisch. – Oder vielleicht brachte just die Schreiberei die Organe in mir durcheinander, und alles Harte wurde weich und umgekehrt. – In Inti jedenfalls kamen die Menschen dem Schrecklichen sehr gemächlich auf die Schliche (wussten nicht schon alles mit fünfzehn), und bis zu ihrem Ende blieben sie Kindsköpfe genug, sich auf ein Morgen zu freuen. – Mir fiel es inzwischen schwer, im Laden unten zu schreiben, erstens weil der Inhaber mir immer ungeeignetere Schreiborte zuwies (zuletzt hockte ich direkt vor dem Heizgebläse), vor allem aber auch, weil mir schien, manche Kunden, die ich doch ehedem ganz nett gefunden hatte, versteinerten sich in die alten Monstren zurück. Junge Mädchen in Jeans unterhielten sich über Prozesse, die sie gegen ihre Väter führten, wegen Ausbildungsgeldern. – Einmal sollte ich, ähnlich dem Helden meines Buchs, eine Reise zu einer Art Kongress machen (nach Eboli, es ging um die Frage, ob Christus wirklich so weit gekommen sei), aber ich fürchtete, danach den Rückweg nicht mehr zu schaffen. – Durchs Oberlichtfenster des Ladens sah ich die Turmspitze eines fernen Steindoms, der mich daran erinnerte, dass früher Mönche die Güte Gottes gelobt hatten bis ihnen die Glieder abgehackt worden waren. Tatsächlich las ich inzwischen, statt zu schreiben, oft in einer kleinen Bibel (trug sie in der Brusttasche bei mir), die Beine auf einer Kiste voller Spraydosen, im Rücken die Hitze des Gebläses. Die Flammenwörter des Hohelieds gegen die grauen Klagen des Händlers (keine Rendite, miese Margen), klar, wer da stärker war.

»ER küsse mich mit dem Kusse seines Mundes«, las ich. »Denn deine Brüste sind lieblicher denn Wein. Das man deine gute Salbe rieche; dein Name ist ein ausgeschütte Salbe; darumb lieben dich die Megde. – ZEUCH mich dir nach; so lauffen wir; der König füret mich in seine Kammer; wir frewen vns; vnd sind frölich vber dir; wir gedencken an deine Brüste mehr; denn an den Wein; die Frommen lieben dich. – ICH bin schwartz; aber gar lieblich; jr töchter Jerusalem; wie die hütten Kedar; wie die teppiche Salomo. Sehet mich nicht an; das ich schwartz bin; denn die Sonne hat mich so verbrandt. Meiner mutter Kinder zürnen mit mir; man hat mich zur Hüterin der Weinberge gesetzt; aber meinen Weinberg den ich hatte; habe ich nicht behütet. – SAGE mir an du; den meine Seele liebet; wo du weidest; wo du rugest im mittage? Das ich nicht hin und her gehen müsse; bey den Herden deiner Gesellen. – Kennestu dich nicht; du schöneste vnter den Weibern; so gehe hin aus auff die fusstapffen der Schafe; vnd weide deine Böcke bey den Hirten heusern. – JCH gleiche dich; meine Freundin; meinem reisigen Zeuge an den wagen Pharao. Deine Backen stehen lieblich in den Spangen; und dein Hals in den Keten. Wir wollen dir güldene Spangen machen mit silbern Pöcklin. – DA der König sich her wandte; gab mein Narde seinen ruch. Mein Freund ist mir ein Büschel Myrrhen; das zwischen meinen Brüsten hanget. Mein Freund ist mir ein drauben Copher; in den Weingarten zu Engeddi. – sJhe; meine Freundin; du bist schöne; schöne bistu; deine augen sind wie Tauben augen. Sihe mein Freund; du bist schön und lieblich; vnser Bette grünet; vnser Heuser balcken sind Cedern; vnser latten sind Cipressen.« – Ein Schatten verdunkelte alles, und der Händler, Herr Marthaler, beugte sich über mein Buch und sagte, ich solle den Scheiß lassen, er habe endgültig die Nase voll davon, sich die Kunden von uns Gesocks vertreiben zu lassen. – Ich steckte die Bibel ein, stand auf und ging, unterm Arm eine Kiste Pampers, obwohl Fee längst keine mehr trug. – Durch das spiegelnde Glas der Ladentür die Silhouette des Marthaler, die Hände in die Hüften gestemmt und auf den Absätzen wippend.

Dann war Cia weg. Die ersten paar Nächte störte es mich nicht, im Gegenteil. Ich glaubte, sie habe sich mit dem Spieler versöhnt, und war froh, mit Dora liegen zu können, ohne dass Cia alle zehn Minuten im Nachttisch nach Zigaretten suchte. – Nur Fee kam hie und da. – Wenn Dora in

Ekstase geriet, bekam ihr Gesicht einen verzauberten Ernst, ungläubig, dass das alles möglich sei. – Dann rief die Polizei an und hatte wieder einmal Beder gefunden, und erneut war er der Spieler, und wir begannen uns Sorgen zu machen. Auch von Cia hatten wir kein Foto; die Zeitung weigerte sich, nochmals eine Malerei zu veröffentlichen; diesmal hatten wir ein Aquarell von Dora hingeschickt, Cia in der Pose der nackten Maya. – Wir schliefen nun oft Rücken an Rücken; draußen wollte ein ewiger Regen nicht aufhören. – An einem Morgen warf ich Fee in die Luft und fing sie auf und kriegte einen Hexenschuss, der mich unbeweglich machte; alle lachten wir über meine Zombieart. Wie ich Dora und Fee hinterdreinschlich, die dann stets das Zimmer, zu dem ich mich hingeschleppt hatte, gerade wieder verließen. – Dann waren auch sie verschwunden. Ich rannte schluchzend vor die Tür des Zimmers des Malers. Drückte die Falle, und die Schüsse warfen mich zu Boden. Rappelte mich auf, humpelte zum Schreibtisch, beschrieb die Vermissten und brachte die Anzeige zur Polizei.

Saß tagelang vor dem Fernseher, bis mir eine gemiaute Katzenfutterwerbung zu viel wurde und ich so heftig gegen den Apparat trat, dass blaue Blitze aus ihm herausschossen. Zitternd schraubte ich dann eine neue Sicherung ein. – In dieser Nacht träumte ich, ich steuerte eine hochhaushohe Straßenbahn auf eine enge Kurve zu, und die Bremse bremste nicht, und hinter mir saßen Vater, Mutter, Schwestern, Brüder, die Freundinnen von früher, die Lehrer. Alle brüllten und röhrten vor Gaudi, während ich in meiner Fahrerkabine in Schweißbächen saß. – Zu Inti fiel mir nichts mehr ein. Ohne Fee hatte es keinen Sinn. – Essen tat ich in Burger-Kings, niemand wunderte sich dort, wenn jemand nichts sagte. – Ein bisschen probierte ich es mit Malen. – Immer wieder fiel mir der alte Witz von den zwei Juden ein, die, obwohl sie nicht schwimmen konnten, quer durch den ganzen Atlantik nach Amerika schwammen und nicht untergingen, weil sie ununterbrochen miteinander palaverten; mit den Händen eben. – Wenn ich in mich hineinträumte, waren da mit alten Sonnen bemalte Theatervorhänge, die sich nicht hochziehen ließen; eisenschwere. Hinter ihnen vielleicht ein Stück, in dem jemand in den Bühnenhimmel hineinschritt, immer kleiner wurde und sich kein einziges Mal umdrehte. Ich sprachlos.

Ich suchte die Tochter des Malers auf und sagte ihr, ich wolle ein Bild ihres Vaters kaufen. Sie stand zwischen Schwedenmöbeln (alles birkenlicht) und nannte mir sofort eine fabulöse Quadratzentimetersumme, die ich ebenso schnell akzeptierte. In ihrem Auto, einem Golf GTI voller Aufkleber, fuhren wir zum Haus. Ich ging hinter ihr, und als sie die Tür offen hatte, trat ich ins Zimmer des Malers und schloss hinter mir zu. Fummelte so lange am Einstellmechanismus der Selbstschussanlage herum, dass ich schließlich nicht mehr wusste, war sie nun geladen oder nicht. Legte mich aufs Bett. Vor der Tür fiel ein Schuss, aber ich traute mich nicht zu öffnen und zu schauen. – Dann saß ich lange vor dem Bild mit den Indianern und glotzte darauf. Die Indianer hielten sich bei den Händen und sprangen lachend im Kreis herum; vor mir der riesenhafte Rücken eines Manns. – Ich hatte nichts zu essen mitgenommen, und mehr und mehr schien mir, die Indianer tanzten um einen dampfenden Kessel herum, und ich roch immer deutlicher eine Suppe, ja, eine heiße Kartoffelsuppe aus gebranntem Mehl und mit Wurststücken. Ihr Duft betäubte mich schließlich so, dass ich gegen das Bild taumelte. Wie ein Löwe fiel ich unter die Indianer. Weit und breit kein Topf. Ich wurde von den Tanzenden gepackt und im Kreis herumgewirbelt, längst blind für die, die mich an beiden Händen hielten, weil ich weinte.

Dann streifte ich durch die Jagdgründe. Warme Sonne; helles Gras; Käfer darauf. In den Fernen hie und da Rehe, die in einen Wald hineinschlenderten. Ich badete in einer Felsmulde. – Endlich weit unten die Rauchsäulen einer Siedlung. Der Erste, auf den ich am Dorfrand stieß, war der Maler. Er führte mich zu seiner Hütte, wo wir uns auf Bastmatten setzten und anfingen zu lachen, lachten und lachten, bis ein paar Kinder zur Tür hereinschauten.

Dann kam all das, was ich schon erzählt habe, der Schweinemaler, die Nachttiere, Cia, der Vater, die Kuhfrau; ich wurde selber ein Indianer und rostbraun wie alle, mit einer Feder auf dem Kopf. Reihte mich, sooft es ging, in den ausgelassenen Tanz ein; sehr oft war das nicht mehr. Er war ein Empfangstanz für die, die aus dem Jenseits angesagt waren. – Im Körbchen jeweils ein neues Baby. – Eigentlich kam fast niemand mehr. Einmal noch ein Mann mit einer Pfeife im Mund, die ihm gleich weggenommen wurde; *diesen* Tabak ertrugen die Indianer schon gar nicht. Und später noch eine Frau, die so laut kicherte, so ohne Ende, dass wir zu tanzen aufhörten und sie in ihr altes Leben zurückschoben. – Eine der Indianerinnen hob das schluchzende Baby aus dem Korb und wiegte es tröstend; nicht immer können sich die Altgewordenen versöhnen. – Wir gingen zu unsern Beschäftigungen zurück. – Ich sitze jetzt oft an einem Holztisch (habe eine Hütte) und schreibe meine Erlebnisse auf, dies hier. Zwar habe ich keine Schreibmaschine, aber mit den Rötelstiften, die mir der Höhlenmaler geschenkt hat, geht es genauso gut. Besser. – Das Heft mit meinem Geschriebenen trage ich in meiner Hosentasche, setze mich oft hin unterwegs (auf einen Baumstumpf, an einen Bachrand); eigentlich schreibt das Buch sich selbst. – Cia züchtet Sonnenblumen (verschwindet in ihnen), die lange große Frau steht rußgeschwärzt vor einem Amboss und schlägt Hufeisen rund, und der Maler ist nun selbst bei offener Tür nicht mehr zu hören, weil er ein Virtuose geworden ist.

Sein erstes öffentliches Konzert fand auf dem Dorfplatz statt. Ein sanfter Abend. Alle Indianer saßen plaudernd auf dem Boden, tranken Wasser aus Tonkrügen; auch die Kinder waren da und rannten herum, und an der einen Platzseite war ein Podium gebaut worden, auf dem das Sinfonieorchester saß, etwa hundert Männer und Frauen mit Geigen, Flöten, Trommeln, Tschinellen. Kein Applaus, als der Maler und der Dirigent auftraten; beim Musikmachen ist das leiseste das größte Lob. (Wenn jemand wirklich unter allem Hund ist, schlagen die Empörtesten die Handflächen ein paarmal gegeneinander.) – Der Dirigent öffnete jäh den Mund, das war der Einsatz. Zuerst spielte das Orchester eine Einleitung, ein fernes Surren, dann setzte der Maler ein. Er hatte seine Tuba so poliert, dass wir uns in ihr spiegelten, goldleuchtend und verzerrt. Auch er spielte wie ein Hauch, seine Töne, so weit wir sie hörten, waren Erinnerungen an die Töne des Jenseits, das, was von ihnen übrig geblieben war. Schubert klang nun lauter als Beethoven. Ein paar Indianer weinten, jenseits war es auch einmal schön gewesen. – Im letzten Teil des Konzerts war eine Weile lang gar nichts zu hören, obwohl das Orchester und der Maler aus vollen Backen spielten; später erfuhr ich, sie hatten es mit Richard Strauss versucht. – Als das Konzert eigentlich schon vorüber war (die Zuhörer hatten so lange geschwiegen, dass die Musiker eine Zugabe gaben), stand plötzlich der Höhlenmaler auf der Bühne, und vom Malermaler begleitet sang er Lieder, die so unerhört zum Himmel stiegen, dass ein Storch dort oben nicht mehr wusste wie die Flügel schlagen. Aber immer wenn er zu stürzen drohte, hielt der Sänger inne; ohne hochzusehen. – Ein tiefes Schweigen nach seinem Vortrag. Auch der Maler, der ihn wirklich gut begleitet hatte, starrte ihn fassungslos an. – Nachher gingen wir alle in ein Restaurant (Holztische unter einem niedrigen Blätterdach) und aßen und tranken und lärmten. Am lautesten war der Sänger, der einen Arm um seinen neuen Freund gelegt hatte und blöde Lieder grölte. Kinder probierten die Tuba aus und entlockten ihr Fürze. Die Frauen setzten sich hierhin und dorthin, und wenn jemand nichts mehr zu essen oder zu trinken hatte, stand er auf und holte es sich. – Hinter der Restauranthütte (es war längst Nacht geworden) pinkelten Männer und Frauen. Aus dem Dunkeln ihr Plätschern und Lachen. – Als ich später auch dort stand, sah ich weit vorn auf dem Platz immer noch ein paar, die vor dem Podium schwiegen und die Hoffnung nicht aufgaben, den Sänger noch einmal zu hören.

Neben mir hielt eine Frau ihr Kind in die Höhe, damit es sich nicht die Beine nass machte. Es machte dafür meine, und ich sprang so schnell zur Seite, dass ich die Hosen zweier mächtiger Indianer überschwemmte. Sie drehten mir beide gleichzeitig ihre Köpfe zu: Beder und Baul. – »So was!« – Ich setzte mich an ihren Tisch und berichtete von meiner Flucht; sie erzählten ihre; ihr Trick war es gewesen, ins Zimmer des Malers zu *kriechen*. An den neuen Einschlägen in der Treppenhauswand hatte Baul überhaupt erst gemerkt, wo Beder hin war. – Ich Trottel hatte sie auch gesehen. – Dann sah ich die Frau und das Kind aus dem Restaurantschatten treten: Dora und Fee. Ich stürzte zu ihnen hin. Dora trug einen raschelnden Bastrock, und Fee begann sofort ihr altes Spiel, ihre Nase gegen meine zu drücken. – Wie groß sie geworden war. – Später tanzten wir, als ein paar aus dem Sinfonieorchester auf einen Tisch kletterten und einen Cheesecake spielten. Der Sänger sang durch einen Trichter hindurch, der eigentlich zum Abfüllen der Karaffen gebraucht und ihm zuweilen von einem Durstigen vom Mund genommen wurde. Bald stieg auch der Maler auf den Tisch (das halbe Lokal war jetzt oben). – Im Morgenrot begleitete ich Dora und Fee zu ihrem Haus, einem weißgekalkten Würfel inmitten von Blumen. Auf dem Heimweg eine blendende Sonne direkt von vorn. Ich atmete, als tränke ich die Luft.

Mein Haus ist auf einem Baum oben, einer gewaltigen Eiche. Äste, Blätter, Lehm. – Eine Strickleiter. – Wenn es windet, rauschen die Wände. – Zuweilen nagen Biber unten am Stamm. – Nachts schleicht der Mond hinter Büschen vorbei. – Das Bett ist aus Laub. Wenn ich darin versinke, schlafe ich auch schon. Jenseits stemmten sich meine Muskeln gegen die Dunkelheit, bis der Tag graute.

Ich lag noch im Laub, als Fee ihren Kopf durch die Türluke streckte und sagte, kommst du mit, spazieren? Natürlich rappelte ich mich hoch und kletterte nach unten. Fee war so tatenlustig, dass sie keinen Moment ruhig stand. Wir tanzten auf Baumstämmen und sprangen über Bäche. Fingen Frösche und leerten einen Busch reifer Himbeeren. Irgendwie (Fee rannte weit voraus) landeten wir in der Nähe der Höhle, und weil wir nun schon einmal da waren, zeigte ich sie ihr. Der Maler malte hoch oben an einem Schwein mit Fledermausflügeln herum und sang nicht mehr. Fee beobachtete ihn mit zusammengekniffenen Augen, nicht sehr lange, denn plötzlich (woher nur?) hatte sie einen Pinsel in der Hand und malte auch: auch ein Schwein. Es wuchs ihr aus dem Pinsel, als sei es fertig darin gewesen. Und kaum war es freigelassen, blühte neben ihm ein nächstes auf. Ein drittes. Eine Herde. – Inzwischen kauerte der Schweinemaler neben mir und wusch seinen Pinsel in einem Topf sauber, endgültig. – Die Höhle tanzte um uns herum. – Plötzlich hörte Fee auf (alles war gesagt) und hockte sich zu uns; wusch auch den Pinsel; die beiden als kennten sie sich. – Ich schlenderte herum und sah mir alte Schweine an. Eins, versteckt in einer schwarzen Ecke, schien Brüste zu haben: zwei Felsbuckel mit sienaroten Warzen. Als ich eine Zitzenspitze berührte, wie ein Hauch nur, begann das ganze Höhlengestein zu ächzen und stöhnen (ich erschrak entsetzlich), aber dann (statt dass Felsmassen mich verschütteten) wälzte sich nur das Schwein beiseite; eine Tür, deren Mechanismus ich in Gang gebracht hatte. – Ich kam in eine helle Höhle, in der mein Vater und der Maler an einem Metalltisch saßen (wie früher in Gartenwirtschaften) und mir zuprosteten. Beide trugen riesige Federhüte, deren Schweife bis auf den Boden herabreichten. Vor ihnen Flaschen und Gläser. »Da bist du ja«, sagte mein Vater, und der Maler: »Na dann mal los.« – Hinter ihnen kauerten vier reglose Indianer: Beder, Baul, Cia und Dora. Als sie mich sahen, erhoben sie sich, und wir stellten uns wie von selbst nebeneinander, Baul, Dora, Beder, ich und Cia, die mir noch zierlicher vorkam als früher. Mein Vater qualmte eine lange Pfeife und machte sich mit einer Tätowiernadel an Bauls Rücken zu schaffen. (Der Maler trank still, ohne sich um uns zu kümmern.) Baul stöhnte zuweilen, bis ich dann in einer blauen Pünktchenschrift das Wort HÖRT las. Dann kam Dora dran: MIT. Auch ihr schien es weh zu tun. Beder, der früher losgekreischt hatte, wenn er an einen Mückenstich nur *dachte*, schwieg jetzt, DEM. Und schon spürte ich die Nadel in meinem Fleisch (brüllte). – Was? – Cia bekam ein AUF zwischen die Schulterblätter, und ein Ausrufungszeichen. – Mein Vater sah sich sein Werk eine Weile lang an. »Was meinst du?«, sagte er schließlich zum Maler, der erst jetzt hochblickte, las, nickte. »Super. – Echt gut.« Beide prusteten los wie die Schulbuben. – Wir brachen sofort auf. Vorne ging Baul, dann Dora, hinter ihr Beder, ich, schließlich Cia. Als ich mich nach ihr umwandte, lächelte sie zurück. Die bemalte Höhle war leer; wer sorgte für Fee, wenn wir weg waren? – Immer in jener Einerkolonne, zu der wir verurteilt waren, gingen wir durch hohes Gras bis zum Jagdgrundrand, von dem aus wir auf die Erde sprangen, noch bevor sie uns ganz nahe gekommen war. – Ich konnte nicht anders, ich riss beim Sprung die Augen auf und sah ins Nichts. – Ging dann zwischen Eisbrocken; sprang über Wächten; rutschte Schneehänge hinunter. Gletscherspalten. Die erstarrte Gestalt an der Schreibmaschine blieb zu weit weg, als dass ich hätte erkennen können, wer sie war und was sie geschrieben hatte.

Bald waren wir im Heidekraut, wanderten einer furchigen Jeepspur entlang (über uns graue Wolken), bis wir zum Hafen kamen, einem Dorf aus farbigen Wellblechhäusern, wo der Dampfer ablegebereit an der Mole wartete. Hupen und Tuten. – Wir hatten kein Geld, hockten mit zugepressten Augen zwischen Fischkisten. Ich hörte das Meer nur, kotzen musste ich trotzdem. Hörte auch ein zartes Gekotz hinter mir, Cia? – An Land fuhren wir mit D-Zügen (in die Intercitys trauten wir uns nicht), besetzten jeweils ein ganzes Abteil und spielten die Dummen. Trotzdem setzten uns alle Schaffner an der nächsten Station an die Luft, so dass wir unendlich viele leere Bahnsteige in weiten Ebenen kennenlernten; jenseits der Geleise jeweils kleine Backsteinbahnhöfe, aus denen uns die Vorsteher beobachteten. – Zuweilen regnete es. – In der Stadt gingen wir zu unserm Haus. Natürlich wohnten andere Leute drin. Im Laden,

Herr Marthaler, lugte durch die Glastür, und als Dora einen Schritt auf ihn zumachte, drehte er den Schlüssel und verschwand fast rennend hinter seinen Schachteln. – Wir gingen durch die Straßen (kein Aufsehen, niemand las uns), schliefen dann im Gewächshaus des botanischen Gartens. Über uns Kolibris. – Am nächsten Morgen sangen wir in einer Fußgängerzone (diese Wörter! Ich hatte sie vergessen!), rasselten dazu mit Tamburins, wir waren ja schließlich Indianer. – Die Leute hingen an unsern Lippen; im Rücken niemand. – Am meisten Aufsehen erregten Cia und Dora, so sehr, dass wir an den Wühltischen eines Kaufhauses landeten und Hemden suchten; gerade noch rechtzeitig kam uns in den Sinn, dass das unsre Botschaft verfälscht hätte. – Wir wollten noch ein bisschen weitersingen, bekamen aber Streit mit einer andern Indiogruppe. Baul verlor einen Zahn, und Beder schlug einem ein Auge blau. – Wir gingen zum Bahnhof zurück. Auch die Rückfahrt war nicht friedlich, wie auch, aber schon nach drei Tagen waren wir auf unserm Schiff.

Ich muss vielleicht noch anfügen, dass im botanischen Garten meine Sehnsucht in Erfüllung ging, oder vielleicht ging, jedenfalls lagen wir alle fünf in der gottgewollten Reihenfolge im Dunkeln und atmeten wie Schlafende, als ich plötzlich eine Hand zwischen meinen Beinen spürte. – Cia! – Wir umarmten uns ganz langsam, bewegten uns wie Mondschatten, explodierten endlich nach innen. – Unsre Körper außen fast ohne eine Regung. – Am nächsten Morgen lag Dora neben mir, und Cia stand am Unkenteich und wusch sich. Dora rappelte sich ächzend auf und band

sich den Bastrock um. – Ja, was nun? – Ich pflückte zwei
Tropenblumen und steckte sie den Frauen ins Haar, beiden.

Im Eis bergauf wählten wir diesmal eine andere Spur, hangelten uns die Brüche hinauf, über trittlose Platten, ungeborene Lawinen, und standen plötzlich vor dem eingeschneiten Erstarrten, der vor der Schreibmaschine saß, eiszapfenbehangen. Ich hob die Kapuze hoch: Emil. – Ich hatte es ja gewusst. – Sein Gesicht war blau, schreckverzerrt, die Augen aufgerissen. Ein Finger auf einer Taste festgefroren, auf dem Ausrufungszeichen. Ich wischte den Schnee von der Walze und las ein einziges Wort: *Hilfe.* – So einfach hatte ich es mir nicht vorgestellt; irgendein Mehr erwartete ich sogar jetzt noch. – Ich stand neben ihm und dachte etwas oder nichts, dann wachte ich auf und sah weit über mir meine Freunde, am Jagdgrundrand beinah schon. Hastete bergauf. Als ich Cia erreichte, sprang Baul schon. Dann die andern, und auch ich erreichte das rettende Ufer und bekam von meinem Vater einen Trainerschlag auf die Schultern. Au. – Der Maler war auch da und hatte die Tuba und eine Art Akkordeon bei sich, aus dem aber keine Töne kamen, sondern farbige Dampfwolken, die über unsern Schädeln Heiligenringe bildeten. – Viele waren zu unserm Empfang gekommen, auch Kinder. Ich fiel Männern und Frauen um den Hals, auch jener, die so groß war, dass meine Nase zwischen ihren Brüsten steckte. – Plötzlich ein Geschrei. Entsetzensrufe, wie ich sie noch nie gehört hatte. Ich wandte mich um und sah auf der davontreibenden Erde Fee stehen, ganz allein, Fee. Wie war sie da hinübergekommen? Zwischen ihr und uns schon viele Meter breit das Nichts;

Nebelschwaden von unten her. Dora, ihre Mama, mit flehenden Armen zu ihr hin. – Dann weiß ich nicht mehr, wie es ging, ich rannte jedenfalls plötzlich, flog und hing mit zappelnden Beinen am Erdrand. Eine Hand hatte ich an einem Stein, der im Eis knirschte, die andere an einem Schneezapfen. – Ich krabbelte hoch. – Sehr schnell trieben wir auseinander. Im Nebel verschwanden die Indianer. – Einmal, durch ein Wolkenloch, sah ich nochmals Dora. Cia? Meinen Vater? Hörte ich die Tuba? – Ich nahm Fees Hand und ging in meiner Spur von eben. Aber bald rannte Fee voraus, warf Schneebälle, rutschte Abhänge hinunter. Ich klemmte mir Emils Schreibmaschine unter den Arm. – In der Heide aßen wir Blaubeeren. Während Fee schmatzte (das ganze Gesicht verschmiert), holte ich mein Heft aus der Hose. – Zuletzt hatte ich mein Baumhaus beschrieben; diese Gegenwart war nun auch schon wieder eine Vergangenheit. – Wie hätte ich ahnen können, dass die Zeit einen solchen Ruck machen würde. – Ich riss die hintersten Seiten aus dem Heft, anders passten sie nicht in die Maschine. Aber der Wagen war festgerostet, und die Typen klemmten. Ich warf sie in ein Schlammloch. – Später trug ich Fee auf den Schultern. Sie hielt meine Ohren wie Zügel und kreischte vor Vergnügen. Im Hafen ein Essen nur aus Heringen. Auf dem Schiff standen wir an der Reling und sahen den Wellen entgegen, die aus dem Horizont wuchsen, auf uns zurasten und an der Schiffswand zerschäumten.

Das Paradies des Vergessens

Immer schon habe ich jene lockeren Dichter bewundert, die mit den Manuskripten ihrer Meisterwerke, von denen sie keine Kopien besaßen, unbekümmert U-Bahn fuhren oder Sauftouren durch Vorstadtkneipen veranstalteten. Natürlich waren die Manuskripte dann weg, verloren nach einer kalten Nacht unter den Neonlampen eines New Yorker Eiscafés oder aus dem Gepäckträger des Fahrrads gerutscht, auf dem die Dichter im ersten Morgensonnenlicht – Kuckucksrufe ringsum – nach Hause radelten, aus dem Bett einer Geliebten kommend, die jetzt schlummerte und der sie zuerst das ganze Buch vorgelesen hatten, bevor sie sich mit ihr auf den Weg in einen Himmel machten, der uns Sterblichen verschlossen bleibt. Keins dieser Bücher wurde jemals wiedergefunden, und bis heute haben wir nur die Erinnerung an etwas Wunderbareres als alles andere, was die Dichter sonst noch so geschrieben und *nicht* verloren hatten.

Über Jahre hin hatte ich mir vorgenommen, dereinst so stark zu sein, so voller Fülle, dass ich ein dickes Buch schriebe, in das ich mein Ganzes legte, fünfhundert Seiten, und das ich dann verlöre. Denn das Schreiben ist das Ziel, nicht das Buch.

Ich schrieb dann tatsächlich so etwas – mein Verleger, der

es sah, aber nicht dazu kam, es zu lesen, nannte es sofort einen Roman – und versuchte auch gleich, es zu verlieren. Entgegen meinen Gewohnheiten machte ich lange Straßenbahnfahrten und sprang irgendwo überstürzt ins Freie. Aber immer kamen mir ein netter Mann oder eine freundliche Dame nachgerannt, he und hallo Sie rufend, und überreichten mir mein Buch. Ich bedankte mich überschwenglich. – Einmal saß ich im Restaurant Rose bis lange nach der Polizeistunde und schob dann den beiden Polizisten, die uns Säufer freundlich auf die Straße beförderten – und dem Wirt die Schließung seines Lokals androhten, wenn er sich in Zukunft nicht wenigstens andeutungsweise an die Gesetze halte –, das Manuskript in die Regenmanteltaschen, in zwei ähnlich dicke Packen aufgeteilt. Aber beide – sensible Beamte – spürten sofort das höhere Gewicht ihrer Uniform und drückten mir mein Werk wieder in die Hände, nicht ohne ein bisschen darin herumgeblättert zu haben. »Nicht übel«, sagte der eine, und der andere: »Weitermachen.« Ich lächelte und trollte mich nach Haus, wo ich das Buch auf den Kompost warf, von dem es der Hausbesitzer am nächsten Morgen weghob und in meinen Milchkasten legte, mit einem Zettel drauf, auf dem er schrieb, er, der Hausbesitzer, glaube, ich spräche ein bisschen zu heftig den starken Getränken zu. Aber das Buch sei spitze.

Es gab noch viele Versuche. Ich flog sogar nach Ibiza und mietete ein Fahrrad, aber die Frau, mit der ich schlief – eine Lehrerin für Schwererziehbare aus Birmingham –, schlummerte nach meinem Weggehen keineswegs, sondern rannte mir nackt über den Hotelflur nach und rief, es sei ein Meisterwerk – »*ay masterpiece, darling!*« –, und sie lasse es nicht zu, dass ich es auf dem Gepäckträger dieses lausigen Fahrrads in meinen Bungalow fahre, und her damit! Also händigte ich ihr mein Buch aus – es hieß, wenn ich mich recht erinnere, Der Fluch des Vergessens – und schob das Fahrrad bis vor mein eigenes Bett. Im Morgengrauen schon stand sie davor, küsste mich und legte das Manuskript auf meinen Bauch.

Der letzte Versuch scheiterte dann so: Ich war zu den Solothurner Literaturtagen gefahren, genauer gesagt zu dem Fest, das immer am Samstagabend im Restaurant Kreuz stattfindet, und ließ die von mir beschriebenen Seiten – nach einer Nacht, in der ich mit einer Lyrikerin aus Bern Rock 'n' Roll getanzt hatte – auf dem Tisch mit den vervielfältigten Texten aller Teilnehmer liegen. Hier, dachte ich, würden sie in der Papierflut untergehen und als Wellen eines viel größeren Meers irgendwo im Nichts verschwinden. Aber wie es der Teufel wollte, oder Gott, das Buch fiel in die Hände eines Germanisten, der eigentlich seine Reisetasche mit seinem Pyjama suchte, und der las es am selben Abend noch im Hotelbett und hatte natürlich gleich heraus, von wem es war. Er rief mich ein paar Tage später an – ich suhlte mich schon in meinem Triumph –, und ich stotterte, dass mir ein Stein vom Herzen falle und dass ich ihm von Herzen danke. Ob ich ihm das Buch, wenn es dann erscheine, widmen dürfe? Nach kurzem Zögern sagte er, ja, natürlich, gern, er wolle mir aber, um der Wahrheit willen, doch noch sagen, dass ihm nach einer Strukturanalyse meiner Prosa zwar sofort klar gewesen sei, dass sie von einem Schweizer der jungen Generation stammen müsse – es sei ständig von Geld die Rede, und von Bergen –, dass er aber vor mir dennoch – in dieser Reihenfolge – Max Frisch, Franz Böni, Rainer Brambach, der aber schon tot gewesen sei, und Peter Bichsel angerufen habe. Dieser gestand mir beim Literaturfest des folgenden Jahrs, er habe damals den Bruchteil einer Sekunde lang gezögert, ob er sich das unbekannte Manuskript nicht unter den Nagel reißen solle, denn 450 Seiten, nicht wahr, das sei schon eine Versuchung.

So gab ich das Buch endlich resigniert dem Verleger, der am frühen Nachmittag bei mir hereingeschaut hatte und am späten Abend immer noch dasaß, hinter leeren Veltlinerflaschen verschanzt. »Pass auf!«, rief ich ihm nach, als er, mit meinem Buch auf dem Gepäckträger, im diffusen Licht des Vollmonds davonradelte. »So ein Buch schreibe ich nicht jeden Tag!« Er drehte sich nochmals um, winkte und bog dann klingelnd um eine Ecke. Ich ging nachdenklich ins Haus zurück. Da flatterte es nun hinaus in die böse weite Welt, mein Werk, und ich hatte es nicht daran hindern können.

Eine Weile später klingelte das Telefon. Der Verleger. Seine Stimme klang belegt oder verhetzt, wahrscheinlich war er mit seinem Rad, das eine Zehngangschaltung hatte, zu schnell gefahren. »Das Manuskript!«, schrie er. »Das Manuskript ist weg!«

»Bist du wahnsinnig?«, brüllte ich ebenso laut in den Hörer hinein. »Wie stellst du dir das vor? Ich habe keine Kopie!«

Es war still am andern Ende der Leitung. Dann sagte der Verleger mit einer gänzlich anderen Stimme – sie klang plötzlich wie der Anrufbeantworter eines Immobilienberaters –, er stelle sich das so vor, dass das Buch nun halt im

Eimer sei und dass er selbstverständlich für allen entstandenen Schaden aufkomme. Ob 750 Franken o. k. seien? Ich stammelte Ja und Nein und Doch und warte heute noch auf das Geld, obwohl sich der Verleger schon einmal, anlässlich meines dritten Romans, meine Kontonummer notiert hatte.

Der Roman handelte, wenn ich mich recht entsinne, von einem Mann, der, alt geworden, mehr und mehr das Gedächtnis verlor. Er konnte sich an nichts mehr erinnern – fragte zuweilen seine Tochter, wer sie sei, und, nachdem er die Antwort bekommen und vergessen hatte, um wen es sich denn bei ihm selber handle –, saß ganze Nächte wach im Bett und träumte von Dingen, die ihn an nichts erinnerten. Anemonen in hellgrün sprießenden Wäldern. Seine Krankheit hatte einen Namen, den ich vergessen habe. Etwas wie Schopenhauer oder Sontheimer. Sonst brauchte der alte Mann viele Minuten, bis, beim Pinkeln, die Harntröpflein den Durchschlupf an seiner geblähten Prostata vorbeigefunden hatten, und starrte derweilen auf sein schrumpeliges Schwänzchen, das ihn auch an nichts gemahnte. Die paar Tropfen, die dann dennoch kamen, schwenkte er ungeschickt durchs ganze Klo. Am Morgen schmerzte ihn der Rücken und am Abend, wenn er den Morgen vergessen hatte, auch. Er saß in Cafés und bestellte Dinge, die es nicht mehr gab. Sagte »Einen Zweier Zwicker bitte«, weil ihm der Begriff in einem Winkel des Kopfs haften geblieben war, und staunte über das, was ihm die Kellner brachten. Zuweilen lachten sie, und die Gäste auch, und es war ihm egal. Er fühlte sich, obwohl es das in seiner Stadt nicht gab, den griechischen Greisen verwandt, die irgendwann einmal, schwarz gewandet, auf einen Stuhl sinken, vor einer weiß gekalkten Mauer, und nie mehr aufstehen. Immer an Ostern, wenn die Jüngern, die noch stehen, die Mauer neu weißen, werden die Stühle mit ihnen drauf um ein paar Meter verschoben und dann wieder zurückgestellt. Das sind die weitesten Reisen der alten Männer in Griechenland, und mancher hat dabei ein unbekanntes Stück Hafen gesehen oder einen Blick in ein vergessenes Fenster geworfen, auf eine junge Frau, die er dann ein Jahr lang zu vergessen versuchen konnte.

Ja. Der alte Mann beobachtete den Aufstieg eines Käfers über seinen Kittel und dachte überhaupt nicht mehr an das Getränk, das ihm der Kellner irgendwann hingestellt hatte. Im Supermarkt klaubte er so lange in seinem Portemonnaie herum, bis ihn die andern Kunden beiseiteschoben. Zuweilen fiel ihm etwas zu Boden, und er bückte sich, und dann fiel er selber um und kam nur mühsam wieder auf die Beine, vor sich hin schimpfend, und wenn er dann endlich stand, lag sein Hausschlüssel immer noch tief unten auf der Treppenstufe. Einmal schiss er in die Hosen, ohne dass ihn zuvor etwas gewarnt hätte, mitten auf der Straße. Menschen grüßten ihn, und er grüßte zurück. Aber wer mochten sie sein? In seinem Haus, dessen Einzelheiten er immer undeutlicher wahrnahm, herrschte ein immer größeres Durcheinander, in dem zuweilen eine fremde Frau, die wie ein jäher Schrecken zur Tür hereinbrach, mit Besen und Staubsauger herumfuhrwerkte. Er hilflos lächelnd in irgendeiner Zimmerecke, die nicht nassgeschwemmt war. Über aufgerollte Teppiche stolpernd. Endlich nahm sie ihm, der immer noch lächelte, das Portemonnaie aus der Tasche und einige Scheine daraus und ging; in denselben Geldbeutel tat dafür ein Postbote Geld hinein, sagte freundlich »So!« und schob alles wieder in die Hosentasche des alten Mannes zurück. »So!« Der sah ihm nach, wie er die Treppe hinabging. Er fragte sich, wer ihm dieses Geld schickte, und gab sich eine Antwort, die er vergaß, so wie ich vergessen habe, was er sonst noch alles tat in meinem Buch.

Jeden Tag jedenfalls ging er aus dem Haus – ein Trieb –, und da er, einmal auf der Straße, nur nach rechts oder nach links gehen konnte, landete er immer entweder im Restaurant Rose – das war, wenn er nach rechts – oder auf einer Bank im Park: falls er sich nach links wandte. Das heißt, gegenüber waren die Werkstätten des Städtischen Opernhauses, in die er sich zuweilen auch verirrte. Einmal stapfte er stundenlang im Märchenwald für Zar und Zimmermann herum und fand nicht mehr heraus, bis ihn eine Bühnenbildassistentin, die auf Befehl des Bühnenbildners alle roten Blumen in blaue ummalen musste, schlafend mitten im Jungbrunnen fand, in den das Zauberwasser, in dem sich abends dann, von Musik gewiegt, alle alten Weiblein und Männchen der Oper in Junge verwandeln sollten, noch nicht eingefüllt war.

Lange war der Park, wenn man von der Rose absah, sein einziges Ziel. Er saß auf einer der Bänke beim Kinderspielplatz und fütterte Tauben, deren Sprache er zu verstehen begann. Gurrte stundenlang. Ließ sich von Kindern von früher berichten, während er ihnen das Jetzt erklärte. Hielt strickenden Müttern die Wolle und ließ sich die Schuhe binden. Zuweilen setzte er sich auf eine der Schaukeln und lachte, bis den Mamas die Tränen kamen. (Die Kinderzeit *kann* das Paradies sein.) Einmal lieh ihm ein Junge sein

BMX-Rad, und der alte Mann umkurvte Eichen und setzte über Erdschanzen hinweg und kam zurück. Erst als er sich auf die Bank setzen wollte, stolperte er. Kurz darauf bewunderte er den Jungen, ein kaffeebraunes Kind mit krausen Haaren, das erfolglos versuchte, die Kunststücke des Alten nachzuahmen. Sonst saß er halt da und band Kränze aus Maßliebchen und setzte sie jedem auf, der den Kopf hinhielt. Er lachte über einen Witz, den ihm ein mürrischer Alter, der sich an jede Einzelheit seiner Kindheit erinnerte, aus purer Bosheit jeden Tag erneut erzählte. Als er ihn zum dreißigsten oder auch hundertsten Mal von sich gab, musste er, von der Unschuld seines Zuhörers angesteckt, plötzlich selber lachen, und die beiden Greise glucksten und kicherten so lange, bis auch die Kinder und die Mütter und die Omas in ein Lachen ausbrachen, dessen Grund sie nicht kannten. Aber alle nahmen dieses Geschenk des Himmels dankbar an. Der Witz war der von den beiden Nilpferden, die in den biblischen Zeiten aus dem fernen Ägypten aufbrachen und dem Stern nach und immer geradeaus und durch die unendliche Wüste gingen und endlich vor dem Stall zu Bethlehem standen und die Tür öffneten und Maria und das Kind erblickten und sagten: Wir sind die heiligen drei Könige und sind gekommen, die Geschenke abzuholen.

Irgendwann einmal ging der Mann wieder in den Park, und statt sich hinzusetzen, ging er durch ihn hindurch und auf der andern Seite durch eine kleine Pforte hinaus, weiter und weiter, vielleicht von den Nilpferden inspiriert. Er wanderte durch enge Gassen und ging bei Rot über Straßen und lächelte die Autofahrer an, die gegen die Stirn tippten.

Einem Eisverkäufer nahm er ein Eis aus der Hand, als dieser es gerade einer Frau in einem türkisblauen T-Shirt geben wollte. Er stolperte in ein Kino, in dem er einen Film ansah als sei er die Wirklichkeit. Der Film handelte von einem alten Mann, logo, der sich in ein junges Mädchen verliebte, und beide stahlen zuerst ein Motorrad und später ein Motorboot und landeten auf einer Insel, auf der sie sich im Sand unter einer Palme wälzten. In den Baumkronen Affen, die die Liebenden mit Kokosnüssen bombardierten. Der letzte Wurf, als das Happy End schon klar schien und die Musik laut wurde, traf den alten Mann am Kopf, gegen den Willen des Regisseurs gewiss, denn das Licht ging im Kino an, als sei längst alles aus, und der Schock löschte sein Gedächtnis, und er starrte die Frau, auf der er lag, verständnislos an und stand auf und ging ohne Hosen weg und wurde von einem schwarzen Polizisten in einer goldglitzernden Uniform verhaftet. An den Straßenrändern applaudierten Eingeborene in Bastschürzen, denn das Drama spielte irgendwo auf den kleinen oder großen Antillen.

An diesem Tag kam der alte Mann nur nach Hause, weil die Frau, der er das Eis weggenommen hatte, ihn spät nachts am Seeufer traf, wo er mit hochgekrempelten Hosen versuchte, auf der Wasseroberfläche zu gehen. Sie hatte ihn platschen gehört und führte ihn heim, denn sie arbeitete als Aushilfe in der Rose und kannte sein Haus. Als sie ihm ins Nachthemd half, hatte er ganz für sich allein die Story des Films live erlebt und war in seine Helferin bis über beide Ohren verliebt, und natürlich war es schade, dass er auch das, kaum war sie weg, wieder vergaß. Immerhin wurde er, während er ins Reich des Schlummers hinüberglitt, von den heitersten Bildern gewiegt. Negerinnen mit schweren Brüsten tanzten um Kochtöpfe, in denen die Köpfe von Polizisten kochten. Blumen überall.

Später wurden seine Wege immer weiter. Er ging jetzt oft bis zum See und setzte schließlich mit einem Pedalo zum andern Ufer hinüber. Immer ferner die Schreie des Bootsvermieters. Drüben überquerte er die Bahngeleise, ohne den Gotthardexpress zu bemerken, der grässlich pfeifend an ihm vorbeiraste, und stieg die Voralpenhügel hoch. Unterwegs freundlich muhende Kühe, denen er in der Sprache der Tauben antwortete. An diesem Tag wurde er erst aufgegriffen, als es gegen Mitternacht zu regnen anfing. Bis dahin hatte er auf einem Haufen aus Holzscheiten gesessen und den Himmel angestarrt, dessen Sterne ihm immer geheimnisloser vorkamen. Als seien sie eine Schrift, die lesen zu können er drauf und dran war. Aber dann – irgendwie waren seine Gedanken von den Gestirnen abgeschweift – überschwemmte ihn dieser selbe Himmel plötzlich mit einer Sturzflut aus Wasser, und er rappelte sich hoch und stolperte nass in ein Landgasthaus, dessen Gäste gerade darüber sprachen, was sie mit den fremdfarbigen Menschen, die ihr Dorf immer häufiger aufsuchten, machen wollten: heimschicken oder totschlagen. Der alte Mann, der gleich hinter der Tür umgefallen war und in einer Pfütze am Boden lag, wurde vom Gemeindepräsidenten und vom Wirt auf eine Bank gelegt, und später kam die Polizei und fand in seinen Taschen einen Brief mit seinem Namen und seiner Adresse und fuhr ihn heim, und es war in Wirklichkeit meine Adresse und mein Name. Aber ich tat so, als heiße er wie ich und wohne in meinem Haus, und bedankte mich bei den Beamten, die salutierend an die Kappen griffen und mir rieten, besser auf den alten Herrn aufzupassen, sonst sei er dann reif fürs Pflegeheim. Ich führte ihn schräg über die Straße, dahin, wo er wirklich zu Hause war, und half ihm meinerseits ins Nachthemd. Es war ein gestreiftes. Ich löschte das Licht. Wenig hätte gefehlt, und ich hätte ihm einen Gutenachtkuss gegeben. Um das Gefühl zu vertreiben, das dieser Impuls in mir ausgelöst hatte, ging ich ins Restaurant Rose und trank ein paar Biere. Trotzdem träumte ich dann von Kühen, die von Tamilen gefoltert wurden. Immer erneut schreckte ich aus dem Schlaf und saß schreiend im Bett.

Der Verlust meines Buchs brachte mich dafür meinem Verleger näher, und ihn mir. Er rief an einem heiteren Frühlingsmorgen an und fragte mich, ob ich ihn auf seiner nächsten Trainingsfahrt begleitete, und also lieh ich mir vom Wirt des Restaurants Geld und kaufte auch so ein Rad, eins der Marke Motobécane, das sogar elf Gänge hatte. Dazu ein hautenges Tricot, auf dem Panasonic stand, eine schwarze Hose mit eingebauten Schaumgummiwindeln und eine Mütze, auf der Rivella zu lesen war. Der Verleger, als er mich zu unsrer ersten gemeinsamen Fahrt abholte, war ähnlich gewandet. Nur warb sein Hemd für meine Bücher. Er hatte es extra anfertigen lassen. Aber die Mütze war ebenfalls branchenfremd und trug den Schriftzug der Kreditanstalt.

Wir radelten los, die Forchstraße hinauf, dem Pfannenstiel entgegen, er locker voraus und ich, in den Pedalen tobend, in seinem Windschatten. Er war herrlich trainiert und stieß zuweilen kleine Juchzer aus, während ich schon in Zumikon oben wie ein Verendender atmete. Das hinderte ihn nicht daran, sich mit mir über die Schulter hinweg angeregt zu unterhalten. An diesem ersten Tag beschäftigte ihn hauptsächlich, dass sein Verlag viel zu groß geworden sei. Was solle er mit einer Telefonzentrale und einer EDV-Anlage! Einst sei seine ganze Wirtschaft in einer alten Schuhschachtel gewesen, unter seinem Bett, die *alles* enthalten habe, die Manuskripte und die Verträge und die Einnahmen und auch die Ausgaben, denn von Anfang an habe er sich angewöhnt, diese der besseren Übersicht wegen bei sich zu behalten.

»Ein Buch«, rief er unvermittelt und setzte zu einem Spurt an, so dass ich ihn fast sofort nur noch aus weiter Ferne hörte. »Was soll ich mit einem Buch ohne Menschen?« Er sprang, im Fahren noch, aus dem Sattel und warf das Rad gegen eine Tanne, deren Äste bis unter den Wipfel abgesägt waren. »Ohne Leidenschaften? Ohne Trauer? Freude? Ohne die vergehende Zeit?« Er sah mich anklagend an, als schriebe ich solche Bücher, und trat mit den Beinen in die Luft, um die Muskeln zu lockern. Ich ließ mich ins Gras fallen. Während mein Herz donnerte und ich Sterne sah, rief er: »Eins verzeih ich keinem Autor: Wenn er von sich spricht. Spreche *ich* jemals von mir?!«

Ich schüttelte heftig den Kopf. Ich hatte einen schrecklichen Durst. Weit unten glänzte der Greifensee, voller Wasser, blau, mit weißen Segeln gesprenkelt. Der Verleger hatte mit beiden Händen den Stamm der Tanne gefasst und stemmte sich kraftvoll von ihm weg; stretchte abwechselnd das linke und das rechte Bein.

»Ich sehe einem Buch nach«, sagte er, nun doch ein bisschen keuchend, »wenn es niemand kauft. Aber ich will nicht angejammert werden. Ich will Distanz.« Er ließ die Tanne los, ging zum Rad, löste eine Metallflasche vom Lenker seines Rads und schraubte den Verschluss auf. »Zuweilen spiele ich mit dem Gedanken, den Verlag so schrumpfen zu lassen, dass mir *ein* Autor genügt.« Er trank mit langen Schlucken. »Du ahnst ja nicht, das Zeug, das ich tagein tagaus lesen muss.«

»Hm«, sagte ich.

»Und weißt du was?« Er beugte sich zu mir herunter, als offenbare er mir ein Geheimnis. »Ich kann's nicht ertragen, wenn ein Autor hässlich ist. Verschwitzt, oder voller Pickel. Da raste ich regelrecht aus.«

Er schraubte die Flasche zu, klemmte sie in den Halter zurück und schwang sich in den Sattel. Lächelte mich an, und ich lächelte zurück. Meinte er mich? Er hatte einen runden roten Kopf, aus dem, dicht unter dem Schild seines Käppis, zwei blaue Augen wie Scheinwerfer leuchteten, einen mächtigen Brustkorb und Waden, deren Muskelstränge ein Zopfmuster bildeten. Dopte er sich? Jedenfalls war er im Nu um die nächste Kurve verschwunden. Ich hob ächzend mein Rad hoch und schob meine Füße in die Metallkappen der Pedale.

Tatsächlich ging nun alles leichter, vielleicht, weil wir schon so hoch oben waren, dass die Luft keinen Widerstand mehr leistete. Ähnlich dem Verleger ging auch ich aus dem Sattel und schwang wiegend hin und her. Die Reifen pfiffen, wenn ich die Pedale nach unten wuchtete. Auf der Passhöhe fuhr mir ein Wind ins Gesicht, von den Gipfeln der Alpen herkommend, die in der Ferne weiß leuchteten. Ich stieß einen Juchzer aus, so wie es der Verleger vor einer Stunde getan hatte, und tatsächlich sah sich dieser, weit unten schon dem Tal zustrebend, überrascht nach mir um. Er fuhr beinah in eine Leitplanke und legte sich im letzten Augenblick so heftig in die Kurve, dass er flach auf dem Asphalt zu liegen schien. Dann war er weg. Singend, zuweilen freihändig, sauste auch ich dem Zürichsee entgegen, bis nach Küsnacht, wo mein Freund am Ufer stand und Schwäne fütterte. Ich stellte mich neben ihn. Weit jenseits des Sees glitzerte fern die Villa, in der Thomas Mann einst Herr und Hund geschrieben hatte, und andere Meisterwerke. Vielleicht hatte auch er einmal mit seinem Verleger im Garten gestanden und über den See geschaut, zu uns hin, wir zwei kaum zu sehen von dort.

Mein Buch ging dann so weiter – ich setzte mich jeden Abend an den Gartentisch und notierte alles, was mir einfiel, in ein Wachstuchheft –, dass der alte Mann, der keinen Namen hatte, über den See ging, tatsächlich wie Jesus, obwohl er sich an diesen nicht erinnerte. Es war einer jener eisigen Winter, und der See war zugefroren. Kinder fuhren Schlittschuh, und in Mäntel verkrochene Liebespaare spazierten eng umschlungen. Diesmal ging er noch weiter als das letzte Mal, an dem Gasthaus vorbei, das ihn gerettet hatte, von Bauern auf dampfenden Misthaufen misstrauisch beobachtet, immer geradeaus, bis er, nach Tagen, in eine Stadt kam. Etwas, natürlich sein Hunger, befahl ihm, in ein Restaurant zu gehen. Es war just eines jener Lokale, derentwegen die Feinschmecker aus dem Häuschen geraten und zu langen Pilgerfahrten aufbrechen. Niemand pürierte den Lauch so wie dieser Wirt, und der Guide Michelin hatte dreimal mehr Sterne über seinem Lokal aufleuchten lassen als einst der Herr über dem Stall von Bethlehem. Das wusste der alte Mann natürlich nicht, als er sich an einen der Tische setzte. Er war so erschöpft, dass er nicht bemerkte, dass er eine Spur aus braunem Schneeschlamm auf dem beigen Spannteppich hinterließ. Die Gaststube war leer. Alle Tische weiß, mit rosaroten Blumen und Tellern, die von hauchdünnen Gläsern umlagert waren. Palmen wuchsen, und ein Fenster war in ein riesengroßes Aquarium verwandelt, in dem farbige Tropenfische schwammen. Der alte Mann setzte sich und wartete. Räusperte sich dann, und nochmals, und rief endlich: »Wirtschaft!« Eine Tür ging auf, und ein Kellner kam herein, ein Italiener wohl, denn er blieb abrupt stehen, starrte den alten Mann an und flüsterte »Dio mio«. Verschwand. Nach wenigen Augenblicken erschien ein massiger Mann, der Wirt, der legendäre Wirt, ein Küchentuch in den Händen, mit dem er sein weißes Gesicht abtrocknete, das rot wurde, während er näher kam. Der Italiener stand neugierig und fluchtbereit hinter dem Büfett. Der alte Mann sah dem Wirt entgegen und suchte in seinem Kopf nach dem Wort für jenes köstliche Kartoffelgericht, jenen angebratenen Fladen, neben dem oft ein wunderbar duftendes längliches Etwas lag, in das hineinzubeißen er jetzt eine unwiderstehliche Lust hatte. Er blickte verlegen lächelnd auf die vielen Teller.

Der Wirt hatte den Tisch erreicht, stemmte die Fäuste in die Hüften und sah mit kleinen Augen auf ihn herunter. Nicht nur der Boden war verdreckt, auch das Tischtuch, da wo der alte Mann seine Arme aufgestützt hielt, war nass und zerknautscht.

Der Wirt sagte: »So? Was treiben wir denn da?«, und der alte Mann hob den Kopf.

»Sind Sie's?«, sagte der Wirt und riss seine Augen auf. »Sind Sie's wirklich?«

»Keine Ahnung«, sagte der alte Mann.

»Das ist eine Überraschung. Aber wirklich. Das müssen dreißig Jahre sein, dass Sie weg sind, oder vierzig.«

»Ich habe Hunger«, sagte der alte Mann.

»Sieht alles ziemlich anders aus hier, gell?«

Der Kellner entspannte sich und kam näher. »Dem Papa macht das natürlich zu schaffen. Aber was wollen Sie. Er hat die Wirtschaft so geführt, wie er das wollte, und ich führe sie so, wie ich es will. Er ist in den Sternen gegangen, weil er dort seine Bratwurst mit Rösti kriegt. Sollte eigentlich längst zurück sein.«

»Bratwurst mit Rösti«, sagte der alte Mann. »Das war's. Einmal bitte. Und ein Bier.«

»Wir haben geschlossen«, sagte der Wirt. »Und zudem haben Sie nicht reserviert. Es ist alles bis in den Frühling hinein ausgebucht.«

Der alte Mann nickte und wollte den Wirt gerade um ein Stück Brot bitten, oder um Salzstangen, als die Tür wieder aufging und ein anderer alter Mann hereinkam, beinahe eine Spiegelung seiner selbst, ein gebeugtes Männchen in ungebügelten Hosen, allerdings ohne Schuhe, denn diese trug er in der Hand. Er sah auf die Tappen auf dem Teppich und hob dann den Kopf.

»Du?«, flüsterte er. »Bist du's?« Er kam näher, vorsichtig,

als könne die Erscheinung sich in Luft auflösen. »Bist du es tatsächlich! Nach so vielen Jahren!«

»Mir ist«, sagte der alte Mann, »im Augenblick nicht ganz gegenwärtig, wer Sie alle sind. Eigentlich habe ich nur einen furchtbaren Hunger.«

»Dieter!«, rief der andere alte Mann viel zu laut und drehte sich nach dem Wirt um. »Was stehst du rum wie ein Ölgötze! Ist das ein Restaurant oder nicht? Giovanni, los, in die Küche, etwas zum Futtern für meinen Freund, aber subito!«

Der Kellner wechselte einen Blick mit dem Wirt, der nickte, und sofort sauste Giovanni los. Der Wirt stand wie festgefroren.

»Weißt du nicht mehr?«, rief der andere alte Mann, der sich nun auch an den Tisch gesetzt hatte und die Schuhe immer noch in der Hand hielt. »Ich ein Bub und du ein Bub? Ich hatte damals den Mund immer offen, so.« Er zeigte es, blöd staunend. »Ich bin Franz!«

»Franz«, sagte der alte Mann. »Danke, Franz. Ich habe ein paar Probleme mit dem Gedächtnis. Wenn ich, Franz, in ein paar Minuten nicht mehr weiß, wie du heißt, nimm's mir bitte nicht übel, Hans.«

»Franz«, sagte Franz.

Sie saßen schweigend da, und auch der Wirt bewegte sich immer noch nicht, obwohl der nasse Hut des alten Manns auf einem der Gedecke und die dreckige Jacke auf dem rosa Polster eines Stuhls lagen. Erst als Franz die Schuhe auf den Teppich stellen wollte, tat er einen schnellen Schritt und nahm sie ihm aus der Hand. Sah vorgebeugt einige Augenblicke lang auf die Flecken und richtete sich dann wieder auf. Hie und da fiel ein Blatt von einer Pflanze. Der alte Mann keuchte durch seine zu engen Bronchien. Endlich kam Giovanni aus der Küche zurück und stellte einen Teller auf den Tisch, ein Stück Käse, einige Scheiben Bündnerfleisch, zwei Radieschen und ein Sträußchen Petersilie. Daneben schob er einen Korb mit winzigen Weißbrotscheiben.

»So sieht das heut halt aus«, sagte Franz. »Iss. Das hilft dem schwächsten Gedächtnis auf die Beine.« Er drehte sich nach seinem Sohn um und zwinkerte ihm zu. Der ging wie erlöst zum Büfett, gefolgt von Giovanni.

Der alte Mann aß.

»Weißt du wirklich nicht mehr?«, rief Franz von neuem begeistert. »Die Frau von gegenüber? Die über die eigenen Alarmdrähte stolperte? Die schrillen Klingeln mitten in der Nacht, und dann kam die Polizei?«

»Nicht im Geringsten«, sagte der alte Mann und aß das Radieschen samt dem Kraut.

»Wie wir im Steinbruch kletterten?, und eine Lawine aus Kies oder Sand oder Dreck löste sich?, und wir steckten bis zu den Schultern drin und dachten, da kämen wir nie mehr lebend raus?«

»Nein.«

»Wie deine Mutter –?«

»Das hat wirklich gut geschmeckt«, sagte der alte Mann und schob den leeren Teller von sich weg. »Vielen Dank.«

»Weißt du das alles nicht mehr??«

»Sollte ich?«, sagte der alte Mann und stand auf. »Ich muss jetzt weiter. Ich danke dir für das Essen, Fritz.«

»Bitte«, sagte Franz. Er führte seinen Freund zum Ausgang, von dem eine lange Treppe zur Straße hinunterführte.

Rechts und links eine Terrasse mit Bäumen, auf deren Ästen weiße Polster lagen, denn es hatte zu schneien begonnen. Unten fuhr eine Straßenbahn vorbei und verschwand in einer wirbelnden Allee. Häuser mit Schuhschachtelbalkonen, ein Tennisplatz. Ein Schwarm Krähen flog durch das Gestöber heran und setzte sich auf die Brüstung der Terrasse.

»Dort tranken wir einen Apfelsaft, den ich vom Büfett gestohlen hatte, und völlig unerwartet stieg mein Vater aus der Straßenbahn und kam auf die Treppe zu, und wir krochen mit den Gläsern unter den Tisch und wagten nicht mehr zu atmen.« Die Krähen wandten die Köpfe als hörten sie zu, aber der alte Mann zwinkerte weiterhin in den Schnee hinaus. »Als wir noch kein Bier trinken durften, kostete eins hier auf der Terrasse zwanzig Rappen. Heute serviert der Dieter nur ausnahmsweise, wenn ein Stammgast einmal einen ordinären Durst hat, ein Spezialbier aus Dänemark, das dann achtzwanzig kostet.«

»Aha«, sagte der alte Mann.

»Du bist der beste Freund, den ich je gehabt habe«, sagte Franz. »Ich hatte mich schon damit abgefunden, dich nie mehr zu sehen.«

Der alte Mann gab seinem Freund die Hand und ging die Treppe hinunter. Es schneite heftig. Als er unten war, wandte er sich um, sah aber nur wirbelnde Flocken.

Ich weiß nicht warum, aber einige Wochen lang radelten wir nicht mehr zusammen, der Verleger und ich. Er war auf den Buchmessen von Dakar und New York gewesen und hatte sich geweigert, die Weltrechte für Hemingway zu übernehmen, obwohl die Erben sie ihm für einen Pappenstiel aufdrängen wollten, seines guten Rufs wegen. Aber er hielt den Alten Mann und das Meer für eine Kitschgeschichte und konnte dieses ganze Männergehabe nicht ausstehen, dieses Löwenschießen vom Bett aus, in dem der Held zuvor eine Frau, die meistens eine sozialistisch denkende Krankenschwester war, gehörig durchgewalkt hatte. Er war froh, wieder zu Hause zu sein, und stand eines Morgens – um fünf Uhr dreißig; ein herrlicher Sommertag kroch eben aus seiner Wiege – klingelnd vor meinem Fenster, hinter dem ich im Bett lag, ohne Frau und ohne Flinte, mit der ich, hätte ich eine gehabt, auf ihn zu schießen imstande gewesen wäre. So aber stand ich schleunigst auf und ließ ihn ein. Er trug wieder seine Rennausrüstung, hatte aber das Tricot, das für mein Werk warb, durch ein anderes ersetzt. Der Name des Autors war unter einem dick ausgebuchteten Proviantbeutel verborgen, aber der Titel seines Buchs hieß Der Fall Papp, und darunter stand in einem schreienden Pink, dass die Startauflage 80 000 Stück betrage. Das hatte bei mir nicht gestanden. Ich machte noch so benommen einen Kaffee, dass ich das frische Pulver in den Müll warf und nochmals von vorn anfangen musste. Der Verleger blätterte indessen in meinem Notizbuch, in das ich meine geheimsten Einfälle notiere. Ich buk uns die drei tiefgefrorenen Croissants auf, die noch in der Truhe gelegen hatten, und der Verleger aß zwei davon, obwohl er abwehrend die Hände hochhob und beteuerte, schon gefrühstückt zu haben. Er erzählte von New York. Hatte im Waldorf Astoria gewohnt, wütend zuerst, weil er lieber in jenem Hotel an der 42. Straße gewesen wäre, in dem alle Künstler der Welt schon einmal ein paar Monate verbracht haben. Aber es war ausgebucht gewesen, oder abgerissen, und der Verleger war mit seinem Waldorf Astoria bald so versöhnt, dass er es kaum mehr verließ. Sowieso kamen alle zu ihm, die Hemingway-Bande natürlich und auch die meisten andern Verleger, denn er hatte mehrere Titel, zu denen mein Buch nicht gehörte, die monatelang auf den einheimischen Bestsellerlisten gestanden hatten. Einmal war er auch in New York radeln gegangen, mit Edward Gorey und Woody Allens ältester Schwester, die beide robuste *mountain-bikes* besaßen und mit diesen schon seit Jahren Ausfahrten bis nach Vermont und Maine machten. Der Verleger lieh sich ein altes Damenrad aus, das seinen Standards natürlich nicht genügte: aber er war ja in den Ferien. Besonders Edward Gorey war in einer Bombenform und fegte so rasant durch die Straßen Harlems, dass der Verleger und Woodys Schwester ihn aus den Augen verloren und in einer Kneipe landeten, in der nur Schwarze saßen. Sie wurden wie Fremde aus fernen Ländern behandelt, besonders freundlich, und tranken Root-Bier. Danach war es mit der Trainingsfahrt aus, und spät am Abend trafen sie Gorey wieder, der jetzt eine Art Frack aus rotschimmerndem Samt trug und ihnen ziemlich böse war. Er schwor dem Verleger, nie mehr einen Schutzumschlag für ihn zu zeichnen. Aber irgendwie bügelten sie das Unglück wieder aus – die Schwester war inzwischen vom Bruder abgeholt worden – und erlebten den Morgen Arm in Arm an jenem Pier, an dem früher einmal die ›United States‹ und die ›Queen Elizabeth‹ angelegt hatten, der Verleger immer noch im Sportlerlook und sein Freund im Frack.

»Noch'n Kaffee?«, sagte ich gähnend. »Oder ein Bier?«
»Jetzt zieh dich aber mal an«, sagte der Verleger. »Wir wollen los. Es ist schon spät.«
Ich ging ins Schlafzimmer und zog die Fahrradklamotten an. Inzwischen hatte sich die Katze in meine Schlafmulde gelegt und schlief zufrieden schnurrend. Ich streichelte sie und deckte sie so zu, dass nur noch ihr Kopf hervorsah. Ging in die Küche zurück. Der Verleger las wieder in meinem Tagebuch. Als er mich sah, rief er »Na dann los«, sprang auf und sauste ins Freie.
Diesmal war der Albis unser Ziel, ein Berg, der in der Tour de Suisse zur dritten Kategorie gehört und für die Asse kein Problem darstellt. Auch der Verleger zeigte keine Mühe und schwebte wie eine Feder die Kehren zur Passhöhe hinauf, während ich, so früh am Morgen noch, fast sofort völlig außer Atem geriet, so dass ich mehrmals absteigen musste und am Schluss von einem Bauern mitgenommen wurde, dessen Motormäher einen leeren Leiterwagen zog. Der Verleger übersah meine Ankunft taktvoll, oder vielleicht bemerkte er mein Drama wirklich nicht, denn er saß zwischen fast mannshohen Margeriten und futterte seinen Proviantbeutel leer. Jetzt konnte ich auch den Namen des Autors auf seinem Tricot lesen: Cécile Pavarotti. Eine Frau! Ich warf mich auch ins Gras und begann zu bedauern, dass ich keine Vorräte mitgenommen hatte. Der Verleger aß einen Schokoriegel und sagte etwas, was ich nicht verstand, denn ich setzte gleichzeitig dazu an, ihm zu erzählen, dass ich mich erinnerte, wie Göpf Weilenmann oder eventuell Emilio Croci-Torti in einer längst vergangenen Tour, so um 1948 herum, die Königsetappe

von Lugano nach Chur verlor, weil er bei der fliegenden Verpflegung in San Bernardino den Beutel nicht erwischt hatte. Ein Hungerast. Ich verstummte und sah stattdessen einem Kaninchen zu, das jenseits der Straße herumhoppelte. Die Margeriten, in denen wir saßen, waren nass vom Tau.

»Germanisten sind Arschlöcher«, sagte der Verleger mit vollem Mund. »Tun, als sei ihr Tun eine Wissenschaft, wo es doch zur einen Hälfte ein Handwerk und zur andern Kunst sein sollte.« Er setzte die Feldflasche an den Mund. Sein Adamsapfel hüpfte beim Trinken, und er atmete befriedigt aus, als er die Flasche endlich absetzte. »Dabei ist es ganz einfach.« Er schraubte den Verschluss zu. »Entweder gefällt mir ein Buch, oder es gefällt mir nicht.«

»Ich habe die *Recherche* von Proust nie fertiggelesen«, sagte ich. »Wer ist Cécile Pavarotti?«

»Ich bin froh, dass du mich fragst!« Der Verleger rutschte schnell wie ein Salamander zu mir hin und legte seine rechte Hand auf meinen linken Arm. »Ich bin dir wirklich dankbar dafür, dass du dem Thema nicht ausweichst. Ich wusste, dass du die Kraft dazu hast.«

Ich fühlte mich sofort elend, verlassen, obwohl der Verleger meinen Arm wie in einem Schraubstock hielt. Er strahlte nun übers ganze Gesicht. »Zehn Jahre lang hat sie an ihrem Buch gearbeitet!«, rief er zu den Wolken hinauf, die an einem blauen Himmel zogen. »Es strotzt vor Wirklichkeit bis ins letzte Komma hinein!«

»Ach ja?«, sagte ich. Riss eine Margerite aus und kitzelte mit ihrem Stiel einen Marienkäfer, der aber keineswegs wegfliegen wollte.

»Sie erzählt das Leben einer Ministerin in einem kleinen Bergstaat, die von Amts wegen die Geldmafiosi ihres Landes verfolgen sollte. Aber sie ist mit einem von denen verheiratet und zappelt wie eine Marionette an den Fäden, an denen ihr Mann zieht.«

»Das kommt mir bekannt vor«, sagte ich. »Wir hatten doch auch so eine. Wie hieß die nur?«

»Nein, nein, nein!«, rief der Verleger sofort. »Das Buch ist *fiction*. Stell dir vor, in der wirklichen Schweiz, du wüsstest einen erleuchteten Augenblick lang auch nur den zehnten Teil dessen, was in jenen Chefetagen verhandelt wird, und schriebst den hundertsten Teil davon auf, und ich druckte das Buch: Am gleichen Tag noch hätten wir die Polizei im Haus.«

»Kein Zweifel«, sagte ich.

»Ich habe allen Mitarbeitern des Verlags gekündigt«, fuhr er fort und zurrte seinen leeren Beutel wieder fest. »*Ein* Buch, das schaff ich allein. Es wird wieder sein wie früher. Ich habe meine Schuhschachtel unterm Bett, in dem ich liege, und hie und da kommt mein Autor vorbei.«

»Deine Autorin«, sagte ich.

»*One book, one editor*«, der Verleger überhörte meine Bemerkung, »in New York ist das die neue Zauberformel. Man kann natürlich Glück haben, oder Pech. Lord Weidenfeld, der sich auf die Autobiographie von Meryl Streep beschränken will, wird's angenehmer als McGraw-Hill haben, die ihr Programm auf die letzten Worte von Charles Bukowski reduzieren.«

»Scheint ein Trend zu sein, das Schrumpfen«, sagte ich.

Der Verleger nickte. »Du wirst einen neuen Verlag finden, das weiß ich. Ich bin da ganz unbesorgt. Der knallharte Profi, der du bist.«

»Obwohl«, sagte ich und nickte. »Wenn *alle* nur einen Autor haben, oder eine Autorin!«

»Ein Leben *ganz* ohne Probleme gibt es nicht.« Der Verleger schwang sich aufs Rad. »Wollen wir?« Und schon fegte er los, mit einem Antritt, der den Gummi seiner Reifen rauchen ließ. Ich sah ihm hinterdrein, seinem Hintern, und warf einen Stein nach dem Kaninchen, der traf. Ich hatte nicht gewusst, dass Kaninchen quieken, wenn sie Schmerz verspüren. Die Sonne stand hoch am Himmel. Es war heiß. Als ich losfuhr, fragte ich mich, ob mir der Fahrtwind Tränen in die Augen trieb, oder das Ozon.

Als ich zu Hause ankam, saß der Verleger auf den Stufen vor der Tür. Und ich hatte gedacht, ihn nie mehr zu sehen! Er hatte aber keine Lust, in seinen Verlag zu gehen, und wollte ein Bier kriegen. Während ich die Tür aufriegelte, griff er in sein Tricot und holte ein nassgeschwitztes Foto hervor, auf dem eine Frau zu sehen war, um die dreißig, blond, hübsch. Cécile Pavarotti, an der allenfalls auszusetzen war, dass der tiefe Blick, mit dem sie schaute, nicht mir galt. Wir stiegen die Treppe hoch und setzten uns erneut an den Küchentisch.

»Der Fall Papp«, sagte der Verleger, während er sich, sein Glas schräg haltend, ein Bier eingoss. »So was solltest du auch mal schreiben. Unglaublich gut. Der Titel ist übrigens von mir. Erika Papp ist ein Millionärskind, das hoch oben über dem Zürichsee aufwächst, an seiner Sonnenseite, da wo einer, der einen Ford Fiesta fährt, eine komische Tüte ist. Villen mit abwärtsfließenden Gärten, von Landschaftsarchitekten mit blühenden Büschen bepflanzt, die sonst nur in Bali oder Sizilien gedeihen. Hunde. Auch Erikas Eltern hatten einen, einen riesigen Schäferhund, was umso befremdlicher war, als sie irgendwie jüdisch hießen. Hirsch, oder vielleicht Bloch. Die Familie kam aus Deutschland und war längst helvetischer als wir beide zusammen. Als Erika dann Polizeiministerin war, hetzte sie jeden Ausländer, wo sie nur konnte. Solltest du auch mal schreiben, so was.«

Ich nickte, ohne innere Anteilnahme, weil mich mein Hunger schwindlig machte. Riss alle Schubladen auf, fand aber nur Zahnstocher oder gebrauchte Alufolien. Im Kühlschrank stand ein einsamer Topf mit Marmelade.

»Ihre Umsiedlung in die Schweiz hatte nichts mit Auschwitz zu tun«, fuhr der Verleger fort. »Eher mit dem Ersten Weltkrieg. Nein, es war noch früher. Obwohl die junge Demokratie gleich nach 1848 alles getan hatte, den Juden das Leben zu vermiesen, durften diese gegen das Ende des Jahrhunderts wohnen, wo sie wollten. So auch die Großeltern. Sie hatten in München mit Malz gehandelt. Die Firma hatte Pleite gemacht, und ein Großonkel hatte, als sei er ein preußischer Offizier, von Frau und Kind mit einer förmlichen Verbeugung Abschied genommen und sich im Herrenzimmer erschossen. Erikas Opa packte die kümmerlichen Reste des Familienbesitzes zusammen, und fast sofort hatten sie in Zürich wieder einen Malzhandel und ein Haus und bald einmal eins der ersten Autos der Stadt, das der alte Herr mit Lederhaube und Brille steuerte. Der Erste Weltkrieg förderte, der Teufel weiß warum, auch den Handel mit Malz, und in den zwanziger Jahren trank das *Swinging Zurich* so viel dunkles Bier wie noch nie, ganz zu schweigen davon, was passierte, als die Ovomaltine erfunden wurde. Der Opa wurde Hoflieferant. Kannst du mir verraten«, der Verleger schaute mir anklagend in die Augen, »wieso du immer dein Phantasiezeugs schreibst und nie etwas Wirkliches aus dem Gedächtnis der Geschichte?«

Ich versuchte eine Antwort – Phantasie sei ein besonders gutes Gedächtnis für das Wirkliche –, aber der Verleger hatte seine Frage rhetorisch gemeint und sprach weiter. Ich hörte gerade noch, wie er »Der Vater von Erika« sagte, und bekam einen Hustenanfall. Vor lauter Hunger war mir die Atemluft in die Speiseröhre geraten. Während ich keuchte und würgte, redete der Verleger weiter, und als ich wieder hörte, war Erikas Papa groß geworden und besaß auch ein Auto und eine Frau und jene Villa hoch über dem See, und Erika hatte er wohl auch schon gezeugt, weil sie in meines Verlegers Bericht aus Tausendundeiner Nacht unversehens durch den herrlichen Garten tollte, von Bienen umsummt, denn nun tobte der Zweite Weltkrieg, und es herrschte ein Friede im Land wie seither nie mehr.

»To make a long story short«, sagte der Verleger, dem New York eine zweite Heimat war, »der Paps wurde Protestant wie alle Zürcher und rückte dem Freisinn immer näher, der Partei der Textil- und Maschinenfabrikanten, die im Krieg vor allem deshalb nicht regelrecht faschistisch wurden, weil sie *de père en fils* die Gewissheit vererbt gekriegt hatten, dass die Demokratie, so wie sie sie hatten, eine dem unbehinderten Geldverdienen ideale Staatsform war. *Sie* brauchten keinen Führer, und schon gar nicht so

einen. Ihre Urgroßväter waren die Revolutionäre gewesen, die sich die Demokratie gegen zopftragende Herren erkämpft hatten, und sie waren so stolz auf ihre Ahnen, dass sie jetzt hemmungslos konservativ sein konnten, denn sie hatten, was sie wollten: Freiheit, *ihre* Freiheit. Erika wurde ein großes Mädchen und volljährig und besuchte die Universität. Ihr Papa dachte, heiraten werde sie gewiss, einen der Söhne seiner neuen Freunde hoffentlich: Aber sie war auch ein sprödes Mädchen, nicht gerade ein Ausbund an Sinnlichkeit; ein Studium der Rechte mochte die Zeit bis zu dem Tag verkürzen, da sie die große Liebe erführe. Sie war eine Musterschülerin und hielt Referate, die die Sätze der Lehrer so behutsam variierten, dass jeder von ihrer Intelligenz entzückt war. Nie fiel sie unangenehm auf. Kurz vor ihrem Lizentiat lernte sie Herrn Papp kennen, ihr Schicksal, einen Jüngling aus keineswegs reichem Hause, der gerade promoviert hatte und die rechte Hand des Präsidenten jener freisinnig oder liberal genannten Partei geworden war, eines trotz seiner Maßanzüge bäurisch wirkenden Anwalts, der mit dem Beraten von Industriellen schweres Geld machte. Er war, obwohl erst um die 25, der Motor von allerlei politischen Gruppierungen, die das Eigentum schützen sollten und in jedem rotbemalten Kinderfahrrad einen kommunistischen Schachzug vermuteten. Das vertraute Papp, der Ernst hieß, seiner Angebeteten nicht sofort an – obwohl es sie dann nicht störte –, sondern führte sie auf immer längere, immer nächtlichere Spaziergänge, die hinter den schwarzen Bäumen beim Zoo zum Herabzerren der Unterhosen führten. Beide waren nass vor Glück und lagen keuchend nebeneinander. Nun hatten sie ihr Geheimnis.

Im folgenden Frühling heirateten sie. Ein weißes Fest in einem Wasserschloss, mit 150 vergnügten Gästen in Abendroben und Smokings. Sogar ein Bundesrat schaute für ein Stündchen herein und schenkte den Neuvermählten eine Kiste Aigle. Erika trat auch in die freisinnig-demokratische Partei ein und übernahm ein paar Funktionen. Schnipselte zum Beispiel Artikel aus staatsgefährdenden Hetzblättern aus – der Neutralität oder dem Vorwärts – und besuchte auch einmal, in Schwarz und mit einem roten Halstuch, eine Versammlung von Anarchisten im Saal eines Restaurants in Uster. Allerdings war sie die Einzige, die wie eine Räuberbraut aussah, und wurde nur deshalb nicht enttarnt, weil die Männer und Frauen, die an langen Tischen saßen, gar keine Anarchisten, sondern Arbeiter einer Spinnerei waren, die entlassen werden sollten. Ihre Voten genügten Erika, sie doch für Anarchisten zu halten, und sie stenographierte alles mit. Ihre Nachbarin dachte, sie sei eine Journalistin, und half ihr bei den Namen der Redner. Ernst war zufrieden mit ihr. Er war Juniorpartner seines Mentors geworden und verwaltete in der Hauptsache Vermögen, die aus Ländern stammten, in denen sie nicht sicher waren. Welcher südamerikanische Industrielle wäre so wahnsinnig gewesen, seine Überschüsse in Cruzeiros oder Pesos zu stapeln. Andere Kunden stammten nur aus Italien oder der Bundesrepublik. Die Spezialität der beiden Anwälte, des alten und des jungen, wurde das Gründen von Firmen, die jenes Geld hin und her schoben. Von den Bahamas nach Liechtenstein und nach Singapore, bis die Steuerämter aufgaben. Ernst hatte eine Sekretärin, die sich bald einmal mit einem roten Kopf über den Schreibtisch beugte. Erika ahnte die Komplizität der beiden, und an einem nassfröhlichen Silvester, als die Gäste endlich zu ihren Autos gewankt waren, fanden sich die drei allein zwischen zerplatzten Ballons und Papierschlangen. Ernst hatte Kräfte für zwei, und die Frauen vergalten sie ihm mit einer Hingabe, die sie zu Schwestern werden ließ. Wenn Ernst eingeschlafen war, leckten sie sich gegenseitig die Wunden. Sie konnten nicht mehr ohne einander sein. Kleideten sich gleich und sprachen von Mann und Geliebtem, als sei er ihr gemeinsames Kind. Ihre Kreise waren aber Kummer gewohnt und tolerierten die Affäre mit feiner Diskretion. Ernst, dem die Leidenschaft der Frauen auch nicht verborgen blieb, betrog diese auf Fahrten nach Mailand, die er immer häufiger im Interesse der Kanzlei unternahm und wo er schon beim zweiten Mal die Bekanntschaft einer Comtessa machte, die den Spieß umdrehte und ihn mit schwarzen Lederriemen an die Bettstatt fesselte. Aus roten Augen starrte er auf ihre blitzenden Zähne und die Peitsche, die auf ihn niederfuhr. Nach der dritten Fahrt musste er den braven Frauen zu Hause beichten, warum er wie ein Zebra aussah. Erika brach in Tränen aus, aber die Sekretärin wurde sehr erregt und wollte es auch einmal probieren und schlug den armen Ernst halb tot. Nachher weinten alle drei und schworen sich, nie mehr so etwas zu tun. Mehrere Wochen lang liebten sie sich wie alle andern Menschen. Die Liebesstunden mit der Comtessa hatten aber auch noch einen andern Sinn, denn seine Geschäftspartner waren von der Mafia und wollten den jungen Anwalt aus Zürich verwöhnen. Filmten ihn auch, für alle Fälle. Ernst erschrak heftig, als ihm das alles klarwurde, und dachte eine schlaflose Nacht lang darüber nach, wie er untertauchen könnte und mit Erika und Heidi in der Südsee ein neues Leben beginnen, in Bastschürzen und frischer Unschuld.

Er brach zwar die Beziehungen zur Comtessa ab, nicht aber die zu seinen Mailänder Kunden, denn sein Seniorpartner machte ihm deutlich, dass sie erste Adressen waren, deren er sich öffentlich rühmen durfte. Alle Gelder aus Mailand liefen über die Banco Ambrosiano. Und kaum ein Jahr später wurden beide vom Papst in einer Privataudienz empfangen. Ein jovialer Monsignore stand hinter dem Heiligen Vater, der von einem Besuch Einsiedelns in seinen Jugendjahren schwärmte. Von Geld war nicht die Rede. Nur auf dem Rückweg durch die kühlen Korridore des Vatikans fragte der Monsignore, ob den beiden Herren die *Italotrade* ein Begriff sei. Sie verneinten, und die Firma wurde bald einer der wichtigsten Kunden. Erika, die jüdische Protestantin, und ihr gottloser Mann speisten von nun an oft mit katholischen Geistlichen in Maßanzügen, die als Zeichen ihrer Würde einzig einen runden Kragen trugen und flink wie die Wiesel auf japanischen Taschencomputern herumhantierten. Einmal wurden sie in ein Kloster hoch über Rom eingeladen, einen Palast voller Blumen, in dem sie so glückliche Tage verbrachten, dass es sie kaum irritierte, dass auch einer der Mailänder Kunden mit von der Partie war und zuweilen mit ihnen plaudern wollte.

Erika, die keine Kinder bekam, kandidierte für den Gemeinderat ihres Dorfs, der ein *Who is who* des lokalen Gelds war. Personalchefs, Anwälte und Cousins der Industriellen, die in jenen Villen wohnten. Die FDP hatte eine satte Mehrheit, und die andern bürgerlichen Gruppierungen waren fast immer ihrer Meinung. Die zwei oder drei Sozialdemokraten, die auch irgendwie ins Dorfparlament hineingeraten waren, wurden so wenig ernst genommen, dass sie sich zu später Stunde an den liberalen Stammtisch im Hirschen setzen durften. Im Nu war Erika Gemeindepräsidentin, die erste Frau auf dem höchsten Stuhl des Dorfs, und packte ihre Aufgabe mit einer unbändigen Energie an. Jeden Ratschlag, den ihr ihr Mann oder der Präsident der Partei gaben, setzte sie enthusiastisch in die Tat um. Das nächtliche Toben mit Ernst war selten geworden, und Heidi war ganz aus ihrem Leben verschwunden. Sie bescherte ihrer Gemeinde den drittniedrigsten Steuerfuß der Schweiz und einen Dorfplatz, der in den Zeitungen als ein Modell neuzeitlicher Kommunikation gefeiert wurde. Die Einweihung war ein Volksfest. Kinder ließen Ballons der Schweizerischen Bankgesellschaft in die Lüfte steigen, und die Gemeinde schenkte siebenhundert Liter lokalen Blauburgunder aus. Erika führte die geladenen Gäste – einen ganzen Tross aus Würde und Anstand – durch die unterirdischen Parkplätze und die Station der Lokalbahn, die mitten aus einer grünen Landschaft unter den Dorfplatz tauchte und dort an einem Bahnsteig aus Beton und Neonlicht hielt. In einer leeren Eternitschale stehend, in die die Geranien noch nicht gepflanzt waren, erläuterte Erika die Struktur des Platzes: wies auf das Café, in dem man auch einen Hotdog kriegen konnte, die Bank, das Postamt und die Gemeindeverwaltung. In einer Ecke ein Sandkasten für die Kinder und eine Rutsche, die etwas lang geraten war und auf einem der Steinklötze landete, die der Platzbegrenzung dienten. Die Gäste waren ebenso begeistert wie die

Bewohner der Gemeinde, die bis tief in die Nacht an langen Tischen sitzend den geschenkten Wein tranken, so dass ihnen später, als die Tische verschwunden waren, der Platz etwas leer vorkam. Erika wurde vom Präsidenten der Partei beiseitegenommen – so weit in eine dunkle Ecke in der Tat, dass sie einen erschrockenen Augenblick lang dachte, er wolle sie küssen – und gefragt, ob sie bereit wäre, in den Vorstand einzutreten und fürs eidgenössische Parlament zu kandidieren. Ernst sei auch einverstanden. Rot vor Stolz sagte sie ja. Drei Monate später war sie Nationalrätin, vom Volk gewählt. Solltest du auch mal schreiben, so was. Glaub mir das.«

Der Verleger zog sein nassgeschwitztes Tricot aus und saß nun mit nacktem Oberkörper da. Obwohl er prächtig trainiert war, liefen zwei dicke Wülste quer über seinen Bauch. Seine Frau war eine wunderbare Köchin, und sein Beruf hatte ihn bisher zu üppigen Essen mit seinen vielen Autoren verpflichtet. Bei den *dîners intimes* mit Cécile konnte er ja nun abspecken. Als könne er meine Gedanken lesen – natürlich konnte er das –, bekam er Lust auf eine Pizza, und ich sauste also zur Migros hinüber. Während die Pizza im Ofen war, erzählte er, dass Cécile auch Rad fahre. Sie hätten sogar schon ein paar Ausfahrten zusammen gemacht. Den Klausen habe sie bewältigt, ohne aus dem Sattel zu gehen. Heute sei er auch zuerst bei ihr vorbeigeradelt, aber als er unter ihrem Schlafzimmerfenster die Erkennungsmelodie gepfiffen habe, sei ein Mann, gähnend und in einem Morgenmantel aus lila Seide, auf ihren Balkon getreten, der überhaupt nicht ihrem, umso mehr dafür dem alten Ledig-Rowohlt geglichen habe.

»Kann Ledig-Rowohlt Rad fahren?«, fragte ich und holte die Pizza aus dem Ofen. Ich schnitt sie in zwei Hälften.
»Eher nicht.«
»Was will sie dann mit ihm?«
Er zuckte ratlos die Schultern und hieb die Gabel in seine Pizzahälfte. Auch ich mampfte. Die Pizza war außen verkohlt und innen eisig. Der Verleger war so in Gedanken, dass es ihm nicht auffiel. Ich dachte daran, dass Ledig-Rowohlt, wie der ganze Hamburger Clan, Gläser zum Frühstück aß; aber Cécile war ja wohl nicht aus Glas – zerbrechlich sah sie nicht aus –, und es bestand wenig Gefahr, dass er sie meinem Freund wegfraß.
Der Verleger hatte immer langsamer gekaut und spuckte nun das Gekaute in seine hohle Hand. Ich schob ihm den Aschenbecher über den Tisch, und er schüttelte seinen Pizzaklumpen hinein. »Immer öfter«, er nickte mir zu, »wurden Ernst Papps Mailänder Freunde von Geschäftspartnern aus dem Libanon oder aus Bolivien begleitet. Sie kamen für einen Abend in der *first class* angejettet, in denselben Flugzeugen vielleicht, in denen weit hinten auch jene armen Schweine saßen, ihre Kuriere, die dann, während sie mit Ernst speisten, irgendwo in einer Pension auf dem Klo saßen und versuchten, die dreiunddreißig mit Heroin gefüllten Präservative, die sie hinuntergeschluckt hatten, wieder auszuscheißen. Warum schreibst du nie *so was*?«
»Eines Tages«, sagte ich gereizt, »schreibe ich eine so heiße Story, dass es dich reuen wird, sie gedruckt zu haben.«
»Das mach mal mit deinem nächsten Verleger aus«, antwortete der Verleger und stand auf. »Wieso versuchst du es nicht mit Rowohlt?«

Er öffnete den Schrank, begann in meinen Hemden herumzuwühlen und zupfte endlich eins heraus, just die rote Bluse meiner Frau, ein kostbares Stück Seide, das sie bei ihrer Flucht vor mir hängen gelassen und in das ich noch am Abend zuvor meine Nase vergraben hatte. Vielleicht war es noch nass von meinen Tränen. Meine Frau, Isa, liebt einen Kinderarzt, der auch bildhauert, und braucht die Bluse nicht, weil sie Tag und Nacht auf einem Sockel steht, die Arme über dem schönen Kopf verschränkt, und er meißelt sie in Marmor. Der Verleger hatte die Bluse nun an. Der Stoff, da wo ihre Brüste gewesen waren, schlappte an ihm herum.

»Zieh das aus«, sagte ich. »Zieh das sofort aus.«

Ich sprang vom Stuhl hoch und packte die herrliche Seide. Meine Faust bebte.

»Sachte, sachte«, sagte der Verleger.

»Ich schreibe viel bessere Bücher als deine Cécile«, schrie ich. »Sie mögen erfunden aussehen, aber jedes Wort ist die schmerzvolle Erinnerung an etwas Wirkliches. Mit dem Kram dieser Pavarotti lockst du keinen Affen hinter dem Ofen hervor.«

»Keinen Hund.«

»Was?«

»Man sagt: keinen Hund«, sagte der Verleger. Ich wollte ihn über den Tisch ziehen, ihm meine Meinung zu sagen, und zerriss die Bluse. Sie zerfiel in drei ähnlich große Teile, von denen ich einen in den Händen hielt, während die beiden andern am Verleger hingen. Ich sammelte sie ein und tat sie in den Müll. Gab dem Verleger ein altes T-Shirt von mir. Er zog es an. Es war ihm zu eng und zu kurz.

»Vielleicht solltest du doch eher zu Ammann gehen«, murmelte er. »Er ist zäher als Ledig.«

»Entschuldige«, sagte ich. »Ich bin mit meinen Nerven am Ende. Verlier du mal ein Manuskript, an dem du vier Jahre lang gearbeitet hast.«

»Aber klar.« Der Verleger fasste über den Tisch nach meiner Hand. »Klar doch.«

»Erzähl deine Geschichte zu Ende.«

»Nun. Die Bolivianer belächelten die politischen Strukturen der Schweiz und beschrieben die Vorzüge der ihren. Ernst staunte, wie leicht sie Gedanken aussprachen, die er so deutlich noch nie zu denken gewagt hatte. Die herrschenden Zustände, obwohl fraglos Menschenwerk, waren ihm immer wie die Natur vorgekommen. Die Bundesverfassung und das Matterhorn waren aus demselben Gestein. Alle lachten, als sie seine Verlegenheit bemerkten. Sie saßen in einem Gartenrestaurant über Meilen und schauten auf die fernen Gipfel. Bäuerinnen heuten auf einer steilen Wiese, die Beine in den Abhang gestemmt. In ihren Ländern, führten die Gäste aus, sei eine Trennung zwischen Staat und Industrie eine groteske Vorstellung. Das Parlament und die umsatzstärksten Firmen seien identisch, und so könne sich die Gesetzgebung jederzeit an den Bedürfnissen des Markts orientieren. Für sie sei es irritierend, Anwesende natürlich ausgenommen, wenn sie sich in der Schweiz zuweilen fast ein bisschen wie Kriminelle fühlen und ihre Geschäftsabschlüsse mit gedämpfter Stimme tätigen müssten. So was gebe es bei ihnen nicht. Als der Parteipräsident einwandte, der Nationalrat, vom Ständerat ganz zu schweigen, fresse ihm doch auch aus der Hand, brachen alle in ein so herzliches Lachen aus, dass er auch nicht lange ernst bleiben wollte. Immerhin, rief er in einem letzten Versuch, mit den idealen Zuständen in Südamerika mitzuhalten, die Energiepolitik werde bei ihm im Büro gemacht und sicher nicht in Bern. Später saßen sie in der Bar des Baur au Lac und sprachen vom Börsenkrach, der einen unter ihnen, einen Libanesen, zum reichsten Mann der Welt nach Kasanasian und Getty IV gemacht hatte. Er wohnte längst nicht mehr in Beirut, sondern in einem weißen Palaste an der – er lachte, als er das sagte – *Costa de la mierda*. An jeder Bombe, die auf seine Vaterstadt fiel, verdiente er $ 20 000. Sie saßen bis gegen vier Uhr zusammen. Auf dem Heimweg durchs nächtliche Zürich öffnete sich der Senior dem um mehr als eine Generation jüngern Ernst. Er beschäftigte sich seit Jahren damit, die Idee der Demokratie radikal zu Ende zu denken. Ihre Vorteile zu wahren – den sozialen Frieden, den umfassenden Konsens, die Würde der Bürger – und ihre Nachteile auszumerzen. Jene Unberechenbarkeit des Staats, die kostenintensive Entscheidungen so schwierig machten. Auf kantonaler Ebene seien, wenn auch nicht die eigentlichen Entscheidungsvorgänge, so doch die Kommunikationsstrukturen befriedigend entwickelt: In Basel zum Beispiel reiche in der Regel ein Telefonanruf, um ein politisches Problem zu lösen. In Zürich, weil da die Interessen der Industrie divergierender seien, sei es nicht ganz so einfach, aber alles in allem stünde ihnen der Stadtrat durchaus nahe. Jeder Bundesrat jedoch, kaum sei er gewählt, entdecke in sich verschüttete archaische Gefühle aus den Urzeiten des politischen Handelns, so etwas wie eine Verantwortung für das Ganze. Sogar die Kandidaten der eigenen Partei, die im

Parlament die verlässlichsten Interessenvertreter gewesen seien! Deshalb seien, verrückt genug, die sieben Minister unberechenbarer als das zweihundertköpfige Parlament, industriefeindlich zuweilen beinah. Das Parlament koste zwar Geld – Verwaltungsratssitze für jeden Depp –, funktioniere aber zufriedenstellend. Eben. So denke er seit langem über eine Konstruktion nach, die die höchsten Minister ähnlich zuverlässig werden lasse. Im Idealfall müssten sie auftragsgebunden votieren und sich dabei frei und autonom fühlen. Im Dienste jenes Ganzen. Erika sei doch immer ein robuster Papagei gewesen. Er sehe sie durchaus als Vorsteherin des Departements des Innern. Was, Ernst?

Warum kandidieren Sie nicht selber?, fragte Ernst.

Der Präsident sah ihn fassungslos an. Eigentlich müsste ich Sie, rief er, auf der Stelle entlassen. Jetzt rede ich seit einer halben Stunde, und Sie fragen mich so was!

Sie schlenderten über den Lindenhof, der so dunkel war, dass sie sich nicht mehr sahen. Die Stadt, tief unter ihnen, war verschwunden. Sterne, und ein Wind, der die Linden rauschen ließ. Ein Käuzchen rief vom Turm von St. Peter herüber. Erika wäre dieser Aufgabe sicher gewachsen, sagte Ernst leise.

Siehst du, sagte der Präsident irgendwo aus der Nacht heraus. Sagen wir uns du. Ich heiße Fritz. Ich bin jetzt bald siebzig. Ich brauche auch einen Freund.

Sie tasteten, bis sich ihre Hände fanden, im Dunkeln herum. Ließen sich lange nicht los. Gingen die Stufen zum Fluss hinab und schauten ins Wasser, ohne weitere Worte zu finden. Dann winkte Fritz ein Taxi heran, stieg ein ohne einen Abschied. Ernst, der ganz aufgewühlt war, ging zu

Fuß bis zur Rehalp, wo er doch seine wehen Füße zu spüren begann und seinerseits ein Taxi bestieg. Zwei Jahre später war Erika Innenministerin.«

»Die Wirklichkeit ist viel banaler«, sagte ich, immer noch aufgebracht. »So grauenvoll, dass *keiner* das alltägliche Elend der Politik wahrhaftig zu beschreiben vermag, ohne dass ihm seine Leser wegschlafen.«

»Versuch's trotzdem.« Der Verleger sah mich an, als sei ich ein Kind, das sich nicht traut, vom Rinnstein zu springen. »Wie ist es denn wirklich?«

»Wir haben Angst vor den Negern«, sagte ich, um ihn wütend zu machen, denn ich spürte, wie mein Inneres kochte. »Wir sind froh, wenn sie verrecken. Je mehr von ihnen im Sudan verhungern, desto länger dauert es, bis sie zu uns kommen, in riesigen Horden, und uns totschlagen, sich rächend für alles, was wir ihnen angetan haben.«

»Das eine schließt das andere nicht aus«, sagte der Verleger, überhaupt nicht erzürnt. »Ich pumpe auf jeden Fall 80 000 Exemplare in die Buchhandlungen. Das Buch wird der Renner des Jahres, jede Wette.«

Mir war es egal. Ich hatte sowieso kein Buch mehr. Begann mich danach zu sehnen, an meinem Gartentisch sitzen zu dürfen und dem Schatten meines Helden nachzuspüren, der immer noch im Schneetreiben herumtappte, orientierungslos ohne mich. Ich nahm den Aschenbecher mit den Pizzaresten und stellte ihn in die Spüle.

»Hör das Ende an!« Der Verleger stand auf. »Banaler geht's nicht. Erika arbeitet ein Gesetz aus, das das Waschen von illegal erworbenen Geldern unterbinden soll. Ernst, von Fritz beraten, berät sie. Schreibt das Gesetz eigenhändig um. Erika verteilt es an jedermann, mit allen Korrekturen. Als sie die allgemeine Erregung bemerkt und ihren Grund erfährt, behauptet sie, ihren Mann kaum zu kennen. Bestreitet, wessen sie sich am Tag zuvor noch gerühmt hatte. Dennoch tritt sie erst zurück, als Fritz tobt wie noch nie. Zum ersten Mal verprügelt Ernst sie ohne jede Liebe. Sie weiß sich unschuldig. Noch viele Jahre lang, Jahrzehnte, gibt sie Interviews, die sich allmählich in Märchen verwandeln. Oft sitzt sie, eine struppige Person, am Sandkasten des Dorfplatzes und erzählt den Kindern vom kleinen Mädchen, das einen König hat, der sie nicht liebt. Ihr wirklicher Papa, ein steinerner Greis wie Moses zuletzt, stirbt und hinterlässt ihr 45 Millionen. Sie steht dennoch immer häufiger in der U-Bahn-Station, läuft neben den Fahrgästen her und ruft, alles hier hätten sie ihr zu verdanken. Hie und da gibt ihr einer eine Münze. Noch später sieht man sie oft in einer Gaststätte im Kreis 4, hinter den Bahngeleisen, wo sie die falsche Papp heißt, weil ihr niemand glaubt, dass sie die richtige ist.«

Wir standen vor der Haustür. Ich trat von einem Fuß auf den andern, und mein Freund schwang sich in den Sattel. Er trug wieder sein Tricot, allerdings verkehrt herum, so dass der Name seiner Freundin in Spiegelschrift durch den dünnen Stoff leuchtete.

»Ich schreibe mein Buch ein zweites Mal«, sagte ich. »Das Wichtige vergisst man nicht. Nur den Schrott.«

»Umgekehrt wird ein Schuh draus«, sagte der Verleger. Da ich nicht verstand, was er damit sagen wollte, hielt ich ihm meine Hand hin. Er nahm sie.

»Ernst«, sagte er, ohne sie loszulassen, »verliert alle seine

Klienten. Keiner grüßt ihn mehr, auch Fritz nicht. Er versucht, Erika entmündigen zu lassen, leistet aber schon der ersten Vorladung ins Zivilgericht keine Folge. In den letzten Jahren sieht man ihn im Bahnhof sitzen und mit Kreide Bilder auf den Asphalt malen, Christusse meist. Es gibt auch eine Art Untersuchung des Falls, bei der aber nichts weiter herauskommt.«

Endlich ließ er meine Hand los und startete. Bevor er um die Ecke bog, drehte er sich nochmals um und rief: »Gute Story, was?« Ich ging die Treppe hinauf und wusch die Hand, die so ewig in seiner Pranke gelegen hatte. Tomatensauce und Mozzarella. Im Aschenbecher lag das Foto Cécile Pavarottis. Ich wischte es sauber und sah sie an, ihre schönen Augen. Ging in den Garten hinunter, der eher ein Kiesstreifen ist, so schmal, dass nicht einmal ein Tischtennistisch darauf Platz findet. Dicht vor mir wuchs die Mauer des Nebenhauses so hoch und blau in die Höhe, dass ich sie für den Himmel hielt. Sah eine Weile zum fernen Horizont hinüber. Öffnete dann das Wachstuchheft und brauchte ein paar Minuten, bis mir einfiel, an was ich mich zu erinnern versuchte.

Noch viel mehr Zeit verstrich, bis ich den alten Mann gefunden hatte. Ich geriet so weit in mein Gestöber hinein, dass ich mir des Heimwegs nicht mehr gewiss war. Der alte Mann ging um eine Baumgruppe herum, um tiefverschneite Tannen, oder Palmen vielleicht. Sein Gesicht strahlte. Nein, sein Weg war eine Spirale, immer erneut sich dem alten Ort nähernd und doch einen neuen suchend. Ort und Mann waren nicht mehr dieselben bei der nächsten Runde um die

Bäume. Bald auch geriet er neben sie. Er war jetzt so ohne Schmerzen, oder er fühlte das Leid so allgemein im ganzen Körper, dass er keine Unterschiede mehr machte. Schnee oder Sand. Mann oder Frau. Wolf oder Schaf. Er kam natürlich nur langsam voran mit seiner seltsamen Kurventechnik – ich folgte ihm mühelos –, aber seine Schritte zögerten kein bisschen, als er an einem Stadel vorbeiging, in dem dürre Leichen aufgeschichtet lagen. Er winkte einem Knaben, der auf einem Kirschbaum saß und Kerne auf ihn spuckte. Mich spuckte er auch an. Der Stein flog in einem sanften Bogen durch mich hindurch und landete in meinem Rücken. Später, als die Sonne allen Schnee weggeschmolzen hatte, erklärte ein weißer Arzt einem Jüngling, dass er es nicht mehr lange machen werde mit diesem Herzen. Der alte Mann drückte ihm im Vorbeigehen die Hand. Schnüffelte, ohne innezuhalten, an Blumen, Männertreu vielleicht, Enzianen. Irgendetwas Ausgestorbenem. Nochmals wand er einen Kranz aus Maßliebchen, aber diesmal setzte er ihn sich selber auf: unterschätzte seinen Riesenschädel so sehr, dass der Blumenreif winzig darauf lag. Gibt es einen Namen, rief er über die Schulter zurück, für diese Folge immer neuer Augenblicke? Da erst merkte ich, dass er wusste, dass ich ihm folgte. Gewohnheit, rief ich. Er streichelte zwei schnurrende Katzen, Frau und Kater, und verknotete hinter ihren Rücken die Schwänze, und wenn ich nicht gewesen wäre, drehten sich die Tiere heute noch im Kreis. Er ging zwischen Tanten und Cousinen hindurch, ohne Schaden zu nehmen. Wie war die Erde scheußlich. Jeder Meter voller Plastiktüten, auf denen stets ein Vater stand, der seiner Tochter den Ausblick vom Pilatus aufs Kap Sunion erläuterte. Diese Kinder, skeptisch schauend, waren die Einzigen, die den alten Mann sahen, der jetzt eine Art Eigernordwand hochkraxelte, ohne Seil und Angst. Ich am Fernrohr auf der Terrasse eines Bergrestaurants voller Touristen. Mehrmals war er plötzlich woanders, einmal in der Spinne, dann am Hubeggerdreh, und dann auf dem Gipfel. Ich hatte ihn zweitausend Meter tiefer bei den Kühen gesucht. Ging ihm auf der Normalroute entgegen und fand ihn auf einem Schneefeld, das er auf dem Hintern herabgerutscht kam. Keine Toten oben, sagte er. Aber auch sonst nichts Besonderes. Diesmal hatte ich meine Augen offen. Das war die letzte Bergfahrt. Später kniete er zwischen vom Ozon zerfressenen Arvenresten und tastete in fauligen Moospolstern herum. Weißt du, was eine Alpenrose ist? Ich schüttelte den Kopf. Hast du bemerkt, dass ich singe? Zum ersten Mal musste auch ich lachen auf dieser Wanderung. Nein, wirklich nicht, sagte ich. Er: Innen im Kopf. Er rannte durch hohes Gras davon, das schräg in einem Küstenwind lag, nein, er fegte über das Wasser eines Meers, gischtend wie ein Delphin. Immer noch, übrigens, ging er seine Spiralen. Darum natürlich, ich Depp!, war seine Kletterei so seltsam gewesen. Andere hatten den freien Fall als Richtschnur genommen und waren dennoch langsamer gewesen. Ich versuchte es auch mit dem Wasser, weil er mir winkte; geriet aber sofort ins Nasse, den Kopf in Algen verheddert. Tauchte nach Atem ringend auf. Die Oberfläche glänzte von schwarzem Öl. Eine Spirale aus Azurblau hinterlassend glitt er der Sonne entgegen. Trug tatsächlich einen Delphin in den Armen, mit dem er in jener Quieksprache sprach. Eine winzige Silhouette zuletzt. Wenn ich ihn nicht in einem Theater wiedergetroffen hätte, in dem ich Dantons Tod inszenierte, hätte ich ihn vergessen. Die Premiere hatte schon begonnen, und ich betrat den Zuschauerraum mit jener fatalistischen Lockerheit, die die Haltung dessen ist, der nichts mehr beeinflussen kann. Sah nur die Beine meiner Darsteller, die weißen Hosen des Danton und die nackten Füße einer Frau. Marie, aber die war doch im andern Stück. Der alte Mann – ich sah ihn von hinten – hing über eine Proszeniumsloge gebeugt, zwischen zwei Frauen, die ebenfalls nach unten blickten und von denen eine auch unbekleidet war. Er nahm einen Schluck Lebertran aus einer braunen Flasche. Plötzlich sprang die nackte Frau über die Brüstung, landete krachend tief unten irgendwo. Entsetzt rannte ich an ihren Platz und sah auch in die Grube, den Alten neben mir, der gelassen einen langen Arm mit einem endlosen Finger nach unten streckte und die Warze einer Brust der reglos auf dem Rücken liegenden Frau berührte; und siehe, sie regte sich. Er sah mich an, hatte irgendwas Verschmitztes. Bist du Gott?, sagte ich. Aber bevor ich eine Antwort kriegte, war er weg, ein Kobold, mit der bekleideten Frau an der Hand, und gleich sah ich beide wie die Irren eine Skipiste hinunterrasen, weg in den Theaterhintergrund hinein. Das Stück ging dann irgendwie zu Ende und landete bei Dantons Tod. Prasselnder Applaus. Wie sollte ich jetzt allein heimfinden. Ich tappte lange durch ein himmelblaues Nichts, den Himmel vielleicht. Hie und da ein Jet. Einmal winkten mir Kinder aus den Fenstern. Ich hatte mich an das seltsame Gehen auf den Wolken gewöhnt, das sich mit dem Schreiten auf einem Trampolin vergleichen ließ. Wo sollte ich mich hinwenden. Wo doch die Richtungen so gleich aussahen. Nur eine Gewitterfront dort, Blitze, die nach unten fuhren. Ein Wind trieb mich dahin, und ich wurde von einer Entladung nach unten gerissen. Stürzte durch Regengeprassel und lag dann zwischen Steinen. Ein Hund zerrte an mir, schleifte mich dahin und dorthin. Aber die Stimme seines Herrn, der keuchend näher kam, gehörte dem alten Mann. Er sah wie ein archaischer Hirte aus, war auch einer, trug mich auf seinen Armen. Zwischen Schafen sitzend, rieb er mich trocken, am Ort, wo später Delphi gebaut werden sollte. Disteln wucherten, Lavendel duftete, Eidechsen huschten. Geister überall, das Orakel war ja noch nicht gebaut, und sie mussten sich noch nicht verstecken. Keiner war noch gekommen, ein Rätsel zu lösen. Es gab noch kein Wissen, so wie es heute keins mehr gibt. Jedes Entdecken war ein Jubel. Ich sah einen wie grünes Gold schimmernden Käfer. Auch die andern – Nymphen, Kobolde – blickten entzückt. Aber sofort wurden wir abgelenkt von nie gesehenen Blumen und neuen Glitzersteinen. Auch der Himmel war frisch. Luft, noch nie von jemandem geatmet, und Wasser, das wir erstmals tranken. Der alte Mann hatte eine Flöte, auf der er fünf Töne spielte. Es fehlte uns kein weiterer. Es fehlte uns nichts. Der junge Philemon verschlang sich in die kleine Baucis, die entzückt die Augen schloss. Die Geister versuchten sie nachzuahmen, aber dieses Geheimnis der Menschen blieb ihnen verschlossen. Wir wurden erst vertrieben, als städtisch aussehende Männer – Ledersandalen, weiße Tücher über den Schultern – den Berg heraufkamen und das Land zu vermessen begannen. Wir hinter den Felsen. Der alte Mann warf einen Stein und erschlug den Geometer. Dennoch stand bald ein runder Säulentempel da, und wir zogen davon. Immer ferner die Gläubigen, die ekstatisch kreischten. Der Weg, den sie gekommen waren, voller abgenagter Hühnerknochen und Kothaufen. Wir verloren uns, weil die Geister eine leichtere Art der Fortbewegung hatten. Auch die Nymphen glitten in Bäche und verwandelten sich in Wasser. Die Kobolde hängten sich Geiern an die Füße und segelten Abhänge hinab, bis sie grölend im Ginster landeten. Nur ich, und seltsamerweise doch auch der alte Mann, schleppten uns mühselig voran. Bald taumelten wir, uns aus den Augen verlierend – ich schluchzte, er fluchte vor sich hin –, durch ein immer dichteres Blau, das sich aus einer leichten Luft in so etwas wie Beton verwandelte, durch den schwer hindurchzukommen war. Ich kämpfte mich verzweifelt vorwärts. Endlich stürzte ich nach vorn, von der Materie losgelassen, und krachte in einen Kies, den ich, als ich den Kopf hob, als meinen erkannte. Neben mir mein umgekippter Stuhl. Da war mein Geißblatt, noch dürrer geworden, weil die noch grünen Äste von den Mutterstämmen keine Nahrung mehr bekamen. Der Gartentisch. Ich rappelte mich auf und stellte den Stuhl wieder hin. Setzte mich. Mein Wachstuchheft war vollgekritzelt. Wo war der alte Mann? Ich war tatsächlich so durcheinander, dass ich nach ihm rief, leise zwar nur, aber doch laut genug, dass meine Nachbarin, eine hübsche Werbeassistentin, aus ihrem Fenster sah. Ich winkte ihr und ging ins Haus. Holte, um so was nicht nochmals zu erleben, das Rennrad aus dem Keller und fuhr los, zum ersten Mal in meinem Leben allein. Nach ein paar Tritten schon ging es mir besser, und als ich zum Dolder hochfuhr, atmete ich freier.

So fuhr ich weiter, südwärts. Nirgendwo kann man besser an nichts denken als auf einem Fahrrad. Ich dachte an Isa, meine Frau, ohne Schmerz. Kurz nach ihrem Aufbruch war ich an die Tür des Ateliers geschlichen, in dem sie zwischen Gipssäcken hauste, grau und staubig und glücklich, sich auf einer Liege räkelnd, deren zerknitterte Leintücher sie alle drei Tage zurechtzupfte. Nescafé, mit Wasser aus der Leitung aufgegossen. Ich presste das Ohr an die Tür und horchte auf ihr Schnaufen. Aber ich hörte nichts, rein überhaupt nichts, und wusste, dass die beiden Verliebten mich erkannt hatten und sich lächelnd die Zeigefinger auf die Lippen legten. Da ist er, der Arsch, der geht schon wieder. Ich ging. Natürlich war niemand im Atelier, es war drei Uhr nachmittags, und der Liebhaber war im Kinderspital und operierte. Isa, keine Ahnung, was sie tat. Zu meiner Zeit, als wir uns liebten, als ich noch nicht Rad fuhr, war sie Bibliothekarin in der Zentralbibliothek gewesen, damit beschäftigt, die Manuskripte Conrad Ferdinand Meyers auf Mikrofilm zu kopieren. Sie konnte Meyer nicht ausstehen und hätte gern zu Gottfried Keller gewechselt. Aber da waren schon andere. Ich verliebte mich in sie, als ich – ich weiß nicht mehr, warum – nach Dokumenten zur Geschichte des Freisinns suchte, und einmal begleitete ich sie nach Arbeitsschluss wie zufällig ein paar Schritte und sagte es ihr, und sie fiel mir um den Hals und küsste mich, und wir blieben den Rest der Nacht in einem Fliederwald. Es war Sommer. Eigentlich war sie damals noch mit einem Storm-Spezialisten zusammen, einem Hünen mit einer sanften Stimme, der hie und da an unsrer Tür pochte und Isa flüsterte. Wir ohne uns zu rühren, auch wenn der Kaffee in den Tassen kalt wurde. Die Blicke ineinandergetaucht. Wir lachten, wenn er weggetappt war. Es war schön. Aber an einem Abend lag ein Zettel auf dem Küchentisch, der mir die neue Lage sagte. Ich habe Arbeiten von ihrem Freund gesehen. Wenn Giacometti nicht gelebt hätte: Hut ab. Giacomettis Tonmännchen gerieten übrigens jahrelang erbsengroß, auch wenn er mit hundert Kilo Lehm anfing. Einmal ging er zu einem Galeristen und holte eine Streichholzschachtel aus der Hosentasche und sagte, das ist die nächste Ausstellung. Die Statuen des Freunds waren schwere Bronzen.

Unversehens war ich weit über Chur hinaus gelangt und rollte die Rampen des San Bernardino hoch. Dieses Gras der Alpen, und die Kühe darauf. Die kalte Luft. Ich fuhr in einem großen Gang und kam schnell vorwärts. Überholte andere Hobbyfahrer, die, Hunden ähnlich, wenn diese an einem vor seinem Hof tobenden Kollegen vorbeitrotten, mich nicht wahrzunehmen schienen. Auf der Passhöhe tauchte ich den Kopf in einen Bach und stürzte mich in die Tiefe, in eine immer wärmere Luft hinein, die bald nach Finien duftete. Palmen und Oleander an den Straßenrändern. Ich kam an mehreren Seen vorbei, und in roh in den Fels gehauenen Tunnels brachten mich mehr als einmal Wasserpfützen und herabgestürzte Steinklötze aus dem Rhythmus. In einem Restaurant, das aus einem Tisch auf dem Trottoir bestand, aß ich ein Sandwich und trank eine Limonade. Wahrscheinlich hatte ich ins Veltlin gewollt, weil in jenem einst herrlichen Tal genau jener Gottfried Weilenmann, von dem ich schon einmal erzählt habe, an einer noch älteren Tour de Suisse so wahnsinnig Tempo machte, dass Coppi und Bartali, die Stars von damals, den Anschluss verloren, als dann Hugo Koblet, Göpfs Freund und Komplize, in den ersten Kehren des Bernina antrat. Ich habe diese Geschichte schon oft berichtet, einmal auch Isa. Deine größten Lieblinge, rief ich, als ich ihr gelangweiltes Gesicht bemerkte, waren Sportler. Goethe lief Schlittschuh, und Kafka brauste auf dem Motorrad. Jedenfalls, Hugo Koblet drehte an genau der Stelle, wo ich nun war, so fürchterlich auf, dass die Kastanienbäume zu fliegen begannen. Sein Charme war ihm jäh egal, er hatte den Mund offen und stierte zur fernen Passhöhe hinauf. Oben war er mehr als drei Minuten voraus. Ich fühlte mich mehr und mehr wie er und imaginierte ein ganzes Feld von Abgehängten hinter mir. Die paar einheimischen Radler, die mich überholten, ignorierte ich. Beim Hospiz, immerhin auf 2300 Meter Höhe, sah ich Sterne und musste mich ein paar Minuten lang hinsetzen. Es wurde auch Abend, später Nachmittag jedenfalls. Die Gletscher glühten. Mit Hugo ging es dann so weiter, dass er auch noch, wie ich, den Julier zu bewältigen hatte, eine kurze, aber grauenvoll steile Rampe. Coppi und Bartali hatten sich erholt und eine Minute wettgemacht, vor allem aber hatte Hugo seinen Rivalen Ferdinand Kübler übersehen, der verbissen ein Rennen für sich allein fuhr und in Bivio in Sichtweite hinter ihm war. In Tiefencastel hatte er ihn eingeholt, und die zwei rasten zusammen dem Ziel in Chur entgegen, nicht allein wie ich jetzt. Ferdi wurde Erster, um eine Reifenbreite schneller, und Hugo weinte und vergaß, dem armen Göpf Weilenmann zu danken, der eine Stunde dreißig später eintraf, drei Minuten nach Kontrollschluss. Ich rollte durchs Rheintal. Es war die Mittsommernacht, in der die Sonne zwar nicht, wie in

Schweden, gar nie unterging: Aber auch in Malans und Maienfeld tanzten die Mädchen unter Bäumen, in denen Lampengirlanden leuchteten. Musik wehte herüber. Am Kerenzerberg sah ich weit vor mir den Verleger. Natürlich glaubte ich zuerst zu halluzinieren, denn von hinten sehen alle Verleger gleich aus. Andrerseits trug dieser Radler seine Initialen auf den Hinterbacken, links ein riesiges P und rechts ein gewaltiges R, phosphoreszierende Rücklichter. Er war nicht allein, sondern tollte um eine Fahrerin herum, deren Lachen ich bis zu mir herunter hören konnte. Nochmals gab ich mein Letztes, wie so oft schon, und in Niederurnen hatte ich die zwei gestellt. Tatsächlich mein Freund. Die Frau war blond und trug einen Sturzhelm. Cécile? Ihr Leibchen warb für gar nichts, und auch ihre Rennhose war schwarz und neutral. Schöne Beine. Obwohl die beiden sich nicht umgedreht hatten, zogen sie, als ich bis auf ein Dutzend Meter aufgeschlossen hatte, das Tempo an, und ich hetzte im immergleichen Abstand hinter ihnen her. In Wädenswil schlug die Kirchturmuhr Mitternacht, die Stunde der Geister, die auch sofort wie Glühwürmchen in den Wiesen tanzten. Aber Cécile ließ sich nicht ablenken. Jetzt war auch der Verleger stumm geworden und fuhr in ihren Windschatten geduckt. Ich hatte mich an ihn gehängt und bewegte meine Beine wie in Trance. Am Bellevue war die Ampel rot, und wir warteten keuchend nebeneinander, ohne uns zu grüßen. Die Rämistraße hinaufzukommen war der schrecklichste Teil der Fahrt. Weil ich keine eigenen Wege mehr zu finden imstande war, landete ich auch im Verlag, einer alten Villa an der Böcklinstraße, stellte das Fahrrad über das Céciles und trottete hinter dieser drein.

Noch immer hatten wir uns nicht bemerkt. Blind saß ich in einem großen Zimmer, während in der Ferne Wasser rauschte. Später erwachte ich auf einem Sofa liegend, nur mit meiner Unterhose bekleidet und nass, und neben mir kniete Cécile und säuberte mich mit warmen Tüchern vom Dreck der Landstraße. Sie trug einen lila Morgenmantel und hatte den Sturzhelm nicht mehr auf. Lange Haare, die mich kitzelten, als sie sich über mich beugte. Der Verleger, in Jeans und Hemd, saß auf seinem Schreibtisch und schenkte sich ein Bier ein. Ich fuhr in die Höhe.

»Hallo!«, sagte Cécile Pavarotti.

»Wo bin ich?«

»In guten Händen.« Sie lächelte den Verleger an, der zufrieden zurückgrinste. »Essen ist fertig.« Tatsächlich stand auf dem niederen Tischchen, um das herum sonst erbitterte Verhandlungen um Nebenrechtsprozente stattfinden, drei Teller und eine Pfanne, in der Spiegeleier dampften. Es gab Bier und Salami. Brot, knuspriges Brot. Ich aß wie ein Verhungerter, so schnell, dass für einmal der Verleger nicht mehr als ein paar Krümel abbekam. Cécile löffelte ein Joghurt. Ich trank zwei Flaschen Bier. Endlich saß ich glücklich da, satt, erschöpft.

»Er hat ein Buch von mir verloren«, sagte ich zu Cécile. »Hüten Sie sich vor ihm.«

»Von mir«, antwortete sie, »hat er eins gefunden.«

Der Verleger goss uns Bier nach. Er war kleiner geworden, nicht mehr so titanisch wie früher, und glich, wenn er trank, einem gemütlichen Buddha. Ich beruhigte mich auch und berichtete von meiner Monsterfahrt durch den Süden. »Ich werde«, sagte ich, als ich fertig war, »das Leben

Gottfried Weilenmanns beschreiben. Ich recherchiere jeden Atemzug.«

»Fein«, sagte Cécile.

»Absolut grauenvoll«: der Verleger.

Cécile stand auf. »Gehen wir schlafen.« Sie gähnte. Auch der Verleger erhob sich. Er wischte dabei das Salzfass vom Tisch und stieß, als er es aufheben wollte, einen Schrei des Entzückens aus. »Da ist es ja!« Auf dem Boden kniend, zerrte er an einem Manuskriptbündel, das unter einem der Tischbeine klemmte. »Der Tisch hat gewackelt, jetzt erinnere ich mich.« Er befreite das Manuskript – zerriss dabei die Titelseite – und gab es mir. Während ich darin blätterte, strahlte er mich begeistert an, immer noch auf den Knien. Von der ersten Seite war nur noch jenes Stück übrig geblieben, das den Titel nannte. Das brennende Buch. Der Name des Autors war zerfetzt. In meinem Roman hatte es doch kein brennendes Buch gegeben! Aber obwohl mir das Manuskript fremd vorkam – vergilbtes Papier, als habe es den Tisch seit Jahren gestützt –, klemmte ich es mir unter den Arm und ging ins Freie. Es roch schon nach Morgen, und in den Bäumen sangen die Vögel.

Ich ging ein paar Schritte im kühlen Kies, als jemand aus einem Gebüsch gesprungen kam, schrecklich wie ein Kobold, ein junger Mann mit einem Gesicht voller Pickel und weit aufgerissenen Augen.

»Sind Sie der Verleger?«, keuchte er.

Ich schüttelte den Kopf.

»Ich heiße Müller«, flüsterte er heiser. »Eugen Müller. Ich habe Ihnen ein Manuskript zugeschickt, mit meinem Namen auf dem Titelblatt, verstehen Sie. Aber ich bin selber aus Herrliberg. Ich kenne die Leute alle, und die mich, und auf keinen Fall darf mein Name genannt werden, weil jedes Wort meines Buchs wahr ist, genau nach der Wirklichkeit gemalt, diesem Sumpf, diesem schrecklichen Sumpf, wenn Sie verstehen, was ich damit ausdrücken will.«

»Tu ich«, sagte ich. Ich war so schrecklich müde, dass sogar dieser seltsame Herr Müller sofort von mir abließ und in sein Gebüsch zurücksprang. »Danke!«

Als ich wegfuhr, kam auch Cécile aus dem Haus. Sie trug wieder ihr Radlergewand. Der Verleger winkte am Fenster, eine schwarze Gestalt. Ich konnte nicht sehen, ob Cécile zurückwinkte. Ich tat es jedenfalls. Unten im Garten hüpfte der picklige Autor, ein Scheusal, und versuchte sich dem Verleger bemerkbar zu machen, erfolglos, denn dieser schloss das Fenster und löschte das Licht.

Zu Hause war ich zu erschöpft, um einschlafen zu können, und blätterte in den unvertrauten Seiten. Eine IBM, wie ich auch eine hatte, aber mit einem anderen Kugelkopf. Handschriftliche Korrekturen hie und da. Einzig den Rotstift des Verlegers erkannte ich zweifelsfrei. Am Anfang hatte er einiges gestrichen, in der Mitte viel, und am Schluss alles.

Als ich am nächsten Morgen aus dem Haus trat, prallte ich gegen den alten Mann, einen Greis, der sich an der Brüstung meines Klofensters festhielt, gelb im Gesicht, voller Flecken. Speichel lief aus seinem Mund. Er keuchte. Stank. Furchen zwischen den Augen, die er geschlossen hielt. Er zitterte und stöhnte. War am Sterben. Ein Krankenwagen fuhr vor – der Wirt der Rose hatte ihn alarmiert –, und zwei

Sanitäter zwangen den Alten auf eine Liege. Er hielt die Hände, Knochen eher, flehend zur Brüstung hin gereckt, sagte etwas. In seinen Haaren hing ein dürres Gänseblümchen. Als der Krankenwagen anfuhr, wurde sein Schädel im Rückfenster nochmals sichtbar. Er schrie aus einem Mund ohne Zähne. Seine weit offenen Augen waren weiße Löcher. Dann stürzte er um, und der Wagen verschwand um die Ecke. Der Geruch, der in der Luft hing, machte mich so elend, dass ich ins Haus zurückging.

Ich nahm das Manuskript, setzte mich an den Gartentisch und begann zu lesen. »Dies ist die Geschichte eines Knaben«, las ich, »der so unglücklich war, dass er sich für rasend glücklich halten musste, um zu überleben. Keiner lachte so laut wie er. Keiner riss mehr Witze. Keiner dachte mehr als er, dass die Welt genau so wie das Zuhause sei. Niemand hatte schrecklichere Ängste, die er für Abenteuer hielt, die es zu bestehen galt.«

Das war nicht meine Geschichte. Ich hatte mich unglücklich gefühlt, weil ich mein Glück nicht erkennen konnte. Bei mir hatte die Sonne den ganzen Tag über geschienen, aber ich dachte, irgendwo strahle sie noch heller. Ich bin einer von denen, die von ihren Mamas über Jahre hin liebevoll getragen worden sind, und *einmal* ließen sie uns fallen, und über diese eine Beule jammern wir dann ein Leben lang. Wieso nicht?, dachte ich. Wieso soll ich nicht einmal ein Buch lesen, das mich nichts angeht? Den Anfang wenigstens, um den alten Mann zu vergessen, der jetzt starb. Im Übrigen hatte der Verleger, neugierig noch oder großzügig, die ersten Seiten nicht durchgestrichen.

»An einem Sommerabend«, las ich weiter, »stand ich,

sechs oder sieben Jahre alt, am Rande eines Getreidefelds, zwischen Kamillen, Mohn und Kornblumen. Es war heiß. Eine steile Wiese, durch die ein Weg zu mir herunterführte, war in Brand geraten. Flammen züngelten auf beiden Seiten des Wegs, der bei mir unten um einen alten Schrebergartenschuppen herum zu einem Wald hin abbog, hinter dem ein Dorf lag, dessen letzte Häuser die Grenze berührten. Ich hatte Käfer gejagt oder mit meinem Genital gespielt; war jedenfalls allein. Aus dem Wald kam ein Mann gerannt. Sogleich wusste ich, dass er nicht lustig lief, so wie ich zuweilen, weil das Leben schön war. Auch war es zu heiß zum Rennen. Er lief mit angewinkelten Armen, kam näher und näher und bog, während ich bewegungslos dastand, in den Weg ein, der zur brennenden Wiese hinaufführte. Jetzt sah ich ihn gut. Er war jung, ein Kind fast noch, keuchte, und in seinen Augen lag Panik. Jenseits der Grenze war Krieg. Wenn wir manchmal den Stacheldrahtrollen entlanggingen, wurden wir still und sahen scheu zu den Bäumen auf der anderen Seite. Dass sie dort einfach so wuchsen, dachte ich, wie bei uns! Die Anemonen. Ein Windstoß, als sie noch Samen waren, und sie hätten bei uns gewurzelt.

Kaum war der kindliche Mann im Rauch verschwunden, tauchten aus dem Wald zwei neue Männer auf, rennend auch sie. Ein hechelnder Hund schleifte den einen hinter sich her, die Nase am Boden. Der andere, ein Magerer mit einer Habichtsnase, keuchte mehrere Schritte hinter den beiden her. Der Hundeführer, der eine Art Uniform trug, hielt einen Revolver in der Hand. Lieber Gott, murmelte ich, mach, dass sie ihn nicht erwischen. Der Mann mit dem Revolver rief: ›Wohin?‹, und ich zeigte in die Richtung, in die der Gehetzte gerannt war. Der Hund kannte sie schon. Auch die Verfolger verschwanden in der brennenden Wiese.

Im Getreidefeld war ich übrigens gerade eben auf den Mantel meiner Schwester gestoßen, ein durchweichtes Bündel, und hatte zuerst gedacht, ich hätte die Schwester selber gefunden. Ein kleines entzückendes Mädchen, das alle liebhatten. Jetzt ging ich mit ihren nassen Lumpen dem Rauch entgegen, dem Feuer, hinter dem ich wohnte. Ich fürchtete mich, weil der Weg eine nur schmale Gasse in dem Feuergeprassel bildete, einen glühend heißen Kanal, der vom Rauch zugequalmt war. Aber da ratterte plötzlich ein Leiterwagen an mir vorbei, mit meinem Vater drin, der die Deichsel zwischen den Beinen hielt. An ihn geklammert die Schwester, kreischend vor Begeisterung. Auch zwei, drei Hunde waren im Karren, und ein paar weitere rannten hinter ihnen drein. Sie bogen ums Schrebergartenhaus herum in den Seitenweg ein und verschwanden. Fast sofort danach hörte ich ein Krachen und Splittern und wusste, dass sie die Kurve verfehlt hatten und in den Brennnesseln lagen.

Die Mutter war in der Küche. Sie tanzte allein zwischen den weißen Möbeln, langsam und schwebend, und ihre Lippen bewegten sich, als sänge sie ein stummes Lied, ein lustiges, denn zuweilen lachte sie. Ihre Augen sahen mich an, ohne mich zu erkennen. Sie drehte sich schneller, so dass ihr Rock zu fliegen begann. Sie trug keine Strümpfe und hatte dicke braune Schenkel. Als ich ihr den Mantel in die Hände drückte, tanzte sie sofort mit ihm, als sei er ein Mensch. Tatsächlich wurde er ganz lebendig, schwang seine blauen Arme, und Wasser rann aus ihm auf die Steinplatten. Es sah lustig aus, und ich klatschte in die Hände vor teilnehmender Freude. Aber plötzlich warf die Mutter den Mantel ins Waschbecken und biss sich in einen Finger. ›Mama!‹, rief ich. ›Ich bin's!‹ Aber sie hatte Wichtigeres zu tun. Ich war immer ein Wiesel gewesen, ein Eichhörnchen, und kletterte also fix zum Fenster hinaus und balancierte hoch über dem Erdboden – blaue Hügel am Horizont, über ihnen hohe Wolken – einem schmalen Sims entlang, gegen die Hausmauer gepresst. Ich tat das oft. Wespen surrten um meinen Kopf. Den Weg hinauf, weit weg noch, kamen die Hunde, die Schwester und der Vater, der den Leiterwagen hinter sich herzog. Die Schwester plapperte, der Vater hörte still zu, und die Hunde tollten um die beiden herum. Alle verschwanden um eine Ecke des Hauses. Als ich mein Abenteuer bestanden hatte und am andern Ende des Gebäudes atemlos durch das spiegelnde Glas des Schlafzimmerfensters starrte, trat innen mein Vater durch die Tür, zerrte die Mutter am Arm und schüttelte sie, so dass sie für einen Augenblick dem Mantel glich, als er mit ihr tanzte. Der Vater war rot im Gesicht, von den Brennnesseln?, öffnete eine Schublade des Nachttischs und schob sie ebenso schnell wieder zu. Die Mutter stand vor dem Bett und sah auf ihren Finger, der blutete. Als der Vater sich ihr wieder zuwandte und einen Arm in die Höhe hob, erblickte er mich und tat einen so heftigen Schritt auf mich zu, dass ich erschrak und in den Garten hinunterstürzte. Ich rappelte mich aber sofort auf und rannte in die Büsche, die ich erreichte, bevor das Fenster aufging. Zitternd unter den Nadeln eines nach Harz riechenden Gehölzes liegend, merkte ich, dass ich den rechten Fuß gebrochen hatte.

Viele Jahre früher war mein Vater einmal mitten in der

Nacht aufgewacht, und im mondhellen Geviert desselben Fensters hatte die Silhouette eines Mannes gestanden, eines Zwergs beinah: sagte mein Vater, der mir die Geschichte dann oft erzählte. Leise jedenfalls beugte er sich aus dem Bett, zu jener Schublade hin, in der ein Revolver lag, den Einbrecher zu töten. Aber die Mutter wachte auf und rief, Lieber, was tust du? Fasste nach dem Vater. Als er am Fenster war, lag der Garten verlassen im bleichen Mondlicht. Er schoss ein paarmal in die Büsche und lauschte, und dann legte er sich wieder zur Mutter, die so erregt war, dass sie sich an ihn klammerte und nicht zu beruhigen war. Bis in den Morgen hinein stöhnten sie zusammen. Bei Tagesanbruch kam die Polizei und sicherte die Spuren.

Als ich gezeugt war, geboren, winzig noch, war ich immer mit der Mutter. Es war herrlich. Die Sonne schien. Schwalben flogen, kleine Käfer kletterten Grashalme hoch, die vor meinen Augen schwankten. Die Erde duftete. Musik wehte aus den Fenstern. Damals waren noch keine Hunde bei uns. In den Granitplatten der Wege glitzerten feine Kristalle. Der Stein war heiß. Ich machte meine ersten Schritte, nackt, mit ausgebreiteten Armen, taumelte begeistert zu meiner Mutter hin und stand gegen sie gepresst, die Nase in den roten Stoff ihres Sommerrocks gewühlt. Die Arme um ihre Hüften. Alles roch. Das ganze Haus war voller Frauen, die mich hochwarfen, auf die Brust legten, sich mit mir im Gras wälzten und mich zwischen ihren Beinen träumen ließen, einen Grashalm im Mund. Sie lachten, wenn ich unter ihre Röcke kroch. Rannten davon, und ich hinter ihnen drein, so dass sie sich mir gleich wieder unterwarfen, auf dem Rücken liegend, und ich in ihren Händen zappelnd über ihnen. Kreischend vor Glück. Tausend Küsse kriegte ich. Floh vor ihnen endlich zur Mutter, die mich, strenger schützend, hochhob. Ich saß auf ihrem Arm wie auf einer Festung und winkte den Mädchen, den Frauen, die in der Ferne lachten.

Ich habe keine von ihnen vergessen: Eine war eine Französin, eine dicke Lachnudel, die mitten aus ihrem Gegiggel heraus in Tränen ausbrechen konnte. Sie hatte rote Haare und spazierte mit mir jenen Stacheldrahtrollen entlang. Im Schatten der Bäume war es kühl, während über den Wipfeln der Sommer tobte. Wir lagen im Moos und aßen Beeren, und sie sang Lieder, die auf Französisch von ihrem alten Leben erzählten. Einmal hörten wir raschelnde Schritte jenseits des Stacheldrahts, und sie duckte sich mit mir zwischen Farne und hielt mir den Mund zu. Erzählte mir dann flüsternd, manche kröchen durch die Drähte in die Freiheit und würden, wenn die Grenzer sie erwischten, wieder zurückgejagt. Sie bewohnte einen Holzverschlag unterm Dach, in dem es so heiß war, dass sie nackt auf dem Bett lag und sich mit nassen Tüchern kühlte. Ich zog mich auch aus und kriegte auch einen kleinen nassen Lappen.

Neben ihr hatte eine kupferglänzende Schöne ihr Zimmer. Sie schlief den ganzen Tag, aber am Abend durfte ich in ihr Reich, das kühler war als das der Französin. Sie war nie nackt. Trug lange Tücher und setzte mich auf ihre Knie: sang und ließ mich im Rhythmus auf und ab wippen. Nachts, wenn ich ins Bett musste, brach sie zur Arbeit auf. Sie sang Lieder in einem Nachtrestaurant für Große. Trug ein schwarzes Kleid und glitzernde Metallhalsbänder. Ringe um die Handgelenke bis zu den Ellbogen. Ihre Augen waren geschminkt, ihr Mund, alles. Sie hauchte einen Gutenachtkuss in die Luft und schwirrte wie ein in Ketten gelegter Kolibri davon.

Im Stockwerk darunter – dem über uns – wohnte meine Tante. Sie hatte eine Katze und war selber eine. Braune Mandelaugen. Wir schnurrten zusammen, und sie erzählte mir Geschichten, etwa die, dass ein kleiner Junge in die Welt hinaus bis zum Erdenrand und weiter geht, sein Glück zu suchen, und als er nach vielen Abenteuern bei der Sonne ankommt, ist diese die Mutter, wartet strahlend auf ihn, und der Vater, der Mond, lächelt fern an einem andern Teil des Himmels.

Aber dann verschwanden die Frauen aus dem Haus, von einem Tag auf den andern, ohne ein Auf Wiedersehen zu sagen und zu meinen. Nie mehr habe ich einen größeren Verrat erlebt. Ich stand ratlos im leergeräumten Zimmer der Französin, in dem immer noch die beiden feuchten Lappen auf der Waschkommode lagen. Die Sängerin wurde von einem eleganten, ernst blickenden Mann mit einem Handwagen abgeholt, schleppte viele Koffer voller Etiketten die Treppe hinunter und girrte und gurrte und gab allen Küsse und vergaß mich. Ich sah, wie sie wegging, gegen die Schulter des Mannes gelehnt, der ihre Habe zog.

Meine Tante im ersten Stock war schließlich auch fort, und da merkte ich, dass auch Männer in diesem Haus lebten. Mein Papa, gut, aber im ersten Stock war plötzlich auch ein Onkel, allein jetzt, weil die Tante – sagte mein Vater – sich seine Schweinereien nicht mehr bieten lassen wollte, mit einem Maschinengewehr, das er wegen seiner militärischen Stellung an seinem, glaube ich, Schlafzimmerfenster stehen hatte und das die ganzen Felder ringsum bis zur Grenze bestreichen konnte. Er kommandierte eine Abteilung, die Todesurteile aussprach, und fürchtete, ein feindliches Kommando könne über die nahe Grenze kommen und ihn verschleppen, obwohl ihm die Eroberungskraft dieser Feinde zuzusagen schien. Er behauptete trotzdem, auf allen schwarzen Listen zu stehen.

Wenn ich über die Wiesen streifte, dachte ich, dass er mich jetzt vor der Mündung hatte, meinen Bewegungen folgend. Er war oft in Uniform und schrie Befehle. Meine Mutter ging dann auf Zehenspitzen und hielt einen Finger auf den Mund gepresst, wenn mir die Bauklötze umstürzten. ›Hermann arbeitet!‹ Der Vater brüllte: ›Und ich? Arbeite ich etwa nicht?‹ Aber dann war auch er still und hielt den Hunden die Schnäuzchen zu, wenn sie jaulen wollten. Er hatte irgendwann einmal mit den Hunden angefangen, ich weiß nicht mehr, wann und warum. Sie waren alle ganz kleine Hündchen, zwei oder drei zu Beginn, bald aber zehn oder mehr, hilflose verlorene von ihren Papas und Mamas ausgesetzte Geschöpfe, die ohne seine Hilfe verreckt wären.

Den ganzen Tag kauerte er zwischen ihnen und streichelte sie. Ich stand in einer Ecke und sah ihnen zu. Oft ging er mit der ganzen Meute spazieren. Dann beobachtete ich sie vom Hausdach aus, über dem Verschlag der Französin sitzend, der jetzt leer war. Hatte man sie über den Stacheldraht zurückgejagt? Der Vater ging wie ein Heiliger zwischen seinen Schützlingen, die bellend an seinen Beinen hochsprangen. Manchmal schleuderte er einen Stecken ins Kornfeld, und die Meute verschwand kläffend im reifen Gold. Nur der Vater war noch zu sehen, von den Hüften an. Zuweilen sprang ein Hund in den Himmel wie ein Fisch aus den Wogen eines Meers. Ich hatte mir aus einem Haselstecken ein Gewehr gebastelt, mit dem ich nach Vögeln schoss, und zuweilen auf die Hunde, und auf den Vater. In den Nächten flogen Flugzeuggeschwader hoch übers Haus, mit einem Dröhnen, das von ferne näher kam, laut und lauter wurde und endlich von einem Rand des Horizonts zum andern den Himmel füllte: und erst verklang, wenn ich schon alle Hoffnung aufgegeben hatte. Ich lag mit starren, offenen Augen im Gitterbett. Zuweilen schoss ein Flakgeschütz, das ganz in unsrer Nähe hinter dem Rundfunkgebäude stand, auf dessen Dach ein riesiges weißes Kreuz auf die roten Ziegel gemalt war.

Der Onkel war immer mit der Mutter im Garten, weil der Garten so groß wie eine Plantage und bis zum letzten Winkel mit Gemüsen bepflanzt war. Hie und da kam ein Soldat mit einem Fahrrad, immer der gleiche, und prüfte die Produktion. Der Vater war ja mit den Hunden und hatte keine Zeit für die Gartenarbeit. Das heißt, zu Beginn hatten ihn Mutter und Onkel doch zu den Kartoffeln getrieben, aber er stellte sich so ungeschickt an – oder war es wirklich –, dass er den Schubkarren umkippte oder ins Wasserfass fiel. Jedenfalls, bis weit zum Nussbaum hinunter, von dem im Herbst die Früchte prasselten, wucherten Bohnen, Kohlköpfe, Erbsen, Lauche, Beerenstauden, Mais. Ein ungeheures Grün. Gurken wie Schläuche, Kürbisse wie Türkenturbane. Ich sah zu den Sonnenblumen hinauf. In einem Schuppen hingen Bastzöpfe an Nägeln. Ich atmete ihren heftigen Geruch ein, wenn ich, ich meine: als ich einmal darin hockte und durch die Ritzen nach draußen zu den Tomaten spähte, zwischen denen meine Mutter mit einem flehend zum Himmel betenden Gesicht kauerte und sich mit den Händen an zwei rotleuchtenden Tomaten festhielt, deren Saft ihr über die Arme lief. Der Onkel war bei ihr, er eher wütend, verzweifelt, schüttelte sie, sich an ihren Hüften haltend. Sie flog in seinen Pranken hoch und nieder, als sei sie eine Puppe aus Stoff. Ihm war die Hose heruntergerutscht, und während er aufstand und sie hochband an die alte Stelle, lag die Mutter, flach auf dem Bauch jetzt, zwischen den grünen Stauden. Ich dachte, sie sei in eine Ohnmacht gefallen und der Onkel habe ihr nicht helfen können, aber da erhob sie sich ganz wach auf ihre Knie und band die Haare hoch. Ihre Hände waren voller Tomaten. Ich öffnete rumpelnd die Schuppentür und stürzte zu ihr hin, warf mich über sie, mich mit ihr wälzend und mich an sie drückend wie noch nie. Wie lachten wir! ›Genug!‹, rief die Mama endlich, lachend. ›Wo kommst du überhaupt her?‹ Der Onkel stand die ganze Zeit mit einem Spaten in der Hand da und sah uns an. Von dort, sagte ich, aus dem Haus. ›Dann geh zurück!‹

›Er spinnt!‹, brüllte der Onkel unvermittelt. ›Das sieht doch jeder, dass der nicht normal ist!‹

›Hermann‹, sagte die Mutter. ›Bitte.‹

Im Haus hockte der Vater zwischen den Hunden, etwa fünfzig süßen Wesen mit Schlappohren und rosa Schnäuzchen. Ich hatte sie auch gern. Der Vater bemerkte mich nicht und wälzte sich mit seinem Liebling, einem struppigen Bastard, hielt ihn über sich, der hilflos mit seinen Pfoten zappelte. Endlich sah mich der Hund, und der Vater folgte seinem hilfesuchenden Blick, rappelte sich auf und gab mir ein riesiges Bonbon, von denen er, obwohl Not und Krieg war, immer ein ganzes Glas voll hatte. Die Mutter kam zur Tür herein, in den Gartenkleidern, auch die nackten Füße voller Tomaten, und ging ins Bad. Ich hörte das Wasser rauschen und rannte zur Badezimmertür, vor der ich, weil sie verschlossen war, wartete, bis sie endlich herauskam, in eine in helle Seidentücher gehüllte Königin verwandelt.

So kam meine Schwester zur Welt, Lena, und der Vater und ich hängten ein Band über die Tür, auf dem ›Herzlich willkommen‹ stand. Ich war jetzt vier. Lena sah entsetzlich aus, weinte immer und saugte verschrumpelt an den Brüsten der Mutter, die sie auch grässlich fand. Nur dem Vater gefiel sie. Ich diskutierte mit der Mutter die Möglichkeit, sie zu töten, bis sie mir das Thema verbot. Aber das stimmte nicht, was sie sagte, dass ich ein Ungeheuer sei. Ich hatte nur gedacht, dass der Vater früher, bevor er die Hunde rettete, auch einmal einen Wüstenfuchs im Tierladen gekauft und ihn nach ein paar Tagen zurückgebracht hatte, weil alle Vorhänge wie Fetzen aussahen. Die Mutter übrigens, fällt mir ein, konnte das Wort Sterben nicht über die Lippen bringen. Sagte immer irgendeine Verballhornung oder wechselte das Thema.

Später allerdings, als Lena gehen konnte, nahm sie sie ins Kornfeld mit, durch das ein schmaler Fußweg führte. Er war eine Abkürzung zur fernen Bahnstation. Ich sah sie von der Birke aus, auf die ich jetzt lieber kletterte als aufs Dach. Lena wehrte sich, ließ sich an einem steifen Arm schleifen. Obwohl die Sonne schien, trug sie jenen blauen Mantel. Beide wurden immer kleiner, und endlich war nur noch die Mutter zu sehen. Ging, als sei nichts. Ich glitt vom

Baum herab – schürfte mir die Hände blutig – und übte bis zur Rückkehr der Mutter den Kopfstand, den ich dann tatsächlich so gut beherrschte, dass ich sie den ganzen Weg vom Gartentor zur Haustür verkehrt herum näher kommen sah. Lena hatte den Mantel verloren. Sie weinte, und ich feixte und machte Gewehrgriffe mit meinem Haselstecken, bis die Mutter sagte, ich solle das lassen. Dann spielten wir zusammen, Lena und ich, Vater suchen oder etwas Ähnliches, jedenfalls mussten wir in eine Erdhöhle kriechen und dort so lange ausharren wie wir nur konnten. Ich konnte es so gut, dass, als ich triumphierend wieder an die Erdoberfläche gelangte, weit und breit keine Lena mehr war. Ein kalter Abend, kaum mehr Licht. Ich schlug mir den Dreck von den Kleidern und trollte mich nach Haus. Dort hatte sich Lena unter die Hunde gemischt und schnappte wie sie nach den Belohnungen, die der Vater über ihren Näschen baumeln ließ.

Wenn ich jetzt mitten in der Nacht dem Sims entlangschlich, war es ruhig im Zimmer der Eltern. Die Betten schienen leer. Oder nur der Vater schlief, ja, so war es, denn die Mutter huschte unter mir durch den mondbeschienenen Garten, und ich glitt am Regenrohr ins Gras hinab und schlich hinter ihr drein – mein Fuß war längst verheilt –, im Schatten der Büsche und in gehörigem Abstand. Sie ging in der Mitte des Wegs und trug etwas Schweres. Ihr Ziel war der Fluss, der etwa eine Stunde entfernt floss. Dort stand sie, auf einer Brücke aus Holz, und starrte ins Wasser hinunter. Auf dem Geländer lag, was sie so schwer geschleppt hatte: ein Stein, ein Granitklotz, der zuvor beim Schuppen gelegen hatte. Sie umklammerte ihn wie einen Anker. Endlich bewegte sie sich und warf ihn in die Fluten. Kam mit so schnellen Schritten auf mich zu, dass ich sicher war, sie habe mich gesehen. Aber sie ging an mir vorbei. Sie weinte. Als ich am nächsten Morgen aufwachte, hantierte sie in der Küche, und ich rannte zum Schuppen, wo tatsächlich der Stein verschwunden war. Jetzt war an seiner Stelle ein heller fauliger Fleck, in dem Würmer wimmelten.

Eines Nachts hatte ich doch geschlafen, denn am Morgen war die Mutter verschwunden. Niemand sagte mir, wohin, und warum. Auch Lena war weg, wahrscheinlich hatte man sie auf den im Mondschein abfahrenden Karren hintendrauf geworfen. Mit Lappen umwickelte Räder, damit ich nicht aufwachte, und alle Beteiligten flüsternd. Die Mutter starr aufrecht sitzend, ohne ihren Stein, der sie einst geschützt hatte. Irgendwie schien das Haus jetzt ohne Möbel zu sein, riesengroß. Mein Vater war stumm geworden, bellte höchstens manchmal mit den Hunden. Er stand stundenlang unbeweglich am Fenster, hielt die Stirn ans kalte Glas und sah den strömenden Regen dennoch nicht, und natürlich tröstete ich ihn und fütterte die Hunde. Sie blieben aber ihm dankbar. Ich lachte viel und hüpfte. Um mich herum war stets viel Vergnügen.

Einmal setzte mich mein Vater hinten auf sein Fahrrad, und nach einigen Stürzen kamen wir zu einem großen Haus, in dessen Garten ein Gespenst saß, das meiner Mutter glich, zwischen anderen Damen, die auch tot blickten. Das Gespenst kam eine Wiese herabgeschwebt und tätschelte meinen Kopf, ohne dass ich seine Hand spürte. Sie war aus Luft, oder ich war es, oder uns beide gab es gar nicht. Der Vater erzählte von den Hunden. Ich schrie aufgeregt, wie toll wir es hatten, bis mein Vater sagte, ja, aber nicht so laut. Dann fuhren wir wieder heim – stürzten noch öfter, bluteten an Händen und Knien – und vergaßen erneut zu essen.

Lena war auch wieder da. Sie hatte eine Zeit bei der Tante verbracht, die jetzt irgendwo an einem schattigen Platz in der Stadt wohnte und mit einem andern Mann wahnsinnig glücklich war. Jeden Morgen, wenn ich aufstand, war sie schneller als ich gewesen und lag bereits in Papas Bett, Brot und Marmelade essend, während dieser Vater einen Köter bürstete. Ich mochte sowieso kein Frühstück und schloss leise die Tür.

Aus irgendeinem Grund war zwischen dem Vater und dem Onkel ein regelrechter Krieg ausgebrochen. Sie standen auf ihren Balkonen und schrien sich an, der Vater mit verdrehtem Hals nach oben blickend, der Onkel sich so weit über die Brüstung beugend, dass er herabzustürzen drohte. Arschloch, rief mein Vater, und der Onkel, er sei nicht bereit, weiterhin mit einem Kommunisten Tisch und Bett zu teilen.

Wenn der Vater erregt war, und das war er jetzt ständig, wurde er über und über rot und schwitzte Bäche. Er vergaß sogar die Hunde und stampfte Monologe brüllend durch die Säle unsrer leeren Wohnung. Manchmal packte er seinen Liebling oder mich an der Gurgel und schrie uns, die wir uns hilflos nicht befreien konnten, rasend vor Wut an, er sei eine perverse alte Sau: der Onkel natürlich. *Er* sei irre, nicht wir alle, und wenn er nicht das hohe Tier wäre, das er sei, und das Liebkind des Justizministers, der, als der Krieg noch jünger gewesen sei, auch nach brauner Scheiße gerochen habe, so säße er jetzt im Gefängnis oder in der Klapsmühle, dieser Hermann, weder Mann noch Herr. Nach all dem war der Hund, jener entzückende Bastard mit den Glaswollhaaren, richtiggehend froh, mit mir spielen zu dürfen, und wir tollten in den Feldern herum, bis wir nicht mehr konnten vor lauter Jaulen und Lachen.

So lagen wir just in jenem Kornfeld, in dem ich einst Lenas Mantel gefunden hatte – nun brannte es nirgendwo –, als auf demselben Weg, aber vom Haus her diesmal, erneut ein Mann gerannt kam, in Panik auch er. Näher kommend verwandelte er sich in meinen Onkel, dessen Gesicht ich kaum erkannte. Angst! Er bemerkte uns nicht – wir hatten uns in die Ähren geduckt –, bog ums Schreberhäuschen und hetzte zum Wald hin. Er war noch nicht darin verschwunden, als oben auf der Hügelkuppe, sich gegen einen tiefblauen Himmel abzeichnend, ein winziger Hund auftauchte, tatsächlich einer von unseren Hunden, denn sofort folgte ihm ein zweiter und ein zehnter und bald ein fünfzigster, und inmitten des wild kläffenden Rudels rannte mein Vater, verändert auch er, wild plötzlich und gewaltig. Auch er kam schnell näher, von seinen Zöglingen zu einem Tempo angetrieben, das dem Onkel keine Chance gab. Er hielt seinen Revolver in der Hand. Stumm und mit offenen Mäulern erhoben wir uns in unserm Kornfeld, der Hund und ich, und ich zeigte dem Vater mit dem ausgestreckten rechten Arm, wohin Onkel Hermann gerannt war. Vielleicht sah er mich, vielleicht auch nicht, die ganze Meute bog jedenfalls in den Weg zum Wald ein. So hatte ich meinen Vater noch nie gesehen: zum Töten entschlossen. Jetzt erkannte ich auch Lena. Sie war mit den letzten Hunden, rannte zuweilen ein paar Schritte auf allen vieren und erhob sich dann wieder, bis sie erneut hinfiel. Einen Augenblick lang schoss mir der Gedanke durch den Kopf, dass der Vater sich die armen Tiere nur herangezogen hatte, um eines Tages den Onkel zur Strecke zu bringen. Schon wurde die kläffende Meute vom Wald verschluckt, in dem der Onkel keine Minute zuvor verschwunden war. Nie schaffte er es bis zur Grenze, falls er sich von ihr Rettung versprach.

Es wurde still. Die Luft war so unbewegt, dass ein einzelner Käfer zu meinen Füßen, der einen Grashalm mit seinen Zähnen zermalmte, ein solches Getöse veranstaltete, dass wir uns zu ihm niederbeugten. Während der Hund an ihm herumschnüffelte und ich ihn mit einem Stöckchen stupste, kaute er ungerührt an einem dicken Stengel herum, auf dem so viele Blattläuse saßen, dass uns nicht klarwurde, ob er auf sie oder auf das dicke grüne Gras aus war. Als ich den Kopf wieder hob – ein fernes Bersten von Hölzern hatte mich misstrauisch gemacht –, brachen unsere Hunde aus den Bäumen, mitten unter ihnen der Papa, jetzt in umgekehrter Richtung laufend, mir entgegen, panisch nun, weil fast sofort auch der Onkel aus dem Unterholz stürmte, plötzlich mit einem Gewehr bewaffnet und von zwei riesigen Dobermännern begleitet, die er an langen Leinen bändigte. Wo hatte er sie her? Nach dem Blut meiner Lieben heulend, hetzten sie näher, während der Papa und die Hündchen stumm flohen. Nur ihr Keuchen. Lena war erneut mit den Letzten, die Erste, die zerrissen würde. Sie waren den steilen Weg hochgehetzt, bevor ich und mein Spielkamerad uns auch nur rühren konnten. Auf allen vieren verschwand endlich auch Lena hinter der Anhöhe. ›Wartet!‹, rief ich, und mein Hund bellte. Da war aber schon der Onkel bei der Wegbiegung und sah mich an, und ich deutete eifrig den Weg hinauf, in den die drei Hetzer auch sogleich einbogen.

Diesmal, als die Welt erneut leer war, wurde es nicht wieder still, sondern fast sofort drang ein Winseln und Kläffen über den Hügelhorizont, das nur zu unsern kleinen Hunden gehören konnte, und hie und da das tiefere Bellen der Dobermänner. Schüsse fielen, peitschende, die aus dem Gewehr stammen mussten, und kleinere, die aus Papas Revolver kamen. Das Morden dauerte eine Ewigkeit. Aber allmählich gaben immer weniger kleine Hunde Laut, und endlich schrie, als Letzter, einer in einer unbeschreiblichen Panik auf. Ich hatte einmal ein Foto von einem Affen gesehen, der von einem Leoparden verfolgt und eingeholt worden war und sich mit schrecklich offenem Maul zu seinem Mörder umdrehte: so hatte er gewiss aufgeheult, Sekunden bevor er zerbissen wurde. Lena? Dann noch ein Schuss, aus dem Gewehr oder aus dem Revolver?, und es war still, noch stiller als vor der Katastrophe, denn diesmal schwieg auch der Käfer.

Der Hund und ich flohen auf dem Fußweg durch das Kornfeld. Als vor uns die Bahnstation auftauchte, hatten wir uns bereits ein bisschen erholt, und der Hund brachte mir Stöcke, die ich ihm ins Getreide warf. Vor uns neigte sich eine rote Sonne dem Horizont zu. Ich hatte den Plan, mit dem Hund auf die hinterste Plattform einer abfahrenden Bahn zu springen. Wir würden uns bücken und die Fahrt am Boden kauernd machen – für den Hund das Natürlichste von der Welt –, und gewiss käme der Schaffner nicht bis zu uns. Aber als wir über den Platz vor dem Stationsgebäude gingen, jaulte mein Freund plötzlich auf, stürzte auf zwei Hunde zu, die würdig an einer Litfaßsäule herumrochen, einen Köter mit Drahthaaren und eine viel kleinere Hundefrau, und die drei wälzten sich in unbeschreiblicher Wiedererkennensfreude, tanzten und bellten und lachten, und endlich wanderten sie, mein Freund in der Mitte, durch eine breite Allee davon.

Ich sah sie nochmals, als ich in der Bahn an ihnen vorbeifuhr und gegen alle Gesetze der Vorsicht aus dem Fenster lugte. Mein Kumpan schien aufgeregt etwas zu erzählen, während sein Papa, der alte Grauhaarige, an einem Baum schnupperte. Die Mama bewegte die Ohren. Eine Weile lang fuhr die Bahn der Sonne entgegen, die die Holzsitzbänke in ein rotes Licht tauchte. Aber dann wählte sie eine neue Richtung und rollte, mit mir auf der hintersten Plattform, kleiner werdend der Stadt zu, deren Lichter in der Ferne funkelten.«

Ein beizender Geruch kitzelte meine Nase. Meine Nachbarin, die Werbeassistentin, stand mit einer Heugabel in ihrem Garten und brannte das dürre Gras der Böschungen ab. Als sie mir winkte, stand ich auf und trat an die Hecke. Sie trug noch immer ihre Shorts und ein T-Shirt in Pop-Farben, hatte aber ein Kopftuch umgebunden und steckte in Gummistiefeln. So sah sie noch hübscher aus. Ich nahm Anlauf und warf das unnütze Manuskript mit einem kräftigen Schwung in die Flammen. Im Flug verteilten sich die Seiten und senkten sich wie hungrige Möwen über das Geflacker. Manche erhoben sich erneut, kaum brannten sie, und flogen lodernd ein paar Meter weiter, bis sie, schwarz, endgültig zur Erde hinstarben. Den andern half die Nachbarin mit der Heugabel nach. »Nichts für ungut«, rief ich. »*Forget it.*« Ich ging ins Haus zurück und schloss die Fenster. Als ich nochmals nach draußen schaute, hielt meine Nachbarin ein angesengtes Papier in der Hand und las es aufmerksam. Sie nahm langsam das Kopftuch von den Haaren, und diese fielen ihr bis weit über die Schultern.

Keine fünf Minuten später klingelte es, und der Verleger und Cécile standen da. Er in einem weißen Anzug von, sagen wir, Armani oder Beluga, sie in einem sienafarbenen Sommerkleid, das ihr wirklich gut stand. Beide grinsten verschmitzt, kicherten albern und überreichten mir nach vielem Hin und Her endlich ein Buch, einen dicken, in Plastik eingeschweißten Klotz, auf dem Céciles Name und unter diesem in einer anmaßend großen Prägeschrift aus falschem Gold jener vertraute Titel stand: Der Fall Papp. »80 000 Exemplare Startauflage«. Da war es also, das Meisterwerk. Ich zerrte an dem Plastikzeug herum, kriegte es endlich auch kaputt und las die erste Seite. »*Immer schon habe ich jene lockeren Dichter bewundert*«, stand da in jenen Riesenlettern, die nur Analphabeten lesen können, »*die mit den Manuskripten ihrer Meisterwerke, von denen sie keine Kopien besaßen, unbekümmert U-Bahn fuhren oder Sauftouren durch Vorstadtkneipen veranstalteten. Natürlich waren die Manuskripte dann weg, verloren nach einer kalten Nacht unter den Neonlampen eines New Yorker Eiscafés oder aus dem Gepäckträger des Fahrrads gerutscht*« –

»Das kommt mir bekannt vor«, sagte ich zu Cécile. »Ist das von Ihnen?«

»Keine Ahnung«, sagte diese.

»Natürlich kommt es dir bekannt vor«, brüllte der Verleger. Er hatte sich in einen Berserker verwandelt, der seine Jungen verteidigt. »Ich habe dir die ganze Story erzählt!«

»Ist ja gut«, murmelte ich und schlug die letzte Seite des Buchs auf. *Ich legte den Arm um ihre Schultern*«, las ich, »*und nach ein paar Schritten lehnte sie ihren Kopf an meinen – sie war ein bisschen kleiner als ich –, und ich spürte ihre weichen Haare. So gingen wir auf einer langen, schnurgeraden Straße, die von Kastanienbäumen gesäumt war, einer großen roten Sonne entgegen*« –

»Das gefällt mir schon besser«, sagte ich. »Ein bisschen kitschig, nicht wahr, aber gut. Zudem kommt's mir unbekannt vor.«

»Mir auch«, sagte Cécile.

»Ihr mit euren weichen Birnen.« Der Verleger war wieder etwas ruhiger. »Ohne mich wärt ihr verloren.«

»Wovon handelt Ihr Buch denn?« Ich stellte mich zwischen Cécile und meinen Freund und sah ihr in die Augen. »Nur so ins Grobe hinein.«

»Ich würde sagen«, antwortete sie, »es gibt jede Menge Hunde. Mindestens fünfzig. Aber das sind jetzt etwa zehn Jahre, dass ich das Manuskript dem Verlag geschickt habe. Ich hab's nicht mehr so präsent.«

»Vor vier Wochen noch«, sagte der Verleger über ihre Schultern hinweg, »hatte ich das Ding auf meinem Schreibtisch liegen. Ich war so was von begeistert, dass ich alles andere sofort aufgab. Der da« – ich nämlich – »ist mein Zeuge.«

»Das ist lieb von dir«, sagte Cécile. »Aber vielleicht hast du was verwechselt?«

»Ich kann ja wohl noch meine Autoren auseinanderhalten. Du willst doch nicht etwa behaupten, der da« – erneut ich – »gleiche dir auch nur im Geringsten?«

»Nein.« Ein Lächeln, wie sie mir noch nie eins geschenkt hatte und das er, da er hinter ihr stand, nicht sehen konnte. »Dir gleiche ich ja auch nicht.« Und zu mir, ohne seine Antwort abzuwarten: »Wovon handelt denn *Ihr* Buch?«

»Eben«, sagte ich und kratzte mich am Kopf. »Da liegt der Hase begraben.«

»Der Hund«, sagte der Verleger.

»Bitte?«

»Der Hund.« Der Verleger hatte wieder Oberwasser. »Im Übrigen, wenn das Buch von niemandem ist, kriegt auch niemand Tantiemen. Sowieso sind alle großen Werke der Weltliteratur von niemandem. Die Bibel, das Nibelungenlied, die Josephine Mutzenbacher.«

Wir sahen stumm in den Garten der Nachbarin hinunter, die im qualmenden Gras stand und einen Stapel angesengter Papiere in der Hand hielt. Sie war so in ihre Lektüre vertieft, dass sie nicht bemerkte, dass die Flammen an ihren Beinen leckten. Als sie hätte schmoren müssen, so mitten im Feuer, tat sie einen absichtslos aussehenden Schritt zur Seite. Schüttelte den Kopf, wahrscheinlich, weil eine verbrannte Passage fehlte. Endlich seufzte sie und ging, mit den angekohlten Seiten in den Händen, in ihr Häuschen.

»Das glaube ich dir im Übrigen nicht«, sagte ich viel zu laut zum Verleger, »dass du tatsächlich achtzigtausend Bücher gedruckt hast. So blöd ist doch keiner. Das sagst du so, für Cécile und für die Kunden, und in Wirklichkeit druckst du fünfhundert Stück und schaust, ob die jemand will.«

»Das glaubst du mir nicht?«, sagte der Verleger fröhlich. »Na, dann komm mal mit!«

Er ging die Treppe hinunter, und Cécile und ich folgten ihm. Von mir bis zur Böcklinstraße, zum Verlag, sind es etwa zehn Minuten, zwölf, aber diesmal, mit dem stürmischen Verleger als Lokomotive, brauchten wir höchstens sechs. Ich keuchte, und auch Cécile, in ihrem Stadtkleid, war erhitzt, als wir ankamen. Der Verleger hatte, als er die Verlagsvilla erwarb, auch das alte Atelier des Malers, der der Straße ihren Namen gegeben hat, mitgekauft, einen hohen Holzverschlag, in dem Böcklin immerhin die ganze Toteninsel hatte aufbauen können, mitsamt ein paar nackten Göttinnen, als er sie irgendwann gegen Ende des vergangenen Jahrhunderts malte. Nun lagerte der Verleger seine Bücher darin, und weil der Platz bei weitem nicht ausreichte, hatte er ans Atelier einen turmhohen Silo angebaut, mit diesem durch eine brandsichere Metalltür verbunden. Cécile blieb draußen, aber der Verleger und ich stürmten durch den heiligen Raum, in dem zwischen sorgsam palettierten Büchern immer noch Böcklins Arbeitsschrank stand, ein schiefer, verstaubter Kasten mit offenen Türen. Ein paar tausend Manuskripte gammelten dort vor sich hin, übereinandergeschichtet.

»Das ist der Müll«, rief der Verleger. »Dorthin werfe ich die Manuskripte, die nichts taugen.«

Wir gelangten in den modernen Anbau. Bücherberge, zu denen wir mit in den Nacken gelegten Köpfen hochsahen. Der Verleger deutete auf einen Stapel, der gewaltiger als alle andern war und zu den Wolken des Himmels zu reichen schien: Das waren also die ominösen 80 000 Bände. Eine mörderische Masse bedruckten Papiers.

»Und wer sagt mir, dass das Céciles Buch ist?«, sagte ich, weil ich einfach nicht aufgeben wollte.

Der Verleger packte mit beiden Händen einen der Buchklötze und zog ihn mit einem satten Ruck heraus. Gab ihn mir. Er beobachtete mich triumphierend, wie ich, in einem letzten, verzweifelten Versuch, eine Abweichung zu finden, in dem Werk blätterte. Er sah nicht, dass – im Supermarkt zieht ja auch keiner die unterste Raviolibüchse aus dem Büchsenturm, aus denselben Gründen – die achtzigtausend Bücher in eine gefährliche Schräglage geraten waren und, bevor ich auch nur »Achtung« rufen konnte, auf uns niederstürzten. Ich rettete mich mit einem wilden Sprung, aber der Verleger, mir ahnungslos noch im letzten Augenblick zugrinsend, wurde von den niedertosenden Bestsellern begraben. Ihr Lärm war so enorm, dass ich meinen Freund nicht schreien hörte, falls er es tat. Céciles Bücher füllten das Lager jedenfalls so sehr, dass ich die Tür ins Atelier kaum aufkriegte. Wie bei einer Lawine in unseren Bergen hätte man auch hier einen Trax gebraucht, Hunde, Hunderte von helfenden Händen. Ich schloss die Tür leise hinter mir und ging durch das stille Atelier, an dessen Stirnwand ich eine Palette hängen sah, dunkelgrün alles in allem, tiefblau.

Ich war schon beinah an der Tür, als mein Blick auf den alten Kasten fiel. Keine Ahnung, warum, ich ging jedenfalls zu ihm hin und fischte mir das Manuskript herunter, das zuoberst lag. Es war tatsächlich noch nicht vergilbt, taufrisch sozusagen, und trug einen Titel, der vom Rotstift des Verlegers ausgestrichen war. Trotzdem konnte ich ihn gut lesen: Die Wahrheit über Herrliberg, oder so was. Erlenbach vielleicht. Der Autor war Eugen Müller, und die Geschichte, die Eugen Müller erzählte, war, soweit ich das beim diagonalen Lesen mitbekam, ziemlich genau die, die mir der Verleger nach unserer zweiten Fahrradtour erzählt hatte. Jedenfalls gab es einen Fritz und einen Ernst, und eine Erika war Ministerin und trat in jeden Fettnapf der Korruption. Nur der Schluss war anders, den hatte der Verleger, vom Radeln angeregt, wohl dazuerfunden. Bei Eugen Müller wurden die beiden kriminellen Großbürger einfach alt und verfraßen langsam ihre Millionen, schlechtgelaunt auf ihrer Terrasse hoch überm See frühstückend und den Niedergang der Menschheit beklagend, die sowieso fast nur noch aus Negern und Drogensüchtigen bestand. Wieso lag das Manuskript, das dem Verleger doch so ausnehmend gut gefallen hatte, hier beim Abfall? Ich wusste die Antwort, wollte sie mir aber nicht geben, denn der Gedanke, dass mein verschütteter Freund eigentlich *mein* Buch hierhin hatte tun wollen, tat allzu sehr weh.

Ich trat ins Freie hinaus. Cécile wartete am Gartentor.

Mit den Beinen baumelnd saß sie auf einem Mäuerchen, mit geschlossenen Augen ins Abendlicht hineinlächelnd. Das Kleid – aus einer Seide, die doch eher ockerfarben war – stand ihr viel besser als das Fahrradzeug.

»Hallo!«, rief ich.

»Endlich!«, sagte sie, öffnete die Augen und sprang von der Mauer herunter. »Wo ist Paul?«

»Das erzähle ich Ihnen später.« Ich schob sie durchs

Gartentor auf die Straße hinaus. Kein Mensch weit und breit, ein wirklich besonders schöner Abend mit einem blauen Himmel, in den die Trauerzypressen Böcklins hineinragten. Hier, in diesem grünen Gewucher, hatte er sich seine südlichen Szenerien ausgedacht und war wohl auch der einen oder andern Zürcher Nymphe hintendreingehuscht.

»Die Erinnerung ist das einzige Paradies, aus dem wir nicht vertrieben werden können«, sagte Cécile. »Keine Ahnung mehr, wer das gesagt hat.«

»Ein Blödsinn so oder so.«

Ich merkte, dass ich immer noch den falschen und den echten Fall Papp mit mir trug, wie zwei Gewichtssteine, warf beide in Böcklins Garten und legte meinen Arm um Céciles Schultern. Nach einigen Schritten legte sie ihren Kopf gegen meinen – sie war kleiner als ich –, und ich spürte ihre Haare. So gingen wir auf der leeren, schweigenden Straße, die von Kastanienbäumen gesäumt war, küssten und küssten uns und begannen zu vergessen, wer wir waren, woher wir kamen, weshalb wir der Sonne entgegengingen.

Liebesbrief für Mary

Der Brief Helmuts, der das Herz dieses Buchs bildet, war für eine Frau bestimmt, die ihn später auch zu Gesicht bekam, in Nosucks, Australien, einem aus zwei, drei Häusern bestehenden Ort mitten in der Warburton-Wüste, wo sie seit einer Zeit lebt, die mir lang und kurz vorkommt, und mit einem Tankwart liiert ist, einem John Smith, einem Aborigine, der aussieht, als sei er in einen Aschenkübel gefallen. Grau. Er hat auch einen Namen, so wie er dort üblich ist, Akwerkepenty, was »Weit reisendes Kind« bedeuten soll. Er ist zwar alles andere als ein Kind, steuert aber zuweilen sein Auto, einen ebenso grauen und ähnlich zerbeulten Pritschenwagen der Marke Toyota, in die siebenhundert Meilen entfernte Kreisstadt, wenn er Mary ins Kino ausführt, unsichtbaren Songlines entlang. – Helmut war ein Freund von mir, ein Schriftsteller wie ich. Wir haben dieselbe Schule besucht, hier in Zürich, ein Gymnasium, an dem sein Vater Mathematiklehrer war. Wir lernten unser Rechnen aber bei einem andern Lehrer, einem Herrn Schwager, der eines Morgens mitten im Unterricht aufschrie, jetzt reiche es ihm aber, und türenschlagend den Raum und die Schule verließ. Dabei hatte Fredi Spiess, der auch schon tot ist, nur behauptet, dass der Satz des Pythagoras $E = mc^2$ laute. Herr Schwager kam nie mehr zurück.

Jahrelang noch sah ich ihn durch die Gassen des Niederdorfs gehen, die Schaufenster von Numismatikern inspizierend, und ein bisschen wohl auch die der Nachtklubs. Unser Englischlehrer (mein letztes Wort über die Schule; aber ihm hatte Helmut sein kümmerliches Englisch zu verdanken) hieß Bachmair und hasste die Schule im Allgemeinen und Helmut im Besondern. Er wechselte vom Beginn der neunten Klasse bis zum Abitur kein Wort mehr mit ihm. Züchtete Schafe im Garten seines kleinen Hauses in Witikon und führte mehrere Jahre lang einen Prozess mit einem Nachbarn, der das Geblöke als Nachtruhestörung erlebte. Er gewann den Prozess und starb. Englisch konnte er nicht. – Mary hieß Mary Hope – ich meine, bevor sie Akwerkepenty-Pu wurde, der »Herztraum des weit reisenden Kinds« –, hatte einen irischen Vater, war aber in Liverpool aufgewachsen und arbeitete bei der Swissair. Sie war für *good relations* mit den englischsprechenden Airlines zuständig und sprach ein rührendes, sehr rudimentäres Deutsch. Sie war hübsch, außerordentlich hübsch. Schlank, um nicht zu sagen dünn, eine lange Latte mit einer durchsichtigen Haut, ein paar Sommersprossen, blauen Augen, blonden Haaren. Als ich sie kennenlernte, lieben, war sie mit einem Discjockey zusammen, was aber kein Problem darstellte, weil ihr DJ die ganze Nacht über in seinem Schuppen Platten auflegte. Als Helmut sie lieben lernte, kennen, war sie mit mir liiert, was ein erhebliches Durcheinander verursachte, für mich, meine ich. Für Helmut und Mary nicht eigentlich, wenn ich es recht bedenke, denn ich begann just in jenen Tagen, jenen Nächten wie besessen an einem Theaterstück zu schreiben, das ich dem Schauspielhaus anbieten wollte und auch anbot und in dem ich ein für alle Male mit der bürgerlichen Welt aufzuräumen gedachte. Ich konnte damals nur nachts schreiben. Tagsüber döste ich oder besuchte Mary in ihrem Büro am Bellevue, aber abends, nach den Nachrichten, verabschiedete ich mich von der Moderatorin, schaltete den Fernseher aus und setzte mich an meine Schreibmaschine, eine IBM mit einem Kugelkopf. Stürzte mich in meine Abenteuer, in die einer jungen Frau in erster Linie, die drauf und dran war, unendlich viel Geld zu erben, alle Aktien eines Chemiekonzerns, so dass sie nicht wusste, ob sie von dem Mann, dem sich hinzugeben sie gewillt war und der aus bescheidenen Verhältnissen stammte, ihres Geldes oder ihres Liebreizes wegen geliebt wurde. Während ich dichtete, taten Helmut und Mary, was sie taten. Zuweilen kam Mary verstört und verwirrt gegen vier Uhr früh zu mir und zog das Kabel der Schreibmaschine aus der Steckdose, so dass diese zu brummen aufhörte und ich, der ich über meinem ersten Akt eingeschlafen war, hochschreckte. Da stand sie, einmal in einem dunkelroten Abendkleid mit einem Dekolleté, das ihre Brüste mehr als nur ahnen ließ, liebreizend, das Leben selber. Eine Haut wie aus Porzellan, die Haare hochgesteckt, ein Lächeln, bei dem Leonardo, hätte er es zu Gesicht bekommen, seine Skizzen der Mona Lisa zerrissen hätte. Ich saß da und sah sie an, und plötzlich lagen wir auf dem Teppich, sie über mir. – Später verschwand sie. Helmut war es, der herauskriegte, wohin. Sie setzte sich eines Morgens, als wir beide noch schliefen, in eine Maschine ihres Arbeitgebers und flog nach Sydney, auf die andere Erdseite, wo sie sich in einer Pension einrichtete. An der Berlitz School gab sie zweimal in der Woche Deutschstunden. Zufällig, während eines Abendspaziergangs, als sie die nächste Lektion von *Basic German* auswendig lernen wollte, geriet sie auf einen jener Traumpfade, die niemand sieht und niemand verlassen kann, wenn er einmal drauf ist. Ging und ging, und am Ende des Pfads, zweitausendfünfhundert Meilen südwestlicher, stand mit offenen Armen Mr. Smith, der immer gewusst hatte, dass einmal eine Unbedachte in seine Falle tappen würde. Er sah ihr zu, wie sie staubig und erschöpft zwischen Kakteen und Felsbrocken näher kam, und dankte dem Schicksal, das ihm ja auch eine Fette, Ungeschlachte hätte spendieren können. Sie ergab sich ihm sofort (war zu kaputt für etwas anderes) und erwachte hinter dem Tresen von John Smiths Imbissbude, die neben der Tankstelle stand, welche neben dem einzigen Wasserloch im Umkreis von hundertfünfzig Meilen aufgebaut war. Benzin, Wasser, Hotdogs: das waren Gründe genug, nach Nosucks zu fahren, und so war in und um Johns und Marys Bude stets ein Riesenbetrieb, obwohl sie bis zu allen Horizonten hin nur roten Sand, Kakteen und Hügelberge sahen. Die Post kam nie, aber das war nicht der Grund, weshalb Helmuts Brief (als er ihre Adresse endlich hatte) Mary nie erreichte, auf dem Postwege, meine ich. Ich hatte das mit Sondermarken vollgeklebte Couvert in Helmuts Jackentasche stecken sehen, als er auf dem Weg zum Briefkasten war, nahm den Brief an mich, weil Mary *meine* Briefpartnerin war, und brauchte dann eine Weile, bis ich herausgefunden hatte, woher Helmut die Adresse hatte. Wieso er ihr schrieb, und was. Der Tisch war umgekippt, unsere beiden Biergläser waren in Scherben, und Helmuts Nase blutete.

Ich lehnte keuchend am Geschirrschrank. Helmut schrie, ich sei ein lausiger Schläger, unfair und heimtückisch, nur als Schriftsteller sei ich noch mieser. Dabei hatte ich ihn nur ein bisschen gestupst. – Etwas später hatte er seinen Unfall, und so blieb sein Brief bei mir. Er ist, denke ich heute, so etwas wie sein Vermächtnis. Mit Abstand das Beste, was er je geschrieben hat. Mary hat ihn gelesen und bleibt trotzdem bei ihrem John. Sie *liebt* ihn. – Auf den folgenden Seiten nun also Helmuts Liebesbrief an Mary. Aber nicht alles, was er schreibt, vermag ich kommentarlos hinzunehmen. Die Leidenschaft ist eine Fälscherin. Zu oft bin ich gemeint. Zu oft war alles ganz anders. Helmut, im Paradies oder in der Hölle, wird die Wahrheit aushalten müssen. – Vielleicht (nach Nosucks gelangt immer noch keine Post, und ein zweites Mal fahre ich da nicht hin) kauft sich Mary dieses Buch, wenn ihr grauer John sie wieder einmal in die ferne Stadt mitnimmt. Ihr Erschrecken, ihr Erröten, wenn sie es in der Buchhandlung liegen sieht, die sonst nur *pocket books* und amerikanische Bestseller mit goldgeprägten Titeln führt: Ungeduldig, unduldsam fast sitzt sie dann neben John im Kino; möglichst bald will sie nach Hause. Dann liegt sie, im Licht der untergehenden Sonne, in der Hängematte auf ihrer Veranda (John hantiert fern im Schuppen herum) und liest und liest. Liest. Endlich lässt sie das Buch sinken und schaut auf die Hügel, die im Abendlicht violett geworden sind und hinter denen Europa wartet.

Dear Mary. – I write to you in English, although, as you know better than anybody else, my English is horrible, a terrible stammer, a catastrophy, a constant search for the right word, a search which ends always the same way, I mean, I find the wrong word and open the door to a new misunderstanding. Probably only a German speaking reader might understand this letter. But, you agree, dear Mary dear, if I spoke German with you, the misunderstandings would be even greater, because your German is charming, very charming, hopelessly charming: you mix up just everything, even Liebe and Leid. Schmerz and Herz. – The man who tried to introduce me to the world of Shakespeare and Elvis Presley, my first teacher, a Mr. Bachmair, had been in England for four weeks at the age of twenty (when he became my teacher, he was nearly sixty years old) and used this unforgettable holiday as the only source of his teaching. So I was forced to learn my English in the cinema, in the movies, as the Americans say, for, in fact, I preferred American westerns and comedies like Some like it hot *to everything else. Speaking of liking it hot: as long as you were with me, I thought that I liked it as hot as it was, as you were, that you liked it too the way it was – but since you have gone, the conviction that I was a big asshole is deluging me.*

The asshole of all assholes, a real first-rate candidate for the Guinness Book of Records. I spoke and spoke, that is all I did. Hot words*! And now you are gone. – Can you forgive me? Please, do so, come back. I will never again open my mouth. I will* act. *– Do you know how I found out where you live? Do you know how I learned that you sell hot dogs to farmers and now and then to a bus full of Japanese tourists who want to experience the thrill of getting lost in the eternal desert? – I saw you! I have been at Nosucks! I was covering behind a rock and saw you sitting in your rocking-chair on the veranda of your house – to call your cabin a house –, reading I don't know what. I saw John, looking like the grandfather of all the rocks around us, who filled the gas tank of the car of a young man with a white T-shirt and sunglasses and, as the young man did not pay attention, a gas tank of his own. – Mary, I write you without a dictionary. Forgive me my mistakes. It is impossible to love the way I do* and *to look up words. – I saw you go to your room, I saw the grandfather of the rocks who followed you, and I heard your murmurs. I ran away, all the way back, following the songline which had led me to you. It was easy to find you. It was terrible to leave you. It had been a shock when you left me.*

My dear Mary. My enchanting, my bewildering Mary. What went wrong? Wasn't it wonderful, our walks through the woods, our discussions, our jokes? Sometimes we stopped, and I kissed you. You closed your eyes. Birds were singing, mocking-birds perhaps, not that I know what mocking-birds are exactly. – Do you remember the woman living next door to your room? Even and especially in the after-

noons we heard her, while she was with her lover, a pale young man who always wore a dirty grey jacket. Never before and never again have I heard a woman scream so loud. Never. Like a railway or the alarm of a factory when a fire breaks out. Once, one single time we found ourselves nude and followed the rhythm of the lovers on the other side of the wall like an order. We did not scream as loud as they. You looked like an abandoned child, nude. Do you remember? – Why, Mary, didn't you ever open your door again when I knocked? It was a terrible time. I slept on the little carpet outside your room, and I even didn't know if you were at home or not. Perhaps you were with another man, somewhere else. Mary. One time I knocked all night at your door. I had bleeding knuckles and could not write for two weeks.

Sometimes you mentioned your former lovers. Sexual monsters all of them, kind of giants who made you happy, the same way as the neighbour's lover did. Once you panegyrized even the writer who tells everybody that he is my best friend. I think it was the memory of your eyes glowing with delight which inspired me one evening to knock him down. We were drinking beer together, as we often did, and he spoke about the play he was writing in those days – I haven't heard of it since –, a confuse story of a woman who loved an extremely rich man, or perhaps the other way round. Well, he insulted me, or no, I insulted him, yes, it was me: I said that he was a sexual monster, and he smiled – his smile was the insult! –, and I knocked him down. He fell off his chair but wasn't hurt. My knuckles were bleeding again. I am not a good knocker. I often feel the need of knocking down somebody, of knocking down everybody as a matter of fact, but I never do. My friend, our friend was the true and only exception. I have got a good education. My mother was a lady. My father was a gentleman. – Mary. Listen to me, please, far down in your desert. You are the only one to whom I am able to speak. Once a year I go to my doctor and have a little chat with him, and sometimes I exchange some words with my butcher. That is more or less all. Listen to me. Writing is easier than speaking. Speaking is easier than acting.

I even asked you to marry me. I am a little ashamed thinking of the circumstances. We were lying side by side in a tent at the camping ground of Rapperswil, on the lake of Zurich, and so close to you, I tried, although you had warned me, to convince you to make love with me a second time in our lives. »No!«, you said, lying in your sleeping-bag and turning your back to me. I only saw your beautiful hair and the grey sleeping-bag, a gift of the lover before the lover before me who was, if I remember well, a disc jockey. »No!«, you shouted as my hand tried to find an entrance to the bag. »No!« You sounded furious, and I stammered: »Mary? Will you marry me?« You did not say anything, but next morning you got up very early – so early in fact that we didn't pay the tax when we left the campground. You remained completely mute, and I walked behind you to the station where you bought a ticket just for yourself and climbed into the train, and I remained outside with your sleeping-bag in my arms, the sleeping-bag of the DJ. This wasn't, as you know, the end of our love. We started again to take long walks through woods, went to movies again, and had coffee near your office, either in the Odeon or in the Select. When you left me for good, I was sleeping and didn't even dream that you were, at this very moment, flying southwards, with SR 899 to Sydney, as I found out later. It wasn't easy. Nobody would tell me your address or give me any useful information. I started to drink coffee with your best friend, Magdalena, your colleague in the office near Bellevueplace, an attractive woman with – for me, who loves you, you, YOU – an extremely vulgar face. Well, speaking with her was easy, she is born in Zurich, like me. She liked words like super *and* wow!*. Once a minute she said* You don't say!*, but in Swiss-German, »Jo du saisch!«. In the beginning of our relation she behaved as if she had no idea why and where you had vanished, but when I became her lover or, to be precise, was on the point of becoming her lover, she opened the doors of her knowledge and told me everything. Everything was that she knew the number of your flight. I was standing in front of her, undressed and with a halfstiff, undecided cock, and she was nude too, smiling, waiting for me. I hastily put on my clothes again, rushed to the airport, took the same flight as you, SR 899, and arrived in Sydney where I lost your footmarks for days or weeks or months, during which I went to the Berlitz School to improve my English. See the result?! It would be even more convincing, I suppose, if I had not learned one day, by chance, that a Miss Mary Hope had been a teacher, a teacher of German!, at this very same institute. She had vanished without even taking with her the money the school owed to her. The last person who had seen her was a colleague who just started to fall in love with her, with you. He told me* *your way through the little park with the palm trees, and I followed you and was taken prisoner of the songline and remained its slave and saw finally at the end of an interminable desert a cabin, far away, and I walked and walked, singing in my head this one devilish melody to which you have access when you walk on a songline, a kind of childish lamentation. I saw just nobody when I reached the place which is named Nosucks, as I learned with the help of a rusty inscription. A signboard over the door of your little restaurant told me that »John and Mary« lived here. Of course my heart jumped, when I read your name hand in hand with the name of a man whom I didn't know. »Somebody here?« I got no answer. An overwhelming silence. So I waited and drank gallons of water. Finally a cloud of dust emerged far away, between the hills where I came from, and I sat down behind a rock and looked at it. And out of the cloud came a dusty Toyota with a man and a woman inside, and the woman was you. Your man looked like, well, he looked strange. You know, I am not a racist, he just looked so strange to somebody like me. So grey, so small, moving like an ape. He disappeared behind the house, and you sat down in your chair and started to read. You looked wonderful, healthy. Breathtaking. I don't know why, I remained behind my rock, looking at you. From time to time a client came and bought gasoline or a hamburger. Then you walked over to your shop and cooked the burger. When the sun started to disappear behind the mountains, your man came to the veranda and took your hand, and you followed him inside the house, and I listened and listened and didn't hear anything. This was too much for me, and I got up and walked the same way back, with the same melody in my head. I reached Sydney after another uncountable number of days or months and took the next plane, SR 898, to Zurich, where I arrived covered with red dust.*[1]

---

[1] Ich möchte Helmuts Liebesklage an den Stellen, wo mir das möglich und sinnvoll erscheint, unterbrechen, um sie zusammenzufassen und, wo nötig, zu kommentieren. Ich verzichte darauf, den Text in seiner ganzen Länge zu übersetzen, auch wenn mir bewusst ist, dass nicht jede Leserin, jeder Leser jedes Wort versteht. Wir sind keine Angelsachsen, und vor allem Helmut ist keiner. Dennoch, *too much would be too much*, um es in Helmuts Sprache zu sagen. Ich versuche, nicht nur Helmut Gerechtigkeit widerfahren zu lassen, sondern auch mir. Und Mary, ja, Mary vor allem. Im Grunde – so anrührend Helmuts Brief auch ist – genügt es vollauf, diese Synopsis zu lesen. So oder so erzählt Helmut, bis zu dieser Stelle wenigstens, eher die Geschichte einer Niederlage als die eines Liebestriumphs. *Ich* kannte Mary als eine sinnliche, um nicht zu sagen wilde Frau, die, um einen *ihrer* Lieblingsausdrücke zu verwenden, gerne die Stadt rot anmalte. »Let's paint the town red!«, rief sie, wenn sie auf Abenteuer aus war. Wir machten dann die Runde durch die schönsten Lokale der Innenstadt. Niemand lachte herzlicher als sie. Einmal kletterte sie im Restaurant Bodega auf einen Tisch und sang irische Revolutionslieder, so lange, bis einer der Kellner sie auf den Erdboden zurückholte, also nicht sehr lange. Die Bodega ist eine spanische Gaststätte. Mit einem Flamenco wäre sie weitergekommen. – Nachher gingen wir nach Hause. Sie hatte ein Zimmer an der Spiegelgasse, von dem sie behauptete, es sei das Lenins gewesen und dessen Bett so heftig quietschte, dass uns die Nachbarn am nächsten Morgen belustigt ansahen. Der wirkliche

Lenin hatte aber drei Häuser weiter gewohnt, direkt neben dem wirklichen Büchner. – Zuweilen waren wir auch bei mir. Ich wohne seit mehr als zwanzig Jahren in einer inzwischen gescheiterten Wohngemeinschaft in der Nähe des Hegibachplatzes, das heißt, ich bewohne und bezahle nun ganz allein eine Wohnung, die in ihren Glanzzeiten fünf Herren und zwei Damen Platz geboten hatte. – Helmut aber hat, seinem eigenen Geständnis zufolge, ein einziges Mal mit Mary geschlafen! Einmal! Und ich zerbiss Bleistifte und trat mit den Filzpantoffeln so lange gegen die Wand, bis ich den rechten Fuß verstaucht hatte. Ich humpelte in den Nächten, in denen ich eigentlich mein Stück schreiben wollte, wie gehetzt durch die dunkeln Straßen und sprach laut vor mich hin, wie ein Irrer. »Sollen sie doch, sollen sie doch zusammen, mir ist das doch egal!« Es war mir aber nicht egal. Ich kochte. Ich trank. Ich verabredete mich sogar mit einer Freundin von früher und reservierte ein Doppelzimmer in einem Gasthof im Zürcher Oberland, aber die Freundin, der ich meinen Antrag auf den Anrufbeantworter gesprochen hatte, kam nicht, und es wurde nichts aus meinem süßen Racheplan, mit ihr so lärmig zu tosen und zu toben, dass meiner Mary, wo immer sie jetzt war, was immer sie nun just tat, die Ohren dröhnen mussten. So lag ich allein in jenem Bett des Hotel Hirschen in Bauma und stellte mir Helmut und Mary vor, wie sie in ebendemselben Augenblick in einem andern Bett lagen und was sie dort taten. All die Ungeheuerlichkeiten. Für sie war es gewiss, als stammelten sie als erste Menschen das ABC der Leidenschaft. Als seien just sie von den Göttern auserwählt worden, den wundersamen Kontinent des andern Geschlechts zu entdecken und zu erforschen. Es schaute dem neuen Liebespaar ja niemand zu, nur ich in meinem blöden Schädel. Wahrscheinlich lagen sie in Lenins Bett. Wie sehr versuchte ich, an etwas anderes zu denken: und sah immer nur wieder die entsetzlichen Bilder. – Dabei war nichts gewesen. NICHTS!

Ich hatte mich grundlos fast zerrissen vor Eifersucht. Sie waren in Wäldern spaziert und hatten über Bücher gesprochen, ob Joyce nicht vielleicht doch eine Fehlprogrammierung der irischen Geschichte gewesen und dass Flann O'Brien ihm vorzuziehen sei, und so Zeug.

Alle Schaltjahre hatte Helmut seine Mary gegen einen nassen Eichenstamm gepresst und ihr einen Kuss auf den Mund gedrückt, so lange, bis sie ihn sanft wegdrängte und der literarische Diskurs weiterging. – Das eine Mal, wo es dann doch so weit kam, zählt für mich nicht. Ohne das leidenschaftliche Paar im Nebenzimmer hätten sie auch da nur auf der Bettkante gehockt und von mir gesprochen. – Jetzt verstehe ich auch, wieso Mary zuweilen zu mir kam, wenn sie mit Helmut gewesen war. Das heißt, ich vermutete, dass sie von ihm kam. Sie sagte nie etwas. Ich raste natürlich, weil ich nicht wusste, was ich jetzt weiß. Blieb scheinbar gelassen, die Finger, als sei ich in einem Arbeitsrausch unterbrochen worden, auf den Tasten der Schreibmaschine, der ich in Wirklichkeit seit Wochen keinen sinnvollen Dialog mehr entlockt hatte. Aber ich holte doch die Gehörschutzpfropfen aus den Ohren, die zu tragen ich mir angewöhnt hatte, wenn ich schrieb, des chaotischen Lärms in der WG wegen. Mary war stets – ja was eigentlich? – aufgeheizt? dampfend?, bat mich mehr als einmal um einen Whisky, und einmal lagen wir dann tatsächlich am Boden, und Mary tat wie wahnsinnig. – Irgendwer klopfte gegen die Wand. – Oder war das alles eine Inszenierung? Ein Ablenkungsmanöver, zu dem auch der Beschwichtigungsbrief Helmuts gehörte? Hatte Helmut ihn absichtlich so blöd aus seiner Jackentasche ragen lassen? Setzte er sich, Bier trinkend, in die Küche, damit ich den Brief fände? Ging er ohne den geringsten Harndrang aufs Klo, um mir Zeit zu lassen, das Couvert herauszufischen? – Ich glaube das nicht. So einen Brief kann man nicht erfinden. So blöd ist niemand, der nicht so blöd *ist*. – Als ich Mary kennenlernte, ging alles ganz selbstverständlich. Ich hatte die Tochter eines Freunds, die so jung war, dass sie sich allein nicht hineingetraute, in die Disco begleitet, in der Marys Liebhaber die Platten auflegte und die Stimmung anheizte, indem er unsäglich flache Sprüche in ein Mikro kreischte, und Mary saß an einem kleinen Tisch neben der Klotür. Nippte an einer Cola. Mich und sie verband, dass wir mit Abstand die Ältesten waren. Alle andern sahen so aus, als trügen sie immer noch Pampers. Nur der DJ war fast so betagt wie wir, sprach aber angestrengt die Sprache, die vermeintliche Sprache der tanzenden Kinder. Meine kleine Begleiterin verschwand sofort in der hopsenden Horde, und ich setzte mich zu Mary. »Darf ich?« – Ein abwesendes Nicken. Ich nippte auch an einer Cola und rief hie und da etwas, was witzig sein sollte und tatsächlich auch witziger als die Sprüche des DJ war, dessen mörderische Blicke ich nicht bemerkte. Nach einiger Zeit verwandelte sich die schlechte Laune Marys – sie schien irgendeinen Konflikt zu haben – in eine heftige Lebenslust, und sie schlug mir vor, tanzen zu gehen, aber nicht hier, sondern irgendwo, wo die Musik langsam und leise sei. »Gern!«, brüllte ich. Als wir gingen, drohte uns der DJ durchs Mikro allerlei Maßnahmen an, roh und offen, ohne sich vor der Jugend zu schämen. Die verstand ihn vermutlich sowieso nicht und hielt sein Gestammel für die Ansage der nächsten Nummer, während mir in diesem Augenblick erst klarwurde, dass er und Mary ein Paar waren. Mary rauschte wie eine Königin durch die neonleuchtende Tür. Wir landeten im ›Blutigen Daumen‹, einem Lokal, in dem man nicht tanzen konnte, und saßen zwischen Bier trinkenden alten Männern. Auf dem Heimweg küssten wir uns. Wir gingen in mein Zimmer, in meine WG, und von nun an waren *wir* ein Paar. Der DJ rief jede Nacht ein paarmal an, aber wir hoben nie ab, außer einmal, wo wir sehr übermütig und wohl auch ein bisschen angedudelt waren, denn wir legten den Hörer neben uns, während wir uns herzten, und als wir wieder auf dieser Welt waren und in ihn hineinhorchten, hatte der DJ aufgelegt. – Die WG war zu der Zeit noch halbwegs intakt. Zwar stritten wir uns schon heftig wegen ungewaschener Kaffeetassen und sogar wegen Nachtlärms (einer von uns, Holger, besaß eine Posaune, auf der er, wenn er traurig oder betrunken oder beides war, innig blies, und Rose, eine stille Physiotherapeutin, schrie im Traum), aber keiner noch und noch keine hatte die Koffer gepackt und war gegangen. Zum großen Showdown sollte es erst später kommen. Am Morgen nach unserer ersten Nacht saßen wir am Frühstückstisch, Mary, ich, Holger, Rose, Suse, die andere Frau, die bei einer Werbeagentur arbeitete und an jenem Morgen in einem getigerten Nachtgewand bei uns hockte, Fritz, der Student, und Rudolph, ein Schauspieler ohne Engagement, der, mir ähnlich, auch ein weibliches Wesen bei sich hatte, ein bleiches Mädchen, dessen Namen ich nicht verstanden hatte und das den Tränen nahe schien. Mary strahlte. Später begleitete ich sie zur Wohnung des DJ, der wie betäubt schlief (ich sah ihn durch den Türspalt, während ich im Korridor wartete) und dessen Autoschlüssel sie brauchte. – So begann unsere Liebe, die zu enden anfing, als sich Helmut und Mary näherkamen, bei der Uraufführung von Helmuts einzigem Stück, einer losen Folge von inkohärenten Szenen. Wir saßen im Theater-Restaurant und plauderten, und plötzlich, wie ein Blitz aus heiterem Himmel, standen Mary und Helmut auf, verabschiedeten sich und gingen. Ich sah ihnen wie vom Donner gerührt nach und brüllte, als sie unter der Tür waren, ziemlich genau das, was der Discjockey einst mir nachgerufen hatte. Auch ich schämte mich nicht.

Mary. Mary, my love. My only passion. I love you like I never loved anyone before. You must *read my letter, please, don't throw it away. Don't show it to John, don't sit together on your veranda and laugh at it. You must answer me. You must come back. John's gasoline station is not a place for you, this hot desert, this burning sun all day, snakes in the toilet, scorpions in the shoes, mosquitos all around the bed, and outside, the whole night through, singing hyenas. Of course your John is a good chap, I am sure he is, but listen, Mary, think a little, how can you be happy with somebody who is grey and has traditions which are not ours, including the adoration of holy trees and dances to get a few drops of rain? What do we know about songlines? – Mary, my love. I hesitate, I really hesitate, not only because of you and my fear of boring you but also because of me and my panic in looking back: but I have to look back – for a little moment only, for some minutes, don't be afraid –, to explain to you who I am, why I am the way I am, why I am not like I could be when I am with you. When I am with women. Love is the most unbelievable feeling that exists, and although my favorite joke is, that I was screaming »No! Put me back!« while I was born out of my mother, I feel that I touched this earth with an overwhelming feeling which was not love, but the need of love. Well, I still need it. Mary. The first girl whom I loved wasn't called Mary, I am sure about that, but she was as beautiful as you are, five years old or so. Blond, blue eyes. I was five years old, too. I have forgotten her name, but I have not forgotten the shock in my heart, when I saw her the first time. She came along the footpath which was the mainroad of the little village in which we spent our holidays. She was trying to get three or four goats back home to their stable. She had a stick in one hand which she waved like the conductor of an invisible orchestra. In fact she was singing a song with a nearly inaudible voice. I was standing in front of our house, with my mouth wide open. It was a very small house, not much bigger than the stable of her goats, made of wood, very old and very dark. There was no electricity, no modern comfort at all; we lived as though living in medieval times. Deep down – the houses of our hamlet stuck to one slope of a narrow valley – roared a river. The slope was so steep that I played one single time with my beautiful red ball: I threw it in the air just once, and then I saw how it jumped down the footpath, the mainroad, and after two or three jumps it disappeared like a frog, a red frog, hopping down through the green grass and hazel-woods. I tried to speak with the girl – I was young, innocent, courageous –, and she tried to answer me. But she spoke a strange language, the dialect of this lost valley, and I understood the goats better than her. I burned. Her heart jumped a little too, when she saw me, I think. So we took care of the goats together, every day, all day long, and sat side by side, cheek to cheek almost, in rhododendrons and flowers which looked like yellow stars. The words are fleeing me, Mary! My girlfriend was always barefoot, she had no shoes, and only today I realize that her parents were simply too poor to buy her any. When the sun went down behind the mountains, we came back with our goats, and I said goodbye to her in front of my house and waited until she disappeared behind the corner of a little church. Before she did so, she turned around and smiled. For some time I still heard her goats. Then I went into the kitchen, where my mother presided over the fire like a witch, cooking our daily pap made of corn. – Outside of the house there was a staircase. When I climbed it, I got into a little room full of broken furniture, dust and cobwebs. It was very scary, but in the middle of the floor was a hole, a hole with a wooden lid, and with the help of a piece of leather which was fastened with a rusty nail I could open the hole and look down into the room below me which was the bedroom of my parents. The bed was exactly in my view. I don't think that I ever saw my father and my mother in it. I had to be in my bed when they went to sleep. I only remember the blankets and the pillows, like a flashback. Brown blankets with red ornaments, and white pillows with embroidery. But I was very excited, as if I had made an important discovery. – This all happened during the war, during the years of our war which was a time of peace in my country. The world did not move. Everything remained the way it was. Nobody seemed to breathe. We just waited, mute, our heads between our shoulders. The valley had no road, all traffic was negociated by mule. The smell of the mules, I still smell it. – After the war we went somewhere else during our holidays, to a much bigger village called Schangnau, in the Emmental, where my father had dozens of cousins and uncles, all looking either like murderers or like victims. I never saw my first love again, nor her goats. I still remember her face, her voice, I mean, the voice and the face as they were forty-eight years ago.*[2]

---

[2] Ich war zwei Jahre älter als Helmut und das Alphatier. Er fragte mich für alles und jedes um Rat. Ob er sich Kickschuhe von Bata oder von Bally wünschen solle. (Als Junge spielten wir zusam-

men Fußball. Er im einen Tor, ich im andern. Er war so zierlich, dass, wenn er und der Ball zusammenstießen, stets er im Netz zappelte.) – Wir wurden mit seiner Geburt Nachbarn und blieben immer zusammen. Sogar in der WG. Ich habe das vorhin zu erwähnen vergessen. Nur seinetwegen beziehungsweise wegen Mary schrieb ich ja mit den Gehörschutzpfropfen in den Ohren, so gelben Dingern aus einem schaumigen Plastik, denn ich wollte nicht, wenn ich arbeitete, vom Glücksgetöse der beiden unterbrochen werden. Helmut hatte sein Zimmer neben meinem. Hatte, als Mary meine Geliebte war, auch immer anzüglich gegrinst. – Als Kinder schon waren wir Wand an Wand aufgewachsen. Meine Eltern waren lieb, herzlich, aufmerksam, aber Helmuts Vater, der Mathematiklehrer, hatte jähe Tobsuchtsanfälle, und seine Mutter kreischte und schrie. Türen knallten. Es war schon eine ziemliche Show. Helmuts Mama trug Hüte mit Schleiern vorm Gesicht und strich mir keine Butter aufs Vesperbrot, wenn ich nach der Schule mal bei ihr war. – Ich hielt mir die Ohren zu, während ich zu verstehen versuchte, was dort drüben vor sich ging. Sie stritten sich über Hitler, von dem die Mutter Großes erwartete, während der Vater die russischen Siege feierte, als seien sie seine eigenen. – Helmut nahm alles leicht. Er lachte immer nur. Ich habe nie jemanden getroffen, der so viel lachte. Sogar im Tod wieherte er noch, Ehrenwort. – Irgendwann war die Mutter dann plötzlich weg. Nichts hatte ihr Verschwinden angekündigt. Ich war von den Socken, als ich erfuhr, dass sie sich wegen ihrem Weinen und Schreien in einem Heim erholen musste. Sogar Helmut schaute für einen Augenblick verstört. Sie war in einer psychiatrischen Heilanstalt, nicht wahr: Aber so durfte ich das auch dem erwachsenen Helmut gegenüber nicht formulieren. Dass sie ganz einfach eine weiche Birne hatte. Er hielt mit einer absurden Hartnäckigkeit daran fest, dass sie normal sei. Gesund. Er brachte seine Diagnose mühelos (mit einiger Mühe, meine ich) mit der unübersehbaren Tatsache unter einen Hut, dass er sie immer wieder in der Klapsmühle besuchen musste. Er halluzinierte den Wahnsinn einfach weg. – Als Kind wurde er dunkelrot vor Lachen, wenn er mir nach seinen Besuchen berichtete, wie sich die einen für Stalin und die andern für Hitler hielten. Geballte Fäuste die einen, hochgereckte Arme die andern, wenn er wieder ging. Aber seine Mutter war nur ein bisschen traurig und brauchte Ruhe! – Ruhe vor ihm, dachte er wohl. – Einmal begleitete ich Helmut und seinen Vater in ein Sanatorium in grünen Hügeln voller Kühe. Der Vater klingelte an einem hohen Tor aus Schmiedeeisen. Ein Mann mit Militärschuhen und einem blaugrauen Arbeitsgewand kam über einen riesiggroßen Hof geschlurft, wechselte ein paar Worte mit dem Vater, und dann gingen beide den gleichen weiten Weg zurück, der Vater immer ein paar Schritte voraus, auf ein Haus zu, das einer Kaserne glich. Wir warteten und schauten durch die Gitterstäbe in den Hof und in eine Art Garten, wo die Eingesperrten spazieren gingen. Manche schrien, einfach nur so. Einer kam auf uns zu, da flohen wir. Später durfte Helmut auch ins Haus, und ich wartete allein. Ich warf Dreckschollen auf ein altes Männchen, das mit dem Rücken zu mir auf einer Bank saß. – Dann waren Helmut und sein Vater wieder da, und wir gingen ein Eis essen. Der Vater hatte denselben dunkelroten Schädel wie sein Sohn und sagte plötzlich sehr laut in die Stille der Confiserie hinein: »Millionen Frauen gibt es! Und ich suche mir eine verrückte Faschistin aus!« Er hieb sich mit der flachen Hand gegen den Schädel und aß dann sein Eis weiter. – Nach dem Krieg war die Mutter eigentlich völlig normal. Sie machte den Haushalt und kochte. Sie brach nur hie und da in Tränen aus, das schon. Biss in Kissen. Starrte auch oft, immer eigentlich, abwesend in Zimmerecken, wenn Helmut sie was fragte. Hörte einfach nicht hin. Flüsterte vor sich hin, wenn sie sich allein wähnte. Einmal polterten wir in den Keller hinunter, weil wir uns Äpfel holen wollten, und da stand die Mutter auf einem Stuhl und nestelte an einem Seil herum und erschrak so, dass sie herunterfiel und platt auf dem Hintern saß. Wir brachen alle in ein furchtbares Gelächter aus, sie am lautesten. Endlich rappelte sie sich hoch, kam mit uns, und das ganze Zeug – Stuhl, Seil und was weiß ich alles – blieb so liegen, wie es war. Die Äpfel hatten wir auch vergessen. – Helmut konnte nicht allein in Keller gehen, in Speicher hinauf, nichts in der Art. – Später war die Mutter dann noch ein paarmal weg, ohne dass sie uns besonders fehlte. Der Vater war zwar da, wurde aber mehr und mehr unsichtbar. Ich glaube, er trug immer Kleider in der Farbe des Wetters, graue im Winter und grüne im Sommer. – Meine Eltern waren immer noch aufmerksam, herzlich, lieb. Dann starben beide, beinah am gleichen Tag. Auch Helmuts Vater verschwand irgendwie. – Wir wurden erwachsen und gründeten die WG. Helmut führte seine alt gewordene Mutter jeden Mittwoch aus. Sie saßen steif im ›Venezia‹ und aßen das Beste vom Besten. Helmut schwieg, die Mutter sowieso. Aber wenn sie etwas sagte, verstummte das ganze Lokal. Alle sahen zu ihr hin, die wie die *Queen mother* dasaß und bellte, dass alle Söhne auf Erden sich Tag und Nacht um ihre Mutter kümmerten, nur Helmut nicht. Dieser kam jedes Mal kreideweiß nach Hause und brauchte Tage, bis er sich erholt hatte. Die Mutter wohnte immer noch in ihrer Wohnung im Seefeld, neben unserm Haus, in dem längst fremde Menschen lebten. Sie fiel die Treppen hinunter und stürzte vom Balkon, ohne sich jemals zu verletzen. Inzwischen ist sie allerdings auch tot. Sie ruhte sich während einer Wanderung auf den Geleisen der Sihltalbahn aus und wurde überfahren, am Tag, nachdem Helmut zum ersten Mal Mary zum Essen ins Venezia mitgenommen hatte. Nachdem er überhaupt zum ersten Mal seiner Mutter eine Frau gezeigt hatte, die er liebte. Zum letzten Mal. – Aber nun hat er wieder das Wort.

As a child I behaved sometimes in a rather strange way. I mean, I was a happy child, I laughed a lot, but I remember nevertheless that I stood in shady corners for hours, as stiff as a piece of wood, without moving and imagining lost paradises lightened by red suns. Nobody missed me, nobody looked for me. In the nights, I asked for a lamp, just a little bit of light, a candle or some glow-worms in a glass, but the door had to be closed, the curtains had to hang like walls before the windows whose shutters had to be locked. No moon in the nights, no stars looking down from heaven, no sun in the early morning. No birds singing their good-morning-song through the open window. I turned my hair into knots and broke them with a sudden push. It hurted, and I was glad. I banged my fist against my head while I slept. I had bleeding hands because, for hours and days, I rubbed with my thumb over the skin without noticing it. I had attacks of asthma. I refused to wear adult trousers, ties and jackets until the age of seventeen. I was as small and thin as a pencil and had a high voice for an eternity. I masturbated for the first time when some of my schoolmates already had wives and babies. More or less at least: I felt a rather mature young man and came home from the movies where I had fallen in love with Audrey Hepburn who was a British princess who made a great effort to loose her virginity with Gregory Peck, a poor journalist, and I stood with a burning head in my room as if I had been struck by lightening; I did not understand at all what had happened to me. I could not see the connection with Audrey Hepburn whose beauty obsessed my brain. My first girlfriend in at least a teenage sense of the word (I didn't think any more of my charming companion with the goats) was called Jocelyne, but was not French at all. She was a nice girl who was very small, too. I went to a dancing-school (in fact, the first two or three times my mother had to force me to go there, and the next day I had to show her the new steps which she learned much faster than I had understood them the evening before), and Jocelyne was the girl who became, with the help of God, the one with whom I danced most of the time; and thanks to whom I adored going to the dancing-school. Perhaps it was love. I mean, we young men were sitting like hungry tigers on one side of a large hall, and the ladies were waiting on the other side to be devoured. We were dressed like middle-class angels, the boys with ties and black shoes, and the girls with white blouses and skirts which went down to their calves. Jeans were not allowed. Or rather, we hadn't ever seen any because in those days Mr. Levi still sold his first prototypes to the gold-diggers of the Far West. – Our teacher was an eighty years old lady who had already been the teacher of my mother and of the mothers of everybody in the room and who, in the meantime, did her job sitting in a wheelchair and with the help of an assistant who herself was a sixty years old lady. When she croaked something which I never succeeded in understanding, like the cry of an old eagle, we all jumped up from our chairs and ran like madmen to the other side of the hall to get the most beautiful, the most lovable girl. Well, I am not Carl Lewis, I was never Jesse Owens, and so I decided very soon, that Jocelyne, my Jocelyne was the most alluring, the most seductive dancer. She looked like a school-girl between vamps and moviestars and was, for this very reason, not the most burn-

ing object of the other runners' desire. She was even smaller than I, had blond hair and big blue eyes. She was an excellent dancer. I started to walk her to the tramway station, and she was grateful, because the street of the dancing school – a former shoe factory in a rather ill-famed part of the city – was very dark at night. Later I climbed the tramway with her and delivered her at her home, and when spring came, we walked the whole distance. I babbled and gabbled all the way, and she listened to me very seriously. Big eyes, her mouth half open. She believed everything I said. She was the best listener I ever had. I spoke about whatever passed through my head or my heart, once even about the operas of Richard Wagner which I did not know but which I hated without knowing why. Unfortunately Wagner was the composer whom her father liked most, and so she started to defend his music without knowing why either. – We walked side by side like brother and sister. Sometimes our hands touched one another, just by chance. It gave me a beautiful shock, and when I walked her home for the fifth or rather for the hundredth time I took the risk of taking her hand and holding it. She pressed mine like a vice, a very little one.

We walked on, hand in hand, with stiff arms, without looking at each other, without breathing. I stopped chattering. She was silent, too. In the doorway of her house she looked at me with wild eyes, her chest went up and down, and so did mine. I let her hand go and ran to the tramway station, jumping and singing. – Of course the first kiss was not long in coming. Now the swallows were back from Africa, the park smelled again, and we had stopped wearing caps and gloves and coats. I just had my very adult jacket on, and she wore her white blouse. We kissed in the park, the only part of our way home which had bushes and trees and was without streetlights. We had both waited for this moment, because we did not hesitate a second when we arrived at the right spot. We felt invisible, we were invisible, I am sure. My eyes were closed, and hers too, when I opened mine again to look at her. Her face was white in the light of the moon. Her lips were like two sticks, closed, closed with an intense passion. She pressed them as vigorously as she could against mine which were as stiff as hers. While we kissed I fumbled for the buttons of her blouse and later for the booklets of her bra, and she went on kissing me – in the style of those days – as if she were not aware of my efforts. No help. I fumbled and worked and pulled the hook up and down, and when I finally succeeded there were no breasts at all, not even of the size of a blueberry. I loved her even more for that. I was not a giant either. We were happy the way it was. – We went to the Knabenschießen, a local fair, to the mansion of ghosts and to a very fast carrousel called Mount-Everest-Run. – I cannot remember the end of our love. It was just over, perhaps because the dancing-school was over. At the end there was a competition in the ballroom of the best hotel in town, a five-star-castle, with a real orchestra and a jury. The members of the jury were the old lady, of course, her assistant, the bandleader whose name was Charly, and an unknown man who was announced as the authority in the field of dancing worldwide. Nijinsky perhaps, inkognito. The parents were sitting at little tables, all except mine, disguised in pink evening-dres-

ses and smokings. Jocelyne and I inscribed for the foxtrot and slow waltz, and while we were eliminated after our first two steps in foxtrot, we were very successful in the slow waltz. In fact, we won the first prize. I got a needle for my tie which I believed to be in solid gold for quite a long time, and Jocelyne got a ring. The secret to win was that we did not behave like dancers who enjoy dancing, but like soldiers or robots. We moved like dumb automats and did not make a single mistake. The world-famous authority, Nijinsky, kissed Jocelyne warmly and promised her a great future, and the old lady tried to do the same thing with me, but I succeeded in escaping thanks to the wheel chair which limited her enthusiasm. – On our way home we kissed one more time, perhaps for the last time, which was a pity, because we both had learned, by experience, to open our lips and to let them be as tender as nature had made them.[3]

---

[3] Mit Jocelyne war es so. Helmut war nach genau diesem Kuss, oder einem ähnlichen – Jocelyne hingeschmolzen, weich geworden – jäh durch die Büsche gebrochen und keuchend verschwunden. Jocelyne sprachlos, verdattert im schwarzen Park. Sie erzählte mir am nächsten Abend alles, immer noch durcheinander und mit den Tränen kämpfend. Wir schlenderten durch denselben Park, sie schluchzte und schnüffelte, und als wir beim Gebüsch ihrer Küsse angelangt waren, küssten *wir* uns. Sie lechzte nach Trost. Ich musste nicht lange nesteln, sie half mir. Wir waren auch unsichtbar, aber ich glaube, man hörte uns, hörte die kleine Jocelyne, die den Jubel ihrer Erlösung so laut in den Sternenhimmel hinaufschrie, dass die Autos auf dem fernen Boulevard stehenzubleiben begannen. Sie hatte Brüste, übrigens. – Sie

war die Erste, blieb aber nicht die Einzige. Lucia, einige Zeit später, erzählte mir, als wir ein Paar geworden waren, wie sie mit Helmut gelegen hatte, unter ihm bereits, endgültig eigentlich, ihre Arme um ihn geschlungen und die Lippen in seine gewühlt. Aber selbst aus dieser Lage konnte er sich noch befreien. Lange noch hörte sie, im Unterholz der Wälder des Pfannenstils, das Knacken von dürren Asten und sein verzweifeltes, immer ferneres Stöhnen. Sie zog sich traurig an und wanderte durch Wiesen und Felder bis zum See, wo sie bemerkte, dass sie ihren Pullover verkehrt herum anhatte. Sie fuhr mit dem Schiff nach Zürich zurück. Helmut kam am nächsten Tag zu ihr und tat so, als sei nichts gewesen. Es war aber etwas gewesen, sie war bei mir gewesen. – Eine Dritte schrieb ihm Briefe. »Deine Susi«, schrieb sie am Ende, und »Mein lieber Helmut« am Anfang. Klare Signale. Aber nie besuchte er sie in dem kleinen Dorf, wo es sie hinverschlagen hatte, weil sie Lehrling in einer Gärtnerei geworden war. Eines Tages fuhr ich vorbei, um nach dem Rechten zu sehen, und blieb bis zum nächsten Morgen. Sie war die verrückteste von allen. – Ich kann mir Helmuts Verhalten nicht erklären. Er sah ganz passabel aus, obwohl er eine Glatze hatte und seine Anzüge, teure Dinger in Tat und Wahrheit, aus der Müllabfuhr zu beziehen schien. – Einmal waren wir zusammen an einem Schriftstellertreffen in der Kartause Ittingen beim Bodensee. Es ging, wenn ich mich recht erinnere, um den Dialekt als Schreibsprache, etwas, was ihn von Herzen überhaupt nicht interessierte, und er kreuzte viel zu spät mit einer Frau namens Margarete auf, einer blonden Lyrikerin mit blauen Augen. Sie schienen sehr verliebt, beteiligten sich jedenfalls kein einziges Mal an der Diskussion im Plenum, sondern saßen kichernd in der letzten Reihe. Am Abend, während der ganze Klüngel trinkend und schwadronierend um einen Tisch herumsaß, spürte ich plötzlich Margaretes Fuß auf meinem. Sie sah mich an, fest und tief, während Helmut mit einem bärtigen Hörspielautor darüber stritt, ob es den Druck der Not oder im Gegenteil die Grenzenlosigkeit der Freiheit brauche, um das Beste aus solchen wie uns herauszuholen. Er war für die Freiheit. Endlich, endlich ging er ins Bett, allein, weil Margarete noch ein letztes Glas trinken wollte. Inzwischen saß nur noch der betrunkene Veranstalter mit uns im Refektorium, ein Pater Anselm oder Anton, der uns beinah schreiend erläuterte, dass Gott Dialekt spreche, und wieso. (Weil er ihn verstand, darum.) Als wir vor meiner Zelle standen, stellte sich heraus, dass die Helmuts und Margaretes – in einem Kloster, das einst viele hundert Mönche beherbergt hatte! – direkt neben meiner lag. Nun denn. Wir waren nackt, noch bevor die Tür ins Schloss gefallen war, und vertrauten auf die Dicke der Mauern, die in den alten Zeiten die Lautäußerungen der Anbetung und der Inquisition auch nicht hatten hinausdringen lassen. Margarete liebte mich windelweich, mit einer geradezu sportiven Kraft, und ich weiß nicht, wie sie Helmut gegenüber begründet hat, dass sie erst um fünf Uhr früh zu ihm kam. Sie hatte sich für den Heimweg, zwei Meter fünfzig durch den leeren Korridor, völlig angezogen, so als komme sie direkt aus der Bar. Am nächsten Tag, beim Abschied, gab sie mir wie einem Kameraden die Hand. Zwinkerte nicht einmal. Auch Helmut, freundlich und entspannt, schien gänzlich ahnungslos. – An dem Morgen fiel mir zum ersten Mal auf, dass *alle* meine Frauen zuerst bei Helmut gewesen waren. Nur bei Mary war es dann umgekehrt. Kein Wunder, dass ich ausrastete.

Mary? Mary, my sweetheart? Are you still with me? Don't leave me. Please stay with me in your hammock. Keep my letter in your hands, in your tender hands which I would kiss a thousand times if I still had the right to kiss them.

Does John do things like that? Does he kiss? He looks as if he were a very practical person who knows how to repair a car or a horse, but not, if you'll pardon my saying so, how to kiss the sweet hand of a lady. Mary, o Mary, now, in your rocking-chair, look at the sun, enjoy the warm red light in your face, look at the mountains, if you wish, look at all those rocks and cactus-plants around you, and even, far away, at a kangaroo or a koala who has lost his way home. But don't forget me. I am perfectly aware that I speak of other women, but I do it for you, because of you. I have to do so. I feel strongly that all this is not normal. In fact, I know it isn't. That I have to take a shower three times a day. Without you I would not speak a word of English. I would not even know it, practically. I still do not like it especially, it's often rude and loud, a language of winners, of teenage winners. But I'm hopelessly in love with your way of speaking it, your siren-song which would have made Ulysses strong enough to break his ropes. If Hiob had met you, he would have in an instant become a happy man, and he would have learned English as fast and as passionately as I have, possibly even without the help of Berlitz. It is you I love, you know that. It was at your door I knocked ten times a day and even more often during the nights. It was your door against which I pressed my ear to listen if there was any noise on the other side. A whisper, a squeak of the bed. It was my head, outside your room, who imagined you with another man, not breathing anymore, closing his mouth with your hand and smiling at him who was on the point of bursting into laughter. I didn't hear anything. For days if not for weeks I was sitting in the tearoom opposite your house and watching your door. I hoped to see you coming out, hand in hand with a new lover, skipping along and laughing and kissing the tip of his ear. If I were American, but I am not, I would have had a rifle with me, a gun, and killed all the guests sitting in the tearoom, mostly Japanese tourists, because the tearoom, as you know, is a world-famous (and very expensive) meeting-point of travellers who want to eat a typical Swiss meringue. *I was the only native there all the time, the only one who did not order a* meringue, *and the waiters looked at me suspiciously. In fact, the tearoom was not exactly opposite your house, but some hundred meters down the street at the corner of Niederdorfgasse, so that I had to keep my head out of the window to overlook your doorway. I never saw you, not a single time. Perhaps because of the distance between me and you, perhaps because of the pains in my neck after some days, but also perhaps because you just were not at home at that time. Did you spend your time with your new man in another place? I imagined you, I confess, the unknown lover and you, kissing, loving, and of course I ordered one cognac after the other, so that it is possible that you might have come from and gone back to your house plenty of times, alone!, and I just did not recognize you. Perhaps I saw two Marys going up the little street and could not make out which one was mine at first glance. I was very unhappy, Mary, my Mary.*[4]

---

[4] Ich *muss* noch ein Wort über Helmuts Eltern verlieren. Seine Mutter war völlig verrückt und konnte das fast perfekt verbergen. Sie war auf eine schreckliche Weise verrückt. Nicht lustig.

Tödlich. Sie verwandelte alles, was ihr nahe kam, in tote Materie. Blumen welkten, Vögel starben. Menschen, die lachend zur Tür hereingekommen waren, vereisten. Aber die äußern Formen des Alltags, des scheinbar herzlichen Umgangs sogar, beherrschte sie wunderbar. Sie lallte nicht etwa blöd, oder sang obszöne Lieder. Also wirklich im Gegenteil. Sie war eine Meisterin der korrekten Form und wusste stets genau, was *man* tat. *Man* aß Fisch nicht mit dem Messer, und *man* gab dem Boten, der spätnachts noch zwei Würste gebracht hatte, nur ein ganz kleines Trinkgeld, damit er nicht übermütig wurde, mit einer Miene, die (völlig aus der Luft gegriffen) eine Tradition jahrhundertealter Herrschaftlichkeit ahnen ließ. – Sie ging, wann immer sie konnte (sie konnte es nahezu stets), in einem Abstand von einem halben Meter hinter Helmut und redete in seinen Rücken hinein. Sie hatte kein Gefühl für Abstände. Sie war immer zu nah. Wenn sie mit Helmut sprach (immer sprach sie mit ihm, kaum je er mit ihr), stand sie stets so dicht vor ihm, hinter ihm, meine ich, dass er unwillkürlich einen Schritt vorwärts tat. Natürlich folgte sie ihm auf der Stelle, so dass die beiden ein Gespräch am einen Ende einer Bahnhofshalle begannen und es am andern Ende beendeten. Helmut mit dem Gesicht gegen die Wand. – Allerdings beendete sie nie ein Gespräch, so dass sie, genau genommen, auch nie eins anfing. Sie sprach ununterbrochen. Wahrscheinlich tat sie das auch in der Spinnwinde, in den vielen Heilanstalten, in denen sie immer erneut verschwand und aus denen sie unweigerlich zurückkam. Dort immerhin waren die Mauern um sie herum, der Gummi, die Zelle. Jedenfalls hörte Helmut sie nicht. – Sie sprach so lange, bis Helmut ihr recht gab. Bis er sich bedingungslos unterwarf. Seine Blödheit war, dass er das nie auf der Stelle tat. Man argumentiert nicht mit einem sprechenden Stein. – Sie war kein Stein, sie war ein Tapir, ich meine, sie sah wie ein Tapir aus, wenn sie mit ihrem langen Rüssel, den sie selber für eine römische Nase hielt, hinter Helmut dreinschnüffelte. – In Wirklichkeit war sie ein Vampir, der Helmut leer saugte. Nichts mehr war in ihm, kein Blut, kein Herz, kein Hirn. Keine Ahnung, woher *er* dann wieder seinen Lebenssaft holte. – Mir konnte sie nicht gefährlich werden. Für mich war sie einfach eine dumme Kuh, der ich aus dem Weg ging. Aber für ihn! Was litt er! Jede Menge Fensterstürze kündigte sie ihm an, nur damit er ihretwegen alles stehen und liegen ließ, zum Beispiel Frauen, mit denen er gerade war, die er liebte und die, wenn er zurückkam, verschwunden waren. Oft für immer. – Die meisten Menschen allerdings hielten den Vater für verrückt, nicht die Mutter. Nun, er war auch nicht ganz dicht, weiß Gott. Aber seine Verrücktheit war eher, dass er nicht im Geringsten verstand, was ihm da zustieß, diese bescheuerte Frau und all das. Er hatte eigentlich nur ein ruhiges Leben führen wollen, einen mathematischen Beweis für das Perpetuum mobile finden oder so was, und hie und da ein Glas Wein trinken. – Es wurde ein bizarres Paar aus den beiden. Er hasste die Frauen (riet seinem Sohn heftig von ihnen ab), sie fand das Männliche schrecklich und wollte ihren Sohn (in einem Paradoxon, das sie nicht störte) in nichts Weibliches verwickelt sehen. Verrückt, ich sagte es schon. – Kein Mensch weiß, wie und wieso Helmut gezeugt wurde, aber alles kann man nicht wissen. Immerhin gab es keinen Bruder, keine Schwester. Dieser eine Geschlechtsverkehr schien den beiden Eheleuten genügt zu haben. – Nie auch hatten sie irgendwelche Beziehungen zu anderen. Sie waren einfach zu Hause und schrien sich an, so lange, bis der Erste tot war. Natürlich war das der Vater. – Allein geblieben war die Mutter tatsächlich etwas leiser. – Viel später legte sie sich unter die Sihltalbahn, und Helmut, der bis zu *seinem* Tod daran festhielt, dass es ein Unfall gewesen sei, begrub sie. Er hielt sogar die Grabrede, vor einem Häufchen Getreuer: drei greisen Schulfreundinnen, einem alten Mann, der zu jeder Beerdigung auf dem Friedhof Rehalp ging, und mir. Sie hatte keinen Pfarrer gewollt (ein weißer Fleck in ihrer Verrücktheit), einfach nicht, und kein anderer Mensch auf dieser weiten Welt, ich schon gar nicht, hatte sich bereit erklärt, die Grabrede zu halten. So tat er es. Er stand so nah an der Grube, dass ich fürchtete, er falle bei einem unbedachten Schritt hinein. Eine der Schulfreundinnen weinte. Ich weinte zwar nicht, dachte aber, dass Helmut, mein Freund Helmut, ein kapitales Arschloch sei, ihr sogar nach ihrem Tod noch aus der Hand zu fressen. Ich sagte es ihm auch, in genau diesen Worten. Er verstand mich nicht, zum Glück vielleicht, denn es war spätabends inzwischen, und wir standen heftig betrunken am Tresen der Simplon-Bar, in der wir gelandet waren, nachdem wir eine der Freundinnen zur Bahn begleitet hatten. »Du blöder Idiot!«, schrie ich ihm in die Ohren. »Sogar am Grab der Mutter noch das Maul aufzureißen!« Helmut sah mich an und ging zur Jukebox, worauf diese *As time goes by* spielte. Er drückte die Nummer dann noch etwa zwanzigmal.

Don't think, Mary, Mary, please, don't think that I am, that I was always a helpless spastic with women. The kind of fool I was with you. That I have always been like this. No. It is not as easy as that. I don't always panic. I did not panic with you. I was simply wrong. I was happy the way it was. Of course it is true that the first woman who made love with me, long ago, did it just once, one single time, and that was it. She fell in love with me a little bit, the way I see it now, just for one little evening, and she couldn't imagine of course that I was a novice in the matter. So she was not aware of all my hesitations – nor was I, by the way –, and gave me no chance to say »No« or to run away. So, in no time I had lost my virginity. THANK THE LORD. *I had met her (long black hair, a nose like Pinocchio) in a little town called Pietrasanta, in Italy, where I had stopped because I wanted to visit the marble quarries of Carrara. Where Michelangelo found the marble to create David. And the first story she told me was a joke about Michelangelo, an anecdote, namely, the pope, one of those Medici of course, asked him, if it had been difficult to sculpture this huge hero. Not at all, Michelangelo said. You just take a square block of marble and cut everything away which does not look like David. I laughed like a hysteric, and she seemed to be very pleased with her success. Her name was Antonia. When I met her, she came out of the post office and asked me the time. Two thirty. Two hours later – it was four thirty then – I met her again, in front of a caffé this time, and I said »Hello!« and »You again?«, and we drank a San Pellegrino amaro, and two more hours later – six thirty – I was in her room, and she was nude and so was I, and we made love as if we had done it for years together. »Più profondo!« she screamed. – I looked that up later in my pocket Langenscheidt, when I was on the road again.– Anyway, at eight thirty she still lay on her sheet, happy, smiling, her arms below her neck, with enormous breasts and a real black forest between her legs, and told me, that never, never it had been as thrilling as with me. She was engaged, but her fiancé was on a battleship because he was an officer of the Italian Navy. She asked me if I had a bride. I said »Yes«. It had been the first time, and she had not noticed it at all! I left her as if I were leaving heaven. It had been so easy! I went to my room in a little hotel, a kind of ruin without water and electric lights located in a narrow street in which huge trucks made a ter-*

rible noise during the whole night. It did not disturb me at all. I slept like an angel, like Michelangelo, if you accept the pun, or no!, I did not sleep at all of course, because I was much too happy to sleep, to waste my lifetime in silly dreams. I lay on my bed, in my pyjama this time, my arms below my head, and saw the film of our love again and again. I saw her face. I felt her kisses. I heard her voice. I smelt her smell. But the next day, when I met her again, she had completely changed. She was surrounded by laughing girlfriends and treated me like an enemy, as if I were a complete idiot. She laughed at me because of my accent, because I did not look like the natives. She looked pretty, o yes, sitting there with her friends in a white blouse and a blue skirt, overwhelmingly seductive, the way a woman looks to a man who a few hours before has seen her in her most secret transports. But, with her nose, she was not Cleopatra either. If you see what I mean. I had no more right to touch even her hand, to speak to her, to pay her coffee. »Get lost!«, she shouted. The girls looked, silent. But I stayed in my horrible hotel and began to hate the trucks which – at least most of them – had their exhausts on the top of the drivers' cabins, like periscopes of submarines, exactly at the level of my window which was on the second floor, so that, when I looked down to the street, my head suddenly disappeared in a stinking black cloud. I went to the quarries of Carrara and looked down again, into deep precipices this time, down at the workers who looked like ants. During the nights I stayed outside of Antonia's house and looked up to her window, her lights, which burned and burned, and in the third night a man with a white uniform went into the house and did not come out anymore, although I stayed the whole night hidden behind a garbage can. There were no lights behind the window anymore. I did not hear a whisper. When the sun rose, I went to my hotel, took my bag, walked out of the town and stopped one of those trucks which brought me as far as to Rome, where I jumped out on a square surrounded by statues. I sat down on the feet of one of those giants and began to cry. Cried and cried, for hours, I think.

I stayed in Rome for several months. I worked for a travel agency and had to fetch sleepy students at the airport of Fiumicino at 3:50 a.m. and to bring them to their hotel. There was always one student too many. Thousands of them slept on my couch. It was the most unhappy time of my life. I mean, Mary, Marymarymary, you know me, I have always been somebody who takes life easy: always, except during those months in this cruel city which looks like one of the seven wonders of the world. – When I was a child, vulcanos could break out, neighbours could be drowned in oceans of tears, houses could tumble down: Singing happily, I always found my way through everyone else's desasters. »Not to me!« I hurled into the face of destiny. »Not to me, do you check that?!« I have seen uncles with red faces, tears running down their trembling chins like waterfalls. Aunts banging their heads against the walls of their rooms. More than one cousin standing on the top of the roof of their houses and looking at parents and firemen deep down in the street below them, waving their arms in panic, shouting unintelligible adjurations, holding huge sheets to save their lifes. Me, I always had my islands of luck in these oceans of unhappiness. For hours I played my mouth-organ. I was a master of the blues (my favorite was Georgia on my mind*) and had a technique invented by myself which prevented me later, when I met other amateurs of this instrument, to play together with them, because I played always half a note higher than they, due to my idiotic habit of pushing the bar of my chromatic instrument all the time and letting it go only for the half-notes. Of course the other way round is the correct way to play: you push the bar, when you have to play a C sharp, and you forget it for the rest of the time. – So I was alone again. – In this terrible city of Rome I tried to become a writer and spent my days – after I had left my students – on a bench in the Pincio park, a pile of paper on my knees, a pencil in my right hand. I wrote a kind of lovestory, childish scenes which should prove to my future readers that I was an expert in screwing women of all ages and sexes, and utterly discrete nevertheless. When I looked up from my inventions, men and women in flesh and blood walked hand in hand between cypress trees. They kissed and looked very happy. Everybody except me was the lucky proprietor of a Vespa or a Lambretta. Dogs everywhere. The sun was shining, the sky was blue, and far away I heard the Roman traffic like the sea running against a shore. I threw the novel away. In this town, where everybody is shouting day and night, I knew nobody. Not a lost soul. For days I stayed mute, and if I had not had my job which forced me to argue with flight managers and hotel keepers, I would have become as speechless as Mr. Kaspar Hauser, whom, Mary, my love, you happily don't know. He is dead. You would not have liked him for sure, because he was not at all the kind of Jewish intellectual you like most and* *who I am not either. John, is he? – Later I waited for hours in front of the* Istituto italiano per gli stranieri, *where foreigners took lessons in Italian, and succeeded in inviting three or four young ladies to drink coffee with me. One of them, an Austrian from Linz who wanted to become a stewardess of Alitalia, even followed me to a nightclub, which was called* Bluenote, *like the world-famous* boîte de nuit *in Paris. But in the* Bluenote *of Rome there were just young students who played like Charly Parker or Thelonious Monk, minus their talent and technique. The music was loud and chaotic. We danced cheek to cheek. I left the money of a whole month in the claws of a waiter who didn't say Grazie. But at her door, round about midnight, she kissed me hastily and vanished like an elf. I went home and did not even masturbate. It wasn't worth it anymore. – One evening I had met a huge German woman, Hildegard, a cello-player, and I could not believe my eyes, but she really climbed up to my room, without the slightest hesitation and speaking and laughing as loudly as a truck-driver – two meters twelve in hight and about the same in diameter round her breasts and backside –, and we sat down on my bed and talked and kissed a little bit, her throat suffocating me, and I had an orgasm while she was still making some kind of conversation. We were still completely dressed. I was so ashamed of myself, I felt so lousy, that I jumped up and insisted on walking her home now. Of course she did not understand why, why this sudden change of my mind, but she was docile, anxious even, fearing an unknown danger of which she never had heard before in her life. We walked and walked, I and my Matterhorn. She lived on the other side of the town (of course there was no more bus), and when we arrived at her house, the sun rose over San Angelo, far away, and Hildegard was not fearful anymore, but angry and disappointed. She did not say good-bye and banged the door so vigorously, that I felt grateful, happy almost, because she had not knocked me down before leaving me.*[5]

[5] Helmut musste man die Wahrheit stets direkt ins Gesicht sagen. Schreien. Anders ging es nicht. Anders hörte er nicht zu. So war es zwar vielleicht keine allzu glückliche Idee von mir gewesen, mit ihm vom Verschwinden seiner Mutter zu reden. Aber wer macht nie einen Fehler? Er selber war ja für Wochen, für Monate weg gewesen, ohne sich zu verabschieden oder mir eine Nachricht zu hinterlassen, so dass ich mir regelrechte Sorgen zu machen begann und endlich sogar zur Polizei ging. Das Fernsehen sendete unmittelbar vor der Tagesschau eine Vermisstenanzeige, ein Foto von ihm, auf dem er ungeheuer glücklich aussah und Mary, die ihn ebenso anstrahlte, irgendetwas Lustiges zu erzählen schien. – Mary hatte ich allerdings weggeschnitten. – Das Fernsehen oder die nächstgelegene Polizeistation kriegten keinen einzigen Hinweis. Bei mir dagegen meldeten sich sowohl Jocelyne als auch Lucia, beide immer noch irgendwie verliebt klingend. Lucia weinte sogar und sagte unter Tränen, sie habe immer gedacht, dass er sich eines Tages was antun werde. Er sei so sensibel. »Ich bin auch sensibel«, schrie ich in den Hörer, für mich selber überraschend laut, und als ich wieder zu mir kam, zu Lucia, hatte diese aufgehängt. – Als Helmut dann tatsächlich wieder auftauchte, an einem frühen Maienmorgen, hatte er eine lange Befragung durch die Flughafenpolizei hinter sich, die ihm seine Mär – er habe eine Erholungsreise gemacht, so was sei doch

erlaubt, und hier seien die Tickets – abnahm, so wie ich zu Beginn auch. Ich schimpfte ihn aus und ging dann zur Tagesordnung über. Auch er tat wieder das Übliche, das für ihn Übliche, ausschlafen und rumgucken und spazieren gehen und so. An jenem Abend – er war seit drei, vier Wochen zurück, würde ich meinen – setzte ich, wie immer, die Gehörschutzpfropfen ein, als ich mich an die Schreibmaschine setzte. Ich hatte mir das angewöhnt, konnte nicht mehr ohne sie arbeiten, auch wenn längst kein Lachen mehr durch die Wände drang, jedenfalls nicht das Marys. Ich schrieb an meinem Stück. Aber irgendwann später, gegen Mitternacht vielleicht, hielt ich es nicht mehr aus – die Heldin, die zukünftige Milliardärin, lag immer noch auf der Bühne, der Geliebte kam und kam nicht, und mir kamen keine Dialoge –, nahm die Stöpsel heraus und ging in die Küche, um ein Bier zu trinken. Helmut saß allein am Tisch. Eine Batterie ausgetrunkener Flaschen stand vor ihm, wie zu einer Parade angetreten. Der Kühlschrank stand offen. Ich sah Helmut an. Er schaute zurück, mit einem Blick, der etwas von einem Bernhardinerhund hatte.

»Hast du alles Bier ausgetrunken?«, sagte ich etwas zu laut, weil die Gewohnheit, Plastikstöpsel in den Gehörgängen zu tragen, meinen Sinn für das richtige Stimmvolumen angegriffen hatte. »Alles?«

Er nickte.

»Und wo ist Mary?«, schrie ich. »Weggelaufen unterwegs, was?«

Er nickte erneut, hob eine der leeren Flaschen an die Lippen und saugte an ihr. Ich setzte mich ihm gegenüber und sah ihm zu, wie er sie enttäuscht zu den andern zurückstellte, in Reih und Glied. Er sah anders als vor seiner Reise aus, hatte wirre Haare, eine Haut wie dunkles Leder und Muskelpakete an den Oberarmen.

»Soll ich dir sagen«, brüllte ich, plötzlich in Fahrt, »wieso dich alle Frauen sitzenlassen? Soll ich dir das sagen?«

»Nein«, sagte er. »Warum schreist du so?«

Er sah müde aus, vielleicht wegen Mary, vielleicht einfach, weil es schon spät war, vielleicht natürlich auch, weil am Abend zuvor Octavio Paz, der Nobelpreisträger, bei ihm gewesen war und sie beide die halbe Nacht hindurch geplaudert hatten. Ich hatte ihre Stimmen gehört, bis nach vier Uhr, und auch, wie Paz, der alte Herr, aufbrach und im Korridor über meine Sporttasche stolperte, denn ich gehe jeden zweiten Abend in ein Fitness-Center. Er tat sich aber offensichtlich nicht weh, denn nach einer Schrecksekunde – für ihn und für Helmut, nicht für mich, der ich hellwach im Bett lag – lachten die beiden wie über einer gelungenen Bubenstreich. Ich weiß nicht warum, ich habe mehr als zwanzig Romane geschrieben: aber die Octavio Paze kommen zu Helmut, von dem es genau zwei Bücher gibt – ja, und jenes Theaterstück –, verquere Texte, aus denen keine Sau klug wird und die in einem obskuren Kleinverlag in der Nähe von Frankfurt erschienen sind. Er kennt sie alle, die Kerle, neben Paz, seinem letzten Spezi, auch Malerba und Artmann und Vonnegut. Nur zum Beispiel. Einmal schlich ein bleicher Jüngling mit frühweißen Haaren um fünf Uhr früh aus seinem Zimmer, ziemlich betrunken, den ich im Verdacht habe, Thomas Pynchon gewesen zu sein. Jedenfalls glich er dessen Foto, schattenhaft. Zu mir kam niemand. Wenn die berühmten Besucher mich zufällig im Flur trafen, grüßten sie mich so, als sei ich ein Rentner, der auch im Haus wohnte, und mir wurde klar, dass die ganze Nacht über, während all dieser Gelächtersalven, mein Name kein einziges Mal gefallen war.

»Weil deine Mutter«, schrie ich, »weil dich deine Mutter verlassen hat! Sie hat dich ins Bett gebracht, und am nächsten Morgen war sie weg für immer!«

»Von wegen«, sagte Helmut.

»Ich weiß es«, sagte ich und langte meinerseits nach einer der Flaschen, in der ich einen Rest Schaum entdeckt hatte. »Du hast bei uns gewohnt, monatelang. Hast du alles vergessen? Dein Vater konnte sich nicht um dich kümmern. Er war selber aus den Fugen.«

»Bist du verrückt geworden?«, rief Helmut, seinerseits plötzlich laut. Er sprang auf, rannte aufs Klo und schloss ab, was sonst keiner und keine in unserer Gemeinschaft tat, nicht einmal die prüde und wohlerzogene Rose. Nach einer Weile hörte ich ihn singen, brummen, etwas, was wie *Georgia on my mind* klang.

»Nein!«, brüllte ich quer durch die Wohnung. »Ich nicht!«

Seine Mutter war mit immer starreren Augen durch alle Zimmer geirrt, hatte immer länger immer abwesender aus den Fenstern geblickt, hatte immer öfter zischelnde Auseinandersetzungen mit einem oder einer Unbekannten geführt. Der Vater zusehend, wegsehend, hilflos. An einem Tag passierte irgendwas, ich weiß auch nicht mehr was. Vielleicht hatte Helmut ihr im falschen Augenblick einen Kuss geben wollen. Jedenfalls wurde sie von zwei Männern in ein Auto geführt, schluchzend, gebeugt, mit einer Wolldecke über den Schultern. Es war mitten in der Nacht. Ich war von den Stimmen auf der Straße, die leise sein wollten und umso lauter hallten, aufgeweckt worden und stand am Fenster. Der ahnungslose Helmut lag im Tiefschlaf oder stand, wie ich, hinter seinen Vorhängen, schreckensstarr. Jedenfalls kam er mitten in der Nacht noch zu uns – ja, so war es gewesen –, für viele Monate, und meine Mutter kochte für uns alle. Mein Vater brachte auch Helmut kleine Geschenke mit, wie es seine Art war. Mal ein Stück Süßholz, oder ein kleines Spielzeugauto. Helmut stand dennoch stundenlang am Fenster und sah zur Straße hinunter, in der seine Mutter nicht auftauchte.

»Willst du im Scheißhaus übernachten?«, brüllte ich zum Klo hinüber.

Ich kriegte keine Antwort. Aber das Singen hörte auf – vielleicht war es doch eher *Greensleeves* gewesen –, die Spülung rauschte, und der Schlüssel drehte sich im Schloss. Genau in diesem Augenblick sah ich den Brief. Er steckte in der Tasche von Helmuts Jacke, die über einem Stuhl hing. Ich nahm ihn raus, einer Einflüsterung meines Warnengels gehorchend, und las die Adresse. Mrs. Mary Hope, Akwerkepenty-Pu, AUS 78777 Nosucks, Australia. Der Brief war mit Marken vollgeklebt.

»Gib das her!«, schnaubte Helmut, der jetzt wie ein schwankendes Gebirge vor mir stand. »Gib das sofort her!«

»Wieso schreibst du Mary nach Australien?«, rief ich. »Wieso ist sie in Australien?«

»Weil«, sagte Helmut.

»Ich dachte, ihr seid zusammen gewesen all die Monate, auf eurer Reise!«

»Sind wir aber nicht.« Er versuchte, nach dem Brief zu greifen, den ich mit beiden Händen umklammert hielt. Er schaffte es nicht und erwischte stattdessen die Bierflaschen, die eine nach der andern ihre Ordnung aufgaben und auf dem Steinboden zerklirrten.

»Gib den Brief her«, sagte er, sich vom Boden aufrappelnd, und sah plötzlich überhaupt nicht mehr betrunken aus. Er hielt den Hals einer Bierflasche in der Hand.

»Ich denke nicht daran.« Ich stand auf. »Mary ist *meine* Brieffreundin.«

In der nächsten Sekunde waren wir ineinander verknäuelt und schlugen mit allem, was wir in die Hände bekamen, aufeinander ein. Zum Glück, zu seinem Glück, war ihm der Flaschenhals schon wieder entglitten. Er hätte ihn zum Mörder machen können. Wir wälzten uns keuchend in den Scherben und merkten kaum, dass der Tisch umstürzte und die Kühlschranktür abbrach, weil ich Helmut, nein, weil er mich zu heftig gegen sie drückte. Mein Gesicht lag im Eierfach und wurde immer flacher. Dann weiß ich nicht mehr genau, wie das alles weiterging. Jedenfalls waren plötzlich alle aus der Wohngemeinschaft da, in ihren Nachtgewändern, barfuß. Susi, die wieder ihr Tigerding trug, hatte Helmut am Kragen, und ich steckte im Schwitzkasten der sanften Rose. Rudolph hatte wieder seine bleiche Freundin bei sich, die in ein Leintuch gewickelt war und uns anstarrte, als tue sie ihren ersten Blick in die Abgründe der Hölle, und die er vor uns schützte, indem er hinter ihr stand und beide Arme um sie hielt. Holger hatte die Kühlschranktür in der Hand. Fritz glotzte. Wir rappelten uns hoch und standen keuchend da, ich gegen den Geschirrschrank gelehnt, Helmut gegen Susi, die nun ihre Arme um seinen Hals geschlungen hatte und schluchzte. Noch eine, die heimlich auf ihn stand? Er jedenfalls streichelte sie geistesabwesend und schob mit den Füßen ein paar Scherben weg. Erst jetzt sah ich, dass auch er barfuß war. Blut überall.

»Was ist denn mit euch los?«, sagte Rose.

»Nichts«, sagte ich, immer noch keuchend. »Eine Meinungsverschiedenheit.« Ich spürte, dass mein linkes Auge auslief, und fasste entsetzt mit der Hand in mein Gesicht. Das auslaufende Auge war ein Ei. Aber weh tat es trotzdem.

»Er ist ein eifersüchtiges Arschloch«, sagte Helmut. »Einer musste es ihm klarmachen.«

Die völlig entnervte Gesellschaft brachte uns zu Bett. Für mich waren Rose, Rudolph und das bleiche Mädchen zuständig. Sie legten mich auf meinen Schragen, deckten mich zu und löschten das Licht. Ich wartete darauf, von Rose und vielleicht sogar von der Bleichen einen Kuss zu bekommen, allerdings vergeblich. Als sie gingen, kam das andere Kommando aus dem

Zimmer von Helmut. Wahrscheinlich hatten sie ihn ans Bett gefesselt, oder Susi hatte sich auf ihn gelegt. So genau wollte ich das nicht wissen und steckte die Gehörstöpsel in meine Ohren. Es tat scheußlich weh. Mein Kopf dröhnte. Ich schlief trotzdem ein und wachte spät am Morgen auf, so spät wie sonst nie. Die Wohnung war totenstill. Sicher waren alle längst bei der Arbeit. Ich presste das Ohr gegen Helmuts Tür, seinen Todesatem zu hören oder das Stöhnen Susis, und hörte stattdessen, wie seine Schreibmaschine klapperte. Er schrieb im Tempo eines Reiters, der einen fröhlichen Morgenritt tut. Das war mir zu viel. Ich sah nicht in die Küche hinein – der Traum, jemand könnte sie aufgeräumt haben, war zu unrealistisch –, packte das Allernotwendigste in die Tasche, mit der ich sonst zum Fitnesstraining ging, und fuhr zum Flughafen. SR 899 blinkte bereits an der Anzeigetafel. Ich kaufte eine Flugkarte – eurocard, *you know* – und sprang als Letzter durch den langen Korridor, der zum Flugzeug führte. Eine rappelvolle DC 10. Keuchend schon wieder saß ich zwischen einer Rucksack-Touristin mit Sommersprossen und einem Mann eingeklemmt, der eher wie ein Goldgräber aussah. Die Maschine hob ab, und ich holte Helmuts Brief hervor. Riss ihn auf und las. Las und las und versuchte zu begreifen, was er da schrieb, und wieso er es auf Englisch tat.

Dann dämmerte ich ein und fuhr jäh in die Höhe, hellwach, denn ich wusste plötzlich wieder, wieso die Mutter damals verschwunden war, verschwinden musste, ohne Abschied. Sie war, überschwemmt von einem unbekannten Unglück, um Mitternacht ins Zimmer Helmuts geschlichen und hatte versucht, ihn mit einem Kissen zu ersticken. Aus irgendeinem Grund war der Vater misstrauisch geworden und hinter ihr dreingegangen, und also stürzte er sich auf die blindverrückte Frau, unter deren wahnsinnigen Händen sich der Sohn wand, versuchte sie, die Bärenkräfte entwickelte, wegzureißen, schrie und brüllte so laut, dass mein Vater im Nebenhaus aus dem Bett sprang, hinüberstürzte und half, die Tobende zu bändigen. Helmut ratlos im Bett sitzend, nach Atem ringend. Während mein Vater telefonierte, stand der Helmuts verloren neben der Mutter, die in einen Stuhl gesunken war, das Gesicht in beiden Händen verborgen hielt und schluchzte. Helmut starrte seine Mörderin an, seine Mutter, sein Liebstes. Es dauerte ewig, bis der Wagen kam. Niemand sprach ein Wort. Das einzige Geräusch während einer Stunde oder so war das leise Weinen der verrückten Frau. Hie und da knurrte Helmuts Vater. Meiner saß neben Helmut, fragte sich, ob er rauchen dürfe, und tat es dann nicht. Ich stand am Fenster, denn nicht das Auto mit den zwei Männern hatte mich geweckt, sondern das Geschrei im Nebenhaus. Ich war es gewesen, der ins Elternschlafzimmer gestürzt war und um Hilfe gerufen hatte. Mein Vater rannte im Pyjama aus dem Haus, während die Mutter mit mir blieb. Meine Mutter hielt mich an sich gedrückt. Endlich kamen sie aus dem Haus, der ganze Festzug, ein Arzt, ein Sanitäter in einem weißen Kittel, die beiden Väter und Helmuts Mutter, die gebückt ging, eine Wolldecke um die Schultern hatte und immer noch weinte. Sie stieg als Erste ins Auto. Helmuts Vater folgte ihr. Dann kam der Arzt. Der Pfleger setzte sich ans Steuer. Es war kein Krankenwagen, sondern ein ziviles Fahrzeug mit einem Holzvergaser. Ein Chevrolet, glaube ich. Auf dem Trottoir blieb mein Vater zurück, dem wegfahrenden Transport nachsehend, als ob er winken wolle. Dann verschwanden die roten Rücklichter. Der Vater sah plötzlich ein bisschen seltsam aus, so allein im Pyjama auf der Straße. Er schien das selber zu bemerken, ging schnell ins andere Haus und kam mit Helmut zurück, der seinen Teddybär unter den Arm geklemmt hatte. Den Teddy oder eventuell seinen Stoffneger, denn wir beide hatten einen Stoffneger, er einen mit einer orangen Jacke und ich einen mit einer grünen. Er kriegte ein Lager auf einer

Matratze neben meinem Bett, und statt zu schlafen, sprachen wir die halbe Nacht hindurch, den Rest dieser furchtbaren Nacht, und glucksten bald vor Lachen.

Die Maschine landete sekundengenau um 06:30 a.m. auf dem Flughafen von Sydney. Ich versuchte an allen Kiosks eine Karte von Australien zu kaufen, vergeblich, und kriegte eine, ohne gefragt zu haben, als ich am AVIS-Schalter ein Auto mietete. *You know,* mastercard. Sie war allerdings eher eine Art Handzeichnung, und Nosucks war natürlich nicht auf ihr verzeichnet. Auch der AVIS-Mann hatte keine Ahnung. Er verwies mich an einen alterslos aussehenden Zwerg, der mit einem Besen und einer Schaufel Zigarettenstummel einsammelte und mein erster Eingeborener wurde. Der erste von diesen seltsamen Aborigines, die aussehen, als habe die Evolutionsgeschichte sie während zwei Millionen Jahren übersehen und sie dann, als sie ihrer inne wurde, hastig in moderne Kleider gesteckt. Der Mann wusste auch nicht, wo Nosucks lag, konnte mir aber auf Anhieb sagen, wo Akwerkepenty wohnte, beziehungsweise sein Herztraum. Er summte mir das Lied vor, dem ich zu folgen hatte. Auf der Karte, der Handzeichnung, fühlte er sich weniger sicher. Drehte sie ratlos hin und her. Aber er konnte mir immerhin die Himmelsrichtung angeben: hinter dem Qantas-Check-in. Ich bedankte mich. Noch so ein Irrer. Fuhr los – ich hatte einen fabrikneuen Datsun gekriegt, der allerdings keine Klimaanlage hatte; aber das bemerkte ich erst später – und wollte zur Berlitz School, weil die dort sicher einen Geographen beschäftigten und weil ich dort vielleicht sonst eine Spur fand. Vielleicht gaben sie mir Marys Geld mit. Aber als ich an einem kleinen Park voller Palmen vorbeifuhr, hörte ich plötzlich, und nicht aus dem Radio!, in mir drin!, die seltsame Melodie, die der graue Zwerg mir vorgesungen hatte. Mal stärker, mal leiser. Ich folgte ihr, die sich allerdings nicht an die Verkehrsadern hielt, so dass ich sie manchmal ganz verlor und auf Querstraßen nach ihr suchen musste, bis ich sie wieder hörte, sekundenschnell, wenn ich über sie hinwegfuhr. Ich brauchte fast den ganzen Tag, um aus der Stadt hinauszukommen. So eine Songline geht quer durch Shopping-Centers und über Friedhöfe. Außerhalb der Stadt wurde es einfacher. Entweder war ich drauf oder nicht. Wenn ich anhielt, dröhnte die Melodie geradezu. Wenn ich allerdings fuhr und Steine gegen das Chassis schlugen, musste ich die Ohren spitzen. Ich fuhr ja kaum einmal auf einer Straße. Nicht einmal auf Feldwegen. Ich rumpelte und schwankte quer durch hohes Kraut, das sich mit einem sanften Rauschen zur Seite neigte. Fuhr in Löcher und kratzte über Steinklötze hinweg. Hie und da stöberte ich einen Vogel Strauß auf, anderes Getier, das in stummer Panik davonstob. Wenn ich zu einer Menschensiedlung gelangte, fragte ich, wen immer ich erwischte, nach meinem Ziel, denn ich hoffte nach wie vor, auf konventionelle Art nach Nosucks zu gelangen. So wie man das bei uns täte. Zuerst auf der N2 und dann rechts ab auf die B46, zum Beispiel. Aber ich erntete stets nur ein Achselzucken. Sogar dass ich quer durch die Kakteen zu ihnen gekommen war, verstörte diese grauen Einsiedler nicht im Geringsten. Sie zeigten mit den Daumen über ihre Schultern hinweg auf die fernen Berge. Bei meinem letzten Halt – in einer grünen Talsenke, mit einer Hütte, um die herum Schweine und Schafe grasten – erklärte mir eine alte Frau endlich, warum Mary und ihr John so hießen, wie sie hießen. Was das bedeutete. Ich stand an meinen Datsun gelehnt, der längst wie die Landschaft um uns herum aussah. Rostrot, zeitlos. Auch ich war rot geworden. Ich hatte ein Zwölferpack Coca-Cola bei mir, das in den Büchsen so sehr kochte, dass die Laschen von selber aufsprangen. Zischende Colafontänen alle paar Minuten. Ich schwitzte Bäche. Nur die alte Frau schien die Hitze überhaupt nicht zu bemerken. Ja, das weitreisende Kind komme zuweilen hier vorbei, sie wohne ja an seinem Weg, und das letzte Mal sei auch seine neue Pu dabei gewesen. Sie gefalle ihr besser als die vor ihr. – Mehr war nicht aus ihr herauszukriegen. – Doch, einmal sei einer wie ich, ein Nicht-Aborigine, vorbeigekommen, zu Fuß allerdings und ohne innezuhalten, und nach vielen Monden sei er in umgekehrter Richtung geschritten, wieder ohne zu grüßen. – Ich fuhr weiter, immer mit der alten Weise in den Ohren. Ich konnte sie kaum mehr ertragen. Das wurde leichter – oder schwerer, wie man's nimmt –, als ein Felsbrocken, den ich übersehen hatte, den Auspufftopf wegschlug, so dass der Datsun fortan wie ein startendes Flugzeug klang. Ich hörte nur noch den Motor und musste alle paar Meter anhalten, um meinen Weg zu orten. Gegen Abend war ich in den Bergen. Das Lied, mein magischer Weg, führte einem Bachbett entlang, in dem das Auto schlingernd vorwärtskroch. Als es dunkel wurde, legte ich mich auf den Rücksitz. Am nächsten Morgen aß ich mein letztes Essen, ein halbes Sandwich und einen Schokoriegel, der, weil er am Tag geschmolzen und in der Nacht wieder hart geworden war, wie ein Kuhfladen aussah. Ich sah mich um. Das Bachbett führte in eine enge, steil aufwärtsführende Schlucht hinein. Sand, Steine, hie und da ein staubiges Gebüsch, das über Abgründen hing. Große Vögel am Himmel, Aasgeier vermutlich. Der Datsun sah aus, als habe jemand, und zwar stundenlang und begeistert, mit einem Vorschlaghammer auf ihn eingeschlagen. Die Melodie war immer noch da. Aber durch die Schlucht kam ich endgültig nicht. Also fuhr ich rückwärts bis fast zur Hütte mit der alten Frau zurück und fand tatsächlich eine Straße, die sogar asphaltiert war und in die Berge hineinführte. Zehntausend Kehren. Ich kam auf eine Passhöhe, von der aus ich ins Gelobte Land auf der andern Seite hinuntersah. Wüste, Wüste, Wüste. Die Melodie war natürlich weg. Ich fuhr bergab – nicht *ein* Auto war mir entgegengekommen – und rumpelte, als ich unten war, erneut in die Steine und Kakteen hinein. Ich musste ja meine Melodie wiederfinden. Obwohl der Motor nun noch lauter war, als explodiere er gleich, hörte ich sie nach wenigen Minuten. Sie dröhnte nun auch. Ich folgte ihr wie ein Pilot, der nicht weiß, wo der Flughafen ist, und in blinder Ergebenheit seine Maschine auf dem Funkstrahl hält. Es war jetzt einfacher. Die Wüste war topfeben. Hie und da ein paar Steine, dann und wann ein Kaktus. Allerdings war die Hitze unerträglich, und ich hatte nur noch eine halbe Cola. Ich glaube, ich bin nie in meinem Leben entsetzter gewesen als in der Sekunde, in der ich merkte, dass ich auch nur noch einen halben Liter Benzin hatte. Das war das Ende, ich wusste es. Fühllos, gottergeben möglicherweise, fuhr ich einfach weiter. Über mir ganze Geierhorden. Natürlich stotterte der Motor bald einmal, hustete, blieb stehen. Mit ihm das ganze Auto. Wie zum Hohn hörte ich das Lied. Ich stieg aus und warf die Tür mit einem solchen Schwung hinter mir zu, dass sie abbrach und in den Sand schepperte. Ging zu Fuß weiter. Als ich mich nach ein paar hundert Metern umdrehte, sah das Auto wie eine natürliche Erhebung aus. Wie ein Meteorit. Ich schlurfte weiter, immer durstiger, immer erschöpfter. Die Vögel landeten jetzt und sahen mich an. Endlich kam ich auf eine Straße – die, auf der ich die Berge überquert hatte – und folgte ihr, denn das tat auch mein Lied. Johns Lied. Straße und Lied führten zu ein paar Häusern hin, die wie eine Fata Morgana in der Urzeitlandschaft standen. Ein rostiges Schild sagte mir, dass ich in Nosucks war. Die Melodie brauste rings um mich hoch wie eine Flutwelle und verebbte. Aus. Ich taumelte in einer ganz neuen Stille auf eine Bude zu, die neben einer Benzinzapfsäule stand, schob die Tür auf und sank auf den einzigen Hocker, der darin stand. Sterne tanzten vor meinen Augen. »Jemand da?«, krächzte ich.

»Was kann ich für Sie tun?«, sagte eine Stimme, die mir so vertraut war, deren Klang mir so durch Herz und Seele fuhr, dass ich vom Hocker sprang und mich an einer Säule festhalten musste, die das Dach des Hauses stützte. Ein Schatten tauchte hinter der Theke auf, hinter der er irgendetwas gekramt hatte. Ich zwinkerte, um die schrecklichen Sterne zu vertreiben.

»Mary?«, krächzte ich.

»Bitte?«

»Mary! Erkennst du mich nicht?«

Sie beugte sich vor, bis ihr Gesicht so nahe an meinem war, dass ich sie, besternt zwar, sah. Ihre Augen wurden groß und größer, und ihr Mund stand offen. »Du?!«, sagte sie schließlich. »Was tust *du* hier?«

»Helmut hat dir einen Brief geschrieben«, sagte ich, versuchte ich zu sagen.

»Wir kriegen keine Post hier. Nie.«

»Ich habe ihn in der Tasche«, flüsterte ich. Dann fiel ich in Ohnmacht. Als ich wieder aufwachte, war ich in einem andern Raum – im Wohnhaus drüben – und lag in Marys Schoß. Ihr Gesicht über mir, besorgt. Sie hatte ein nasses Tuch in der Hand, mit dem sie mir über die Stirn strich. Ein Ventilator drehte sich über mir, so dass es beinah kühl war. Ich stöhnte. Mary hielt einen Finger auf ihre Lippen und gab mir zu trinken. Stützte meinen Kopf. Ich trank und trank, Liter, Gallonen, den ganzen Wasservorrat vermutlich. Endlich saß ich schnaubend da. Mary hatte die Haare zurückgebunden wie eine Bäuerin in den alten Zeiten, trug einen Blaumann und Sandalen an den bloßen Füßen. Sie sah mich sanft an, ernst.

»Geht's wieder?«

Ich setzte mich auf und holte tief Luft. »Wie konntest du Helmut das antun?«, rief ich dann. »Er ist todunglücklich. Er kann nicht leben ohne dich. Lies seinen Brief.«

Ich kramte ihn aus meiner Hosentasche hervor. Sie faltete ihn auseinander, ohne Hast. Las und las. Es war still. Ich hörte nur das Rascheln des Luftpostpapiers, auf das Helmut seine Liebesklage geschrieben hatte, und weit weg ein Hämmern, unregelmäßige Schläge. Eine Fliege surrte gegen die Scheibe des Fensters, obwohl es offen stand. Das Zimmer war klein, mit einer niedern Decke, Holzwänden. Ein Tisch mit vier Stühlen, ein Schrank, ein Regal mit ein paar Büchern. Vor dem Fenster eine Veranda, auf ihr ein Schaukelstuhl oder vielleicht eine Hängematte. Korbsessel. Mary sah hübsch aus, anders als früher. Ich sah sie an, ihre Wangen, die die Sonne so braun gebrannt hatte, dass die Sommersprossen weg waren. Endlich faltete sie den Brief zusammen und gab ihn mir zurück.

»Ich liebe Akwerkepenty«, sagte sie. »John.«

»Du liebst John, du liebst John«, brüllte ich, sofort wieder erregt. »Helmut läuft mit roten Augen im Haus herum und schlägt den Kopf gegen die Wände! Stundenlang steht er am Fenster und schaut auf die Straße, ob du zurückkommst!«

»Ich komme nicht zurück.«

»Ich liebe sie«, sagte eine Stimme von der Tür her. »Sie ist meine Pu.«

John stand dort, Akwerkepenty, klein, grau, mit einem Hammer in der Hand. Er hatte Lippen wie Autoreifen, eine platte Nase und große runde Augen. Auch er trug so ein blaues Drillichzeug. Er lächelte mich an.

»Sie lieben sie!«, rief ich womöglich noch lauter. »Natürlich lieben Sie sie. Jeder liebt sie. Es gibt welche, die haben viel ältere Rechte, das will ich Ihnen nur mal sagen.«

»Warum schreien Sie so?«, sagte John, immer noch lächelnd. Und zu Mary: »Ist er immer so laut?«

Mary schüttelte den Kopf. »Nicht immer. Aber oft.«

»So??«, schrie ich. »Ich bin also laut? Ich bin dir also zu laut??

Der da« – ich wies auf John, Akwerkepenty – »ist also leiser. Du magst die Leisen, was?«

Ich schnellte in die Höhe, nicht mehr Herr meiner selbst, und da Marys Liebhaber vor der Tür stand, mit einem Hammer in der Hand zudem, sprang ich durchs offene Fenster hinaus auf die Veranda, ging eine Treppe hinunter und machte mich auf den Rückweg, ohne mich noch einmal umzusehen. Gleich auch hörte ich die Melodie wieder, umgekehrt diesmal. Von hinten her. Auch so ergab sich eine sangbare Tonfolge. Ich schritt mit der Wut dessen aus, der nicht weiß, warum er so wütend ist. Helmut so zu behandeln, nachdem man so einen Brief bekommen hat! Als ich an der Stelle war, wo meine Songline die Straße verließ, hörte ich ein Geräusch hinter mir und drehte mich um. Ein Abschleppfahrzeug kam näher, am Steuer John. Wer sonst. Er hielt, stieß die Tür auf, und ich stieg ein. Ja. Ich setzte mich neben ihn, einfach so, und wir fuhren über Stock und Stein bis zum Datsun. Keiner sagte ein Wort. John stieg aus, hängte mein Wrack mit der Routine eines Profis an den Abschlepphaken, und nach ein paar Minuten waren wir in Nosucks zurück. Immer noch ohne ein Wort zu sagen, aber nicht unfreundlich, füllte John meinen Tank sowie einen Kanister, den er auf den Rücksitz stellte. Dann gab er mir einen Klaps auf den Rücken. »Have a good trip!«

Er schlurfte zum Wohnhaus hinüber und verschwand in der Tür. Ich stand regungslos neben dem Auto. Kein Laut jetzt, nirgendwo. Nach ein paar Minuten kam ein Hund aus einer Scheune oder Garage aus Wellblech getrottet, die hinter dem Haus stand. Er schnüffelte an ein paar zerfetzten Autoreifen herum und sah zu mir herüber. Ich seufzte, setzte mich ans Steuer und ließ den Motor an. Der Hund schnellte, alle viere gleichzeitig von sich streckend, in die Höhe und sauste in die Scheune zurück. Als ich mit einem Kavaliersstart anfuhr, ging die Tür des Hauses wieder auf. Mary. Sie trug jetzt einen Rock, oder trügt mich da meine Erinnerung? Einen langen Rock und ein Häubchen auf den Haaren? Jedenfalls machte sie mir ein Zeichen, und ich stoppte mit quietschenden Reifen. Sie kam zu meiner abgefallenen Tür und gab mir einen Korb, in dem eine Thermosflasche und Esswaren lagen. Früchte, Brot. Sie lächelte – um Worte zu wechseln, dröhnte der Motor zu laut – und deutete einen Kuss an. Drehte sich um, stieg die kleine Treppe hoch und verschwand. Uff. Ich startete ein zweites Mal. Diesmal blieb ich auf der Straße und fuhr zügig. Genoss die Fahrt mit der Zeit sogar regelrecht. Ich stellte das Radio an und hörte sehr laut irgendetwas Poppiges. Auf der Passhöhe hielt ich und veranstaltete ein Picknick mit mir selber. Trank kühlen Tee aus der Thermosflasche und sah in die Wüste hinunter, in diese Ewigkeit aus Sand, in der irgendwo im Dunst Mary und John sich genau jetzt vielleicht leidenschaftlich liebten, sich schweißüberströmt wälzend, jetzt, wo ich weg war und auch kein anderer Kunde weit und breit.

Ich gab den Datsun zurück, und sowohl der AVIS-Mann als auch ich taten so, als sei alles in bester Ordnung. Als ich das Flughafengebäude betrat, war SR 898 einsteigebereit. Was sonst. Platz gab's auch. Müde und erschöpft, zufrieden mit mir selbst, saß ich im Flugzeug und wurde mir erst bewusst, wie ich aussah, als ich einmal aufs Klo ging und mich im Spiegel sah. Ich sah aus wie John und wusch mich, so gut es ging. Aß dann das wunderbare Essen und hörte zweimal hintereinander das klassische Programm im Kopfhörer, die ganze *Salome* von Richard Strauss und geistliche Musik des 17. Jahrhunderts. Wir landeten früh am Morgen in Zürich, und ich wäre zum Frühstück in der Wohngemeinschaft zurück gewesen, wenn mir die Flughafenpolizei nicht Löcher in den Bauch gefragt hätte, wo ich gewesen sei und wieso. Zu Hause kein Mensch. Aber die Küche war aufgeräumt. Die Kühlschranktür war repariert. Sogar Bier stand da. Ich öffnete eine Flasche, obwohl ich sonst am Morgen nichts trinke.

Aber mein Kopf, mein Herz, meine Leber waren noch auf der andern Seite der Erdkugel, wo es jetzt glühend heiß war, nicht neblig wie hier bei uns.

Nach ein paar Minuten hörte ich Schritte. Helmut erschien unter der Tür und sah mich an. Er trug eine zerbeulte Hose und ein T-Shirt. Alles in allem sah er wieder zivilisiert aus, nicht mehr so verstört. »Bisschen rumgereist, was?«, sagte er.

»Genau.«

»Wir haben uns Sorgen gemacht.«

»Ah ja?«

»Ja. – War's schön?«

»Doch«, sagte ich. »Ja.«

Er sah mich nachdenklich an. »Ein Monster«, sagte er. »Du bist ein Monster.«

Während er in sein Zimmer zurückschlurfte, begann er eine Melodie zu pfeifen, die ich nach einiger Zeit erkannte. Ich ging ins Bad, duschen, und als das Wasser über mich strömte, pfiff ich das Lied auch, diesen Song der Erde. Ich sang sogar. Dann legte ich mich auf meine Matratze und schlief noch eine Runde.

Yes, Mary, I had my fat Hildegard and the lovable stewardess, and quite a number of others whom I did not have either. But there was one woman with whom I made love, Mary. Trust me! I swear it to you! I am almost a monk, I know – without her, in fact, Winston Churchill's victory-sign would be sufficient to number the successful copulations of my life –, but chastity is not the goal of my existence. Never was. Not at all. Chastity just happens to me, as you know best, like a malediction. – The name of the woman who shared my life in Rome was Eva. I hated her day and night, during all those months. – Hated her, do you hear me? – She was a member of the agency which organized trips for students from all over the world. I first saw her one early morning in the lobby of a cheap hotel where I tried to discuss a bill with the manager who had charged for two rooms which had never been occupied. A group of young tourists were waiting around me for something or somebody, making considerable noise, and the somebody or something they had waited for was Eva, of course. I saw her come in and had plenty of time to observe her, because the manager, exhausted by my insistance, had vanished to get some advice from his wife, or perhaps he had retired into the water-closet where he was sitting, trousers on his feet, praying to God to inspire him. Be that as it may, the door opened, and a woman stormed in like a tornado, Eva, as I learned later, looking like Punch or Judy, small, thin and as wiry as a goat, running here and there, speaking all the time with a high, yelling voice, exactly the kind of woman I never could stand. She became my mistress, not at this very moment, but two days later. During our first meeting she never looked over to me who was leaning at the desk of the hotel-reception. She just hopped around like a wounded rabbit. Then the manager came back, and Eva loaded her herd into a bus. She was the guide of the agency and knew Rome better than anybody else; its touristic aspects, I mean. I came to an agreement with the manager – a clear defeat for me, by the way – and went home or up to the Pincio. I forgot her. But then I met her again in front of Michelangelo's David. She explained the artistic value of the biblical dwarf who had become a giant thanks to Michelangelo to the same young people whom I had met in the hotel. No kidding: I hated her from the very beginning. Her horrible voice again! This time she interrupted her speech, rushed over to me and told me that I was the best collaborator of the agency – let me laugh! – and that she was going with this group of ignorant idiots by bus to Ostia right now, and whether I would come with her? I accepted. So I sat in the front seat of the bus, between the driver and her, very close to her, because the seat, the one with the microphone, was meant for one single person. In the pauses between her messages she switched off the mike and told me her life, for the first time, because she would do it plenty of times again during the following weeks or months. We arrived at Ostia, and while the students took their swim in the blue sea, we sat in a little bar and drank white wine which was probably the initial mistake, for, when we were back in Rome and the students had gone to bed, I was not sober any more, but rather excited and out of my mind. I took her home, and we fucked like idiots. I behaved like a madman, moved in and out like the never ending story, like a perpetuum mobile in flesh and blood, and made a noise like the Andrea Doria while she tried to find her way through the fog of the Mediterranean Sea. Eva jumped around like a puppet, sang like Leda as she felt the swan in her but looked nevertheless like a victim, a victim who loved to be pushed around. After hours of love, of hate, I stood up finally, put my trousers and my shirt on, and she smiled with a face which asked me if she had behaved the way I liked it. Whether she had been the perfect lover. I did not let her stay for the rest of the night, and I did not see her home. She kissed me goodbye with passion and stood in front of my door next morning at seven o'clock, scratching against it, begging me to let her in. I was still asleep of course. There she came in, with a cake in her hands, and we made love again. Can you explain this to me? I made love with her every day, or shall I say, I made hate? I hated her and myself after we had made love, every time; I ran around fully dressed, she lay naked on the couch for hours, her legs wide open without any shame. – Sometimes I told her to clean the kitchen and stood behind her and angrily pointed out the dirty spots left which she cleaned a second time, full of devotion. – Then she went back to the couch. – She told me that she had told her psychiatrist how terrific I was, that I was the best lover she had ever had, much better than her husband who had left her years ago. That I made her happy every time, that I had shown her the way through all heavens of love, beginning with the first and not ending with the seventh, and that I had a prick, the beauty, strength and size of which the psychiatrist, though an experienced man, couldn't possibly imagine. That I had brought health back to her, and the warm feeling of life. – She also told the psychiatrist that I was a writer, that I was going to be a poet, and that she was sure that I would become very famous one day. – I had never shown her a word of my writing. I had not even mentioned it. – The only other person to whom she spoke during our common time was her mother, her dear mother, whom I had the luck and the chance of meeting only once. She lived with her mom. They did everything together, except make love to me. Her mom was as crazy as she was, lived in a flat full of old furniture, carpets and birds in cages. An immobile parrot who looked dead but was not. Not totally, I mean. The daughter sped through the rooms of the flat, while I stood with her mother, the spitting image of her daughter even as to age, just with more paint on her. She did not ask me to sit down. So I stood with her between the cages and other knick-knacks and said that she had nice little birdies, and she answered me, that she could not stand them any more. That she hated them. All this noise the whole day, and the amount of shit she had to clean up. I nodded. If she saw it that way, why not. But I had not the right to agree, and she got angry. Treated me as a tormentor of animals. So I felt truly released when Eva came back, and out we went in the sun of the ancient world capital. Davvero, *wasn't she splendid,* la mamma? *Yes, I said. Eva took my hand and jumped around like a little girl. – It is a wonder that I did not kill her. – Things like this happen, Mary! I love you, Mary! A man whom I knew rather well was planning to leave for a holiday and was packing up a trunk in his living-room, and his wife came in and asked him if he had seen the scissors, and he took a fire-hook and hit her on the head ten or twenty times. After that he took the trunk and went to the railway station to mail it. He drank a coffee in a bar and went home, crying »Amanda?« and »Where are you?« throughout the empty house. He was a professor of German language and literature at the University of Zurich, and he wondered for some days why his wife had disappeared. Then he went to an examination, and while the student desperately explained the effects of the medieval* Lautverschiebung, *he began to cry. Cried and cried, but still did not know why he was crying so passionately. – A woman whom I knew fairly well too fell in love with a good-looking man who worked in the same firm, and they went out one evening, and weeks later a jogging couple found her in the woods, without her head. – My affair ended like this: I finally had bought a Vespa like everybody and had started to make long excursions through the Roman landscape. I loved my Vespa very very much, but Eva of course did not have any consideration for my passion and came with us all the time. My Vespa was an old vehicle, green-metallic, noisy, the joy of my heart. It had such lousy brakes that I had to ponder the traffic in front of me like a prophet. When I rode on it, I nearly believed in life again. We went to the beach and lay between downs and beach grass, not naked of course, because Italy as a whole and little big Eva privately were deeply catholic in those days; but also because there was a well-known peeper wandering around. Nevertheless we made love once, hastily, wallowing in sand and little flies. In her extasy Eva cried: »Marry me!«, and I shouted: »Yes! Yes!« When we were back on earth, there was no peeper, no adult peeper at least, but two little boys with a red ball and wide open eyes. On our way home I stopped the Vespa with a sudden inspiration near Via Veneto and told Eva to get off. She did so, with an astonished face and some grains of sand on the tip of her nose, and I drove on without saying a word. I never saw her again. I heard her the next morning knocking at the door, calling my name. »Ell-mut!« I succeeded in leaving the house with all my belongings through the window. Probably she is still standing there, without an explanation for my treachery. I went to the railway station, bought a ticket to Zurich and left for ever the most beautiful city I have ever seen.*[6]

⁶ In Helmuts beiden Büchern gibt es überhaupt keine Liebesgeschichten, oder wenn, dann in Nebensätzen, in blitzlichtartigen Einschüben. Aber dann verläuft alles normal, Mann auf Frau, Frau auf Mann. Was stimmt denn nun? – Helmut war kein Erzähler. In seinem ersten Buch zum Beispiel sind alle Kapitel gleich lang, auf den Buchstaben genau. Die Häufigkeit der Buchstaben ist so verteilt, dass im ersten Sechsundzwanzigstel – falls das Alphabet sechsundzwanzig Buchstaben hat – das A dominiert, dann, im zweiten Sechsundzwanzigstel, das B und so weiter. Man würde das im Übrigen nicht bemerken, würde er bei Q, X und Y nicht mogeln und ihre Frequenz dadurch erhöhen, dass er Wörter erfindet, die es gar nicht gibt. »Ich ying zum Bahnhof.« – Na ja. – Inhalt hat das Buch eigentlich keinen. Ein Mann sitzt am Fenster und sieht hinaus, aber es könnte durchaus sein, dass das Fensterglas so sehr spiegelt, dass er stets nur sich und den Raum sähe, in dem er sitzt. So wäre auch die Frau draußen, in die er sich verliebt, er selber. – Das zweite Buch sieht auf den ersten Blick konventioneller als das erste aus. Es heißt seltsamerweise *Lolita*, hat aber einen gänzlich anderen, viel bizarreren Inhalt als Vladimir Nabokovs Geschichte einer verzehrenden Leidenschaft und erweist sich auf den zweiten Blick dennoch als eine wörtliche Übersetzung dieses Mammutwerks, eine allerdings, die mit Bedacht für jedes Wort, das in Helmuts Wörterbuch – einem Muret-Sanders von 1911 – über zwei oder mehr Bedeutungen verfügt, die unmöglichste auswählt. So kommt ein Text zustande, in dem nur noch die Eigennamen an das Original erinnern. Und auch sie nicht alle, denn Charlotte Haze, die arme Mama, wird obstinat, Helmuts Dictionnaire gemäß, Apfeltorte genannt. Vorname Apfeltorte, Nachname Nebel. – Natürlich wird das Ganze dadurch noch komplizierter, dass ja auch Nabokov nicht Englisch konnte und die Wörter seinerseits im Wörterbuch suchte. So hatte er, russisch denkend, vielleicht genau das

schreiben wollen, was Helmut aus dem Englischen ins Deutsche übersetzte. – Sein Schicksal hatte ihn allzu gewaltsam, allzu jäh gezwungen, eine fremde Sprache sprechen zu müssen. – Helmuts Manuskripte waren im Übrigen unfassbar sauber geschrieben. Kein Fehler, nichts. Dabei herrschte in seinem wirklichen Leben das denkbar größte Chaos. Sein Zimmer sah immer so aus, als habe gerade eben eine Bombe eingeschlagen. Papiere überall, Unterhosen, Bierflaschen. – Nach seinem Tod brauchte ich Stunden, bis ich das Papierdurcheinander – Hunderte von engbeschriebenen Seiten! – aufgeräumt hatte. Alle Schubladen voll. Sein Müll ergab sieben prall gefüllte Säcke!

My lovable Mary. This is the end. I am now going to finish my letter to you. My poor confessions, devoted to your eyes only, to nobody else's, written in a language which is not mine, so that I sometimes did not know whether I really said what I meant. Yes. But on the other hand it was much easier to tell you the pains of my heart in your tongue which I speak a little and do not really feel with certainty at all. I shall stop writing now. Although I use this nearly invisible and weightless airmail paper, the envelope around it will be covered with stamps. – Of course I want you to come back. I have always wanted you back. But Mary. Listen to me. Stay where you are, please, Mary. I know, how silly the expression »I never made you happy« sounds, but I did not make you happy. And others did not either. My time is not made for you. My place is not a place for you. I am not the man for you, and all those around me aren't the men for you. When I saw you with Akwerkepenty whose Pu you are, whose dream of heart you have the incredible luck of being, I saw in your face, what happiness is. I did not want to disturb you. That's why I just walked away, two thousand five hundred miles back through a stony desert, over waterless mountains. Well, you are safe now. I will not come back. And who else could be as crazy as to follow the line of your song right up to your house? Intrude into your world, speak to you, remind you by his simple presence of the world you left for good? Only a monster could do that. Stay. Breathe the air. Listen to the silence. Feel the streams of sweat on your skin. Look to the rising sun in the early mornings. Look up to the burning sky at noon. Enjoy the evenings, when the mountains, far away, are blue. Sit in your rocking chair. Read a book now and then, but none of mine. You know: one of those pocketbook bestsellers with giant titles in pure gold. Never read a newspaper. Never read a letter. – That was it. – Yours Helmut.

P. S. Längst reiten die Reiter dem Horizont entlang und speien Flammen. Turmhohe Pferde mit glühenden Augen, hochgeworfenen Hufen, Schweifen wie Funkenfahnen, Feueratem. Trompeten dröhnen. Straßen, Plätze, steile Felshänge gar sind voller Menschen, die sich aneinanderklammern, die sich fortstoßen. Wer stürzt, ist vergessen. Längst gehen alle auf toten Körpern. In den Fenstern der Häuser: Köpfe mit weit aufgerissenen Mündern, zum Himmel flehende Arme, Leiber, gestoßen von denen in den Zimmern, Männer, Frauen, die sich an Haaren und Hälsen festklammern, mit über dem Abgrund zappelnden Beinen, die endlich auf die stürzen, die unten zur Tür hineindrängen, ein paar von ihnen erschlagend. Aus Estrichen schießen welche mit ihren letzten Patronen. Trotzdem wollen alle die Treppen hinauf. Ein Papst, kein echter vielleicht, grässlich, uralt mit vor Wahnsinn glühenden Augen, sitzt auf den Schultern eines letzten Gläubigen, der ihn trägt, ihm Mut zuruft und versucht, ihn in die Schusslinie der Heckenschützen zu drehen. Aber der Papst dirigiert schreiend die Pferde, die galoppierenden Engel. Hierher! Er wird von einem Huf getroffen, und der Träger setzt sich, brüllend vor Glück, seinen blutbespritzten Hut auf. Längst haben die Reiter den Horizont verlassen und sind bei uns, über uns, donnern in immer neuen Anläufen über uns hinweg. Zerschlagene Schädel. Mehrmals streift mich ein heißer Atem. Ich dränge vorwärts, zurück, weiß nicht, wohin. Einmal noch schreie ich: »Ich bin's! Ich!« – Es sind Hunderttausende von Reitern. Oh, auch so ein Pferd zu haben. Oh, auch so reiten zu können. Wie viele Kriege habe ich nicht geführt. Ganze Wüsteneien zerschlagen. Nie hätte ich gedacht, dass ich mein eigenes Opfer werden könnte. – Da kommt so ein Pferd. Es stürmt direkt auf mich zu. Der Reiter, eine Frau mit Feuerblicken, hat es auf mich abgesehen. Sie dröhnt näher und näher, schreiend, mich blendend, riesengroß. Nun ist ihr glühender Schatten über mir. Sie hält ein Kissen, ein Kissen aus Feuer, und presst es mir, rasend vorbeireitend, auf den Mund. Ich atme die Flammen. Zu Tode entsetzt? Begeistert? Plötzlich jedenfalls sitze ich auch auf so einem Pferd. Jage hinter der Schrecklichen drein.[7]

[7] Eigentlich fing jener Abend, der so tragisch endete, ganz gemütlich an, nicht anders als viele andere Abende. Ich hatte den Nachmittag über in meinem Zimmer gesessen und mit einem

Dramaturgen des Schauspielhauses die erste Fassung meines Stücks diskutiert, das inzwischen *Die Erbin* hieß und dessen Sprache, Aufbau und Inhalt meinem Gesprächspartner nicht einleuchteten. Er schwitzte Bäche, ging im Zimmer hin und her und meinte schließlich, vielleicht könnten wir die Sache noch irgendwie hinbiegen, wenn wir aus der Erbin einen Mann machten und den Verlobten opferten. Den zweiten Akt sollten wir, glaube er, ganz streichen. Mit einem neugeschriebenen Schluss könnte es dann vielleicht hinhauen. Ich nickte, auch schweißüberströmt inzwischen, und ebenfalls hin und her gehend. Wir schieden höflich voneinander, aber ich musste mich zusammennehmen, ihn nicht die Treppe hinunterzutreten, während er vor mir zur Haustür ging. – Als ich dann das gemeinsame Nachtessen kochte – turnusgemäß war ich dran –, hörte ich Holger auf der Posaune spielen. Klagende Oktavsprünge. Auch er war ein bisschen aus den Fugen, offenkundig. – Ich kochte Spaghetti, was alle von uns taten, wenn sie an der Reihe waren und keine Lust hatten, sich anzustrengen: so dass wir stets nur Spaghetti aßen. Immerhin motzte ich meine dadurch auf, dass ich in die fixfertig gekaufte Tomatensauce einen tüchtigen Schuss Kirsch hineintat. Der Sherry, den ich eigentlich hatte nehmen wollen, war weg. Nur noch die leere Flasche stand da. Offenkundig hatten ihn die sanfte Rose und der erste Mann, den sie jemals zu sich hochgenommen hatte, am Vorabend zusammen ausgetrunken. Durch die geschlossene Tür hatte er wie ein gemütlicher Bär geklungen, der laut lachte und tatsächlich die ganze Nacht bei ihr blieb. Ich sah ihn zwar auch am nächsten Morgen nicht, aber Rose, die in einen rosa Bademantel gehüllt aus dem Klo kam, war ein paar Jahrzehnte jünger geworden.

»Essen fertig!«, rief ich und stellte neben jeden Teller ein Glas. Während ich eine dieser bauchigen Zwei-Liter-Chianti-Flaschen aufzukriegen versuchte, kamen alle die, die ich inzwischen so sehr vermisse, aus ihren Löchern: Rose, die als Erste auftauchte, war so schnell, dass sie saß, bevor ich den Korkenzieher an den Flaschenhals gehoben hatte. Sie hatte Gabel und Messer mit beiden Fäusten gepackt und spähte mit leuchtenden Augen, was es denn heute Köstliches zu essen gebe. Dafür war Suse umso schlechter gelaunt. Wahrscheinlich hatte ihr Chef ihr wieder einmal, wie so oft, klargemacht, dass in der Werbebranche nur die Leistung zähle. Leistung, Leistung. Sie hatte jedenfalls nicht einmal die Kraft gefunden, ihren Regenmantel auszuziehen, und glotzte apathisch vor sich hin. Holger kam mit der Posaune in der Hand. Fritz, der Student, war käsig wie immer. Er stand kurz vor dem Abschluss eines Wirtschaftsstudiums, wie alle Jahre wieder. Auch er wirkte dumpf, riss aber immerhin das Weinglas, das ich ihm gefüllt hatte, mit beträchtlicher Lebensgier an sich. Rudolph war für einmal ohne seine blasse Geliebte. Er legte ein zerfleddertes Rollenbuch neben seinen Teller, weil er den Othello lernte, den er im Sommer bei den Bodenseefestspielen geben sollte. Geschminkt war er aber noch nicht. Helmut kam als Letzter. Aus seinem Zimmer war in den letzten Wochen ununterbrochenes Maschinengeklapper zu hören gewesen, das erst am Morgen jenes Tags aufgehört hatte. Totenstille seither. Was hatte er den ganzen Tag über getrieben? Er setzte sich, trank einen Schluck und bleckte Suse mit weißen Zähnen an.

»Grins mich an«, sagte Rose, die auf seiner andern Seite saß. »Sie hat heute die Nestlé-Werbung in den Sand gesetzt.«

»Oh«, sagte Helmut und grinste nicht mehr.

»Hab ich nicht«, fauchte Suse und schob den Spaghettiteller in die Mitte des Tischs. Sie nahm einen der Trinkhalme, mit denen Fritz sonst seine Milk-Shakes schlürfte, und zerbrach ihn.

»Was macht die Liebe?«, sagte Helmut und wandte sich seiner andern Nachbarin zu.

»Just great«, antwortete Rose strahlend. »The best of the best.«

»Ich weiß«, sagte Helmut. Beide hoben die Gläser und prosteten sich zu.

»Könnt ihr nicht von was anderem reden?«, rief Suse und rannte in ihr Zimmer.

»Können wir«, sagte Helmut, aber so leise, dass Suse ihn nicht hören konnte.

Wir aßen schweigend. Die Spaghetti schmeckten, wie sie schmeckten. Wir hatten uns abgewöhnt, das Essen der andern zur Sau zu machen, und so kam auch ich glimpflich weg. Keiner machte irgendeine Bemerkung. Die Idee mit dem Kirsch war nicht gut gewesen. Ich trank zwei Gläser Chianti, um dem üblen Geschmack ein bisschen abzuhelfen. Endlich fragte ich Helmut: »Hast du das Schreiben aufgegeben?«

»Wieso?«

»Ich höre dich nicht mehr.«

»Ich wusste nicht, dass du dich für Literatur interessierst«, murmelte er und schob eine übervolle Gabel Spaghetti in den Mund. Nun war sein Teller leer. Er kaute. »Ich habe einen Computer gekauft.«

»Einen was??«

»Einen Macintosh.«

Ich starrte ihn verständnislos an und trank mein Glas aus. Draußen knatterte der Rettungshelikopter zum nahen Spital. Da ich einen Nachtisch vorbereitet hatte – Vanilleeis und Schokocreme –, stellten alle das schmutzige Geschirr in die Spüle, holten sich neue Teller und lehnten sich erwartungsvoll zurück. Fritz rauchte. Rose lächelte still vor sich hin. Holger hatte seine Finger an der Posaune und schien etwas mit ihr vorzuhaben. Rudolph murmelte seine Rolle vor sich hin und schielte zuweilen auf sein Papier. Helmut sah mir interessiert zu, wie ich die Schokoladencremebüchse öffnete und die Eiskugeln verteilte.

»Suse!«, rief ich. »Nachtisch!«

Wider Erwarten ging tatsächlich die Tür ihres Zimmers auf, und sie trat heraus, in den vertrauten Tiger verwandelt. Wahrscheinlich hatte ihr nur ihre Nachthaut gefehlt. Sie schien viel gefasster und lächelte sogar Helmut an, der sofort zurückgrinste. Das kannte ich. Wenn er so war, schrieb er etwas, wovon er zu niemandem ein Sterbenswörtchen sagte, von dem er aber dachte, dass es verflixt gut war. Nach dem Abschluss der Arbeit allerdings legte er sie irgendwohin weg. Sie schien ihm dann doch nicht ganz geglückt zu sein.

»Du hast einen Computer gekauft?«, sagte ich. »Wieso denn das?«

»Kannst deine Ohrenstöpsel wegwerfen«, sagte Helmut. »Hörst mich nicht mehr.«

»Red keinen Blödsinn.«

»Ich speichere das ganze Zeug, das sich bei mir angesammelt hat, auf Disketten. Morgen fang ich an. Wenn ich dann tot bin, ist mein Gesamtwerk auf einem winzig kleinen Plastikding verstaut, und mein Verleger stopft es in seinen Mac und druckt alles aus. Zweiundzwanzig Bände in Halbleder.«

Wir aßen wieder, stumm, und ich öffnete eine zweite Chiantiflasche. Für sieben Kehlen sind zwei Liter nicht viel. Rose begann von ihrem Freund zu schwärmen, immer begeisterter, so dass es eine wahre Freude war, ihr zuzuhören. Wir strahlten sie an, als seien wir alle zusammen in ihren Prachtbrocken verliebt. Er hieß Knut, war ein Norweger und arbeitete bei einer Bank. Er war eben von einem Besuch aus seiner Heimat zurückgekommen und hatte einen Lachs mitgebracht, den eine Tante in einem nördlichen Fjord gezüchtet hatte. Den hatten die zwei am Abend zuvor in unserer Küche verschlungen, nachdem sie zuerst den ganzen Sherry geleert hatten. Knut hatte die Absicht, seine Bank zu verlassen und hier, bei uns, auch so eine Fischzucht aufzumachen, vielleicht nicht mit Lachsen, aber mit Egli und Felchen.

Mit Lachsforellen. Rose sollte ihm helfen, und an jenem Abend wenigstens schien sie geneigt, das zu tun. – Dann war auch Suse so weit, von ihrem Flop zu sprechen. Das war nämlich gar keiner, jedenfalls nicht ihrer, und der Chef hatte kein Recht, ihr alle Schuld in die Schuhe zu schieben, und wusste das auch. Wahrscheinlich wälzte er sich jetzt schon, in diesem Moment, unbehaglich im Bett oder auf einem Barhocker, was immer er gerade tat, und dachte, dass er ein Ungeheuer sei und morgen Suses Gehalt erhöhen werde. – Er hatte ihr unverhohlen mit der Kündigung gedroht, mit der fristlosen sogar. – »Leistung!«, rief Suse. »Dass ich nicht lache! Seine Leistung ist, täglich eine Flasche Cognac zu verdrücken, ohne dass die Kunden das merken.« – Die Agentur hatte eine neue Kampagne bis zur Produktionsreife entwickelt, für Nestlé eben, bei der weder das Produkt noch der Name des Herstellers jemals gezeigt oder genannt wurde. Das war gerade der letzte Schrei, und keine Agentur von Rang machte etwas anderes. Es ging um Babymilch. Suse hatte einen Pilotfilm gedreht, in dem eine ausgemergelte schwarze Mutter ihrem Kleinen, das nur aus Haut und Knochen bestand, die Brust gab. Ringsum gelber Staub, Zelte, apathisch herumstehende Kinder. Ja, wo jetzt der Assoziationsblitz sei? Suse konnte es auch nicht so genau sagen. – Dann sprach Rudolph einige Seiten Shakespeare, verwandelte sich augenrollend in den rasenden Othello und verfiel unversehens in den Monolog des Brutus, des Tyrannenmörders, den er kurze Zeit zuvor am Zimmertheater Tübingen gespielt hatte. – Wir lachten sehr. – Ja, sogar Fritz, der Student, ließ sich von unserer guten Laune anstecken und berichtete leise und stockend vom Vorbereitungsstand seiner Abschlussprüfung, und natürlich kam heraus, dass er gar nichts getan hatte, absolut nichts, und dass er sich genauso gut, statt in Ökonomie, in Ethnopsychoanalyse oder Sanskrit prüfen lassen konnte.

»Ich kann nicht ohne Mary sein!«, hörte ich mich plötzlich rufen. Es klang, als sei ich weit weg, fern auf einem im Meer treibenden Floß, verzweifelt zum Ufer hin brüllend.

»Mary! Mary!«

Ich brach in Tränen aus, schluchzte, heulte, schrie, schlug mit meinen Fäusten gegen den Schädel und mit diesem gegen die Tischplatte. Ein solcher Wasserstrom brach aus mir heraus, dass Hände, Arme, Knie triefend nass wurden und ich die Welt wie aus einem durch einen Sturzregen rasenden Auto ohne Scheibenwischer wahrnahm. Ein Unglück, das so groß war, dass es eigentlich in mir gar nicht hätte Platz finden dürfen, brach sich so machtvoll seine Bahn, dass mein Körper bebte, zitterte, hin und her geworfen wurde. Ich biss mir in die Lippen und blutete. Meine Nase tropfte, und beide Knie, mit denen ich von unten gegen den Tisch trommelte, schmerzten so entsetzlich, dass ich sie nicht mehr spürte.

»Mary!«, heulte ich.

Schon gar nicht nahm ich wahr, was die andern taten. Ein großes Durcheinander entstand, und keiner und keine blieb an seinem und ihrem Platz. Tränenverhangene Schatten fegten hin und her. Jemand räumte das Geschirr aus meiner Reichweite, die Scherben. Ja, auch meine Faust blutete. »Mary!« Ich biss auch in einen Finger. Endlich spürte ich einen Arm um meine Schultern, eine Hand, die meine Wange streichelte, ein Taschentuch, das meine Nase putzte, und eine Stimme sagte so etwas wie: »Aber was ist denn los?« Helmut. Ich war ihm so dankbar, dass er sich um mich kümmerte, um mein Endzeitelend, dass ich meine Arme um ihn schlang, und bald taumelten wir beide, ich schluchzend, er nass, wie ein Unwesen mit zwei Köpfen und vier Beinen durch die Küche, durch die Wohnung, gefolgt von allen Freunden, die jetzt auch sprachen, uns vielstimmig Mut machten, uns zu trösten versuchten. Ich wurde von Tränenwellen geschüttelt, die aus einem Kern tief in mir kamen, von dem ich bis anhin nichts gewusst hatte und der, obwohl winzig in mir verborgen, das ganze Weltmeer zu enthalten schien. Die Fluten, die nach oben brachen, waren so heftig, dass ich wie ein Korken auf und nieder wirbelte, auf einer Gischt schwimmend, die in mir drin schäumte. Helmut, der versuchte, mich zu beruhigen, war schwächer als meine Springflut und wurde mit mir durch die Wohnung geschwemmt.

»Ich lasse Mary doch auch in Frieden«, hörte ich ihn sagen, wohl weil sein Mund zufällig gerade nahe bei meinem Ohr war. Seine Stimme klang, als wohne er auf einem andern Stern – Rauschen und Tosen zwischen uns –, aber sie war laut genug, mich neu aufheulen zu lassen und noch trostsüchtiger seinen Hals zu umklammern. Irgendwie taten wir gemeinsam einen dummen Schritt, ein paar dumme Schritte, jedenfalls waren wir plötzlich bei der Treppe, auf der Treppe, und stürzten hinunter, uns überschlagend, uns umschlungen haltend, bis tief nach unten vor die Haustür. Ich weinte nicht mehr. Helmut, im Stürzen, lachte!

Plötzlich allerdings war er still. Ich rappelte mich auf und sah hoch über mir, oben an der Treppe, Holger, Rudolph, Suse, Fritz und Rose stehen. Sie sahen mit aufgerissenen Augen zu uns nieder, entsetzt. Helmut lag mit einem verdrehten Hals vor der Haustür. Er bewegte sich nicht. Seine Augen starrten mich an. Ich löste mich langsam von ihm. Stand auf. Wischte die Tränen weg und klopfte die Hosen sauber.

»Mörder!«, rief Rose.

Jetzt schrien oben alle, rannten die Treppe hinunter oder in der Wohnung herum. Jemand brüllte ins Telefon. Irgendwer riss mich von Helmut weg – als ob ich ihm was antun wollte – und schob mich grob gegen die Hauswand, vor der ich schlapp und müde niederkauerte. Suse und Rudolph knieten neben dem leblosen Helmut. Plötzlich war auch die bleiche Freundin von

Rudolph da, und mit ihr waren zwei Männer in weißen Kitteln gekommen, Ärzte vielleicht, oder Sanitäter. Der ganze Verein drängte durch die Tür nach draußen. Helmut lag auf einer Bahre, mit einer Wolldecke zugedeckt. Auch sein Gesicht war unter ihr verschwunden. Niemand hatte sich um mich gekümmert.

Ich stand auf und ging die Treppe hoch. In Helmuts Zimmer, in seiner Mitte auf einem Tisch, stand der Computer. Der Bildschirm war eingeschaltet und flimmerte weiß. Ich setzte mich davor, nahm Helmuts Liebesbrief an Mary aus der Tasche, strich ihn flach und begann ihn im fahlen Licht des Computerschirms zu lesen, zum zehnten, zum hundertsten Mal. Was für eine Glut. Was für ein Feuer. Was für ein Elend. Es war, als spräche Helmut für mich. Als spräche ich. Als ich bei der Geschichte war, wo er Eva schikanierte, spielten meine Finger, ohne dass ich mir dessen bewusst war, auf der Tastatur herum, oder ich fummelte gedankenlos mit der Maus, jedenfalls veränderte sich jäh das Bild vor mir. Ich sah plötzlich, in den schönsten Farben, eine dieser hyperrealistischen Simulationen, die die Wirklichkeit wirklicher nachbilden, als diese selber es jemals sein kann. Das also hatte Helmut heute getrieben! Im Vordergrund ritten Pferde, Reiter, gewaltige, schöne, grässliche Monster mit Schwingen. Engel mit schwarzen Masken. Sie tänzelten auf ihren Pferden hin und her, auf ihren mächtigen Reittieren, bereit zu einem Angriff, denn hie und da deutete einer, der der Anführer zu sein schien, zum Horizont hin, wo ich Häuser sah, Kirchen, einen Fernsehturm. Die Sonne schien. Der Anführerengel, eine lodernde Frau, vermochte die Truppe kaum noch zurückzuhalten. Alle wollten endlich es zeigen denen dort. Sie niedermetzeln. Diesen Fehler Gottes ausrotten. Ahnungslos noch wuselten die ameisenkleinen Menschenwesen in der Ferne. Autos fuhren. Ich sah Bäume. Eine winzige rote Straßenbahn kam um eine Ecke. Vor einem Haus, einem Kino vielleicht, drängten sich viele in einer langen Schlange.

Dann begann der Angriff. Ich mitten unter den Engeln. Wir donnerten in einer Reihe, die den ganzen Horizont füllte, über die Ebene. Wir waren Hunderttausende, gnadenlos. Jetzt hatten die ersten Menschen uns erblickt, die letzten, meine ich. Wie sie schrien. Wie sie rannten. Wie sie in die Knie sanken. Dann waren wir unter ihnen. Wüteten. Schwangen die Schwerter. Töteten. Es war eine Freude, das Ende. Explosionen überall. Nun gab es auch Töne! Zwar war es nur so Computergefauche, aber ich spürte schon, was gemeint war. Es wurde mir zu viel. Ich wollte Helmuts letzte Arbeit abstellen. Aber ich erwischte wieder einen falschen Knopf oder setzte die Maus aufs falsche Signal. Plötzlich jedenfalls sah ich einen neuen Ort, der mir sofort vertraut vorkam, einen Garten mit Kieswegen zwischen Rosenstöcken, die stramm wie Soldaten standen, kahl, blütenlos, dahinter ein riesengroßes Haus, einen Kiesplatz, eine Mauer. Tiefe Stille. Ein alter Mann kam dahergeschlurft, in einer Art Anstaltskleidung, und als er nahe war, sah ich, dass er mir glich. Dass ich es war, alt geworden. Helmut hatte mich simuliert! Ich setzte mich auf eine Bank, mit dem Rücken zu mir. Saß einfach nur so da. Langsam entfernte sich das Bild, in einem stetigen Zoom. Im Vordergrund – ich immer kleiner werdend hinten – wurde eine hohe Mauer sichtbar, ein schmiedeeisernes Tor. Ein Mann mit zwei Jungen stand davor und klingelte. Ein Angestellter in Anstaltskleidern kam über den unendlichen Platz vor dem Haus geschlurft. Öffnete das Tor. Der Mann und der eine Junge gingen mit ihm, während der andere draußen blieb und Dreckbrocken auf mich zu werfen begann. Manche trafen. Schmerzten. Ich saß aber da, alt, auf meiner Bank und rührte mich nicht. Drehte mich nicht um, um dem Jungen ins Gesicht zu sehen. Wollte ihn nicht erschrecken. Er hatte noch ein Leben vor sich.

Seither wohne ich allein in der Wohnung. Fritz, Suse, Rose, Holger, Rudolph: Sie haben ihre Sachen einfach preisgegeben. Sogar die Posaune liegt noch im Korridor, verbogen und zerbeult. Nur einmal kam die blasse Freundin, ging wortlos in die Küche, kam mit dem Rollenbuch wieder heraus und verschwand ohne einen Gruß. – Ich lasse alles, wie es ist. Nicht einmal das Geschirr habe ich abgewaschen. Ich vermisse meine Freunde. Es war so lustig mit ihnen. – Helmuts Zimmer allerdings habe ich ausgemistet.

Den Computer fasse ich nicht mehr an. Dafür sitze ich umso häufiger vor dem Fernseher. Ich switche zwischen meinen zwanzig Sendern hin und her und sehe zum Beispiel einen Tennisspieler, der konzentriert den Arm zum Aufschlag hebt, den ich aber nicht miterlebe, weil ich durch einen leichten Knopfdruck in einen Film hineingerate, in dem jemand, der Gandhi sein könnte, mit bloßer Brust auf eine Batterie Kanonen zugeht, mit unbekannten Folgen, denn ich sehe schon längst den Clip einer hämmernd spielenden Band mit T-Shirts voller Totenköpfe und wechsle vor dem Ende des Songs zu einem Golfplatz am Rande eines blauen Meers. Verweile bis kurz vor dem Schlag eines Manns mit einer amerikanischen College-Mütze. Häuser stürzen ein. Autos explodieren. Maschinenpistolen schießen. – Einmal sah ich eine Wüste. In ihr, in ihrer Mitte, ein paar Hüttchen. Eine Tankstelle. Glühende Hitze. Männer in weißen Mondanzügen gingen hin und her, mit langen Stangen in den Händen, mit denen sie den Wüstenboden, die Steine, die Kakteen abtasteten. Anzeigegeräte an ihren Gürteln piepsten und blinkten. Helikopter überall, mit sich drehenden Rotoren. Vor dem Haus neben der Tankstelle, einer Art Imbiss, standen bewegungslos, hilflos vielleicht, zwei Menschen, die ich nur undeutlich wahrnahm. Ein Mann wohl, und eine Frau. Sie trugen als Einzige keine Schutzanzüge. Die Frau, die ein blaues Arbeitskleid zu tragen schien, hatte blonde Haare. Der Mann war kleiner als sie. Er legte einen Arm um sie, sie schützend, nach oben fassend, um ihre Schultern zu erreichen. Sie neigte ihren Kopf zu ihm. Weinte sie? Beide wurden in ein Auto verladen, das sofort losfuhr.

II

Tod und Sehnsucht

Ahh, der Wind heult übers ferne dunkele Moor. Er fährt donnernd ins Gebälk unseres Speichers. Ahh, uns erlischt das Streichholz in der zittrigen Hand. Ahh, die Wolken jagen über den fahlen Himmel, die heiße Luft ist voller Geschrei. Die kleinen Kinder drehen sich stöhnend um im Bett. Weh dem, der keine Antonia hat, sich anzuklammern.

Ach, die Blitze fahren in den schwarzen Horizont. Das Dorf steht leer am Berghang, wir haben unsere schwarzen Umhänge um und halten uns am Ofen fest. Die Fledermäuse surren im Treppenhaus auf und nieder. Ohh, ich schaue auf die milchweiße Haut von Antonia, die zitternd im Breie rührt. Ohh, wir heben schon die Hand zum Ade-Winken. Ach, uns rinnen die Tränen in den jungen Bart. Da liegen wir. Die Irrlichter zucken über die Holzdecke. Der Wind wirft die Tür auf, die weißen Vorhänge wehen ins Zimmer. Wir starren in das schwarze Gesicht des Mannes, der die kleine Wiege in den eisigen Garten trägt. Wir hören sie, wie sie im Wind knarrt. Die Pferde galoppieren durch die dunkle Nacht. Sie tragen Stoffetzen um die Hufe. Wir hören ihr Wiehern. Die Leichname in den schwarzen Särgen poltern auf und ab beim Galoppe. Wir kriechen zum Fenster, wir legen das Auge an die Ritze. Ohh, wir sehen die Witwe im Kerzenlicht in der Tür stehen. Der dunkele Mann schwingt sich vom schwarzen Sattel, die Witwe sieht ihn zitternd an, sie öffnet die Arme, und als jetzt plötzlich das Licht auf das Gesicht des fremden Reiters fällt, sehen wir den grausamen Schnurrbart des toten Gatten. Ohh, der Wind heult und heult, und es wird immer heißer im Zimmer. O Sterben, o Sterben ist des Menschen Verderben! Die Kühe, sie brüllen im Stall.

Ohh, als jetzt die Morgensonne hinter den eisblauen Weihern aufgeht, sehen wir, dass die kleine Holzwiege sich am Boden festgefroren hat. Sie ist weiß vom Rauhreif. Wir wischen uns über die Stirn. Wir machen uns auf den Weg. Die Dorfbewohner in ihren schwarzen Kutten stehen unter der Tür. Wir wenden uns noch einmal um, aber sie sind schon wieder in ihren Küchen verschwunden. Wir kommen ins Moor. Wir dürfen nicht zu lange an einem Ort verweilen. Wenn wir einmal bis zu den Knien im Sumpf stecken, dann kann uns nicht mehr geholfen werden. Dann zieht uns jede Bewegung, die uns retten soll, nur noch tiefer in den Schlamm hinein. Dann steht uns das Moor bis an das Kinn, dann sind nur noch unsere hochgereckten jungen Hände zu sehen. Dann ist wieder nur das Summen der Mücken über dem Hochmoor. Höchstens der verirrte Wanderer ist froh, dass er einen unvermuteten Halt unter seinen Füßen verspürt. Ach.

Ja, im Transsibirienexpress dann sehen wir Birken, Birken und Birken. Ohh, die Mongolen mit ihrer Saft und Kraft gehen breitbeinig über die Ebene, sie messen sich mit prüfenden Blicken, wenn sie sich begegnen. Dann gehen sie hochaufgerichtet weiter. Nachts, wenn es dunkel ist, gibt es stumme, wilde Messerschlachten, und bei Neumond wird es sein, dass einer der angestochenen Kolosse leise vor sich hin weint. Ahh, derweilen tönt aus der Hütte das schwere Grölen des Siegers, das das Kichern des Mädchens zudeckt. Das Herz des Verlierers bricht. Nach den Stunden der Liebe schleppt ihn der Sieger an den Beinen durch den Sand. Er rollt ihn den Abhang hinab, und dann geht er in die Hütte zurück.

Wir wollen einen großen Pferdewagen, einen großen Wald, ein großes Schiff mit gewaltigen Segeln. Wale sollen durch unsere Meere pflügen. Wir wollen, dass ein großer Wind bläst und dass die grünen Büsche blühen. Wir wollen, dass das Feuer knackt im Kamin und dass wir alle auf dem Lager lagern. Ohh, wenn dann die Stürme im Dachfirst heulen, liegen wir mit starren Kiefern im Bett und ballen die Fäuste.

Ahh, der Tod. Blitzschnell springen wir auf den abfahrenden Zug, und die Sense zischt ins Leere. Jetzt nur schnell hinaus und einige Zeit im Flusslauf gehen, damit die Bluthunde die Spur verlieren. Wir steigen den steilen Berg hinan. Es wird kühler. Wir keuchen. Wir sind gut getarnt, wir haben die Heidelbeerstauden um den Kopf gebunden und den Hauswurz im Mund. Wir hören ihn unten im Tal rumoren. Der Sturm fährt durch die Dörfer, dass die Glocken läuten. Die Häuser brennen im Föhnwind. Aber jetzt erreichen wir die Schneegrenze. Wir werfen die Stauden weg und blicken zurück und sehen, ohh, dass wir im Schnee keine Spuren hinterlassen. Ohh, der Tod ist ein hoher schwarzer Berg, es kommt darauf an, auf den anderen zu steigen. Der Tod grinst vom blumigen Balkon und sitzt auf dem Dachfirst, er fliegt durch die Neumondnacht und kommt durch die Nebel des Herbstmorgens. Stolz können wir dem Tod entgegentreten, jedoch, wir haben wenig davon. Wir sitzen in den Wipfeln der höchsten Bäume dieser Erde. Ja, wir sehen, wie es tief unter uns zugeht. Die Stürme fahren durch unser Geäst, wir klammern uns an den krachenden Baum. Die Sommer gehen, die Winter gehen, der Föhn heult durchs Tal. Ein unachtsamer Funke aus dem Kamin, und wieder stapeln sich die schwarzen Särge am Dorfeingang. Die dicken Mütter drohen den Knaben mit den schwarzen Stecken, aber in der Nacht fährt die wirkliche Hexe durch den Kamin und zerrt die Knaben, die aufschreien, an den Haaren. Da liegen sie und träumen, ihre Mama und Papa werden an den Haaren ins Klo geschleift. Am nächsten Morgen bei den Frühstückskartoffeln wissen sie nicht, warum sie so ein Zittern haben.

Der Totengräber macht Loch um Loch. Er steht mit dem Tod im Bund. Er steht vor dem Grab des blühenden jungen Mädchens. Er fletscht die Zähne. Die schwarzen Wolken verdunkeln das Tal. Der Pfarrer denkt sich seins, wenn er den Totengräber sieht. Er bemerkt das kleine Geschwür zuerst gar nicht, jetzt liegt er unter den vielen Blumen.

Der Tod ist ein hoher schwarzer Berg, wir müssen schauen, dass wir auf den weißen hinaufkommen. Es ist schwierig, den Gipfelfirn zu erklimmen. Die Luft ist so dünn, das Licht ist so fahl. Wir dürfen keine Spuren hinterlassen. Oben am Gipfelkreuz wachsen die Soldanellen. Das braune Frühlingsmoos schaut aus dem Schnee. Es ist warm. Ach, wenn man sich vom Berg herabtrauen könnte, es wäre das ganze Glück. Vielleicht, sagen wir, machen wir einen Ausfall und befreien die armen Schweine, die da unten im Tal in den höchsten Bäumen dieser Erde sitzen. Der Tod ist nicht sehr differenziert, aber er ist äußerst unermüdlich.

In der Ebene unten merken wir ihn nicht so recht, wir liegen im Schwimmbad, und das, was wir für eine angenehme Wöhle halten, ist das Ende. In den Bergen kracht der Tod mit Gewalt herab, wir haben den Kopf in den Händen, wir haben die schwarzen Kleider. Wir stehen in der Dorfkirche, es ist ein Blumenmeer, draußen scheint die erste Frühlingssonne. Seit Jahrhunderten steht die Dorfkirche unter dem Bergsturz, und wir hören hoch, hoch oben das ferne Poltern.

Schwarzer Mann, geh weg, sagen wir, und noch einmal ist es gutgegangen. Vor der Schreinerei stapeln sich trotzdem die Kindersärge, und wir gehen durch den Wald, und die weiße schlaffe Hand ragt aus dem Unterholz. Es riecht. Die toten Kinder liegen im nassen Gras, die toten Kinder haben den blauen Mantel an. Ach, es ist die kleine Schwester. Wir haben es uns gewünscht. Die Kinder spuken durch die Speicher und Keller, sie hocken in den Dachstühlen und lachen herab. Wir aber lächeln hinauf, hilfe, ist es ein totes Kind oder nicht. Hans tut lebendig, aber wir wissen, er ist tot seit Jahrhunderten. Er kommt vom Totengräber, der ihn schickt, nachts um 12 können wir ihn sehen, stöhnend drehen wir uns um in den Betten.

Der Wind, der durchs Tal pfeift, ist voll mit schreienden Seelen. Der Tod, mit seinen mächtigen Schwingen, treibt sie vor sich her. Er ist kein geschickter Flieger, aber wenn er seine Schwingen in den Waldhügel haut, ist dort ein Baumgetrümmer. Ja, der Tod bläst aus großem Maule, ihn aber so richtig anzuschreien ist ein lohnender Versuch. Ach, wir haben eine ganze Kette von Leuten begraben: die Tante, den Vater, die Schwester, den Freund, die Katze, ach, wie sollen wir es wagen, den Rest auch nur zu denken.

Wir schleichen uns heute Nacht von unserem Wipfel herab, wir kriechen durch das feuchte Schilf des Tals. Es ist ein fahler Halbmond. Wir sehen unsere blassen bleichen Gesichter. Die Luft ist voll mit Vögeln, Spinnen und Fledermäusen. Dort ist der dunkele schwarze Berg, mit dem tiefen Bergsee und dem jähen Eisabbruche. Wir kriechen der Autostraße entlang. Wenn wir nur auch so ein Auto hätten, dann wären wir auch bald in der freien Schweiz und diesem Tal des Todes entronnen. Über dem weißen Berg am Horizont steht ein blasser Mond, wir sehen den Gipfelfirn im blauen Licht, herrgott, ist das noch weit weg. Wir sind doch noch so jung. Wir sind doch noch so hübsch. Wir sind doch noch so gesund, und wir haben doch noch so wenig gehabt in unserem kleinen Leben. Dort, beim Weidengesträuch, ist die Grenze. Dahinter wird es freier weitergehen. Unsere Ohren rauschen, unsere Herzen klopfen, unsere Füße brennen. In der Luft hoch über uns hören wir ein gewaltiges Rauschen, wir rennen mit unsern Beinen, während das Gerausch immer näher kommt.

Ja, wir packen den Holzprügel. Wir werden dem Tod die Knochen zersplittern, das werden wir. Wir werden uns in den schwarzen Gebüschen aufstellen, fest werden wir den Prügel mit beiden Händen packen, ja. Die Knochen werden krachen, wenn uns nicht die blitzende Säge zuerst an den

Hals pfeift. Der Wind fährt durch die Wipfel. Die Vögel schreien. Dort im Dunst ist er, mit gewaltigen Sensenschlägen kommt er durch das Nebelgrau.

Ach, wir wissen nicht genau, *wie* wir ihm Paroli bieten, widerstehen und trotzen werden. Im Sonnenlicht blitzt das Sensenblatt, aber die Krähen haben zu früh gekreischt. Unser donnerndes Wort hat ihn gebremst. Wir stehen im Gipfelwind. Wir sehen ins Tal hinab. Da unten ist es schwarz und finster, und die Wolken jagen vorbei. Die fernen Glocken läuten. Wir nehmen die Rucksäcke. Wir gehen bergab. Wir haben jeder einen Stein in der Hand. Der Freund hat das Gipfelkreuz. Wir sprechen nicht. Wir kommen zu den ersten Alphütten. Es wird wärmer, aber es ist eine stickige Wärme. Wir atmen mühsam, die Luft ist dumpf und klebrig. Wir hören ihn, wie er durch die Dörfer jault, es ist, als ahnt er etwas. Die Nebelfetzen jagen durch das Tal unter uns. Die Krähenschwärme umfliegen unsere Köpfe. Es donnert. Das ferne Krachen ist der Postkurs, der die große Kurve verfehlt hat. Jetzt ist wieder Ruhe im Tal.

So schön singen, dass der Tod mit Tränen in den Augen auf die Bühne blickt. Hüpfen, tanzen, lachen, springen, dass der Tod meint, kruzitürken, da habe ich mich möglicherweise doch in der Adresse geirrt. So unglaublich schön sein wie das Mädchen, dass der Tod es nicht übers Herz bringt.

Aber der Tod lächelt nur mit drahtfeinen Lippen, wenn er das Mädchen sieht. Er hat ja kein Herz, er kennt ja keinen Schmerz. Er zieht das Barett vom blanken Schädel. Das bleiche hübsche Mädchen lächelt, ein Sonnenschimmer kommt durch die Tür, und es bittet die kleine Schwester schon, den seltsamen liebenswürdigen grässlichen Gast zur Tür zu geleiten. Unter der Tür wendet sich dieser nochmals um und, ach, es ist auch um die kleine Schwester geschehen.

Ha! Niemand sagt uns, wie die da oben auf dem Berge es angestellt haben.

Sie kommen den grasbewachsenen Abhang hinab. Sie schleichen von Busch zu Busch. Ohh, dort sind sie, mit ihren Stangen und Steinen. Zitternd lugen wir aus unserem Schlafzimmerfenster, wir halten uns hinter den Vorhängen verborgen. Ich halte die Hand von Antonia, die sich an mich klammert. Ach, nie wollen wir uns verlassen. Ahh, dieses grausliche Heulen, das wie der Föhnwind klingt, kann kein Zufall sein. Ohh, wenn er sie hinter den Büschen entdeckt, wird es ein grässliches Schlachten werden. Verlassen liegt der feuchte Talboden vor uns. Es zischt durch die Luft, die Flügel schlagen über uns, die Äste der hohen Bäume krachen und splittern. Aus den Erlen steigt der Nebel. Dort, auf dem flachen Rübenfeld, stellt sich der Tod zur Schlacht. Wir sehen nur die Weidenbüsche am Rinnsal dort, darin aber steckt er, das wissen wir. Es regnet. Der Wind weht. Der Boden ist tief. Mit unsern klobigen Schuhen bleiben wir stecken im Dreck. Dicke Erdklumpen hängen sich an unsere Beine. Wir sind langsam, ach, wir sind so langsam.

Plötzlich ist der Tod wie eine blitzende Natter zwischen uns gefahren. Das Mädchen greift sich mit einem Schrei an den Hals und sinkt in den Schlamm. Der Tod aber muss auch etwas abbekommen haben. Ja, der Knüppel ist angekratzt. Der Wind ist stärker geworden. Wir haben ihn im

Rücken, wie Segelboote werden wir auf die Weiden zugetrieben. Der Freund geht ganz vorne, er ist von uns der Mutigste. Er hebt die Hand und lässt den Stein in die Weiden krachen. Rings um mich sinken wir zu Boden. Natürlich, wenn die Bewohner hinter den Vorhängen zittern, wie sollen wir es schaffen. Die Kühe brüllen im Stalle. Ohh, der Wind fegt übers Moor. Weiße Blitze zischen in den Horizont. Wir keuchen den Abhang hoch. Ohh, wir bluten, wir sind wenige, wir schwitzen. Immer wieder werfen wir Steine nach hinten unten. Der Stein, der hinter dem Grashügel verschwindet, kracht auf etwas. Ha, wir steigen höher, unten im Tal ist ein enormes Toben, die schwarzen Bewohner rennen wie die Ameisen herum. Der Totengräber steht im Gottesacker. Hier oben ist kein Wind mehr. Ha, wir bauen eine Palisade, und vielleicht können wir ein paar von diesen zitternden schwarzen Dörflern überzeugen. Ach, Antonia ist so nett, sie hat einen schwanengleichen Körper, wenn sie, ach, endlich die schwarze Kutte abtut. Aber sie zittert überall, und so ist es dann kein Vergnügen, nicht für sie, nicht für uns. Sie ist erleichtert, dass sie wieder ins schwarze Tal hinabdarf, ach, sie stolpert über den Spaten des Totengräbers und fällt in die frische Grube mit ihrem heißen jungen weißen Körper. Ohh. Schon hat sie der Totengräber zugeschaufelt. Der Besucher im Zylinder streift sich die Handschuhe von den zarten Fingern, er lächelt in sich hinein. Ohh, grässlich wird seine Rache sein. Wir sehen, aus unseren Vorhängen lugend, wie sich der fremde Besucher vorsichtig die Rippen abtastet, und als er dann den Umhang abnimmt, sehen wir, dass er den Arm in der Schlinge trägt. Ohh, dieser plötzliche heiße Wind. Der

Dorfarzt, er spürt, wie die große Hand sein Herz ergreift, er setzt sich aufatmend in den Lehnstuhl und, ohh, dieser Atmer ist auch schon sein letzter gewesen. Ach, dieser Atmer ist auch schon sein letzter gewesen. Ach.

In Amerika

(1)

Das also ist Amerika. Da komme ich daher in meinem blauen Bauernkittel. Der Bahnhof von Amerika ist riesengroß, und die Kugeln pfeifen mir um den Kopf. In Amerika haben die Leute schnellere Reaktionen als bei uns in den hohen Bergen. Ich gehe in die Bar von Amerika. Ich bestelle einen Rotwein. Der Eisklotz schwimmt darin. Amerika ist ein gutes Land, sagt der Sheriff auf dem Nebenhocker zu mir, groß und flach und tapfer. Ich kenne mich sogleich aus in Amerika, ich will mir auch einen Bürstenschnitt und breite Schultern wachsen lassen. Dort drüben sitzt ein Mädchen mit einer Haut wie Schnee, Haaren wie Ebenholz und Lippen wie zwei Stück Zucker. Können Sie mir, sage ich zum Barmann und schiebe eine Eindollarnote über die Theke, die Telefonnummer von jenem Mädchen dort auf diesen Zettel hier schreiben. Da wird der Wirt totenbleich, hastig steckt er den Dollar ein, und seine Hand zittert nicht wenig.

(2)

Well, ich denke, ein Menschenleben reicht nicht aus, zu beschreiben, wie es ist in Amerika. Joe Bananas zum Beispiel stellt seine Maschinenpistole auf Einzelschuss, wenn er einen Wagen mit Negern trifft, damit er mehr davon hat.

(3)

Ich könnte, denke ich, eine Dame im einsamen Amerika anrufen und in den Hörer Wörter wie ficken und vögeln sagen. Ich warte, wie die Dame reagiert, wenn ich ihr Wörter wie ficken und vögeln sage. Manchmal hängt die Dame gleich ein, wenn sie aus dem Hörer Wörter wie ficken und vögeln hört, manchmal hört sie still zu, und ich, während ich ficken und vögeln sage, höre, wie die Dame sich ficken und vögeln anhört und schnauft. Manche Damen sagen auch ficken und vögeln zu mir. Ich kann sie am nächsten Tag im einsamen Amerika nochmals anrufen und ihnen neue Wörter, die ich in der Zwischenzeit erfunden habe, sagen. Andere Damen tun nur so, als wollten sie gerne hören, wie ich, der ich in einer einsamen Telefonkabine stehe, zu ihnen ficken und vögeln sage, sie wählen gleichzeitig auf dem zweiten Apparat, den sie haben, die nächstgelegene Polizeistation und sagen, Chief, hier ist ein Mann am Telefon, der Wörter sagt, die ich vor Ihnen gar nicht wiederholen kann. Es ist der langgesuchte Unhold, sagt der Chief. Der Anruf kommt vom Oak Park, aber der mysteriöse Anrufer hat die Telefonkabine schon verlassen. Im aufgeblendeten Scheinwerferlicht sehen die Polizisten durch die offenstehende Tür den abgerissenen Hörer am Boden liegen. Wieder ist ihnen der Unhold, der Amerika in Atem hält, entwischt. Aber eines Tages, das weiß der Chief, wird er den Kerl erwischen, und dann werden Amerikas Frauen wieder ruhig schlafen können.

(4)

Wenn Mister D. Gottlieb und ich in ein Lokal von Amerika treten, rennen die Neger und Chinesen vom Flipper fort und lassen die Kugel rollen, wie sie rollen will. Mister D. Gottlieb und ich hängen die Kittel an einen Haken, Mister D. Gottlieb trägt rote Hosenträger und ich zwei Brownings im Schulterhalfter. Ich spiele den ersten Ball. Ahh, rufen die Neger und Chinesen. Eine Runde für die ganze Bande, rufe ich, es ist Prohibition, und wir trinken 50-prozentigen Schnaps aus Kaffeetassen. Wollen wir, sagt Mister D. Gottlieb zu mir, während er seinen ersten Ball in play spielt, dazu eine Partie Schach im Kopf spielen? o. k., sage ich, take it. C2–C4, sagt Mister D. Gottlieb. I see, sage ich und flippe meinen zweiten Ball hoch, e7–e6. D2–d4, sagt Mister D. Gottlieb sehr ruhig und kommt mit seinem zweiten Ball in play auf 2397 Punkte. Königsindisch, I see, sage ich, schieße, während ich den dritten Ball in play hochspiele, meinem Freund Chris Ventura zum Spiel die Zigarre aus dem Mund und ziehe im Kopf Sg8–f6. Mister D. Gottlieb lässt einen Dollar wie einen Kreisel über die Glasplatte drehen, zieht auf dem Brett in seinem Kopf Lc1–g5 und holt ein Freispiel heraus. Tf8–f6, flüstere ich, entkorke eine Whiskyflasche mit den Zähnen, spiele den vierten Ball in play in den Special when lit und rufe, bevor der Croupier am Nebentisch noch Rien ne va plus sagen kann: 2000 auf Rouge, 1000 auf Impair. Mister D. Gottlieb fragt in der Augensprache das blonde Mädchen, das hinter mir an der Bar steht, während er mit seinem vierten Ball in play den Fünfhunderter abschießt und im Kopf eine Rochade macht, ob sie nachher mit ihm kommt. Ich lasse mir von einem Chinesen das gewonnene Geld in die Tasche stopfen, hole mir mit meinem Last Ball in play endlich auch mein Freispiel und sage in der Augensprache zu dem blonden Mädchen, während ich dem Chinesen einen trockenen Tritt in die Kniekehle gebe, weil der Chinese mir eine Zehndollarnote zu wenig in die Tasche gestopft hat, dass Mister D. Gottlieb möglicherweise ein guter Spieler, sicher aber ein schlechter Liebhaber sei und dass ich, nachdem ich mit Sd6-d4 dem gegnerischen König den Garaus gemacht hätte, ihr etwas viel Schöneres zeigen wolle, denn ich käme von den hohen Bergen, Mister D. Gottlieb aber nur in der dritten Generation aus Düsseldorf. That's it, sage ich, let's go, und gehe mit dem blonden Mädchen, das jedes Wort in der Augensprache verstanden hat, hinaus, während Mister D. Gottlieb noch die Runde für die Neger und Chinesen bezahlen muss.

(5)

Ich habe mich für Jane schöngemacht und trage für Jane eine rote Rose in der Hand. Ich komme vorsichtig durch die Drehtür der Bar von Amerika und trage da einen eleganten Schnurrbart, wo ich sonst keinen eleganten Schnurrbart trage, und da eine perlmutterfarbene Hose, wo ich sonst eine graue Hose mit Fischgrätenmuster trage. Ich erkenne Jane nicht. Jane trägt da, wo sie lange schwarze Haare trägt, lange goldblonde Haare. Sie trägt da, wo sie rehbraune Augen trägt, eine dunkle Sonnenbrille, da, wo sie einen Büstenhalter unter ihrer leichten Bluse trägt, keinen Büstenhalter unter ihrer leichten Bluse. Sie macht mir ein diskretes Zeichen mit dem kleinen Finger und nimmt für den Bruchteil einer Sekunde die dunkle Sonnenbrille ab. Sie ist gar nicht Jane. Sie heißt Daisy. Sag du zu mir, sagt Daisy zu mir. Du, sage ich.

(6)

Ganz glasklar nämlich sehe ich meine Zukunft in Amerika vor mir. Zuerst bin ich ein gutgelaunter Schuhputzer, dann bin ich ein fixer Zeitungsverkäufer, dann bin ich ein zuverlässiger Wachbeamter in der Chase Manhattan Bank, dann falle ich der Frau von Mister Henry Rockefeller auf, die in der Bank einen Teil ihres Dollarimperiums abhebt. Dann führe ich einen Botengang zu ihrer vollen Zufriedenheit aus. Dann vertraut mir Mister Henry Rockefeller die Aufsicht über einen Teil seines Dollarimperiums an. Dann werde ich immer öfter zu Mister und Missis Rockefeller zum Nachtessen eingeladen. Ich bin ein grundanständiger Kerl. Am Morgen, wenn Mister Henry Rockefeller ins Büro gegangen ist, darf ich noch ein bisschen zu Missis Rockefeller ins Doppelbett. Al Capone wird mir nach seinem unerwarteten Tod 97 000 Dollars, 2 Quarters, 12 Dimes, 7 Nickels und 9 Cents hinterlassen, sage ich zu Jane.

(7)

In Amerika brauche ich Männer und keine Memmen. Ich weiß sofort, mit wem ich es zu tun habe. Bei mir schafft man es beim ersten Mal, oder man schafft es überhaupt nie. Leute mit feuchten Händen haben bei mir keine Chance. Ich nehme nur Topleute. Ich bin ein Meister der Bestechung, ich schiebe nicht einfach eine Hundertdollarnote über den Tisch. Bei mir hängt der Mann drin, bevor er überhaupt etwas gemerkt hat. Jede Beschwerde geht an meinen Sottocapo, von dort an den Capo, von dort an den Generale, von dort an mich. Wenn eine Beschwerde bis zu mir kommt, steht es schlecht um den Mann.

(8)

Well, sage ich in Amerika, in Sizilien gehe ich ohne eine Frau ins Restaurant, weil ich über Frauen reden will. In Deutschland gehe ich vor einer Frau ins Restaurant, weil ich den bessern Platz haben will. In Amerika gehe ich hinter einer Frau ins Restaurant, weil ich sie als Kugelschutz brauche.

(9)

In Amerika werden die Mörder gehängt. Die Hinrichtung findet eine Minute nach Mitternacht statt. Der Mann, der gehängt werden wird, bekommt seinen Anzug, sein Hemd und seine Krawatte eine halbe Stunde vor Beginn der Hinrichtung, so dass der Mann, der gehängt werden wird, Zeit hat, sich umzuziehen. Wenn zwei Mörder gehängt werden müssen, müssen sie sich untereinander einig werden, wer zuerst gehängt werden wird. Wenn die beiden Männer, die gehängt werden werden, sich nicht darüber einig werden, wer als Erster gehängt werden wird, muss der Gefängnisgeistliche eine Münze hochwerfen, um zu entscheiden, welcher der Männer, die gehängt werden werden, als Erster gehängt werden wird. Der Gefängnisgeistliche redet den beiden zu, sich einig zu werden, denn es spielt keine Rolle, ob sie als Erster gehängt werden werden oder als Zweiter gehängt werden werden. Die Mörder freuen sich über ihr Henkersmahl. Der erste Mörder steht in seinem blauen Bauernkittel auf der Falltür, der Henker legt ihm den Strick um den Hals, an dem der Mörder gehängt werden wird, und jetzt gibt er dem Pferd einen Tritt in den Hintern, und schon hängt der Mann.

Alle zehn hängen sie jetzt am einzigen Baum von Amerika. Da freuen sich die Einwohner von Amerika, dass die berüchtigte Bande endlich gefasst ist. Die Banditen haben die Hände auf dem Rücken zusammengebunden und sehen aus wie große schwarze Äpfel am Horizont, jetzt, wo die Sonne blutrot hinter der Prärie versinkt.

(10)

Der Bienen-Poker wird von den Schiffbrüchigen in Amerika gespielt. Die Schiffbrüchigen in Amerika können nur eine Biene und zwei Stück Zucker retten. Der Gewinn bei den Schiffbrüchigen in Amerika ist die Frau des andern. Der eine Schiffbrüchige in Amerika muss zum andern sagen, meine Frau, die Jane heißt, ist angenehm scharf, damit der Gewinner einen Gewinn hat. Sie hat rote Höschen mit schwarzen Borten, ihre Haare sind wie Ebenholz, ihre Haut ist wie Schnee, und ihre Lippen sind wie zwei Stück Zucker. Schwer ist nämlich die Einsamkeit des Seemanns in Amerika zu ertragen.

Aachen bis Zwieselstein

(Auswahl)

Texte zum Amtlichen Verzeichnis der Ortsnetzkennzahlen für den Selbstwählferndienst, hrsg. von der Oberpostdirektion Frankfurt am Main, 1972.

Älmhult 0046 476

Ich wähle die 0046 476 und dann weiter 12345, bis es klingelt im hohen Norden. Good evening, sage ich, weil alle Schweden Englisch können. Aber mein Gesprächspartner sagt nur etwas wie Smörrebörörd. Er hat eine Stimme wie ein nordischer Alpöhi. Vor seinem Haus wachsen die Birken im Moor, es ist kühl und abendblau, er steht im kargen Korridor mit seinem Bauernkittel und dreht an der Kurbel seines Fernsprechers. Die Drähte, durch die seine und meine Stimme müssen, sind für nordische Konsonanten gebohrt, nicht für allemannische. Die Drähte tanzen wie wild. Die Vögel kriechen krächzend am Boden herum. Es wird regnen, sagt Bodil, denn von Vögeln versteht sie etwas. Der Alpöhi sagt zu seiner Tochter, die jetzt neben ihm im kalten Korridor steht, es ist zum Verzweifeln, ich kann meinen Gesprächspartner aus dem Süden nicht verstehen. Er ist der Förster von Frankfurt, aber sein Anliegen ist mir nicht klar.

Lass mich einmal dran, sagt Bodil. Gleich geht es besser, denn Bodil kann mehr als nur Smörreböröd.

I shall wait for you, my beloved, sagt sie zu mir. Ich starte meinen Doppeldecker in der Feldbergstraße und steige in den Abendhimmel. Jetzt fällt die untergehende Sonne auf mich. Der Wind fegt um meinen Kopf. Ich singe laut. Im Rhein-Main-Center starren die Flugsicherungsbeamten fassungslos auf den Radarschirm, sie gestikulieren mit den Armen und warnen ihre PANAMS und AUAS. Mein Motor knattert. Ich habe ein paar Fehlzündungen über Weimar. Schon sehe ich Malmö. Jetzt sind es nur noch siebenhundert Kilometer nach Norden, die Mitternachtssonne leuchtet mir den Weg. Um 1 Uhr 23 lande ich im Moor, das ich für eine Wiese halte. Der Alpöhi und Bodil ziehen mich aus dem Dreck. Sie lachen, und wir gehen ins Haus. Bodil hat eingeheizt, und der Alpöhi begleitet mich höflich auf den Abtritt, er versucht es auch noch einmal, obwohl er zehn Minuten vor meiner Landung grad schon war. Wir trinken Grog und Aquavit und erzählen uns von unserm Leben, ich von den Murmeltieren, der nordische Alpöhi und Bodil von den Rentieren und Eisbären. Nachher, im eiskalten Bett, sage ich zu Bodil, weißt du was, ich habe ja keinen Tropfen Benzin mehr im Tank. Da musst du wohl für immer bei mir in Älmhult bleiben, lächelt Bodil verschmitzt, wir werden viele Kinder haben, mit Beinen wie Rentiere, Ohren wie Eisbären und Augen wie Murmeltiere.

Stoke on Trent 0044 782

Er hat eine rauhe, rostige Stimme am Telefon, er lacht wie auch schon einmal, und schon spüre ich, wie ich in das Loch falle, tiefer und tiefer. Es ist dunkel um mich herum, ich spüre den Fahrtwind des freien Falls, und als ich gerade denke, ich hätte diese Nummer doch nicht wählen sollen, patsche ich auf ein weiches Etwas. Es ist Heu und Stroh. Ich bin siebentausend Fuß tief unter der Erde, aber dieser Raum hier kommt mir bekannt vor. Nur ein Tisch steht darin, und das Licht ist düster. Da unten ist das kleine Loch. Ich bücke mich, ich presse mein Auge dagegen und sehe die Landschaft von Stoke on Trent. Draußen scheint eine helle Sonne. Ein ganz kleiner Herr steht in einer ganz kleinen Telefonkabine, er spricht in den sehr kleinen Hörer, übrigens, er trägt einen Zylinder. Hallo, piepst er. Kein Zweifel, er spricht mit mir in der Oberwelt. Ich höre nicht, was ich antworte, aber mein Gesprächspartner scheint mit meiner Auskunft gar nicht zufrieden zu sein. Er hat zwei senkrechte Falten auf der Stirn, er haut den kleinen Hörer auf die kleine Gabel, dass es nur so knackst. Er öffnet die Tür und geht davon. Ich denke, ich werde wohl sicher ein recht saures Gesicht machen da oben an der Erdoberfläche, aber im Moment ist es wichtiger für mich, dieses Land hier zu betreten. Durchs Loch atme ich die gute Luft ein. Sie riecht nach süßen, tropischen Gewächsen, hier unten scheint ein heißes, dschungeliges Klima zu herrschen. Trotzdem geht der Mann im Bratenrock und Zylinder beschwingt über den Urwaldpfad, jetzt ist er unter den Lianen verschwunden. Ich sehe mich um, da wo ich bin. Natürlich erblicke ich nun die kleine Flasche hoch oben auf dem Tisch, ich weiß auch gleich, was ich mit ihr tun soll, ich bin nämlich schon einmal hier gewesen. Diesmal pfeffre ich mit gezielten Steinwürfen das Glas kaputt, und das, was herabrinnt vom hohen Tisch und mir in den Mund, reicht aus, mich so klein zu machen, dass ich durchs Loch komme. Es quietscht, aber es geht. Ich nehme denselben Urwaldpfad wie der zylindrige Herr. In der Telefonkabine sehe ich einen Zettel hängen, bitte 0611 72 38 69 anrufen steht in der Sütterlinschrift darauf. Ich wähle, und ich merke, dass ich ein wenig zu wenig von dem Saft abbekommen habe. Ich muss den Kopf einziehen, und meine Wurstfinger passen nur mit Mühe in die Wählscheibe. Schon meldet sich mein Gegenüber. Sein Deutsch ist merkwürdig. Was ist, sage ich mit meiner piepsigen Stimme. Wer sind Sie, sage ich am andern Ende des Drahts. Dann erkennen wir uns. Wir hören uns nicht besonders gut, es ist so viel dazwischen, deshalb sagen wir ein paar Belanglosigkeiten. Der andere Ich ist neidisch, aber ich sage ihm nicht, wo das Fuchsloch ist, durch das er zu mir könnte. Er soll nur oben bleiben in seinem Frankfurt und den Garten spritzen, das Geld verdienen, den Text schreiben, den Wein hinabschütten, das Auto waschen, den Film ansehen, sich über die Politiker ärgern. Wenn es mir da unten schlechtgehen sollte, kann er schauen, dass er mich wieder hochbekommt, mit einem langen Seil z. B.

Ich gehe. Ich komme, unter den Lianen wandernd, bald an eine Wegkreuzung, ich wähle natürlich die Richtung nach Stoke on Trent. Der Weg wird immer enger, die Blätter der Urwaldgebüsche streifen über mein Gesicht. Ich sehe gewaltige rote Blumen. Tiger und Schlangen zischen davon. Ich muss durch einen Fluss hindurch, und noch immer habe ich den vor mir wandernden Herrn im schwarzen Zylinder nicht gesehen. Gerade rechtzeitig aber merke ich noch, dass der braune Holzstamm, den ich zum Übersetzen benutzen will, ein Krokodil ist.

Die alten, verwinkelten Giebelhäuser von Stoke on Trent stehen eng nebeneinander, in den Gassen tropft das Wasser der Wäsche auf mich hinab. Nur, es ist kein Mensch zu sehen. Vielleicht ist gerade Essenszeit? Ich mache viele Türen auf, aber da sind nur angefangene Essen, halbleere Gläser und liegengelassene Strickarbeiten. Den Herrn im Halbdunkel hätte ich fast übersehen. Salü, sage ich zögernd zu ihm, wir haben uns ein ganzes Schock Jahre nicht gesehen. Er sagt nichts, aber er sieht mich an. Seine Augen sagen mir, dass die da unten tief unter der Erde nichts reden können. Ich sage zu ihm: das ist schade, ich hätte dich gern einiges gefragt. Auch hätte ich mich gern ein bisschen mit dir herumgestritten, aber wenn du nichts antworten kannst, ist es natürlich Essig. So sitzen wir uns stumm gegenüber, er hat mir ein Bier hingestellt, aber leider kann er mir nicht erklären, warum er plötzlich einen schwarzen Zylinder, einen Bratenrock, einen Vatermörder und Bäffchen trägt. Ich bin jetzt größer als er. Ich sage ihm, wie ich an die Flasche herangekommen bin. Es ist nicht die klassische Methode, normalerweise macht man das anders. Übrigens, sage ich, weil es mir plötzlich einfällt: ich bin angerufen worden von dir. Wie kommt es, dass du am Telefon sprechen kannst und jetzt nicht? Er schaut mich an mit seinen traurigen Augen wie ein Bär. Ich schaue vor mich hin auf den Holztisch. Ich proste ihm mit dem unterirdischen Bier zu, aber ich habe Mühe zu lächeln dabei.

Da klingelt es. Er hebt ab, und jetzt spricht er. Seine Stimme knarrt! Seine Worte quieren! Mit wem redet er jetzt wieder, fast fürchte ich, er redet mit mir an der Oberfläche. Lass den dort gefälligst in Ruhe, rufe ich und springe auf. Aber er ist viel schneller als ich, das heißt, ich bin größer und unbeholfener. Er saust unter den Tischen durch, mit seinem Telefon in der Hand, und schon habe ich mich in den Schnüren verheddert. Ich glaube tatsächlich einen Augenblick lang, er will mich strangulieren. Dabei will er mir nur einen Hinweis geben, wo die Flasche mit dem Gegengetränk steht. Sie steht unterm Tisch, und als ich sie in einem Schwung leer trinke, werde ich so schnell groß, dass mein Kopf an die Unterseite der Tischplatte kracht. Tief unter mir sehe ich ihn, wie er lacht. Ich winke ihm, als ich aber, mit den Füßen im Urwald stehend, hochsehe, sehe ich, dass ich auf diese Weise das Seil, das ich mir von oben her zugeworfen habe, erreichen kann. Die Leute an der Myliusstraße staunen ziemlich, als ich aus der Kanalisation steige. Sie hätten erwartet, ich rieche nach Ratten, Kot und Schlamm, aber ich dufte nach rosa Lianen, Dschungel und Paidol.

Saas-Fee 004138

Wenn wir die Karte nicht hätten, wir würden dieses ferne Land nie erreichen. Zwischen den niederen dürren Gesträuchen stehen wir am Rand der Wüste. Wir halten die Hände schützend über die Augen. In der untergehenden

Sonne liegt sie unendlich vor uns, Sand, Sand und Sand, und nur dort hinten am Horizont sind im Dunst die blauen Berge zu erkennen, zu denen wir hinwollen. Hier, in der Buschsteppe, scheucht noch jeder Schritt eine Gazellenherde auf, und Tausende von krächzenden, roten Flamingos donnern vor unseren Schritten in den Himmel. Bald aber ist nur noch das Wasser das Wichtigste und tagsüber die brennende Sonne, die uns töten kann. Unsere Karte ist eine Handzeichnung auf einem Notizzettel, sie stammt vom einzigen Überlebenden, der jetzt auch tot ist. Er hat das Wasserloch in der Mitte des Wüstenweges sorgfältig eingezeichnet, aber angesichts der unendlichen gewellten roten Sandmassen sind wir nicht mehr so sicher, ob wir das kleine Loch so leicht finden werden. Die Sonne nähert sich dem Horizont. Wir prüfen nochmals den Rucksack. Wir haben Dörrfleisch und Wasser, und auf dem Kopf haben wir riesenhafte Hüte. Beim letzten Gebüsch, wo wir die Buschsteppe verlassen, binden wir eine Botschaft hin, für die Nachwelt. Wir gehen los. Der schwarze Führer geht zuvorderst, dann kommt mein Freund, den Schluss mache ich. Ich wende mich nochmals um und sehe, aus den fernen Gebüschen ragend, die Giraffenhälse, die Elefantenrücken, die Flamingoschwärme gegen die letzte Abendröte. Dann steht der Mond am Himmel, die Wüste leuchtet blau in seinem Licht. Der Sand knirscht unter unsern Bergschuhen, wir sinken ein bei jedem Schritt, aber es geht. Wir sprechen nicht. Manchmal bleiben wir schweigend stehen und schütteln die Sandkörner aus den Wollsocken. Nach ein paar Stunden spüren wir, dass es kalt geworden ist. Ich wickle den Schal fester um meinen Hals. Die Wasserflaschen glucken nicht mehr und sind schwerer geworden. Jetzt dürfen wir nicht stehen bleiben, ein steifes Glied wäre unser Tod. Über uns ist der unendliche Sternenhimmel, und ich frage mich, wie unser Führer die Richtung nicht verliert. Er geht unbeirrbar vor uns her. Endlich, als die ersten Strahlen der aufgehenden Sonne den Horizont rot färben, hält er inne. Wir müssen jetzt schnellstens einen Unterschlupf für den fürchterlichen Wüstentag finden. Wir kauern uns hinter ein paar Felsbrocken, auf deren beiden Schattenseiten wir Löcher graben, so tief wie unsere Körper. Darüber legen wir Burnus und Hut. Schon um acht Uhr früh, ein paar Stunden später, ist es nicht mehr auszuhalten. Wir trinken einen Schluck Wasser. Der Führer hat sich aufgesetzt, er glotzt vor sich hin und singt, aber er hat den Hut auf. Um Mittag wechseln wir die Schattenseite. Was für eine Brutofenhitze! Ja, sagt mein Freund heiser, wenn wir morgen Abend das Wasserloch nicht finden, dann. Vor meinen flirrenden Augen sehe ich die Geier kreisen.

Es wird endlich Abend. In den letzten Sonnenstrahlen essen und trinken wir stehend, dann gehen wir, unsre langen Schatten vor uns, los durch den noch glühenden Sand, in die Dämmerung hinein. Während der Nacht halte ich meinen ausgestreckten Arm auf die Schulter des vor mir gehenden Freunds, der hinter dem Führer hertaumelt. Gegen Morgen fallen wir in den eiskalten Sand. Ich spüre, wie mir die Zehen einfrieren, auf dem Rücken, auf dem ich schnappend liege, bildet sich eine Eisschicht. Nur der Führer steht stumm. Auf sein schwarzes Gesicht fällt das erste helle Licht. Ich setze mich auf. Rings um mich ist die unendliche Wüste, von Horizont zu Horizont, rotglühend in der Morgensonne. Meine Zunge klebt im Hals. Da schreit der Führer auf. Schon stehen wir alle und starren auf den Boden. Das ist tatsächlich eine Kaninchenspur, und da noch eine. Sie gehen in *eine* Richtung. Keuchend hasten wir hinter dem Führer drein. Es werden immer mehr Spuren, und dann liegen wir auf dem Bauch im schlammigen Sand, mit dem Gesicht im Wasserloch, zusammen mit zweiundzwanzig Kaninchen, die so ein Gedränge noch nie erlebt haben.

Der Tag am Wasserloch ist leichter als der gestrige. Die Sonne brennt, aber wenn der Kopf am Zerplatzen ist, tauchen wir ihn ins Wasser. Mit der Lupe zum Kartenlesen rösten wir in der Mittagssonne eines der Kaninchen. Noch eine Nacht Fußmarsch, und wir kommen an die Abhänge der Berge.

Die Felswände steigen schwarz vor uns auf. Wir steigen auf dem schmalen Serpentinenpfad. Jetzt habe ich die Führung übernommen. Unser Führer murmelt unverständliche Worte vor sich hin. Die Luft wird klar und leicht, unter uns, in der Tiefe, rauscht der Bergbach. Ich gebe dem Führer die Hand, damit er heil über den letzten Schnee kommt. Immer wieder stehen die kleinen weißen Kapellen am Wegrand, an manche Unglücke, die auf den Tafeln darin beschrieben sind, kann ich mich noch erinnern. Wir steigen. Unser Atem bildet Wolken. Über uns scheinen die Sterne, und wir sehen sicher merkwürdig aus in unsern Wüstenausrüstungen. Die Arven und Föhren rauschen. Das Tal liegt im blauen Mondlicht, wir sehen bis nach hinten, da wo der Stausee ist, dessen himmelhohe Betonmauer die Eingeborenen nicht ohne ein Kreuzzeichen betrachten. Darüber ist der vergletscherte Pass, über den jetzt nur noch die Stürme fegen.

Endlich biegen wir um die Ecke, und der Talkessel von Saas-Fee öffnet sich vor uns. Von weitem schon sehen wir die rote Laterne am Haus, das unser Ziel ist. Die Gletscher stehen eisblau vor uns. Es ist kalt. Das rote Licht ist nun ganz nahe, jetzt stehen wir vor dem ersten Holzstadel auf den Steinplattenpilzen. Einer muss klopfen. Der Führer, der wieder Mut gefasst hat, tut es, aber dann stellt sich doch mein Freund als Erster an die Tür, denn wir wissen nicht genau, was sie in den Bergen oben von einem Schwarzen halten. Es ist ein weiter Fußmarsch gewesen! Wir haben ein Vergnügen verdient! Die Tür geht auf. Wir treten in die rauchige Küche. Es ist ziemlich dunkel, das einzige Licht kommt von einer Stalllaterne auf dem Holztisch und vom Feuer im Herd. Der Bauer und die Bäuerin sitzen am Tisch, sie machen die Abrechnung und schauen nur kurz auf, als wir hereinkommen. Die Mädchen sitzen in ihren Trachten auf den langen Bänken, sie kichern und lachen, als sie unsern Aufzug sehen. Verlegen drehe ich den Wüstenhut in der Hand. Mein Freund überwindet als Erster unsere natürliche Scheu, er zieht den Burnus aus und sieht in seinem Unterleibchen eigentlich ganz manierlich aus. Er lässt sich mit einem der Mädchen in ein Gespräch ein, und auch unser Führer überwindet seine Hemmung. Er trommelt mit seinen geschickten Händen auf den Holztisch, dass das Weinglas des Bauern herumhüpft. Der schaut unwillig hoch und trinkt es aus, dann rechnet er weiter. Das Mädchen versteht den Führer, meinen Freund, ich sehe, wie sie zusammen nach hinten durch die niedere Holztür gehen.

Ich, ich vermisse meine Freundin von damals. Vom Heuboden herab höre ich schon lange ein Stöhnen, in dem ich auch das ihre zu hören glaube. Ich setze mich. Noch immer drehe ich den Hut in der Hand. Endlich ist es, nach einem Schreien und Röcheln, still geworden da oben, endlich dann sehe ich Miriams Beine oben auf der Heubodenleiter. Hinter ihr kommt ein alter Mann in einem blauen Bauernkittel herabgeklettert. Er geht an den Holztisch und tut das Geld darauf. Miriam erkennt mich nicht, sie lächelt mich unbestimmt an, das muss der Burnus und meine rotgebrannte Haut sein. Erst im Heu, als ich den Hut nicht mehr vor mir hertrage, kann sie sich an mich erinnern, und wir sind wie eh und je. Danach, am Holztisch, habe ich einige Schwierigkeiten, weil der Bauer meine afrikanischen Münzen nicht annehmen will. Unser Führer, der auch wieder da ist, haut ihm eins an den Kessel. Die Mädchen, die ihn schon längst nicht ausstehen können, halten sich die Bäuche vor Lachen. Wir verabreden uns für morgen, wir wollen im Gänsemarsch durch die Wüste zurück, weg von diesen Berglern und Touristen. Die zertrampelte Leiche werfen wir in den Bergbach, dann machen wir uns auf den Weg. Die Mädchen waren noch nie in der weiten, roten Wüste, sie haben noch nie ein Kaninchen gesehen.

Als wir um die Ecke in den Serpentinenweg einbiegen, fragen wir uns, was das für ein seltsames Geräusch ist. Das Tal liegt grün und ruhig unter uns, aber vom Horizont her kommt ein drohendes Donnern. Da schäumen die Wassermassen schon um die Felsecke. Sie schieben Tannen, Dörfer, Kirchen, Herden, Menschen, Gerölle mit sich, im Nu ist das ganze Tal, bis fast an unsre Füße hinauf, ein reißender, tobender Fluss. Sein Wasser ist braun, zitternd schauen wir talabwärts, da, wo wir am Horizont die hitzeflimmernde Wüste sehen. Jetzt sehen wir das Wasser auch dort unten. Wie eine braune Zunge schiebt es sich in die Wüste, immer weiter hinein, bis es dort unten aussieht wie ein fernes braunes Meer. Hier oben hat sich der Strom indessen beruhigt, er fließt nun wieder tief unten im Tal, nur, dass keine Arve und Tanne mehr steht, kein Telefonmast, kein Stadel. Wir stehen auf und machen uns auf den Weg. Vom Serpentinenweg ist nichts mehr zu sehen, immer wieder gleiten wir auf den verschlammten Felsplatten aus. Jeder von uns ist für zwei Mädchen verantwortlich, ich für Miriam und Bernadette. Stundenlang klettern wir über die Baumstämme. Endlich erreichen wir den Ausgang des Tals, den Beginn der Wüste von damals. Das Wasser steht hier noch metertief. Die herabgeschwemmten Körper der Talbewohner bilden ein Delta. Rittlings auf einem Baumstamm sitzend, paddeln wir uns durch sie hindurch. In einem der Gesichter glauben wir einen Augenblick lang den Bauern von gestern zu erkennen, aber schon dreht ihn die Strömung auf den Bauch. Bald haben wir die schrecklichen schwimmenden Bauern hinter uns. Bald sehen sie nur noch wie ferne Seerosen aus. Wir rudern hinaus in die freie Wüste. Die Sonne ist heiß, und wir kühlen uns mit dem braunen Gletscherwasser. Nach Stunden des Ruderns sehen wir wieder ein paar so schwimmende Blumen. Das sind jetzt Kaninchen, sage ich zu den Mädchen, die noch nie eins gesehen haben. Endlich stößt unser Bug auf Grund. Wir gehen zu Fuß weiter, wir sinken ein im sumpfigen Boden, aber mit der Zeit wird der Boden härter und hart, und schließlich stehen wir in der Wüste, die nur noch ein schmaler Streifen ist. Wir schauen zurück und sehen, dass schon die ersten Gebüsche aus dem bewässerten Boden kommen. Es ist schlimm. Wir wollen nicht mehr zurücksehen. Wir gehen über die letzten Wüstenmeter, bis da, wo die Gebüsche beginnen. Ich nehme unsre angebundene Botschaft ab und stopfe sie in die Tasche. Jetzt, wo wir das Brüllen der Löwen und den Donner der Elefanten hören, soll alles anders werden. Tagsüber wollen wir auf unsern schattigen Schilfmatten liegen, und nachtsüber auch.

Ospizio Bernina 0041 82

Links liegt der Lago bianco, rechts der Lago nero. Der Lago bianco sieht wie mit Magermilch versetzter Absinth aus, der Lago nero wie eine alte Flanellhose. Zwischen beiden steht ein silberglänzender Damm, gegen die Werwölfe. Wenn ich hier beim Wasserabschlagen nur ein bisschen so mache, *so,* oder bei einem plötzlichen Alpenwind, dann fließt mein Wasser nicht ins Schwarze Meer, sondern ins Mittel. Ich trete summend in die Gaststube, aber der Wirt hat gemerkt, dass ich sein Lager gesehen habe. Er ist bleich, er hat auch keine Erklärung dafür, warum in seinem Hinterzimmer die Traghutten liegen, auf denen die Zigarettenpakete abgepackt sind. Wir lachen ihn aus, und als er merkt, dass wir keine Zollbeamten sind, sondern im Gegenteil, kommt die Farbe in sein Gesicht zurück. Er macht eine Flasche auf. Es ist seine letzte, sagt er, sie ist von einer Firma, die es jetzt nicht mehr gibt. Trinkend sehen wir zu den Gletschern hoch. Es dämmert. Dort oben, am Fuß der

Eiszungen, wohnt eine Art Bergindianer. Es sind die Bergbauern von früher. Mit ihren gegerbten Gesichtern stehen sie auf den Felsvorsprüngen und sehen starr und schweigend auf die Straße unten im Tal hinab. Sie zucken mit keiner Wimper beim Anblick des Autos aus Holland und aus Deutschland, nur manchmal, in der Nacht, erlegen sie eins und schleppen die Beute in ihre Höhlen zu den Gletschern hoch. Sie gehen auf den Wegen, die nur sie kennen. Sie verständigen sich, von Bergkamm zu Bergkamm, mit einem langatmigen, eintönigen Singen, manchmal hören wir sie, wenn wir abends, wenn die Sonne untergeht, ganz aufmerksam nach oben horchen. Es sind Laute, die Tränen in uns auslösen. Gesehen habe ich noch nie einen, auf meinen Bergtouren finde ich hin und wieder eines ihrer Steinwerkzeuge oder ein hohles Gemshorn. Ich weiß, da oben sind sie, jetzt sehen sie wie ich, wie das Postauto die enge Kurve hinabkommt. Der Bug und das Heck hängen über dem Abgrund in der Kurve. Der Chauffeur ist wegen Verführung von Minderjährigen einen Monat lang dispensiert gewesen, aber niemand kann diese Kurve so fahren wie er, und die Minderjährige ist jetzt volljährig. Wir sitzen alle drei am Tisch des Bahnhofrestaurants des Ospizio und trinken einen Kaffee mit Träsch. In unsern Träumen haben wir etwas gegen die Bergbauern von heute, die bei jeder Alpenwiese an einen Skilift denken. Wir legen uns hinter einen Felsblock und werfen Steine auf die Touristen. Doch jetzt, wo wir nicht schlafen, erklären wir den Damen und Herren aus Düsseldorf geduldig, dass es vielleicht vorsichtiger wäre, den Piz Palü nicht in Sandalen zu besteigen.

Am nächsten Morgen, als wir dann das Tal hochfliegen,

sehen wir das Bahnhofrestaurant ein letztes Mal unter uns. Die Arme tun uns langsam weh vom vielen Flügelschlagen. Dann, später, fliegen wir viel höher, Sandra, der Chauffeur und ich, es ist kalt, und die Gletscher liegen eisblau unter uns. Wir sind in dicke Anoraks gepackt. Wir schweben über dem Eisabbruch, nie hätten wir gedacht, dass es so gut geht. Wir haben Aufwind, er treibt uns die Nordwand entlang. Wir steigen und steigen. Die Sonne bricht über den Grat und fällt uns ins Gesicht. Die Musik in unsern Ohren ist sehr laut. Wir sehen über das unendliche Nebelmeer, Herrgott, ist das etwas. Fast hätte ich die kleine Gestalt auf dem Gipfel unter uns nicht gesehen. Da steht der Mann neben der Gipfelfahne im Schnee. Er winkt uns zu. Er ist schon spät dran, denke ich, wenn er seinen Abstieg noch heute hinkriegen will. Er macht aber keinerlei Anstalten, und jetzt sehe ich, dass er keine Beine hat. Soll ich landen bei ihm? Aber wer weiß, ob ich, einmal unten, wieder starten kann? Als ich gleich darauf ins Luftloch falle, schlage ich wie wild mit meinen Armen, und ich kann dann nur noch die Südwand hinter mir hochsehen, von wo der klein und kleiner werdende Mann mir nachwinkt. Heftig weinend schlage ich auf der Bergwiese auf, wo sich der schluchzende Chauffeur schon um die zerfetzte Leiche von Sandra kümmert.

Corpus Christi, Texas 001 512

Die stille staubige Luft flirrt in der Mittagssonne. Wir sitzen unter unsern gewaltigen Hüten auf der Hotelterrasse, Judith, Jane, John und ich. Wenn wir atmen, pappt sich der

Staub in unsre Gaumen, wir spülen mit den Schlitz-Bieren nach. Es ist so still, dass es schon fast unheimlich ist, bei so viel Frieden *muss* etwas passieren. Judith nickt schläfrig. Wir reden ein wenig darüber, woher der seltsame Ortsname wohl kommen mag, aber jetzt sehen wir am andern Ende des Platzes einen kleinen Mann. Er hat einen langsamen, wiegenden Schritt, und als er in die pralle Sonne hinaustritt, erkenne ich ihn gleich. Er ist, mit Recht, stolz darauf, dass er gerade den letzten Neger von Corpus Christi, Texas, aufgehängt hat, denn tatsächlich stinken diese Neger ja unheimlich. Er blickt prüfend über sein weites gutes Land und zu uns hinauf auf die Hotelterrasse. Wir wissen nicht recht, sollen wir uns ducken oder sollen wir hinablächeln. Das Schlitz-Bier erstarrt uns im Mund, und wir atmen ihm möglichst wenig Luft weg. Da, ist das nicht ein russischer Agent? Er erlegt ihn mit einem Blattschuss. Es ist kein russischer Agent, sondern Jim von der Tankstelle. Aber er überzeugt die schluchzende junge Braut bald einmal, dass ein Risiko sein muss bei der Herbstjagd. Susi, flüstert er dem Mädchen zu, das sich die letzten Tränen aus den Augen wischt, ich biete dir eine Ersatznacht an, bei mir, im Motel, na? Susi nickt. Aber er hat sich schon abgewandt, denn seine Freunde mit den ausgebuchteten Westen haben ihm den gewünschten Aktenordner herbeigeschafft. Wer hätte das gedacht, sagen wir dann später auf der Hotelterrasse, als wir die neue Abendzeitung lesen, dass dieser Jim von der Tankstelle so einer war. Er hat uns immer so lieb das Benzin ins Auto getan. Aber hier steht haarklein, dass er 1967 *damned* gesagt, 1968 in der Kirche geraucht, 1969 einen Schnurrbart getragen hat u. a. m. Judith seufzt ein bisschen, während sie in die untergehende Sonne schaut.

Dann klingelt in unserm Schlafzimmer das Telefon. Wir hören ihn, wie er die Treppe hochstürzt. Die Aufseher drängen uns mit ihren Maschinenpistolen auf der Terrasse zusammen, damit wir das Gespräch nicht abhören. Was, ruft er in unserm Zimmer in unser Telefon, eine Kamera? Über meinem Bett? Ein russisches Fabrikat? Als er aufhängt, ist er sehr bleich, mit leerem Blick nimmt er das Alka Seltzer von Jane entgegen. Es geht ihm so schlecht, dass er das Erschießen der Ohrenzeugen zu befehlen vergisst. *Er* kann sich vorstellen, wie die Bilder in der Morgenausgabe der Prawda aussehen werden, aber wir können es nicht so recht. Deshalb geht John zum Kiosk von Corpus Christi, Texas, und holt die neue Nummer. Es ist totenstill auf dem Platz unter unserm Hotelzimmer, man hört nur das Umblättern unserer Zeitung. Da. Seine Freundin sieht nett aus, aber nie hingegen hätten wir gedacht, dass er so viele Pickel hinten auf seinem Hintern hat. Dann lesen wir noch schnell den Wetterbericht für Moskau.

Vatikanstadt (Città del Vaticano).............. 0039 6

Ein heißer Sommerhimmel steht über der Engelsburg und über der Myliusstraße. Bei mir ist es glühend im Zimmer, aber der Pater, in seiner Zelle, merkt wenig von der Hitzewelle. Bei ihm ist es kühl und sanft und ruhig, er sitzt auf seinem Stuhl, die Füße hat er auf dem kalten Marmor, die Gedanken im Buch Jesaia, und auch die Wespen, die durch die Gitterstäbe des Zellenfensters hereinsummen, sind

Männchen. Jetzt allerdings fährt er hoch, er schaut auf den schwarzen Apparat auf dem Tisch neben ihm. Das ist das Klingelzeichen, von dem man ihm erzählt hat. Sein Herz klopft. Vorsichtig hebt er den Hörer ab und lauscht. Als er hört, was ich will, setzt sein Herzschlag für den Bruchteil einer Sekunde aus. Seine Stimme zittert. Sorgfältig legt er den Hörer auf den Tisch, neben das Buch Jesaia, und wischt sich mit seinem weißen Taschentuch über die Stirn. Dann trippelt er aus seiner Zelle, den kühlen kahlen Korridor entlang, in den das schräge gedämpfte Sonnenlicht fällt, bis zur Zelle des andern Paters. Er klopft nicht an, und der andere Pater wird ein wenig rot, dass er so schnell die Kutte fallen lassen muss. Aber das ist schnell vergessen, denn dass der Papst einen Telefonanruf bekommt, das gibt es nicht alle Tage. Mit schnellen Schritten steigen sie eine Treppe höher, über den weißen Marmor, an den Statuen mit den Steinbibeln vorbei, ins große, holzgetäfelte Zimmer des dritten Paters. Dieser legt schnell den Osservatore Romano über das, was er sich angesehen hat. Er faltet die Hände und wiegt den Kopf, und schon gehen alle drei durch die weite hohe Halle, machen einen Knicks beim Altar, gehen um eine dunkle Ecke bis zu einer schweren Eichentür. Herein, ruft der Pater nach einer ganzen Weile, und als sie die Tür öffnen, huscht ein kleiner Ministrant aus dem Zimmer. Ach Gott, sagt der Pater hinter seinem gewaltigen Schreibtisch, letztes Jahr hat der Papst schon eine Postkarte bekommen, und jetzt das. Wir müssen Erkundigungen über den Anrufer einziehen.

Alle vier gehen um die dunkle Ecke, machen den Knicks, gehen durch die weite hohe Halle, an den Statuen vorbei, die Treppe hinab, durch den kühlen Korridor, in die Telefonzelle. Der vierte Pater nimmt den Hörer in die Hand. Ich höre seinen Atem. Hallo, sage ich heftig, Herr Papst? Nein nein, murmelt der Pater, aber einer seiner geheimsten Wünsche ist für einen Augenblick Wirklichkeit gewesen. Mit Falten in der Stirn fragt er mich. Ich habe zwei Jahre in einem katholischen Verlag gearbeitet, sage ich bescheiden. Die Sorgenfalten meines Gesprächspartners lockern sich. Ich höre, wie er den Hörer auf den Tisch legt. Die tuschelnden Stimmen entfernen sich. Ich sitze. Der Schweiß rinnt mir den Rücken hinab. Aus der Muschel meines Apparats strömt die Ruhe des späten Morgens des Vatikans. Während ich lauschend zum Fenster hinaussehe, rechne ich aus, dass, wenn 7,385 Sekunden 21 Pfennige kosten, dieses Gespräch bis jetzt 1386,50 Mark gekostet hat. Während ich dann die fernen, dröhnenden Glocken im Hörer höre, rechne ich die anwachsende Summe in Lire, dann in Drachmen, schließlich in Yen um. Die vier Patres gehen indessen durch den Vatikanstaat, unter den Säulen hindurch, über die Plätze, durch die Galerien. Sie erzählen jedem, der ihnen begegnet, was ihnen begegnet ist. Eine große Menge Patres steht bald vor des Papstes Gemächern. Ihr Tuscheln dringt durch die wattierten Doppeltüren bis hinein. Der Papst sieht seinen Diener, der aus Bayern stammt, irritiert an. Geh er, sagt er, schau er. *Donna wetta*, entfährt es dem Diener, während er durch das Schlüsselloch nach draußen sieht, ich glaube, es ist Ostersonntag, Herr Papst. Der Papst erschrickt fürchterlich. Er kann den Ostergruß auf Thailändisch, Indisch und Napalmesisch noch nicht auswendig. Was nun?

Da brechen unter dem Druck der Menge die Flügeltüren. Die Hereintretenden sind erstaunt, wie klein und mager ein nackter Papst ist. Er bedeckt sich mit seinen Händchen. Auch dem Diener ist es peinlich. Er zieht seine Lederhose an. Telefon, Vater, rufen die Patres. Jaja, sagt der Papst leise, wir kommen ja schon. Ich höre in meinem Hörer, wie er näher kommt. Seine Schleppe rauscht über die Marmorfliesen dahin. Ich setze mich aufrecht und rücke die Krawatte zurecht. *Prontum,* ruft der Papst, wir sind am Apparat. Allerdings, er hält die Sprechmuschel ans Ohr und umgekehrt, und so höre ich ihn nur undeutlich. Jedenfalls ist sein Latein nicht besser geworden seit der letzten Bulle. *Papst:* Quisquis parla? *Ich:* Ego. Scriptor francfortiensis sum. *Papst:* Quidquid scribisne? *Ich:* Habebo scriptum librum cuius nomen est Alois, alterum culus nomen est Merla in piova in hortu, tertium cuius nomen est Normalis nostalgiaque. *Papst:* Interessantissime! Volesne venire cenare et discurrere con nos hodie? *Ich:* Libenter. Vobis gratias ago.

Ich nehme meinen besten Anzug für meinen Besuch, eine graue Krawatte, schwarze Schuhe. Ich kaufe Blumen. Dann fahre ich, durch die abendlichen Straßen Roms, bis zum Vatikan-Zoll, der, als er meinen R4 von weitem kommen sieht, schon die Schranken hochzieht. Polizeipatres winken mich zu meinem reservierten Parkplatz neben den Papstkarossen. Der uralte Parkwächter will einen Augenblick lang ein Gesicht machen deswegen, als er aber meine Einladung mit dem Fingerabdruck des Papstes sieht, hellt er sich auf. Ich werde, vorbei an meinen Landsleuten in den uralten Uniformen, durch lange, lange Korridore geführt. Sie sind von Fackeln erleuchtet. Der Papst hat mich schon erwartet. Ich gebe ihm höflich die Hand, dann setzen wir uns an den Tisch.

Das Essen verläuft sehr fröhlich und angeregt. Die Weine sind vorzüglich, der Papst macht eine Flasche nach der andern auf. Er erzählt aus seiner fernen Jugend, von den Hügeln, von den Seen. Er lacht, bis er sich eine Träne aus den Augenwinkeln wischen kann. Tief in der Nacht gehe ich schließlich durch das schlafende Rom nach Hause. Ich schlafe tief und traumlos. Als am nächsten Morgen, beim Frühstück, im Fernsehen der schwarze Rauch durch den Kamin des Vatikans kommt, denke ich, er ist doch ein guter Mensch gewesen, allerdings kein trinkfester.

Frankfurt/M .... ∞61

Zuerst traue ich meinen Ohren nicht, aber das ist kein Radio, keine Television, keine Kassette, keine Halluzination. Es ist ein vierhändiges Klavierspielen, das durch mein Fenster dringt. Ich kann es kaum glauben. Ich gehe auf den Balkon, aber wenn die wehenden Akkorde auch manchmal vom vorbeidonnernden Linienbus verdeckt werden, es besteht kein Zweifel, sie kommen aus der Myliusstraße, aus dieser Villa, aus diesem Fenster. Es ist Abend. Ein lauer Herbstwind bläst durchs Laub. Jetzt bleiben auch schon ein paar Männer stehen. Sie sehen sich an, dieses Geperle erinnert sie an etwas, wie auch mich. Ich springe auf, plötzlich habe ich das Gefühl, ich darf keinen Ton verpassen. Ich stürze die Treppe hinab, in meinen Haushosen, in der Joppe, in den Pantoffeln. Tatsächlich, die Töne kommen aus der sandsteinigen Villa mit dem Garten, mit den herrlichen Bäumen, das Fenster ist offen, und nun höre ich alles sehr gut. Während die Passanten diskutieren, ob es statthaft ist, dass so ein Lärm gemacht wird nach Einbruch der Dunkelheit, klettere ich über den niederen Zaun und schleiche durch den Garten. Natürlich, Leute wie sie und er halten sich keinen Hund, und wenn, dann einen stummen, lieben. Ich kann sie mir eher mit einem Goldfisch vorstellen, einem Kakadu, einer Elster. Ich gehe ums Haus herum. Die Küchentür, die ich über eine kleine Veranda erreiche, ist nur angelehnt. Leise drücke ich sie auf. Sie knarrt. Jetzt höre ich das Piano wieder, sie sind jetzt im langsamen Satz, im Adagio. Er spielt die Bässe, das ist kein Zweifel, sie ist oben. Sie sind beide noch unheimlich in Form. Mein Herz klopft. Ich drehe das Licht an in der Küche, wer hätte das gedacht, dass sie so modern ausgerüstet sind, mit Kaffeemaschine, Fleischwolf und Eieruhr. Als ich die schwarzen Beinkleider und das Sakko über dem Stuhl liegen sehe, zögere ich keinen Augenblick. Schon bin ich in der Hose drin, sie ist mir nur wenig zu groß, sie verdeckt meine Pantoffeln. Grad will ich mir auch noch das Frackhemd anziehen, da geht die Tür auf, und der elegante Herr tritt ein.

Oh, sagt er, verzeihen Sie. Er bleibt unter der Tür stehen und starrt mich an.

Ich, ich bin der neue Diener, stottere ich. Da aber sehe ich, dass ich ihn kenne. Er hat einen flackernden Blick, er sieht mich durchdringend an, er schließt die Tür hinter sich und legt den Finger an den gespitzten Mund. Psst, sagt er, ich will Ihnen ein schreckliches Geheimnis enthüllen. In meinem Kopf, sagt er und deutet mit den Fingern an seine Stirn, ist immer ein Ton, immer derselbe. Hören Sie.

Ich lausche, während er mir seinen Kopf hinhält, aber ich höre über ihn hinweg nur die beiden, wie sie sich immer mehr, jetzt mit einem Allegro, einem Presto annähern.

Ja, sagt er, es ist schrecklich. Es ist schon lange so. Plötzlich eines Nachts ist es gekommen. Klara, habe ich geschrien, Klara, hörst du diesen Ton? Diesen grässlichen, schmerzenden, unaufhörlichen Ton?? Aber Klara hört nichts. Sie spielt mit Franz. Die Musik, die ich durch den Schleier meines Tones höre, ist nicht von mir, ich weiß es, ich weiß es genau.

Er streicht sich die Haare aus der Stirn. Er sieht müde aus. Er trägt einen Abendanzug, der vorne offen ist, er ist verschwitzt und hat ein rotes Gesicht. Seit Jahren, schreit er plötzlich sehr laut, schreibe ich an meiner Sinfonie, aber es fällt mir immer nur dieser eine Ton ein.

Ich nicke. Ich ergreife ein Tablett. Ja, sage ich, ich sehe mich nun veranlasst, meinen Dienerpflichten nachzukommen und den Herrschaften eine Erfrischung darzureichen.

Geh er, geh er nur, murmelt der Komponist. Einsam bricht er auf dem Küchenstuhl zusammen. Seine Hand krampft sich in eine Zitrone. Leise ziehe ich die Tür hinter mir zu.

Die Musik ist nun sehr laut. Sie ist ein Prestissimo. Ich schleiche über die Teppiche des Vorraums. Ich darf nicht gesehen werden. Hinter dieser Tür, hinter diesem Vorhang müssen sie sein. Was für Töne! Welche Glut des Vortrags! Meine Finger beben, als sie den Samt des uralten Vorhangs berühren. Wie laut die Musik nun ist! Ich schiebe den Vorhang um einen Spalt zurück. Das, was ich sehe, übertrifft meine Erwartungen noch. Es ist ein eleganter Salon.

Die Musik donnert nun con fuoco, und überall liegen die Kleidungsstücke von Franz und Klara, die Oberröcke, die Unterröcke, die Krinolinen, die Spitzenhosen, die Frackschöße, die Zylinderhüte, die Sockenhalter, die Ruderleibchen, die Sonnenschirme, die Blumenhüte, die Handschuhe. Der Flügel ist schwarz und offen, und die Tasten tanzen wie wild, in einem heftigsten Furioso, in der wildesten Appassionata, die Franz und Klara jemals improvisiert haben. Klara macht jetzt nur noch wenige Töne, und sie spielt jetzt unten. Ich sehe sie. Wie sie wogen! Wie sie spielen! Kein Wunder, dass die Leute sich zusammenscharen auf der Straße. Auch ich bin ganz nass vor Aufregung. So etwas Herrliches erlebe ich nicht alle Tage.

Dann, als das Musikstück vorbei ist, betrete ich mutig den Raum. Ich bin, sage ich mit einer artigen Verbeugung, der neue Herr Diener, der von dem in der Küche sitzenden einsamen Komponisten eingestellte. Ach, der Robert, sagt Frau Klara, die keuchend auf dem Teppich liegt, lächelnd zu Herrn Franz, was er immer wieder anstellt. Nun, sagt sie dann zu mir gewandt, helfe er mir beim In-die-Kleider-Kommen. Ich mache mich an die Arbeit. Ich husche durch den Raum, ich stelle mich immer so, dass man weder meine roten Filzpantoffeln sieht noch, dass die Ärmel viel zu lang sind. Klara legt sinnend das Tastenschutztuch auf die Tasten. Langsam klappt sie den Flügeldeckel hinab. Franz ist in der Zwischenzeit damit beschäftigt, das eben gespielte Stück, das auch ihn herrlich wie nie gedünkt hat, zu notieren, für einen etwaigen vierhändigen öffentlichen Vortrag. Meinst du, wir können das tun, sagt Klara und schaut Franz an.

Franz brummelt. Dann setzt er sich, mit der notdürftig gebundenen Frackschleife, ans Glastischchen. Ich schenke ihm einen Schnaps ein. Er zündet sich eine Zigarre an. Klara lächelt. Ihr Franz ist schon ein unglaublicher Virtuose, der größte seiner Zeit vielleicht. Er kommt nicht oft in ihr Haus, in ihren Salon, an ihr Klavier, aber wenn, dann kracht es in den Bässen.

Togo 0067 9854

In Togo schlägt einer einen mit einer Axt tot, und gleich ist der zuständige UPI-Korrespondent zur Stelle. Er schnitzt sich seine Notizen in den Bambusstab, dann rennt er zur Übermittlungstrommel und wirbelt los. In der Zentrale in Zentralafrika kommen sie kaum mit mit mitnotieren. Mit einem saubern Fünferruf schließt der Korrespondent seine Übermittlung ab und geht zum Kadaver zurück, zuschauen, privat. In der Zentrale bringt der Mann, der die Meldung mit der Kreide auf die Schiefertafel notiert hat, diese zum Mann, der seit Jahrzehnten schon am Morseticker sitzt. Er nimmt die Tafel und morst los, kurz kurz lang lang, er hält nur einen Augenblick inne, als er zur Stelle kommt, wo er die Kreideschrift mit seinem Ellbogen verwischt hat. Aber er ist sicher, dass es so heißen muss. In Tunis ist es heiß. Das dickliche Mädchen, das Mittagsdienst hat, lässt den Ticker tickern. Sie trinkt ihren Tee. Schnaufend erhebt sie sich schließlich, reißt den Lochstreifen ab und watschelt los, durch die Korridore, die Treppen hinab. Es ist so heiß, dass der ihr begegnende Bote diesmal auf den Klaps auf den Hintern verzichtet, den sie diesmal gar nicht gemerkt hätte. Der Entzifferungsangestellte nimmt den Streifen, notiert die Meldung in Klarschrift mit seinem Filzstift und schiebt sie seinem Kollegen hinüber, während er sich wieder ins Kreuzworträtsel vertieft. Der Kollege übersetzt sie ins Französische. Wo ist das Wörterbuch schon wieder hin, ruft er. Als er aber keine Antwort bekommt, muss es auch so gehen. Er stopft die Übersetzung, die er mit seinem Kugelschreiber auf ein gelbes Formular notiert hat, in die Rohrpostkapsel und steckt sie in die Röhre. Sie fällt ins Sendebüro. Der Sendeangestellte stülpt sich die Kopfhörer über, er sucht den Kurzwellenbereich, in dem er noch am ehesten nach Paris durchkommt. Zwei Beduinen treten den Dynamo, sie müssen gleichbleibende zwanzig Volt schaffen, damit die Meldung durchkann. Salut Yvonne, sagt der Beamte, ich habe eine Meldung, kommen. Die Stimme Yvonnes ist sehr weit weg. Der Beamte diktiert die Meldung, Yvonne notiert sie in ihrer Kurzschrift. Sie trägt ein kariertes Sommerkleid aus den Galeries Lafayette und freut sich auf den Bois de Boulogne, die Autos, die Schwäne, das Eis. Sie schiebt die Meldung ins Nebenbüro, wo sie ihre Kollegin aus der Kurz- in die Langschrift überträgt. Das kann man so aber nicht sagen, sagt sie über die Schulter hinweg, sondern nur so. Ihre Schreibmaschine klappert. Sie gibt die Meldung zum Zentralfernschreiber hinunter. Das Mädchen dort macht 267 Silben in der Minute, so hat es die Meldung in 22 Sekunden draußen. In Frankfurt schaut der Redakteur auf den Papierstreifen. Diese verdammten Chinesen, sagt er kopfschüttelnd zu sich selbst. Er spannt einen Papierbogen in seine Reiseschreibmaschine. Für die Meldungen in letzter Minute braucht er noch 18 Zeilen. So, so wird es gehen. Zufrieden wäscht er sich die Hände. Das war wieder ein schöner Tag.

Am nächsten Morgen bringt uns der Briefträger die Morgenzeitung ans Bett. Wir frühstücken. Ich lese, während der Briefträger sich mit Anna unterhält. Es ist teuflisch, sage ich zu den beiden, was diese Kommunisten alles anrichten. Da, in Togo, lest mal. Später, brummelt der Briefträger, und Anna stimmt ihm mit ihrer piepsigen Stimme zu.

Trieste .... ○○39 40

Er hat einen Damenstrumpf übers Gesicht gezogen, während er lautlos durch die nachtschwarzen Gassen von Trieste schleicht, wir aber wissen, es ist Giovanni Battista Oberdan. Aus seinem Walkie-Talkie hört er die geflüsterten Anweisungen, in dem Code, den die österreichische Geheimpolizei so schnell gar nicht entziffern kann. Ente heißt Kaiser, kommt heißt schwimmt. Sandras Stimme wispert aufgeregt: die Ente schwimmt in fünf Minuten vorbei. Oberdans Herz stockt für einen Moment. Er zieht den Strumpf dichter über die Nase. Unhörbar schleicht er, einer Katze gleich, bis zu der Mauer, unter der die Ente vorbeischwimmen muss. Er klettert hinauf, vorsichtig, sicher. Die Straße unter ihm ist hell erleuchtet. Kinder mit Fähnchen stehen am Straßenrand, Mütter plaudern mit Vätern, gravitätische Polizisten patrouillieren, die Eisverkäufer gehen herum, aus der Ferne hört man die Böllerschüsse, die anzeigen, dass der Kaiser sich auf den Weg gemacht hat. Und niemand sieht Oberdan, unsern Freund, wie er im Dunkeln da oben auf der Mauer lauert, einer Raubeule gleich. Die Kinder schwenken die k. u. k. Fahnen. Nur eines, das diese Augen sieht, denkt, es ist der schwarze Mann. Verhängnisvoller Irrtum!

Der Kaiser winkt aus seiner Kalesche, und die Kaiserin ist froh, dass sie für diesen unermesslich langen Staatsbesuch den Schwamm in die Unterhosen getan hat. Die Menge jubelt. Der Kaiser schmunzelt, es tut ihm wohl, die Fahnen zu sehen, und dass da ein paar eine von den Melodien von dem neuen Komponisten singen, überhört er für einmal. Jetzt sieht auch Oberdan die Kutsche. Sie wird von vier Apfelschimmeln gezogen. Ihre Hufe klappern auf dem Kopfsteinpflaster.

Das Ende der Ente ist nahe, flüstert er in das Walkie-Talkie, Ende. Er wiegt es wie einen Stein, jetzt zündet er den drangebundenen Sprengsatz an. Er wirft ihn. Schau, Franz, ruft die Kaiserin, als sie den Feuerwerkskörper fliegen kommen sieht. Aber dem Tyrannen in der Kutsche schwant nichts Gutes, instinktiv zieht er den Kopf ein. Es knallt. Ein Pferd stürzt um. Die Geheimpolizisten setzen mit wuchtigen Schritten über die Gartenmauer, während Tyrann und Tyrannin sich aus der zerbrochenen Kutsche herausschaffen. Das Walkie-Talkie liegt neben dem toten Pferd, ach, da Oberdan an seinem Damenstrumpf im Brombeergesträuch hängt, haben ihn die Polizisten auch schon eingeholt. Stolz blickt er ihnen entgegen. Die Freunde zu Hause lauschen zitternd am Walkie-Talkie. Sie hören ein gewaltiges Schreien und Lärmen, sie ist tot, die Sau, rufen die Leute auf Italienisch, dann wieder, es lebe der Kaiser, auf Österreichisch. Lucio, Mario und Sandra, in ihrer Dachstube, hören und lauschen, wo aber ist ihr Freund? Er steht unter dem Holzbalken, und er spürt den Strick um den Hals. Der Beamte prüft nochmals, wie stark er treten muss, damit die Kiste, auf der Oberdan steht, umkippt. Dann tritt er sie um, und Oberdan, unser Freund, hat nicht einmal Zeit gehabt zu sagen, für Gott und Vaterland.

Beim abendlichen Bankett flüstert die Kaiserin dem Kaiser ins Ohr, ich habe mich schon sehr erschreckt, gottseidank hatte ich den Schwamm. Der Kaiser lächelt. Dann aber hält er die Rede, in der er sagt, dass es nicht geht, dass immer mehr Untertanen diese Melodie von diesem ausländischen Komponisten singen. Triest bleibt Triest, schreit er. Dann setzt er sich wieder, unter dem donnernden Applaus der Geladenen. Es gibt Rippchen und Kraut, bei Kaisers und bei Lucio, Mario und Sandra, die aber sehr wenig isst, weil ihr Geliebter noch immer nicht nach Hause gekommen ist.

San Francisco, California 001 415

Die alte Urgroßmutter spürt bei eins, dass die Erde leise unter ihren Füßen zittert. Der Urgroßvater, der am Kanonenofen sitzt und sich die Hände wärmt, fühlt es bei zwei. Bei drei die Großmutter. Sie steht im Hühnerhof, streut die Körner hin und her und sieht, dass die Hühner ganz anders aufflattern als sonst. Vor der Sonne steht eine fahle Wolke. Der Großvater merkt es bei vier. Er sitzt auf dem Abtritt und spürt das Sirren in den runzligen Backen und wundert sich, dass das Wasser ungefragt spült. Die Mutter bei fünf: über dem Küchentisch, auf dem sie die Maultaschen rollt, schwankt die Petroleumlampe hin und her, und die Maultaschen flitzen ihr von der rechten in die linke Hand. Der Vater bemerkt bei sechs, dass der Geldberg, den er zum Zählen aufgeschichtet hat, zusammenbricht und dann, dass er beim Suchen auf allen vieren in den Händen und an den Knien ein Gefühl verspürt, als sei die Erdkruste unter ihm ein kochender Erbsbrei. Die Tochter sieht bei sieben, dass ihr Jojo nicht mehr auf die Schnur zurückfällt und dass der eben noch angebundene Kaminfeger samt Kamin vom Dach stürzt. Bei acht dünkt es den Sohn, der Riss in der Mauer des Hauses der Eltern sei früher nicht gewesen, bei neun die Enkelin, die Milchflasche zerspringe ihr in der Hand, bei zehn sieht der im Gitterbett liegende kleine Enkel, wie die Zimmerdecke über ihm Spalten kriegt, schreiend zeigt er mit seinen Patschhändchen auf die sich verändernde Deckenlandschaft, bevor er von den niederstürzenden Schuttmassen begraben wird.

Eine schwarze Wolke aus Staub, Kalk und Kies verdunkelt den Himmel. Ich hebe den Kopf und meine, es regnet, aber es ist der niederrieselnde ferne Mörtelstaub. Wie durch ein Wunder habe ich mich nicht verletzt bei meinem Sturz vom Dach. Ich trage den Gurt noch um den Bauch, aber die Ziegelsteine des Kamins haben sich in tausend Stücke aufgelöst. Ich schaffe mich mühsam aus dem Gesteinsberg hinaus. Ach, meine Kleidung ist weiß statt schwarz. Es ist schrecklich, wie die Heimat aussieht. Die Häuser sind eingestürzt. Einzelne Mauerreste ragen in die Höhe wie auf Fotos von Erdbeben. Schwarze Frauen ziehen an den Beinen, die aus dem Schutt ragen. Ich wage es nicht, mit meinen bloßen Händen in unserm Haus zu wühlen. Nach einer halben Stunde Schaufeln stoße ich auf die arme Enkelin. Der Enkel ist in seinem Bett eingegittert wie ein Fisch in der Reuse. Den Sohn erkenne ich an der Kinderarmbanduhr, den Rest kann ich nicht finden. Die Tochter hat die Augen weit offen und den Mund voll Kalk. Der Vater, ach, der Vater ist vom schweren Mahagonischreibtisch erdrückt worden. Die Mutter ist, oh, verschmiert, ich wage nicht zu denken, was das ist in ihrem Gesicht, die Johannisbeerkonfitüre von den Maultaschen oder sonst etwas anderes. Der Großvater hat nicht Zeit gefunden, sich abzuwischen, schnell decke ich ihn mit einigem Bauschutt wieder zu. Die Großmutter, der Urgroßvater und die Urgroßmutter sehen angebrannt aus. Jetzt sehe und rieche auch ich, was der Kanonenofen von uns angerichtet hat.

Ich renne auf die Straße hinaus. Das Haus brennt. Die Flammen schlagen hoch gegen den Himmel. Die Sonne ist verdunkelt von dem schwarzen Rauch. Es ist heiß und heißer. Nichts wie heraus hier, denke ich. Wohin?

Durch die Straßen hasten auch andere Leute wie ich. Der Rauch, der in allen Gassen liegt, beißt uns in der Nase, im Hals, am Gaumen. Unser Husten und Röcheln ist neben dem Schluchzen, Prasseln und Knattern das lauteste Geräusch der Stadt. Neben mir läuft jetzt ein schwarzverschmiertes Mädchen, es ist etwa fünfzehn und hat ein zerfetztes Kleid. Es weint und sieht kaum etwas, immer wieder stößt es mit seinen nackten Füßen gegen einen Stein, ein Möbel, einen Kopf. Ich nehme es bei der Hand, auf dass wir zusammen besser den Weg finden. Dann rennen die Leute plötzlich in der Gegenrichtung, und jetzt weiß ich, warum. Diese Gasse ist eine Feuerfalle, dort vorn ist kein Durchkommen. So fangen die Neger die Gazellen. Wir kehren um, jetzt laufen wir schon in den niedrigen Flammen, aber wir merken es kaum. Der Rauch ist wie ein dichter Nebel. Ich lasse die Hand des Mädchens nicht los, und ihm habe ich es zu verdanken, dass wir an eine Stelle kommen, wo wir es uns erlauben dürfen, zusammenzubrechen.

Nach langen Stunden erhebe ich mich. Mein Kopf tut mir weh zum Zerspringen. Ich sehe mich um. Ich sitze auf einem Schutthügel. Die Stadt unter mir brennt noch immer. Aber man kann durch den Rauch doch wieder hindurchsehen, bis aufs offene Meer dort hinten, das voller Menschen ist, die auf Schiffen, Booten, Nachen, Tischen, Brettern, Strohballen schwimmen. Meine Nachbarin liegt noch immer in ihrer Ohnmacht. Ich streichle sie. Sie hat mir das Leben gerettet und ich ihr, wir werden zusammenhalten. Ich nehme einen Rest von meinem Hemd und beginne, ihr verrußtes Gesicht zu säubern. Als ich dann merke, dass meine Freundin ein Negermädchen ist, beschränke ich mich darauf, ihre Hand zu halten. Stundenlang, mit starren Augen, sitzen wir da und schauen über die Stadt, die jetzt nur noch hie und da ein bisschen raucht. Alles ist schwarz.

Stockholm 00468

Ich sitze im Bade und schaue in der Zeitschrift die farbigen Fotos mit den Mädchen an, als das Telefon klingelt. Ich klettere aus dem heißen Wasser, ich binde mir ein Handtuch um, obwohl wir kein Fernsehen haben. Ich tappe durch den Korridor, in mein Zimmer. Hallo, sage ich. Mein Gesprächspartner spricht ein gebrochenes Deutsch bzw.

ein ungebrochenes Schwedisch. Zuerst bin ich verdattert. Dann merke ich, dass es der König von Schweden ist. Ich stehe höflich auf von meinem nassen Stuhl. Was führt Sie zu mir, Herr König, frage ich. Das versuche ich Ihnen doch schon die ganze Zeit zu erklären, ruft er. Es ist wegen dem Nobelpreis. Aha, sage ich. Dann schweige ich. Ich will mich mit meiner Reaktion auf keinen Ast herauslassen, vielleicht will er nur meine Meinung über Uwe Johnson, Richard Nixon und Doktor Barnard. Aber der König redet weiter, und ich merke, ich bin es wirklich. Ich gratuliere, sagt der König, Sie haben das diesjährige Nobellos gezogen. Ich möchte mich bedanken, sage ich. Welchen Nobelpreis habe ich denn bekommen? Den für Frieden natürlich, sagt der König, und mir kommt es auch ganz natürlich vor.

Natürlich werde ich den Preis persönlich abholen. Ich bin noch nie in Stockholm gewesen, überhaupt noch nie in Schweden. Ich freue mich, die andern Preisträger kennenzulernen, den Deutschen Moser (Literatur), den Franzosen Kurts (Medizin), den Schweizer Gander (Chemie) und den Türken Krüger (Agrikultur). Ich verabschiede mich von meinen Freunden und Freundinnen und mache mich auf nach Stockholm. Ich nehme die große Reisetasche mit, für das Geld. Nach einer Stunde schon nimmt mich einer mit am Frankfurter Kreuz. Er will mir nicht recht glauben, dass ich den Nobelpreis abholen gehe, aber weil ich so friedlich dasitze in meinem neuen Frack, überzeuge ich ihn am Schluss doch. In Kopenhagen stürze ich mich sogleich aufs Schiff, weil ich weiß, auf diesem Schiff wird getrunken wie nirgends sonst auf der Welt. Auch ich bestelle mir sogleich so eine Flasche Aquavit. Es ist eine, die auf einem Schiff um die ganze Welt gefahren ist, aber, das schwöre ich, so weit wird sie nicht nochmals fahren. Ich schütte den ersten Dezi in mich hinein. Rings um mich sind großgewachsene schwedische Staatsbürger, die schon einen beträchtlichen Vorsprung haben, weil sie sich auf der dritten Überfahrt befinden. Tatsächlich, ich verstehe sie, dieser Aquavit, den die Eingeborenen hier Äquävit nennen, schmeckt herrlich. Er kann jedem unserer Obstler das Wasser reichen. Kurz vor der Abfahrt kommt auch noch Bodil, die ich von früher her kenne, aufs Schiff, und nun ist das Glück vollkommen. Sie hat es in der Zeitung gelesen, auf Dänisch, und sie will mir helfen, die erste Hälfte des Geldes schon in Stockholm zu verjuxen. Nun sind wir auf hoher See. Weil wir zu zweit sind, brauchen wir eine zweite Flasche. Wir sind zu viert, mit vier Flaschen, auf zwei Schiffen, als die schwedischen Festländer sichtbar werden. Dort, auf den Quais, warten die Empfangskomitees.

Ich falle allen Mitgliedern friedlich um den Hals, manchen mehrmals. Ich hätte das nie von ihnen gedacht, ich in meinen jungen Jahren. Ich verspreche ihnen, dass ich eine schöne Dankrede halten werde. Die alten Herren mit den weißen Bärten freuen sich. Sie heißen zum Teil selber noch Nobel, und einer, der würdigste unter ihnen, handelt immer noch mit Sprengstoffen. Mit ihm unterhalte ich mich am besten. Obwohl friedlich, interessiert mich das In-die-Luft-Jagen ungemein. Er erzählt mir allerlei von seinen Erfolgen, von einstürzenden Brücken, von Hochhäusern, von Flugzeugabstürzen. Er wird auch langsam betrunken, aber er muss ja nicht auf die Rednertribüne, wie ich, in zehn Minuten.

Die zehn Minuten sind um. Ich habe meinen schwarzen Smoking an, ich habe mir Brillantine ins Haar getan und die Fingernägel geschnitten. Konzentriert steige ich das steile Holztreppchen hoch, auf das Rednerpult mit den Blumen. Gottseidank habe ich nicht den Preis für Literatur bekommen, ich müsste jetzt wohlgesetzte Worte setzen. So kann ich mich auf einen flammenden Appell beschränken. Ich ernte donnernden Beifall. Ich verbeuge mich höflich, dann gehe ich schnell zum Kassier und frage ihn, wo das Geld ist. Er zeigt es mir. Es ist in große Säcke abgefüllt, die im Vestibül stehen. Auch die andern Preisträger streichen schon unruhig darum herum. Ich kann es nicht lassen, ich knüpfe den auf, auf dem mein Name steht. Sowieso kommt er mir nicht ganz so voll vor wie der für Chemie. Es sind schwedische Kronen drin. Das muss ein ungeheures Vermögen sein. Es gibt Leute, die diesen Sack abgelehnt haben, aber von den hier Anwesenden sieht keiner danach aus. Vielleicht sollte ich ihn dem Kanton Wallis schenken, für die Alpenerschließung. Ich will es mir überlegen. Da kommen die schwedischen Mädchen angestürzt. Ich habe viel von ihnen gehört, von ihrer Zartheit, von ihrer Mitternachtssonne. Einige werfen sich dem Literaturpreisträger um den Hals, aber die andern sind begeistert von meiner Rede. Insbesondere die Passage, wo ich sage, was man mit dem Präsidenten der Vereinigten Staaten machen soll, hat ihnen gut gefallen. Ich kann mich nicht erinnern. Ich lächle. Sicher habe ich eine friedliche Lösung vorgeschlagen, sage ich.

Fast hätte ich mein Geld vergessen. Ich gehe zurück ins Vestibül und sehe doch tatsächlich, wie die Preisträger für Chemie und Agrikultur sich hinter meinen offenen Sack gemacht haben. Eine ganze Handvoll Kröners haben sie sich schon in ihre Taschen gestopft. Je nun, denke ich, es muss auch solcher Gattung Leute geben.

Im Lauf des Abends, in den schwedischen Bars, kann ich mir dann auch kaum erklären, warum der Sack immer leichter wird. Entweder, er hat ein Loch, oder die unzähligen Damen und Herren, die an unserm Tisch sitzen, trinken doch recht viel. Wir essen alle noch ein in Folie abgepacktes Hühnchen, dann gehe ich nach Hause, in mein Hotelzimmer. Am nächsten Morgen trete ich mit meinem halbvollen Säckel die Heimreise an, inkognito. Ich klebe mir einen Bart um, den ich mit einem Filzstift auch auf mein Passbild male, für eine Kontrolle. Auf dem Schiff würdige ich den Äquävit keines Blickes. Ich habe Augen nur für mein Nobelgeld. Aber plötzlich fällt mir ein, dass ich die Urkunde vergessen habe. Tatsächlich bekomme ich Schwierigkeiten an der Grenze, mit meinem zerrissenen Frack, meiner fehlenden Schlipsschleife, meinen braunen Schuhen nach 6. Ich besteche den Zöllner mit einer Handvoll Zechinen. Weil ich auch noch in einem Zug mit Zuschlag fahre, reicht es zu Hause gerade noch für eine Bluse für meine Freundin, für einen Kaviar, einen Château Neuf du Pape und eine Spende ans Kinderdorf Pestalozzi.

Gränichen 0043 5355

Gegen Abend komme ich endlich in meinem Vaterdorf an. Nächte habe ich geträumt vom Geruch, von der Luft, vom Regen, abends, in meiner Straße, in meiner stinkigen Stadt. Mein Herz klopft. Erst gehe ich in den Ochsen und bestelle einen Obstler mit Eis. Die Reisetasche stelle ich unter den Tisch. Den Sombrero behalte ich auf dem Kopf.

Der Ochsen ist noch immer braungetäfelt und ziemlich dunkel, die Tische sind aus Holz, und an den Wänden hängen Kasten mit den Bechern von den Schießfesten. Ich setze mich unter die große Fahne. Ich zünde mir ein Streichholz an, weil ich mich freue, die Hölzer wiederzusehen. Die Wirtin ist eine alte Frau. Sie kommt angeschlurft und schaut mich wortlos an. Sie trägt schwarze Kleider, sie hat einen krummen Rücken, ihre Haare sind in einem Kopftuch. Sie stellt mir den Obstler hin, ohne Eis. Einen Moment grinst sie, wegen meinem Hut. Sie hat einen gelben Zahn. Ich sehe mich um. Es ist schön zu Hause. Im Halbdämmer dort hinten sitzen drei andere alte Frauen. Sie rauchen Zigarren und kichern. Jede hat etwas in der Hand, und jetzt wendet sich die, die mir den Rücken zuwendet, nach mir um. Ich tue den Sombrero von meinem Kopf, jetzt sehe ich vielleicht mehr aus wie von hier. Ich *bin* von hier. Ich bestelle noch einen Obstler. Die Tür öffnet sich, ich spüre den kalten Wind, immer mehr alte Frauen kommen herein. Sie setzen sich an die Tische und reden mit kreischenden, heiseren, sägenden Stimmen. Sie trinken Rotwein aus Zweidezigläsern, die die Wirtin, die jetzt nicht mehr schlurft, herbeibringt. Alle haben eine Handarbeit in der Hand, eine Schere, ein Rasiermesser, eine Nadel, eine Säge. Sie beißen den Faden ab, ohne mit dem Reden aufzuhören. Jetzt steht eine von den Frauen auf, sie geht auf die Klosetttüre dort hinten zu. Die andere Alte geht gleich hinter ihr drein, sie spricht mit zischenden Lauten in ihren Rücken hinein, und mit der Schere schnippelt sie auch im Gehen.

Plötzlich, wie der Habicht aus dem heiteren Himmel, setzt sich eine an meinen Tisch. Sie hat kein Instrument. Ihre Augen erinnern mich an etwas. Wo nur habe ich sie sitzenlassen, und warum? Sie hat ein Gesicht wie aus Kalk. Es ist starr und runzlig. Ihre Hände sind grau. Ich lächle. Erst jetzt bemerke ich, dass sie doch etwas in der Hand hat, einen Knochen, einen so kleinen, dass er kleiner als ihr kleiner Finger ist. Sie hält ihn mir hin. Ich trinke schnell einen Schluck Obstler, es hat keinen Sinn, denke ich, jetzt hinauszustürzen, mit der ganzen schwarzen Horde auf den Fersen. Ich bestelle noch einen. Die Wirtin steht schon da, sie hat sich überhaupt verändert, sie lächelt jetzt fast zufrieden. Trinken Sie nichts, sage ich zu meinem uralten Gegenüber. Da sehe ich, dass der gelbe Knochen in meiner Hand eher ein Zahn ist, ein großer, scharfer, alter. Ich fröstle, Gränichen liegt 370 Meter hoch, und es ist Ende Oktober. Ich stehe auf, ich lächle entschuldigend, vorsichtig gehe ich durch die Tischreihen nach hinten, zu den Hintertüren. Die Frauen tun keinen Wank, das hätte ich nicht gedacht, höchstens, sie hören einen Augenblick mit ihrem Reden auf und schauen. Hinter der Theke, da, wo der Scheideweg zwischen Herren und Damen ist, sehe ich, dass die eine Tür eine gebückte schwarze Frau hat, die andere einen ranken schlanken Jüngling. Zu spät sehe ich dann die vielen Käfige im dahinterliegenden Korridor, die Tür ist schon ins Schloss gefallen. Ich erhole mich langsam von meinem Schrecken, als ich sehe, dass die Käfige leer sind, alle völlig leer, wie für große Kaninchen oder kleine Bären. Probeweise setze ich mich in einen. Ich bin froh, dass ich der alten Frau vorhin das Knöchelchen weggenommen habe. Schon stehen sie alle vor mir, sie drängen sich vor meinem Gitter. Das dürfen sie doch gar nicht, in die falsche Tür. Ich sehe, wie sie schnattern und ihre gichtigen Finger durch das Gitter tun. Ich halte den Knochen hin. Sie greifen daran herum. Es erinnert sie an ihre Jugend, aber nicht genügend. Sie stöhnen. Sie geben mir einen Obstler hinein, und noch einen und noch einen. Jetzt haben sie mich so weit, dass ich das Knöchelchen nicht mehr finde, und schon machen sie den Käfig auf. Dass ich ihre Münder jetzt über mir sehe und ihre Hände spüre, hängt sicher mit meiner Besoffenheit zusammen. Vor mich hin brammelnd binde ich mir einen der daliegenden Ziegelsteine um den Hals, beim Hinausgehen, mit meinem Strick, mit meinem Klotz, fällt mir plötzlich ein, dass es in dieser Wirtschaft früher einen Pianisten gegeben hat. Ich trete in die frische Luft der Alpennacht hinaus. Jetzt höre ich ihn. Er ist weit weg, und weil er Bach spielt, denke ich, er ist am Fluss unten.

Aadorf 004152

Das Wetter hier ist sibirig, ich bin in meinen Schafspelz gehüllt, und meine Pelzmütze gibt mir warm. Die Luft einwärts ist kalt, wenn ich sie ausatme, klirrt sie. Ich sehe die Gebirge hoch. Dann gehe ich in ein Lokal. Auf einem Podest sitzt das Orchester, es besteht aus einem Alphorn, einem Örgeli, einem Hackbrett, einer Geige, einem Fürfliber, einer Geisel und den Männern dahinter. Das Orchester gehört dem Geiger, und man sieht ihm an, dass er so modernes Zeug wie eine Klarinette nicht duldet. Ich trinke einen Rotwein und schaue, wie die Mädchen mit den Mädchen tanzen, die Burschen mit den Burschen. Es kommt aber schon vor, dass mir ein Mädchen zulächelt, danach, in der Tanzpause. Es gibt kleine Tischtelefone, ich höre seine nette helle Stimme. Ich gehe durch die Tür, durch die es lächelnd gegangen ist, und erst im Heu merke ich dann, dass das Mädchen doch so ein Bursche ist.

Itingen 0041 51

Ach, ein wilder Wind fährt durch meine Haare, als ich barfuß durch den Schlamm der Feldwege auf den Bahnhof zugehe. Ich friere. Der Bahnhof ist schwarz. In der Halle brennt eine Glühlampe. Ich gehe vorsichtig mit meinen Füßen. Die Grillen lärmen, es raschelt hinter den Mülleimern, den Fahrkartentonnen, den Kiosken. Eine dicke Staubschicht liegt auf dem Brett am Schalter. Ich klopfe an die trübe Scheibe, mit einem Fünffrankenstück aus Silber. Der Beamte, der geschlafen hat, nimmt im Aufwachen meine Fahrkarte aus dem Briefumschlag vor sich, er sagt, jetzt hat mir doch wirklich von Ihnen geträumt, von Ihren Augen, Ihrer Stimme, Ihrer warmen Hand, Ihrem Atem. Ich bezahle. Er zählt meine Fünffrankenstücke sorgfältig nach, jetzt, wo er den Kopf hebt, sehe ich, dass er milchigweiße Augen hat. Ich sehe in sie hinein. Der Rollladen des Schalters rumpelt vor ihm herunter, es wird dunkel in der Halle, weil er jetzt auch die Glühbirne ausgedreht hat. Anders als sonst gehe ich nicht durch die Unterführung, sondern springe über die Geleise und schaffe es auch gerade noch vor dem gewaltigen TEE, der donnernd in die Halle fährt. Meine Krücke zersplittert hinter mir unter den Rädern der

Lokomotive. Jetzt hält der Zug. Die Stimme da am Lautsprecher, die ich nicht verstehe, das ist er. Irgendwie komme ich in den Wagen hinein, ich habe ja noch die andere Krücke. Ich gehe ins erstbeste Abteil. Auch dieser Zug riecht nach Staub. Schon fahren wir, die zwei, drei Lichter von Itingen sind schon vorbei. Es ist dunkel draußen, trotzdem wäre ich eigentlich gern in dem Wagen mit der gläsernen Aussichtskanzel, ich will bis Milano oder noch weiter und etwas sehen. Lautlos fährt der Zug durch die Landschaft des Mittellands, manchmal sehe ich ein erleuchtetes Fenster an mir vorbeizischen, das heißt, stundenlang könnte ich am Fenster der Nachbarin lauern, aber sie hat keinen Freund, sie zieht sich nicht aus, sie kratzt sich nicht am Hintern. Sie hat zwar einen Hund, aber sie tut ihm hundskommunes Bonzo Felix in den Hundeteller. Der Zug fährt schnell. Der Fahrtwind pfeift durch das Abteil. Wo, zum Teufel, habe ich nur meine Schuhe gelassen, jetzt, im November? Mein Wagen hat wenige Fahrgäste, das heißt, er hat gar keine, nur mich. Drum wohl haben sie auch das Nachtlicht eingeschaltet. Ich lege die Tageszeitung weg. Ich sehe mich um im Abteil, überall hängen Sicheln an der Wand. Sie gehören einem, der jetzt nicht im Abteil ist. Ich friere. Ich wage nicht hochzusehen. So ein Zug ist sehr niedrig und glatt gebaut, wie soll da jemand im Gebälk hängen? Ich gehe, mich an den Stangen vor den Fenstern haltend, durch den Korridor des Waggons in den nächsten, den übernächsten. Sie sind leer, wenn ich von den vielen Sägen einmal absehe. Wir fahren schnell. Die Kupplungen zwischen den Wagen quieren. Heute, wo schon die zwanzigjährigen Mädchen weinend aus den Bürohochhäusern springen, wo soll das mit diesem Zug enden? Meine Füße vibrieren, sie spüren den Druck der Räder gegen die Geleise in den Kurven. Ich komme in den Speisewagen. Auch hier ist nur dieses Blaulicht. Ich setze mich an einen Tisch, mit dem Rücken zur Fahrtrichtung, die Bedienung bringt mir einen Tee, und erst, als sie mich beim Weggehen anlächelt, sehe ich, dass sie auch so milchige Augen hat. Ich trinke. In den Kurven ist mein Teespiegel ganz schräg, schnell schlucke ich alles hinunter. Die Bedienung sitzt dort am Zugfernschreiber, ich stelle mich zu ihr an die Bar, ich diktiere ihr, während ich einen Orangensaft aufmache, dass ich mir gar nicht vorzustellen wage, wie es im Führerstand der Lokomotive dieses Zugs aussieht. Sie lächelt leise, während sie schnell die Tasten niederdrückt. Ich weiß ja, diktiere ich, alle Lokomotivführer haben ein Totmannpedal, wenn sie es nicht jede Minute drücken, hält der Zug automatisch. Aber gilt das für alle und für jeden? Lieber Gott, tippe ich jetzt selber in den Fernschreiber, denn die Bedienung ist mit ihrem Lächeln in die Küche gegangen, wenn ich jemals wieder lebend aus diesem Zug herauskomme, trete ich zum katholischen Glauben herüber. Noch lieber wäre mir jetzt vielleicht ein altes Grammophon mit der Platte Das ist die Liebe der Matrosen, das, zusammen mit einer Flasche Grappa, wäre eine annehmbare letzte Stunde. Ich seufze. Die Bedienung, die mir aus der Küche einen Grappa bringt, ist zwar nackt, aber nur unter den Kleidern. Sie riecht nach Staub und nimmt mir allen Mut, auch hat sie so Zähne. Ich stiere zum Fenster hinaus. Wenn ich nicht wüsste, dass wir gen Italien fahren, ich würde denken, wir stehen irgendwo in der Gegend. Alles ist schwarz. Ich trinke einen Schluck Grappa, ich proste der Bedienung zu, aber ich weiß nicht, ob sie es gesehen hat. Sie sieht mich an. Da tickert die Antwort aus dem Fernschreiber. Ich erkenne die Handschrift, ja, ich verstehe, was er meint. Er schreibt von der Zielscheibe, dem Stoffneger, dem Gummizwerg und vor allem vom Kasper aus Holz. Soll ich abspringen? Ich kann nicht, der Fahrtwind weht mich ins Abteil zurück. Ich setze mich wieder hin, erst jetzt merke ich, dass ich gar nicht durch das Glasfenster, sondern in einen Spiegel geschaut habe. Habe ich solche Augen, wirklich? Das ist furchtbar. Es ist gut, dass mich mein kleiner Fernschreibpartner nicht sieht, er ist auch schon wieder weiter weg als vorhin. Ich tickere in Großbuchstaben, dass ich mich jetzt endlich ausziehe und jetzt auf dem Rücken liege. Ich lösche auch die Tangobeleuchtung aus. Endlich, vor der Einfahrt von Bivio, entgleist der Zug. Wie eine Feuertraube stürzt er von der großen Eisenbahnbrücke hinunter in das Geröll des Flusses. Ein Donnern wie noch nie sagt den Bewohnern, die aus ihren Betten hochfahren, dass etwas Schreckliches passiert ist. Der Anblick des verbogenen, rauchenden Metalls ist grauenvoll. Die Sturmlaternen der Suchmannschaften schwanken hin und her. Es windet. Die Leiche des Lokomotivführers kann nirgendwo gefunden werden, sie ist in alle Winde zerstreut. Da ich der einzige Überlebende bin, kümmern sich die vielen schnauzbärtigen Krankenpfleger nur um mich. Sie tun und machen an mir herum. Sie mullen mich mit weißen Mullbinden ein. Ich freue mich. Ich schaue schließlich an mir herunter. Ach, es ist so schon ein Fortschritt.

Erinnerung an Schneewittchen

Nachts reißt der Sturmwind Fenster und Balkontüren auf. Alte Männer sitzen im Dunkeln im Bett und erdrosseln Frauen im Schlaf. Andere Frauen, alte, tanzen in glühenden Schuhen durch die Küchen. Atemlos rennen Kinder durch Wälder, um die herum Männer mit großen Knüppeln in der Hand stehen.

Mädchen stürzen von Wassertürmen.

Vom Wasserturm aus herrscht eine schöne Aussicht über die Stadt, man sieht bis weit in die Rheinebene hinein. Aber wenn man den Blick senkt, sieht man einen verwaschenen Blutfleck auf den Steinfliesen.

Es gibt Nächte, in denen Männer metergroß vor den schwarzen Fenstern stehen. Dann sprechen die Toten aus den Zimmerecken. Ich muss mir dann ein heißes Bad machen oder im Fernsehen eine Beethovensinfonie ansehen, mit einem gutgekämmten Dirigenten.

Schneewittchen war ein Mädchen, wie ich nicht, es wohnte in einem Schloss, ich nicht, es hatte eine Mutter, ich auch, und irgendwo gab es einen Vater, wie bei mir. Ich kann mich an ihn erinnern. Er saß früh am Morgen hinter einer Kaffeetasse und las in einer Zeitung. Er rauchte wie ein Schlot und hatte immer ein in Pergament gebundenes Buch in der Tasche. Angestellte Musiker, die er sich eigentlich gar nicht leisten konnte, spielten Gavotten, während er seufzend die Staatspost von Forstministern prüfte und sie dann irgendwohin auf seinen Schreibtisch legte. Er streichelte Schneewittchen über die Haare, während er den nächsten Brief las.

Manchmal warf er chinesische Vasen an die Wand und brüllte. Schneewittchens Stiefmutter schluchzte dann, hämmerte mit den Fäusten gegen die Wand und schrie, sie halte das nicht länger aus. Schneewittchen stand starr in einer Ecke und sah die rasenden Eltern an.

Es ging am liebsten in Bubenhosen. Es beobachtete die Eltern, wenn sie sich ins Ohr tuschelten. Beim Fangenspiel ließ es sich nie fangen. Es wollte einmal jemandem ein schönes Geschenk machen, aber es wusste nicht, wem. Es wollte Geschichten erzählen, aber wem? Es spielte mit den Kindern des Gesindes Völkerball und wurde, weil es so rasend schnell dem Ball auswich, als Letztes getroffen. Dann war es stolz und hatte ein glühendes Gesicht. Es musste allein nach Hause gehen, weil die lustigen Gesindekinder woanders aßen, im Gemeinschaftssaal, in dem Prinzessinnen nicht zugelassen waren, und wenn, dann verstummte jedes Gespräch. Schweigend ging es an der Hand des Kindermädchens durch den Park.

Es machte Witze, erzählte aus der Schule, brachte Blumen mit nach Hause und aß alles, was die Stiefmutter kochte. Es beobachtete aus den Augenwinkeln heraus, wie die Stiefmutter im Ofen herumstocherte. Es ahnte, dass man es in ein Kinderheim abschieben wollte, auf einem Opferstein schlachten, in einem Weidenkorb aussetzen, in eine Schlucht werfen. Es erinnerte sich dunkel, jemand hatte schon einmal seine Wiege in die eiskalte Winternacht gestellt, dann aber war gerade rechtzeitig noch der Frühling gekommen.

Ich werde ganz anders werden, sagte Schneewittchen zu sich selber, so wie mein Vater, und wie der auch nicht. Einmal sah sie den Vater in der Badewanne. Sie starrte ihn an. Ihr Mund war offen. Nie mehr dachte sie daran.

Der Vater war nicht viel kleiner als die Stiefmutter, aber wenn *er* dem Kindermädchen einen Befehl gab, sagte dieses: Jaja, Herr König. Der König bekam einen roten Kopf. Vielleicht traf sich seine Frau mit einem Hofmarschall in den Tomaten, wenn er auf der Jagd war oder Jerusalem belagerte? Er saß hinter seinen Pergamenten und hörte zu, wie die Musiker ihre Drehleiern stimmten. Schneewittchen hätte gern auf seinen Knien gesessen, aber er hatte einen Stapel Bücher drauf.

Eigentlich war die Stiefmutter nicht sehr schön, wenn sie mit ihren Kontrolllisten in der Hand durch das Schloss fegte. Aber wenn sie ausging, zu einem Maskenball oder zum Einkaufen oder wenn sie Schneewittchen an den Haaren in die Schule schleifte, dann verschwand sie im Badezimmer, cremte sich ein, malte die Lippen zu knallroten Kurven, spritzte sich die Haare voll bis sie starr und steif wie Gebirge waren und zog sich ein Tailleurkleid und ein Gesichtsnetz an. Der König, in Hut und Mantel, mit einer Zigarette im Mund, stand dann ungeduldig im Flur und rief: Also sag mal, kommst du heute noch oder erst morgen? Schneewittchen, das vielleicht noch einen kleinen Bruder hatte, stand daneben. Es dachte, diese Geschichte werde ich später einmal erzählen als Geschenk für jemanden, den ich gernhaben werde, dann werden mein Vater und meine Stiefmutter tot sein, tot, und ich und mein Geliebter werden weinen. Schneewittchen sah den kleinen Bruder an. Er patschte im Wasser der Blumenvase herum. Schneewittchen gab ihm einen Tritt. Man hat gehört, dachte es, dass ganz kleine Mädchen jemanden vom Wasserturm herunterstoßen können, oder wie sonst ist es erklärbar, dass manchmal zerschmetterte Frauen auf den Steinfliesen vor dem Turm liegen?

Die Königin, im Badezimmer, schaute derweil in ihren riesenhaften Wandspiegel. Sie war nackt. Sie sagte aus vollstem Herzen ihr Sprüchlein und schaute sich jede Faser ihres eiskalten, aber wirklich schönen Körpers an. Draußen im Flur hörte sie die Schritte ihres Mannes. Sie lächelte. Sie war jetzt 36 und besser im Schwung denn je. Sie hob mit beiden Händen ihre Brüste und ließ sie wieder fallen. Sie waren fest und schön, und wenn sie sich umdrehte, sah sie ihren schönen Frauenhintern. Sie spritzte sich Spray zwischen die Beine, zog Slips aus lachsiger Seide an und rief: Jaja, ich komm ja schon.

Wenn sie durch die Flure ging, konnte man ein leises Klirren hören, wie von Glas.

Dann bekam auch Schneewittchen Brüste, kleine, und wenn sie sich in ihrem kleinen Spiegel anschaute, vor dem sie in ihrem Dachzimmer auf einen Stuhl steigen musste, sah sie, dass sie eine Pfirsichhaut hatte. Sie zitterte vor Aufregung. Dann zog sie sich ihre Hosen an.

Wenn die Königin jetzt den Spiegel fragte, zögerte dieser. Die Königin merkte am Klang seiner Stimme, dass etwas anders geworden war. Sie fragte ihn immer seltener. Manchmal, wenn die Königin etwas gesoffen hatte oder wenn sie aus den Tomaten zurückkam, hatte der Spiegel eine Stimme wie früher. Dann freute sich die Königin, sprang ins Bett und auf den schnarchenden Monarchen drauf und ließ ihm keine Ruhe, bis er sich zu regen begann. Schneewittchen, die ihr Ohr an die Wand presste, erschauerte.

Dann aber kam der Tag, wo die Königin zum Fenster hinaussah, und sie sah tatsächlich Schneewittchen, das kleine, lächerliche Schneewittchen, wie es Hand in Hand mit einem Jüngling mit Bluejeans und einem Kindervollbart durch den Park ging. Er musste der Sohn des Kutschers sein, oder so einer. Die Königin schäumte. Sie stürzte zum Spiegel, und dieser sagte ihr die Wahrheit.

Schneewittchen spürte sogleich, dass das Klima umgeschlagen hatte, als sie zum Nachtessen nach Hause kam. Sie war noch ganz heiß von den ersten Küssen ihres Lebens. Sie putzte sich die Zähne. Die Stiefmutter sagte kein Wort. Der Vater löffelte die Suppe, machte zwei drei Witze und verschwand in seinem Lesezimmer. Schneewittchen ging früh ins Bett. Sie dachte mit glühendem Herzen an ihren Geliebten. Sie behielt die Schuhe an, um schneller fliehen zu können.

Aber am nächsten Morgen, als sie in die Schule schleichen wollte, wurde sie von den Palastwachen gefesselt und in den Wald geschleppt. Sie blickte zu den leeren Fenstern des Palasts zurück, bis sie hinter der hohen Gartenmauer verschwanden. Ein schrecklicher Jäger mit Bartstoppeln im Gesicht hatte das Kommando. Sie ritten stundenlang. Es war kalt. Ferne Wölfe heulten. Dann, an einem reifüberzogenen Waldrand, hob der Jäger die Hand, die Pferde blieben stehen, weißer Dampf kam aus ihren Nüstern. Ich werde das notwendige Werk allein verrichten, sagte er zu den Palastwachen, abtreten, marsch. Die Palastwachen sprengten davon. Vor sich sah Schneewittchen Berge, Berge, Berge. Wenn es dahinter Menschen gibt, dachte sie, vielleicht sind sie glücklicher als wir es sind in dieser Erdenwelt.

Dann drehte sich der Jäger um. Er lächelte jetzt merkwürdig. Er riss an seinem Bart herum, und als er ihn abhatte, erkannte Schneewittchen ihren Vater. Papi, juchzte sie, ohh, ich hatte solche Angst. Schluchzend sank sie in seine Arme. Der Vater streichelte sie über die schwarzen Haare, und ich glaube, er weinte jetzt auch, wie ich jetzt auch.

»Was soll ich denn machen, Schneewittchen«, sagte er dann. »Es ist doch schon ein Glück, dass mir diese Verkleiderei gelungen ist. Ich habe gesagt, ich muss an einen Kongress. Renn du jetzt in den Wald hinein. Meine Frau verlangt von mir deine Zunge als Beweis, aber mach dir keine Sorgen. Ich werde mir schon irgendwie aus der Patsche helfen.«

Schneewittchen starrte ihren Vater an. Dann nickte sie. »Du bist nicht sehr mächtig«, sagte sie leise.

Der Vater schüttelte den Kopf. »Geh jetzt, Kind«, sagte er. »Da hast du ein bisschen Geld. Machs gut.«

Er drehte sich um und ging den Weg zurück, ohne auch nur einmal zu winken. Schneewittchen stand da und sah ihm nach, wie einem Toten. Er verschwand hinter Brombeergebüschen in der Ferne. Wenn sie lauschte, hörte sie seine immer ferner raschelnden Schritte. Dann war es still. Äste knackten, der Wind rauschte, und Häher schrien.

Schneewittchen drehte sich um und ging in den Wald hinein, die ersten Hügel hinauf.

Nach Tagen, an denen sie sich von Beeren und Wurzeln ernährte, sah sie einen Rauch am Horizont. Sie begann zu rennen. Vielleicht, dachte sie, vielleicht schaffe ich es, den Ring, der sich um meine Brust geschmiedet hat, zu sprengen. In einem Waldsee schaute sie, wie es aussah, wenn sie lächelte, lachte und grinste.

Auf dem Waldweg, auf dem sie jetzt ging, wuchsen rote Pilze mit weißen Flecken. Hasen saßen mit spitzen Ohren im Unterholz und bewegten ihre Nasenmünder. Die Sonne schien schräg durch die Blätter. Es duftete. Der Weg ging über einen umgestürzten Baumstamm, der an einer Seite ein Geländer hatte, ein ganz niederes. Holzstere standen im Wald aufgeschichtet. Als der Weg abwärts ging, hatte er Steinstufen. Vögel sangen. Dann kam sie an eine Lichtung. Sie rannte los, auf ein kleines Holzhaus mit roten Läden zu. Aufgeregt ging sie darum herum. Sie bückte sich und sah zum Fenster hinein. Holla, rief sie, heda.

Als sich nichts rührte, drückte sie die Türklinke hinunter. Die Tür ging auf. Hier schließt man die Türen nicht ab, dachte sie, natürlich nicht, dass ich das vergessen konnte. Sie sah sich im Zimmer um. Es war genau so wie sie es schon einmal geträumt hatte: rotweißkarierte Vorhänge, kleine Bettchen, winzige Gläser neben großen Rotweinflaschen. Was sind denn das für merkwürdige Liliputaner, dachte Schneewittchen. Keinen Augenblick lang dachte sie, dass das die schrecklichen grausamen Waldmänner sein könnten, von denen man im Schloss immer wieder einmal gemunkelt hatte, und dass man sie gelegentlich einmal ausrotten müsse. Zollbeamte standen mit großen Ferngläsern auf den Höhenzügen und suchten die Wälder nach den bärtigen Männern ab, die keine Steuern zahlten und zum Königsgeburtstag keine Salutbotschaften schickten.

Dann kamen die Zwerge in einer Einerkolonne zurück, fanden das eingeschlafene Schneewittchen, fütterten es mit Suppe und hörten sich seine Geschichte an. Jaja, sagten sie, so sind die Menschen da drüben. Uns erstaunt da gar nichts mehr. Du wirst vielleicht einmal werden wie sie.

Jahrelang ging alles gut. Die Zwerge gingen ins Bergwerk, und Schneewittchen kümmerte sich um den Salat hinter dem Haus. Die Sonne schien fast die ganze Zeit. Manchmal stand Schneewittchen vor dem Haus und starrte auf den siebenten Berg vor seiner Nase. Dann weinte es.

Dann klopfte die alte Frau an die Tür. Schneewittchen war wie elektrisiert, die Frau erinnerte sie an eine fast schon vergessene Welt. Wie geht es dem König hinter dem ersten Berg, fragte sie die alte Frau. Dem König, dem König, feixte diese, was für einem König? Wir haben eine Königin, und die ist irrsinnig schön, mein Kind. Der Kamm kostet einszwanzig, und da lege ich noch drauf.

Schneewittchen lernte nichts aus dem vergifteten Kamm. Es war geradezu wild auf den giftigen Apfel. Es wollte in den gläsernen Sarg hinein. Es stieg, als die alte Frau wieder weg war, mit dem Apfel in der rechten Hand auf den Stuhl und sah in seinen Taschenspiegel hinein. Da sah es, dass die Zwerge ihm nicht gesagt hatten, dass seine kleine Brust inzwischen groß geworden war und dass es, wenn es sich umdrehte, einen Frauenhintern hatte. Es erschrak. Es biss in den Apfel. Die Zwerge legten es in den Glassarg. Sie ist nicht wie wir, sagten sie traurig, sie ist eigen, eigensüchtig und eigentümlich. Sie schweigt immer. Sie will, dass man sie liebt, aber sie will niemanden lieben. Schade. Dann gingen die Zwerge ins Haus zurück und spielten eine Runde Schafskopf.

Schneewittchen lag auf dem Rücken im Glassarg und sah in den Himmel hinauf. Es litt so sehr, dass es dabei sehr glücklich war. Immer dachte es an den Prinzen, der ja sicher einmal kommen musste. Es bewegte keine Zehe die ganze Zeit. Es hörte undeutlich die Zwerge, wenn sie frühmorgens, wenn Schneewittchen noch schlief, zur Arbeit gingen. Es dachte dann, dass diese Trottel ja auch im Bett bleiben könnten statt so penetrant fleißig zu sein. Die Zwerge schauten zuweilen in den Sarg hinein. Nachdenklich und traurig standen sie davor, aber dann stellte Schneewittchen sich tot, bis sie wieder weggingen, traurig und nachdenklich.

Jetzt musste wieder einer von den Zwergen auf den Markt, der fehlte dann im Bergwerk. Auch beunruhigten sie sich darüber, dass immer mehr Patrouillen des Königs durch ihre Wälder ritten. Zwischen dem fünften und dem sechsten Berg wurde eine Autobahn gebaut. Wir sollten unterirdische Gänge anlegen, sagten die Zwerge zueinander, aber wer kann schon so pessimistisch sein. Seit Urzeiten wohnen wir so wie wir wohnen, diese Königin ist zwar wohl eine ziemliche Sau, aber so schlimm wird es schon nicht werden.

Dann kam der Prinz über die Lichtung geritten. Die Zwerge waren gerade dabei, ihr Haus neu zu streichen, kaisergelb. Sie hatten die Pinsel an Besenstiele gebunden, um bis in die Giebel hinaufzukommen. Jeder hatte eine Bierflasche neben sich stehen. Stumm sahen sie zu, wie der Prinz von seinem Pferd stieg und zu dem Glassarg ging, der mitten auf der Lichtung stand. Er trug einen blauen Blazer, weiße Freizeithosen, ein hautenges Hemd, eine Studentenverbindungskrawatte und schnürsenkellose Lackstiefel. Mit offenem Mund stand er am Sarg und staunte Schneewittchen an, das ihn gebannt anblickte, denn es wusste, das ist mein Prinz. Wenn er jetzt nicht das rechte Wort findet, tue ich den ersten Schritt. Sie stieg aus dem Sarg.

Die Zwerge standen mit ihren Pinseln in der Hand da. Schneewittchen wendete sich nicht um, als es mit dem Prinzen, engumschlungen, über die Lichtung davonging. »Es wird uns noch nicht einmal eine Postkarte schicken«, sagte der älteste Zwerg leise. Schneewittchen lag inzwischen mit dem Prinzen im Moos, es herzte ihn, bis der Prinz dachte, diese Frau ist einfach irre und ich werde alles tun, um sie zu erobern. Schneewittchen stöhnte vor Glück.

Dann sahen die Zwerge, wie der Prinz das Pferd holte, Schneewittchen vorne auflud und mit ihm davonritt, auf den siebenten Berg zu. Er sagte Schneewittchen mit einem glühenden Kopf, dass sie einen wunderbaren Körper habe, dass sie heiraten würden, dass sie mit dem Geld seines Vaters eine Firma gründen könnten und dass die Konkurrenz in zwei, drei Jahren mit dem Rücken gegen die Wand stehen müsse, denn sein Vater habe Beziehungen wie niemand sonst. Sein Vater sei ein König, und er sei ein Erbprinz. Schneewittchen küsste ihn.

Im Schloss warf sie ihre Zwergenkleider aus Karomuster

weg und kleidete sich standesgemäß ein. Sie gab große Bälle. Der Prinz fand seine Frau toll. Wenn er auf der Jagd war oder Jerusalem belagerte, lag sie mit einem Grafen im Bett, der 56 war und weite Reisen gemacht hatte. Er ist so reif, dachte sie, fast wie mein Papi. Sie bekam ein Kind, eine Tochter. Sie liebte sie. Dann gab sie das Fest, an dem die Stiefmutter die glühenden Eisenschuhe bekam. Ungerührt sah Schneewittchen zu, wie sie herumsprang, schreiend, verzweifelt. Sie ließ die ohnmächtige Tote von den Palastwachen wegschleppen. Dann saß sie am Fenster und sah über die Ebene hinweg, in die Richtung, wo ihr Kinderschloss gewesen war und wo, vielleicht, ihr Vater jetzt Witwer war, wenn er nicht gestorben war. Dann wischte sie sich mit der Hand über die Stirn und ging einkaufen. Die Türen öffneten sich vor ihr, ohne dass sie die Klinken berühren musste.

Beim Abendessen zeigte ihr Mann ihr auf einer Karte, wie der Feldzug gegen die kleinen heimtückischen Revolutionäre hinter den Bergen vorankam. Das Gebiet bis zum sechsten Berg ist fest in unsrer Hand, sagte er. Wir haben es entlaubt, und schließlich führt ja auch die Autobahn bis dahin, also haben wir mit dem Nachschub keine Probleme. Wir sind auch schon über den siebenten Berg vorgestoßen. Ich habe Fotos vom Hauptquartier bekommen, hier. Stumm schauten sie die Bilder an, auf denen ein zerschossenes, abgebranntes Blockhaus zu sehen war. Davor lagen sieben tote Männer, auf dem Bauch, so dass man ihre Gesichter nicht sehen konnte. Neben ihnen lagen Spitzhacken. Schneewittchen schluckte heftig. Tu das weg, sagte sie, ich kann das nicht sehen. Dann brach sie zusammen. Der König und der ältere Graf, sein Ratgeber, trugen sie zu ihrem Bett. Der König sagte: Frauen sind so sensibel, besonders in unsern Kreisen. Jaja, antwortete der Graf, und darf ich fragen, wann Sie wieder auf die Jagd reiten wollen oder zu einer Belagerung? Ich möchte mich, wie immer, um die Stallungen kümmern. Morgen, sagte der König, ich muss den Feldzug jetzt persönlich leiten, die hinter dem letzten Berg scheinen die Zähesten zu sein. Stellen Sie sich vor, sie haben ganze Labyrinthe unter der Erde angelegt, um fliehen zu können, wenn unsere Panzer ihre Hütten zusammenkartätschen. Der Graf sagte: Unglaublich, was die sich alles erlauben.

Jahre vergingen. Schneewittchens Kind wurde größer und groß, und eines Morgens hatte Schneewittchens Spiegel einen neuen Klang, als Schneewittchen in ihn hineinschaute. Am Frühstück sahen sich die beiden Frauen in die Augen, die alte und die junge. Die junge Frau dachte an glühende Schuhe, die alte an herausgeschnittene Zungen. Wie alt bist du jetzt eigentlich?, fragte Schneewittchen sein Kind. Vierzehn, sagte dieses. Darf ich heute Nacht bei einer Freundin schlafen, nur eine Nacht lang? Na schön, sagte Schneewittchen, zu meiner Zeit gab es so was zwar nicht, aber bitte. Das Kind ging hinaus. Schneewittchen schaltete das Fernsehen ein. Ihr Mann stand in der Tagesschau vor abgebrannten Hütten, er wies empört auf Spitzhacken mit verkohlten Stielen und sagte: Und mit *solchen* Waffen haben diese, ich kann es nicht anders sagen, Unmenschen auf unsere tapferen Soldaten eingeschlagen! Schneewittchen schaltete aufs zweite Programm. Sie glotzte einen Schlagersänger an. Das Geschenk, das sie einmal jemandem machen wollte, hatte sie vergessen. Ihr machte auch niemand ein Geschenk.

Sie lag schon im Bett, als ihr Mann zurückkam, spät in der Nacht. Er hatte ein bisschen den Sieg gefeiert mit seinen Funktionären. Weißt du was, sagte er kichernd, als er neben Schneewittchen lag, da hinter den sieben Bergen sind eigentlich nur Wälder und Schluchten und Seen und Flüsse. Die Braunkohle liegt an der Erdoberfläche. Der Abbau kostet ein Butterbrot. Der Prinz musste sich im Bett aufsetzen, weil er einen Hustenanfall bekam. Schneewittchen sah ihn mit großen Augen an. Ja aber, sagte es dann leise, im Fernsehen hast du doch gesagt, dass dort böse Leute wohnen. Der Prinz bekam jetzt wieder Luft und nahm eine Tablette mit Wasser. Er schluckte. Er strich Schneewittchen über die Haare. Jaja, sagte er. Beide lächelten. Der Prinz löschte das Licht und kuschelte sich an seine Frau, die noch immer Haare wie Ebenholz, Lippen wie Blut und eine Haut wie Schnee hatte.

*Der unbekannte Duft
der fremden Frauen*

Es soll Frauen geben, die wie manche Blumen des tropischen Urwalds sind: bei Tag ein blasses Nichts, einmal im Jahr aber blühen sie, nachts, im blauen Licht des Vollmonds, drei Minuten lang. Dann verstummen die Spatzen und Papageienvögel in den Bäumen, wenn sie endlich ihre Spangen aufmachen, langsam die Seidenröcke fallen lassen, mit einem blinkenden Mund und glühenden Augen. Der Mann, der dann dabei ist, starrt in sie hinein wie in einen Vulkankrater, in dessen kochende Lava er sich stürzen muss. Langsam sinkt die Frau zwischen Orchideenblüten. Sie lächelt und öffnet die Arme. Später sitzt der Mann dann auf der Bank vor seinem Haus, wackelt mit dem Kopf und erzählt seinen Enkelkindern, was Schönheit ist. Die Enkel spüren, dass es für solche Schönheit keine Worte gibt. Sie ahnen plötzlich, dass ihre Freundinnen, denen sie beim Doktorspielen zwischen den Hinterbacken herumfingern, auch in einem blauen Mondschein nicht wie Vulkane glühen.

Das Rolltreppenfahren ist der Osterwunsch des verklemmten Lüstlings. Da steht er dann, mit seinem Osterhasen, den er als Alibi gekauft hat, und schaut den Frauen unter die

Röcke. Er macht in seinem Kopf Striche für die Farben der Slips, einen roten für einen roten, einen blauen für einen blauen, einen schwarzen für einen weißen, und einen goldenen für keinen.

Schwitzend vor Erregung steht der unbefriedigte Ehemann am Guckloch des Massagesalons. Die linke Hand hat er zwischen den Beinen, mit der rechten stützt er sich an der Wand ab, an die er sein Auge presst. Im andern Zimmer geht es wild zu. Er sieht, keuchend vor Lust, den auf und nieder wippenden Hintern des Kunden und die schneeweißen schönen Beine der jungen Masseuse. Jetzt schließt sie sie wie eine Schere über dem Rücken des tobenden Liebhabers. Leider ist die Lautsprecheranlage kaputt, so dass der Ehemann die Geräusche diesmal nicht hören kann. Stattdessen spielt der Salonbesitzer eine Nummer von James Last. Jetzt steht der Kunde auf. Er hat Schweiß auf der Stirn. Wer aber beschreibt den Schweiß am Körper des unbefriedigten Ehemanns, als er sieht, dass die junge Masseuse, die strahlend vor Glück auf dem Bett liegt, Gisela, seine Frau, ist?

Der ältere Mann träumt vom Becken der noch nicht Siebzehnjährigen. Entweder, er wird Lehrer an einer Mädchenschule, oder er wird Maler und besucht so lange die Aktklasse, bis die Frau, die immer Modell steht, die Grippe bekommt und von ihrer Tochter vertreten wird. Der ältere Mann wird das Mädchen ansprechen. Er kann es nach der Malstunde versuchen, wenn sie von ihren Freundinnen umgeben ist, eher aber tut er es, wenn sie einen Freund neben sich sitzen hat. Sie will ihm zeigen, dass sie keine Angst hat. Der ältere Mann hat eine Kröte im Hals. Er hustet. Sein Herz klopft, als er sagt, dass er nur zufällig Steuerbeamter, im Grunde seines Herzens aber Feuerschlucker, Weltkriegsteilnehmer, Diplomat oder Gärtner ist. Schwer zu sagen, was das junge Mädchen mit dem schmalen Becken mehr schätzt. Dann, wenn das Mädchen neben ihm auf dem Bett liegt, zieht durch das Herz des älteren Mannes ein Jubel, der einer tiefblauen Trauer gleicht.

Viele Männer schlitzen die Unterleibe der Frauen mit großen Messern auf. Das geschieht in Unterhölzern, im Schilf, in dunklen, reifüberzogenen Parks, am Rand von Autobahnen. Diese Männer dringen in Dienstmädchenzimmer ein, es nützt nichts, wenn die Frau schreit – der Mann hat sich Watte in die Ohren getan, und seine Seele ist taub. Er sticht auf sie ein. Blut spritzt, und in höchster Erregung schreibt der Mann seine Telefonnummer auf den Spiegel, mit dem Blut der toten Geliebten.

Wenn alle Frauen immer überall mit jedem, dann gäbe es keine Intimität mehr. Im Bois de Boulogne gerieten die Kavaliere in Erregung, wenn sie sekundenschnell den weißen Knöchel einer Dame sahen. Dennoch ist auch eine Orgie etwas Schönes. Weiße Körper wälzen sich im Licht einer Lampe, die mit einem Seidendessous verhängt ist. Man hört Lachen und Stöhnen. Die besten Freunde verlieren den Überblick darüber, wer es ist, der sie am Hintern leckt. Nachher essen alle eine Gulaschsuppe. Wer hätte gedacht, dass Judith, der alle scharfe Zähne zugetraut hätten, gefesselt, ausgepeitscht und angebrannt werden will?

Auch ein einsamer Junggeselle hat eine Putzfrau, eine Zimmerwirtin und eine Nachbarin. Warum traut er sich nicht zu sagen: Darf ich Ihnen meine Sammlung von Bismarcktürmen zeigen? Oft ist dann die scheinbar putzigste Frau die wildeste Geliebte. Sonst muss der Junggeselle halt krank werden. Krankenschwestern sehnen sich nach Liebe, am heftigsten die Hebammen. Sie haben Tag und Nacht mit dem menschlichen Elend zu tun. Der Junggeselle hält sie in seinen Armen. Er hört ihr Schluchzen und küsst ihre Tränen weg. Am nächsten Morgen wird er seine Nachbarin, Zimmerwirtin und Putzfrau in einem neuen Licht sehen, diese werden sich wundern, dass der eigenbrötlerische Mieter beim Gurgeln Arien aus Carmen singt.

Leck mich am Arsch, jahrelang kann ich von Frauen reden ohne zu stocken, sagt der Matrose, der aus der Südsee zurückkommt. Wir starren alle auf seinen steifen Schwanz. Ja, sagt er und schaut uns in die Augen, in China haben sie das, was bei unsern Frauen gerade ist, quer, und in Malaysia singen sie mit gurrenden Lauten, wenn sie lieben. Es ist furchtbar, ganz allein in einem Mastkorb zu sitzen und auf das unendliche Wasser zu blicken. Man hat dann nur die Wolken, die über einem wechselnde Formen bilden: Brüste, Bäuche, Beine. Unser Kapitän duldet keine Frauen an Bord. Er sitzt in seiner Kajüte und schaut sich Zeitschriften mit nackten Knaben an, die er in Honolulu, Tanger oder Panama kauft. Kennt ihr Stenka Rasin? Er war ein Wolgaschiffer, und ihm passierte es, dass, als er im Mastkorb saß, eine Frau angeschwemmt wurde. Er nahm sie in seine Kajüte, gab ihr Grog und wärmte sie. Die eifersüchtige Crew warf sie beide über Bord. Eng umschlungen, Brust an Brust, Mund an Mund, gingen die beiden im eiskalten Wasser unter. Seither sitze ich, murmelt der Matrose und starrt vor sich hin, da oben und glotze ins Wasser. Aber ich sehe nur hie und da einen hungrigen Tigerhai, mit dem ich lieber nicht Brust an Brust und Mund auf Mund im Wasser versinken möchte, oder doch?

Man kann der Vater eines kleinen Mädchens sein, man kann der Vater eines kleinen Jungen sein. Man kann beides sein, und die Mütter können Susi und Inge heißen. Mit Inges Sohn gehe ich in Wirtschaften. Wir rauchen und hauen die Faust auf den Tisch und lachen laut. Ich habe ein großes Bier, er einen kleinen Apfelsaft, aber er macht dasselbe Gesicht wie ich. Wenn er nach Hause kommt, kann er so viele neue Flüche, dass Inge gar nicht versucht, sie ihm abzugewöhnen. Mit Susis Tochter gehe ich in ein gepflegtes Kaffeehaus. Wir sitzen auf den Vorderkanten der Stühle, essen Eis und sprechen leise. Susis Tochter erzählt mir, wie ihre Puppen heißen. Ich zeige ihr, wie man Tee trinkt, und dass man den kleinen Finger nicht spreizt, wenn man vornehm aussehen will. Auch furzt man nicht, wenn man will, sondern drückt den Furz in sich zurück. Susis Tochter und ich gehen dann über die Rheinbrücke, sie hat ein kleines weißes Sonnenschirmchen, und ich lockere ein bisschen den Knoten von meinem Schlips. Aber, keine Frage, es war schön, so ein Kaffeeschlürfen aus Silberkannen und feinstem Porzellan.

Der Unterschied zwischen einem Mann und einer Frau ist, dass die Frauen einen Spiegel nehmen müssen, um sich anzuschauen. Nonnen, Frauen von Frauenärzten und Handarbeitslehrerinnen schauen nie zwischen ihre Beine, sie phantasieren deshalb das wildeste Zeug, wie es da unten aussieht: wie im Urwald bei Sonnenuntergang, wie der Mund eines durstigen Walfischs, wie ein süßes Versinken im Schlaf, wie ein lohend brennendes Dorf. Sie verlangen von ihren Männern, dass sie ihnen erzählen, wie ihre Expeditionen nach da unten verlaufen sind und was sie gesehen haben. Aber nie sind sie ganz zufrieden mit dem Bericht. Die Nonnen haben es am schwersten. Ihr Bräutigam ist stumm, und seine Hände und Füße sind ihm gebunden. Die Nonnen baden nur nachts, und zwischen ihnen und ihrer unkeuschen Hand ist immer ein großes Stück Sandseife. Nach dem Bad, vor dem Insbettgehen, trinken die Nonnen einen großen Schluck Schnaps, einen, den irgendwelche Brüder im fernen Südfrankreich gebrannt haben. Er rinnt brennend heiß durch ihre Gedärme.

Immer wieder, wenn ich am frühen Nachmittag schläfrig in einem fremden Gasthof liege, höre ich ein Quietschen durch die dünne Holzwand, die mich vom Nebenzimmer trennt. Herrgott, zische ich, hetzen mich die Dämonen denn unbarmherzig um den ganzen Erdball?! Das Quietschen ist rhythmisch, es ist das Quietschen der Matratze eines Betts, es ist immer heftiger. Ich bin hellwach, ich liege mit gespitzten Ohren da, ich knirsche mit den Zähnen. Immer die andern, brumme ich, immer die Ausländer, die Juden und die Tüchtigen. Endlich ist es still im Nebenzimmer. Ich stehe auf von meinem keuschen Bett, wasche mein heißes Gesicht und gehe in die Gaststube hinunter. Ich sortiere meine Rechnungsbelege. Ich trinke so lange einen Rotwein, bis ein Mann und eine Frau die Treppe hinunterkommen und sich an den Nebentisch setzen. Ich schaue sie lange an. Ich wundere mich, dass man weder der Frau noch dem Mann ansieht, dass sie grad eben ein wildes Liebestoben miteinander hatten. Sie bestellen einen Tee mit Zitrone. Ich finde, die Frau sieht aus wie eine schlechtgelaunte Papierwarenverkäuferin und der Mann wie ein von Terminen gehetzter Reisender. In Wirklichkeit aber haben sie Ferien, sie sind glücklich wie noch nie, und ich bin neidisch wie eine Sau.

Wenn ich in gewissen Büchern lese, durchschauert mich plötzlich eine Ahnung von einem besseren schöneren tolleren Leben. Weiße Kraniche fliegen durch die Wohnküche, und die Luft, die durchs Fenster strömt, riecht nach auslaufenden Schiffen, liebenden Frauen, schwitzenden Matrosen. Eine Frau in einer dämmrigen Abendstunde, ist sie nicht wie so ein gewisses Buch? Sie hat himmelblaue Augen und ein Lachen, das uns an Shanghai, wo wir noch nie gewesen sind, erinnert. Ich glaube, ich liebe sie. Jetzt aber spricht sie der schwitzende Matrose an, sie nickt lachend und hängt sich an seinen Arm. Mir bleibt das gewisse Buch übrig. Ich könnte es auffressen vor Wut. Ha, wenn jedes meiner Bücher eine Frau wäre, dann wäre etwas los bei mir! Es ginge zu wie bei Sultans persönlich. Ich hätte einen alphabetisch geordneten Harem, und die großformatigen Frauen stünden neben dem Plattenspieler. Ein Eunuche würde mir die Frauen bewachen. Das einzige Buch, das ich nicht in eine Frau verwandelt hätte, wäre die Mutzenbacher. Sie wäre die Lektüre meiner Frauen, die dadurch gut vorbereitet in meinem Zimmer auftauchen würden. Ich würde nie mehr als drei gleichzeitig nehmen, ich lese auch nie mehr als drei Bücher gleichzeitig, besonders wenn sie zu den gewissen Büchern gehören, aus denen rote Flamingos hervorsteigen und mit heftigen Flügelschlägen durch die Straßen davonfliegen.

Eine dicke Frau ist ein Lachen in einer heißen Augustnacht. Eine dünne ist ein Schrei in einer düsteren Vorstadtstraße. Eine kleine ist die Arie eines Boten in einer Oper von Cimarosa. Eine große ist der Atem einer Giraffe, die, über die grünen Blätter hinweg, zum Kilimandscharo aufblickt.

Werbedirektorinnen, Pilotinnen, Aufsichtsrätinnen haben einen makellosen Teint und reden laut. In ihr Lachen mischt sich zuweilen ein scharfer Ton. Sie fahren einen BMW. Aber noch gibt es Berufe, die den Frauen verschlossen sind: Bassist, Papst, Boxer. In China aber geht Tag für Tag die Sonne auf. Der lehmige Jangtsekiang überschwemmt die Ufer. Geduldig schaufeln die Männer und Frauen ihre Keller frei. Mit verschmierten Gesichtern setzen sie sich an den Abendessentisch. Es gibt, wie jeden Tag, einen Fisch. Heute knirscht er ihnen zwischen den Zähnen. Die Frau lächelt den Mann an, der zurücklächelt.

Seit Dutzenden von Jahren sind die schönsten Frauen mit guten Männern verheiratet. Sie lieben sie. Aber wenn die

Frühlingsvögel vor den Fenstern lärmen, denken sie, wie herrlich ein stürmisches Abenteuer wäre. Eine heftige Liebe im Sand eines Kiesgrubensees. Ein Herunterfetzen der Kleider im Park. Ein plötzliches Lecken eines unbekannten Munds. Ein starker Griff im dunklen Kino. Die schönen Frauen baden in ihrer Sehnsucht wie in einem traurigen Film. Was bedeutet das Lärmen der Vögel? Die Spatzen wollen eine Amsel, die Amseln eine Elster, die Elstern einen Geier. Die Geier sitzen mit Tränen in den Augen vor Papageien, die mit Ketten im Park angeschmiedet sind. Sie üben das Wort Lora, immer wieder, aber das, was sie dann vor der Angebeteten hervorstoßen, ist weder ein Wort der Geier- noch der Papageiensprache, sondern es fällt in den Dreck und verdorrt. Dann kommt der Sommer, und der lachende Spatz sitzt mit der fröhlichen Spätzin auf dem Kirschbaum, der Amsler mit der Amsel, der Geier mit der Geierin. Es ist gut, dass sie nicht wissen, dass, im verflossenen Frühling, die Kohlmeise zu einer jungen Drossel ins Nest gekrochen ist und dass die Federn so geflogen sind, dass die Kohlmeise es im nächsten Frühling mit einer Wiedehöpfin versuchen will.

III

Vom Fenster meines Hauses aus

I

Vom Fenster meines Hauses aus, an dem ich an einem Holztisch sitze, sehe ich, hinter Telefondrähten, die voller Schwalben mit zitternden Schwänzen sind, die Giebel der Dächer der Häuser von Sesenheim. Wenn ich einatme, pfeifen meine Lungen. Gewitterwolken stehen über der Rheinebene, und hinten bei Sesenheim, das heute Sessenheim heißt, grollt es. Ich weiß, dort, wo jetzt eine Erntemaschine durchs Getreide rast, dort standen Goethe und Friederike, die sich küssten, und es war der letzte Kuss im Leben Friederikes. Es donnerte über dem Schwarzwald. Als Friederike starb, etwa 20 Kilometer südlich von Sesenheim, war das Elsass immer noch ein stilles Land mit krähenden Hähnen, Störchen, Fachwerkhäusern, Blumen, aber Goethe war ein großes Tier geworden, mit dicken schweren Füßen, einem breiten Mund, fetten Händen und einer öligen Nase. Drei alte Freundinnen gingen hinter dem Sarg her. Sie weinten wasserlose Tränen und warfen mit ihren dürren Händen Erdkrümel in das Grab. Sie hatten Friederike gemocht. Sie hatte nie von Goethe gesprochen. Dieser wandelte zu dieser Stunde durch einen französisch angelegten Park und sagte gerade zu seinem Eckermann: Begreif er,

Eckermann, ein jeder hat einen schwarzen Abgrund in seinem Innern, auch ich. Zuweilen, wenn ich in den unendlichen Nachthimmel hinaufsehe, dröhnt in mir das wilde Pochen einer längst vergangenen Schuld, notier er sich das, Eckermann.

Ein Zahnarzt aus meiner Bekanntschaft zum Beispiel hat einen Teil der Leiche Napoleons im Keller, ein Bein, auf einer Apfelhurde. Er zerstößelt es in einem Mörser zu feinem Pulver und analysiert dieses und stellt fest, dass Napoleon eine Überdosis Arsen enthält. Ich, ich schrecke manchmal nachts hoch und denke, mein Bruder ist tot und liegt in meinem Keller. Aber ich habe gar keinen Bruder, oder ist gerade das der Beweis? Ich mache nie Licht im Keller, d. h. ich gehe nie in den Keller. Ich sitze an meinem breiten Holztisch am Fenster und sehe über die Rheinebene hinweg. Bauern und Bäuerinnen stehen in den Stoppelfeldern und sehen zum Himmel hinauf. Es donnert. Ich schlage auf die Tasten meiner Schreibmaschine, auch wenn ich nach Sesenheim hinüberschaue, ich schreibe blind. Ich erinnere mich, dass Gottfried Keller eine lebenslange Angst hatte, lebendig begraben zu werden. Es ist entsetzlich, wenn man in eine helle klare Luft eingemauert ist wie in einen Glassarg.

Es ist sowieso bekannt, dass die Lebenswege aller Menschen von ihren Namen beeinflusst werden. Das ist die letzte magische Macht, die die entmachteten Zauberer noch ausüben. Aber die meisten Menschen machen schier übermenschliche Anstrengungen, ihrer Bestimmung zu entgehen. Herr Keller wurde, auch auf Kosten seines Glücks, Schriftsteller. Herr Bauer. Herr Falk. Herr Lenz. Herr

Sommer. Herr Wiener. Herr Bayer. Herr Hesse. Herr Essig. Herr Kluge. Herr Kaiser. Herr Graf. Herr Bürger. Herr Mann. Herr Klopstock. Was soll die Auflehnung gegen unsre Namen? Wer einmal einer Susanne im Liebesrausch Irma ins Ohr geflüstert hat, weiß, wovon ich spreche.

Der erste Schriftsteller, den ich kennenlernte, war ein Kriegsblinder. Er hatte den Krieg nur gehört. Er hatte eine junge Frau, die jeden Tag ein neues Halskettchen für ihn anzog und seine Gedichte in einer zierlichen Schrift in einen Blindband eines Romans eines Freundes des Schriftstellers schrieb, der von den Leiden der Deutschen in Russland handelte. Als ich zur Tür hereinkam, kam mir der Schriftsteller mit weit ausgebreiteten Armen entgegengeeilt. Er schüttelte meine Hände und führte mich in sein Arbeitszimmer und öffnete, während er etwas über den neuen Roman seines Freunds sagte, nämlich, er habe ihn nicht gelesen, eine Rotweinflasche. Ich saß auf der Vorderkante eines Stuhls und sagte, ich auch nicht, und sah, er war taub, nicht blind. Eine Granate war im ersten Kriegsmonat vor seinen Ohren explodiert. Jetzt schrieb er seine Gedichte mit Filzstiften auf große Papierbögen, und abends las seine Frau sie ihm vor. Er hing an ihren Lippen. Er wusste genau, an welcher Stelle sie war. Wenn sie einmal einen Text sagte, der nicht von ihm war, verstand er nichts. Ratlos starrte er sie an und schüttelte den Kopf. Schließlich nahm sie ein Papier und einen Filzstift und schrieb etwas darauf und gab es ihm. Sie rannte zur Tür hinaus und schlug sie hinter sich zu. Der Dichter zuckte zusammen. Er las das Geschriebene. Seine Augen füllten sich mit Tränen. Er sah mich an. Langsam wurden seine Haare weiß, oder meine.

Eines Morgens, als ich aufwachte, waren meine Haare wirklich weiß. Ich hatte die Nacht mit einem stämmigen Dichter verbracht. Wir waren auf einer gemeinsamen Fahrt. Ich sah auf seine bebenden Nasenflügel. Ich hörte das Schnarchen, das ich schon die ganze Nacht gehört hatte. Ich bringe ihn um, dachte ich. Ich packte ihn an den Beinen, den Dichter, und zerrte ihn durch lange Korridore. Sein Kopf schlug die Treppenstufen hinunter. Im Keller legte ich ihn auf eine Apfelhurde. Ich sah ihn genau an. Er sah widerwärtig aus, ganz anders als seine Gedichte. Er öffnete ein Auge. Ich rannte die Treppen hinauf, an verdutzten Stubenmädchen und Hotelburschen in grünen Schürzen vorbei, mit weißen Haaren. Das war in Kufstein, wo alle Bauern Zither spielten und jede Bäuerin vielfarbige Stickereien auf ihren großen milchweißen Brüsten hatte.

Gottfried Kellers Lieblingstiere waren Katzen. *Er* war es, der seinen Bruder umbrachte und in den Keller schleifte. Kein lebender Bruder ist in Gottfried Kellers Leben nachweisbar. Obwohl Gottfried Keller nicht an die Reinkarnation glaubte, ist es bei dieser so, dass, wenn man sich gut benommen hat, man im nächsten Leben ein hochentwickelter Säuger wird, war man ein Lump, ein Wurm. Im Alter wurde Gottfried Keller schlohweiß. Er saß jeden Abend in einem Weinkeller in Zürich und trank und brummte vor sich hin. Man verstand nie, was er sagte, aber man nahm an, dass es unflätige Bemerkungen über den Magistrat waren. Einmal träumte er, er sei über Nacht völlig schwarz geworden, ein Neger oder, wie man heute sagt, ein Schwarzer. Gottfried Keller hatte in seiner Jugend Mühe mit dem Atmen, dann nicht mehr, dann im Alter wieder.

Ich besitze ein Sechstel des Hauses, aus dem ich über die Rheinebene hinwegsehe, jetzt in eine schwarze Regenwand hinein. Die Erntemaschine ist weg, und die Bauern rennen über die Stoppelfelder. Die Bäuerinnen schlagen die Röcke über die Köpfe. Im Estrich unsres Hauses sind Hornissen, die bei Gewittern besonders nervös sind. Der Estrich gehört zu meinem Sechstel, in den untern Sechsteln, in denen gemütliche Lehnstühle und geheizte Öfen stehen, sind die andern fünf Inhaber meines Hauses, z. B. ein hagerer älterer Herr, der Versicherungsaquisitör ist. Sein Hobby ist das Beobachten von Hornissen. Stundenlang liegt er in dicke Tücher eingehüllt und mit einer Skifahrerbrille über den Augen in meinem Sechstel des Hauses. Einer der fünf andern Hausbesitzer ist ein Hund. Ihm gehört das schönste Zimmer. Der Keller gehört allen. Nie geht jemand hinunter, und wenn, etwa um Wein zu holen, mit geschlossenen Augen. Er riecht säuerlich. Immer wieder schauen wir, ob einer von uns fehlt oder ob in der Zeitung von einem vermissten Schriftsteller geschrieben wird.

Mich interessiert eher das, was ich nicht kann. Ich bewundere z. B. Revolutionäre, die fette gesunde stinkreiche zynische mörderische Diktatoren erstechen. Wir, meine Frau und ich, haben stattdessen ein Pferd angeschafft, erstens, weil meine Frau glaubt, es könnte die Seele von Gottfried Kellers Bruder beherbergen, zweitens, weil der Verkäufer sagte, es frisst Hornissen. Es steht oben im Estrich. Als ich jetzt eben, auf Zehenspitzen, in den Estrich hinaufstieg, fand ich den Satz bestätigt, dass zwei Hornissen ein Ross töten. Von entsetzlichen Stichen übersät gelang es mir, das röchelnde Tier in den Keller zu schleifen. Wir sahen, wie es starb. Es krümmte sich vor Schmerz. Es schnaubte. Susanne, meine Frau, versuchte, die Seele von Gottfried Kellers Bruder beim Entweichen in einer Plastiktüte aufzufangen, vergeblich. Wir ließen die Pferdeleiche auf der Apfelhurde liegen, auch, weil mein Herzschlag plötzlich aussetzte und Susanne wie ein Teufel mit eingeschalteten Scheinwerfern ins Spital rasen musste, wo der Arzt mir Kalziumspritzen gab. Sie haben eine Konstitution wie ein Ross, sagte er, als ich aus meiner Bewusstlosigkeit aufwachte. Sie haben mindestens zehn Stiche und leben noch. Ich nickte. Susanne, zu der ich im Vergess zuweilen Irma sage, nahm mich bei der Hand. Wir gingen in ein Café, in dem wir uns mit Cognacs vollpumpten, bis wir genügend Mut hatten, noch einen Weinkeller zu besuchen.

Dort sagte Susanne, ich sei blöd. Blöd, blöd, blöd. Ich sagte: Das kann schon sein, dass ich blöd bin, aber ich glaube nicht an die Vererbung. Mein Vater war ganz anders blöd. Er stand um vier Uhr früh auf, setzte sich an seine Schreibmaschine an seinem Tisch in seinem Haus und schrieb wie rasend auf ihr herum bis um acht Uhr abends. Seine Werke sind verschollen, sie liegen in irgendeinem Keller. Dein Vater war nett, sagte Susanne, der war gar nicht so blöd wie du Blödian immer meinst. Wie dem auch sei, sagte ich, meine Mutter war so blöd: sie stand um sieben Uhr früh auf und putzte bis acht Uhr abends all das sauber, was wir schmutzig gemacht hatten. Ich, heute, schreibe kaum je, nie, so viel und so schnell wie heute. Sonst sitze ich eher am Fenster und schaue auf die Rheinebene und den fernen Schwarzwald, wenn ich nicht gerade in meinem Stadthaus in Frankfurt bin und telefoniere oder fernsehe. Manchmal brülle ich auf und schlage die Fäuste gegen die Zimmerwand. Jahrelang hatte ich eine Schreibmaschine, deren L abgebrochen war. Was ich noch sagen wollte, sagte ich zu Susanne, die inzwischen, wie ich, betrunken war, manchmal sucht mich mein Vater heim. Er kommt aus dem Keller. Plötzlich ist er da. Er trägt ein Manuskript unter dem Arm. Keinem von uns ist ganz klar, ist es eines von seinen oder von meinen. Mein Vater kann die Gesichter in Sekundenschnelle von jung auf uralt wechseln. Ich bin zwar tot, sagt er dann, aber heute habe ich Ausgang. Dann gehen wir ins Kino, wie früher, wie früher sehen wir uns einen Schießfilm an mit unzähligen Leichen. Unser Lieblingsfilm war eine Geschichte, in der Peter Lorre zwei Leichen in einem Keller hatte und an ihnen herumoperierte, ich weiß nicht mehr was und warum. Ich rief nach dem Wirt und bestellte nochmals eine Flasche. Ich leckte meine Hornissenstiche. Susanne hatte glänzende Augen und schrie, der einzige wirkliche Mann für eine wirkliche Frau sei ihr Vater. Das kann sein, sagte ich, jedenfalls, nachher aßen mein Vater und ich ein Eis, und dann war sein Urlaub abgelaufen und er musste zurück, in den Himmel oder in die Hölle, blöderweise habe ich vergessen, ihn zu fragen.

Ich wohne in einem Haus, über dem die Nato Formationsflüge übt. Es sind Kanadier, die die Elsässer vor den Russen beschützen. Sie rasen im Tiefflug über die Rheinebene. Ich fühle, wie ich langsam taub werde. Irgendwann einmal werde ich die Flugzeuge nur noch sehen. Ich könnte natürlich beim fernsten Düsengeräusch in den Keller rennen und den Angriff abwarten, aber erstens sind die Flugzeuge schneller als ich und zweitens will ich nicht in den Keller. Der Vorbesitzer des Hauses hat die Tragebalken des Hauses vom Keller aus mit Baumstämmen abgestützt, denn schon zu seinen Zeiten war Krieg. Er sah aus dem Kellerfenster, wie deutsche Panzer über die Rheinebene gerollt kamen, und vorbei, und am nächsten Tag kamen amerikanische aus der andern Richtung, und vorbei. Der Vorbesitzer war schlohweiß geworden. Er hatte jahrelang im Keller gelebt. Nun grub er den alten Wein aus, und das Geld, und er rief und rief nach seiner Frau, und dann trank er alle Flaschen auf einen Ruck aus. Vollständig betrunken fanden ihn die Befreier, und als wir ihn, dreißig Jahre später, kennenlernten, war er immer noch betrunken, oder wieder. Er verkaufte uns das Haus, in dem er ein Leben verbracht hatte, mir einen Sechstel, Susanne einen Sechstel, dem Versicherungsaquisitör einen Sechstel, seinem Hund einen Sechstel, und zwei weiteren Personen, die ich noch nicht vorgestellt habe, die letzten zwei Sechstel. Diese zwei Personen sind ein Gelehrter und seine Frau. Der Gelehrte lehrt Steuerrecht an der Akademie für Management in Baden-Baden. Jeden Tag fährt er mit seiner Mobylette über die Grenze, aber abends wühlt er sich hinter komplizierte Partituren und erforscht das Leben tauber Komponisten. Er erzählte mir einmal, wie Beethoven mit einem starren Gesicht vor seinem Orchester stand und die neunte Sinfonie dirigierte. Als die Musiker ihre Instrumente absetzten und die Sänger die Münder schlossen, hörte auch er mit dem Dirigieren auf. Er drehte sich um und nahm den tosenden Applaus entgegen, bis er sah, dass niemand mehr im Saal war. Seine Haushälterin führte ihn ins Künstlerzimmer und heim. Die Frau des Gelehrten hat zwei Kinder, die gut hören, und wir hören sie auch gut. Wenn sie und die Nato gleichzeitig angreifen, gehe sogar ich in den Keller. Ich setze mich auf die Romane meines Vaters, und die Füße stelle ich auf das tote Pferd. Susanne legt sich auf die Apfelhurde. Gemeinsam warten wir, bis das Gewitter vorüber ist. Dann steigen wir wieder an die Oberwelt. Im Salon steht der Steuerrechtler mit einer Partitur, er dirigiert still vor sich hin, mit einem Cognacglas in der Hand. Ich sehe, dass er seine Lippen bewegt. Was?, sage ich. Diesmal konzentriere ich mich auf seine Mundbewegungen. Hast du dir die Haare färben lassen?, sagen seine Lippen. Auch Irma sieht mich entsetzt an.

Ich schreibe dies am 22. Juli 1976, hauptsächlich weil mein Schwager auf Besuch ist. Er sitzt im Fauteuil und löst Kreuzworträtsel. Er weiß, dass man arbeitende Menschen nicht anspricht. Ich darf keine Sekunde aufhören zu schreiben, sonst fragt er mich nach einer Stadt ohne Autoverkehr mit sieben Buchstaben. Nur wenn er einschläft, schaue ich zum Fenster hinaus auf die Schwalben, die auf den Telefondrähten sitzen und sich die weißen Federn unter den schwarzen Flügeln putzen. Sie haben zwei Nester an den Tragebalken des Kellers, seit dem Krieg. Immer lassen wir das Fenster offen. Später will ich meinen Schwager fragen, ob er sie sich ansehen will. Bei seinem letzten Besuch ruinierte ich meine Schreibmaschine, indem ich Hunderte von Seiten mit großen und kleinen Ls füllte. Die Taste brach ab. Deshalb schreibe ich jetzt einen richtigen Text mit einem richtigen Sinn, damit die mittlere Buchstabendichte, auf die hin die Maschine konstruiert ist, richtig auftritt. Die Garantie für die Maschine ist längst abgelaufen, es ist die, auf der schon mein Vater geschrieben hat.

Mein Schwager ist aufgewacht. Er sitzt mit offenem Mund bolzgerade im Sessel, gerade jetzt, wo mir der Stoff ausgeht. Ich schreibe jetzt irrsinnig schnell. In meiner derzeitigen Form könnte ich Gabriele Wohmann zu einem Wettschreiben herausfordern. Allerdings kenne ich Gabriele Wohmanns derzeitige Form nicht. Sie ist viel trainierter als ich, sicher hat sie eingespielte Helfer, jemanden, der ihr Kaffee bringt, und Mechaniker, die eine Schreibmaschinenwalze in dreißig Sekunden auswechseln können, wenn sie einmal an die Boxen muss. Inzwischen sind alle Schwalben weg vom Draht. Vielleicht enthält eine die Seele von Gottfried Kellers Bruder. Wer beschreibt meinen Schreck, als ich jetzt sehe, dass mein Nachbar, Herr Schnabel, ein Maurerpolier, auch seinen Schwager zu Besuch hat. Herr Schnabel schaut mich mit traurigen Augen an, während sein Schwager auf ihn einredet. Er nickt mir zu. Dann nimmt er seinen Schwager sanft beim Arm, langsam steigen die beiden die Kellertreppen hinunter. Gleich höre ich auf zu schreiben. Sowieso ist es jetzt Zeit, meinem Schwager einen Aperitif anzubieten. »Hubert«, sagt meine Stimme jetzt, »wie wär's mit einem Aperitif?« Ein Leuchten geht über Huberts Gesicht. »Das wäre schön«, sagt er leise. »Obwohl ich die Stille sehr genossen habe. Wir wollen uns vors Haus setzen und kein Wort sprechen und schweigend über die Rheinebene bis zu den Giebeln von Sesenheim schauen. Morgen müssen wir ja sowieso in die Stadt zurück, in den Lärm und den Dreck.« Ich nicke. Als ich einatme, höre ich, dass meine Lungen pfeifen. Die ersten Regentropfen fallen. Ein ferner Reiter reitet in einem wilden Galopp über das weite Stoppelfeld.

2

Vom Fenster meines andern Hauses aus, dem in Frankfurt, könnte ich das andere Haus Goethes, das am Großen Hirschgraben, sehen, wenn nicht so viele andere Häuser dazwischenstünden. Früher nannte man solche Häuser Wolkenkratzer. Irgendwie bin ich nie dazu gekommen, Goethes ehemaligen Wohnsitz zu besuchen, obwohl man dort vergilbte Liebesbriefe von Friederike lesen kann und einen Tintenklecks bewundern, der davon herrührt, dass Goethe, als er den Faust schrieb, einer eintretenden Magd ein Tintenfass entgegenschleuderte, weil er meinte, sie sei der Teufel. Ich bin bei jedem Versuch, sein Haus zu besuchen, abgelenkt worden. Ich fand mich dann im Kaufhof wieder, oder in der Deutschen Bank, oder bei Montanus. Ich blättere dort manchmal in der Deutschen Waffenzeitschrift oder im Playboy.

Vom Fenster meines Stadthauses aus, das gar nicht mein Haus ist, sondern einem Hersteller von Verpackungsmaterial gehört, der mit seinem PVC so viel Geld verdient, dass er mir eine völlig humane Miete abverlangt, vom Fenster meines Stadthauses aus sehe ich auf eine Straße mit Kopfsteinpflaster. Früher rumpelten Kutschen und Biertransporte darüber. Man sieht heute noch die mit Teer verschmierten Geleise der Straßenbahnen, die von schweren Gäulen gezogen wurden. Heute gleiten, bei Regen, die

Radfahrer auf ihnen aus. Um die Autos nicht allzu deutlich zu hören, spiele ich Platten mit Klaviersonaten von Beethoven. Wenn ich zuweilen in ein Konzert gehe, in den Musiksaal der Deutschen Bank zum Beispiel, lehne ich mich wie alle Konzertbesucher zurück und genieße die Wucht der Tonsprache, aber irgendwie fehlen mir immer die begleitenden Bässe der Automotoren.

Gegenüber von meinem Haus steht eine Trinkhalle mit einer niederen Mauer, auf der fast immer Männer mit Bierflaschen sitzen und trinken und reden. Manchmal, ich schaue ja nicht ununterbrochen auf meine Kollegen, kracht es dann plötzlich, und einer der Männer hat in der Hitze seiner Argumentation seine Flasche auf den Boden gedonnert. Scherben und Bierlachen sind am Boden, und die Trinker, die dann laut reden, sind nassgespritzt. Der Trinkhallenpächter, ein Jugoslawe, kommt vor die Tür und sagt etwas Serbokroatisches oder Serbisches oder Kroatisches. Je nachdem wird die Stimmung sanfter oder aggressiver. Nachts verlagert sich die Auseinandersetzung in die Gastwirtschaft, die auch vom Trinkhallenpächter betrieben wird, der sie übernehmen konnte, weil vor zwei Jahren einer der Serbokroaten oder Serben oder Kroaten sein Bier mit einem Revolver bestellte und der damalige Wirt dann genug davon hatte, mit einem Bein im Gefängnis und mit dem andern im Grab zu stehen. Er wusste, so nahe war er dem Grab noch nie gewesen. Sein Gast ist inzwischen aus dem Gefängnis heraus und sitzt wieder auf der Mauer vor der Trinkhalle. Nachts dann, wenn Susanne und ich schon schlafen, herrscht zuweilen ein plötzliches Gebrüll, dann stehen wir auf und gehen ans Fenster. Zuerst hören wir die serbokroatische Auseinandersetzung nur, oder die serbische, oder die kroatische, Glas splittert, Holz kracht, Schreie schreien, dann geht die Tür auf und, wie aus einem Dampfkessel, in dem ein Überdruck herrscht, zischen vier oder fünf Serbokroaten oder Serben oder Kroaten heraus, fassen auf dem Kopfsteinpflaster wieder Fuß und stürzen sich in das unsichtbare Getümmel zurück. Meistens ruft dann jemand, der nicht ich bin, die Polizei. Sie kommt, und dadurch wird das Ganze auch nicht besser. Ich glaube, die vom Haus gegenüber rufen an, da ist so eine Sauna für Manager, wo man einen Martini on the Rocks schlürfen kann, während einem eine Thailänderin zwischen den Beinen krault.

Ich werde nie vergessen, wie meine Mutter, die eine Dame ist und mit Messerbänkchen auf dem Tisch aufgewachsen, neben mir in der Gaststätte saß. Wir tranken einen Wein, Susanne war auch dabei, und dann begann plötzlich und unerwartet eine Schlägerei, viel früher als sonst, und schon flogen Stühle durchs Lokal, und die Männer hatten rote Gesichter. Meine Mutter saß strahlend an ihrem Tisch. Irgendwie hatte sie begriffen, dass sie unverletzbar war, und tatsächlich zischten alle Geschosse an ihr vorbei. Sie saß da wie in einem besonders guten Film. So etwas hatte sie schon lange nicht mehr erlebt, und ich auch nicht.

Vor einiger Zeit wurde ich auf der Straße, direkt vor meinem Haus, von einem Herrn, der einen Hund ausführte, mit einer Pistole bedroht, weil ich etwas über seinen Hund gesagt hatte. Der Herr war sehr betrunken, ich ein bisschen. Der Hund war ein Chow-Chow. Ich trug eine dunkelrote Indianerjacke, die ich heute nicht mehr trage. Damals war 1968. Der betrunkene Herr versprach mir den sofortigen Tod, und es war seltsam, das Klicken des Entsicherungshahns zu hören. Ich hatte das Geräusch vorher nur im Film gehört. Der betrunkene Herr, der, physiognomisch gesehen, etwas von einem Zuhälter an sich hatte, schlug mir im Rhythmus seiner schnellen Worte den Revolver um die Ohren. Ich hielt den Atem an und sprach beruhigend auf ihn ein. Neben mir standen Susanne und der Versicherungsaquisitör. Susanne sagte nichts, d. h. ich hörte nicht, was sie sagte, und ich war froh, dass der Versicherungsaquisitör nicht seinen Stockdegen zog, denn er ist einer, der zu Husarenstücken neigt. Erst als ich oben in meiner Wohnung saß, versagten die Beine unter mir. Noch nie im Leben und bisher nie wieder habe ich einen Schnaps nötiger gebraucht. Das war übrigens nicht in dieser Wohnung hier, obwohl man von ihr aus das Haus Goethes auch nicht sah. Jenes Haus gehörte einem Herrn, der uns die Wohnung mit dem Argument kündigte, ich sei ein maoistischer Advokat und Susanne ein Flittchen. Dabei ist Susanne mit mir verheiratet, ich habe Germanistik studiert, und Mao ist tot.

Meine jetzige Wohnung zittert, wenn ein Omnibus vorbeifährt. Überhaupt hört man bei uns zu Hause viel mehr als man sieht. Oben hört man die Spanier, unten die Oma des Hausbesitzers, und man riecht die Küchen von beiden. Autos hört man überhaupt immer, die höre ich schon gar nicht mehr, auch wegen Beethoven. Susanne sagt zuweilen, wenn wir nicht einschlafen können, dass man sich an alles gewöhnt. Ich sage dann, dass man sich an Schwefel in der Luft, PVC im Essen und Arsen im Wasser nicht gewöhnt.

Manchmal beneide ich Schriftsteller wie Goethe, die zu einer Zeit lebten, wo die sozialen Ungerechtigkeiten für alle klar und deutlich waren, wie Holzschnitte. Männer, Frauen und Kinder verhungerten auf der Straße. Goethe musste nur aus dem Fenster schauen. Erstaunlicherweise schrieb er dann doch Hermann und Dorothea. Wie dem auch sei, heute ist auch alles voll von Gegnern und sozial Schiefgelaufenem, aber alles ist auch diffuser und unfassbarer, weil niemand verhungert, sondern alle einen Opel haben und glücklich sind. Ich habe auch ein Auto, ich bin auch glücklich, ich habe das Auto schon nur, um von diesem Haus hier in mein anderes zu kommen, das bei Sesenheim, das mir zu einem Sechstel gehört.

Vor einiger Zeit saß ich am Fernseher, und das Fernsehen zeigte ein brennendes Hochhaus, und ich dachte, ja Herrgott, das kenne ich doch, und da endlich drehte ich mich um und sah das brennende Hochhaus unserm Haus gegenüber. Irgendwer hatte es angezündet, weil der Besitzer ein Perser war oder ein Kapitalist oder beides. Das Hochhaus wurde dann gelöscht, und ein Kranführer, der mit seinem Kran durch die Flammenwand hindurchgefahren war und das Haus gerettet hatte, bekam vom Perser oder Kapitalisten persönlich einen Scheck über 5000 DM überreicht. Ich sah das Foto der Scheckübereichung in der Zeitung, der Perser oder Kapitalist lächelte und drückte dem Kranführer die Hand. Er sah dabei in die Kamera. Der Kranführer, der einen Plastikhelm aufhatte, sah den Perser oder Kapitalisten an. Er hatte ein ernstes Gesicht und keine Augenbrauen mehr.

Oft gehen wir ins Bahnhofsviertel. Als wir das erste Mal

da waren, steckte Susanne einen Groschen in den Schlitz einer Glücksmaschine, und vierzehn Mark rasselten heraus. Wir gingen auch in eine Bar, in der alle Gäste Neger oder Schwarze waren und zu je einem Drittel Heroinhändler, Heroinkunden und Heroinfahnder. Man sagte mir später, dass alle Weißen in dieser Bar ein Messer in den Rücken gesteckt bekämen, und seither gehe ich nicht mehr hin. Ich war dafür kürzlich in so einer Fickbierbar, in der unzählige Kurzfilme gezeigt wurden, die das Wunder der Liebe nicht, wie im Kino, in Spielhandlungen kleideten – zum Beispiel, der Briefträger bringt einen Eilbrief, und die Hausfrau duscht gerade etc. –, sondern die sofort und ausschließlich den Rausch der tiefsten Leidenschaften zeigten. Ich hatte in allen Zeitungen immer wieder gelesen, es komme täglich vor, dass Geschäftsleute aus Würzburg oder Kuweit für ein Bier 700 Mark bezahlen mussten, aber wir bezahlten 2,50 pro Flasche und wurden von einer netten Frau in einem Hosenanzug bedient. Jeden Tag lese ich von Erschossenen und Angeschossenen. Kein Mensch sieht bei uns aus dem Fenster, wenn ein Schuss kracht. Erst eine auf Serie geschaltete Maschinenpistole lässt uns aufspringen, denn das ist die Polizei, nur die Polizei kann sich solche Waffen leisten. Früher, als sie die Anarchisten noch öffentlicher als heute jagte, pflegte sie um sechs Uhr früh mit Nagelschuhen unsre Wohnungstüren einzutreten, und wenn dann einer von unsern Freunden nackt nachsehen ging, was denn da los war, wurde er in Notwehr erschossen.

So gesehen, bin ich froh, dass ich früher einmal bei der Schweizer Armee war. Ich habe gelernt, unsere Ostgrenze gegen unsere Feinde zu verteidigen. Wenn der Krieg im

Raum Oensingen stattfindet, schwöre ich, dass kein Russe einer Schweizer Frau ein Leid antun wird, solange ich dastehe mit meinem Karabiner in der Hand. Ich bin auch an der Leuchtpistole ausgebildet, das ist ein Instrument, mit dem man einen chemischen Scheinwerfer in den Himmel schießen kann. Für etwa eine Minute verwandelt sich die Nacht in einen diffusen Tag, und man kann auch den schleichendsten Russen genau erkennen. Manchmal bedaure ich, dass ich alle Waffen abliefern musste, als ich ins Exil ging, besonders die Leuchtpistole hätte ich gern. Ich wohne direkt neben dem Palmengarten, der uns im Sommer immer mit Sommernachtsfesten erfreut. Da schießen sie dann Raketen in den Himmel, die Sterne machen. Dann habe ich immer Lust, mich mit meinen Leuchtpatronen einzumischen. Ohh, würden die Frankfurter Bürger rufen, was ist denn das für ein Licht, das da im Osten aufstrahlt? Mit den andern Waffen, die ich beherrsche, wüsste ich heute weniger anzufangen. Ich war ein mittelmäßiger Karabinerschütze. Das gibt mir heute zuweilen trotzdem den Mut, am Wäldchestag auf eine Rose zu schießen, für Susanne. Meistens habe ich sie tatsächlich in ein zwei Schüssen. Am letzten Wäldchestag, wir hatten einen gemeinsamen Kummer und tranken reichlich Apfelwein, traf ich sogar einen mikroskopisch kleinen Knopf, der ein Blitzlichtgerät und eine Polaroidkamera auslöste. Man sieht uns zwei auf dem Foto, mich mit einem zugekniffenen Auge und dem Gewehr, Susanne mit einem ernsten Gesicht und einem Teddybären im Arm. Ich lernte auch Handgranaten werfen. Wir mussten das Deckelchen am Stielende abschrauben, die Kordel fassen, sie mit einem satten Ruck abziehen, bis zehn zählen und die Granate wegwerfen. Die Rekruten aus Bern mussten nur bis fünf zählen. Meistens allerdings warfen wir nur so Metallklötzchen, da war es egal, wie schnell man zählte. Die letzte Waffe, die ich beherrsche, ist eben die Maschinenpistole. Wenn wir mit ihr übten, sahen wir wie ganz viele Bankräuber aus. Die Schüsse ratterten aus den Maschinenpistolen heraus, bevor wir den Abzug auch nur anfassten, und dass einige von uns noch leben, ist ein Wunder. So gesehen, kann ich keinem Polizisten einen Vorwurf daraus machen, dass er einen unbewaffneten nackten Freund von mir erschossen hat.

Ich weiß nie recht, was ist die widerwärtigere Form von Gewalt, das Steilmesser eines Kneipengasts oder eine vierspurige Autobahn. Uns gegenüber, wenn ich ans Küchenfenster gehe, steht ein Bürohaus. Es ist vollklimatisiert und hat riesige Fenster. Ich kann in die Büros hineinsehen, und die Büroleute in meine Küche. Manchmal, wenn ich um sieben Uhr früh schlaftrunken aufs Klo tappe, sehe ich zu meinem Entsetzen, dass in allen Büros schon Leute sitzen und Briefe tippen oder Brote auswickeln oder Zeitung lesen. Manchmal, wenn es mit meiner eigenen Arbeitsmoral nicht so weit her ist, setze ich mich ans Küchenfenster und schaue denen im Bürohaus zu. Ich sehe dann, dass die Angestellten zwar alle immer da sind, dass sie aber überhaupt nichts arbeiten. Nur die Sekretärinnen tippen. Sie haben Stöpsel in den Ohren, und wenn sie allein im Büro sind, öffnen sie ihre Handtaschen und machen sich frisch. Ich versuche zu erraten, wer mit wem telefoniert. Wenn zwei Telefonierer in ihren Zimmern gleichzeitig aufhängen, nehme ich an, dass es *ein* Gespräch war. Es gibt zuweilen

Dramen. Da war zum Beispiel ein weißhaariger Herr, der immer eine Arbeitsschürze trug und auch wenn ich um sechs Uhr aufs Klo tappte schon in seinem Büro saß. Oft zitierte er jüngere Mitarbeiter zu sich. Er sprach dann viel und hatte einen roten Kopf, während die Mitarbeiter schweigend dastanden. Er schlug mit der flachen Hand auf Pläne oder Gutachten. Eines Morgens stand in seinem Büro ein zweiter Schreibtisch, seinem gegenüber, und daran saß ein jüngerer Herr in einem gutsitzenden Anzug. Der Mann in der Schürze wirkte jetzt ganz klein, und vierzehn Tage später war er verschwunden. Ich bin sicher, er ist tot, obwohl ich keinen Leichenwagen habe vorfahren sehen. Es gibt auch einen großen Saal mit Zeichentischen, vor denen Männer in weißen Schürzen stehen. Das heißt, meistens stehen sie am Fenster und warten darauf, dass ein Radfahrer auf den Geleisen ausgleitet. Einmal stand an einem der Zeichenbretter ein Neger oder Schwarzer, er trug einen knallroten Pullover und hatte weiße Zähne, wenn er lachte. Am nächsten Morgen trug er einen grauen Pullover, am dritten eine weiße Schürze, am vierten war er nicht mehr da. Ich vermute, er wurde nach Ghana zurückgeschickt, wo er rote Pullover tragen darf. Dafür wurde er vielleicht inzwischen auf einem Marktplatz öffentlich aufgehängt, weil er nach ein paar Bieren abschätzige Bemerkungen über den Staatschef gemacht hatte. Ich weiß nie sicher, welche Gewalt die ekligere ist, das Aufhängen in roten Pullovern oder das Lebenlassen in grauen.

Übrigens ist die Möglichkeit, durch langes Hinüberschauen eine Bekanntschaft anzuknüpfen, gering, denn die Menschen im Bürohaus sind immer wieder andere. Kaum jemand bleibt länger als ein paar Monate. Nur ich bleibe ständig in meiner Wohnung. Kaum nicke ich einer Sekretärin zu, während ich am Mittag meinen Quark löffle, ist sie auch schon entlassen oder geht. Auch habe ich immer noch keine Ahnung, was da drüben hergestellt oder verwaltet wird. Franz Kafka würde sich nach seinen gemütlichen Amtsstuben sehnen, wenn er das sähe. Ein Büromensch zu seiner Zeit wusste, was für einen traurigen Job er hatte, und das bisschen Bestechungsgeld war das mindeste, was sein Leib und seine Seele brauchten. Im Bürohaus meinem Haus gegenüber herrscht jedoch immer eine gute Laune. Ständig wird irgendein Betriebsgeburtstag gefeiert. Ich bin ja überhaupt nur Schriftsteller geworden, weil ich Betriebsgeburtstage hasse. Früher, als man dafür Geld bekam, konnte jeder Zweite über ein Drahtseil von Kirchturm zu Kirchturm gehen. Jeder Achte stürzte ab, aber die andern hatten ein gutes Leben, die Frauenherzen flogen ihnen zu, wenn sie wieder unten waren, und der Bürgermeister spendierte ihnen ein Essen. Dann zogen sie ins nächste Städtchen weiter, möglichst in eines mit nicht allzu hohen Türmen, denn kein einziger Seiltänzer war schwindelfrei. Erfinder erfanden Dinge, die es überhaupt noch nicht gab und die sie trotzdem verkaufen konnten. Zigeuner schleppten riesige Magneten und Kühlschränke mit sich übers Land, und staunende Menschenmengen zahlten einen Groschen, um zu sehen, wie die Zaubermaschine Nägel aus Särgen riss und wie Eisberge mitten in den Sommer hineinwuchsen. Wandersleute zeugten Töchter mit Frauen, deren Vornamen sie nicht genau kannten. Zwanzig Jahre später kamen sie dann in das Dorf zurück und drehten sich nach jedem jungen Mädchen mit blonden Zöpfen um. Sie versuchten sich zu entscheiden, welche es sei, sie entschieden sich auch, aber dann setzten sie sich doch still in die Kneipe und tranken ein paar Biere und reisten wieder ab. Sie wollten einsam bleiben, und sie hatten ja auch anderswo Töchter. Schmuggler schmuggelten Reissäcke über Gebirge und verkauften den Reis von Tür zu Tür, und wenn sie ihn nicht loswurden, sammelten sie im Wald Pilze und Holz und kochten einen Risotto. Pianisten traten zu Wettkämpfen an, wie heute Boxer, einer war dann der Sieger und kam eine Runde weiter. Mozart hat Tausende von Hammerklavierspielern auf dem Gewissen, aber die starben auch nicht daran, sondern verdienten sich ihr Brot in Bierbars und Bordellen, wo sie *Ah vous dirai-je Maman* und Ähnliches spielten. Manchmal kam Mozart und trank ein Bier, und nach dem vierten Bier spielten sie vierhändig *Ah vous dirai-je Maman,* und beide spielten plötzlich genau gleich gut oder schlecht. Ich kenne heute nur noch etwa zwölf Personen, die ein bisschen so leben. Wenn mich Irma, meine Tochter, besucht, sagt sie, dass die Bafög und die Beihilfe und die Ersatzkasse und die Rentenversicherung und die Studienplatzunterstützung und die Begabtenförderung und die Alters- und Hinterbliebenenkasse sie im Stich gelassen hätten. Von 1000 Mark im Monat könne niemand leben. Da ich auch nicht von 1000 Mark im Monat lebe, nicke ich, gebe ihr hundert Mark, und wir gehen in ein italienisches Restaurant Spaghetti essen.

3

Im Himmel über meinem Haus fliegen Flugzeuge, in ihren Luftkorridoren hoch über Rhein-Main. Ich sehe sie, ihre allmählich verflatternden weißen Schweife, aber sie sehen mich nicht, sie sehen nur die gleißende Sonne und unter sich die Staubdecke über Frankfurt. Hier unten kommt es vor, dass ich nicht atme. Es kommt vor, dass ich ein heißes Bad mit Fichtennadelschaum nehme. Trotzdem habe ich zuweilen einen verspannten Rücken und ein schmerzendes Kreuz, wegen meiner Wut.

An manchen Tagen trinke ich Chianti aus Doppelliterflaschen. An andern Tagen wage ich es nicht, an einem Korken auch nur zu riechen. Manchmal sitze ich da an meinem Fenster und denke, dass in der nächsten Zehntelsekunde ein Atomblitz am Horizont sichtbar wird, und noch eine Zehntelsekunde später wird mich die Druckwelle erreichen. Weißwein macht mich dann böse, Bier macht mich dumm, und Rotwein traurig. Entweder starre ich dann dumpf in eine Ecke, oder ich schreie, Schluss jetzt, ab sofort greife ich an.

Oft bin ich auch froh und weiß nicht warum. Alles stimmt. Geht aber alles allzu lang einen allzu ruhigen Gang stillen Glücks, werde ich immer sirriger. Ich würde dann jede Gefahr auf mich nehmen, um von einer bestürzenden Schönheit überrumpelt zu werden, fast jede Gefahr.

Nachts lausche ich manchmal auf die Atemzüge Susannes und lege mein Ohr auf ihr Herz. Dann stehe ich am Fenster und suche die Milchstraße. Tagsüber arbeite ich. Unten, vor der Trinkhalle, sind vor ein paar Wochen Schilder montiert worden, auf denen, wenn man sie herunterklappt, Smog steht. Man muss dann Hessen 3 einschalten, und die Sprecherin wird uns sagen, in welchem Rhythmus wir atmen müssen.

Ich kann mir denken, dass der Reiter über den Bodensee tot zusammengebrochen ist, weil er plötzlich Festland unter sich spürte. Er hatte immer gewusst, dass die Ebene, auf der er galoppierte, ein See war. Er hatte gehofft, der See sei unendlich.

Früher, als meine Eltern jung waren, war überall auf der Erde so viel gleichwertige Luft, dass sie sie wie Luft behandeln konnten. Zuweilen herrschte an einem Punkt der Erde ein sehr hoher und an einem andern ein sehr tiefer Luftdruck. Dann bewegten sich die Lüfte dazwischen in einer rasenden Geschwindigkeit. Der Orkan deckte Häuser ab und riss Bäume um. Zu viel Luft war die einzige Form von Luft, die meine Eltern zur Kenntnis nahmen. Vögel wurden über Hunderte von Kilometern geschleudert. Es gab Vögel. Das war so um 1930 herum.

Ein ferner Verwandter von mir, ein Franzose, zog schon um 1877 auf eine Südseeinsel. Er malte dort viele Bilder und lebte mit einer Eingeborenen, obwohl er in Europa eine Frau und eine Tochter hatte. Die Südseefrau und er hatten auch eine Tochter, die Nâoum hieß, aber mein Verwandter sagte Mimi zu ihr. Beide d. h. später alle drei schrieben meinen Urgroßeltern Ansichtskarten mit von meinem Verwandten gemalten Ansichten, die immer seine Südseefrau, eine dicke braune Schönheit mit Mandelaugen und großen Brüsten, und das Kind, ein Mädchen mit sehr ernsten Augen, darstellten. Ich weiß nicht, was meinen Verwandten zur Flucht bewogen hat, die Luft war es jedenfalls nicht. Immer wieder rudert irgendein Wikinger in einem Einbaum nach Neufundland, oder ein einsamer Pinguin hält nach den Galapagos-Inseln Ausschau. Ich jedenfalls habe früher auch daran gedacht, auf und davon zu schwimmen. Wir alle haben das einmal gedacht. Wir haben aber auch alle gedacht, dazu ist es jetzt zu spät, wenn wir jetzt ankommen in Ozeanien, steht dort eine amerikanische Luftwaffenbasis oder ein Chemiewerk, das ohne Sicherheitsbestimmungen arbeitet, weil ringsherum nur Eingeborene leben. Diese dachten sich nichts dabei, als, so um 1965 herum, ein paar Amerikaner mit Messlatten auf der Insel herumgingen. Später schossen sie zwei oder drei mit Giftpfeilen tot. Heute haben sie Kinder mit Bleibeinen, und damit sind sie noch gut bedient. Das alles ist unglaublich entsetzlich, die Banken und die Schnellstraßen und die lachenden jungen Familien auf den Plakatwänden. Andrerseits, vom Smog einmal abgesehen, leben wir hier gut. In der Kleinmarkthalle gibt es immer Trauben aus Sizilien und Avocados aus dem Libanon. Und auch die Luft ist besser als in Athen oder Teheran. Zum mindesten ist sie besser überwacht. Von meinem Fenster aus sehe ich die Windräder, Sonden und Messtrichter des Amtes für Umweltschutz. Jeden Tag steigt ein Mann in einer weißen Arbeitsschürze auf das Gerüst mit den Instrumenten und liest sie ab. Später hängt er eine Tabelle in den Schaukasten vor dem Amt, auf der steht, was wir eingeatmet haben.

Kürzlich fuhr ich in den Taunus, aber als ich im Gipfelwind stand, spürte ich ein heftiges Reißen in der Lunge. Ich ertrug die Luft nicht. In der Nacht darauf träumte ich, dass mir ein Schaf und eine Katze in die Arme gesprungen seien. Sie pressten sich gegen mich. Sie waren beide abgehäutet. Ich spürte ihr Fleisch auf meinem.

Einmal, als ich noch zur Schule ging, so um 1945 herum, hatte ich versäumt, zum obligatorischen Röntgen der Lungen zum Schularzt zu gehen. Ich wurde deshalb als einziger Knabe mit den Mädchen mitgeschickt. In einem großen Umkleideraum zogen wir uns aus. Die Mädchen kicherten. Sie banden sich die langen Haare mit Tüchern hoch. Dann wickelten sie auch mir ein Tuch um den Kopf. Als ich in den Behandlungsraum kam, lachten der Arzt und die Krankenschwestern.

Eine Zeitlang tauschte ich meine Geschichten gegen die einer Schriftstellerin, die mir sympathisch war. Sie las sie dann an ihren Lesungen, und ich las ihre an meinen. Wir sahen uns eine Zeitlang Tag und Nacht. Ich liebte sie. Später bekam sie ein Kind und zog mit dem Vater des Kinds, einem Wirt, in den Spessart. Sie kochte für das Gasthaus. Ihr Kind, eine Tochter, wuchs heran. Als sie sie eines Morgens mit einem Mann aus der Scheune kommen sah, wusste sie, dass wieder eine Generation vorüber war. Der Mann war ein Lyriker, und alles fing wieder von vorne an. Er war einer, der immer auf die Empfindungen in seinem Innern horchte und sie dann sofort aufschrieb. Er erzählte mir damals, er habe eine Holunderallergie, ein einziges Holunderstäubchen genüge und er keuche wie eine Dampfpfeife. Die Tochter sagte, davon habe sie nie etwas bemerkt, sie seien tagelang in Holundergebüschen gelegen, und wenn ihr Freund gekeucht habe, dann nicht wegen des Holunders. Andrerseits habe sie eine Freundin, sie teilten im Büro zusammen einen Schreibtisch, sie erzählten sich alles und jedes, sie äßen zusammen, sie liebten sich, sie hätten fast zusammen eine Wohnung genommen, sie tauschten die Kleider aus, das zum Beispiel seien die Jeans von ihrer Freundin, die jetzt ihren roten Samtrock trage. Trotzdem sei ihr die Luft weggeblieben, als sie, nach einer Nacht, in der sie traumlos geschlafen hatte, hörte, dass ihre Freundin zum Abteilungsleiter, einem Herrn Hamburger, den sie beide immer für ein Riesenarschloch gehalten hatten, du und Günter sagte. Ich sagte, weil mich die Tochter der Schriftstellerin ansah, so sei das im Leben. Kaum stehe man auf einem Teppich, werde er einem unter den Füßen weggezogen. Zum Beispiel, ein irischer Mönch entwickelt ein kompliziertes Reimschema, und ein französischer Diplomat füllt es mit seinen Empfindungen und bekommt dafür den Nobelpreis. Man sagt, sagte ich zur Tochter der Schriftstellerin, dass, wer einmal gehört hat, wie seine Mutter unter seinem Vater keucht, später nie mehr ruhig atmen kann. Ich kannte einen, der sah im Fernsehen Laurel und Hardy, da wo sie das Auto eines cholerischen Herrn demontieren, der seinerseits ihres zertrümmert, und als Laurel, falls Laurel der dicke ist, gerade einen Kotflügel abfetzte, atmete der, den ich kannte, aus und nicht mehr ein und war tot. Das war 1968, während einer Retrospektive des anarchistischen Films. Es gibt Leute, sagte ich zur Tochter der Schriftstellerin, deren Muskeln wehren sich gegen unbekannte Gefahren. Man kann Kinder wie Holzscheite nach Hause tragen, wenn sie wütend sind, oder unglücklich, oder entsetzt, oder verzweifelt, oder einsam.

Als Kind stand ich zuweilen auch bolzstarr im Garten,

oder in einer Zimmerecke. Oder wenn ich in einem fahrenden Eisenbahnzug saß, sah ich mich neben dem Zug einherrennen, draußen. Ich schnellte über Hütten und Hecken. Größere Hindernisse musste ich umgehen, ich verlor mich dabei oft beinah aus den Augen, dann musste ich hinter dem Zug herhetzen, bis ich wieder auf der Höhe meines Abteilfensters war. Wenn ich starr war, dachte ich an ein Land, mein Land. Ich war wie blöd. Mein Land in mir drin sah aus wie die wirkliche Welt. Es war voller Blumen, Straßen, Licht, Eisenbahnen, Frauen, Männer, Kinder. Ich war in ihm Lokführer, Mittelstürmer, Wirt und Staatschef. Ich hatte eine eigene Sprache, die in einer eigenen Schrift zu schreiben war. Ich zeichnete mein Land, das Bubien hieß, in Wachstuchhefte. Von jeder Seite zur andern führten Tunnels, die ich mit einem Taschenmesser ausschnitt, damit die Züge und die Menschen hindurchkonnten. Luft brauchten sie keine. Es gab mehr Schweine als Kühe, weil Schweine leichter zu zeichnen waren. Ein Freund von mir hatte ähnliche Hefte. Auch sein Land hieß Bubien. Unsre Hauptstädte hießen wie wir. Der Unterschied zwischen uns Staatschefs war, dass mein Freund sein Land nach der wirklichen Welt und ich die wirkliche Welt nach meinem Land formen wollte. Mein Freund hatte eine Zeitlang eine Atemtechnik, die darin bestand, dass er die Luft in einem wilden Ansauger in die Lungen holte und sie dann in kleinen Stößchen wieder ausatmete. Er hatte auch eine besondere Lauftechnik: eine halbe Stunde lang belastete er nur das linke Bein und eine halbe Stunde lang nur das rechte. So hatte er immer ein frisches Bein.

Meine Eltern erzählten mir, dass die Tenöre und Sopranistinnen, mit denen sie in den Zwanzigerjahren befreundet waren, Lungen wie Luftmatratzen hatten. Ich besitze zwei 78-Touren-Platten, aus denen ihr Atem weht. Damals ließen sich die Sänger noch nicht von Komponisten vorschreiben, was sie zu singen hatten. Das Ariensingen war ein Kampf, wer den langen Ton länger aushielt. Es gab Sänger, deren Stimmen noch durch die Nacht hallten, wenn alle Opernbesucher längst zu Hause waren. Heute könnte niemand mehr aus einem zugebundenen Kartoffelsack heraussingen, wie Gilda. Ich erinnere mich, 1960 musste ich Kartoffelsäcke von Lastwagen abladen, öffnen und auf eine Rutsche kippen. Der Kartoffelstaub verstopfte mir jedes Körperloch. Jede Nacht nieste ich zehn Taschentücher braun. Es gab Männer, die das ein Leben lang taten, für 4,20 in der Stunde. Da war später die Arbeit im Hauptpostamt viel besser. Ich war in der Briefverteilung, und ich hatte eine Liste mit Adressen, wenn so ein Brief auftauchte, sortierte ich ihn aus, und er kam in ein spezielles Büro, aus dem er nach einer Weile wieder zurückkam. Proust. Alban Berg. Hemingway. Keller. Mörike. Schiller. Miller. Alle hatten Schwierigkeiten mit dem Atmen.

Ich erinnere mich auch, dass mein Vater einen Revolver in der Nachttischschublade hatte. 1945 sah ein Dieb zum Fenster herein, und mein Vater packte den Revolver und schoss in den Nachthimmel hinaus. Meine Mutter schrie. Ich war sehr erregt. Die Polizei kam mit Sirenengeheul, aber der Dieb blieb verschwunden. Mein Vater stand unter der Tür, mit seiner rauchenden Pistole in der Hand. Er hatte sich gewünscht, dass ich eine Tochter werden würde. Meine Tochter, Irma, ist jetzt neunzehn. Sie hat braune Augen, wie ihre Mutter. Ihre Mutter war zart und zierlich. Sie heiratete einen Medizinstudenten, der jetzt Oberarzt ist. Sie zog mit ihm in den Bayrischen Wald, ohne mir Adieu zu sagen, 1957. Irma besuchte mich nie, und ich sie nie. Ihre Mutter hatte gesagt, das ist meine Welt, und das deine. Einmal trank ich im Bayrischen Wald zwei drei Biere und sah allen jungen Mädchen mit braunen Augen in die Augen. Ich konnte mich für keine entscheiden. Vor einem Monat klingelte es, und Irma stand da, mit hennaroten Haaren, einem braunen Pulli und Jeans. Ich bin Irma, sagte sie. Ich sagte, komm herein, Irma. Wir gaben uns die Hand, und dann umarmten und küssten wir uns. Jetzt sitzt sie meistens vor dem Fernseher und wartet auf ihren Studienplatz.

Ich setze mich auch manchmal vor den Fernseher, neben Irma. Seit Jahren warte ich darauf, dass Warten auf Godot läuft. Einmal sah ich, sekundenlang, ohne Ton und durch einen heftigen Flimmerschnee, zwei Männer mit Hüten, die mit einem dritten, der einen vierten an einer Leine hielt, redeten. Dann war das Bild wieder weg, ein Irrläufer des algerischen Fernsehens oder so was. Wie irr fummelte ich an meiner Zimmerantenne herum. Nur eine Sekunde lang tauchte noch einmal der an der Leine aus dem Nebel auf. Er tanzte wie ein Bär.

*Gespräch mit meinem Kind
über das Treiben der Nazis im Wald*

Heute sind wir im Urwald angekommen. Ich stehe unter dem Vordach unsrer Laubhütte und sehe über unsre Lichtung hin. Die Sonne geht langsam hinter uralten Bäumen unter, Mammutbäumen, Palmen, Lianen. Affen schreien. Unser Hund, ein weißer Pudel, streunt durch die Tomaten, die auf der Lichtung wachsen. Ich zerschneide eine Melone und winke mit meiner saftverschmierten Hand unserm Kind, das durch das hohe Gras getrottet kommt. Es trägt ein T-Shirt, auf dem University of Alabama steht, und eine Kapselpistole in der Hand.

Da, wo wir herkommen, lag eine gelbe Schwefelluft über der Stadt. Im Bürohaus, das unsrer Wohnung gegenüber war, gingen Männer auf und ab, mit Diktaphonen in der Hand. Ihre Hände zitterten, sie telefonierten, und abends stürzten sie zur Klimaanlage und pressten ihre Münder gegen den Luftstrahl, bis sie dachten, jetzt sehen wir wieder so aus, dass wir nicht entlassen werden.

Früher ging ich zuweilen in alte Filme. Ich starrte mit nassen Augen auf junge Frauen, die darin spielten. Sie waren blond, bleich, und hatten unglaubliche Leidenschaften. Heute, denke ich, wohnen sie in einer Einzimmerwohnung in Los Angeles und haben einen Hund, zu dem sie, wenn sie ihn auf die Terrasse hinauslassen, sagen: Gell, wir haben uns lieb, Sam.

Ich denke, hier im Urwald werde ich Tomaten ernten, Schnaps brennen, einen Kamin bauen, ein Xylophon konstruieren, Pilze analysieren, Ratatouille kochen, den Wald erforschen, einen Brunnen graben, Leimruten auslegen, Susanne lieben. Das Kind steht vor mir und sieht mich an. Es steckt seine Kapselpistole in den Halfter am Gürtel und streckt die Hand aus. Ich gebe ihm ein Stück Melone.

»In Florida«, sage ich zu ihm, »reiten die Neger auf hohen Wellen, auf denen schwarzer Schaum schäumt. Die Weißen haben ihnen ihre Surfbretter verkauft und fahren jetzt im Himalaya Ski, auf 7000 Meter Höhe, in jungfräulichem Schnee.«

»Ich weiß«, sage ich, »wie der Tod riecht. Ich bebe, wenn mir sein Geruch in die Nase kommt. Mein Großvater setzte sich in die Badewanne und schnitt sich die Pulsadern auf. Er hatte Krebs, und die Pest wütet in Indien, wo die Menschen zu Millionen verhungern.«

Das Kind sieht mich an. Es streckt die Hand aus, und ich gebe ihm noch ein Stück Melone. Es beißt hinein. Saft läuft über sein Kinn und das T-Shirt. Ich sehe, dass seine Kapselpistole auf Einzelschuss gestellt ist.

»In San Francisco«, sage ich zu ihm, »ist ein Mann von einer Hängebrücke gesprungen. Die Reporter fragten ihn: Na, wie wars, der Tod? Noch nie in meinem Leben war ich so glücklich wie während den paar Sekunden Flug, sagte der Mann. Jetzt schauen ihn alle aus den Augenwinkeln an, ob er nochmals startet, er aber setzt seine Füße aufs Pflaster, als könnte er jeden Augenblick jeden Halt verlieren.«

»Nämlich, Martin Bormann trat vor drei Monaten am frühen Morgen aus dieser Laubhütte hier. Affen schrien, und in der Ferne brüllten Lamas. Martin Bormann witterte. Was für eine gute Luft, dachte er. Ab sofort stehe ich jeden Tag um 5 Uhr auf, das ist ein Befehl. Martin Bormann nahm Haltung an. Er ging auf und ab, glücklich, fast jung. Als seine Männer zum Morgenrapport kamen, sahen sie einen völlig veränderten Chef. Er strahlte. Er dampfte. Er glühte. Sie sahen ihn staunend an, dann sich. Sie grinsten. Sie hauten sich mit ihren Prothesen auf die Schultern. Sie rannten in ihre Hütten zurück und wichsten ihre Stiefel, und der Wald hallte von ihren Marschschritten wider. Ihre Peitschen knallten wie nie zuvor. Das Leben ist ein Swingelrennen, murmelte Martin Bormann, während er mit einer Spritzkanne und braunem Bast in sein Tomatenfeld ging. Jetzt aber, rief er in den Wald hinein, stehe *ich* wieder am Ende der Ackerfurchen. Der, der da rennt, wird an einem Herzschlag sterben. Gute Zeiten kommen, ich spüre es, rief Martin Bormann, Kind.«

»Dann, vor etwa zwei Monaten, fuhren wir auf einem Schiff. Die Wellen waren meterhoch und eisig. Ich stand tief im Unterdeck an der Bar der billigen Klasse. Ich trank Bier. Ich hörte das Dröhnen der Ladung, Kind, die sich aus ihrer Halterung gelöst hatte und gegen die Schiffswände schlug. Hörst du das?, sagte ich zu Susanne. Sie nickte. Sie strich dir über den Kopf. Wir tranken unsre Gläser leer. Dann lag das Schiff plötzlich schräg. Die Gläser schlitterten über den Boden. Wir rannten keuchend die Korridore hinauf, zu den schrägen Treppen. Überall hasteten stumme

Menschen. Verschlafene Köpfe schauten aus Kabinentüren, wie aus Kanaldeckeln, wegen der ungewohnten Lage des Schiffs. Wasser schäumte die Treppen hinunter, und wir schrien. Ich ließ die Hand Susannes los, die dich festhielt. Blind wurde ich durch Korridore gespült, und ich weiß nicht, wie ich da herausgekommen bin.«

»Wenn es nach mir ginge«, sage ich zum Kind, »säße ich jetzt nicht auf dieser Lichtung in den Tomaten. Lieber ginge ich über eine unendliche Hochebene, unter einem Hut breit wie ein Wagenrad, in die untergehende Sonne hinein. Alte Frauen oder Männer gingen vor mir her, schwarze Schatten. Dann säße ich mit ihnen vor einer Hütte, wir tränken Wein und redeten wenig und leise, und ich könnte ihre Gesichter kaum erkennen. Wir äßen zusammen, und keiner von uns erwischte das bessere Ende der Wurst. Manchmal berührten sich unsre Hände.«

»Es ging aber nicht nach mir, Kind. Trotzdem dachte ich immer wieder an meinen Traum: dass Martin Bormann aus einer Laubhütte getreten sei, auf einer Lichtung mitten im Urwald, und dass er ausgesehen habe wie neugeboren. Stundenlang fuhren Susanne und ich mit den Zeigefingern über die Karte von Südamerika, bis wir eine Lichtung gefunden hatten, die genau so aussah wie die in meinem Traum. Wie im Fieber packten wir die Rucksäcke: Socken, Unterhosen, Bonbons für dich, Mückenspray, ein Netz, die Karte, ein Ritterkreuz, ein Foto von Martin Bormann. Gespornt und gestiefelt gingen wir zum Bahnhof. Es wurde eine lange Reise, besonders wegen dem letzten Teil, den wir an ein Stück Reling geklammert zurücklegten. Nass und durchfroren kletterten wir eine Quaimauer des Hafens von Santa Cruz, das liegt in Argentinien, hinauf. Wir setzten uns auf eine Seilrolle und sahen aufs Meer hinaus. Ein Zollbeamter kam auf uns zu. Er blätterte in unsern Pässen und verglich unsre wirklichen Ohren mit denen auf den Fotos. Unschlüssig drehte er das Netz in seinen Händen hin und her. *Porchè utilizar usted esto filho,* sagte er, oder so ähnlich. Ich wollte ihm sagen, dass ich damit Martin Bormann fangen wolle, da aber sah ich, dass er das Ritterkreuz in meinem Rucksack entdeckt hatte. Seine Augen leuchteten. Er gab mir die Hand und lachte. Ich lachte auch. Dann gingen wir durch die Hafenanlagen, zwischen Kabelrollen und Lastwagen hindurch. Ich sah auf die Karte. Überall Urwald, Urwald, Urwald. Da war die Lichtung. Da musste er sein.«

»Verstehst du«, sage ich zum Kind und wische ihm den Melonensaft vom Kinn, »niemals würde ich allein durch den Urwald gehen. Ich möchte keine Mandolinen töten und keine Türme mit den Fahnen meines Wahnsinns schmücken. Ich möchte nicht mit einem donnernden Schrei den Willen der andern auslöschen. Ohh«, sage ich zum Kind, das mich anstarrt, »ich schreie gern. Ich würde gern mit sieben Bällen jonglieren. Ich liebe das zarte Seufzen von Frauen, und wenn die geladenen Gäste ihre Handflächen gegeneinanderschlagen. Ich möchte schon einmal auf einem hohen Seil über die Niagarafälle gehen, Kind. Ich sähe nach unten, in die tosende Gischt, nach oben, in den blauen Himmel, nach vorn, wo auf den Uferfelsen stumme Menschen stünden. Vielleicht nähme ich dich mit. Ich wippte auf dem Seil auf und ab, immer heftiger, unten werden meine Füße nass und oben verschwindet mein Kopf in den Wolken. Wenn wir Glück haben, können wir uns an die Füße eines vorbeirauschenden Kranichs krallen. Ein Sportflugzeug würde es auch tun, eines mit viel Benzin, damit wir nicht gleich wieder in Houston, Texas, oder Cleveland, Ohio, landen müssen. Dort steht dann nämlich ein zentnerschwerer Mann in einer Uniform. Er trägt ein graublaues Hemd, hat langsame Bewegungen und kaut mit einem vorgeschobenen Kinn. Hello, sagt er, Ausweise. Er spielt mit seinem Revolver, während er meinen Pass Seite für Seite durchliest. Als er zur Seite mit dem Foto kommt, dreht er den Pass um. Er spuckt den Kaugummi aus. Seine Lippen bewegen sich. Ich halte dich auf meinem Arm, Kind, weil du noch keinen eigenen Pass hast. Ihr Kind?, sagt der Beamte. Ja, sage ich. Schriftsteller?, sagt er. Ja, sage ich. Das muss, sagt der Beamte, ein wenn auch faszinierendes so doch auch einsames Metier sein, nicht wahr, Sir?«

»Einunddreißig Jahre lang ging Martin Bormann jeden Morgen in seine Tomatenstauden, bis vor einem Monat. Er stand aufrecht da und schaute über die Lichtung, die er und seine Männer gerodet hatten. Die Sonne brannte. Martin Bormann nahm den Strohhut ab und wischte sich den Schweiß von der Stirn. Er sah zum Himmel hinauf, immer wieder, jeden Tag, bis er eine kleine schwarze Wolke sah, die hoch oben vorbeitrieb. Er hatte von ihr geträumt. Er zitterte. Er hatte den Anblick von Asche nie ertragen können. Seufzend setzte er seinen Hut wieder auf und streichelte seinen Hund. Vielleicht siehst du später einmal zum Himmel hinauf, sagte er leise zu ihm, und dann siehst du zwei schwarze Wolken von Horizont zu Horizont ziehen, die Aschen von meinem Freund und mir, auf unsrer Umlaufbahn.«

»Tagelang kämpften wir uns durch den Urwald, du, Susanne und ich. Mit Macheten schlugen wir Wege durch die Lianen, wir aßen Pilze und tranken Kokosnussmilch und saugten uns gegenseitig Schlangenbisswunden aus. Ich war unrasiert und stank, Susanne hatte ein rotes Gesicht und wirre Haare, und du warst voller Mückenstiche. Erschöpft brachen wir schließlich an einem Tümpel zusammen. Wir haben uns verirrt, wir werden hier sterben, flüsterte ich, wir können nicht mehr. Susanne nickte. Dann glotzten wir vor uns hin, Hand in Hand. Plötzlich fuhren wir wie auf Befehl in die Höhe. Ganz deutlich hörten wir das Singen von Männerstimmen, und wir kannten das Lied. Ich packte Susanne am Arm. Das ist er, flüsterte ich. Im Gänsemarsch schlichen wir durch Farnkräuter, auf Zehen- und Fingerspitzen, um keine Spuren zu hinterlassen.«

»In Nagasaki nämlich«, sage ich, während das Kind und ich zusehen, wie der Hund hinter einem Affen drein durch die Tomaten rennt, »in Nagasaki fuhr ein Mann an jenem Tag zweihundert Kilometer nach Norden, geschäftlich. Er hörte dort oben davon. Seine Frau, sein Kind, sein Vater, seine Mutter, seine Schwester, seine Freunde, tot. Er hatte von niemandem ein Foto. Die Fotos waren verglüht. Der Mann aus Nagasaki vergaß, wie seine Frau und seine Kinder aussahen. Er konnte sich nicht mehr an ihre Stimmen erinnern. Er versuchte es, stundenlang. Nur manchmal, wie ein Blitz, hörte er sie, deutlich, nah und heftig. Das ist alles wahr.« Das Kind sieht mich an. »Noch ein Stück Melone«, sagt es und richtet die Kapselpistole auf den Hund, der unter einer Palme steht und bellt. »Nein«, sage ich. Ich sehe, wie die Gesichtsmuskeln des Kinds zu zucken anfangen. »In Japan«, sage ich schnell, »werden jetzt schon Japaner gebaut, die haben ihren Fotoapparat nicht mehr über dem Bauch baumeln. Sie haben ihn in sich eingebaut. Wenn sie mit den Augen zwinkern, gibt es ein Foto. Jeden Abend ziehen sie sich den belichteten Film aus dem Arschloch und schauen, wie der Tag gewesen ist.«

»Oder werden wir doch einmal lange schmale Serpentinenpfade hinuntergehen, hoch über den bewohnten Gebieten, du, deine Mutter und ich? Früher, unsere Väter, als sie aus Spanien zurückkamen, wurden sie ins Gefängnis gesteckt. Sie hatten verloren. Dort oben in den Bergen, werden wir denken, da oben haben die Faschisten nichts zu sagen, wir können uns nicht vorstellen, dass die Bergbewohner auf ihre Parolen hören. Sie sind stur, aber sie haben eine gute Nase für verlogenen Firlefanz. Sie schneiden den Söhnen den Schwanz ab, wenn sie sie mit der Mutter im Heu erwischen, aber Ruhe und Ordnung und schwarze Uniformen mögen sie gar nicht. Im obersten Bergdorf werden die Bauern sofort merken, dass wir, trotz unsern Wanderschuhen und Geigenkästen, kein herumziehendes Orchester sind. Ein alter Jeep wird uns zur Bahnstation herunterfahren. Wir kommen zum Sammelpunkt, nicht weit vom Ort, wo der Führer des letzten Regimes aufgehängt worden ist. Wir wollen niemanden aufhängen, wir wollen nicht aufgehängt werden, wir wollen zusammenbleiben. Wir werden ein Foto von uns machen. Wir werden an die vielen Geschichten denken, in denen es endgültige Trennungen gab. Nie mehr sahen sich die Geliebten. Wir werden denken, einmal sind es dann plötzlich keine Geschichten mehr. Zum ersten Mal schauen wir uns an, wie noch nie.«

»In Wirklichkeit aber, Kind, lagen wir in den Farngebüschen am Rand der Lichtung. Fliegen surrten um unsre Köpfe. Ich bog die Kräuter auseinander und sah, dass die Männer Martin Bormanns, in zerfetzten, glänzenden Stiefeln und mit Holzprügeln auf den Schultern, in Zweierkolonne davonmarschierten. Sie schleuderten beim Gehen die Beine von sich weg und wendeten ruckartig den Kopf, als sie vor Martin Bormann vorbeigingen. Dieser stand auf einer Kiste. Schau, der Mann dort, riefst du. Ich hielt dir die Hand auf den Mund und zischelte, du bekommst eine elektrische Eisenbahn, wenn du jetzt nur jetzt ein einziges Mal den Mund hältst. Ich löste mein Netz vom Rucksack. Der Urwald war jetzt völlig still. Ich sah, wie Martin Bormann, zusammen mit einem Hund, zu einem Tomatenbeet ging. Er blieb stehen, nahm den Strohhut vom Kopf, sah lange in den Himmel hinauf, seufzte und wischte sich mit der Hand über die Stirn. Auch der Hund sah nach oben. Ich warf das Netz. Mit einem Ruck zog ich es zu. Zu dritt zogen wir das zappelnde Bündel zu uns in die Farnbüsche, und dann lag Martin Bormann vor uns, zusammen mit seinem Hund und einigen Tomaten. Er stöhnte. Kein

Laut, zischte ich auf Deutsch, sonst setzt es was. Martin Bormann und sein Hund starrten uns mit offenen Mündern an.«

»Stundenlang gingen wir dann über sonnenglühende Ebenen, zwischen Kakteen und Felsen, unter denen Schlangen verschwanden. Ich ging vorn, dann ging Martin Bormann an einem Seil, dann, an einer Leine, der Hund, dann Susanne, dann du, mit deiner entsicherten Kapselpistole. Krächzende Vögel kreisten über uns. Wir schwitzten. Ich nestelte die Wasserflasche von meinem Gürtel los, trank und gab sie Martin Bormann. Dieser trank und steckte sie dem Hund in den Mund. Der Hund trank wie ein Irrer.

›Wie siehts denn jetzt in Europa aus?‹, sagte Martin Bormann plötzlich.

›So wie zu Ihrer Zeit ists nicht mehr‹, sagte ich.

›Hm‹, sagte Martin Bormann. ›Gibts denn niemanden mehr, der denkt, was wir denken?‹

›Also das sicher nicht‹, sagte ich. ›Sie sind der Letzte von denen.‹

Martin Bormann schwieg. Langsam nahm er dem Hund die Flasche aus dem Mund. Er schraubte sie zu und gab sie mir. Er sah alt aus, verschwitzt und traurig.

›Was werden Sie mit mir tun?‹, sagte er leise.

›Ich bringe Sie nach Deutschland‹, sagte ich.

Martin Bormann seufzte. Er sah zum Himmel hinauf. Dann bückte er sich und kraulte seinen Hund hinter den Ohren. ›Was hab ich gesagt‹, sagte er.«

»Wir reisten im Laderaum eines Schiffs, das Rum transportierte. Es war stockdunkel. Die Luft war stickig. Um keine Angst voreinander zu haben, hielten wir uns an den Händen und sangen Lieder, zuerst meine, dann die Martin Bormanns. Wir tranken. Wir legten die Arme umeinander. Dann hörte ich, dass du nicht mehr sangst, dann hörte Susanne mit dem Singen auf, dann war der Hund still. Als Martin Bormann aus meinen Armen wegsackte, nahm auch ich einen letzten Schluck und legte mich auf die Planken des schaukelnden Schiffs. Als ich aufwachte, schaukelte das Schiff nicht mehr, und Licht fiel durch eine offene Luke auf uns. Neben mir lag Martin Bormann, schnarchend, mit offenem Mund. Ich erhob mich. Mein Kopf dröhnte. ›Auf!‹, brüllte ich. Martin Bormann fuhr in die Höhe und presste die Hände an die Hosennähte. Susanne, du und der Hund öffneten erstaunt die Augen. Ich sah euch an: Martin Bormann hatte einen wilden Bart, ein zerrissenes Hemd, rote Augen. Susanne hatte die Schuhe verloren, ihre Haare sahen wie Drahtgeflecht aus, und ihr Gesicht war verschmiert. Du warst von oben bis unten voller Rum. Der Hund war schwarz.

So betraten wir die nächstgelegene Polizeistation, vorne ich, dann, am Seil, Martin Bormann, dann, an der Leine, der Hund, dann Susanne, schließlich du mit deiner Waffe. Der diensthabende Beamte starrte uns an. ›Bitte?‹, sagte er.

›Ich habe Martin Bormann gefangen‹, sagte ich. ›Wen?‹, sagte der Beamte und sah zwischen mir und Martin Bormann hin und her.

›Martin Bormann‹, sagte ich.

›Bormann, Martin‹, sagte der Beamte und blätterte in einem dicken Buch. Er sah mich an. ›Haben wir nicht. Ausweise.‹ Ich gab ihm meinen Pass. Er blätterte darin, sah auf das Foto, dann auf mich. Dann blätterte er wieder im Buch. ›Ihren Namen haben wir auch nicht‹, sagte er. Er schaute uns an, auf das Seil zwischen uns, auf den Hund. Er schrieb meine Personalien auf einen Zettel und warf ihn nach hinten auf einen Tisch, wo ein Beamter in einem grünen Hemd vor dem Bildschirm eines Fahndungscomputers saß. Die beiden sahen sich an. Dann zuckte der Beamte mit den Schultern und gab mir den Pass zurück.

›Ich...‹, sagte ich.

›Das interessiert uns nicht‹, sagte der Beamte. ›Ich will jetzt für einmal ein Auge zudrücken, junger Mann. Sie gehen jetzt still hinaus mit Ihrem Freund, und Sie lassen sich hier nie mehr blicken.‹

›Aber...‹, sagte ich.

›Und zwar heute noch‹, sagte der Beamte und richtete sich auf. Ich nickte und ging, mit Martin Bormann am Seil, der den Hund an der Leine hatte, durch die Tür des Polizeireviers. Ich hörte, wie du hinter uns das Magazin deiner Kapselpistole leer schossest. Draußen schien die Sonne. Wir standen auf dem Trottoir und sahen auf die Hochhäuser, die Autos, die Pizzerias.

›So sieht das also heute aus‹, sagte Martin Bormann und kratzte sich am Kopf.

›Tja‹, sagte ich, während ich das Seil losknüpfte. ›Also dann. Dann machen Sies gut.‹

Ich nickte Susanne und dir zu. Wir gingen los, an einer Selbstbedienungstankstelle vorbei. Du ludest deine Kapselpistole nach. Nach einiger Zeit wandte ich mich um und sah Martin Bormann mit seinem Hund vor der Polizeiwache stehen. Er kratzte sich am Kopf und sah in den Himmel hinauf. Schließlich trottete er in der entgegengesetzten Richtung davon.«

»Als wir zu Hause ankamen, stand ein Mann vor unsrer Wohnungstür.

›Ich bin von der Fremdenpolizei‹, sagte er und schlug sekundenschnell seinen Kragen nach oben. ›Kann ich mal Ihren Pass sehen?‹

›Aber sicher‹, sagte ich. Ich öffnete die Wohnungstür, nickte ihm zu und ging hinter ihm in die Wohnung. Eine dicke Staubluft hing im Korridor. Ich gab dem Beamten den Pass.

›Sie sind also Ausländer‹, sagte er und sah mich an.

›Ja‹, sagte ich.

›Und warum mischen Sie sich in die innern Angelegenheiten der Bundesrepublik Deutschland?‹, sagte er.

›Ich?‹, sagte ich. ›Tue ich das?‹

›Allerdings‹, sagte er und holte einen Aktenordner aus seiner Tasche. ›Ich habe hier Ihr Dossier. Sie haben viermal unbefugt geparkt. Sie kennen einen Lehrer, der DKP-Mitglied ist. Sie haben einmal in einem portugiesischen Lokal gegessen. Sie schlafen zuweilen bis um neun Uhr früh.‹

›Verzeihung‹, sagte ich. ›Ich habe es nicht bös gemeint.‹

›Na schön‹, sagte er. ›Schon gut. Aber Ihre Aufenthaltsgenehmigung kann ich Ihnen unter diesen Umständen natürlich nicht verlängern, das werden Sie sicher verstehen.‹«

»Nachts um zwei, während wir die Koffer packten, klingelte es. Es war Martin Bormann. Er hatte sich gewaschen und war beim Frisör gewesen. Er trug eine graue Flanellhose, ein weißes Hemd, eine dunkelblaue Krawatte mit einem Wappen und einen blauen Blazer. Der Hund war blütensauber, ein Pudel.

›Entschuldigen Sie‹, sagte er, während er sich setzte und die Beine übereinanderschlug, ›dass ich Sie so spät noch störe.‹

›Aber das macht doch nichts‹, sagte ich.

›Ich habe jemanden gefunden, der sich um mich kümmert‹, sagte er. ›Ich werde im Schwarzwald wohnen.‹

›Wie schön‹, sagte ich.

›Und jetzt habe ich eine Bitte‹, sagte er. ›Könnten Sie nicht auf den Hund aufpassen? Ich möchte mir wieder einen größeren anschaffen.‹

›Nun ja‹, sagte ich. ›Ich reise sowieso morgen ab.‹

›Ah so?‹, sagte Martin Bormann. ›Gefällt es Ihnen nicht mehr bei uns?‹

Ich schwieg. Wir sahen uns an.

›Tja dann‹, sagte Martin Bormann und stand auf. Er streckte mir die Hand hin. Ich legte meine hinein, und er schüttelte sie. Dann ging er zur Tür hinaus. Ich hörte seine schweren sicheren Schritte, wie sie die Treppe hinabgingen. Ich stand da, starr, dann gab ich einem Koffer einen Fußtritt. Ich ging zum Hund und kraulte ihn hinter den Ohren, ein bisschen.«

»Es war ja schließlich sowieso nicht besonders schön da wo wir lebten«, sage ich also zum Kind, während wir Hand in

Hand auf unsre Laubhütte zugehen, unter deren Tür jetzt Susanne steht, in einer roten Schürze und mit einer dampfenden Schüssel in der Hand. »Die gelben Schwefeldämpfe am Himmel. Die Autos. Das Arsen im Trinkwasser. Das Strontium 90 im Teich, in dem deine Freunde und Freundinnen gebadet haben. Kürzlich hat man vergessen, dass in einer Aprikosenplantage, in der man Borkenkäfer vernichten wollte, ein Altersheim stand. Interessiert schauen die alten Leute, die heute alle blind sind, zu, wie ein Flugzeug mit einem feinen blauen Sprühregen hinter sich über sie hinwegflog.«

Das Kind bleibt stehen und schaut mich an. »Du hast mir eine elektrische Eisenbahn versprochen«, sagt es. Es richtet seine Pistole auf mich und zuckt mit den Gesichtsmuskeln.

»Ich weiß«, sage ich. »Ich kann nicht immer wie ich will.« Das Kind beginnt zu weinen. Ich beuge mich zu ihm nieder und streichle es. »Wir werden zusammen den Urwald roden«, sage ich. »Wir werden Schnaps brennen und einen Kamin bauen und ein Xylophon konstruieren und das Dach neu decken und einen Brunnen graben und Leimruten auslegen und Susanne lieben beziehungsweise du deine Mutter.«

Das Kind schaut mich mit roten Augen an. Es schluckt. Dann murmelt es: »Ich möchte General werden, oder Pfarrer.«

»Was?«, sage ich.

»Da habe ich eine große Verantwortung«, sagt das Kind. »Ich kann einen Atomschlag auslösen, oder, wenn ich Pfarrer bin, bei einer Geiselnahme unangefochten durch den Kugelhagel schreiten und die armen Geiseln befreien.«

Ich nicke. »Aber natürlich kannst du General oder Pfarrer werden«, sage ich. Wir gehen in die Laubhütte und setzen uns an den Tisch, auf dem ein dampfender Maisbrei steht. Das Kind legt die Pistole neben den Teller. Stumm essen wir, ohne gebetet zu haben.

Die schreckliche Verwirrung
des Giuseppe Verdi

Giuseppe Verdi ist, sage ich zu Susanne, die die Buchhaltung macht, schon ein Kerl gewesen, weiß Gott. Er hat Arien geschrieben, Chöre, Ouvertüren, die Tyrannen haben gezittert, wenn in ihrer Landeshauptstadt eine Premiere angesagt war. Sollen wir dieses Stück, das im fernen Babylon spielt, verbieten oder nicht, haben sie zu ihren Ratgebern gesagt. Stirnrunzelnd haben sie auf die Leute geschaut, die, den Gefangenenchor singend, aus der Oper gestürzt gekommen sind. Sie werden uns und unsre Frauen an den Beinen in den Schlosshof schleifen und auf uns herumtrampeln, haben die Landesherren gesagt. Ich atme heftig. Ich stiere auf mein Notenpapier, auf dem die Ouvertüre zu meiner Oper steht. Ich nehme einen Kugelschreiber und korrigiere eine Oberstimme. Giuseppe Verdi, sage ich mit heißem Kopf, saß auch als steinalter Mann mit seinem eisgrauen Bart, seinem Vatermörder, seinem Gehrock und seinen schwarzen Lackschuhen aufrecht in der Loge der Scala, ohne darauf zu achten, was die Beamten der Zensurbehörde in der Nebenloge miteinander tuschelten. Er sah die bleichen Gesichter der Adeligen, denen das alles nicht ganz geheuer vorkam. In seinen Gedanken sah er Massen von Landarbeitern, die lachend auf den Brüstungen der Terrassen der Schlösser saßen und die Beine baumeln ließen. Ich, sage ich, wenn eine von meinen Opern gespielt wird, stehen allenfalls ein paar Leute vor dem Rundfunkgerät und dirigieren mit ihren Bierflaschen mit. Ja, Helmuth, sagt Susanne lächelnd zu mir. Im Übrigen, Ricordi & Cie. hat deine letzte Auftragsoper wieder einmal nicht korrekt abgerechnet. Immer unterschlagen sie die Aufführungen mit Schülern, Laien und Invaliden.

Ich schreibe ununterbrochen an meiner Oper, ich stelle mir die Melodien genau vor, mit kräftigen Schlägen spiele ich sie auf dem Klavier nach. Ich schwitze. Ich esse nur noch wenig. Ich komponiere ein Crescendo an der Stelle, wo Giuseppe Verdi in meiner Oper sich ausdenkt, was alles werden könnte in Italien, aus den Äckern, den Weinen, dem Leben. Ich schnaufe. Ich schaue zum Fenster hinaus. Durch den Schleier vor meinen Augen sehe ich Hochhäuser, Autos, Baumaschinen, rauchende Kamine, Qualmschlieren am Himmel. Ich erinnere mich. Es sind dieselben Dinge wie gestern.

Zwar ist das ja gar nicht so schlecht, wenn ich die Abrechnungen von meinen alten Opern lese, schreie ich, aber. Wenn die Leute untergehakt aus den neuen Opern von Giuseppe Verdi kommen, dann weiß der Herzog von Mantua, dass seine Tage gezählt sind. Überall rumort es. Die Leute singen die neuen Lieder. Sie zwinkern sich zu, wenn die Kutsche des Herzogs vorbeifährt. Der Herzog wendet sich um, er sieht in die starren Augen der Untertanen. Er versteht nicht ganz, was das alles zu bedeuten hat, aber er spürt, wie eine kalte Gänsehaut seinen Rücken herabrinnt.

Jetzt, wo ich den zweiten Akt meiner Oper über Giuseppe Verdi fertig habe, kommt mir in den Sinn, dass wir Sankt Nikolaus vergessen haben in diesem Jahr. Wir müssen ihn nachholen, schreie ich Susanne an, in diesen Großstädten vergisst man sogar die ältesten Bräuche. Susanne nickt. Ich hole mir den Bart und nehme das Komponistenlexikon, ich steige die Treppe hinunter und klingle beim Hausbesitzer. Er öffnet. Ihr kömmt früh heuer, sagt er zu mir, aber er ist einverstanden, dass ich seinen Sohn durchwalke. Du Saubub, schreie ich mit tiefer Brummstimme, während ich auf ihn einschlage, dass du mir nie mehr Leim auf die Tasten von dem Klavier des Komponisten in der Wohnung obendran tust. Merk dir das, du und dein Herr Vater haben zwar keine Ahnung davon, aber er ist ein Stern am Komponistenhimmel. Wenn dann die Welt einmal so aussieht, wie er sich das in seinen Opern vorstellt, dann ist es euch auch recht. Ja, lieber Nikolaus, sagt der Sohn des Hausbesitzers. Ich steige wieder zu Susanne hinauf, auf der Treppe ziehe ich den eisgrauen, würdigen Bart, den Vatermörder, den Bratenrock und die schwarzen Lackschuhe aus und lecke meine rotglühenden Hände. Dann, während Susanne die Kartoffelpuffer aus der Küche holt, will ich nochmals meine Introduktion zum Auftritt Giuseppe Verdis in meinem ersten Akt meiner Oper spielen. Zu spät merke ich, dass der Sohn des Hausbesitzers diesmal den schnellhaftenden Leim benützt hat, mit dem man auch Flugzeuge zusammenleimen kann. Fassungslos starre ich auf meine festgeklebten Hände, die immer denselben Akkord spielen, wild, wütend, heftig.

Der Inhalt meiner Oper ist, sage ich durch meine zusammengebissenen Zähne, als ich nachts mit Susanne im Bett liege: Giuseppe Verdi will eine Oper schreiben. Er denkt in meiner Oper, dass in seiner Oper ein toller wilder italienischer Landarbeiter vorkommt, der flammende Arien zu den andern unterdrückten Landarbeitern spricht. Er zeigt ihnen, dass es nicht geht, dass die Herzöge drei Viertel des Getreides bekommen, ohne es selber zu ernten. Meine Oper, denkt Giuseppe Verdi in meiner Oper, wird wie eine Sturmflut sein, die Tränen werden den Zuhörern aus den Augen schießen, ihre Herzen werden beben. Junge Mädchen werden wildfremden Männern um den Hals fallen, und die Gatten werden schluchzend die Gattinnen streicheln. Ja, sagt Susanne. Giuseppe Verdi, murmle ich, nennt sich in der Oper, die er in meiner Oper schreibt, Nabucco. Er hat ein Mädchen, Violetta. Er steht, im Licht der Blendlaterne, im Stall und spricht zu seinen Freunden. Verdi schreibt mit heftigem Schwung Arie um Arie. Er ist ein Genie, seine Tinte spritzt nur so übers Papier. Ja, sagt Susanne und gähnt. Ja, schreie ich wild und setze mich im Bett auf, im zweiten Akt tritt die Frau von Giuseppe Verdi auf. Sie merkt, dass ihr Geliebter nur noch Ohren für Violetta und Nabucco hat. Traurig geht sie hinaus. Violetta fängt in der Oper, die Giuseppe Verdi in meiner Oper komponiert, plötzlich zu husten an und Blut zu spucken, während Nabucco seine Freunde auf nächtlichen Schleichwegen zum herzoglichen Palast führt. Alle wissen, es ist das baldige

Ende. Giuseppe Verdi weint, auf meiner Bühne, als er komponiert, wie Violetta stirbt, blass und wie ein Engel. Er steht auf, er geht ins Schlafzimmer, und da sieht er, dass seine Frau tot ist. Ich atme heftig. Ich sehe den bebenden Rücken Susannes. Blitzschnell denke ich wieder an meine Oper, bald liege ich wieder glücklich da, ich denke, wie die Leute weinen werden in meinem Opernparkett, und wie der Dirigent sich tränenblind verneigen wird am Schluss. Ahh, das wäre schon etwas, ein ganzes schluchzendes Opernhaus, und ich bin schuld daran.

Jetzt ist meine Oper fertig. Ich lese sie immer wieder durch. Kein Zweifel, sie ist großartig. Mit klopfendem Herzen packe ich sie in meine Reisetasche aus Segeltuch. Ich küsse Susanne auf die Stirn, so wie ein Sohn seine Mutter, dann stürze ich die Treppe hinunter. Ich mache mich auf den Weg zur Erfindermesse von Mailand. Im Zug summe ich vor mich hin. Ich sehe nichts von der Landschaft. Nach stundenlangem Marsch betrete ich die riesenhafte Ausstellungshalle. Ich sehe die Erfinder in ihren Kojen stehen. Ich finde auch eine Box, wo ich meine beschriebenen Notenblätter ausbreiten kann. Ich singe, wenn jemand, der wie ein Impresario aussieht, stehen bleibt. Ich schlage dazu den Takt mit dem Fuß. Heute Abend, sage ich zu mir, will ich mir, wenn ich meine neue Oper an den Mann gebracht habe oder wenigstens einen Akt, mit dem verdienten Geld das Nachtleben von Milano ansehen, die Spezialitätenrestaurants, die Bars, die Stripteases. Ich lache vor mich hin. Während ich eine Postkarte an Susanne zu schreiben anfange, höre ich ein Gurren aus der Nebenbox. Es ist eine junge

Frau. »Ich habe den Reißverschluss erfunden«, flüstert sie mir zu, »hier, ziehen Sie einmal.« Ich tue es, und erst viel später komme ich dazu, ihr zu erklären, dass ich ein Komponist auf dem aufsteigenden Ast bin. Ahh, sagt die Frau und dreht sich auf die Seite, ich heiße Violetta. Und du?

Jetzt, wo ich in Italien bin, spritzt meine Kompositionstusche nur so auf dem Papier herum. Das ist das furioseste Duett, das ich in den letzten Jahren geschrieben habe. Es birst förmlich vor Liebe, Leidenschaft und Glut. Mein Blick geht über die giebeligen Dächer, unter denen die Maiskolben hängen. Liebe Susanne, schreibe ich auf der angefangenen Postkarte, es geht mir gut bei meinem diesjährigen Erfindermessenbesuch. Meine Oper ist noch nicht verkauft, und ich glaube, ich muss sie ganz umändern. Ich arbeite viel. Ich wohne hier bei einer Bekannten, die jetzt im Nebenzimmer gerade bei der Arbeit ist. Es beunruhigt mich, schreibe ich, dass sich in das fröhliche Keuchen meiner Bekannten mehr und mehr ein heftiges Husten mischt. Die Tür öffnet sich. Violetta betritt den Raum. Sie ist totenweiß. Ich lege die Feder beiseite. Es ist, sage ich zu ihr, ein anstrengendes Metier, das du da hast. Ja, sagt sie leise, verdammt noch mal. Meine Oper, denke ich, wird ein graues Ende haben müssen.

Ich will dir, sage ich zu Violetta, als wir dann zusammen im Himmelbett liegen, die Geschichte von Giuseppe Verdi und Giovanni Battista Oberdan erzählen. Ja, sagt Violetta und schaut mich an. Allerdings, sage ich, ich habe das Gefühl, dass ich sie schon einmal irgendwo erzählt habe. Aber wo? Es ist die Geschichte, in der Giovanni Battista Oberdan, mit einem Damenstrumpf über dem Gesicht, durch die Straßen von Triest schleicht und dem Kaiser von Österreich einen Sprengsatz unter die Kutsche wirft. Darf man das?, fragt Violetta. Nein, sage ich, da, wo ich die Geschichte schon einmal erzählt habe, erkläre ich auch lang und breit, warum Oberdan das tut, in der Hauptsache, weil der Kaiser von Österreich den Triestinern verbietet, Lieder von Giuseppe Verdi zu singen. Jedenfalls, die Bombe explodiert, die Pferde stürzen um, die Kutsche kippt, und dem Kaiser passiert nichts. Oberdan wird von österreichischen Geheimpolizisten gefasst, in einem Brombeergesträuch hängend. Ohh, sagt Violetta und krallt sich, mit vor Aufregung nassen Augen, in meinem Arm fest. Es kommt wie es kommen muss, sage ich. Oberdan, mein Freund, steht unter einem Holzbalken, und er spürt den Strick um seinen Hals. Ein Beamter prüft nochmals, wie stark er treten muss, damit die Kiste, auf der Oberdan steht, umkippt. Dann tritt er sie um, und Oberdan, unser Freund, hat nicht einmal Zeit gehabt zu sagen, für Gott und Vaterland. Violetta schluchzt. Sie hustet. Ich streiche ihre Haare. Die ganze Geschichte ist länger und trauriger, murmle ich. Zum Beispiel hatte Oberdan eine Freundin, die sich nie mehr von dem Schock erholte. Sie lebte dann mit andern Männern zusammen, aber sie dachte immer nur an ihn. Als sie 28 war, sprengte sie ein Kaiserdenkmal in die Luft und wurde dafür zehn Jahre lang eingesperrt, bis zur Revolution. Violetta sieht mich an. Ich summe ihr eine Melodie von mir ins Ohr beziehungsweise eine von Giuseppe Verdi. Lächelnd, mit nassen Augen, schlafen wir ein.

Bei uns in den kalten Bergen ist das Wetter immer furchtbarer, schreibt Susanne in ihrem Telegramm, Hilfe. Sie hat einen Eiszapfen beigelegt. Ich nehme einen Schleck davon, er schmeckt bitter und ungewohnt. Ich gebe ihn Violetta, die mich bleich anschaut. Was tut dieses Fräulein Susanne dauernd in den eisigen Bergen, sagt Violetta, wer ist sie überhaupt? Weiß ichs, sage ich, einen Augenblick von meiner Partitur aufsehend.

Einen alten Dreck erlebt man heutzutage, schreie ich Violetta an, die sich den Schweiß von der Stirn tupft. Ich schreibe einen schrillen Ton. Ein Held sollte man sein, mit einem Ross und einem Spieß. Da komponiert man und komponiert man, und am Ersten steht der Hausbesitzer unter der Tür und will doppelt so viel Miete. Das war zu Giuseppe Verdis Zeiten, schreie ich, ganz ganz anders. Das Telefon klingelt. Das ist sicher einer von deinen sauberen Herren, schreie ich Violetta an, denen ich auch noch einmal die Gurgel umdrehen werde. Violetta nimmt den Hörer ab. Pronto, sagt sie. Sie wird rot. Es ist Susanne, sagt sie leise. Du hast mir noch gar nichts von ihr erzählt. Sie hustet. Was ist?, schreie ich in den Hörer. Susannes Stimme klingt sehr fern. Es könnte sein, dass sie weint. Ich verstehe kein Wort, schreie ich, ich arbeite hier Tag und Nacht wie ein Stier, verstanden? Susanne sagt etwas aus der Ferne. Was soll das heißen, schreie ich. Ich haue den Hörer auf die Gabel. Violetta weint.

Wie ein Wahnsinniger arbeite ich jetzt am Schlussbild der zweiten Fassung meiner Oper, da, wo Giuseppe Verdi sich, an einem Fastnachtsdienstag, ausdenkt, wie Nabucco die eben noch am Boden kauernden Landarbeiter mit sich reißt, auf und davon. Verdi weint, auf meiner Bühne. Im vierten Akt drängelt er sich einsam durch eine Menge jubelnder Masken, weil er einen Arzt holen will, der seine Frau rettet. Ich wische mir mit dem Jackenärmel die Tränen aus den Augen. Um mich auf andere Gedanken zu bringen, lege ich eine wilde Polka aufs Parkett. Ich gröle. Ich springe und stampfe, bis Violetta, die im Nebenzimmer zu tun hat, an die Wand trommelt. »Du Hexe!«, rufe ich. Ich weiß ganz genau, dass Violetta nachts aus dem Fenster steigt und sich, auf ihrem Besen hockend, davonmacht. Zischend verschwindet sie in der roten Qualmwolke, die über der Stadt liegt, und erst im Morgengrauen landet sie wieder auf meinem Fensterbrett und steigt in unser Bett. Tagsüber tut sie dann so, als könne sie kein Wässerchen trüben, aber mein Kaffee schmeckt auch hier im Süden immer mehr nach Chlor, Arsen, Farbe, Pech und Schwefel. Zornig streiche ich das strahlende hohe C der Frau von Giuseppe Verdi aus meiner Partitur, es geschieht ihr ganz recht.

Giuseppe Verdi schaut, sage ich, im letzten Akt meiner Oper zornschäumend auf den Brief, den ihm der Direktor der Scala geschrieben hat. Die neue Oper, schreibt der Direktor, sage ich zu Violetta, gefällt ihm sehr sehr gut, nur, er kann nicht einsehen, warum dieser Freiheitschor unbedingt von italienischen Landarbeitern gesungen werden muss. Hebräische Sklaven in Babylon wären doch auch etwas. Zwar hat die Zensurbehörde bis jetzt keinen Einwand erhoben, schreibt der Direktor, sage ich, aber man kann nie wissen, und dann hat er, der Direktor, die Schwierigkeiten, und nicht der Komponist. Wenn Sie, verehrter maestro, schreibt der Direktor, sage ich, zudem auf die vielen dem italienischen Ohr ungewohnten Quinten verzichten könnten, wäre ich auch außerordentlich dankbar. Er könne sich aber auch vorstellen, schreibt der Direktor, sage ich, dass auch das Theater von Modena sich freuen würde, einmal eine neue Oper des berühmten Komponisten zu bringen. Nur über meine Leiche, sagt Giuseppe Verdi heftig. Er macht einen weiten, langen Spaziergang. Dann setzt er sich an den Schreibtisch und streicht zornig den Landarbeiterchor durch. Er schreibt einige orientalische Töne. In der Zwischenzeit, sage ich zu Violetta, haben wir ja keine Zensur mehr. Ich darf in meinen Opern schreiben was immer ich will.

Ich bin noch immer zornig, aber heute ist Kaisers Geburtstag. Der Kaiser kommt zum Kaffee, das heißt, in Wirklichkeit ist er natürlich tot. Violetta und ich sitzen am Tisch, vor das Bild des Kaisers haben wir eine Tasse und eine Sachertorte gestellt. Er putzt sie tatsächlich weg wie nichts. Ich wische ihm mit einer Papierserviette seinen Mund unter dem gewaltigen Schnauz sauber. Trotzdem, sage ich dann lächelnd zu ihm, wir haben Eure Majestät und die Truppen Eurer Majestät damals ganz schön aus unserm Land hinausgeekelt, nicht wahr. Der Kaiser lächelt traurig, auf dem Bild. Ich erinnere auch an das beinahe geglückte Attentat von meinem Freund Oberdan in Triest, mit Verlaub, sage ich. Ich darf mir schmeicheln, Majestät, mit meiner revolutionären Musik auch einiges dazu beigetragen zu haben, nicht wahr, Violetta. Violetta lächelt. Jaja, Giuseppel, sagt sie. Schluchzend bricht sie zusammen, sie sinkt von ihrem Stuhl und liegt totenweiß auf dem Teppich, auf dem Rücken, mit weit ausgebreiteten Armen.

Endlich wache ich mit dem Gedanken auf, dass ich Giuseppe Verdi bin. Ich schreite, mit auf dem Rücken verschränkten Händen, im Zimmer auf und ab, dann beschließe ich, das Beste aus der ungewohnten Situation zu machen. Ich fahre zu Gioacchino Rossini. Ich steige die breite Freitreppe hoch, von der ich aus dem Reiseführer weiß, dass sie zu Rossinis Alterssitz führt. Ich öffne die im Reiseführer angegebene Tür. Ein Mann fährt aus dem Bett hoch. Guten Morgen, Herr Rossini, sage ich zu Rossini. Ich heiße Herr Verdi. Rossini starrt mich an. Er ist viel schlanker, als ich ihn mir vorgestellt habe, er ist beinahe hager. Er richtet sich auf in seinem Bett, das in einem palazzoartigen Zimmer fast ohne Möbel steht. Was wollen Sie?, fragt er mich mit einer gewissen Schärfe in der Stimme. Na, maestro, sage ich, ich bin sicher, dass Sie, allen Gerüchten zum Trotz, hin und wieder heimlich ein paar Nötlein schreiben, oder? Rossini bekommt einen roten Kopf. Ich schreibe überhaupt keine Noten, sagt er laut, spinnen Sie? Das nicht, das nicht, sage ich, ich wollte Ihnen nur meine neue Oper zeigen, hier. Rossini blättert in meiner Partitur. Hören Sie, junger Mann, sagt er dann leise, erstens kann ich überhaupt nicht Noten lesen, und zweitens. Ich habe es ja gedacht, murmle ich und fange an zu weinen, immer trampeln die von der älteren Generation auf einem herum. Überhaupt ist Ihr *Barbiere* auch ein ziemliches Scheißstück, merken Sie sich das, Meister. Ich gehe mit energischen Schritten zur Ausgangstür, und als ich mich nochmals umdrehe, sehe ich Rossini, der lang und hager und eigentlich noch ziemlich jung auf seinem Bettrand sitzt und mir nachsieht. Ich schlage die Tür hinter mir zu. Dem habe ich es aber gegeben, brummle ich vor mich hin.

Ahh, sage ich zu mir selber, während ich mit heißem Kopf durch die Parkanlage gehe, manchmal möchte ich schon gern eine Frau sein. Ich hätte zierliche kleine Füßchen, schwarze Stöckelschuhe, einen Rüschenrock, kleine Apfelbrüstchen, ich hätte einen weißen Sonnenschirm und ginge mit zierlichen Schritten über die knirschenden Gartenwege, bis auf die Terrasse vor dem städtischen Pavillon, in dem die Jubiläumsfeier zu Ehren des Komponisten Rossini stattfände. Sinnend stünde ich, im letzten Abendlicht, an der Balustrade, bis ich die leisen Schritte hinter mir hörte, die ich erwartet hätte. Ich drehte mich nicht um. Ich zitterte. Ich legte die Hand auf den heißen Busen. Gioacchino Rossini wäre einige Meter hinter mir stehen geblieben, im Dunkeln, ich hörte seinen Atem, vor Aufregung und weil er so dick ist. Treten Sie ruhig näher, maestro, sagte ich. Sie sind das mitreißendste Geschöpf dieser Erde, sagte Gioacchino Rossini, sich vor mir auf die Knie werfend. Er ergriffe meine Hand und bedeckte sie mit Küssen. Ich überließe sie ihm widerstrebend. Siedend heiß stiege ein Gefühl in mir auf, und als ich nun den Mund Gioacchino Rossinis auf meiner nackten Haut höher klettern fühlte, die Hand hoch, den Arm, die Schultern, bis zum Hals, da seufzte ich tief. Ich wendete mein tränenüberströmtes Gesicht dem

Komponisten zu. Endlich, stammelte ich, endlich. Ich liebe Sie, Giuseppe, sagte Rossini. Er täte seine zarte weiße Hand auf meine Brust. Sie wäre eiskalt. Ich bebte. Stumm stünden wir so eine Weile, und Rossini summte mir eine Melodie ins Ohr, die weder von ihm noch von mir, sondern von uns beiden wäre. Dann zöge er mich mit sich fort, ich sähe seine tapsige Bärengestalt vor mir, wie sie in die nachtschwarzen Gebüsche des Parks eindränge. Was dann käme, wäre kaum vorstellbar. Ich läge auf dem Rücken. Ich hustete. Gioacchino Rossini löste brummelnd meine Brosche von meiner Seidenbluse, ja, und stundenlang hörten wir aus der Ferne die Musik des Festes. Schließlich, als wir die Stimmen der ausschwärmenden Gäste hörten und die Suchlaternen sähen, sagte ich errötend, wir sollten hineingehen, man könnte Sie vermissen. Ja, sagte Rossini, Sie sind ein vernünftiges Geschöpf. Ich liebe Ihre Art, Musik zu machen. Hand in Hand gingen wir über die Kieswege, Rossini und ich, die Freitreppe hoch, wo, bei unserm Anblick, ein dröhnender Applaus losbräche.

Auf dem Heimweg, im finstern Hausgang, schaue ich in den Briefkasten. Ich sehe eine Postkarte von Susanne. Die Tränen schießen mir in die Augen, und plötzlich weiß ich, dass ich nicht mehr in die Wohnung Violettas hochwill, weil es da so süßlich riecht seit einigen Tagen. Ich stürze zum Haustor hinaus. Ich renne zum Bahnhof. Ich breche in einem Abteil zweiter Klasse zusammen. Ich lese, durch die tanzenden Sterne vor meinen Augen, die Postkarte Susannes, aber ihre Schrift ist so zittrig, dass ich nichts entziffern kann. Oder zittern meine Hände so? Ich singe laut. Ich gehe vom Bahnhof nach Hause, durch die Straßen mit den Hochhäusern, den Autos, den Baumaschinen, an den rauchenden Kaminen vorbei. Durch den Nebel vor meinen Augen erkenne ich einen Beerdigungszug. Die schwarzgekleideten Leute starren mich an. Ich singe. Zu Hause stürze ich die Treppe hoch, in die leere Wohnung. Ich rufe. Ich schreie. Die Tür geht auf, und die Nachbarsfrau starrt mich entgeistert an. Ja, Herr Helmuth, stammelt sie, sind Sie nicht beim Trauerzug, haben Sie den Trauerzug denn nicht gesehen? Ich, sage ich, nein, wen? Sie hat immer mehr gehustet in den letzten Tagen, sagt die Nachbarsfrau, und sie wurde bleich und bleicher. So, sage ich, aha. Ich singe. Wie sehen Sie denn aus?, ruft die Nachbarsfrau. Ich stürze zum Spiegel, und da sehe ich selber, wie ich aussehe. Ich sehe, dass ich tatsächlich einen würdigen eisgrauen Bart, einen Zylinder, einen Vatermörder, einen Gehrock, eine Uhrkette, einen Stock mit einem Elfenbeinknauf und schwarze Lackschuhe trage. Ich sehe meinen offenen Mund, der singt. Singend schreie ich die Treppe hinunter, den Spuren des Begräbniszugs meiner Geliebten nach. Ich stehe am offenen Grab. Der Pfarrer sieht mich an. In meinem Kopf bildet sich langsam der Plan zu einer neuen Oper.

*Das Verschwinden der Chinesen
im neuen Jahr*

Ich will heute eine Geschichte aus jenen fernen Tagen erzählen, in denen Minister im Fernsehen den Gebrauch von Schusswaffen erklärten und Kongresse einberiefen, auf denen Professoren Forschungsprogramme anregten, die erklären sollten, wieso plötzlich die besten Kräfte des Staats entführt oder erschossen wurden.

Damals saß ich oft in meiner Wohnung, vor der Autos ineinanderkrachten und Tote aus den Türen fielen, vor dem Fernseher und suchte ein Programm vom andern Ende der Erde. Ich spürte eine plötzliche Gier nach Lotusblüten. Neben mir saß Pia, meine Pia, eine Pianistin, die ich liebte und die mich liebte. Sie hatte blonde Haare, Pia, und Augen wie Meeralgen und, wenn sie sich aufregte, einen leichten italienischen Akzent. Sie war nicht von hier. Sie trug oft Herrenhemden, meine und die von Freunden von früher, und Jeans, und manchmal Strohhüte. Sie sah aus wie der Mai.

Nun, auf einem von ARD und ZDF unbenutzten Kanal fand ich dann zum Beispiel plötzlich gelbe Alpinisten, die dem steilen weißen Grat eines blauen Bergs entlang nach oben stiegen. Sie krochen wie Ameisen auf den obern Bildschirmrand zu. Ich weiß nicht warum, ihr Anblick erregte mich ungeheuer. Wenn ich es nicht mehr aushielt und auf den Abstellknopf drückte, wurden sie von einem urzeitlichen Katastrophenwirbel in die Bildschirmmitte gesaugt und waren weg. Aus. Sofort hörte ich wieder die Autos draußen, und das Schnarren der Walkie-Talkies der Parkwächter. Damals, als ich das Bergbild gefunden hatte, drehte ich mich zu Pia um und sagte: »Scheiße, Pia, so am Fernsehen sieht das alles ganz harmlos aus. Aber als ich ein Kind war, war ich einmal an so einem Berg. Es war kalt, alle Vorräte aus. Ein Arzt, ein riesenhafter Schatten, schaute mich an und sagte: Der da, der schafft es sowieso nie. Ich legte mich in eine Felsritze. Eis überzog mich. Ich hatte Glück, dass niemand auf den Abstellknopf drückte.« Pia nickte, ohne ihren Blick vom Fernsehschirm zu wenden. Was sah sie? Sie streichelte ihre Katze, die, obwohl der Bildschirm jetzt schwarz war, noch immer Augen wie Striche hatte.

Damals machte ich mich oft klein und presste mein Gesicht gegen die Mattscheibe. Ich sah mit aller Kraft auf meine Freunde hinter dem Glas, ganz nahe vor mir. Unter Strohhüten gingen sie durch Reisfelder, mit weit ausholenden Armbewegungen. Sie waren Jäger in Bambushainen. Als Maler staffeleiten sie durch neblige Auen. Eichelhäher jagten durch Gebüsche. Atemwolken stiegen aus Kaninchenlöchern. Aus geschnitzten Pavillons wehten Brunstschreie. Ich sah alles ganz genau. Ich sah, dass mich kleine Förster, die mit geschlitzten Augen in Hochsitzen saßen, beobachteten. Ich vergrub den Hals im Jackenkragen. Die Lassowürfe der Förster prallten an der Innenseite der Mattscheibe ab.

Einige Monate später war in der Jahrhunderthalle in Hoechst ein Gastspiel einer chinesischen Sopranistin. Sie stand, klein und zierlich, auf dem Podest und sang. Die Zuhörer, zu Beginn ein gewöhnliches Konzertpublikum, erblindeten und ertaubten. Der Begleitpianist fing seine Melodie immer kurz vor dem Einsatz der Sopranistin wieder von vorn an, so dass sie ihren Mund jedes Mal wie ein Karpfen öffnete. Ich dachte, neben Pia auf meinem Konzertstuhl sitzend, ich will sie, Pia hin oder her, nach der Vorstellung zu etwas Kleinem einladen, zu Kaviar und Wodka. Während sie endlich sang, kletterte ich über die Rampe. Aber ich war noch nicht oben, da traf mich ihr spitzer Absatz. Sau. Ich stürzte zwischen die vordersten Zuhörer, die, von ihren eigenen Leidenschaften geschüttelt, mein Unglück nicht bemerkten. Auch Pia starrte gebannt nach vorn. Die Stimme der Sopranistin wurde im Lauf des Konzerts immer leiser. Am Schluss war sie ein Hauchen aus einer andern Welt. Aber von ihr loszukommen, das war schwer. Hinaus auf den Parkplatz der Farbwerke, hinein in unser Auto, dessen Scheibenwischer das Regenwasser kaum wegschaffen konnten. Während wir in einer langen Kette von roten Rücklichtern nach Frankfurt zurückfuhren, dachte ich, dass die schönsten Bilder immer in Museen hängen, die gerade geschlossen sind. Ich wollte so etwas Ähnliches zu Pia sagen, aber ich tat es dann nicht, weil ihr Gesicht, wegen der Straßenbeleuchtung, ganz gelb aussah. Schweigend fuhren wir, in einem immer heftigeren Regen, durch die Mainzer Landstraße, jeder in den Wolken seiner eigenen Gedanken. Gerade als ich doch den Mund öffnete, begann Pia plötzlich zu singen. Sie sang mit einer fremdartigen Melodie:

»O grauslich Wetter, grause Zeit.
O graues Land, in das es schneit.
Es weht der Herren böse Macht
durch unsre eiseskalte Nacht.
Ich lieg im Garten, kaum geboren,
in meiner Wiege, schon erfroren.«

Dann schwieg Pia. Ich klappte meinen Mund zu, und mein Herz klopfte heftig, weil ich sie noch nie so singen gehört hatte. Sie seufzte, während ich langsam um die Trümmer eines Verkehrsunfalls herumsteuerte. Ein Krankenwagen mit sich drehenden Blaulichtern stand quer über der Straße. Ein hünenhafter Polizist mit einem Leuchtstab in der Hand winkte mit heftigen Armbewegungen. Wir fuhren weiter und schauten zu den schwarzen Bankenhochhäusern hinauf, in einem Regen, der fast schon eine Sintflut war. Ich schaltete die Scheibenwischer auf die schnellere Stufe. Ich las die Aufkleber der vor mir fahrenden Autos. Mehrmals sah ich Pia von der Seite an. »Einmal«, sagte ich endlich, als wir über den Opernplatz fuhren, »war ich in einem Museum, einem chinesischen natürlich, das hatte keinen Ausgang, nur einen Eingang. Man zahlte 10 Yen. Dann sah man sich alle Bilder an. Wer hinauswollte, musste sich ein Bild aussuchen und in es hineingehen. Ich entschied mich für eine winterliche Bauernhochzeit von Breughel, ich ging hinein und setzte mich an einen der Tische. Es war auch recht schön, man soff und aß und sang und küsste und schiss, nur mit der Zeit merkte ich, dass ich meine Sommerkleider aus den Pekinger Tagen anhatte und nicht besonders gut Holländisch konnte. So ging ich hinten aus der

Bauernhochzeit wieder hinaus und war auf einer unendlich weiten Ebene aus brauner Leinwand, der ich entlangzugehen begann, bis der Hunger mich übermannte und der Durst mich tötete.«

»Ja bist du denn schon einmal in Peking gewesen?«, fragte mich Pia.

»Natürlich nicht«, sagte ich. »Aber wenn ich mich recht erinnere, sagte ich zu jemandem, den ich in dieser einsamen Landschaft traf: Zwar kenne ich Sie nicht, mein Herr, aber Sie müssen wissen, einmal habe ich meine Mutter überrascht, wie sie hingegossen einen fremden Mann küsste. Sie wühlte ihre Lippen in seine. Ich stand da wie gebannt und spielte mit einer Troddel an meiner Jacke. Später lernte ich den fremden Mann kennen, ich muss sagen, er glich Ihnen sehr, mein Herr. Er hatte am selben Tag wie ich Geburtstag. Nur, er war größer und stärker und sicherer. Seitdem gehe ich still und stetig meinen Aufgaben nach. Ich erledige, was man mich zu erledigen heißt. Aus den Augenwinkeln schaue ich zuweilen in den Spiegel, ob der Augenblick schon gekommen ist. Ich habe das Gefühl, dann werden die Meere über ihre Ufer treten. Das sagte ich zu jenem Fremden, und der lachte wie ein Irrer«, sagte ich zu Pia. Wir waren zu Hause angekommen. Der Regen rauschte vom Himmel. Wir gingen in unsre Wohnung, ins Bett, und schliefen sofort ein.

Damals wie heute dämmerte in Deutschland der Morgen ganz langsam, und wenn dann die Sonne aufging, standen wir längst mit sauber gebundenen Krawatten und fleckenlosen Blusen vor unsern Betten. In China hingegen wurde der Erde der Mantel der Nacht immer schon mit einem so jähen Ruck entrissen, dass alle Schläfer bestürzt in der hellen Sonne lagen, der Vater in die Tochter verschlungen, der Herr auf der Magd, die Frau, die man liebte und die einen liebte, rittlings über dem Todfeind. Der Gedanke an das gelbe Meer wurde für mich zu einem schönen Schrecken. Ich ging mit immer gesenkteren Augen meiner Arbeit nach, tat meine Pflicht, kochte abends Klöße, las die Zeitungen und prägte mir die Gesichter auf den Fahndungsplakaten ein, von denen mehrere meinem Gesicht glichen. Vom Fenster aus, während ich meine Kontoauszüge übercheckte, beobachtete ich zuweilen Pia, wie sie ein Loch in den Vorgarten bohrte, immer tiefer. Als Wasser von jenseits hervorzusickern begann, schaufelte sie es schnell wieder zu. Mit einer leeren Colabüchse markierte sie die Stelle, wo der Weg zum Reich der Mitte wäre.

Eines Morgens war Pia verschwunden. Ich fand einen mit Tusche gemalten Brief auf dem Küchentisch. Zufällig klingelte es gleich darauf, ein Mann stand an der Wohnungstür und stellte seinen Fuß zwischen Tür und Schwelle und erklärte mir anhand von göttlichen Dokumenten aus einem amerikanischen Verlag, wessen das Himmelreich sei und wessen nicht. Er gab mir eine Chance. Dann gab ich ihm eine Chance, und dann hörte ich minutenlang, wie er die Treppe hinunterpolterte. Dann war es still. Ich dachte, Teufel, sollte ich just heute auf diese Weise das fünfte Gebot verletzt haben und ins Zuchthaus müssen? Da hörte ich, wie er sich hochrappelte und seine Schriften und Schautafeln einsammelte. Er fluchte. »Sie können mich mit Ihrem Himmel«, brüllte ich den Treppenschacht hinunter. Ich warf die Tür hinter mir zu. Ich setzte mich an den Küchentisch und stierte auf Pias Abschiedszettel. Ich stand auf und stellte den Fernseher ein, den chinesischen Kanal, aber jetzt war auch hier ein einheimisches Staatsbegräbnis. Einer der Minister, den ich schon aus den andern Kanälen kannte, sprach gerade sehr leise und beugte sich in die Mikrophone hinein, und plötzlich schrie er ganz laut und schlug mit der Faust auf das Lesepult und schaute zum Himmel hinauf. Ich drehte den Ton ab, sah den Minister an und sang, auf Pias entschwundene Melodie:

> »Du ekler Herre, du mir graust,
> wenn du mir aus dem Fernseh schaust.
> Dein Wort ein Lügendonnergroll.
> Dein Aug erlogner Tränen voll.
> Ich träum von dir in tiefstem Schlaf,
> von dir und deiner Todesstraf.
> So weit so klar. Doch wünsch ich mir,
> dass einmal heimsuch ich auch dir.
> Da träumst du dann von einem Land,
> das du so schön noch nicht gekannt.
> Du siehst uns durch die Wälder streifen
> und nach den reifen Früchten greifen.
> Du siehst in blauen Pavillonen
> die kleinen stillen Frauen wohnen.
> Du wirst die Schönheit nicht ertragen,
> die Faust an deinen Schädel schlagen.
> Und schon geht unter meine Sonn
> in dir…«

Nun ja. Wenn sich bei uns ein Sperling im November in den Sturm hinauswagt und stetig durch die schwarzen Wolken aufwärtsfliegt, gelangt er plötzlich, verzweifelnd schon, in die gleißende Sonne. Sein Herz rast. So etwas Schönes hat er noch nie gesehen. Mit kleinen wilden Flügelschlägen fliegt er knapp über den tosenden Wolken dahin, immer nach dem fernen Osten, unter dem blauen Himmel. Er ist der einzige Sperling da oben. Er ist der einzige Vogel. Nach Stunden eines Flugs, bei dem ihm der Schweiß auf der nackten Haut gefriert, denkt er, ich will doch wieder hinunter durch den blindmachenden Nebel. Ich will wieder die Wärme meiner Freunde spüren. Da trifft ihn der Herzschlag. Wie ein Stein stürzt er durch die Wolken und schlägt auf einer Autobahn auf. Ich sah ihn auf einer meiner verzweifelten Fahrten, auf denen ich Pia zu vergessen versuchte. Ich fuhr ihn platt. In meinem Rückspiegel sah ich ihn leuchten, eine Sonne aus Federn.

Eines Tages, wieder waren Monate vergangen, bekam ich aus Peking einen Brief von Pia. Im alten China, vor langer Zeit, schrieb sie mir, schrieb jeder Schriftsteller nur *ein* Buch. Denn, mochte er bei Beginn seiner Arbeit noch so aufgeblasen sein und sich als mächtiger Schatten über sein Werk erheben, an ihrem Ende war er immer ganz klein geworden, so klein, dass er in der letzten Seite seines Buchs verschwand. Seine Frau oder ein Beamter des Kaisers fand dann das Manuskript auf dem Arbeitstisch. Sie sahen den leeren Stuhl. Sie riefen nach dem Dichter, und wenn er nicht antwortete, wussten sie, dass das Buch fertig war. Sie lasen ehrfürchtig die letzte Seite. Die Frau weinte Tränen auf ihren Mann. Dann kam das Buch in die Nationalbibliothek. Darüber solltest du einmal nachdenken. Heute ist das allerdings auch hier nicht mehr so. Heute retten auch die chinesischen Dichter ihre Haut vor dem Schlusspunkt. Heute lesen auch die Chinesen nicht mehr ehrfürchtig die letzte Seite eines Buchs, bevor sie es kaufen. Heute lesen die Chinesen sogar Kriminalromane. Deine Pia.

Ich holte Briefpapier und die Füllfeder und setzte mich an den Küchentisch und dachte, ich will ihr so antworten, dass es schön ist, so einen Brief zu bekommen, zärtlich und fest. Nochmals im alten China, schrieb ich, liebe Pia. Da waren von chinesischen Weisen gezogene Kohlköpfe ihrerseits oft so weise, dass sich Weiser und Kohlkopf beim Mittagessen stundenlang gegenübersaßen, im Teller der Kohlkopf, über ihm der Weise, bis sie sich entschieden hatten, wer wen aß. Das war ein geheimer Dialog, dessen wilde Hitzigkeit man nur an den Schweißperlen auf der Stirn des Weisen und am Dampfen des Kohlkopfs im Teller ermessen konnte. Wer das Unglück hatte, einen Weisen oder Kohlkopf in dieser Situation anzusprechen, dem konnte es passieren, dass Weiser und Kohlkopf plötzlich gemeinsame Sache machten und den Störenfried vertilgten. Sonst ging es so, dass nach langen innern Kämpfen einer von beiden weich wurde, warum, weiß niemand. Meist gewannen die Weisen, aber auch sie kochten noch tagelang danach. In Klöstern, den Ballungszentren chinesischer Weisheit, kam es dennoch vor, dass, wenn im Refektorium die Glocke das Ende des Essens ankündigte, sich mehr Kohlköpfe als Mönche zur gemeinsamen Andacht meldeten. In der Ebene von Nantiang gab es ein Kloster, in dem jahrhundertelang kein einziger Mönch mehr lebte. Durch die mangelnde geistige Herausforderung verdummten die Kohlköpfe wieder, sie wurden erneut so blöde, dass sie, als kein Mönch sie mehr herausforderte, verfaulten im chinesischen Winterregen. Die Würmer fraßen sie. Dein Heinrich.

Ich steckte den Brief in einen Umschlag und klebte ihn mit Sondermarken voll. »Das ist eine blöde Geschichte«, sagte ich zur Katze, die vor dem Fernseher saß und sich in der blinden Mattscheibe spiegelte. »Ich schwöre dir, sie ist nicht wahr.«

Ich brachte den Brief zum Kasten und dachte, etwas traurig, dass ich vergessen hatte, Pia das Wichtigste zu schreiben, nämlich dass, als ich mich über jene todbringende Ebene aus Leinwand geschleppt hatte, mir ein Chinese entgegengekommen war, der, um den Eintritt zu sparen, das Museum von der anderen Seite her betreten hatte. Wir blieben stehen und unterhielten uns eine Weile lang. Er sagte, seit Jahrzehnten denke er über die gewaltige Schönheit des fernen Europa nach. Er fragte mich, ob es stimme, dass die Deutschen immer größer würden, er habe gehört, sie seien jetzt schon bei drei Meter zwölf im Durchschnitt. Da meine Kehle völlig trocken war, antwortete ich ihm mit Krächzlauten. Der Chinese lächelte, verbeugte sich, und ich sah ihm nach, wie er durch mein Loch in der Leinwand in die Bauernhochzeit Breughels hineinverschwand. Von ganz fern hörte ich das Grölen der besoffenen Bauern. Während ich mich weiterschleppte, dem Ausgang zu, dachte ich, dass die Überlebenschancen des Chinesen auch nicht die besten waren, denn er trug nur ein dünnes Seidenhemd. Aber vielleicht schaffte er den Sprung in sein heimisches Museum rechtzeitig und ohne Frostbeulen. Weggehen konnte er ja dann durch ein vertrauteres Bild, durch ein Aquarell eines sonnigen Parks zum Beispiel. Vielleicht konnte Pia ihn finden und ihm Grüße von mir sagen, da sie jetzt in der Nähe eines Parks wohnte, in einem geschnitzten Pavillon.

In den folgenden Monaten gab ich all mein Geld für Fernostflüge aus. Die Beamten der chinesischen Botschaft in Bonn kannten mich bald. Ich musste ihnen gar nicht mehr erklären, dass ich mich nach einer Umarmung mit Pia sehnte. Sofort drückten sie mir den Stempel in den Pass. Ich kreuzte die Arme über der Brust und verbeugte mich. Pia stand dann am Flugplatz. Wir gingen zu ihr nach Hause, in den Pavillon, um den Schmetterlinge tanzten, und sie spielte mir neue Kompositionen von sich vor. Beim dritten Besuch fiel mir auf, dass Pia immer geschlitztere Augen hatte und dass sie immer kleiner wurde. Ihre Musik wurde immer unhörbarer. Nach zwei weiteren Flügen hauchte sie wie eine Elfe über die Tasten ihres Pianos. Ich saß vor ihr wie ein Klotz. Als ich das nächste Mal genügend Geld für den Flug von Frankfurt nach Peking beisammenhatte, fand ich sie zusammen mit einem Mann in einem blauseidenen Morgenmantel an einem niederen Teetisch sitzen. Ich erkannte sofort den Chinesen aus dem Museum. Ich begrüßte ihn. Er war viel kleiner als ich, zierlicher. Ich setzte mich den beiden gegenüber. Wir sahen uns an.

»Am Tag der Auferstehung wird unter den Gläubigen aller Religionen die Hölle los sein«, sagte er nach einem langen Schweigen. »Alle wollen den besten Platz im Himmel.« Ich nickte und sah ihm zu, wie er bedächtig einen Schluck Tee trank.

»Aber die göttliche Gerechtigkeit hat dem eitlen Streben des Einzelnen längst den Riegel einer strengen Hierarchie vorgeschoben«, sagte er, nachdem er wieder lange geschwiegen hatte. »Die Zärtlichen stehen über den Strebern, die Einfältigen über den Besserwissern. Auch unter den Religionen selber gibt es Hierarchien. Die Christen stehen unter den Juden, die unter den Moslems stehen. Über alle aber erheben sich die Freunde Buddhas. Vor dem Jüngsten Tag, so ist das seit ewig unter den vier Religionsgöttern ausgemacht, treffen sich Gott, Jahve, Allah und Buddha und einigen sich auf ein gemeinsames Signal des Beginns des Endes der Welt. Es wird kein neues Jahr mehr geben. Alle Seelen müssen, wenn sie ins Paradies wollen, über spinnfadenfeine kilometerlange Seile gehen. Wer das Gleichgewicht verliert, stürzt in die Flammen der Hölle.« Er schwieg. Wir tranken Tee und lauschten dem Rauschen des Winds in den Bäumen. Als die Sonne untergegangen war und ein voller Mond langsam hinter den schwarzen Schattenrissen der Nachtfalter und Fledermäuse hinter den Fenstern aufging, sagte er: »Ganz übel seid ihr dran. Euer Seil hängt so tief, dass die Flammen der Hölle euch beinah die Fußsohlen verbrennen, und manch einer wird der Versuchung der Wärme nicht widerstehen können. Die Juden, deren Seil über dem christlichen gespannt ist, können, wenn sie abstürzen, versuchen, sich am christlichen Seil festzuhalten. Die Moslems, die ohnehin nur die kurze Strecke vom Ölberg zum Felsendom gehen müssen, haben gleich zwei Auffangseile. Über allen aber schwebt der breite Steg der Buddhisten, auf dem wir in Zweierkolonnen in den Himmel eingehen. So wird das sein.« Er neigte sich, sekundenschnell, zu Pia hinüber und streichelte ihre Wange. »Euch hat man in der Sonntagsschule zwar immer gesagt«, sagte er dann, wieder zu mir gewandt, »dass im Himmel Bismarck und Adenauer in der ersten Reihe sitzen werden, aber man hat euch so vieles anderes auch gesagt. Das System der übereinanderhängenden Seile und Stege erklärt jedenfalls, wieso nie ein Christ im Chinesenhimmel sitzt, sehr wohl jedoch zuweilen ein Chinese an der Seite des Herrn. Und zuweilen erwischen die Teufel auch einen von uns, einen, der, in seiner Ungeduld nach dem gelben Paradies, die vor ihm Gehenden überholen wollte.« Dann schwieg der Mann. Ich rührte im Tee und schielte zu Pia hinüber, deren Brust sich, weil sie heftig atmete, hob und senkte.

»Bald werden alle Chinesen von dieser Erde verschwunden sein«, sagte der Mann plötzlich leise, und jetzt sah ich, dass er ziemlich alt war. »Bald wird es ausländischen Beobachtern, etwa bei Fußballspielen, auffallen, dass die chinesischen Spieler kaum noch größer als der Ball sind und dass sie von bolzigen Spielern wie den Deutschen in Grund und Boden gerannt werden. Zuerst wird man denken, sie können nicht mehr, bis man merkt, sie wollen nicht mehr. Denn einmal plötzlich, während die turmhohen deutschen Nationalspieler locker auf dem Feld herumtraben und das Spiel für gelaufen halten, werden die Bälle wie von Geisterhand geschlagen über den Rasen zischen. Wenn man genau hinsehen wird, wird man sehen, dass Tausende von grashalmgroßen Chinesen den Ball um die deutschen Reckenbeine herum ins Tor zirkeln. Das wird unser letztes Auftreten sein. Jeder kennt jetzt unser Geheimnis. Jeder hat begriffen, dass wir dabei sind, mit unserm Land eins zu werden. Wenn einige Jahre später Russen oder Amerikaner über die Chinesische Mauer klettern, finden sie dahinter ein menschenleeres blühendes Land. Auch mit Lupen können sie keinen Bauern entdecken. Es wird ihnen ein Rätsel bleiben, wieso trotzdem jedes Jahr alle Felder bestellt und wie sie, ungesehen von allen Beobachtern, in Neumondnächten geerntet werden.«

Ich blieb in Peking, in einem Anbau des Pavillons, durch dessen Papierwände ich Pias huschende Schritte hörte und des alten Chinesen tiefe Stimme. Meine Wohnung duftete nach Lotusblüten. Ich schrieb an einem Buch, an dessen Ende ich nicht denken wollte. Zeit verstrich. Meine Freunde in Europa vergaßen mich, und allmählich vergaß ich sie. Ich vergaß mich selber. Ich spürte, vor meinem Papierhaufen sitzend, dass ich mich der letzten Seite näherte. Ich versuchte, den Augenblick hinauszuzögern, gleichzeitig war er mir recht, und ich schrieb ruhig weiter. Eines Morgens war es so weit. Ein letztes Mal schrieb ich einen Gruß an die, die mein Buch sicher bis zum Schluss lasen. Leb wohl, Pia. Riesengroß lag das fast leere Blatt vor mir, als ich einen Punkt hinter das letzte Wort setzte.

Hand und Fuß – ein Buch

Vorwort Die Freundschaft der Männer gehet für und für, und wessen Hand den ersten Stein auf sie werfet, dem wird sie abfaulen im Handumdrehn. So ist das, und weil das so ist, möchte ich dieses Buch, das von der Freundschaft zwischen meinem Freund Max und mir handelt, mit einer Geschichte beginnen, die ich aus erster Hand habe, einer wahren Geschichte.

Erstes Kapitel Früher waren Geschichten wahrer als das Leben, heute ist das Leben irrer als sie. Einmal, vor ein paar Jahren, war ich auf ein Schäferstündchen aus, nicht mit Max, sondern mit der Frau von Max, mit Eva, ich summte also in Evas Ohr, ich küsse Ihre Hand, Madame, aber als ich, mit gespitztem Mündchen, Evas Hand küssen wollte, schob Eva ihren Mund hin, ich meine, ihren Hund hin, und ich bekam einen Mund voll Hund, der ein Schäfer war.

Zweites Kapitel Wahrscheinlich war ein Schäfer, verliebt in einem lichten Hain sitzend, auch der Traum Adas, einer blutjungen Frau – sie war erschütternd in ihrer zärtlichen Lauterkeit –, die eines Nachts bemerkte, dass ich, den sie als Ersten liebte und dem sie sich als Erstem hinzugeben gewillt war, eine eiskalte Hand hatte. Mitleidig rubbelte sie mein graues Fleisch, bis es mir zu viel wurde und ich meine Zähne in ihren Hals schlug, ich handsgemeiner Mensch, ich meine, Unmensch.

Drittes Kapitel Am nächsten Morgen sagte ich ziemlich kleinlaut zu Max, meine Unmenschlichkeit ist doch sonst aber ziemlich klein, oder? Wir saßen – Ada war mit dem ersten Zug abgereist – in einem Gasthaus in Hendaye und aßen Schweinsfüße und tranken Bier vom Fass, und Max sah mich nachdenklich an und sagte lange nichts und dann plötzlich, du, kennst du den, einmal hat der Maler Füßli den Komponisten Händel getroffen. Nein, sagte ich, eine scharfe action, erzähl. Na, Händel, rief Füßli, sagte Max, und wies auf einen Haufen vollgeschriebene Notenblätter, ich meine, Füßli wies auf die Notenblätter, also Max sagte, Füßli sagte zu Händel, alles Handarbeit? Händel, sagte Max dann, deutete sofort auf ein Bild, das Füßli unter dem Arm trug, und sagte, gewiss, aber das da hast du wohl eher mit den Füßen gemalt? Gott, es regnete draußen und handfestere Geschichten fielen uns nicht ein und es dauerte noch Stunden, bis das Schiff nach New York auslief, und solch begnadete Geister wie Händel und Füßli kommen in unserm Jahrhundert nicht mehr vor.

Viertes Kapitel Verschlampt und angetrunken, nicht mehr vornehm sahen wir aus, als wir Stunden später das Schiff, die Ira, betraten. Übers Meer nach Merika fuhren wir vor allem wegen unserm Interesse an Richard Nixons Händen, die, wie wir in den folgenden Wochen herausfanden, eine schlangenlange Liebes-, eine endlose Lebens- und eine unendliche Glückslinie aufweisen. O. k. Aber was hat Richard Nixon aus dem Versprechen seiner Hände gemacht? Hat er gesagt, wie unser Herr, meine Rede sei Hand Hand Fuß Fuß? Nein, hat er nicht. Er fürchtete sich vor den Abdrücken der Kuppen seiner Hände, auch uns fasste er nur mit Samthandschuhen an, dieser Handsfott, ich meine, dieser Lampenhund. Es gelang Max dennoch, seine Fingerlinien haarfein nachzuzeichnen, und mir, sie präzise zu beschreiben. Max malte dann auch noch ein Brustbild von ihm, aber eine Brust verrät viel weniger als eine Hand. Das gilt auch für Frauen.

Fünftes Kapitel Übrigens ist es langsam an der Zeit, dass wir uns vorstellen, nicht wahr, Max? Also, das ist Max, er ist der Maler, und ich bin ich. Ich bin die rechte Hand und Max die linke, und keine weiß, was die andere tut. Ich sage zu Max, tu etwas Gutes, und er tut es. Er sagt zu mir, schreib etwas Schlichtes, und ich reim es, ich meine, ich dicht es.

Sechstes Kapitel Max und ich – dichtes Schneetreiben hatte inzwischen vor dem Atelierfenster eingesetzt – waren dann schon ziemlich weit mit unserm Buch vorangekommen, es waren mindestens vier Minuten seit dem Beginn unserer Arbeit vergangen, und wir sahen langsam Hand, ich meine, Land, da stand plötzlich Uwe, einer von mehreren Uwes, die seit Jahr und Tag bei uns das Mal- und Dichthandwerk erlernen wollen, wütend auf und schrie, also was ihr da macht, Genossen, ehrlich, ich find das echt beschissen, es hat weder Hand noch Fuß. Dann stand er bebend mitten in unserm Atelier, eine Säule der Wahrhaftigkeit. Max und ich sahen uns an. Wortlos legten wir Pinsel und Feder beiseite, standen auf, gingen zu unserm Freund hin, und Max gab ihm einen Tritt und ich ihm eine Ohrfeige.

Siebentes Kapitel Leider tat mir meine Ohrfeige selber weh an der Hand, und ich sah mit tränenden Augen Max an, diesen Max, der schon wieder seelenruhig an der rosa Hand eines Akts einer Frau, meiner Frau, Mays, herumpinselte, die ihn, von der Leinwand herab, verliebt ansah. Einmal muss es offen ausgesprochen sein, seit Jahren ist Max bei allen Frauen Hand im Korb, ich meine, hat er seine Hände in ihren Körben, der Gockel, der einfach nicht zugeben kann, dass es blinde Hühner sein müssen, die seine Eichel finden, denn ein sehendes, nicht wahr, käme es in unser Atelier, das würde doch eher, ja was würde es eigentlich, würde es nicht auf *mich* zutreten, das zärtliche schöne Huhn, und sprechen, schöner Hahn aus fernen Landen, ich nehme mein Herz in beide Hände und bitte um ein Ei von Ihnen?

Achtes Kapitel Ei, von Ihnen, wie Sie so dasitzen, Hand in Hand, Wange an Wange, Knie an Knie, von Ihnen kann ich erwarten, dass Sie mir, ehe ich fortfahre in der Beschreibung der Hühner und Eier von Max und mir, eine Abschweifung über das Handwerk erlauben, *right, friends*? Das Handwerk habe einen goldenen Boden, hört man, und das kann schon sein, *baby*. Das Fußwerk aber hat eher einen ledernen oder gummigen, *see what I mean*? Ein Beispiel. Als gerade vorhin, als uns alle so ein Frösteln überrieselte, draußen schneit es noch immer, hier im Atelier die Heizung nicht mehr geheizt hatte und ein Handwerker gekommen war und mit seinen Nagelschuhen unsern Goldboden zerkratzt und dann auch noch gesagt hatte, als wir ihm ein Bier anboten, *hey man*, haben Sie kein Pils? – da legten wir dann halt Hand an ihn, ich meine, legte sich unser Hund auf ihn, und meilenweit hörte man sein panisches Jaulen, alles klar?

Neuntes Kapitel Aber im Gegenteil, gar nichts ist klar, sagte Max wie aus der Pistole geschossen. Er stand fassungslos vor dem Bild Mays im wieder handwarm geheizten Atelier und sagte, du, seit mehreren Minuten, seitdem wir an unserm Buch arbeiten, versucht jemand bei uns einzubrechen, irgendeiner von denen, die da überall herumsitzen, der mit dem Seehundsschnauz oder die mit den Korkenzieherlocken vielleicht, jemand will dir das Manuskript wegnehmen oder mir die Bilder, vorhin hätte ich ihn fast gefasst, ich meine, beinah erwischt, ich packte ihn an einem Fuß, hier ist der Schuh. Ich sah mir den Schuh an, eher ein Herrenschuh, ein handgearbeitetes Luxusmodell mit einer Wildledersohle, wie sie Könige und Wirtschaftskriminelle tragen. Etwas musste geschehen. Also quartierten wir unsern Hund in einem Fass ein und versteckten uns dahinter, und als Sekunden später der Einbrecher wieder auftauchte, rief Max Fass, und der Hund kam aus dem Fass und hetzte den Einbrecher im Atelier herum, bis ich schrie, Fuß, Hund, und der Hund Fuß fasste und wieder im Fass verschwand. Der Einbrecher stand keuchend da – rechts trug er einen Maßschuh, links war er barfuß –, er war ein dickleibiger Herr in einem T-Shirt und einer Blaumannhose, unser Verleger. Halloo Klaus, so spät noch unterwegs? Zu seiner Entschuldigung brachte Klaus vor, er habe unser Buch unter der Hand einem Sammler von Sauereien verkauft und das Honorar, das zwischen andern Verlegern und Künstlern üblich geworden sei, sparen wollen. Wir kennten ihn ja. Und überhaupt sei der Text, so weit er ihn bis jetzt gehört habe, zu lang, die Handlung sei nicht fassbar und das Gezeichnete unter allem Hund. Max und ich sahen uns an und nickten. Seine Darstellung hatte Hand und Fuß. Wir umarmten uns also alle, pfiffen dem Hund und gingen in den Keller, ein Fass anstechen, diesmal eines voll des sauersten Weines.

Zehntes Kapitel Nachdem der Verleger wieder zu seinen Rotationspressen zurückgegangen war, redeten Max und ich voll des sauersten Weins darüber, dass alle jene Herren, die immer so dynamische Anzüge tragen und wie Endlostonbänder reden, ich will offenlassen, welche Herren *genau* wir meinten, nicht nur Säue sind, Säue mit Diplomen und Nummernkonten, sondern auch ein Pack, das lügt und lügt, tagein, tagaus. Wo eine Hand den andern Hund wäscht, ich meine, ein Hund die andre Hand leckt. Nie haben wir die Gelegenheit oder den Mut, ihnen unsre Wut ins Gesicht zu schreien. Wir machen unsre Arbeit mit unsern eigenen Händen, sie aber lassen arbeiten, nicht von solchen wie wir sie sind, aber von ähnlichen.

Elftes Kapitel Von Frauen, von ähnlichen Frauen wie von unsern, wie von Eva und May, wurden früher einem ungetreuen Mann die Hände abgehackt, die durften das. Unvorstellbar, wie wir alle hier aussehen würden, wenn das noch üblich wäre. Einmal, vor Jahrzehnten, betrat eine Frau, die mich liebte, Pia, mitten in der Nacht das Gemach, in dem ich ruhte, und warf sich über mich und sagte, warum bist du so spröde, Geliebter, sieh, wir sind beide jung und die Sinne schreien. Ich sprang durchs Fenster und rannte durch einen Park und warf mich in einen Weiher, in dem ich zischend abkühlte. Als ich zurückkam, war Pia verschwunden, ich rief nach ihr, ich meine, schrie nach ihr, ich rang meine Hände, stundenlang küsste ich den Abdruck, den sie auf meinen Leintüchern hinterlassen hatte.

Zwölftes Kapitel Hinterlassen hatte mich Pia in einem Bett in einem Zimmer in einem Hotel in einem Dorf in Südfrankreich, wo die Sonne ununterbrochen vom Himmel brannte. Ich war besinnungslos in eine andere Frau verliebt, Lea, die mich auch liebte, ich meine, sie schlief einmal mit mir, dann aber nicht mehr, und ich verstand nicht, warum nicht. Ich dachte, ich sei nicht mehr liebenswert. Ich wütete wie ein Berserker, polterte an ihrer Tür und dachte zu hören, wenn ich nichts hörte, wie sie, die Hand über dem Mund eines neuen Geliebten, den Atem anhielt. Ich wartete in dunklen Toreingängen und beobachtete, wie lange das Licht in ihrer Kammer brannte. Ich stampfte durch distelbewachsene Gebirge und beschimpfte danach Lea in Gaststätten und ließ ihr die Luft aus dem Velosolex, bis sie sagte, begreif doch endlich, du bist einfach nicht liebenswert, und das Drama einen logischen Verlauf genommen hatte, damals in Südfrankreich.

Dreizehntes Kapitel In Südfrankreich zu jener Zeit hätte ich mich tatsächlich geradewegs ich meine handkehrum in die unreflektierte Gewalttat stürzen mögen. Einen Handlanger des Großkapitals niederboxen oder eine Waffenfabrik sprengen. O ist das schon lange her. Max fing mich noch rechtzeitig ab und lenkte meine Energie auf, ja worauf eigentlich, er lenkte jedenfalls, und wir fuhren Hand in Hand Ski, dass hinter uns die Föhrenwälder zu Schneisen zerfielen.

Vierzehntes Kapitel Die Schneisen wuchsen hinter uns gleich wieder zu, und zwar wiederum dank Max, dank den grünen Daumen von Max, denn wo er diese in einen Dreck steckt, wächst eine Föhre oder ein Mammutbaum. Ja, so ist Max. Er geht mit seinen Gummistiefeln zwischen seinen Pflanzen hin und her und spricht mit ihnen. Niemand versteht, was er zu ihnen sagt, manchmal nur sieht man, wie er seine Daumen zwischen Zeige- und Mittelfinger hindurchschiebt und sie ansieht. Früher war Max auch Autostopper, aber seine Daumen machten die Automobilisten misstrauisch, und Max lernte zu bleiben wo er war. Seither reist er nicht mehr, nur noch wenn ich ihn dazu zwinge. Aber ich bleibe auch lieber und lieber, auch ohne grüne Daumen, mich kriegt keiner mehr aus unserm Atelier heraus. Ich bleibe hier bis ich schwarz werde. Einmal allerdings geriet mir einer meiner Daumen in die Handpresse von Max und war blau, ich meine, blaue Blumen loderten durch mein Gehirn, als Max mir dann die Hand drückte.

Letztes Kapitel Dann kommen wir also zum Schluss. Ein Wort nur noch zu einem Freund, ich meine, zu einem gemeinsamen Freund, Ede, der nämlich hat nur noch sieben Finger, die andern drei hat er sich abgesprengt. Weil diese Geschichte wahr ist und weil das Sprengen heute keine gute Presse hat, wollen wir schweigen über den Verbleib der übrigen drei Finger. Sie flogen wie Meteore über den Abendhimmel, drei Finger der Anarchie, frei von einem Körper, dem zu entkommen sie nie zu hoffen gewagt hatten. Heute, wenn wir Ede treffen, hebt er stets seine Heldenhand und ruft, Fröllein, fünf Bier, und er oder Max oder ich kriegen dann trotzdem keines.

Nachwort Trotzdem, keines genauen Lebensplanes bewusst, sind wir langsam geworden was wir sind, ich und Max, ich meine, Max und ich. Er meine Hand, ich seine Hand, unsre Frauen unsre Frauen, seine Kinder meine Patenkinder, meine Bücher seine Mittel, wenn er nicht einschlafen kann. Ich halte ihm meine linke Wange hin, und er haut seine rechte Hand drauf, und umgekehrt, und damit die Bibel nicht doch recht hat, verprügeln wir uns danach hemmungslos. Dann flickt Max wieder mein Auto, denn ich habe zwei linke Hände, und ich fülle seine Steuererklärung aus, denn er ist ehrlich. So gehet die Freundschaft der Männer für und für, und wessen Hand den ersten Stein auf uns werfet, dem wird sie abfaulen im Handumdrehen.

Eine Herbstgeschichte

Ich möchte erzählen, wie ich jenen Herbst verbracht habe, in dem Männer und Frauen erschossen wurden, Fahndungsfotos in Gaststätten hingen und das Fernsehen zeigte, wie man Todesschützen entwaffnete. Tankstellenwarte hatten mich angestarrt und waren dann zum Telefon gegangen. Überall standen Zivilfahnder mit Walkie-Talkies. Ich wies mich an jeder Straßenecke aus. Dann fuhr ich weg. In meine Identitätskarte hatte ich ein Foto einer Frau gelegt, wegen der ich es nicht mehr in meinem Zimmer in Frankfurt aushielt. Ich fuhr nach Süden, ohne den Mut aufzubringen, ihr Foto zu Hause liegen zu lassen. Ich verglich es immer wieder mit denen auf den Plakaten. Wenn mein Gesicht unterwegs einer Polizeistreife auffiel, gab ich meinen Ausweis her und stand da und hielt, während die Beamten am Stempelaufdruck leckten, das Wasserzeichen gegen den Himmel hoben, in ihr Funkgerät sprachen und ihre Maschinenpistolen auf meinen Bauch richteten, ihr Foto in der Hand und sah es an. Ich war süchtig auf ihr Gesicht.

Im Sommer war das Getreide auf den Feldern verfault, und die Kühe waren in den Weiden ertrunken. Aber der Herbst war voller Sonne. In den Gärten wuchsen Dahlien und Sonnenblumen. Über die Felder ratterten Maschinen, die Maisstauden fällten. In den Wäldern krachten Schüsse.

Vogelschwärme stoben aus Stoppelfeldern auf. Die Mauern waren mit roten wilden Rosen überwuchert.

Ich wohnte in einem Zimmer in einem Dorf mit Fachwerkhäusern und Kastanienbäumen. Ich saß am Fenster, an einem großen Holztisch, die Luft war herrlich, eine warme Sonne schien, ich sah über einen verwilderten verwunschenen einsamen Garten hin auf Stoppelfelder, eine Straße und dahinter auf einen großen See. Wie lange hatte ich kein Korn mehr gesehen, keine Kuh, keine Sonne. Wespen summten. Schiffe fuhren auf das gegenüberliegende Ufer zu, blauen Bergen entgegen, mit langen ruhigen Sogwellen. Es roch nach Rauch. Ich dachte, hier sind die Menschen gottesfürchtig und glauben nicht alles, was ein Minister im Fernsehen sagt, ich rieb mir die Hände und packte die Schreibmaschine aus, die, auf der schon mein Vater auf seinen Reisen geschrieben hatte, und Papier. Mein Vater, wie oft brach er auf, und wo kam er an. Auf der Straße unten fuhren Autos mit heulenden Signalhörnern und Blaulicht vorbei. Ich spannte ein Papier ein, ich wollte eine Geschichte schreiben, in der Glück und Sonne vorkamen und Gestorbene wieder lebten, etwas von früher, wie das Laub roch, wie die Anemonen aus den Moosen wuchsen, wie meine Mutter, die lange fort gewesen war, plötzlich im Hausflur stand, ein Axthieb aus dem Himmel. Ich horchte den leiser werdenden Signalhörnern nach und schrieb »Arschlöcher, alles Arschlöcher« und riss schnell das Papier aus der Maschine und zerknüllte es und warf es unter den Tisch.

Dann schaute ich auf die weißgekalkte Zimmerwand. Der Decke entlang war mit einer Schablone ein blassblaues

Rautenmuster gemalt. In einer Ecke stand mein Koffer, und darauf lag ein Mantel mit rosa Knöpfen. Darüber hing ein Bild, auf dem ein Mann und eine Frau mit Gesichtern wie vor vierzig Jahren innig ein kleines Kind anschauten. Ich stand auf, steckte das Foto der Frau in den Rahmen des Bilds und versuchte dann, einen Satz zu Ende zu schreiben, bevor ich einen neuen Blick auf das Foto warf. Wieso, dachte ich, kann ich nicht wie jedermann an einfache, ruhige Dinge denken, an Kornfelder, an Blumen? »Wieso schaue ich ständig dieser Frau auf dem Foto in die Augen?«, schrieb ich und riss das Papier aus der Maschine. »Diese Frau«, schrieb ich auf ein neues Papier, »ist einfach in einen Zug gestiegen, in einem weißen Kleid, hat einmal durch das spiegelnde Fenster gewinkt, dann hat sie die Abteiltür zugezogen. Ich bin in die Bahnhofsgaststätte gegangen und habe ein Bier getrunken. Mit blinden Augen las ich die Zeitung. Überall erschossen sich Menschen. Die Frau fuhr in den Norden. Sie wollte in der Mitternachtssonne leben, im Mitternachtsschatten.« Gott, dachte ich, ich werde aufbrechen müssen in dieses eiskalte Lappland, ihrer Tränen wegen, obwohl ich Rentiere nicht mag und Mücken hasse.

Was nützte es mir zu denken, dass alle Frauen falsch wie Schlangen seien? Sie waren nicht falsch wie Schlangen. Sie waren richtig wie Frauen, und ich war hilflos wie eine Maus. Jene Frau hatte einmal zu mir gesagt, dass ich zu viel spräche. Sie hatte recht. Sie allerdings hatte, wenn sie in Form war, auch viel gesprochen. Es hatte mich nicht gestört. Sie hatte dann auf der Vorderkante des Stuhls gesessen – es machte mich schon wahnsinnig, daran zu denken, wie sie auf der Vorderkante des Stuhls saß –, war darauf hin und her gerutscht, hatte mit der rechten Hand Spaghetti auf ihre Gabel gedreht, mit der Linken nach ihrem Weinglas gelangt, und dazu hatte sie gesprochen. Sie sagte, sie glaube, sie sei zu baufällig konstruiert für dieses Leben. Was mochte sie den Lappen erzählen? Wahrscheinlich ging sie schweigend dem Ufer von einem dieser tausend Seen entlang. Sie starrte über das Wasser, in dem Baumstämme trieben, auf denen Flößer standen mit gespreizten Beinen. Sie schaute sie an. Sie hatten gegerbte Gesichter und Hände, die doppelt so groß wie ihre waren. Dann ging sie weiter, durch Heidekraut. In einer Bucht, als eine fahle Sonne durch die Wolken brach, zog sie ihren Pullover aus. Sie wollte baden, allein, aber dann ließ sie es sein, weil Millionen Mücken sie heimtrieben.

Ich hob den Kopf und sah, durch die Gitterstäbe des Fensters, einen Zug Störche. Sie schlugen mit ihren Flügeln. Ich wäre gern mit ihnen geflogen. Überm Meer hätten wir unter uns Schiffe mit weißen Sogwellen gesehen. Angesichts der herrlichen Stadt Tanger hätte jeder von uns Störchen einen Seufzer der Erleichterung ausgestoßen. Rings um ein abendliches Minarett hätten wir uns ausgeruht. Der Muezzin hätte seinen Ramadan verkündigt, stundenlang. Wie hatte ich die Nase voll von meiner Stadt, dem Land, den Zeitungen, dem Fernseher.

Die Sonne stand jetzt höher über den Stoppelfeldern. Die heulenden Signalhörner kamen wieder näher. Ein Westwind wehte über den See, eine Luft, die nach Fischen roch wie in Tintagel, wo ich einmal mit jener Frau gewesen war. Winde hatten uns umheult. Wir hatten uns mit Möwen fotografiert, Nachtigallen, die uns auf den Schultern saßen.

Die Frau hatte ihren Mantel getragen und einen blauen Regenhut, der ihr ins Gesicht gerutscht war. Ich seufzte. Über der Gartenmauer sah ich das sich drehende Blaulicht eines Polizeifahrzeugs. Polizisten stiegen aus und schoben Haltebarrieren auf die Straße. Ich las das bisher Geschriebene, warf es unter den Tisch und sah auf das Foto. Die Frau darauf stand vor einer Steinmauer, in einem Kleid aus Flicken und Bändern. Sie sah aus wie bei einem geheimen Gedanken überrascht, wie eine Erscheinung. Ihre Augen saugten mich in einem jähen Wirbel in eine andere Zeit hinein. Ich dachte, jetzt zerspringen die Gefäße in mir, die das Leben zusammenhalten. Schnell schrieb ich auf ein neues Blatt: »Ein Essay. Es ist eine größere Strapaze, in seinem Zimmer zu bleiben, als Afrika zu erforschen.« Ich war ja schon auf dem Weg dahin gewesen, aber gleich im Reisebüro hatte mir ein Reiseleiter unter die Arme gegriffen. Ich wollte mich aber nicht mehr anfassen lassen. »In meinen Garten kommt nicht mehr jeder«, schrieb ich. »Nur, ich starre trotzdem auf die Scharniere des Tors und hoffe, dass sie sich öffnen werden, und wir stürzen uns in die Arme. Wir werden uns im Gras wälzen, wir werden stöhnen, wir werden auf Stühlen im Garten sitzen und an einem Glas nippen und darüber sprechen, gehört zu haben, dass unser Wohnland die Todesstrafe einzuführen gedenkt und dass die Buben von ihren Vätern zu Weihnachten wieder Wasserwerfer aus Plastik bekommen. Wir werden uns ansehen, bis unsere Blicke verschwimmen. Wir werden ernst sein.« Ich biss mir in die Unterlippe und riss das Blatt aus der Maschine.

In Tintagel hatte ich ihr erzählt, wie Isolde hemmungslos Tristan verfallen war, der sie mit einer Leidenschaft liebte, die ihn vergessen ließ, ob es Tag war oder Nacht, Winter oder Sommer. Sie liebten sich in Speichern und Kornfeldern, um Mitternacht und am Vormittag, lachend und weinend. Nie war es ihnen zu viel. Nie war es ihnen zu wenig.

Und dann?, hatte sie gesagt. Das Meer donnerte gegen die Mauern der Ruinen. Der Sturm trieb uns Salzwasser ins Gesicht. Ich hielt ihre Hand, die nass war. Das weißt du doch, hatte ich geantwortet. Sie verglühten. Kein Mensch ist für die Temperaturen gebaut, die die Liebe erzeugt.

Ich dachte, nein, so geht das nicht, bald werde ich auf dem Kopf gehen statt auf den Füßen, ich werde ihr einen Brief schreiben: »Ich habe deinen Mantel noch, den mit den rosa Knöpfen. Es geht mir gut, und dir? Wo soll ich den Mantel hinschicken. Ich habe deine Adresse nicht.« Ich stand auf und nahm den Mantel, zog ihn an und ging im Zimmer auf und ab. Von der Straße her hörte ich laute Rufe. Autotüren schlugen zu, und Schüsse krachten. Ich blinzelte in die Sonne. Der Mantel war mir zu klein. Wenn ich die Schultern nach innen bewegte, krachten die Nähte. Ich holte aus meinem Koffer ein Buch mit den Briefen Eduard Mörikes, des Verfassers von *Unser Fritz*. Mörike zitterte immer am ganzen Leib, wenn er einen Brief bekam von seiner Braut oder seiner Mutter, genau gleich wie Adalbert Stifter, von dem ich aber keine Briefausgabe hatte. Ich blätterte in den Beschwörungen Mörikes und dachte, was für eine Zeit, wo man von Frankfurt nach Darmstadt einen Tag brauchte. Man brauchte mehrere Wochen bis ins Burgund. Nach Lappland ging niemand. Im Burgund sang man zu der Zeit Lieder in Tonarten mit sieben Kreuzen, die allen Schauer den Rücken hinabjagten. Man starb schnell.

Man hing an einer Eiche oder hatte einen Pfahl im Bauch. Aber man schiss, wo man wollte. Ich zerknüllte meinen Brief und sagte: »Manchmal sprechen Menschen verschiedene Sprachen. Manchmal redeten wir stundenlang miteinander und verstanden jedes Wort. Manchmal standen wir in leeren Zimmern, und jedes Wort tat weh.« Ich spürte, wie mich mein Rücken schmerzte, »ich brauche eine Anstrengung, die mir das Blut in den Kopf treibt«, stand auf, zog den Mantel aus, zerknüllte ihn zu einem Klumpen und warf ihn gegen die Wand. Das Bild zerklirrte am Boden, und das Foto rutschte aus dem Rahmen. Ich gab dem Tisch einen Tritt. »Was ist denn los, verdammt?«, brüllte ich. »Was ist los?« Lange stand ich dann unbeweglich mitten im Zimmer, mit Muskeln, die mich gleichzeitig nach links, rechts, oben und unten rissen. Dann legte ich den Mantel aufs Bett und las die Scherben zusammen. Ich rollte mich auf dem Bett zusammen und zog den Mantel über mich. »Ich stehe nie wieder auf«, stöhnte ich in mich hinein.

Mit geschlossenen Augen lag ich da und dachte daran, dass ich, als ich ein kleiner Bub gewesen war, mit meinem Vater meine Mutter besucht hatte, die in einem Krankenhaus war, einer Heilanstalt, die in sonnigen Kornfeldern am Ufer eines Sees stand. Mein Vater und ich fuhren lange mit einer Eisenbahn. Wir saßen am Fenster und sahen von hohen Brücken in blaue Wasser hinab. Mein Vater erzählte Geschichten, aber manchmal schauten wir beide schweigend auf Hügel und Felder. Im Krankenhaus standen wir in einem großen Garten. Von weit her kam meine Mutter einen abfallenden Rasen herab, langsam wie eine Erscheinung, in einem weißen Kleid. Sie bewegte sich wie in einem

Traum. Dann standen wir beieinander, und der Vater sagte, geht es dir besser, ja, das sieht man sofort, es geht dir besser. Ich rupfte an der Schürze der Mutter, die in die Ferne sah. Ich sagte etwas mit einer zu lauten Stimme. Dann sagte die Mutter, ich muss jetzt wieder gehen. Sie strich mir über den Kopf und ging davon. Sie drehte sich nicht um. Ich starrte ihr nach. Nachher brachte mich mein Vater zu einem Arzt, in einer Stadt, und ich musste mit Spielsachen spielen, und der Arzt sah mir zu. Ich wusste, dass der Vater fort war für immer. Ich legte Bauklötze aufeinander. Dann kam mein Vater wieder, und wir gingen ein Eis essen. Wir saßen auf einer Terrasse und sahen in einen Fluss hinunter, und dann lächelte ich und legte eine Hand auf die Hand meines Vaters, bis auch der wieder lächelte.

Draußen donnerte es jetzt. Ich stand mit einem Ruck vom Bett auf. Über den Himmel zogen Wolken. Hinter dem See, in den schwarzen Bergen, blitzte es. Das Blaulicht des Polizeifahrzeugs warf einen Widerschein auf die Decke des Zimmers. Ich spannte ein neues Papier in die Maschine und schrieb: »Ein Drama. *A:* Ich kannte einmal eine Frau, die wegging auf eine Reise in den Norden, und ich wusste die ganze Zeit über nicht, wann sie zurückkommen wird. *B:* Und wann ist sie zurückgekommen? *A:* Nie. *B:* Oh. *A:* Eine Zeitlang traf ich sie oft, weißt du. Wir taten alles zusammen. Wir fuhren durch neblige Moore, in denen Schafe weideten, die farbig angemalt waren. *B:* Wieso das? *A:* Wegen den Schafdieben. *B:* Und dann? *A:* Was, und dann? *B:* Deine Freundin. *A:* Wir lagen nebeneinander wie fremde Steine. An einem Morgen nach einem Abend, an dem wir hektisch Grappa getrunken hatten, stand sie auf, ging ins Bad und duschte eine Stunde lang. Ich ging in ein Café und las Zeitung. Dann kam sie, mit ihrer Reisetasche in der Hand. Sie trug ein blaues Kleid mit rosa Bändern. Sie wohnt jetzt in Lappland. Sie ist glücklich. *B:* Hm. *A:* Sie setzte sich an meinen Tisch im Café, auf die Vorderkante des Stuhls, fluchtbereit. Ihre Lippen zitterten, während sie sprach, ruhig, mit ihrer tiefen Stimme. Sie rauchte eine Zigarette nach der anderen. Ich dachte, es ist das letzte Mal, dass wir zusammen sind. *B:* Aber du hast doch mich. *A:* Nur um das fertig zu machen, wir standen dann auf und gingen zum Bahnhof. Sie stieg in einen Zug und winkte durch das Fenster, als sie durch den Zugkorridor ging, aber ich sah sie kaum, weil das Glas spiegelte. Ich winkte. Sie ging in ein Abteil, schloss die Tür, und ich sah sie nicht mehr. Dann fuhr der Zug ab.«

Ich las das Geschriebene durch und zog es langsam aus der Maschine und legte es daneben. Sie ist jemand, dachte ich, der innen zittert. Sie hat eine Katze, die sie überströmend liebt und der sie das Futter hinzustellen vergisst. Sie wird von einem der Flößer ein Kind bekommen und es lieben und sterben, weil die Flößer zu wild für sie sind. Dann stand ich auf – draußen regnete es jetzt –, packte die Schreibmaschine in die Plastikhülle, nahm den Koffer, ging aus dem Zimmer und die Treppe hinunter in den Empfangsraum. Ich wartete, bis eine ältere Frau mit einem Haarknoten die Rechnung geschrieben hatte. Männer und Frauen saßen in Morgenmänteln oder Pyjamas um Tische herum und spielten Karten. Die Frau mit dem Haarknoten gab mir die Hand und sagte »Leben Sie wohl«, und ich zog den Mantel an und ging zur Tür hinaus, in einen rauschenden Regen, langsam und ohne besondere Bewegungen an dem Einsatzfahrzeug mit dem sich drehenden Blaulicht vorbei, vor dem Polizisten mit umgehängten Maschinenpistolen standen. Ich sah ihnen in die Augen. Ich ging die Straße hinunter bis zum Platz, wo die Autobushaltestelle war. Ich wartete. Der Regen stürzte aus dem Himmel. Nach einiger Zeit, ich war nass bis auf die Haut, nahm ich die Rechnung aus der Tasche und eine Feder und schrieb auf die Rückseite ein Gedicht, in dem Möwen und Nachtigallen vorkamen. Ich warf das Papier weg. Dann stand ich da und sah in die Scheinwerfer der vorbeifahrenden Autos. Der Bus kam, und ich stieg ein.

An die Freunde

Freunde   ich rufe nach euch   seid ihr tot   habt ihr mich hier oben auf diesem Dach vergessen   oder klammere ich mich heftig an diesen Blitzableiter den ich mit Pergamenten umwickelt habe auf denen Verse stehen   die Sterne werfen mein Echo zurück   wenn ich den Atem anhalte höre ich was ich vor tausend Jahren in den Himmel gebrüllt habe   ein Gelächter   inzwischen sind mindestens zehntausend neue Sterne hinzugekommen   all das Satellitenzeugs   heute würden die Kreuzfahrer Jerusalem nicht mehr finden Kolumbus nicht mehr Indien   im Großen Bären leuchtet mittendrin ein neues Auge   wenn ich mich auf meinem Dach bewege scheppern Ziegel auf die Gasse hinunter und erschlagen Touristen   alle Gassen sind voll von ihnen   sie schieben sich Brust an Hintern zwischen den Häusern hindurch und fotografieren einsame Hinterhöfe   Einzelne halten ohne hochzuschauen die Kamera gegen den Himmel und drücken ab   sie werden vom Schlag angerührt werden wenn mein Gesicht sie aus dem Entwicklerbad anstarrt   davon abgesehen ist es ruhig hier   Wassergeplätscher ferne Schiffssirenen das Sausen meines Kopfs im Weltraumwind   das Dach auf dem ich sitze ist in Venedig   ich erkläre euch gleich warum   mein Vater kletterte vor zweitausend Jahren auf ein anderes Dach   im Norden wo die Ziegel glitschig sind da hockte er bis er herunterfiel sein Körper einen Krater in die Gasse schlug und seine Seele auffuhr zum Himmel wo sie im Großen Bären verschwand seine Frau war als er noch auf den regennassen Pflastersteinen herumstolperte immer hinter ihm dreingegangen und hatte in seinen Rücken hineingerufen Bleib auf dem Teppich ihr Vater der ein Jüngling noch sich aus dem Veneto in den nördlichen Nieselregen hineingewagt hatte war der jüngste von dreizehn Kindern gewesen er wollte nicht Weinbauer werden wie die andern er wollte hoch hinaus er musste hoch hinaus weil seines Vaters Weinberg steinig war und klein und die Dogen einen Zehnten forderten der größer war als die Ernte die Brüder verhungerten mein Großvater packte sich eines Nachts die ganze Ernte auf den Rücken und ging über die Alpen und wurde Weinhändler wie unser Herr verwandelte er Wasser in Kalterersee später nickten seine Tochter und ich in Konzertpausen Advokaten und Ärzten zu mein Vater saß zu der Zeit längst auf seinem Dach aß Saridon trank Kaffee rauchte und spielte sich im Kopf eigene Melodien vor tags beschien ihn die Sonne nachts der Mond er rief den in der Gasse Gehenden Botschaften zu auch ich beuge mich jetzt vor und brülle Hebt die Köpfe Leute hebt doch endlich eure Mostköpfe ich sehe Männer und Frauen die in Gondeln auf dem Canal Grande fahren sie tragen Hüte mit breiten Krempen und singen

                         Und mein Großvater setzte sich dann in einen Badebottich und schnitt sich die Pulsadern auf ja da war er auch tot seine Tochter fand ihn und versteinerte zu niemandem zu ihrem Kind schon gar nicht sprach sie jemals davon   ich hatte einmal eine Zeit in der ich andauernd an Begräbnissen war   alle diese Begräbnisse schnurren in meiner Erinnerung in ein einziges zusammen   ein gewaltiges langes heißes   unbekannte Onkeln und Tanten mit schwarzen Kleidern und knallroten Köpfen prosteten sich zu und lachten Tränen   an das Begräbnis von meinem Vater konnte ich mich jahrelang überhaupt nicht erinnern   inzwischen erinnere ich mich wieder   wir schaufelten den Krater in der Gasse zu und starrten darauf bis die Polizei kam   dann gingen wir in ein Lokal und tranken Rotwein   dann kam eine lange begräbnislose Zeit aber heute ist es wieder losgegangen   ich sah einen langen Zug der sich durch die winkligen Gassen wand   den Touristen entgegen die die Sombreros nicht von den Köpfen nahmen   jetzt sehe ich in einem lichten Dunst samtverhangene Gondeln über die Lagune auf die Toteninsel zufahren   immer kleiner werdend   in der vordersten Gondel liegt ein Sarg   darin jemand den ich kannte   irgendwo muss es Haine geben in denen Mädchen und Knaben wandeln mit Malvenkränzen und nach Fischen riechenden Händen

    Denn ganze Landstriche brennen wie die Flammen der Hölle   und der Papst hat keine Ahnung wie er all dem Einhalt gebieten soll   schon vor den ersten Kreuzzügen haben die Frauen gesagt Wie soll das gutgehen   so auch heute   ich will auch überleben   und zwar nicht allein sondern mit euch   Freunde

    Natürlich ist es herrlich gewesen sich in den Tod zu stürzen   die Frau in der Gondel hieß Laura   ihr Sarg wird von vier Gondolieri gerudert   traurige Melodien eines Oboenspielers wehen zu mir herüber ich sitze ganz ruhig da ich habe auch einmal Musikstunden gehabt Lautenstunden aber über mir wohnte eine Frau die jedes Mal wenn ich übte mit Holzschuhen auf den Boden trampelte heute spiele ich Maultrommel die Frau brach sich das Genick als sie als ich ein Madrigal intonierte beim Trampeln danebentrat und den Treppenschacht hinunterstürzte mir vor die Füße nie mehr rührte ich meine Laute an jetzt verschwindet der Begräbniszug in den schwarzen Zypressen aus denen Dämpfe wallen ich habe einen Dichter gekannt einen Freund des Volks der als die Schergen des Dogen die Treppen hinaufgestürmt kamen seiner Freundin ein Lied vorsang er wusste während er sang jetzt blieben ihm für alles was jemals noch zu sagen war zehn Takte

Laura war die Tochter eines Baumeisters aus Treviso der bei einem Erdbeben von einem Dachbalken erschlagen worden war seine Tochter wurde Verkäuferin in dem Laden in dem ich die Schuhe kaufte in denen ich auf mein Dach klettern wollte ich verschob meinen Aufstieg es war heiß nicht kalt wie heute wo die Blitze auf meinen Blitzableiter zielen die Kanäle stanken und die Steinplatten der Gassen glühten so dass die Hunde tanzten ich bestieg Berge den Monte Grappa der ein Hügel ist Laura ging jeden Tag in die Frühmesse und ich saß mit andern Männern im Staub vor der Kirche und wartete auf ihre weiße Unschuld sie schaute mich an wenn sie an mir vorbeiging ganz kurz nur hob sie die Augen ich dachte den ganzen Tag an diesen Blick bis zum nächsten Morgen Freunde verlasst mich nicht ich verlasse euch auch nicht   ich brauche euch   ich sehe wie eure Schiffe aufbrechen   mit geschwellten Segeln in den Kampf gegen Genua   gewinnt Freunde schlagt die tückischen Ligurier die unsern Handel mit den Negern in Jerusalem unterbinden   auch auf meinem Dach steht ein Topf mit einer Palme aus dem heiligen Land   den Topf hat mir eine Frau geschenkt die unter dem Dach auf dem ich sitze wohnt   sie heißt Susanna   sie hört mein Rutschen und Scharren   ihr Vater war ein Glasbläser der hinter dem Dogenpalast eine Glasbläserei hatte die so groß war wie sein Hintern   die Kunden die eine Karaffe oder einen farbigen Glaslöwen kaufen wollten standen auf der Gasse und sahen wie des Vaters Blasrohr im Dunkeln verschwand und im Hintergrund den glühenden Glasbrei   die Dämpfe töteten Susannas Vater   Susanna hat jetzt eine Töpferwerkstatt und knetet Blumenkästen und Teller und verziert sie   mein Palmentopf zum Beispiel zeigt ein Relief einer Frau und eines Manns und noch eines Manns   dieser sitzt auf einem Dach und schaut den Schiffen nach   er hat ein Gesicht wie ein Esel   trotzdem schaut die Frau auf dem Topf auf ihn und nicht auf den andern der sie von hinten am Rock reißt und ein Tiger ist

   Zuweilen steigen die Bilder der Toten aus den lebenden Geliebten auf   halb liebte ich eine die andächtig in einer Kirchenbank saß halb eine die mir in Urzeiten ein Ein und Alles gewesen war   wenn ich in der Hitze des frischen Liebeswahns Lauras Namen ausrief hörte ich Susanna die damals noch über mir wohnte den Namen ihres Vaters brüllen   Laura sagte nie etwas sie schaute nur   was für Blicke   wie rasend lag ich auf dem Feldbett und spielte

Maultrommel bis Susanna mit den Fäusten auf den Fussboden hämmerte ich hörte viel von ihr sie liebte das Leben ihre Töpferscheibe drehte sich den ganzen Tag mein Vater sagte sie blies einen Glasbottich mit einer einzigen Maulfüllung ich sagte meines Vaters Frau war so stumm dass die Wände bebten Freunde die alten Griechen taten worüber wir sprechen nicht alle aber ein paar es kostete sie Leben auch heute stürzen die Unvorsichtigen von den Dächern nach nur achtzig Jahren ich wusste schon damals dass es keinen Himmel gab keinen Olymp ich war auf dem Olymp gewesen nein auf dem Parnass auf dem Parnass war ich gewesen dem windumheulten Berg der Götter ich hatte ihn keuchend bestiegen auf dem Rückweg vom Kreuzzug Ludwigs des Heiligen der tot im Wüstensand geblieben war und die Schafe gesehen die an den heiligen Hängen weideten ich hatte gelacht und geweint Schafe statt Götter ich marschierte mit dem Rest des Christenheers vier zerfetzten Rittern aus Brabant nach Venedig zurück mit einer Palme im Rucksack ich wollte noch einmal den Mond sehen wie er durch die Zypressen der Insel in der Lagune schien war das zu viel verlangt

      An heissen Sommermorgen kroch ich Lauras Spur durch den Strassenstaub nach der Spur der Taschentücher die sie fallen liess ich sammelte sie ein und wühlte meinen Mund in sie während ich auf den Knien durch die Gassen rutschte über taubendreckige Plätze über Steintreppen bis unter ihren Balkon auf dem sie sass hellauf lachte Mandoline spielte und ich unten im Staub mit einem Stecken Sonette hineinritzend wenn ich verzweifeln wollte ließ sie eine Malvenblüte fallen auf die ich mich stürzte die ich an mein Herz drückte   die weitaufgerissenen Augen auf ihren Balkon gerichtet wo ich ihre weißen Beine sah und einmal als sie sich vorbeugte ihren lächelnden Mund und ihre todernsten Augen

        Wenn mein Großvater geblieben wäre wo er war schriebe ich jetzt venezianisch oder gar nicht *oimè il bel viso*   auch auf meinem Weinacker im Veneto hätte ich eine Laura gefunden   vielleicht allerdings keine Susanna   ich hätte da eine Klause und eine Quelle die rauschend aus einem Felsen spränge   Blumen Sonnenaufgänge wandelnde Rehe   und schriebe fernen Würdenträgern fromme Episteln   bis diese der Ansicht zuneigten diesem Einsiedel müssen wir eine Ehrung zukommen lassen wie wärs mit einem Lorbeer   ich will damit sagen   Freund hast du eine Freundin die dich erträgt und deren Nähe du magst schenk ihr Kornblumen und herzförmige Ohrringe   Freundin bist du eine solche bleib es   es ist keine Heldentat mit einem Kreuzritter zum Kap der Guten Hoffnung aufzubrechen   es ist eine zu bleiben und zu sagen du Esel weißt du denn nicht wie du aussiehst auf dem Dach   wie ein Esel   ein Freund von mir den weil er ein Zwerg war genauer gesagt ein Sitzriese keine Frau jemals erhört hatte saß viele Jahre auf einem windschiefen Dach eines Hauses bis ihn Studenten der juristischen Fakultät nach einem lustigen Abend mit Weinflaschen herunterschossen

        Die Insel aber liegt blass im Mondlicht   weiße Gestalten gehen zwischen Zypressen auf und ab   soll ich warten dass sie zurückkommt   es gibt Geschichten in denen Tote auferstehen ich öffnete von einer langen Krankheit genesen die Tür meines Schlafzimmers und da saß sie in einem weißen Kleid mit nassen Haaren einem halboffenen Mund sehnenden Armen ein Leben lang hatte sie ihren Sinnen getrotzt aber nun konnte sie wollte sie nicht mehr ihre Schreie kamen aus einer andern Welt niemand konnte so eine Nacht überleben in der kein Nachbar auf den Boden klopfte weil ein panischer Schrecken ihm starr im Bett zu sitzen befahl

Hieß meine Krankheit Raserei war es eine Krankheit zwischen der Welt und mir eine Glasscheibe zu spüren die Häuser Bäume Menschen nur mit größter Anstrengung sehen zu können zu erschrecken wenn ein Vogel aufflog mich beim Gehen jäh umzudrehen zu denken wenn ein Kind lachte dass es meinen Wahn erkannt hatte eine Frau die sich inzwischen in mir verbirgt hatte einmal in einem eisigen Winter eines Nachts die Tür geöffnet und war in den Schnee hinausgegangen die Tür schlug im Sturm hin und her ich ging in ihren Tappen durch die Nacht die Tappen wehten zu aber ich hatte die Richtung begriffen ich ging und ging immer nach Süden über die Alpen bis ans Meer auf den Pässen hatte mir der Sturm Schneekuchen ins Gesicht geklatscht dann schleppte ich mich die Füße voller Blasen über den Damm vor mir die Palazzi und die Säulenlöwen links fuhren Züge an mir vorbei rechts Autos mit Wohnwagen auf der Lagune Barken und weiter hinten Tankschiffe der Schnee in meinen Haaren schmolz ich mietete das Zimmer unter Susannas Werkstatt und verfiel in ein Fieber das vierzig Tage dauerte dann wachte ich auf meine Vermieterin saß mit

einer Teetasse in der Hand an meinem Bett   als sie sah
dass ich die Augen aufschlug ging sie   sie ließ die Tür
offen   diese schlug in einer sanften Frühlingsluft hin
und her   ich stand auf und tat meine ersten Schritte die
mich auf einen sonnigen staubigen Platz vor einer Kirche
führten

   Laura war nie mit einem Mann zusammen   nie
nie   ich verbrachte Nächte unter ihrem Balkon und hörte
ihre Atemzüge   ich hörte nichts   manchmal sah ich ihrer kleinen Tochter zu wenn sie in der Gasse Seilhüpfen
übte   einmal sprach ich mit ihr   sie lächelte mich an dann
rannte sie ins Haus hinein   Laura ging nur aus wenn sie in
die Kirche ging   dann trug sie eine schwarze Tracht und
einen Gesichtsschleier   ich folgte ihr von fern im Schatten der Häuser   immer verlor sie Taschentücher   eines
Nachts hatte ich so viele beisammen dass ich sie zusammenknüpfen konnte und an ihnen zu ihrem Balkon hochklettern   besinnungslos stürzten wir uns in die Arme   wir
lagen auf dem nachtschwarzen Balkon unter dem sich die
Touristen wälzten   sahen uns in die Augen bis alles in uns
verschwamm   später als wir einmal die Köpfe hoben sahen
wir durch ein vorhangloses Fenster uns gegenüber Susanna die an einer Töpferscheibe saß und aus einem Tonklumpen einen Topf hochdrehte   eine Urne

             Wäre ich in Rom
Freunde ginge ich auf das Kapitol und risse einer Gans eine
Feder aus dass sie schnatternd die Stadt weckte   ich tunkte
den Kiel in mein Herz und schriebe wann in welchem März
werden unsre Iden sein   Freunde wann seid ihr endlich zurück aus dem heiligen Land wo ihr die Heiden aufgespießt

habt   wir werden uns umarmen   wir werden begreifen wie sehr wir uns brauchen   da unten an der Mole lungern viele herum die nicht unsre Freunde sind es nicht einmal werden wollen   sie sind vielleicht wirklich unsre Feinde auch wenn ich nicht will dass sie es sind   aber wie soll jemand der sagt euch werden wir auch noch an die Wand stellen mein Freund sein

     In den Nächten ist der Canal Grande am schönsten   farbige Lampenketten beleuchten Schiffe die voller Menschen sind die lachen   vorhin schaute Susanna aus dem Atelierfenster unter mir   neben ihr war der schwarze Kopf eines Manns   ich rief ihren Namen und sie wandte ihr Gesicht nach oben   ein bleicher Teich in den der Mond schien   Susanna zeigte mir einen Teller der wenn ich recht sah zwei Frauen und einen Mann zeigte   alle drei in einer Gondel vor schwarzen Zypressen   die eine Frau saß im Gondelheck und stocherte   die beiden Frauen sahen sich an   sie waren Schwestern oder waren es geworden   der Gondoliere ruderte beide auf die Insel wo sie sich alle drei auf mondbeschienene Sarkophage setzten und heitere Weisen sangen   die beiden Schwestern und der Gondoliere

     Aber schon am nächsten Tag war es als sei nie wahr gewesen dass ich Laura geküsst hatte und Laura mich   wieder saß ich im Staub vor der Kirchentür zwischen Kutschern Kartenspielern Arbeitslosen   und wenn Laura in ihrer schwarzen Tracht an mir vorbeikam sah sie mich wieder an wie zuvor   wieder folgte ich ihrer Spur und hörte wie ihre Tür ins Schloss fiel   wieder spielte ihre Tochter auf der Gasse so dass ich schließlich nicht mehr wusste hatte ich das alles erlebt oder hatte ich es mir ausgedacht

Vielleicht also klebe ich mir doch noch Federn an die Arme wieso soll ein Esel nicht fliegen lernen mein Vater warnt mich nur noch wenn ich von ihm träume er war kein kühner Flieger oder eigentlich doch er konnte Auf- und Abwinde unterscheiden und hatte Angst sein Sohn wähle gleich beim ersten Start die Flugbahn eines Fünfzigjährigen heute ist ganz Venedig vom Rauhreif überzogen und mein Risiko ist dass mir die Tragflächen vereisen was meint ihr Freunde wie mir zumut ist ihr denkt immer der da oben auf seinem Dach der hat ein irres Leben Freiheit Luft Frauen dabei wachsen mir Eiszapfen zwischen den Beinen Laura ist tot Susanna hat ihr Fenster zugeschmettert sicher hockt sie am Ofen und glasiert eine Vase wo seid ihr alle in eine wichtige Arbeit vertieft auf Reisen in den Armen einer Freundin eines Freunds auch tot ja da stelle ich mich halt in die Dachrinne und starte ich werde in den Canal fallen und mich lächerlich machen oder mir das Genick brechen oder beides

Und so kauere ich in meiner Kutte im Windschatten des Kamins und lese in meinem Brevier das Hohe Lied überschlage ich das halte ich nicht durch wer hat mir die Gerüche gestohlen an die ich mich jetzt erinnern möchte mein Großvater mein Großvater weckte eines Nachts meinen Urgroßvater und flüsterte ihm ins Ohr Papa hilf mir die andern werden sowieso verrecken und zusammen trugen sie zweitausend Liter Soave über die schneeverwehten Pässe sie erreichten das reiche Rhätien und verkauften den Wein bis auf einen Bodensatz mit dem sie sich betranken   und mein Großvater küsste seinen Vater und sah ihn nie wieder und ging singend durch immer dunklere Wälder bis in eine Stadt aus schwarzen Steinen wo er mit Soll und Haben umgehen lernte und eine Frau heiratete und eine Tochter bekam und einen Enkel   so dass ich jetzt davon träume was ich habe und soll statt von Oleandern und Pinien

    In der Zeit als Laura starb   sie hustete Blut   machte ich Gewaltmärsche durch die heißen Gassen und schwamm zum Lido hinüber wo ich auf dem Sandstrand hin- und herhetzte bis ich gelassen genug war zurückzuschwimmen mit Schmetterlingsschlägen   ich folgte der Blutspur zwischen der Kirche und der Wohnung   ich hustete   als die Mittagsstille in der sonnendurchglühten Gasse mit einem Mal so gewaltig wurde   das Donnern aller jemals Gestorbenen   wusste ich jetzt durfte ich die Tür öffnen und die Treppe hinaufgehen und in ihr Zimmer treten wo sie lag in einem weißen Kleid auf dem Rücken lächelnd   und neben ihr stand ihre Tochter   sie hielt eine Malve in der Hand und sah mich an   und ich stand unter der Tür

    und sah sie an   eine Frau in einem weißen Kleid die mich anlächelte   ihre Augen waren ernst   ich lächelte auch   dann stürzte ich die Treppe hinab   durch die Gassen in mein Zimmer wo ich die Kletterschuhe unter dem Bett hervorriss sie anzog die Treppe hinaufhetzte Susanna beiseitestieß die schrie tu das nicht bleib auf dem Boden   aufs Dach kletterte und auf dem First hin und her taumelte und lachte und nach unten brüllte seit Jahrmillionen versuche die Erde aus ihrer Umlaufbahn auszubrechen   wenn es ihr gelingen wird Freunde werden wir dieser Leidenschaft zustimmen auch wenn wir ihr nicht gewachsen sein werden

Jetzt höre ich durch den Kamin Susannas Lachen das Grinsen eines Fünfzigjährigen   er meckert wie ein Bock   ich ziehe die Schuhe aus und werfe sie in den Canal   einer Frau die in einer Gondel hingegossen in den Armen eines Manns der Bermudashorts trägt liegt auf den Kopf   ja Signora die Schreie die Sie hören sind meine   ich habe keine Ahnung weshalb mein Vater eines Abends auf unser Dach kletterte und da blieb   eine von Weinkrämpfen geschüttelte Eule zu der ich auf langen Leitern hinaufstieg die ich fragte kann ich etwas für dich tun du   und die Eule mein Vater schüttelte den Kopf   und ich stand auf der Straße und wartete bis der Wind ihn vom Dach hob

Moos überwuchert mich ich sehe über das Meer auf dem immer weniger Schiffe fahren   sie rieseln auf den Meeresgrund und röten die Schuppen der Fische   zwischen zwei Wimpernschlägen meiner Augen fällt Schnee auf die Alpen bleibt schmilzt   Kinder hüpfen vorn in die Häuser hinein und werden hinten in Särgen herausgetragen   von Jünglingen die mit verwitterten Gesichtern auf dem Friedhof ankommen   in den ausgetrockneten Canälen suchen Flamingos nach Pfützen in denen Fische sein könnten   mir ist allerdings immer gesagt worden Venedig wird ertrinken   nur die beiden Löwen ragen noch aus dem Hochwasser   und ein Seefahrer einer der im Auftrag Washingtons vor Monaten in Cape Cod aufgebrochen ist um Europa zu entdecken   wird die beiden schwimmenden Raubkatzen sehen   seltsam wird er denken Steinlöwen die nicht untergehen aber so wird es eben nicht kommen   alle meine Freunde   Freunde sind sich da einig   mein nächster sitzt in Mestre auf einem Öltank oben   einer etwas weiter auf einem Wasserturm auf dem Berlinguer assassino aufgesprayt ist   dann einer auf einem Schieferdach hoch oben im ersten Schnee schon   wir rufen uns zu   wir halten die Hände als Trichter vor die Münder   oder   wenn wir auf Empfang gehen   als Schallfänger hinter die Ohren   ich brülle venezianisch   der auf dem Kessel lombardisch   der auf den Schiefern friaulisch   dann einer rhätoromanisch   und von jenseits der Alpen dringen   für mich unhörbar   alemannische Laute herüber   ein Gespräch mit meiner Heimat dauert mehrere Jahre   einer ruft dem andern die Botschaft von Dach zu Dach zu   die Rufe verändern sich auf dem Weg   und wenn dann eine Antwort bei mir eintrifft habe ich die Frage vergessen   sowieso sagt die Heimat immer nur Nein   von hier aus sehe ich die Vergangenheit und die Zukunft   das heißt ich persönlich sehe sie nicht ich muss die fragen die oben auf den Gipfeln sitzen und über den Rand der Erde hinabsehen   wenn ich das ganze *bên zi bêna* was da an meine Ohren dringt richtig interpretiere wird das Weltall immer kleiner so dass wir uns bald ducken müssen damit der Mond uns nicht an die Schädel zischt   die auf den Bergen zuerst   dann ich   dann ihr   bis wir alle vereint in jenem lautlosen Punkt verschwinden aus dem wir einst mit einem Knall hervorgetreten sind

Yal, Chnu, Fibittl, Shnö

I

Im Anfang war eine Stille; das All still, still. Wenn es Götter gab (ein Name für was?), dann wohnten sie in jenen Löchern, die das All überhaupt ausmachten. Wesen nur aus Trommelfell. Der Lärm, wenn am andern Ende der Milchstraße zwei Meteorite zusammenstießen, konnte sie töten. Oft auch *kam* es zu Götterkatastrophen, und es mag sein, dass es (in sogar den Göttern unsichtbaren Fernen) Göttergötter gab (noch empfindsamere) und dass auch diese noch fernere Götter hatten. *Ewig* war ein Längenmaß.

Für die Zeiträume, in denen sich ein Götterdasein abspielte, gab es kein Wort; nur für Menschenzeit dann. – Wann wirbelte das erste Gen im All? Wieso? Unser Ahn, von den Magnetfeldern der Sterne hin- und hergerissen? Auch die Götter kannten ihre eigene Zukunft nicht. Keiner ahnte, dass dieses einsamfliegende Etwas der *Mensch* werden würde. Dabei sahen die Götter, selber fast nur Ohr, doch bald seinen sich bildenden Mund; aber sie konnten sich die merkwürdige Öffnung nicht erklären (sahen sie, mit ihren interesselosen Äuglein, vielleicht gar nicht recht). Sie ließen das Rätsel auf seiner Umlaufbahn, auch als es sich (von Sterntrümmern zerfetzt?) teilte und wieder teilte, bis viele solcher Gebilde das lichtlose Zentrum des Alls umkreisen. Es war ja so viel Platz in der Stille. Die Götter schliefen, immer eigentlich, ineinandergeklumpt, von Farben träumend. Wir würden sie grün nennen; blau, gelb. War in den Träumen der Götter die Erinnerung an etwas, was es vor diesem All schon gegeben hatte? Woher sonst die herrlichen Bilder? Waren die Hoffnungen der Götter gefrorene, plötzlich schmelzende Erinnerungen? – Inzwischen wuchsen die Menschen heran, viele nun beinah schon uns Heutigen gleichend, durchs Nichts rasend auf unzähligen Umlaufbahnen; manche einander nah (nur wenige Kilometer voneinander parallel fliegend), andere so, dass sie sich nie zu Gesicht bekamen, und viele auf so verschiedenen Umlaufbahnen, dass sie nur jeweils, wie ein entsetzlicher Schrecken, urplötzlich aneinander vorbeizischten und gleich wieder hinter dem Horizont verschwanden. Dann wieder nichts. Ferne, kalte Sterne, da, dort. Irgendwann gab es welche (Menschen), die waren einander doch so nah, dass sie versuchten, sich zu verständigen. Sie hatten ja Arme, Beine, und endlich riss einer diesen bisher unbemerkt gebliebenen Gesichtsschlitz auf und ließ ein ungeheures Stöhnen aus sich heraus. Ein ähnliches war die Antwort. – Die Götter in den stillen Löchern saßen wie vom Donner gerührt. Als sie dem All die Augen zuwandten, alle aufs Mal jetzt, sahen sie es voller fliegender Menschen, und alle stöhnten, erschüttert oder entzückt von ihrer neuen Fähigkeit. Das All schluchzte. Die Götter, in denen es dröhnte, zogen sich immer weiter zurück, in menschenleere Bereiche, aber die gab es kaum. Nur fernere. Da saßen sie zusammengekauert, in neuen Haltungen, so dass immer einer mit dem Hintern auf dem Ohr des andern saß. Aber sie waren ja fast nur Ohr. Es gab keine Ruhe mehr. – Es gab auch keine Erde. Hatten die Götter so viel Kraft der Einbildung, den Nebeln zu befehlen, fest zu werden: ein Ort, an dem sich das Lärmen konzentrieren sollte? Auch die Menschen waren ihm nur kurze Zeit gewachsen. Dann zerfetzte der Lärm das Leben, und es gab den Tod. Die neugeschaffenen Tiere hielten ihn zuweilen nur einen Tag lang aus. Schildkröten, deren Ohren unter einem Panzer lagen, einige hundert Jahre.

Der erste der im All treibenden Menschen, der auf die Erde prallte, stürzte in ein Gewässer, über dem noch die Wolken der Schöpfungshitze lagen. Mit den gleichen Bewegungen, an die er sich im All gewöhnt hatte, ruderte er an ein Land, wo er dann im heißen Schlamm stand, in kochenden Nebeln. Er schrie und schrie, und vielleicht starb er, weil er sich totschrie, und ein anderer begründete später mit einer andern die Erdenmenschheit; vielleicht aber war wirklich der Erste schon der, dem der Zufall eine Frau zuwarf, ins selbe Gewässer, auch sie panisch rudernd, und dann berührten sich zum ersten Mal die, die bis jetzt nur im Tempo des freien Falls aneinander vorbeigeflogen waren. Haut; warme, wärmer werdende Haut. Sie pressten ihre Münder daran und schwiegen. Ließen die Hände über den andern gleiten, seine rätselhaften Formen entlang. Die Zunge. Und irgendwann geschah das Wunder, das bis heute eines ist, und ein unvermuteter Stockschwanz des Manns verschwand in einer unerwarteten Höhle der Frau, und es war der Beginn der Menschheit. Die kurze Hoffnung der Götter, die Menschen wieder sprachlos gemacht zu haben, hatte getrogen.

2

Alles in Allem war farbig. Es gab Blau, Gelb, Rot, Grün, kein Schwarz. Aber auch Yal, Chnu, Fibittl und Shnö, die heute ausgestorben sind. Alle waren in vollkommener Gleichmäßigkeit in Allem verteilt. Alles klirrte, weil die Farben sich wiegten und sich an ihren Rändern streiften. Das war ihre Sprache. Selten nur schlugen zwei, die etwas Schweres miteinander auszutragen hatten, mit der ganzen Macht ihrer Farben aufeinander ein. Für einen Darüberschwebenden, den es aber nicht gab, hätte Alles wie ein unendlich Gesprenkeltes ausgesehen. Nie waren zwei gleiche Farben Nachbarn. Das heißt, als es vorkam, war es der Anfang vom Ende, wenn jetzt das Ende ist; und was spricht dagegen. Irgendwo geschah es in dem glücklichen Gemisch, dass doch zwei Gleiche nebeneinandergerieten (denn alle Farben verbanden sich, ohne Plan und mit wunderbarer Sicherheit, immer neu). Es waren zwei Shnö. Sie fanden an ihrer Gleichheit Gefallen. Trennten sich nicht mehr, und irgendwann zogen sie ein drittes Shnö an. Bald gab es überall ähnliche Shnö-Herde; unabhängig voneinander hatten sie einen Ballungstrieb. Aber auch die Gelbstrahlenden verbündeten sich; aus Freude; denn nur Freude gab es in Allem. Beim Sprechen mit den anderen Farben (die klein geblieben waren) merkten die großen, dass sie, ohne sich anzustrengen, die besseren Argumente hatten. Widersprach ein Ocker oder Fibittl, schlug der Klumpen mit der ganzen Wucht seiner Überzeugung zu und behielt recht. Sehr bald war Alles aus dem Leim. Und bald standen ein geballtes Gelb und ein geklumptes Shnö nebeneinander. Nahmen sofort den Dialog auf. Sprachen und sprachen, und bald scheppterte Alles so laut, dass viele der anderen Farben es nicht mehr aushielten. Chjj und Übil zum Beispiel verloschen, ohne je mit einem dieser Lauten gesprochen zu haben; ihr ferner Klirrschall genügte. Die Farblosigkeit der heutigen Welt hat mit dem zu lauten Sprechen zu tun. Und bald *sprachen* die Gelb und Shnö nicht mehr, sie fraßen. Fetzten sich Farbflecken aus den Leibern, bis alle Gelb, die überlebten, innen shnö waren und alle Shnö, die es noch gab, gelb innen. Alles tobte wie im Fieber. – Aber noch immer gab es riesige Bereiche, in denen die anderen Farben (viele, viele) in altem Glück funkelten und summten. Andererseits verschwanden zwischen den Zähnen der Fresser solche, die gar nicht gemeint waren. Darum gibt es heute Gelb (denn die Gelb blieben übrig), die neben ihrem Shnö-Schein ein Uüt-Leuchten oder einen Brnnde-Anteil haben. Die letzten Erinnerungen an nie gesehene Farben. – Heute heißen die Gelb Sterne. – Alles dünnte aus. Es blieb ein blasses Blau. Kein Gelb aß jemals ein Blau, und den Blau machte der Lärm nichts aus. Sie gerieten ihrerseits mehr und mehr nebeneinander, bis sie eine Blaumasse bildeten, die die der Gelb um ein Vielfaches übertraf. Aber anders als diese hatten sie keine Lust an der Macht. Sie überlebten durch ihre schiere Masse. Es war kalt geworden. Im neuen Blaumeer (die Blau waren als Einzige eisig) schwammen die vereinzelten Gelb und froren. Alles wurde zum All. – Mitten im Alles (längst bevor es sich zum All beruhigte) hatte es früher schon ein Gelb gegeben, das so sehr wucherte, dass es sogar den anderen Gelb unheimlich wurde. Es fegte unfassbar schnell durch die Farben und fraß eine Spur genau in seiner Maulbreite: vor sich Farbgefunkel, hinter sich Blau. Wenn das gefürchtete Maul auf sie zukam, schrien die Farben Ahh!, ihren Todesschrei, und der wurde der Name des Schrecklichen. Ahh! fegte so gnadenlos durch Alles, dass es sich auch kleinere Gelb einverleibte, die noch am Verdauen von Shnö waren, in deren Innerem Chnus oder Kiongkiongs ruhten. (Heute noch zeigt Ahh! zuweilen Flecken, wenn die verschlungenen Farben an die Oberfläche gebrodelt werden.) – Später lernten die Gelb, Ahh! aus dem Weg zu gehen, und in Menschengedenkzeiten hat Ahh! keine Gelb mehr erwischt. Ahh! wird heute Sonne genannt, nicht von den Gelb, aber von den Menschen. Denn deren Erde ist ein erfrorenes Gelb. – Die ersten Menschen werden heute Indianer genannt. Sie selber nannten sich Menschen. Es kam so. Einigen der kleinsten Farben gelang es, sich vor den Gelb und Shnö zu retten, indem sie sich in den Felsen der Erde (des sich verhärtenden Gelb) versteckten und sich Vögel nannten. Ihr Zwitschern war das Sirren von früher. Sie flatterten auch wie ehedem. Mühe bereitete ihnen nur, sich zu vervielfältigen; denn von einigen Farben waren nur noch drei, vier Stück übrig geblieben. So lernten sie das Denken in Generationen, und bald zwitscherte es überall. Laut leise hoch tief. Über ihnen trieb Ahh!, ein Wal, in dessen Meer kein Plankton mehr war. Aber mit dem Zeugenkönnen erfuhren die Vögel auch das Sterbenmüssen. Die erste tote Farbe ließ alle ratlos; den

Tod zu lernen ist schmerzvoll. Die Vögel weinten. Ihre Tränen bildeten Rinnsale, die die Flüsse wurden: die der Kolibris der Amazonas, die der Geier der Mississippi; und den Rhein schluchzen heute noch die Bergdohlen aus sich heraus. – Aus den Vögeln kam der Mensch, und das kam so. – Heute tragen viele nur noch *eine* Feder. Zu Beginn aber waren die Menschen über und über gefiedert. Sie aßen Körner und schliefen auf Bäumen und legten große ovale Eier, deren Schale die jungen Menschen mit ihren Schnäbeln durchschlugen. Niemand weiß, warum die Schnäbel zu weichen Nasen wurden. Gleichzeitig wurden die Eierschalen immer dünner, und eines Tages legte eine Mama ein Kind ohne Schale. Seither gebären alle Frauen im Hocken. Dieses Kind hatte zwar noch alle Federn am Leib, aber es konnte nicht mehr fliegen. Rings um sich sah es die großen Ahnen, wie sie von Wipfel zu Wipfel schwebten. Ihm gelangen nur noch kurze Hüpfer. Und einmal, auf der Flucht vor einem Bären (es gab nun auch andere Tiere) stürzte es einen hohen Felsen hinunter. Dieses panische Flügelschlagen hat sich als kollektive Erinnerung dem ganzen Menschengeschlecht eingegraben. Noch heute träumt jeder einmal davon. Auch gilt der Bär als Feind. Am Fuß des Felsens hockte das Menschenkind in einem glühenden Sand. Niemand sonst flog in dieses Tal des Tods. Die glatten Felswände ließen kein Entkommen zu. Das Kind lernte, den Skorpionen und Schlangen auszuweichen, dann, sie zu essen. Wasser gab es nur als Regen. Das Kind wäre gestorben (es starb! Alle starben damals!), wäre nicht eines Tages ein zweites Kind in den Felsenkessel gestürzt, wieder ein flügellahmes, so dass der Verdacht entstand, dieser Schreckbär sei ein verkleideter Ahn, der die geheimen Todesurteile der Gemeinschaft erfülle. Das zweite Kind lernte vom ersten, und als beide groß geworden waren (verrupfte Vögel mit verbrannten Häuten), waren sie ein Mann und eine Frau und schliefen miteinander in einer mondlosen Nacht. Und die Frau gebar zwei Kinder, denen die Federn fehlten, nur nicht die auf dem Kopf. Nackte Haut. Sie wuchsen in Erdhügeln auf, und als ihre Eltern starben (sie waren nun Große), nahmen sie ihnen die Federn und machten daraus Schirme. Sie nannten die Sonne nicht mehr Ahh!. Auch sie hatten wieder Kinder, denn alles Leben kommt aus Bruder und Schwester. – Erst in späteren Zeiten lösten sich diese voneinander, weil *alles* auseinanderstrebt. Weil das Ziel der Welt das Getrennte ist. Wenn einst auch das heute noch Zusammene getrennt sein wird, wird jeder Mensch ein anderes Wort sein, und die Menschheit eine Sprache, die niemand mehr versteht. – Unzählige Federlose tummelten sich bald in dem Tal, alle mit Sonnenschirmen, die sie inzwischen auch aus Schlangenhäuten und Schildkrötenpanzern zu fertigen gelernt hatten. – Von fern hörten die Altvögel, die Ahnen, ihre Stimmen. Die Mutigsten (der ehemalige verkleidete Bär und ein über und über mit roten Federn Bedeckter) wagten sich fliegend in das glühende Tal hinab. Das vom Sand widergeworfene Ahh!licht drohte sie zu verbrennen, aber sie hielten die Hitze aus und schwebten minutenlang über den Menschen, die erregt nach oben deuteten. Mit letzter Kraft kamen sie aus der Hitze heraus und berichteten, was sie gesehen hatten, nämlich, da unten seien Teufel, und es sei die Hölle. Dann starben sie. Die Ahnen klagten so laut, dass die Menschen in der Grube ihren Lärm für ein weiteres der vielen Zeichen nahmen; viele versuchten die neueste Himmelserscheinung (die sie den Roten Kometen und den Großen Bären nannten) zu deuten, und alles in allem liefen die Deutungen darauf hinaus, dass das Ende gekommen sei, oder ein Anfang. – Zum ersten Mal versuchten die Menschen, aus ihrem Menschengrab auszubrechen. Sie kletterten die Steilwände hinauf und stürzten ab. Aber irgendwann kamen ein paar Kletterer doch oben an. Ein unglaubliches kühles Grün, in dem Quellen sprudelten und Gazellen huschten. Hoch auf den Bäumen jene Federvögel, von denen sie nicht wussten, dass sie ihnen ihr Dasein verdankten. – Später wurden sie ihre Beute. – Sie halfen allen anderen aus der ewigen Falle; nur die Lahmen und die Blinden wurden zurückgelassen. Sie jagten Bären und die klobigen Großvögel, die sich widerstandslos von den Ästen herunterschießen ließen. Aus ihren Federn machten wir uns Triumphhüte. Nun wurden die Meere so voll, dass sie über die Ränder der Erde hinabflossen und als gewaltige Eiszapfen ins All hingen. Aber es war eine schöne Zeit. – Die Frauen, mit denen wir schliefen, waren nicht mehr alle unsere Schwestern; aber noch die meisten. – Dann erschlugen wir uns mit Stein und Bein. – Dann mit Kreuz und Schwert. – Mit Korn und Pulver. – Freunde. Wir werden sterben, wenn wir nicht wieder fliegen lernen. Warum sollten wir es nicht können. Schaut her, ich werde es euch lehren. Wir werden auf den Ästen der Bäume sitzen wie die Väter: ihr, Mädchen, werdet Eier gebären. Wir werden die Schwestern lieben.

Mutter Nacht

Als die Mutter Tag war, waren die Tage heiß. Vögel flogen. Über weiße Birkenäste huschten Eichhörnchen, und ein Wind wirbelte Blätter auf. Die Vögel hießen Blaumeisen. Ich ein Teil dieser Natur. Warmes Wasser. Die nackten Füße auf heißen Granitplatten. Überhaupt Hitze, alles glühend. Der gänzlich andere Gleiche, der ich war, hüpfend zwischen Schmetterlingen. Gewiegt vom Wind, ja!, gewiegt! Die Nacht? Fledermäuse gehörten nicht zu meiner Welt. – Nach diesen Urzeiten wurde ich im Leiterwagen mitgeschleift auf dunklen Fluchten; schlief. Träumte im Rhythmus der Räder, deren Metallbeschläge über Steine rumpelten: von jähen Alben. Erhob mich bei Sonnenaufgang aus der Asche meines unerwarteten Jammers. – Träumte nur noch von der Mutter. Träume seither von der Mutter. – Zuerst träumte ich, dass sie kommen möge und mich in die Arme nehmen. Wie einst. Dann träumte ich, sie sei da und nehme mich in die Arme. Dann begann ich zu hoffen, dass sie mir vom Leibe bliebe. Fürchtete endlich, sie gehe wirklich. – Seit sie gegangen ist, ist sie ganz in meinen Träumen, tot lebend, so wie sie lebend tot war. Ich bleibe wach und banne meinen Alb mit stierem Blick. Sitze nun auch nachts an meinem Zeichentisch – ich bin Architekt – und starre auf die Zirkel, Winkel, Tuschefläschchen, Rotringstifte, die ich um mich herum aufgebahrt habe als träte ich meine letzte Reise an. Auf Whiskyflaschen. – Aus lauter Gewohnheit, ich meine: kollektiver Gewohnheit, werde auch ich aufwärtskrabbeln, wenn die Grabplatten springen. Ob das hilft, und ob es richtig ist, wer weiß das. – Diese Bilder vom Jüngsten Tag! Viele nackte Frauen. Die Maler stürzten diese Schamberge und Brustgebirge alle in die Hölle, gewaltige Hintern, weil sie dachten, da kommen sie auch hin. – Als etwas größeres Kind aß ich dann ständig, biss auf Hölzern herum, Fingernägeln; wenn ich nichts im Mund hatte, redete ich. Erzählte Witze. Fuhr, wenn ich allein war, auf einem kleinen rostigen Fahrrad im Kreis herum bis mir das Hemd am Leib klebte. Pfiff dazu hektische Melodien. – Alle in meiner Familie redeten. Mein Vater! Klein wie ein Dackel, aber eine Lunge! Kein anderer kam auch nur mit einem Streichholz dazwischen, keiner außer meiner Mutter. – Zu ihrer Zeit gab es noch kein Fernsehen, da redete man noch selber. – Heute, das hätte ich nie gedacht, dass Körper und Geist so erschöpft sein können und die Wörter trotzdem rasend rotieren. – Ich weiß nicht, warum mir das jetzt einfällt, aber als ich schon erwachsen war, wollte meine Mutter nach Spanien, unbedingt und plötzlich, wie unter einem Zwang, und ich musste mit. Keine Ausflucht half. Wir fuhren im Schlafwagen nach Madrid; dort hatten wir ein Hotel wie eine Burg. Fast sofort kriegte ich ein fürchterliches Zahnweh. Konnte nicht mehr kauen. Mutter schleppte mich zu einer Zahnärztin, einem durchsichtigen Wesen in einer weißen Schürze, in das ich mich so heftig verbiss, dass die Brücke, die sie mir eingesetzt hatte, in ihrem Hals blieb. Mutter entdeckte uns im

Hotelgarten und trennte uns. Später gingen wir zu dritt zu einem Stierkampf, ich mit einem Tuch um die Backe. Stumm. – Heute, längst älter als Mutter damals, tue ich immer noch so, als sei jemand um mich herum und räume mir meine Sachen auf, rede mit ihm oder ihr!, und weiß dann ganz wirklich nicht mehr, wo mein Korrekturweiß ist oder der Gummi. Ständig suche ich die Whiskyflasche. – Zuerst war es die Mama. Dann meine Frau. So vergeht die Zeit. – Der Whisky ist ein amerikanischer. Ich nippe ihn nur. Häuser entstehen nüchtern, auch wenn es Ausnahmen gibt. – Meine Mutter hat getrunken, Cinzano zum Frühstück! Sie konnte weiterreden während sie schluckte. – Kann ich auch. – Die Spanier können das Gegenteil. Sie schweigen während sie nichts im Mund haben. Eine komische Nation. Stechen Stiere ab. In Madrid waren wir an einem Frauenstierkampf, der Stier stürzte sich mit *so* einem Gemächte auf die Torerin, die Toreadorin, und die stand da mit ihrem roten Tuch. Die Zuschauer warfen ihre Kissen in die Arena, die Mutter und die Zahnärztin auch, beide mit geschwollenen Gesichtern. – Mein Vater war Botschafter gewesen, in Bulgarien, in den Jahren zwischen den Kriegen. Er vertrat die wenigen Interessen der Schweiz. Stellte hie und da einen Pass aus und beriet den Zaren in seinen Finanzgeschäften; damals hatte Bulgarien noch einen, er war der zweitletzte, hieß Boris und wurde später von einem Kommunisten in die Luft gesprengt. Ich war ein Kindchen und dachte, die Welt bestehe aus Schmetterlingen und Sonne. Er schielte, der Zar von Bulgarien. Wenn er bei einem Empfang eine schöne Frau anhimmelte, meinte die nebendran, sie sei gemeint, die hässliche, und kam zitternd und zagend, und der Zar nahm halt sie, wenn er sie schon einmal an der Angel hatte, und nach einer Nacht voller Schleim und Kot wurde die Unglückliche auf einem Nachen ins Meer hinausgerudert, ein in eine Wolldecke gewickeltes wimmerndes Bündel, während der Zar in einer Blechbadewanne hockte und sich von einem Diener das Gemächte waschen ließ. – Mein Vater speiste zuweilen mit ihm. Sie sprachen über die zinsgünstigste Anlage der Steuereinnahmen. – Heute breche ich hie und da mit einem Möbel meiner Mama auf und schleppe es zu einem Antiquitätenhändler. Auf dem Rückweg räume ich die Regale der Coop leer. – Als wir in der Schweiz zurück waren, längst ohne den Papa, kurz vor dem Krieg, versuchte ich es eine Weile lang als Gigolo, in Interlaken. Aber der Krieg kam dann wirklich, und meine Nase steckte, weil ich kurz gewachsen bin, immer zwischen den Brüsten der Damen. Es war wie Asthma. – Mein Vater, nachdem wir aus Bulgarien geflohen waren, hatte das besser gekonnt. Wir wollten oder durften nicht in die Schweiz zurück, weil die Bank des Zaren, die Bankgesellschaft in Zürich, Unregelmäßigkeiten bei den Überweisungen der Gelder festgestellt hatte, die der Zar dem Vater bei ihren Arbeitsessen regelmäßig übergeben hatte. Die Bank informierte ihren hohen Kunden per Kurier, und der schnaubte und fauchte und schielte beim nächsten Diplomatentee meine Mutter so heftig an, so innig, dass wir in derselben Nacht noch flohen. Wind, Nebel, Fledermäuse. Der Papa zog den Leiterwagen mit mir drin durch die halbe Welt, Saloniki Athen Erzerum. Die Mama mit verhülltem Gesicht zehn Meter hinter uns. Wir landeten in Beirut. Dort schwatzte der Papa mit seiner Honigstimme die Portemonnaies der Damen leer. Trug nun Schiebermützen, allerdings sehr elegante, reckte hie und da die Faust und sagte, dass der, der etwas besitze, zum Beispiel Geld, der Dieb sei; nicht der, der es ihm nehme. Eine neue Zeit breche an. – Zu der Zeit war meine Mutter in einem Sanatorium. Sie hatte die ganze Zeit geheult und das Kunststück fertiggebracht, abwesend zu sein wie eine Tote *und* ununterbrochen zu reden, so dass ich vor ihr floh wie vor einem überwältigenden Verhängnis; ich die glatten Wände hoch und sie hinterher mit ihrer Fülle. Wir fegten dem Plafond entlang wie Siebenschläfer. – Nahm sie dem Vater die Flucht vor dem Zaren übel? Sie hatte seine Strenge immer verteidigt. In seinem Morden zuweilen fast so etwas wie einen Schutz gesehen. – Dann war sie weg, in einem weißen Haus zwischen Palmen, unter einem ewigen Sonnenhimmel, und mein Vater wurde Jahre jünger. Mir gings umgekehrt, ich dachte, *ich* sei schuld am Elend der Mutter und wurde so vergreist, dass der Papa mein Sohn schien. Er trug jetzt auch noch Strohhüte, Nelken im Knopfloch, weiße duftende Tüchlein in den Sakkotaschen und schwang einen Spazierstock. Ich, ein lebloser Bub, schaute dumpf. Für mich waren seine Damen uralt. Dreißigjährige! Mein Vater plapperte noch während er in ihnen herumfuhrwerkte. Das Haus war aus Pappe gebaut, es war die Diplomarbeit eines Architekten, der wegen genau diesem Haus durch die Prüfung geflogen war. Aber seltsamerweise war es dann doch gebaut worden. Die Urszene wurde mir so vertraut, dass ich sie aus *jedem* Geräusch heraushörte. – Dann kam meine Mama zurück. – Meiner Frau wollte ich später auch immer zuhören. – Als ich dann selber Häuser baute, hatte ich immer noch diesen Hang zu dünnen Wänden; entwarf ein Papierhaus für eine japanische Großbank, die dann das Projekt eines Einheimischen vorzog, einen Betonbunker. – Inzwischen trinke ich; trinke den Durst *und* den Hunger weg, obwohl ich hie und da noch beißen möchte; zuweilen eine Gier auf Lachs verspüre. – Die kommt aus meiner Kindheit. Meine Mutter wollte immer erneut, dass der Papa ihr Lachs mitbrachte; später ich. Saß dann beim Essen vorn auf der Stuhlkante, mit merkwürdig starren Augen. Schluckte, rannte aufs Klo und erbrach sich. – Ich konnte schon als Kind nicht schlafen, schlich in den Estrich, um zu sehen, ob sie da hing, oder in den Keller. Schob die Kohlen beiseite. Immer dachte ich, dass da plötzlich ein Fuß. Ganze Nächte war sie draußen, ging am Meer hin und her. Ich hinter Felsen. Dann kam sie zurück, huschte mit steinernem Gesicht ganz nah an mir vorbei, geruchlos, ohne Geräusche, schwebte zwischen den Platanen der Allee. Wenn ich dann ins Schlafzimmer lugte, lag sie bewegungslos neben dem schnaufenden Vater. – Am nächsten Morgen leuchtete die Sonne alles grell aus. Ich kriegte die Augen kaum auf vor Schmerz. – Noch heute! Der Tag macht mich blind. Eine Lichtglut, aus der Stimmen schreien. Zum Beispiel versuche ich zuweilen, Schmetterlinge zu erhaschen – hätte gern flatternde Häuser gebaut! –, habe aber bis jetzt nur einen einzigen Nachtfalter erwischt, der um meine Lampe herumtobte. Warf mein Netz über ihn und die Lampe und überschwemmte alles mit so viel Äther, dass auch ich ohnmächtig wurde. Die Morgensonne weckte uns. Mich eigentlich nur: der Falter klebte in einem Tusche-See. Der Zeichentisch war umgestürzt, und alle Pläne waren verschmiert. – Übrigens starb mein Vater dann jäh, nicht die Mutter. Das war noch in Beirut, er ging zu einem politischen Treffen in ein Kaffeehaus nahe beim Hafen. Ich glaube, diese Runde hagerer Auslandschweizer sah sich als eine Art eidgenössisches Zentralkomitee im Exil. Mein Vater glich in der Tat mehr und mehr Trotzki. Der Bundesrat oder Stalin schleusten einen Spitzel ein, oder das ganze Schattenkabinett bestand aus Spitzeln, oder mein Vater war der Spitzel, jedenfalls wurde er am Tresen jenes Kaffeehauses erschossen; von einem zarten Jungen mit einer gewaltigen Pistole. Für einen Tag waren wir berühmt. In allen Zeitungen das gleiche Foto: eine Decke, unter der die Schuhe meines Vaters hervorragten. Eine Woche lang ging es meiner Mutter gut wie nie. – Da liebte ich sie. Da forderte sie nichts. – Einmal später stürzte sie davon, keine Ahnung, warum. Ich unter der offnen Tür, sie ging wegen mir. Der Vereinsamung preisgegeben. – Sofort sehnte ich mich nach ihrem Reden zurück, das das Schrecklichste an ihr war. Nur ein Totschlag konnte ihren Wörterfluss stoppen. Nur Unterwerfung half für ein paar Sekunden. Wenn ich Ja Mama ja sagte. Wasch deine Hände. Ja Mama ja. Werde Architekt. Ja Mama ja. Heirate. – Ein Wunder, dass ich so anders als meine Mutter geworden bin. – Natürlich habe ich geheiratet. Es ist schwierig, es nicht zu tun. Ich hatte die Vorstellung, ich könnte mich so in meine Frau hineinwühlen, dass ich in ihr verschwände. War nicht so. – Seit die Mutter Nacht geworden ist, sind die Tage kalt. Auf den Ästen der Birken Eulen. Fledermäuse. Ich in mein Zimmer verbannt. Trotzdem fegt die Bise durch die Fensterritzen. – Mutter sprach dann wie von Glückspilzen von jenen, die jäh umstürzten; verrieselte. Der Fernseher war inzwischen erfunden, sie widersprach ihm vierundzwanzig Stunden am Tag. Essen tat sie nicht mehr, nur noch trinken, Mutter Nacht, taub für die Wärme des Tags geworden.

Bildnis der Eltern als junges Paar

I

Zwei Bilder, deren Farben und Linien sich, übereinandergelegt, an keiner Stelle decken: Vater und Mutter. Als ich fünfzehn war, sah mich der Vater an, so!, und sagte, weißt du, das mit Mann und Frau überschätzt man. Auch die Mutter war erleichtert, als sie eine alt werdende Frau wurde. Der Vater aber war zuerst einmal ein junger Mann gewesen, der aus einem Armeleutehaus mit Möbeln wie Särgen hinauswollte, einer nach kaltem Schimmel riechenden Wohnung, in der es *ein* Buch gab, das er dann ein Leben lang auswendig konnte. »Im Anfang war das Wort.« *Sein* Vater spielte Geige, wie ein Lehrer. Vater dann Grammophon, süchtig. Seine Sammlung war nur mit einem Gabelstapler zu transportieren, wurde es auch, als er starb, und als ich Lebenszeit und Abspieldauer miteinander verglich, hätte er zweihundertzwölf Jahre alt sein müssen. – In dieses Elternhaus zog jäh Nietzsche ein, ich meine, der junge Vater ging mit leuchtenden Augen die Treppen hinauf und hinunter und sprach also wie Zarathustra von allen Treppenabsätzen herab, und das wurde dem gütigen Großvater zu viel, er spielte Geige wie ein Wahnsinniger plötzlich, und die Großmutter kriegte einen Herzanfall nach dem andern über ein paar Jahrzehnte hin bis der Großvater dann tot war. An dem Tag ging der Vater neben mir (ich ein kleiner Bub) und war so neu ernst, dass ich den Tod zu ahnen begann. Die Vaterfamilie war eine Sterbefamilie, alle außer der Großmutter starben, und auch die endlich. Nach dem Großvater starb Vaters Schwester: alle sagten, sie habe sterben wollen *und* der Chirurg habe sie umgebracht. Dann stürzte der Bruder plötzlich hin, der ein Pfarrer gewesen war und alle Bücher ein Leben lang ins gleiche Packpapier eingebunden hatte, so dass seine Bibliothek hundertfach *ein* Buch zu enthalten schien. Seine Frau wusch sich sechzig Jahre lang die Hände. – Der Vater krachte um fünf Uhr früh gegen das Waschbecken und war (ich flog im Nachthemd die Treppe hinab, ihn aufzufangen, bevor er den tötenden Beckenrand erreichte, nicht schnell genug) tot. Er hatte sich durch Süchte umgebracht. Nikotin, Tabletten, Kaffee; kein Alkohol. Auch von Frauen weiß ich nichts. – Doch, von einer: die hatte er als junger Mann in seinem Zimmer, das im Parterre des Hauses mit den schweren Möbeln war, und als er sie um vier Uhr morgens nach Hause geleiten wollte, stand seine Mutter mit einem Besen in der Hand auf dem Trottoir und starrte die junge Frau an. – Die, die die Mutter werden sollte, fuhr in einem goldfunkelnden Auto vorbei, in fliegende Pelze gehüllt, von Windspielen umsprungen. Die oder keine! – Später dachte er, lieber keine als die, aber wie? – Er begann zu werben, hoffnungslos, denn die, die seine Frau werden sollte, wandte zuerst einmal alle einheimischen Männer um und um, sie konnte sich das erlauben, weil sie schön war und reich schien und keinen von ihnen wollte. Sich selbst genug war. Da aber nahm sich ihre Schwester einen Mann, tatsächlich einen Windhund, der sich mit ihr nicht zufriedengab, sondern die Bettstatt mit Frauen anfüllte bis zur Decke. Es waren die roaring thirties. Und die, die die Mutter werden sollte, hielt es nicht allein aus in ihrer Mansarde, während sich die Schwester wälzte, um unter den Hintern der Rivalinnen Luft zu kriegen und hie und da ein Stück Haut ihres Manns zu erspähen. Da nahm sie halt den Vater und verkaufte das Auto mitsamt dem Windspiel und begann ihre Ehe mit einem so kleinen Hund, dass man ihn zertreten konnte, wenn man nicht aufpasste; genau das geschah dann wohl auch, denn eines Tags war er weg. – Andere Tiere: ein Wüstenfuchs, Zierfische, die bei 23 Grad erfroren und bei 25 verglühten, und Katzen mit blauen Fellen, die die Vorhänge zerrissen. – Nur besinnungslos kann ich über sie nachdenken, über den kleinen Vater, die Knie der Mutter umflehend, bitte bitte, nur einmal, nur jetzt!, und natürlich gab es ein Einmal und auch ein Nochmal, denn die Ehe hat ihre Gesetze, und die Mutter respektierte die Gesetze. Und über dieser Flehensidylle, in die nie ein Dritter eindrang, tobte der Schwestermann, mit den Frauen und ohne sie, denn wenn er ohne sie war, hetzte er Doggen durch die Wohnung und riss seiner Frau Haare aus. Achtundvierzigteilige Geschirre flogen aus den Fenstern: seine Frau warf sie. Er kaufte dafür einmal an *einem* Tag sieben Autos, die dann alle vor dem Haus standen. Am schönsten ein Horch. – Die Eltern mit immer starreren Gesichtern. Da konnten sie nicht mithalten und wollten auch nicht. Was aber sonst? Nie hat es zwei Liebende gegeben, die mehr auseinanderstrebten. Er liebte die Schrift und sie das Grüne.

Er gab Hunderternoten als Trinkgelder und sie kannte die Tagespreise für Petersilie. Er tat keinen Schritt und sie stieg auf Höhen wie die Väter schon. Die Väter! Wir zappelten in den Netzen der Väter der Mutterfamilie, die lauter Lustige Laute Gedankenlose waren. – Es gibt ein Foto des Vaters, da steht er mit seinem Bruder in einer seltsamen Industrielandschaft, in der ich meine und seine Heimatstadt nicht erkenne. Er ist etwa fünfzehn und der Bruder siebzehn, und beide sehen wie alte Männer aus. Er sah immer wie ein alter Mann aus, trug graue Anzüge, graue Mäntel und einen grauen Hut. In der Hand eine Mappe. Als er so alt war wie ich jetzt bin, kaufte er eine Wildlederjacke und sah in ihr völlig lächerlich aus. Die Tränen kamen mir, wenn er sie trug; und die Jacke verschwand. – Später schlug mir die Mutter vor, ich solle sie tragen. – Als junger Mann wartete er grau mit riesigen Blumensträußen vor dem Haus der Herrlichen, oder an Konzertausgängen, denn die Mutter liebte die Musik oder genauer gesagt den Dirigenten der Musik, einen, der seine Stiefel auf die Nacken der Menschen zu setzen wusste. Auch sie beugte sich. Später spielte der Vater den ganzen Tag dröhnend Bach und Busoni, und die Mutter hielt sich die Ohren zu. Ging in die Konzerte, die der Vater mied. Er hasste das Zuhörerpack, das dann stundenlang mit roten Gesichtern dem Dirigenten zujubelte.

2

Es gibt ein Bild, auf dem die Eltern als junges Paar gemalt sind, von einem Maler, der über das Geheimnis verfügte, verzauberte Bilder hervorbringen zu können, obwohl er mit der Technik des Malens Probleme hatte. Man sieht die Mutter und den Vater, ihn Kaffee trinkend an einem roten runden Tisch, sie in einem Liegestuhl liegend. Sie schaut mit einem leeren Blick, während der Vater in ein Buch versunken ist. – Die Leere der Mutter aber füllt das Bild. – Dieser Maler warf mich, ein paar Jahre nachdem er das kinderlose Paar gemalt hatte, in die Lüfte, wieder und immer wieder, ich kreischte und juchzte und schien die Erde nie mehr erreichen zu können. – Eine Kindheit lang füllte ich dann was ich in mir vorfand in die Mutter hinein, um ihrer Gespensterseele Fülle zu geben. War dann ausgepumpt und versuchte außer Atem, selber auch noch ein Voller zu werden. Wurde bald so eigen, dass ich stundenlang bolzsteif in Zimmerecken stand und vor einem Psychologen Bauklötze aufeinanderbauen musste. Der Vater im Wartezimmer; ich aber war sicher, dass er weg war für immer. Die Mutter sowieso. Sie hatte auch im Leben diesen Blick wie auf dem Bild, gemalt und an mir vorbei, und heute, groß geworden, verliebe ich mich in Schielende. – Die leere Mutter im Haus herumgeisternd wie Blätterrascheln. Voll war sie von einem unbekannten Druck, der ihr die Jammerwörter aus dem Körper presste, wenn sie sich allein glaubte. Sie hielt irgendwem lange Anklagereden, ihrem Vater?, und war so abwesend, dass sie, kam ich in ihre Nähe, aufschrie als sei ich ihr Mörder. – Zuweilen zischelte ihre Stimme durch Mauern hindurch, dann gehörte das Schweigen, das ihr antwortete, dem Vater; sie hinter ihm drein, dahin dorthin, durch nichts abzuschütteln. Wisperte nur lauter, wenn er floh, aber wohin?, und endlich donnerten die Türen, und die Vaterstimme brüllte, und die Mutter verstummte mit einem jähen Schluchzer. Der Vater schlug sich durch das ganze Haus hindurch bis zur Gartentür, die dann schräg in den Angeln hing, und der Vater durch die Auen tigernd. Sein Kopf ragte wie abgeschlagen aus dem Bodennebel. Mutter, immer noch starr, erklärte mir, dass sie recht hatte, mit dem gleichen Wispern, das eigentlich verhindern sollte, dass ich ihren Schmerz wahrnahm. Bis ich mich mit ihr versöhnte. – Der Vater kam dann wieder, saß stumm am Tisch, aß wortlos und ging schweigend in sein Zimmer zurück. – Dann sprach er plötzlich und erklärte mir alles, und ich gab auch ihm recht. Das Boot war wieder geflickt. Ohne mich wären wir alle ertrunken. – Andern gestand die Mutter das Recht zu, recht zu haben: dem Windhundonkel, dem Dirigenten. – Beim Wandern auf harmlose Hügel hatte sie die Vorstellung des einzig richtigen Wegs und empfand jeden Schritt abseits, der genauso auf den Gipfel führte, als verboten. Nie waren wir ganz sicher auf dem ganz richtigen Pfad, immer nur vermutlich nahezu, so dass selbst das Gehen auf dem garantiert einzigen Weg (einer alten Vätertradition, diese Grasnarbe zu begehen und nicht jene) ein Zweifeln und Hadern blieb, das keine ungetrübte Rundsicht und kein unangefochtenes Picknick mehr zuließ. – Der Windhundonkel nahm dann eines Tags das Geld seiner Frau, der Schwester, und setzte es auf Pair oder Impair, und das Vermögen des Stockwerks über uns war dahin, und die

Schwester lief dem Windhund davon, der seinerseits auf die Frauen verzichtete und mit einer einzigen neuen auskam, die zudem kaum noch etwas von einer Frau hatte, so sehr war sie in die Panzer ihrer patrizischen Herkunft eingeschmiedet. Ihre Sprache ein Rasseln uralter Ketten. Es war aus mit dem Wälzen und Stöhnen, und sie kriegten ein Kind, umpflanzten das Haus mit Rosen und besuchten in Paris Mailand und Zürich Ausstellungen der gemäßigten Moderne. – Die Schwester aber zog mit einem Handkoffer zu einem andern Mann, auch einem Gegenbild, und verwandelte sich in eine, die im Wald Pilze suchte und Teller bemalte. – Da schaute die Mutter verwirrt, wo waren die Vorbilder hin?, und der Vater sagte, er habe es immer gesagt. – Der Maler malte dann das Bild noch einmal, ließ alle Hunde verschwinden, das Gras violett werden und häufte Wolken auf. Die Mutter aber starrte unveränderlich ins Leere und der Vater in ein Buch. – Der Maler war ein Kommunist, und als es plötzlich gefährlich war, ein Kommunist zu sein, wurde er es erst richtig, so dass er immer weniger Aufträge kriegte und immer mehr Freunde verlor. Auch die Eltern, deren Bild er zweimal gemalt hatte, sprachen nicht mehr mit ihm und stellten die Bilder in den Keller. – Dabei hatte der Vater, jung, im Volkshaus eine Rede gehalten und im Applaus der Genossen gebadet.

3

Der Vater glühte für die Armen auf dieser Erde und wollte nie mehr etwas mit dem Mangel zu tun haben. Tagsüber schleifte er in Gedanken Bastillen, aber abends schwebte er in einem zu engen Smoking durch die Ballsäle des Dirigenten, wo er mit vielen Strawinskys und Hindemiths an musikumwehten Essen teilnahm und jeden Gang ablehnte, weil er nichts außer Emmentaler und Brot mochte. Er liebte teure Hotels und ließ Reclambändchen in Halbleder binden. Die Mutter dagegen beschwor das derzeitige Elend und teilte jede Wurst in drei Teile. Wendete alle Kleider mehrmals und sammelte Kamillen an Wegrändern. Beim Dirigenten aber hätte man ihr keinen einzigen Taktfehler nachweisen können. – Der Vater trat dort in jeden Fettnapf und nannte Kokoschka einen Schmierfinken, wenn die Frau des Dirigenten gerade einen gekauft hatte. Mutter dagegen sprach lächelnd über eine neue Sonate eines Gasts, dessen Namen sie noch nie gehört hatte, geschweige denn die Sonate. – Zu Hause dann das Wispern und Türenschlagen, spätnachts. »Aber Kokoschka *ist* ein Schmierfink!« – Dann ging jenes Leben weiter, in dem der Vater Zigaretten mit goldenen Filtern rauchend Glück für alle ersehnte, und die Mutter, im Dampf der Waschküche verschwunden, den Traum vor sich hin flüsterte, es mit den Zinsen aus den Zinsen bestreiten zu können.

4

Das Wispern aber bedeutete, dass man mich aussetzen werde im nahen Wald, die Zunge als Beweis. Der Vater, wenn die Mutter es nicht tat, musste mich in die Moosdüsternis schleifen. Sohn, lass uns Erdbeeren suchen! – Da hätte er mich ausgesetzt und einem vorbeikommenden Reh die Zunge weggenommen: aber wie sollte er das schaffen? – Ein anderes Kind konnte er sich vielleicht schnappen, das ja, eins, das auch im Wald war, den Sohn des Bäckers, der dann seinem stammelnden Verstümmelten nicht geglaubt hätte, dass just dieser nette Kunde im tiefen Forst mit einem blutströmenden Messer dahergekommen sei. – Ich aber durchs Unterholz hetzend. – Nachts war das Haus still. Ich schlaflos schon als Baby. Wollte mich nicht überraschen lassen. Mit einem hitzigen Scherzwort hätte ich mich vielleicht gerettet. – Über mir, im Stockwerk obendran, tobten die Frauen und Männer, eine mit einer Sirenenstimme sang im immergleichen Rhythmus, während die andern in die Hände klatschten. – Im Nebenzimmer der Vater und die Mutter. Nicht einmal zu atmen schienen sie, wenn ich an ihre Münder schlich. – Sollte *ich* sie ersticken in ihren Gitterbettchen? – Aber dann ging die Sonne wieder auf, und der Vater stand goldbestäubt im Bad; die Mutter sang in der Küche.

5

Gehst du zur Brücke mit einem Stein in der Hand und schaust ins Wasser, Nacht für Nacht? Und am Tag das Licht auf den Köpfen der Kinder, die von der Schule plappern? Einmal ging ich (ich habe die Geschichte schon oft erzählt) zum Wasserturm, und eine Frau sprang in die Tiefe, vor vierzig Jahren, mehr, und es war jene, die zuvor ein Buch über ihre unmögliche Liebe geschrieben hatte. Wir standen alle um ihr Blut im Kies herum. Ich dann sprach kein Wort zu Haus davon, in diesem Haus, in dem im obersten Stock eine Frau Rot wohnte, von deren Balkon aus ich einmal einen Kübel voll Wasser auf ein Mädchen tief unten warf, das schrie als hätte ich es ermordet.

6

Das Bildnis der Eltern als totes Paar. Die Toten, in ihren elysischen Feldern, vergessen die Lebenden auf der Stelle. Geh hin: die Mutter erkennt dich nicht. Der Vater trollt sich fern. Geh über das Feld, geh. Dort geht einer und eine, überall gehen solche wie du, stieren die Toten an, die Purzelbäume schlagen. Vielleicht geht ihr zusammen ein paar Schritte.

IV

Durst

*Variation eines Themas
von Flann O'Brien*

Ein Freund von mir, den ich sehr mag, ein Schriftsteller zudem, ein guter und erfolgreicher Schriftsteller, hatte kürzlich eine jener, sagen wir, Krisen, jenen Seelenzustand, jenes unangenehme Gefühl, plötzlich zu nichts geworden zu sein, zu einem Nichts, ohne Vergangenheit, ohne Gegenwart, ohne Zukunft sowieso. Er war nicht nur überzeugt, er werde nie mehr ein Wort schreiben, er war auch sicher, dass er nie eins geschrieben hatte. Seine vielen Bücher, zauberhafte Gebilde voller Herzenswärme, waren für ihn leere Seiten geworden, als sei ihre Schrift ein für alle Mal gelöscht worden, von Gott oder vom Teufel. Eine Krise eben. In Literaturgeschichten liest sich so was beinah angenehm – Goethe, wie er sich umbringen will; Kleist, wie er es tut –, aber im Leben, ich meine, im Leben meines Freunds, des Schriftstellers, war das alles durchaus unerträglich. Er merkte, dass er weinerlich wurde und wildfremde Menschen zu hassen begann.

Er schloss sich in seinem Zimmer ein, mit einem riesigen Stapel Bücher, Meisterwerken, von Dichtern geschrieben, die keine Krise hatten, im Gegenteil, und die er eins ums andre weglas. Aus irgendeinem Grund hatten es ihm die

Dichter aus Irland angetan, jene regennassen Titanen von der grünleuchtenden Insel im sturmgepeitschten Atlantik, die alle O'Casey oder O'Sullivan oder O'Shaughnessy heißen. Diese herrlichen Dichter, diese irischen Urviecher ergehen sich tagsüber alle im peitschenden Regen zwischen Schafen an tosenden Küsten, allein und einsam, in Wettermänteln, laut mit Dämonen hadernd, mit jenen Alben, denen *wir* keine drei Minuten lang gewachsen wären, die sie aber jeden Tag neu zu bannen imstande sind. Sie flehen, sie herrschen sie an, auf Gälisch natürlich, in für uns unverständlichen Formeln. Die Fäuste schüttelnd stehen sie auf Klippen und brüllen ihre Wahrheit ins rasende Meer hinaus, unhörbar für Menschenohren. Immer wieder sind sie die Sieger: bis zu jenem Tag hin, da sie leichtsinnig oder alt geworden sind, so dass der Dämon sie mit einem fast nachlässigen Prankenschlag in die Fluten reißen kann. Aber das Bannen der Alben strengt sie natürlich aufs Äußerste an, die Dichter. Also, wenn die Sonne hinter den tiefschwarzen Regenwolken untergeht, haben sie Hilfe nötig, eine Stärkung, so etwas wie Rettung, und suchen ein Gasthaus auf, einen *Pub,* dessen Wirt natürlich O'Joyce oder O'Tannenbaum heißt und auch schon einige irische Romane abgefasst hat, hinterm Tresen. Von Dämonen handelnd. Dort, im Pub, geben sie sich dann alten einheimischen Bräuchen hin, uns unverständlichen Riten, die irgendwie mit dem Füllen und Leeren von Gläsern zu tun haben. Jedenfalls, bei Wirtschaftsschluss (»Last order!«) sind sie wie verwandelt und nähmen es nun, trauten die sich nur, mit einer ganzen Armee von Alben auf, den Albträumen der gesamten Menschheit. Aber die Dämonen sind ängstlich um Mitternacht, die Träume, und halten sich in der Nähe der Gräber auf, wo sie sich am sichersten fühlen, bei den Seelen bösartiger Ahnen.

Nach dem zehnten oder auch zwanzigsten Buch eines dieser irren Iren – es war der Roman *The third policeman* von Flann O'Brien – bemerkte mein Freund, dass das Symptom, nichts, ein Nichts zu sein, in den Hintergrund zu treten begann, verdrängt von einem neuen, das ihm irgendwie noch schlimmer, noch bedrohlicher vorkam, weil er es nicht benennen konnte. Eins, mit dem er auch nicht schreiben konnte, noch viel weniger, bevor er nicht von ihm geheilt war. Einer der irischen Dämonen hatte wohl in dem Buch gehockt und ihn wie ein Virus infiziert. Jedenfalls fühlte er sich plötzlich vertrocknet, dürr, unerklärlich.

Er rief mich an – seine Stimme klang wie die eines von seiner Herde im Stich gelassenen Flamingos –, deutete mir seine Sorgen an, und weil ich mich in Krisen auskenne, empfahl ich ihm einen andern Freund von mir, einen Psychoanalytiker. Ich sagte ihm wahrheitsgemäß, der Psychoanalytiker sei ein erstklassiger Mann, seriös bis über beide Ohren. Er habe sogar noch Anna Freud gekannt. Mein Freund schrie auf, ob ich ihm den Todesstoß geben wolle? Es sei schon schwierig genug, aus sich heraus zu schauen, in die Welt: aber in sich hinein?! Eine psychoanalytische Behandlung könne einem die künstlerische Potenz an der Wurzel ausreißen. – Nun bin ich ein Fan der Methode Freuds und seiner klugen Nachfolger, ein regelrechter Freak, und sagte ihm also, in dem Zustand, in dem er sich befinde, sei es sowieso egal, ob ihm irgendwas ausgerissen werde oder nicht. Sein Schöpfertum, das habe er selber gesagt, sei längst im Müllcontainer. Er könne nichts mehr verlieren, nur noch gewinnen. – »Meinst du echt?«, sagte er. – Ich führte ihm Woody Allen vor Augen, der sich, seitdem er in Behandlung ist, nicht mehr schämt, in aller Öffentlichkeit Klarinette zu spielen. Ich erinnerte ihn an Wolfgang Hildesheimer, der in Jerusalem seinen analytischen Rebbe gehabt hatte und dann immer mehr wie Moses aussah, obwohl er weiterhin anders als dieser schrieb. An Philip Roth und dessen *shrink*. An Erica Jong, die ohne die Psychoanalyse nie zu ihren *zipless fucks* gekommen wäre, zu nicht so vielen jedenfalls. Ich sprach vom Drama des begabten Kinds, er sei doch eins. »Schau mich an«, sagte ich schließlich. »Vor meiner Analyse hatte ich eine Identität wie Max Frisch, bestenfalls. Heute habe ich eine aus Granit.«

Irgendwie überzeugte ich ihn. Am gleichen Tag noch ging er zu meinem andern Freund, dem Psychoanalytiker. »Was kann ich für Sie tun?«, sagte der, als sie einander in bequemen Korbsesseln gegenübersaßen. Er trug Jeans, der Analytiker, und hatte auch nicht, wie in den Witzzeichnungen, Block und Stift in der Hand. Mein Schriftstellerfreund fand ihn sofort so sympathisch, wie er es tatsächlich auch ist. Einzig ein paar Schrumpfköpfe aus Polynesien oder von den Osterinseln, die ihn von einem Regal her aus hohlen Augen anstarrten, beunruhigten ihn ein bisschen. Ehemalige Patienten vielleicht, dachte er.

»Ich habe eine Krise«, sagte er trotzdem. »Meine Kehle ist trocken, staubtrocken, ja, alles klebt förmlich in mir. Sogar mein Speichel fühlt sich wie feiner Sand an. Ich kann so nicht schreiben.«

»Hm«, sagte der Psychoanalytiker.

»Vielleicht hat das«, sagte mein Freund, »mit meiner Mutter zu tun oder mit meinem Vater.«

»Hm«, sagte der Psychoanalytiker. Und als mein Freund, statt weiterzusprechen, nur verzweifelt mit seiner trockenen Zunge auf den rissigen Lippen hin und her fuhr – es klang, als kratze er mit Sandpapier über eine Terrassenbrüstung –, fügte er an: »Erzählen Sie mir, was Ihnen zu Ihrem Symptom einfällt.«

»Was mir *einfällt*?«

»Ja.«

»Eine Wüste«, sagte mein Freund, dessen Stimme tatsächlich eher der eines schräg in den Angeln hängenden Scheunentors glich, das im Winde quiert. »Ich weiß nicht, warum, ich bin in einer hitzeglühenden Wüste ausgesetzt, einsam und allein, ohne jede Ausrüstung, so wie ich jetzt vor Ihnen sitze. Aus dem Flugzeug gefallen vielleicht.«

»Hm.«

»Ich gehe und gehe, immer vorwärts. Die Sonne glüht. Die Luft ist wie der Atem der Hölle. Ich keuche, und vor meinen Augen flimmert die Luft. Die Füße, nackt, schmoren, stinken. Ja, trotz meiner Erschöpfung tanze ich wie ein Derwisch, dessen glühende Kohlen nicht halb so heiß wie mein Sand sind. Ich will um Hilfe rufen, aber nur ein undeutliches Krächzen verlässt meinen Mund und fällt ungehört vor mir auf den Boden. Ich schleppe mich, ohne mich zu wundern bereits, an einem ausgebleichten Skelett vorbei, einem Menschen wie Sie und ich…«

»Na!«, sagte der Psychoanalytiker und hüstelte.

»…dem noch ein paar Jeansfetzen am beinernen Hintern hängen. Vielleicht ist er aus dem Flugzeug gefallen. Sein

Knochenschädel grinst mich an. Meine Zunge ist ein Klumpen, der mir die Luftröhre verstopft. Ich krieche inzwischen auf allen vieren, mit schmorenden Handballen nun auch, den stieren Blick auf den Horizont gerichtet. Eine Oase: Palmen, ein See voll blauem Wasser, eine Hütte, die gewiss eine Imbissstube ist. So taumle und gehe ich, und immer mehr spüre ich mein Symptom, dieses unerklärlich Trockene, hier, ja...«

»Ja«, sagte der Psychoanalytiker, als meinem Freund die Stimme erstarb, seinerseits eher wie ein Kolkrabe klingend.

»...und obwohl ich weiß, tief im Innern« – der Schriftsteller sprach weiter, mit einem brennenden Hals –, »dass mir der Horizont ein Phantom zeigt, eine Fata Morgana, klammere ich mich an dieser Hoffnung fest, dieser Verheißung. Ich krabble stöhnend, das Kinn durch den Sand schleifend, an einem Reisebus voller Skelette vorbei – kein Benzin mehr –, und jetzt wird das Symptom unerträglich. Staub, Dürre, Glut.« Die Stimme meines Freunds versagte endgültig. Er schwieg.

»Sie haben –«, sagte der Psychoanalytiker, hielt aber inne, weil seine Stimme wie Laub klang, durch das müde Greise schlurfen. Er hatte die Lösung auf der Zungenspitze, die Erlösung des armen Patienten, der sich vor ihm in seinem Elend wand. Aber irgendetwas erlaubte ihm nicht, sie zu formulieren, und so schwieg also auch er und dachte, während sein Patient auf die Schrumpfköpfe starrte, über die Phänomene der Gegenübertragung nach, die er übersehen haben könnte und die sein Denken und seine Stimme lähmten. Habe ich etwas gegen Schriftsteller?, fragte er sich. Gehen mir Schriftsteller auf die Nerven? Kann ich dieses ganze larmoyante Schreiberpack ganz einfach nicht ausstehen? – Er schwitzte.

»Vor den brechenden Augen immer noch die Palmen, der See!« Der Schriftsteller, mein Freund, hatte sich etwas erholt. »Plötzlich knalle ich mit dem Kopf gegen etwas Hartes. Als ich aus meiner Ohnmacht aufwache, sehe ich die Tür des Imbisses vor mir. Sie ist keine Fata Morgana. Die Oase ist tatsächlich eine Oase. Ich erhebe mich stöhnend, ein Anblick des grässlichsten Jammers, von Geierherden umhüpft. Es gelingt mir, die Türklinke niederzudrücken, und dann taumle ich in einen düstern Raum – an der Decke ein sich träge drehender Ventilator – und falle auf einen Barhocker. Die Geier, vor der offnen Tür, schreien auf vor Empörung. Einer wagt sich bis auf die Schwelle und gackert drohend in meine Richtung, bis ihm die Schwingtür an den Kopf dröhnt und er still ist.«

»Ich verstehe«, sagte der Psychoanalytiker. Er sah die richtige Deutung immer noch nicht mit letzter Klarheit. Er versuchte ein Lächeln, das ihm, weil seine Gesichtsmuskeln wie vertrocknete Hanfseile waren, zu einer Grimasse missriet.

»Gar nichts verstehen Sie!« Mein Schriftstellerfreund klang jetzt wie ein unregelmäßig brennender Schweißbrenner. »Ich sitze entkräftet da, bis endlich der Wirt auftaucht, ein Araber namens Hadschi Halef O'Mar, mich anstarrt und sagt: ›Was haben Sie denn?‹‹ – Ich hebe den Kopf und will es ihm sagen. Aber ich kann es nicht, ich kann es einfach nicht.«

»Sie haben Durst«, rief der Psychoanalytiker, erlöst. Er schrie es beinah, obwohl das, was er schrie, eher so klang, als spucke er Nägel auf den Fußboden. Er hatte einen roten Kopf, so was wie einen Blähschädel, und schwitzte nun so heftig, dass er aussah, als stehe er unter einer unsichtbaren Dusche. »Durst, jawohl!« Er packte seinen Patienten an der Gurgel. »Durst, Mann!« Der Schriftsteller, blau im Gesicht, fasste seinerseits nach dem Hals seines Gegenübers. Beide standen nun. Eine Weile lang rangen sie wie zwei Sumo-Kämpfer miteinander, stumm, gurgelnd, schwerfällig, sich quer durch den Raum schiebend. Die Sessel fielen um, der Schreibtisch. Einer wischte mit dem Ellbogen die Schrumpfköpfe vom Regal. Der andre zertrat sie. »Sie haben Durst!«, brüllte der Psychoanalytiker, als sich der Würgegriff seines Kampfpartners einmal lockerte. »Durst haben Sie!« Er ließ ihn los.

»Wieso ich?«, heulte mein Freund. »Wieso immer nur ich??«

»*Ich* habe Durst!« Der Psychoanalytiker starrte ihn perplex an. »Natürlich! *Ich* habe Durst. Warum haben Sie das nicht gleich gesagt?«

»Wir haben beide Durst.«

Sie fielen einander in die Arme, erschöpft. Wenn sie Tränen gehabt hätten, hätten sie geweint. Sie sahen wie ein uraltes Liebespaar aus, bei seiner allerletzten Umarmung, oder wie Vladimir und Estragon, wenn Godot schon wieder nicht gekommen ist. An der Decke drehte sich leise ein Ventilator.

»Eine tadellose Deutung«, sagte der Schriftsteller endlich.

»Danke«, sagte der Psychoanalytiker.

»Nur«, sagte der Schriftsteller. »Wir haben immer noch Durst.«

»Deuten allein hilft gar nichts«, sagte der Psychoanalytiker. »Wir müssen die Deutung zusammen durcharbeiten.«
»Und dann ist der Durst weg?«
»Ja.«
»Eine andere Lösung gibt es nicht?«
»Nein.«
Sie schwiegen wieder, sich stützend, keuchend, sich kleine, tröstende Klapse auf die Rücken gebend. – So fand ich sie. Ich hatte den Schriftsteller abholen wollen, neugierig zu erfahren, wie die Behandlung angeschlagen hatte. Durch die Tür hatte ich die allermerkwürdigsten Geräusche gehört. Versuchte sich mein anderer Freund an neuen Therapieformen, zu denen auch das Umstürzen von Möbeln und das Zerschlagen von Fensterscheiben gehörte? Ich lauschte ziemlich lange. Man dringt nicht mir nichts, dir nichts in eine Therapie ein, nur weil man mit beiden Beteiligten befreundet ist. Andrerseits kam ich mir mehr und mehr wie ein Bub vor, der an der Schlafzimmertür seiner Eltern horcht – die gleichen Geräusche wie damals, Keuchen, Brüllen, zersplitternde Möbel –, und ich trat die Tür mit einem entschlossenen Fußtritt ein. Meine beiden Freunde, Wange an Wange in der Mitte des Raumes stehend, starrten mich an. Sie versuchten, mir etwas zu sagen, aber ihre Stimmen, auch wenn sie gemeinsam sprachen, klangen wie ein Distelgebüsch im Abendwind. Unverstehbar, obwohl ich mein Ohr an ihre Münder legte.
»Gehen wir was trinken«, sagte ich schließlich.
»Was??«
»Ein Bier.«
Es wurde ein schöner Abend. Meine Freunde hatten bald

wieder ihre altvertrauten Stimmen. Wir redeten von dem oder jenem, und als die Polizeistunde da war, berichtete der Schriftsteller von seinen nächsten Buchplänen, sprudelnd vor Begeisterung. Auch der Psychoanalytiker war bester Dinge und wollte bei Ikea neue Möbel kaufen. Neue Schrumpfköpfe. Auf dem Heimweg – ein voller Mond – hätten wir alle gern einige Alben getroffen, Dämonen, um sie tüchtig zu verhauen. Aber auch unsere einheimischen Geister wagten sich nicht in unsre Nähe.

Orpheus, zweiter Abstieg

Orpheus, allein geblieben, brachte keinen Ton mehr aus sich heraus. Nichts. Ich weiß es, er hat es mir erzählt. Stumm gingen seine Tage dahin. Die Nächte blieb er wach, ihm war, als risse ihm einer das Herz immer erneut aus der Brust. Er schrie, er stierte in die Nacht, schrie erneut. Tagsüber ging er ziellos. Ging über Wiesen, durch Wälder und über Ebenen, auf denen Steine lagen. Er hatte sein Pferd bei sich, einen Klepper, keinen andern Gefährten. Er irrte planlos zwischen Geröllen, vielleicht aber suchte er insgeheim den Eingang der Unterwelt, den er ja schon einmal gefunden hatte. Er hörte seine Seufzer und merkte nicht, dass er es war, der so stöhnte. Die Berge warfen sein Geheul zurück, so dass er meinte, *sie* brüllten so. Das ist wahr, ich glaube Orpheus jedes Wort, soweit man einem glauben konnte, der so leise sprach, dass ich ihn kaum hörte.

Er ritt misstrauisch wie ein Vogelfreier, witterte hinter jedem Fels eine Falle. In jeder Mulde einen Hinterhalt. Aus Nagelfluhhöhlen vermeinte er Mörder rennen zu sehen. Nichts aber geschah, nichts, in den Höhlen waren Kothaufen von Wanderern. Alles tat ihm weh, Orpheus, und was ihn hätte heilen können, das Singen, gelang ihm nicht mehr. Seine Finger auf der Leier steif. Die Fünftonschritte, einst so schön, klangen falsch. Tatsächlich, wenn er jetzt vor sich hin brummte, im Vergess, wenn er sich allein im Garten glaubte, klang er völlig entsetzlich. »Dabei hatte ich mein ganzes Leben sorgsam vorausgedacht«, sagte er, als wir einmal zusammen auf der Bank vor dem Gartenschuppen saßen und über die Blumen hinschauten, die ihn umwucherten. »Alles war genau geplant. Wie ich zuerst mit unermesslicher Geduld die Handgriffe übte und Tonleitern sang; irgendwo, wo mich niemand hören konnte. Wie ich dann, wie aus Versehen, die Fenster einmal offen ließ beim Üben, und tatsächlich, als ich durch die Vorhänge lugte, waren ein paar Spaziergänger stehen geblieben und spitzten die Ohren. Wie ich daraufhin mein Versteck verließ und im Freien sang; und bald hatte ich eine ganze Rotte, die mir nachging. Wie endlich Tausende, ganze Stadien voll, zu meinen Konzerten kamen. Ich sang nun wie ein Gott, ja, kein Gott hätte es besser gekonnt, und nur ein paar wenige konnten es so wie ich. Die Menschen lagen mir zu Füßen.«

Ich glaubte ihm auch das. Er sprach zwar ein undeutliches Altgriechisch, aber dem Sinn nach sagte er durchaus etwas von der Art. Warum sollte er mich anschwindeln? Nichts macht die Menschen unschuldiger als die Verzückung durch einen Gesang. Mörder lauschen reinen Herzens neben Tyrannen. Nichts macht sie glücklicher, und so lebte Orpheus mitten unter Glücklichen. War selber, wie auch anders, ein Glücklicher.

Den Gang in die Unterwelt hatte er aber nicht mehr vorausgedacht, sofort tat er das Falsche. Und schon gar nicht hatte er bedacht, dass nach seinem Besuch bei den Toten das Leben weiterging. Dass er nun neue Lieder brauchte.

Andere Töne. – Aber wie das Niegehörte singen? Ihm blieb das Grunzen, das Stöhnen, das Schreien: dem niemand gern zuhörte, er selber ja nicht. Wer mag einen Sänger, der vor sich hin heult.

Er ging nur noch selten nach Delphi, kaum je eigentlich, überhaupt nicht mehr, denn die von Delphi, Hohepriester einer neuen Generation, zeigten ihm die kalte Schulter. Vergaßen ihn. Er hatte jetzt Runzeln im Gesicht, weiße Haare. Sein Rücken tat ihm weh, wenn er sich bückte. Die Seherinnen waren Kinder, sie waren so jung, dass sie seine Töne von damals nie gehört hatten. Sie prophezeiten Ereignisse, die jenseits seines Horizonts lagen. Die Erde werde dereinst so voll sein, dass nur der überlebe, der die Nächsten morde. Jeder sei dann eines jeden Nächster, und es gehe darum, wer, ohne zu fragen, ohne zu denken, ohne zu fühlen, schneller töte; auch wenn das Opfer aussehe wie man selber. Es werde kein Platz mehr sein, Delphi ein Gewimmel aus Menschen in allen Farben, mit Kanistern auf dem Kopf, mit Körben unterm Arm, auf der Flucht von da nach dort. Kinder ohne Körper, nur Haut über den Gebeinen. Es werde in dieser Zukunft nur noch Fliehende geben, keine Bleibenden mehr. Alle würden alle fliehen, Leichenhaufen hinterlassend. – Das waren die Prophezeiungen der Priesterinnen von Delphi, dreizehnjährigen einbeinigen Mädchen, deren zweite Beine verdorrt oder getrocknet den alt gewordenen Seherinnen von einst als Gehhilfe dienten, auf die sie sich stützten. Noch war ja Platz zum Hüpfen, die Prophezeiung war noch nicht wahr geworden.

Orpheus, o ja, er konnte noch durch leere Wüsten gehen, die gab es noch. Da und dort ein in blaue Tücher gehüllter Mann, ein Schatten, fern in der untergehenden Sonne leuchtend. Ein Kamel auf einer Sanddüne am Horizont. Orpheus hinterließ eine Spur im Sand, seine beiden Füße und die vier Hufe des Kleppers. Der Wind wehte die Stapfen nach einer Weile wieder zu. So blieben alle andern Menschen – waren sie Tuareg? – spurlos, Geister, für ihn wenigstens. Kaum, dass er jemals mit einem sprach. Delphi war weit weg, auf einem andern Kontinent vielleicht. Vielleicht auf einem andern Planeten. Das, wo er ging, sah durchaus wie der Mond aus; wie der Mars. Konnte es sein, dass die Furien, die Larven ihn, statt nach Hause, auf einen andern Stern entlassen hatten? In eine fremde Zeit? Keine Lieben mehr, keine Vertrauten, Delphi unauffindbar? – Wie war sein Leben herzlich gewesen! Wie hatte ihn sein Haus entzückt! Wie hatte er seine Freunde geliebt! Und wie, ach, Eurydike. – Im Garten hatten sie gesessen, am Ufer des Meers, in einem Hain, auf weißen Steinen, von Hummeln umsummt. Immer kam einer, eine ging. Gelächter nah, fern, Geplapper. Katzen schnurrten, ja, die Katzen waren auch noch am Leben. – Er erinnerte sich kaum mehr.

Er saß neben mir und pflückte, ohne hinzuschauen, ohne es zu wissen, denke ich, eine rotgelbe Blume, eine Aster vielleicht. Er sah, weiß Gott, eher wie ein Landstreicher als wie ein Sänger aus. »Dann passte ich wohl einige Augenblicke lang nicht auf«, brummte er. »Jäher als plötzlich war ich jenseits der Schwelle, die kaum einer rechtzeitig bemerkt, jenseits jenes tückischen Eingangs, von dem es nur ein Zurück gäbe, wenn man den nächsten Schritt nicht täte. Aber den tut ein jeder, den tat auch ich, das Herz starr im Todesschreck, genau wie beim ersten Mal schon.« Er stöhnte. »Ich, der ich hätte gewarnt sein müssen. Der als Einziger hätte wissen können, welche Fallen die Furien stellen. Aber nein, nichts da, ich stolperte auch ein zweites Mal wie ein Blinder durch den Riss in der Schöpfung, der das Hier vom Dort trennt.« Er hieb sich mit der flachen Hand gegen die Stirn und sah mich mit weit aufgerissenen Augen an. »Vielleicht wollte ich es ja, kann sein. Jedenfalls, du gehst ahnungslos im Diesseits, dein Liedlein auf den Lippen, du siehst den Weg völlig genau vor dir, die Steine, die Biegung dort, den fernen im Wind gekrümmten Baum, und dann träumst du einen Moment lang oder nicht mal so lange und tust den verheerenden Schritt.« Er ließ die Aster fallen. »Jede Katastrophe ist jäh, und diese besonders. Ein Blitz, der dir ins Herz einschlägt. Ein anderes Licht, sofort, kein Licht mehr eigentlich. Alles diesig. Eine fette Luft. Der Himmel über dir schwarz, falls dieses niedere Gewölbe ein Himmel ist. Schleimig, ein Schleimdach eher.« Er sah vor sich hin, als könnte sich da die Erde auftun. Ein Sperling hüpfte, viele Sperlinge hüpften vor ihm im Gras. Sie zwitscherten und pickten an der Aster herum. Aber ich glaube, er sah und hörte sie nicht.

»Unter meinen Füßen war Kies«, sagte er. »Schlick, ein schmaler Pfad, der steil nach unten führte. Ich war ihn schon einmal gegangen, kein Wunder, dass ich laut brüllend zurückrennen wollte. Auf allen vieren dem Eingang zu. Aber das ging nicht, das war ja just die Falle.« Jetzt lachte er so, dass die Spatzen aufflogen. »Wer auf dem Kies in der Gegenrichtung nach oben rennt, rutscht nur noch schneller bergab, in einem schwarzen Geröll scharrend, in Knochen, Schädelteilen.«

Er kannte das schon, erschrak nicht weniger, sondern mehr. Fern sah er den Eingangsriss, einen Lichtstrich, immer höher oben, immer schmaler werdend. Dann schloss er sich ganz. Draußen, gewiss, war nun nichts mehr zu bemerken. Die Spur hörte einfach auf, sowieso wehte ja auch der Wind. Andere, die Tuareg zum Beispiel, tappten keineswegs in die Unterweltsfalle, obwohl sie den genau gleichen Weg ritten. Die Spalte öffnete sich nicht für jeden. Viele müssen das Leben länger aushalten, die Erde, falls das die Erde war, dieses Getrümmer, falls das nicht doch ein anderer Stern war. Nicht das, wovon Gott gesprochen hatte, das Paradies, sondern eine Welt fernab. Es gibt ja so viele Welten, eine mehr oder weniger, was spielt das für eine Rolle. Ein Zusammenprall zweier Milchstraßen irgendwo im All, ein kleines Gemenge gibt das, ein unhörbares Krachen und Zerschellen, einen Urknall, und dann ist das All wieder schwarz, als sei nie etwas gewesen. Tausende von Erden vernichtet, wen kümmert es. Umso mehr, wenn ein Einzelner verendet.

Was geschah mit Orpheus' Pferd? Ich glaube, es blieb in der Wüste. Trottete dem Geruch irgendwelcher Kamele nach. Erreichte vielleicht eine Oase oder das Gestade des Meers gar, soff und soff. Es war das glücklichste Pferd weit und breit. Es vermisste seinen Herrn nicht, dessen Gesang es nie gehört hatte. Weil, zu seiner Zeit, da hatte der nur noch im Kopf innen gesungen.

»Das Pferd«, brummte Orpheus. »Genau. Wo ist eigentlich das Pferd geblieben?«

Orpheus hatte sein Gesicht dem Talboden zugewandt. Das Sichwehren hatte er aufgegeben. Er federte mit weichen Knien das Tempo des Abstiegs ab. Wie beim letzten Mal sah er die brennenden Seen, die taumelnden Toten, die Schädelberge, die Haufen aus Brillen, aus Goldzähnen, das Kind, das seine tote Mutter mit Dreck fütterte. Erschlagene voller Blut, ohne Arme, Kinne. Von Minen Zerrissene. Schreiende Frauen, den Berg hinabstürzend, wie er. Verstümmelte Männer, die ihm Verfluchungen nachriefen. Dabei, was konnte *er* dafür. Viele Alte schienen nicht zu wissen, wohin. Sie tappten dahin, dorthin. – Endlich gelangte er auf die Ebene unten. Graues Gras, graues Licht, alles grau. Da standen sie wie beim letzten Mal, die Seelen, eine Wand aus Abermillionen Seelen. Waren es die von damals oder neue? Die Musik war jetzt auch da. Furien?, rief er. – Ja! – Geister? – Ja! – Und als sie sangen: Du wagst es, Sterblicher?, da rief *er* ja!, nein!, eigentlich, ich wage es nicht, es geschieht mir, was ist mit meinem Herzen geschehen? Ich bin Orpheus, ihr kennt mich doch, Orpheus, wir haben doch schon zusammen gesungen, in einem frühen Tod, in einem alten Leben, auf einem andern Stern. Als in Delphi die Prophezeiungen noch leicht zu deuten waren, was geht am Mittag auf zwei Beinen und am Abend auf dreien, der Mensch natürlich. Aber heute, Furien, heute ist jeder dankbar, Erinnyen, wenn ein anderer Kontinent verhungert und nicht der eigene. Heute hält sich jeder, Geister, einen Fernseher auf der Erde droben, nur um zu kontrollieren, wie nahe die Todesschwadronen seinem Haus schon gekommen sind. Ah, die Erleichterung, wenn das Morden noch einige Meilen weit weg ist, hinter einem Meer vielleicht, hinter einer Wüste zum mindesten oder hinter hohen Mauern voller Stacheldraht und mit Glassplittern obendrauf oder wenigstens hinter einem Polizeikordon, schräg in die heulende messerschwingende Menge hineingelehnten Beamten, die sich an den Händen halten, Warnschüsse abgeben und dann auch gezielte. Noch trifft es die dort drüben, das ist beruhigend, obwohl sich niemand mehr richtig ruhig fühlt. Es ist, Geister, eine große Unruhe in der Oberwelt. Alle stürzen immer schneller einem Ende entgegen, Furien, die Uhrenindustrie hat jetzt schon Chronometer entwickelt, die die Stunde in knapp zehn Sekunden hinter sich bringen. Was waren das für Urlaube einst gewesen, arglos in den Ländern unserer Mörder, ein paar Schüsse nur weitab im Gebüsch, während wir in den Hotels das Büfett stürmten. Blaue Wogen, in denen wir uns tummelten. Hie und da ein abgesprengter Fuß, rot blutend noch, sonst tiefer Frieden.

Orpheus ging auf die Furien zu, was hatte er zu verlieren. Er schritt mitten unter ihnen, die nicht zurückwichen, ihn zuweilen sogar zwangen, durch sie hindurchzugehen. Dann war ihm wie ein Frösteln auf der Haut. Er starrte in ihre Gesichter, in jedes einzelne, ein zweites Mal wollte er Eurydike nicht verlieren. Diesmal würde er sich nicht umdrehen, nein, so blöd war er nicht nochmals. Er ging und ging, sah in Millionen Geistergesichter. In Milliarden vielleicht. Die Furienfratzen waren durchaus verschieden, keine glich der andern. Sie waren lang oder dick oder rund. Alle allerdings hatten leere Augen ohne ein Erinnern. Alle waren grau. Und bei allen hingen die Mundwinkel herab, als hätten sie nie ein Lachen gekannt. Dabei, was hatte Eurydike gelacht! Die Prüfung dauerte Stunden, Jahrhunderte vielleicht, gäbe es in der Unterwelt eine Zeit. Sie waren ja so viele Tote, und auf Tausenden von Nachen kamen immer neue über den Fluss.

Als Orpheus bei der letzten Furie ankam, einer kleinen, traurigen, als sie ihn auch an niemanden erinnerte, an nichts, da schrie er auf und stürzte den steilen Weg nach oben. An der alten Stelle von damals war er so außer Atem, dass er stehen blieb und sich umwandte. Die Seelen waren verschwunden. Nur die eine, die kleine, stand noch da und sah zu ihm hoch. Orpheus hob eine Hand. Einer Larve zuzuwinken! Er stieg weiter. Ebenso jäh wie beim Eintritt in die Welt der Verlorenen stand er wieder in der unsern.

»Ich habe sie nicht erkannt«, murmelte er. »Stell dir vor, ich habe Eurydike nicht erkannt.« Er pflückte, ebenso abwesend wie beim ersten Mal, eine neue Blume, eine Margerite.

Diesmal hatte die Unterwelt ihn just in meinen Garten ausgespuckt. In unsre Zeit hinein. Ich war gerade dabei gewesen, ein Feuer zu machen, um altes Holz zu verbrennen und auch ein paar Manuskripte. Seit Monaten war mir nichts mehr gelungen, und ich wollte die Zeugen meines Scheiterns aus dem Weg räumen. Ich war ziemlich verblüfft, als Orpheus plötzlich dastand. Er schaute allerdings noch verstörter. Wir starrten uns durch die lodernden Flammen hindurch an, und beiden kam's so vor, als ob der andere zitternd tanze.

»Sie hat mich gesehen«, sagte er in seinem Altgriechisch, das auch ein Altgrieche nicht verstanden hätte, weil er so leise sprach. »Sie hat mich nicht erkannt.« Er starrte mich entsetzt an. Ich nickte. Natürlich, natürlich. Ich wusste zwar nicht, was genau, aber so was kam sicher immer wieder mal vor.

»Ist Ihnen mit fünf Franken fürs Erste gedient?«, sagte ich und holte das Portemonnaie hervor. Obwohl er das Fünffrankenstück nahm und in eine Tasche steckte, blieb er dann doch bei mir. Er nistete sich im Schuppen ein und half mir bei der Gartenarbeit. Er war viel kräftiger als ich und auch geschickter. Blumen, von denen ich bis dahin nichts gewusst hatte, sprossen bald überall. Wo er auch nur hinschaute, wuchsen sie wie toll. Er hatte einen grünen Daumen, aber wirklich. Bald war der Schuppen, eigentlich nur ein Dutzend Meter vom Haus entfernt, hinter einem Blumenwald verschwunden. Trotzdem arbeitete ich mich, Malven und Rittersporne auseinanderschiebend, zu ihm vor. Wir saßen Seite an Seite auf der Bank und sahen zu, wie die Sonne hinter den Hausdächern verschwand. Wir schwiegen viel, fast immer eigentlich, aber ich lernte doch einige Brocken seiner Sprache. Sein Deutsch war bald recht ordentlich. Trotzdem dauerte es lange, bis ich begriff, wer er war. Bis ich es ihm glaubte. Eigentlich tat ich das erst an seinem letzten Tag. Denn da saßen wir wieder, wie gewohnt, auf der Schuppenbank, und er sang plötzlich. Ganz leise, kaum zu hören. Sein Gesang klang wie eine fernhergewehte Erinnerung. Er hatte mich vergessen und lächelte. Er sang! Ich hörte ihm atemlos zu. Als ich es nicht mehr aushielt, diese wehe Schönheit, stand ich auf und ging ohne einen Gruß ins Haus. Verklingend hörte ich seine Töne, bis ich die Tür hinter mir zugezogen hatte. In der Nacht schlief ich traumlos, oder, kann auch sein, mein Traum-Ich schluchzte stundenlang. Am nächsten Morgen schrak ich jedenfalls vor Sonnenaufgang auf, als sei etwas geschehen, eine Ahnung, ein Schrecken. Ich ging mit einer Kanne Kaffee und einem Butterhörnchen in den Schuppen hinüber, etwas, was ich sonst nie tat. Er lag am Boden, das Gesicht auf der Erde. So war Orpheus gestorben, von keinem bemerkt.

Der Müll an den Stränden

Wisst ihr noch, wie es war?, erinnert ihr euch? Hört ihr noch, tief in euch verborgen, den Nachhall jener Tage, da die Meere an die Gestade schlugen, die menschenleer waren? Wo keiner ging?, keine schritt? Als der Wind das Schilfgras bog, die Salzluft über Steine strich? Nicht einmal eine Eidechse huschte. Der Himmel war blau, groß, leuchtend, aber in wilden Nächten erinnerten Gewitter an die Zeiten der Schöpfung, die noch nicht weit zurücklagen. Blitzkaskaden, ohrenbetäubendes Gedonner, Regen, als stürze der ganze Himmel herab. Aber dann, am nächsten Morgen: ein umso klareres Licht, Steine, die funkelten, dampfende Uferbäume. Viel mehr gab es nicht. Es gab die Zeit, und es gab die Schönheit. Die Zeit: das Schlagen der Wellen, von denen wir später den Rhythmus des Atmens lernten. Die Schönheit: überall. Alles war schön, alles. Die Steine waren schön. Die Büsche waren schön. Der Sand. Die Ginster. Die Luft leuchtete so, dass sie sichtbar war. Schön waren die Uferfelsen, die vom Wind schräggewehten Pinien, die Olivenbäume an den Hügelhängen, die Lavendel. Der Sand war weiß, gelb, zuweilen beinah rot.

Im Wasser war das Leben, nicht am Land. Im Wasser wuchsen die Korallen, die Algen, der Tang. Seesterne, Meerigel. Zwischen blauen Felsen und violetten Unterwassergebirgen schwammen Schwärme aus Millionen Fischen, die, als hätten sie *einen* Willen, alle im selben Augenblick zur Seite zuckten, wegtauchten in schwarze Meeresgräben. Größere Fische mit breiten Mäulern schoben sich vorüber. Rochen segelten. Haie glitten lautlos. Dann wieder glitzernde Kleinstfische, wie Regengesprüh. Da, dort, überall. Ein Getümmel: dann hatte eine Muräne einen Barsch verschluckt. Die Flundern taten, als seien sie der Sandboden, bis sie jäh flohen. Grünes Licht von oben, da wo die todbringende Luft war, in die nie ein Meerbewohner hineinlugte.

An den Stränden gab es keine Lebewesen, hinter den Stränden auch nicht, schon gar nicht auf den Gebirgen, wo der Regen fiel und im Winter der Schnee. Nichts bewegte sich, kein Sandfloh hüpfte. Nur die Götter gingen, spurenlos. Der junge Zeus, dessen wahren Namen wir nicht anhören könnten – sein Klang würde uns zerreißen –, war noch auf keine Menschin aus, weil er noch nie eine gesehen hatte. Es gab noch keine, noch für Jahrmillionen nicht. Die Evolution hatte noch nicht einmal den Schwan ins Auge gefasst, geschweige denn den Stier. Sie tat sich mit den Einzellern schwer. Noch verwandelte sich Zeus nicht, wozu auch. Göttinnen gab es, die ja. Denen konnte er begegnen, wie er war. Elfen huschten, Gnome grunzten, und da und dort quiekten Geister, die sich balgten. Stille dann wieder, Stille, ewiglang, kratertief. Der eigene Herzschlag, hätten die Götter Herzen, wäre ein Donnern gewesen. Das Fallen einer Tannnadel war ein solches Getöse, dass alle Göttlichen innehielten und zu dem armen Baum hinschauten. Wenn Schneeflocken auf die Berge fielen, lauschten sie fassungslos dem Geprassel.

Niemand weiß, welche Wesen sich als Erste aufs Feste wagten, in die Atemluft. Irgendein winziger Fisch vermutlich wurde von einer Welle gegen das Ufer gespült und machte nicht rechtzeitig rechtsumkehrt mit seinem Schwarm. Anders als andere vor ihm – ihre Kadaver lagen zu Millionen um ihn herum – war er nicht bereit zu sterben, erwies sich in seiner Todesnot als fähig, die Kiemen in Lungen zu verwandeln, und wand sich weg, kroch keuchend im feuchten Sand landeinwärts. Beine hatte er noch keine. Die Schöpfung ließ sich Zeit, und die Göttlichen nahmen den neuen Erdling nicht ernst, lasen die Botschaft, die er für sie hatte, nicht von seinen Lippen ab. »Hier bin ich, ich werde nicht der Einzige bleiben, der Lärm von meinesgleichen wird euch verscheuchen.« Wie war der erste Landlurch hässlich! Lippenlos, schrumpelig, grauenvoll. Die Götter, die Göttinnen glichen Blumen, Büschen. Sie *waren* Büsche und Bäume. Andere flogen, schwebten, wirbelten, schäumten, schwangen sich von Ast zu Ast oder glitten auf Wellen, und einige, Frauen wohl, waren so anmutig, dass die Sonne selber von ihnen geblendet wurde. Sie sangen, ja, die Göttinnen sangen. Ganze Inseln sangen, Kontinente. Die Meere dröhnten, auch wenn niemand da war, dem Gesang zu lauschen. Leis lockend weit draußen oder, wenn wir damals unterwegs hätten sein können und einem Gestade näher gekommen wären, tosend laut wie ein Niagara aus Klängen.

Wer sich, als die Menschen erschaffen und die Schifffahrt erfunden war, dem Singen näherte, war verloren. Oder gerettet. Alte Sagen sagten zwar, dass die singenden Wesen ihre Bewunderer fräßen: aber dass keine und keiner zurückkehrten, könnte auch bedeuten, dass es auf den singenden Inseln unendlich viel schöner als anderswo war. Als überall sonst, im Tonlosen. Dass es keinen Grund gab, heimzukehren zu Frau und Kind und Hund. Zu Arbeit, Leid und Weh. Aber das war später. Noch sangen die Göttinnen allein, mit den Gnomen zuweilen, deren Grölen sie mochten, denn sie waren in einer Weise weitherzig, die es heute nicht mehr gibt. Sie lachten, wie sie sangen, und sie sangen, wie sie atmeten. – Was die Götter und Göttinnen aßen, wissen wir nicht. Ich denke, nichts. Vielleicht hat unser Unglück – ich meine, unser Menschenunglück – überhaupt erst damit begonnen, dass ein erster Affe Speise in sich hineinstopfte, aus Blödheit und Spielerei, nicht aus Notwendigkeit, und wir taten es ihm sogleich nach, weil wir *jede* Blödheit nachahmen. Kaum acht Stunden später hatten wir Bauchschmerzen. Seitdem hocken wir, Mann und Frau, Bettlerin und Kaiser, in langen Reihen am Wegrand, rund um den Erdball, hilflos. Es hilft uns nichts, unsere Schwäche zu verbergen. Machtvoll zu tun, unabhängig. Noch vom prunkvollsten Staatsempfang stürmen wir aufs Klo und reißen uns im Laufen die Orden weg, um noch rechtzeitig die Hosenträger zu lösen. Durch uns und nur durch uns kam der Dreck auf die Erde, der Abfall, die Ökologie. Hätten wir, wie die Götter, nichts gegessen, hätten wir uns gerettet. Vielleicht. Sicher. Nichts hinein, nichts heraus. Keine Bedürfnisse. Es gäbe keine Restaurants und kaum Ladengeschäfte. Hie und da ein paar Jeans, Hemden und Socken, das vielleicht. – Als der Tod noch gerecht war, in alten Zeiten, nahm er genau so viele Greise mit sich, wie Säuglinge hinzukamen. Keinen mehr, keinen weniger. Damals noch wären wir vielleicht, wenige nur und immer gleich viele, mit den Göttern ausgekommen, mit den Elfen und den Kobolden, die, den Göttern hierin gleich, auch keine Losung hinterlassen. Kein Gott geht in die Büsche, keine Göttin kauert sich ins Schilfgras. Auch die Urtiere kannten kein Fressen. Die Kartoffeln wucherten vor sich hin. Die Orangen fielen, überreif, von den Bäumen und verfaulten, Dünger für die nächsten Orangen. Die Kontinente, die noch nicht auseinandergebrochen waren, hätten uns überreichlich Platz geboten. Da einer, dort eine, weite Ebenen, am Horizont ein paar Giraffen und ein Gnu.

Es kann aber auch sein, dass jener wunderbare Maler viel späterer Jahre recht hatte, dem seine Phantasie oder ein Medici-Fürst befahl, eine Frau zu malen, die dem Meer entsteigt. Dass das, was er für ein Bild seiner Einbildungskraft hielt, eine Erinnerung war. Dass das erste Lebewesen, das aus dem Meer geboren wurde, kein Lurch war, kein Einzeller, sondern jene Frau, die – auf dem Bild – aus einer Muschel tritt, sich trockenschüttelt, sich die Haare aus dem Gesicht streicht, die Lungenatmung versucht. – Sie hatte sehr schöne Lungen. Nach vier oder fünf Atemzügen ging sie im weißen Sand den Strand entlang und hinterließ die ersten Fußabdrücke. Es kann schon auch sein, nicht wahr?, dass dann einer der Götter just dort lustwandelte, und wenn es Zeus war, der Andersnamige, folgte er gewiss schnüffelnd und schnuppernd der unvertrauten Spur und fand deren Urheberin auf den weißen Felsen oben. Da stand der Gott, unvorstellbar, nackt auf Götterweise, über der hingelagerten Venus, von der wir wissen, wie sie aussah. – Auch sie hieß nicht Venus, wird nur von uns so genannt; erhielt von Zeus einen Namen, dessen Klang sie gerade noch aushielt, der uns jedoch töten würde. – Bei aller Sympathie für die Göttinnen: nichts Schöneres gab es damals, auch unter ihnen nicht. Zeus, der so ein Wesen noch nie gesehen hatte, strich mit einem Zeigefinger sacht über die Wangen der Frau. Sie lächelte. Die Liebe war erfunden. Sie wälzten sich zwischen Schilfhalmen, murmelnd, küssend, juchzend, stöhnend, schreiend und heulend, blind, stockenden Atems. Die Leidenschaft war erfunden. Dann lagen sie im Sand, still. Nun lächelte Zeus, beinah ein Mensch geworden. Die Frau blickte ernst, fast eine Göttin. Zeus wollte nur noch mit der Frau sein, mit keiner andern; später, als sie wieder weg war, mit solchen, die ihr glichen. Leda war eine von diesen: fürchtete aber die Kraft seines Glieds und versuchte es statt seiner mit Vögeln. – Bald waren auch die ersten paar Millionen Sandflöhe unterwegs. Eidechsen huschten nun. Den Gnomen vor allem gefiel das neue Getier, sie legten den schlafenden Elfen Olme auf die Bäuche und kitzelten sie mit Spinnen. – Wie freute sich die Frau, wenn Zeus zu ihr kam. Wie hielten sich die Göttinnen die Hände vor die Augen – mit gespreizten Fingern nämlich –, wenn sie das vor ihren Blicken verbargen, was die beiden miteinander taten und von dem sie ausgeschlossen waren.

Natürlich kam es, wie es kommen musste. Irgendwo waren doch Menschen geworden, aus Affen, aus Plasma, aus dem All gefallen: und vermehrten sich vom ersten Tag an. In Afrika waren plötzlich welche, auch in Asien wagten sie sich aus den Wäldern hervor, und die ersten Barbaren, friedfertige Menschen, wanderten bis dahin, wo die Götter wohnten. Diese guckten verdutzt hinter den Felsen hervor. Die Prophezeiung des Lurchs begann sich zu bewahrheiten. Der Anfang des Lärms! Die Barbaren ihrerseits wunderten sich über die Fußspuren im Sand, die Abdrücke der immer gleichen zwei Füße, die so zierlich waren, dass sie nur einer Frau gehören konnten. Sie bekamen sie nie zu Gesicht, aber in den ersten Nächten – später nicht mehr – hörten sie sie. Ihre Glücksschreie, in die sich zuweilen göttliches Röcheln mischte. Die Barbaren richteten sich an den Stränden ein, bauten Hütten, fingen Fische, Hasen, hämmerten und dröhnten. Die Götter zogen sich in die Gebirge zurück. Von diesen aus gesehen war der Strand immer noch ein weißes Band, nur dass jetzt Menschen auf ihm gingen, Kinder spielten. Aber noch immer versank jeden Abend die Sonne im Meer. Sie beleuchtete die Welt der Fische für die Dauer einer Nacht. Wie sie hinter die Berge kam, hinter denen sie jeden Morgen aufstieg, war ein Rätsel, das auch die Philosophen nicht zu lösen vermochten, weder die der Barbaren noch die der Götter. Die waren sowieso Langschläfer und dachten morgens nur träge Gedanken. Auch Venus, wiewohl menschenähnlich, war, in den Armen von Zeus liegend, nicht auf Erkenntnis aus. Auch sie kümmerte nicht, dass just in jenen Tagen der erste Müll der Menschengeschichte herumzuliegen begann. Münzen, Tonscherben, Amulette.

Inzwischen sind die Strände mit Verlorenem zugeschüttet. Bulldozergroße Putzmaschinen kämmen jeden Abend die Badestrände durch und hinterlassen dennoch Tonnen von Plastik. Im hohen Norden allerdings fliegen heute noch Millionen Vögel auf, wenn wir kommen. Im hohen Norden sind nur wir, die Wenigen, die, denen die Vielen im Süden ein Greuel sind. Im Norden sind wir, die Andern, wir mit den Teleobjektiven, den Vogelschutzmitgliedsbüchern, dem Schwur, die letzten Vögel vor uns Menschen zu schützen. Kreischend umflattern sie uns. Schilfgras ist an den Stränden des Nordens, Schilf und Gras, sonst nichts. Hie und da Schmieröl. Nur solche wie ich gehen an den Stränden des Nordens, die Stille zu suchen, den noch nie betretenen Ort. Eine eisige Brise bläst, Luft direkt vom Pol. Kriechtiere fliehen in Panik. Die Vögel kreisen höher. Da stehen die wie ich, die nicht wie die sind, die die Vögel in den Kanaren ausgerottet haben. Ich stehe mit wehenden Haaren, atme tief. Noch nie bin ich so glücklich gewesen, so einsam. Ahh, die Luft der Arktis. Das Schiff, das mich an Land gesetzt hat, hupt in der Ferne. Von überallher stapfen die andern Einsamen auf den Landesteg zu. Als auch ich mich von der nordischen Herrlichkeit abwende, kreischen die Vögel über mir doppelt so laut. Ich winke ihnen, flattere beinah.

Was fühlten die Klippen von Dover, als die Kiele der Schiffe Wilhelms des Eroberers sich in sie bohrten? Als die Krieger, sich Mut zuheulend, ins knietiefe Wasser sprangen und zum Strand hin rannten? Als die Verteidiger brüllend auftauchten und das Blut den Sand rot färbte? Strände verlieren ihre Unschuld nur einmal. Das Ufer, an dem Columbus

Amerika betrat, auch wenn er es für Indien hielt. Der Sand, über den Cortez ging, seine Missionare im Schlepp, seine Schlächter. Immer noch dampft das Blut der Kreuzfahrer und ihrer Opfer an den Ufern vor Jerusalem. Noch ewig liegen die Blindgänger unter den Badegästen der Normandie.

Kein Strand ist mehr unschuldig, heute. Überall liegen verlorene Dinge, die an etwas erinnern, schenkt man ihnen nur Gehör. Schaut man sie nur lange genug an. Puppen, Schnüre, Ketten. Speiseeislutscherstiele. Bade-Entchen. Fadenspulen. Flaschen. Halbe Scheren. Sandschaufeln. Portemonnaies, alle ohne Geld. Federbälle. Kämme, Garderobennummern. Lippenstifte. Sie erinnern an Kleines, nicht an Großes. An die erste Liebe am Strand, nicht an die Bombe von Hiroshima. Die wird sowieso erinnert. Sie hat unser aller Leben zertrümmert, für Generationen, für immer. Seither ist alles möglich, und alles geschieht ja auch tatsächlich. Nichts, was denkbar ist, geschieht nicht; zudem oft das Ungedachte. Die Wirklichkeit lässt keine Ungeheuerlichkeit aus. Die Phantasie ist längst eine kleine, sorgsame Anarchistin geworden, die in den verkrusteten Falten des Gedächtnisses herumkramt und Dinge zutage fördert, die kein Mensch mehr für möglich hält. Sie waren aber möglich, einst, vor Hiroshima, bevor die Erinnerung verstrahlt wurde und die kleinen Dinge ausschied. Seither handelt auch unser Gedächtnis nach dem Gesetz des größten Marktanteils und der höchsten Einschaltquote. Was nicht mehrheitsfähig ist, lohnt die Erinnerung nicht.

Gleich mit dem ersten Menschen begann das Licht zu schwinden. Unbemerkt von diesem, langsam, nicht der Rede wert. Es war weiterhin viel Licht da. Karthago leuchtete, dass man's kaum anschauen konnte; noch die Marmorsäulen des alten Roms konnten nur durch gerußte Scherben betrachtet werden. Aber heute: geh den Strand entlang: du siehst den Sand unter dir nicht mehr. Das Licht ist weggetrampelt. Nur in unserer Erinnerung noch geht die Sonne auf, in unsern Hirnen. Und wir wundern uns, dass die Haut nicht mehr warm werden will. Stehen frierend, aneinandergeklumpt, gereizt, aufeinander einschimpfend, immer atemloser: und denken, ohne es uns zu gestehen, dass bald, übermorgen vielleicht, der ganze Menschenpulk implodieren wird. Wie alte Pilze. Schwarzer Staub, der sich mit dem Sand mischen wird, ihn ein bisschen dunkler färbend. – Kommen dann die Götter zurück und machen weiter, als sei nichts gewesen? In der Tat, nur wir sind gewesen, fast nichts. Sie lachen, sie freuen sich ihrer Unsterblichkeit. Sie sind nicht viele, verglichen mit uns inzwischen. Sie kehren gern an die Strände zurück und bleiben erst am Ufer stehen, die Füße im nassen Sand, schauen entzückt aufs weite Meer. – Nur Venus hält nicht inne, geht weiter, Schritt vor Schritt. Zeus schaut ihr mit weit aufgerissenen Augen nach, wie sie sich entfernt, wie sie im Meer versinkt, ihre Knöchel, ihre Schenkel, ihr Rücken, der Kopf. Erst jetzt ruft er nach ihr, krächzt eher. Eine Weile lang noch schwimmen die rotblonden Haare auf der Wasseroberfläche. Tanzen auf den Wellen. Dann tauchen sie jäh. Venus hat ihre Kiemenatmung wiedergefunden. Erinnert sich erneut an die Meereshöhlen, an die alten Spiele mit den Wassertieren. Sie ist zurück. Ihre Freunde von einst sind nicht mehr da, aber die, die sie an den alten Orten trifft, gleichen ihnen. Zeus ist vergessen, was er sie lehrte. Dieser, der verlassene Gott, steht am Ufer, zum ersten Mal einsam. Er tut zwei Schritte ins Wasser, zwei zurück. Es ist nicht sein Element. Er ist ein Landgott. Lange noch träumt er von der Verschwundenen, ihren Haaren, wie sie schwammen. – Alte Briefe sagen uns, dass Botticelli auch dieses Bild gemalt hat – die Venus, versinkend –, dass es aber seinem Medici-Fürsten nicht gefiel, so dass er es mit tanzenden Damen übermalte.

Mit den Göttern kam das Entzücken auf die Erde. Mit den Menschen das Entsetzen. Da wir die Götter nicht vergessen haben, nicht ganz, sind wir entzückt *und* entsetzt. Wir lieben unser Entzücken, und wir versuchen, den Namen, den wir jenem andern Gefühl geben müssten, nicht zu denken, nicht allzu oft, weil wir unser Leben weiterführen wollen. Das Entsetzen. Das Entsetzen über das, was wir mit uns anrichten, mit unsereinem. Mit den Dingen. Mit den Tieren. Einst war die Zukunft ein lockendes Versprechen, heute ist sie eine Drohung. Eine Gewissheit beinah, obwohl wir nicht aussprechen wollen, was denn so gewiss ist.

Mit den Menschen kam die Erinnerung auf die Erde. Das ist ihre Leistung. Das ist ihre Schwäche. Mit der Erinnerung kam die Trauer. Alles, was uns einmal geschehen ist, ist in uns aufbewahrt. In uns ist ein dunkler Kern, ein schwarzes Loch, ein geheimes Behältnis, in dem mehr Tränen aufbewahrt sind, als die Weltmeere fassen. Sie schlagen an die Strände, unsere Tränen, salzig, schwemmen all die Dinge ans Ufer, die wir verloren haben. – Die Trauer bewegt sich auf einer spiralförmigen Flugbahn in uns, weltallgroß. Immer erneut nähert sie sich, in hohem Tempo, dem Kern des Erinnerns, entfernt sich rasend, weil ihr das fast Gesehene, das beinah Erkannte nicht aushaltbar scheint. Sie wird ja wieder zurückkommen, in der nächsten Spiralendrehung, wieder lugen, wieder nur schnell, aus einer etwas andern Blickrichtung. Vielleicht sollte sie innehalten, die ängstliche Trauer, wenn sie am bedrohlichen Ort ist. Was einst nicht auszuhalten war und doch ausgehalten wurde, wäre heute, sähe sie nur ruhig hin, fast leicht zu leben. Zeit ist vergangen. Vielleicht müsste sie lachen, die verschreckte Trauer, vor Erleichterung. Weinen würde sie gewiss. Wenn die Trauer weint, ist das wie ein Gelächter bei ihr.

Ich bin keiner von den Stränden. Ich bin ein Binnenländer. Da wo ich aufgewachsen bin, ragen schwarze Felsen in den Himmel. Wer die Sonne sehen will – Spinner sind das meist, Frauen, Kinder –, kriegt einen steifen Nacken. Föhnwinde rasen von den Gebirgen herunter und setzen Dörfer in Flammen. Die verzweifelten Bewohner versuchen das Feuer mit Steinen zu löschen. An den Tagen ohne Föhn regnen Sturzfluten vom Himmel. Schneemassen im Winter. Heulende Stürme. Bären gingen einst. Das Meer war jahrhundertelang eine Sage, so glaubwürdig wie das Paradies. Später, als erste Reisende die Existenz des fernen ewiggroßen Wassers bestätigten, wurde es eine Hoffnung. Eine Sehnsucht. Mein Gott, was haben wir uns nach dem Meer gesehnt. Keiner von uns und keine, die und der sich nicht eines Tags auf den Weg machte, das Meer zu suchen. Erst heute werden schon die Dreijährigen per Charter an ferne Ufer gekarrt und starren ohne zu staunen zum Horizont. Erst vor kurzem ist die Sehnsucht abgeschafft worden. Es gibt ja auch keine Einsamkeit mehr, keine Trauer. Wir haben die Taschen voller hochwirksamer Medikamente, mit denen wir das leiseste Unbehagen in uns auf der Stelle bekämpfen und deren einzige Nebenwirkung ist, dass wir auch ein unverhofftes Glück nicht spüren. – Wir sehnten uns, dass es gar nicht wahr sein durfte. Die Sehnsucht zerriss uns beinah. Und irgendwann zogen wir dann los, stiegen um Mitternacht durchs Fenster, die Schuhe in der Hand, dass uns der Vater, die Mutter nicht hörten. Wie sie schrien am nächsten Morgen! »Ans Meer ist er, der Bub! Stellt euch vor, es sucht das weite Wasser, das Mädel!« Sie rauften sich die Haare, die Eltern. »*Wir* sind immer hiergeblieben! Sieh, wir sind gut herausgekommen! Herr Hutzel, Frau Brutzel, gute Leut!« – Wir aber schlichen die ersten Kilometer im Mondlicht die Bäche entlang. Gingen dann aufrechter, die Füße in den Schuhen nun. Wir erreichten die Passhöhen. Jetzt schien die Sonne. Vor uns, tief unter uns, lagen die Länder, in denen die Zitronen wuchsen. Strahlend, leuchtend, blau in der Ferne. Oh, ein Maler zu sein. Wir waren keine Maler, gingen umso schneller bergab. Nach Tagen und Wochen zwischen Kastanienbäumen und Oleandern: jener jähe Augenblick, den niemand jemals vergisst, dem er zugestoßen ist: Als wir ahnungslos um eine Wegbiegung kamen UND VOR UNS LAG DAS MEER. Wasser bis zu allen Horizonten. Wir rannten zum Strand hinunter.

Standen keuchend, bis wir imstande waren, die ans Ufer schlagenden Wellen zu hören, jenes Rauschen, das unser Gedächtnis nie mehr verlassen sollte. Später gingen wir barfuß im Sand. Überall Spuren von Vögeln, wie Dreizacke.

Heißt mein Text, dass es nie mehr wie einst sein wird? – Ja. – Dass der Tod den Weg zum Strand auch gefunden hat? – Ja. – Der Tod wohnt in den hohen Bergen und ist fühllos. Er kennt die Hoffnung nicht, und so kannte er lange Zeit den Weg zum Meer nicht. Er vertat sich in seinen Bergen, heulte herum und schlug dahin, dorthin. Die Pest nannte man ihn. Särge stapelten sich, Gruben füllten sich. Ihm machte es keine Freude, er kennt keine Freude. Eher zufällig entdeckte er dann doch das Meer. War es ein heftiger Wind, der ihn von den Gipfeln herunterblies? Jedenfalls: da hockte er im Sand, die Beinknochen im Wasser. Staunte nicht, weil der Tod nie staunt; sah aber doch verwirrt nach links und rechts. Die Gischt schäumte ihm unter die schwarze Kutte, ans beinerne Gesäß. Die Sense immer noch in seiner rechten Hand wie eine Standarte. Sein Schädel wiegte sich, er verstand nicht. Wo war er? Dann tappte er durch den Sand, und wenn später die Verliebten kamen, sich zu küssen, sahen sie Spuren, die sie frieren machten. Wie die der Vögel, scharfwinklige Zacken, aber größer, mit fünf knöchernen Zehen. Daneben die Abdrücke des Sensenstiels, im Maß der erst zögernden, dann immer größeren Schritte. An jenem Abend starb ein erster Mensch am Strand, ein junger Mann, der sich bis dahin wie ein Gott gefühlt hatte. Die Überlebenden standen entsetzt um seinen Kadaver herum. Es gefiel dem Tod am Meer – der Tod kennt kein Gefühl –, er wütete fast heiter in den Strandstädten herum, und in den Bergen, bei uns, kehrte für eine Weile Ruhe ein. Die Menschen gingen weniger gebückt für kurze Jahre. Aber natürlich kam der Tod zurück, er ist schnell wie der Sturm. Er setzt sich auf das nächste Sturmtief und lässt sich mitwirbeln, schneller als im Nu hat er den ganzen Kontinent überwunden. – Natürlich konnte er den wirklichen Göttern nichts anhaben. Sie versteckten sich nicht vor ihm, er verbarg sich vor ihnen. Er, der in keinen Spiegel blickte, wusste, dass er entsetzlich aussah, grauenvoll, auch für seinesgleichen. Gar für Götter! Immer seltener wieder kam er an die Strände, er, der keine Kränkung kennt. Es war ihm trotzdem nicht wohl in den Knochen. Einmal, aus reiner Lust und Tollerei, stellten ihm ein paar von den Göttern, die kindischeren, eine Falle. So etwas wie eine Elefantengrube, über die sie dürre Äste und Blätter gelegt hatten. Aber er tappte nicht hinein. Nie hat man jedenfalls gehört, dass der Tod von der Erde verschwunden wäre für Stunden, Tage, Jahrhunderte. Die Strände meidet er aber schon zuweilen.

Und natürlich ist nun ein Strand, allenfalls ein Ufergebirg der Ort, wo sich alle Götter mit dem Schöpfer treffen, dem, der das Ganze geschaffen hat. Er hat sich klein gemacht, um auf seiner Schöpfung weilen zu können, hat sich eine Gestalt gegeben. Bleibt allerdings trotzdem unbeschreibbar. Aber er kann auf einem Felsen hocken und mit den Geistern konferieren. Er kennt sie nicht näher – hat so viele andere Erden in seinem All –, aber er erinnert sich ihrer mit

Sympathie. Sie sitzen alle um ihn herum, in ihrer menschenähnlichen Herrlichkeit. So wie sie hätten wir werden können, wäre nicht etwas schiefgegangen. Der Schöpfer weiß, dass er nicht unschuldig daran ist. Er will sich keine Vorwürfe machen, dazu ist er zu groß, aber er denkt, dass er sich in ein paar entscheidenden Stunden um uns hätte kümmern müssen. Uns die Werkzeuge aus der Hand schlagen. Ein Machtwort sprechen. – Es sind viele Götter zusammengekommen, viel mehr, als wir gedacht hätten. Jeder Busch hat seinen Gnom, jeder Baum seine Göttin. Das Meer sogar hat seinen Gott, der, tangbehangen, zwischen Dorngebüschen hingelagert sein Reich überblickt. Der Schöpfer sagt den Göttern seine Absicht. Er wird eine neue Erde schöpfen, sagt er, die gleiche wie die alte. Nur ohne die Menschen, ohne den Tod. Ohne den Schmerz. Ohne die Zeit. Ohne das Gedächtnis. Die Göttinnen und Götter nicken, ein bisschen nachdenklich. Und wir?, sagt eine Elfe. Eben, sagt der Schöpfer. Seht. Ich habe meine Schöpfung bereits bei mir. Er holt ein Etwas aus der Tasche seines Gewands – auch das Gewand ist nicht beschreibbar –, so etwas wie einen Apfel oder eine Orange. Blau, alles in allem. Und als die Göttinnen und Götter genauer hinschauen, sehen sie, dass es eine Erde ist. Klein, ja winzig zwar, aber alles gleich wie unsere: die Wasser, die Kontinente. Könnten sie noch Kleineres sehen, sähen sie auch Fische, Rehe, Löwen. Na?, sagt der Schöpfer, und wir bemerken verblüfft, dass auch er gelobt werden möchte. Toll, sagen also die Götter. Wunderherrlich, rufen die Göttinnen. Diese Farben. Dieses Licht. Na also, sagt der Schöpfer. Ich mag euch nämlich, meine Götter. Das Erdenleben ist euch nicht mehr zumutbar. Schaut doch. Tatsächlich sehen sie auf ihrer Erde, ringsum, qualmende Schlote, im Stau kriechende Autos, Berge, die von Maschinen ausgehöhlt werden, Bäume, die gefällt am Boden liegen, schwarze Ströme, rußigen Schnee, schwefelgelbe Schaumteppiche, die die Bäche hinuntertreiben. Menschen überall, schreiend, gestikulierend. Rufen sie um Hilfe? Wissen sie es besser? – Seht ihr, was ich meine?, sagt der Schöpfer. Die Göttinnen nicken und vergraben ihre schönen Köpfe in den Halskuhlen der Götter, die wortlos bleiben. Wenn es euch recht ist, fährt der Schöpfer fort: und alle Götter nicken sofort. Mach nur, mach, rufen sie. Tränen haben sie schon in den Augen, das schon. Anders als der Tod, anders vielleicht sogar als der Schöpfer, können sie traurig sein. Der Schöpfer, kraft seines unendlichen Willens, schrumpft die Göttlichen so, dass sie auf der kleinen Mandarinenerde Platz finden – für sie ist sie wieder gleich groß wie die alte –, und nun wirft er sie mit einem kräftigen Schwung in sein All, wo sie fliegt und fliegt, immer weiter weg, in ein schwarzes Loch, bis in ein anderes Weltensystem. Um die Wahrheit zu sagen, wir wissen nicht so recht, wohin. Auch nicht, was der Herr jetzt tut. Er entfernt sich jedenfalls, und inzwischen sehen wir nicht einmal mehr seinen Rücken, den unsre Ahnen, wenn wir ihre Schriften richtig deuten, zuweilen riesig am Nachthimmel ahnten. Um ihm nicht zu sagen, dass sie seine Mimikry erkannt hatten, nannten sie ihn Milchstraße. Aber Gott lässt sich nicht täuschen. Nun haben wir auch keine Milchstraße mehr. – Den Tod hat er allerdings bei uns zurückgelassen. Seitdem der Tod allein ist, rast er. Aber das ist dem Schöpfer egal. Er, dessen Gedächtnis unendlich ist, denkt nicht mehr an uns. Und die Göttinnen und Götter balgen sich an den Sandstränden der neuen Erde, lachen und kichern. Nur einer steht unverwandt am Ufer des Meers, wartet und wartet, dass eine Frau aus den Wellen käme und sich alles wiederholte, alles minus die Menschen.

Pia und Hui

Eine chinesische Geschichte

Ich weiß nicht, ob Sie sich erinnern, dass ich in China war. Ich sagte es Ihnen, schrieb es, aber das ist lange her, sehr lange. China war anders als heut, und ich erst. Ich war ein junger wilder Bursch, hatte Haare wie der Regenwald und die Energie eines Berserkers. Ich hatte eine Frau, eine Pianistin, die Pia hieß, die ich liebte und die mich liebte – das sagte ich damals auch schon, und es war die heilige Wahrheit – und die, um es kurz zu machen, mich verließ, um in China ein neues Leben zu beginnen. Das sagte ich Ihnen damals auch, aber dabei verschwieg ich die schlimmere Hälfte der Geschichte. Wer kann ein Drama ganz erzählen, während er es erlebt?

Natürlich war ein Mann im Spiel, um mein Drama ein Spiel zu nennen, was es vielleicht in der Tat war, ein böses dann allerdings, denn ich machte, obwohl es mir das Herz zerriss, gute Miene dazu, viel zu lange Zeit eine viel zu gute Miene: statt Pia zu verhauen. Beziehungsweise, ich hätte den Mann verhauen sollen, der ein Chinese war. Das hätte mir kein Mensch übelgenommen. Es gab damals noch keinen Rassismus. Damals war China weiter weg als der Mond.

Pias Chinese war aus China, aus Shanghai, um genau

zu sein, und sprach ein feines Oberschicht-Chinesisch, das er so fließend schrieb, dass seine Briefe mit Tusche gemalte lange Fahnen waren, auf denen seine Liebesschwüre wie Vögel herumflatterten. Ich musste sie Pia übersetzen, weil ich Chinesisch kann – fragen Sie mich nicht, woher: so oder so sage ich es Ihnen –, und mit ansehen, wie meine Pia vor Glück zerfloss, wenn ich, aus dem Stegreif übersetzend, »Ich liebe dich« oder »Der Schwung deines Busens facht das Feuer meines Herzens an« sagte. Ihr Gesicht hatte etwas Entrücktes, als ob ein Himmel sie riefe, und sie hing an meinen Lippen, während ich die elenden herrlichen Herzensbeschwörungen verdeutschte.

Dabei stand ich in einem entsetzlichen Konflikt, nämlich, einerseits wollte ich viele Sätze des Chinesen verschweigen, alle eigentlich, andrerseits zwang mich mein Sinologenehrgeiz, auch die feinste Nuance haargenau zu übertragen. Und es waren Nuancen, in seiner Liebesprosa, aber wirklich! So was gibt es bei uns nicht. Wir sagen, Else, ich hab echt Bock drauf, dich flachzulegen, und schon ist alles paletti. Bei den Chinesen ist nichts paletti, das schwebt und webt, das singt und klingt, und manchmal saß ich weinend da, den Brief auf den Knien, selber verliebt in den alten Herrn aus Shanghai, der Pia beschwor, zu ihm zu kommen, der Lump, denn zudem war er auch noch alt, ein Weiser, ein gelber Weiser. Er war ein Gelehrter, der sich mit dem Okzident befasste, mit uns also, aber theoretisch eher, alles in allem. Er hatte eine Privatdozentur an der Uni. Pia war seine erste praktische Erfahrung, und ich weiß nicht, *wie* praktisch sie wurde. Eines Tages jedenfalls war Pia weg, mit der China Airlines, vermute ich, obwohl ich keine Ahnung habe, wer ihr Ticket bezahlt hat. Sie war arm, ich war mittellos, und der alte Chinese, der immer den gleichen blauen Seidenmorgenmantel trug, sah nicht so aus, als habe er irgendein irdisches Einkommen. Vielleicht täusche ich mich da aber, Chinesen sind sehr schwer zu durchschauen. Ihre Herrscher hauen Köpfe ab, und man weiß Sekunden vorher noch nicht, wird es deiner sein oder der des Nachbarn. Du hast gegen das Regime gestänkert, der Nachbar hat ein Kind zu viel gezeugt oder mit Drogen gehandelt: niemand kann sagen, was in China gerade verfolgt wird und was nicht. Verfolgt wird allerdings immer. Nur darum verziehen die Chinesen ihre Augen so sehr zu Schlitzen, dass niemand, aber auch gar niemand die Gedanken hinter ihnen erraten kann. Man beobachte ruhig einmal, wie den Chinesen die Augen aufgehen, bis sie runde Teller sind, wenn sie im freien Westen weilen, in der freien Marktwirtschaft: da werden gerade die Chinesen zu den allergrößten Schlitzohren.

Item, Pia war weg. Sagte ich, dass sie eine Pianistin war, Pia? Nun ist China kein Land des Klavierspiels. Kein Steinway weit und breit, nicht einmal ein Bechstein. Pia war wohl ein kleines bisschen unglücklich, glaube ich, von nun an auf Bambusstäben spielen zu müssen, trotz der Glut ihrer Sinne, auf Xylophonen, die nur pentatonische Klänge zuließen. Dem Chinesen, dem Liebhaber, gefiel ihr Spiel. Sie spielte Tag und Nacht, und er hörte zu. So weiß ich nicht, ob die Ehe überhaupt vollzogen wurde. Ich habe gehört, dass die Frauen der Chinesen in der ersten Liebesnacht wie das Glockenspiel von Straßburg klingeln. Pia, klingelnd, das wäre zu viel für mich gewesen. Nächtelang zwar lag ich im Garten ihres Liebestempels, mein Ohr an die Papierwand des Schlafgemachs gepresst: aber ich hörte nichts, gar nichts, und es kann sein – ich habe sogar den starken Verdacht –, dass hinter dem Papier gar nicht Pia lag. Und nicht der blaue Mandarin. Zudem hatte ich dicke Watteklumpen in die Ohren gestopft. Hie und da sah ich Schatten. Beine fuhren in die Höhe, Hintern, Haare wehten: aber alles in vollkommener Stille. Im Schattenriss ist das Profil der Geliebten nicht leicht zu erkennen, vor allem, wenn es sich bewegt und mit dem eines sie küssenden Manns verschmilzt, und das in einer fremden Sprache. In einem fremden Land, meine ich, in einer fremden Kultur, wo ich nie wusste, ob ein Gärtner oder bissige chinesische Hunde – man isst sie auch, in Restaurants – mich aufstöbern könnten, zerfleischen. Die Blamage, Pia herausstürzend, ein Seidentuch vor den Busen gepresst, hinter ihr ihr Geliebter, und sie sähen mich, triefend im Maul des Bluthunds, den sie zu genau diesem Zweck im Garten ausgesetzt hatten. Gnade, Pia!

Wie auch immer: ich musste mich getäuscht haben. Vielleicht war ich nicht in China, jedenfalls nicht im richtigen China, in der richtigen Zeit. 1970, meine ich, damals. Ich erinnerte mich nämlich, noch zu Hause weilend und nach erschwinglichen Wegen suchend, das untreue Paar aufzustöbern, dass es Museen gab, in denen man, wenigstens wenn man Chinese war, in die Bilder hineingehen konnte, wenigstens in chinesische Bilder. Nun war ich zwar kein Chinese, hatte aber die chinesische Sprache erlernt – ich habe versprochen, es Ihnen zu erzählen –, indem ich dem werbenden werdenden Liebhaber alles, was er zu Pia sagte, von den Lippen ablas, so lange, bis ich ihn verstand. Ich war sprachbegabter als Pia. So war es nicht allzu schwierig, dem Bild, das ich mir ausgesucht hatte, deutlich zu machen, dass ich in es eintrittsberechtigt sei. Ich ging also hinein. Es war eine Darstellung der Umgebung Shanghais – so sagte es der Bildtitel –, und ich erging mich sofort zwischen etwas altmodisch hingetuschten Chinesen und Chinesinnen, zwischen Lotosblumen und Pfauen. Es war schwül. Ich schwitzte, weil ich Flanellhosen und einen Rollkragenpullover trug. In Europa war Winter gewesen. Ich zog den Pulli aus und ging auf einem schnurgeraden Weg nach Shanghai. Ich hatte keine Ahnung, wie der Mann hieß, der mir Pia entrissen hatte, oder wo er wohnte. Seine absenderlosen Briefe hatte er mit blumigen Namen unterschrieben, so vielen und so unterschiedlichen, dass ich zuweilen dachte, nicht nur *ein* Chinese, sondern das ganze Reich der Mitte werbe um Pia. Sie war ihm oder allen Chinesen spätestens nach dem vierten Brief – er war mit »Die Seele des blauen Erpels« unterzeichnet – hörig geworden, so hörig, dass sie mich nicht mal hörte, wenn ich sie anschrie. Und wie ich schrie! Ich schrie das, was wir Männer alle schreien, wenn wir vor Eifersucht kochen. Schlampe, Hure, Luder. Sie lächelte, in einer andern Welt schon, einer chinesischen.

In Shanghai dann war mein Problem, dass ich, etwas kopflos, in ein Bild aus dem 16. Jahrhundert hineingegangen war, total hirnlos, und mich also in der Ming-Dynastie wiederfand statt unter dem späten Mao. Wahrscheinlich war der Unterschied nicht groß – an allen Straßenecken wurde geköpft, dass es eine Art hatte –, aber für mich war es doch nicht unerheblich, dass die Frau, die hinter der Papierwand klingelte, welche zu belagern ich mich entschlossen hatte, nicht Pia sein konnte. Dies, obwohl der Mann, der sie zum Klingeln brachte – ich hatte die Watte aus den Ohren genommen und hörte jetzt jedes Wispern –, sie Pia nannte, auf Chinesisch natürlich, in welcher Sprache man das P bekanntlich als H, das I als U und das A als I ausspricht. Hui, was für ein süßer Name! Hui war sehr verliebt, leidenschaftlich, und ich wollte gerade die Papierwand eintreten, als die Hunde kamen, Hunde, sage ich Ihnen, meterhohe, eine Meute aus meterhohen Dobermännern – keine Weibchen –, bellend, mit lefzendem Fletschen oder wie man dieses schreckliche Geifern des Gebisses bei Doberhunden nennt – ich war jedenfalls so entsetzt, dass mir keine korrekten Formulierungen einfielen. Sprachlos war ich, ich, der Sinologe, als ich Hals über Kopf durch die Parkanlage floh. Fuß, wollte ich rufen. Platz. Aber heraus kam nur ein Keuchen, und fürwahr, ich wäre zerfetzt worden, wenn sich nicht die Schiebetür aufgetan hätte und, wie geträumt, eine chinesische Schönheit, angetan mit Seide, hervorgetreten wäre, Fuß! rufend, Platz! Und hinter ihr ihr Geliebter, angetan ohne Seide, überhaupt nicht angetan von meinem Erscheinen. Aber was blieb ihm anderes übrig. Er bat mich in seine Räume. Wir saßen höflich auf Bastmatten und tranken Tee. Die Frau war natürlich nicht Pia – im Jahr 1556! –, sondern Hui, und Hui verliebte sich an diesem schönen Abend so in mich – ich mich in sie –, dass sie mir im Morgengrauen durch den Garten folgte, zwischen allen Hunden hindurch, die nun stille lagen und erst den verfolgenden Gatten so sehr anknurrten, dass er innehielt und aus immer weiterer Ferne schrie, was alle Männer schreien, wenn ihre Frauen sich mit einem andern im Morgendunst auflösen. Luder, Hure, Schlampe. Wir freuten und küssten uns. Rannten den Weg zurück und gelangten in die Gegend der getuschten Lotusse. Auch eine Pagode war da, die ich beim Kommen übersehen hatte. Ich fand auch sofort den Ausgang aus der Leinwand und half Hui ins Museum. Ins zwanzigste Jahrhundert. In meine Stadt.

Hier wird ihr Name natürlich Pia ausgesprochen, so dass ich seither wieder mit Pia zusammen bin. Ich liebe Pia. Gut, sie spielt nicht Klavier – unser Bösendorfer verstaubt im Musikzimmer –, aber sie malt entzückende Bilder, Erinnerungen an ihr altes Shanghai. Hängebrücken, sanfte Gipfel, Bambushaine. Meine einzige Sorge, schwimmend im Glück, ist, sie könnte eines Tags in eins ihrer Bilder hineingehen. Ich sähe sie, riesengroß vor ihrer Miniatur stehend, wie sie, immer winziger werdend, dem Horizont zuginge, mit festen Schritten, ohne sich ein einziges Mal umzuwenden, mir zuzuwinken, ein Punkt jetzt nur noch, jetzt nichts mehr.

Bei den Augen-Wesen

In dem südlichen Alpental, aus dem meine Mutter stammt, lebte einst ein Mann, der Smagga genannt wurde und ein Hüne und Kraftskerl war. Er trank seinen Wein, indem er das Fass an den Mund hob. Man munkelte gar, er sei in Hexenkünsten bewandert. Dieser Smagga hatte eine Tochter, Mina, eine junge Frau, die trotz ihrer Schönheit keinen Mann fand, weil ein jeder im Tal sich davor fürchtete, der Schwiegersohn des entsetzlichen Smagga zu werden. Bis ein junger Mann namens Egidio auftauchte, sich um keine Gerüchte scherte und Mina heiratete. Mina, Egidio und der Alte hausten unter einem Dach, in einem Alphaus hoch über dem Talboden, und niemand wusste, wovon sie lebten.

Auch Egidio nicht. Er war von Natur aus herzlich faul und also entzückt, nur hie und da zur Kuh schauen zu müssen und nachts mit seiner Frau schlafen zu dürfen. Endlich aber begann er sich zu fragen, wie es komme, dass auch Mina den ganzen Tag nur herumalbere, und wieso Smagga immer pfeifenrauchend vor dem Haus sitzen könne und dennoch stets genug Essen und Trinken da sei. Ja, zudem brach der Alte oft ins Tal auf, und wenn er zurückkam, hatte er wieder diesen oder jenen Landflecken aufgekauft. Ging das mit rechten Dingen zu?

Egidio fand die Lösung des Rätsels schon am nächsten Morgen. Mina war in den Hauptort gegangen, zum Friseur, und er saß neben seinem Schwiegervater vor dem Haus. Sie ließen (so wie das alle Alpenbewohner tun) den Feldstecher zwischen sich hin- und hergehen und sahen gemütlich den ersten Wandersleuten zu, wie sie tief unten den Saumweg hochkeuchten. Ist das nicht der alte Lombardi?, rief plötzlich Smagga. Dort, beim Kreuzweg schon? – Ja, sagte Egidio. – Da hilft jetzt nichts mehr!, sagte Smagga. Jetzt musst du mir helfen. Ich schulde dem alten Lombardi zehntausend Franken. Ich habe keinen Heller im Haus. Komm!

Im Haus drin setzte er Egidio auf einen Küchenstuhl, hockte sich ihm gegenüber hin, so dass sich ihre Knie berührten, nahm einen merkwürdig flachen, sehr weißen Stein in die linke Hand und legte die Rechte auf die Stirn. Dazu sang er ein Lied, das wie eine langsame Moll-Version von *Bandiera rossa* klang. Das Zimmer begann sich um seine eigene Achse zu drehen, oder Egidio tat es, jedenfalls leuchtete jäh ein Blitz auf, irgendjemand schrie, und Egidio fand sich keuchend in einem Alpental wieder, das er noch nie gesehen hatte. Neben ihm der ebenso schnaufende Smagga. Es war ein Tal von allergrößter Lieblichkeit, voller leuchtender Blumen, grüner Arven und mit einem tiefblauen Bergsee. Sie lagen so erschöpft an seinem Ufer, als hätten sie einen Tagesmarsch hinter sich. – Geh dort hinauf, japste Smagga, der nicht mehr der Jüngste war, und deutete auf eine kleine Anhöhe. Dort findest du flache weiße Steine. Bring so viele von ihnen, wie du in deine Jacke binden kannst.

Als Egidio auf dem Hügel oben war und sich nach den

ersten Steinen bückte, sah er eine Frau, die Heidelbeeren suchte. Ein wunderhübsches Wesen, dessen Gesicht allerdings seltsam war, um nicht zu sagen: schreckerregend. Es hatte nämlich nur zwei Augen, zwei große blaue Augen: jedoch weder Mund noch Nase. Guten Tag, sagte Egidio trotzdem wohlerzogen und verwirrt. Die junge Frau fuhr in die Höhe, schaute dahin, dorthin und rannte davon.

Nun denn. Egidio schleppte die Steine zum See hinunter. Er erzählte Smagga von der Frau. – Wir sind verzaubert, sagte dieser, einigermaßen bei Atem wieder. Die Wesen sehen uns nicht, obwohl sie die tüchtigsten Augen der Welt haben. Aber sie hören uns. Also seien wir leise. Wir haben wenig Zeit. Wir müssen zurück sein, wenn der alte Lombardi bei uns oben ist.

Egidio musste die Steine so über die Wasseroberfläche des Sees werfen, dass sie hüpften und sprangen, und nie durfte kein schlitternder Stein unterwegs sein. Geschähe das, sagte Smagga, müssten sie bis ans Ende aller Tage in diesem Tal bleiben. Klar also, dass Egidio so gut warf, wie er es nur konnte. Smagga raste derweil wie besessen zwischen den Arven herum und stopfte ihre Zapfen in einen großen Sack. Als Egidio sah, dass er bald nur noch eine Handvoll Steine hatte, rief er nach Smagga, und der kam schneller als ein panisches Pferd zurückgerannt. Jetzt, keuchte er, musst du wenigstens *einen* Stein so werfen, dass er genau viermal aufschlägt. Dazu muss ich singen. Natürlich sprangen die Steine, wie sie wollten, und Smagga brach seine Gesänge immer entnervter ab. Mit dem zweitletzten Stein gelang der Zauber. Es gab erneut einen Knall, neues Schreien, und schon saßen sie wieder in der Küche des

Berghauses und hörten, wie draußen der alte Lombardi an die Tür pochte. Und Egidio sah auch, wie Smagga den Sack aufschnürte, und im Sack waren keine Arvenzapfen mehr, sondern Goldstücke. Tausende sogenannter Vrenelis, deren Kurs damals bei einhundertvier Franken das Stück lag.

Bin ich blöd?, sagte sich Egidio, während Smagga mit Lombardi palaverte. Mein Schwiegervater ist ein Hexenmeister, und ich soll nicht einmal eine Ziehharmonika haben auf meiner Alp? – Ich kenn dein Geheimnis, sagte er also, als der alte Lombardi abgezogen war. Ich will eine Ziehharmonika.

Warum nicht gleich einen Steinway-Flügel, sagte Smagga.

Hast recht, Vater. Will ich auch.

Sollst haben, was dir gebührt, sagte Smagga und lächelte freundlich. Komm mit! – Sie gingen bergauf, bis über die Baumgrenze. Überall Felsklötze und Bergabbrüche. Hier ist der Ort!, sagte Smagga, und während er es sagte, sah Egidio, wie sein Schwiegervater wuchs und größer wurde, bis allein der Fuß so groß wie ein Haus und der ganze Smagga höher als alle Berge war. Ich werde dich zertrümmern, Wurm, rief er von hoch oben und ließ einen Hagel riesiger Felsklötze auf ihn niederprasseln. Aber ein Wunder bewirkte, dass Egidio in einer Lücke zwischen zwei Klötzen unverletzt blieb. Als das Steinepoltern über ihm aufhörte, kroch er ins Freie und sah gerade noch, wie sein Schwiegervater mit einem gewaltigen Spreizschritt über die nächste Bergkette verschwand.

Er selber hastete in die Gegenrichtung. Er taumelte über Pässe, durch Schluchten, über Grate. Als er wieder imstande war, etwas wahrzunehmen, stand er in dem Tal, in dem er und Smagga kürzlich Arvenzapfen gesammelt hatten.

Diesmal aber war er nicht unsichtbar. Bald umlagerten ihn ein gutes Dutzend der Wesen ohne Münder und Nasen. Riesige Augen. Sie starrten ihn an. Die junge Frau war auch dabei, ohne Angst diesmal und ohne ihn zu erkennen natürlich. Die Augen-Wesen behielten ihn in ihrem Tal, und nach einigen Monaten gaben sie ihm die junge Frau zur Frau. Nachts schlief er mit ihr, und tagsüber musste er nicht einmal zu einer Kuh schauen.

Die Augen-Wesen ernährten sich, indem sie etwas Schönes ansahen. Sie saßen einfach da und schauten, mit weit aufgerissenen Augen und Blicken, die viel heller glühten als im Alltag. Wenn viele gleichzeitig aßen, konnte man ganze Blumenwiesen unter ihren Blicken zerfallen sehen. Aber nur wirklich Schönes war für sie essbar. Rosen, Schmetterlinge, Häuser aus dem 17. Jahrhundert, Zypressen, Porzellanteller, Rebberge mit alten Weinstöcken, Bilder von Velazquez oder Chagall; von denen allerdings nicht alle. Ihr Hunger führte natürlich dazu, dass es in ihrer Umgebung immer weniger Schönes gab. Dass die Orte, an denen sie gespeist hatten, hässlich zurückblieben. Zerstört. Deshalb befahl ein strenges Gesetz den Augen-Wesen, in ihrer eigenen Heimat immer nur höchst unverbindlich zu blinzeln. Sie ernährten sich ausschließlich außerhalb ihres Tals. Dort waren *sie* unsichtbar. Einmal im Jahr (das genügte ihnen) brachen sie auf, meist in Freundesgruppen, und fraßen einen Landstrich hässlich. Längst hatten sie bedeutende Teile ihrer heimatlichen Alpen kaputtgeschaut und mussten sich ihre Nahrung immer weiter weg suchen. Im Mittelland, in der Lombardei, im Rhonetal. Einzelne waren schon, unsichtbar, bis nach Bali oder Neuseeland gelangt.

Ein paar glückliche Wochen lang genoss Egidio sein neues Leben. Seine Frau verschlang ihn mit ihren Blicken. Er schaute ebenso begeistert zurück. Ihre Nächte waren Räusche. Dann begriff er, in einem unnennbaren Schrecken, die Wahrheit. Seine Frau fraß ihn auf. Schon jetzt fielen ihm die Haare aus, und seine Haut wurde runzlig. – Er sann auf Flucht. Eines Tages sah er (er hatte seit Wochen, hinter einem Felsen verborgen, darauf gewartet), wie weiße Steine über die Wasseroberfläche des Sees segelten. Gleichzeitig verschwanden, fern, die Arvenzapfen zu Zehntausenden vom Boden. Mina, flüsterte er und kam hinter seinem Felsen hervor. Ich liebe dich. Komm, schnell, wir lassen den Alten zurück.

Und die Schöne, die dir so Augen macht?, sagte die unsichtbare Mina. Was ist mit der?

Sie hat einen schlechten Charakter, sagte Egidio.

Ich liebe dich auch, flüsterte Mina. Sie gab Egidio die Steine, und während dieser sie so zu werfen begann, dass sie genau viermal aufschlugen, sang sie die väterliche Zauberweise. Bei ihr klang sie allerdings eher wie *Addio la caserma.* Sie sang sehr leise, aber Smagga roch den Braten (auch konnte er ja nun Egidio sehen, wie er die Steine warf) und rannte wie ein tollwütiger Hirsch auf sie zu. Neben ihm rannte die Augen-Frau, Mord im Blick.

Beide waren gerade noch drei, vier Schritte von ihnen entfernt, als der Zauber funktionierte. Aufatmend fanden sie sich in ihrem Heim wieder, von Smagga und der nach

Menschen-Schönheit gierenden Augen-Frau befreit. Zwar hatten sie nun kein Geld mehr und mussten arbeiten gehen. Aber sie waren glücklich. Sie liebten sich. Sie verschlangen sich mit den Augen und sagten sich süße Worte ins Ohr. Sie kriegten ein Kind, eine Tochter. Sie wurden nie hässlich, auch im Alter nicht, wo sie auf der Bank vor ihrem Haus saßen und ihren ungläubigen Enkeln, mir zum Beispiel, von Smagga und den Augen-Wesen berichteten.

In Hotels

In **Genua** schlief ich in einem Hotel – das heißt, ich schlief eben nicht –, da dröhnten unablässig Vierzig-Tonnen-Lastzüge auf mein Zimmer zu, alle mit aufgeblendeten Scheinwerfern und so nah vor mir abdrehend, dass ich bei jedem dachte, nein, der schafft die Kurve nicht, der wird mich zermalmen. Der Lärm! – **In Siena** aber sangen Nachtigallen vor dem Fenster, und Glühwürmchen flogen. – **In Naxos,** vielleicht auch **in Paros,** war mein Zimmer das hinterste von dreien. Ich konnte es nur betreten, wenn ich durch die beiden andern ging. Im ersten wohnte ein Paar aus Paris, das tagsüber um Tempelsäulen strich und ins Gras gestürzte Kolosse vermaß. Nachts lagen sie stets wie tot nebeneinander. Nie das Liebestoben, in das ich – »Pardon, madame! Excusez-moi, monsieur!« – hineinzuplatzen hoffte. Das zweite Zimmer gehörte einer Italienerin. Sie saß den ganzen Tag über auf der Hotelterrasse und las *I promessi sposi,* und nachts beäugte sie mich misstrauisch, wenn ich vorbeischlich, die Decke bis zur Nasenspitze hochgezogen. – **In Niš** schlief ich mit meiner Frau *und* meiner Mutter in *einem* Bett. Wir waren auf der Heimfahrt von Griechenland, und das Einbettzimmer von Niš war das letzte freie auf dem ganzen Balkan gewesen. Es gab kein Fenster, nur ein Lüftungsloch hoch oben. Mäuse, die ich für Ratten hielt und die das vielleicht auch waren, fegten unter dem Bett hindurch. Es war so entsetzlich, dass meine Frau und ich, obwohl hellwach, kein Wort sagten. Am nächsten Morgen – mattes Licht floss durch das Loch an der Decke oben – sah meine Frau wie meine Mutter aus und ich wie ihr Urgroßvater. Die Mama aber, putzmunter, hätte unsre Tochter sein können. Sie hatte wie ein Murmeltier geschlafen und rief, wie gut die Idee gewesen sei, das schöne Feriengeld nicht für ein zweites Zimmer verschleudert zu haben. Das würden wir von jetzt ab immer so halten. – **In Argos** kriegte ich, auf den Balkon tretend, jäh eine monumentale Depression und fand mein Leben, das eben noch ein Honigschlecken gewesen war, eine untragbare Last. Dabei hatte mir Argos, ein griechisches Provinznest mit einer kriegerischen Vergangenheit, gar nichts angetan. – **In La Rösa** lag ich (ich war etwa zwölf Jahre alt) ganze Tage auf einem Felsen dem Hotel gegenüber, mit einem Feldstecher meines Vaters an den Augen. Ich sah riesig vergrößert die weißen Betten in den Zimmern, die alle auf etwas zu warten schienen, von dem ich noch nicht *genau* wusste, was es war. Ich erfuhr es auch nicht. Nur einmal kam ein Mann und holte seinen Anorak aus dem Schrank. – **In St. Moritz** war ich tatsächlich einmal im Hotel Palace, jenem bizarren Schloss, in dem auch Gunter Sachs, Aga Khan oder Maria Callas schlafen oder schliefen. Ein Verleger hatte mich in seine Welt eingeladen, die, damals wenigstens, in keinster Weise meine war. Tatsächlich strafte mich Gott auch sofort für meine Anmaßung, denn ich kotzte die ganze Nacht über, sterbenskrank, weil ich einen alten Fisch gegessen hatte. – **Am Balaton-See** fanden wir die längste Zeit keinen

Ort zum Schlafen. Wir fuhren und fuhren. Es war längst dunkel, und in unsre strahlende Reiselaune mischten sich zunehmend Müdigkeit und Missmut. Da tauchte wie durch ein Wunder ein hell leuchtender Hotelkasten vor uns auf, ein Ozeandampfer auf hoher See. Wir stellten unsern R4 vor den goldglitzernden Eingang und gingen Hand in Hand, wie Hänsel und Gretel, über unendliche Teppiche auf einen Empfangschef zu, der uns in sozialistischer Würde entgegensah. Wir kriegten ein Zimmer. Eine halbe Stunde später saßen wir gebadet und gekämmt im Speisesaal. Kronleuchter, ein gläserklirrendes Gästegewimmel an unzählbaren Tischen. Während wir aßen, beschlich uns allmählich, aber immer unabweisbarer ein Gefühl, dass irgendetwas nicht stimmte. Nur was? Ich prüfte diskret, ob ich den Hosenschlitz zuhatte, und meine Frau, ob nicht alle Knöpfe ihres Rocks hinten offen standen. Nein, alles bestens. Wir aßen weiter. Plötzlich legte meine Frau die Gabel hin und sagte mit einer endgültigen Stimme: *Sie haben alle Pyjamas an!* Tatsächlich. Alle Gäste an allen Tischen trugen Pyjamas oder Nachthemden. Ihre nackten Füße steckten in Pantoffeln. Das Hotel war kein Hotel, sondern ein Sanatorium für Werktätige, die das Plansoll zehnfach übererfüllt hatten und am Ende ihrer Kräfte waren. Wir, in Jeans und Rock, waren bestürzend *overdressed*. Aber niemand beachtete uns, und wir wurden mit ausgesuchter Höflichkeit bedient. – **In Wiler,** in einem Berghotel voller ausgestopfter Gemsen, saß ich auf dem Klo, und ein Mann mit einem langen Bart steckte plötzlich den Kopf durch einen Schieber in der gegenüberliegenden Wand, sagte »Ach so!« und verschwand wieder. Schloss den Schieber fast zart. Ich sah ihn nie wieder, während meines ganzen Aufenthalts nicht. Vielleicht wohnte er, ein wegen Blutrache Gesuchter, in einem Hohlraum hinter der Toilettenwand. Vielleicht war er eine Kuckucksuhr, Walliser Variante, und hatte nicht »Ach so«, sondern »Halb zwo« gesagt. – **In Uppsala,** vielleicht auch **in Malmö,** in Schweden jedenfalls, übernachtete ein Freund von mir in einem dieser Hotels, die man bereits vergisst, während man sie noch bewohnt. In denen nie etwas geschieht, was man später erzählt. Sheraton, Hilton, Sie wissen, was ich meine. Ein Zimmer ist wie 's andre, immer eine Bibel im Nachttisch und ein Pay-Porno darauf. Das heißt, in einem dieser Sheratons, das vielleicht auch ein Marriott war, erlebte mein Freund – die Ausnahme von der Regel – eine Geschichte, die sehr erzählenswert ist. Er erzählte sie mir in der Bar eines andern Sheraton, auch in Schweden, **in Göteborg** nämlich, wo wir zusammen an einer Buchmesse aufgetreten waren, jeder vor etwa zehn Zuhörern, den gleichen zudem. Es war ein großer Schritt für uns gewesen und ein sehr kleiner für die Menschheit. Item. Die Geschichte ging so: Mein Freund tappte mitten in der Nacht, aus dem Tiefschlaf hochschreckend, aufs Klo und trat, statt ins Bad, in den Korridor hinaus. Natürlich fiel die Tür hinter ihm ins Schloss, und klarerweise war er ohne das Plastikkärtchen, das sie wieder geöffnet hätte. Er war splitternackt. Zudem hatte er seine Brille nicht auf und konnte einen Etagenkellner nicht von einem Feuerlöscher unterscheiden. Um das Maß vollzumachen – an dieser Stelle bestellten wir beide ein weiteres Bier –, hatte er ein starkes Schlafmittel eingenommen. Eine Lage, in der sogar Hiob aufgegeben hätte. Mein Freund aber fuhr mit dem Lift sieben Stockwerke nach unten und ging zum *Welcome desk,* hinter dem er auch, näher kommend, einen Schatten ahnte, der einem Menschen glich. Es war der Nachtportier. Mein Freund rummste in mehrere Möbel und kriegte die Kante des *desk* zu fassen. »Klo«, sagte er. »*I locked me out. Could you help me, please!*« So etwas in der Art. Der Nachtportier sagte auf Schwedisch etwas, was sicher nicht *welcome* hieß. Mein Freund tat einen weiteren Schritt, stolperte über die Lehne eines Sofas und schlief sofort tief. Ich weiß nicht, wie und ob er in dieser Nacht wieder in sein Zimmer kam. Jedenfalls ist er weltweit der einzige Mensch, der in einem Sheraton, das vielleicht auch ein Holiday Inn war, etwas *erlebt* hat. **In Lompoc, California,** einem dieser Orte, in denen ein Fremder nur hält, wenn sein Auto kaputtgeht – das war mein Fall –, übernachtete ich in einem Motel. Es sah aus, als sei es für einen Film von John Ford gebaut worden und damals schon alt gewesen. Es wurde, von mir einmal abgesehen, ausschließlich von Ingenieuren einer nahen Basis für Interkontinental-Atomraketen und ihren Frauen bewohnt, pickligen Jünglingen und bleichen Mädchen in Jeans. Die Zimmerwände waren so dünn, dass ich nicht nur das Paar im nächsten Zimmer, sondern auch die Bewohner des über- und überübernächsten hörte. Das Gleiche auf der andern Zimmerseite. Sechs Paare. So dass ich jetzt weiß, dass die Amerikaner öfter als wir lieben; als ich mindestens. Allerdings auch wesentlich hastiger. Irgendwie abwesend, nebenbei, so als sähen sie gleichzeitig fern. Vielleicht taten sie das tatsächlich, denn ich hörte sechsmal das gleiche Programm, je ferner, desto leiser. Nur die kleinen Schreie der sechs Frauen waren ein bisschen verschieden und die Grunzer der Ingenieure. – Einmal fuhr ich spätnachts durch **Montreux** und beschloss in einer Eingebung, die Nacht in dem Hotel zu verbringen, in dem der von mir so geliebte Vladimir Nabokov eine Wohnung unterm Dach hatte. Ich kriegte eine Suite, die ein Vermögen kostete, schlief wunderbar und träumte von Lolita. Am nächsten Morgen, auf der Straße, sah ich, dass neben meinem Hotel noch so ein Prunkbau aus dem 19. Jahrhundert stand und dass ich im falschen gewesen war. – **In Paris** wohnte *ich* in einem Hotel, auch unterm Dach. Es hieß *Hôtel de France* und wurde von vier oder zwanzig Nordafrikanern – je nachdem –, zwei Persern und mir bewohnt. Nur Männer. Die Besitzerin (es waren die *early sixties*) erlaubte keinen Damenbesuch. Damen mussten an der Loge vorbeikriechen, hinter der sie saß, etwas, auf das sich die einen einließen, die andern eben nicht. Meine Mutter zum Beispiel (in den *early sixties* besuchten Mütter ihre fernen Söhne) war nicht zum Kriechen zu bewegen, und prompt kam die Besitzerin hinter uns dreingestürzt und sprach die sofortige Kündigung meines Zimmers aus. *»Je suis la mère!«*, rief meine Mutter ein ums andere Mal. *»Tant pis!«*, antwortete die Besitzerin. *»Tant pis, madame!«* Ich versuchte, in all dem Getümmel die Geschichte von Oidipos zu erzählen, ich sei keiner und meine Mama schon gar keine Jocaste, während sie, die Besitzerin, bald der Sphinx gleichen werde, der bekanntlich jemand in einem Streit die Nase abgeschlagen habe. – **In Zürich** endlich kam ich einmal so spät und so müde im Hotel Pfauen an, dass ich, als zwar alle Türen offen standen, aber kein Mensch zu sehen war, einfach einen Schlüssel vom Brett nahm und mich ins Bett legte. Am nächsten

Morgen war erneut niemand da, und so ging ich halt wieder. – Zudem dienen Hotels natürlich sogenannten Abenteuern. Wem nicht, irgendwann in diesem langen Leben. Ich denke da an Hotels **in München, Berlin, Graz, Verona** und **Venedig**. Aber jede und jeder weiß auch, dass die Verjährungsfrist, nach der das Gelebte in herzlicher Unschuld erzählt werden kann, eher dreißig als zwanzig Jahre beträgt. – Eine Regel, an die sich Max Frisch nicht hielt, nachdem er **in Montauk** mit einer Frau namens Lynn in einem Hotel gewesen war. – Schön sind die erzählten Geschichten: noch viel schöner oft die verschwiegenen. **In Basel** zum Beispiel, vor vierunddreißig Jahren, merkte die Frau, die ich in ein Hotel verlockt hatte, dass sie, bei Lichte besehen, eigentlich gar nicht mit mir sein wollte, und so zogen wir uns halt wieder an und gingen den Rest der Nacht am Ufer des Rheins auf und ab. – So erlebt man so allerhand in Hotels, was andererseits auch wieder natürlich ist, denn dafür sind Hotels ja da.

Im Kongo

Die Eingeborenen des Kongo wissen so sehr, dass die Menschen zum Leid geboren sind, dass sie nicht darauf achten. Es nicht erkennen. Sie wissen nicht, was Leid ist. Sie kennen kein Wort dafür. Für uns sind sie grausam, nur für uns. Ihnen ist das Töten selbstverständlich, das jähe Umkommen. Wenn sie die Abenddämmerung, wenn sie das Morgengrauen erleben, dann nur, weil die Waldgötter, weil die Teufel des Dschungels sie übersehen haben. Nicht beachtet für einen Tag. Sie kennen keine Dämonen, die lieben; es gibt sie auch nicht. Fühllos gehen sie über die Leichen, die die Opfer der Höheren wurden. Nachbarn, Verwandte. Sie sind wie die Tiere ihrer Wälder. Tragen den Tod in sich, wissen nichts von ihm. – Das ganze Land, das Herz Afrikas, ist Wald. Grün, feucht, ewig. Du kannst dich jahrelang mit dem Buschmesser vorwärtshauen, du bist immer noch im Wald. Es gibt keinen Ausweg. Es gibt keine Erinnerung, es gibt keine Zukunft. Die Gegenwart ist bewusstlos. Bäume, Bäume, himmelhoch. Lianen, sich schlingend. In ihnen mag ein Raubtier verborgen sein. Im Gras eine Schlange. Wenn du, keuchend vor Anstrengung, am Abend deine Hütte erreichst: das ist dein Glück. Du hast auch kein Wort für Glück. Bist ahnungslos. In den Nächten des Vollmonds opferst du den Mächtigen Früchte; an den ganz heiligen Tagen, von denen nur die maskentragenden Zauberer wissen, den Vater. Ein Kind. Ach nein: du bist es, den die Magier zum Opferplatz schleppen. Während du dich wehrst, dir das Leben zu erflehen versuchst, dich ergibst, erkennst du sie unter den Masken: den Nachbarn, den Freund, den Bruder: fremd. – Es ist heiß. Das Wasser ist frisch. Die Frucht ist saftig. Morgen bist du tot. Andere gehen über deinen Kadaver. Hunde verschleppen die Knochen deines Skeletts. Spielen mit ihnen, achtlos, bis ihnen ein Panther ins Genick springt.

BEI UNS SINGEN die Vögel, um ihren Artgenossen zu sagen, dass einer der Ihren das Fressrevier bereits besetzt hat. Im Kongo singen Nacht für Nacht die Eingeborenen. – Der Tag ist still. – Der Wald singt, dröhnt, weiter, näher. Geheimnisvolle Trommeln. Geh nicht zu nah, es ist nicht dein Revier. Schleich um dein Leben, wenn du nah bist und der Warngesang ertönt. Wenn du schwarze Körper siehst, blitzende Augen, ist es zu spät. – Die Eingeborenen schlagen kreisrunde Lichtungen in den Wald, immer in doppelter Hörweite, so dass es keinen Ort im Dschungel gibt, an dem du keinen Gesang hörst in den Nächten. Nur wenn das Heulen, das Summen, das Stampfen auf allen Seiten gleichmäßig fern ist, darfst du dich ein bisschen sicher fühlen. Setz dich auf die Wurzel eines Baumes, lehne dich an seinen Stamm, sieh hinauf in die himmelhohen Blätter, hinter denen du den Mond ahnst. Halt die Hände im nassen Moos. Lausche. – Die Bäume werfen das Echo der Gesänge zurück, so wie es bei uns die Berge tun. Das Echo antwortet den Sängern, und die Sänger antworten dem Echo. Immer wieder, immer mehr, mit immer gewagteren Klängen. Rhythmen, die zu tanzen uns unmöglich ist. Die Eingeborenen tun es, als hätten sie tausend Füße. Behangen mit Leopardenfellen, Masken. – Bist du so nah, dass du nicht mehr fliehen kannst, misch dich unter sie. Tu wie sie. Oft sind sie in einer andern Welt. Oft haben sie Bier getrunken. Aber sing nicht, singe nicht. Jeden falschen Ton hören sie, und sie töten dich, ohne mit ihrem Gesang innezuhalten.

WER ZEUGE WIRD, wie sich die Stammesfürsten in den verbotenen Wäldern treffen, ist verloren. Andrerseits kann das leicht geschehen. Die Mächtigen, in ihrem Stammesputz, kommen aus allen Waldteilen, schlagen sich monatelang mit Messern durch den Dschungel oder fahren in Einbäumen die Flüsse hinunter. An geheimen Orten stoßen sie aufeinander, Ungeheuer, Monumente, jeder prächtiger, grauenvoller als der andere. Sie sind in Löwenfelle gekleidet, in Elefantenhaut, blutbeschmiert, voller Erde, sonnenleuchtend. Sie tragen Masken. Sie sind meterhoch, weil sie auf Podesten gehen, auf Stelzen aus Giraffenbeinen, auf Sklaven, die zu ihren Beinen geworden sind und ihnen gehorchen, als hätten sie dasselbe Nervensystem. Tagelang dauert ihre würdevolle Begrüßung, wo jeder jedem jede Gunst erweist und alle die geringste Kränkung mit Mord und Krieg beantworten. Wie viele Shakehands im Kongo haben mit dem Tod der Grüßenden geendet! Mit der Ausrottung ganzer Völker! Beug deinen Kopf vor den Dschungelherren, aber beug ihn richtig. Nicht zu lange: sonst fährt dir die Schwertklinge in den Nacken, ohne dass du sie kommen siehst. Nicht zu kurz: welche Unbotmäßigkeit dazu führt, dass du das blitzende Messer auf dich zuschießen siehst, ohne ihm ausweichen zu können. – Wozu treffen sich die Großen? Nur sie wissen es. Wenn sie zurückkommen, falls sie zurückkommen, ist es für dich wie zuvor. Für sie nicht, aber du weißt nicht, in welcher Weise. Manche haben ihre Macht verloren, ohne dass ihre Untertanen es wissen. Jahrelang regieren sie weiter, im alten Schrecken. Zeigen auf den, auf die: und wie eh und je werden die sich panisch Sträubenden zu den Krokodilen hinuntergestoßen. Bis ein Kind sagt, Furzkerl, und das Monster hinsinkt. Dem Kind das Szepter überlässt. Sag aber einem Mächtigen, einem vermeintlich Machtlosen zur falschen Zeit das entmachtende Wort: dein Blut spritzt alle Würdenträger voll, so wenig Zeit bleibt, dem Racheschlag auszuweichen. – Der Hofmörder weiß genau, wann er zu schlagen hat. Nie aber, seltsam, hat einer von ihnen den löwigen Herrscher umgebracht, auch wenn er um das schreckliche Geheimnis wusste: dass er zahnlos geworden war beim letzten Königstreffen. – Es kann sein, dass der eine oder andre Königsteufel in seine Stammlichtung zurückkehrt – die Untertanen haben Nacht für Nacht gesungen und getanzt –, und ihm gehören die Seelen aller andern Herrscherdämonen, für zwölf Monde. Und er nutzt es, er nutzt es nicht aus. – Man hat gehört, ich habe es gesehen, dass die Unerreichbaren in einem großen Kreis sitzen, das Waldrund im Rücken, in ihrer Mitte ein loderndes Feuer, durch dessen Funken hindurch sie hie und da ihren Antipoden erblicken, ein schwarz blitzendes Ungeheuer aus blutigen Federn, mit meterhohem Kopfputz, genau wie sie. Sie sitzen, sie schweigen, sie wiegen sich im Klang der Trommeln der Vasallen, sie sind so konzentriert, dass sie alles anziehen wie Magnete. Sogar der Wald wandert. Menschen, in der Nähe, rutschen hilflos der verbotenen Königslichtung zu. Werfen einen einzigen bestürzten Blick auf das Ungeheure: nein!: und sind schon die Beute der Wächter, die, mit dem Rücken zu den Königlichen, ihre Erwartung dem schwarzen Wald zuwenden und jeden Arm, jeden Fuß fassen, der aus dem Dickicht gefahren kommt. Halt dich, halte dich fest an jedem Stamm, an jeder Liane. Sie sehen dich nicht, solange du im Waldesschwarz bleibst. Klammere dich an mit aller Kraft. Ein Finger ins Licht, und mit dir ist es aus. Nie hat ein Sterblicher, angezogen von der Magnetkraft der Ewigen, den Blick ins Wesenszentrum überlebt, außer vielleicht, weil geheimste Sagen dies berichten, ein Einziger, dem es gelang, das ihn anziehende Monster so schnell zu überwältigen, sich an seinen Platz zu setzen, in seiner Maske, dass die Mörderhelfer ihn für den Ursprünglichen hielten. – Darauf kannst du dich nicht verlassen, du! – Die Anziehung der Häuptlinge, vereint, mag zuweilen so groß sein, dass nicht nur der Wald wandert – sie beginnen ihr Treffen auf einer riesigen Lichtung und beenden es, von den Baumstämmen fast erdrückt –, sondern dass ganze Länder sich verändern. Grenzen, die eben noch auf jenem Hügelzug waren, sind plötzlich in der Ebene unten. Ja, die Kontinentaldrift soll mit dem Wirken der Teufelsgötter zusammenhängen. Satellitenfotos zeigen uns jedes Jahr rasende Ländereien. Staubfahnen, wirbelnde Wasser. Ziegen, Menschen, Gazellen rennen auf dem dahinschlitternden Heimatboden in der Gegenrichtung, dennoch langsamer. Mit dem Hintern voran verschwinden sie, auf der Zunge des

Großmonsters noch um ihr Leben laufend, in den geöffneten Fressmäulern. Pass auf, ich kenn mich aus. Du kannst auch beißen wollen, Dummkopf. Das will auch der Pavian, wenn er, verzweifelt, die nutzlose Flucht abbricht und sich dem Leoparden entgegenstellt, mit aufgerissenem Maul. Jenen Schrei ausstoßend, den er als Drohung meint und den der Leopard als das Hinnehmen des Todes versteht. Er wartet das Ende des Gekreischs ab, ein lässiger Prankenhieb dann. Dein Auge bricht, dein Genick knirscht. – Niemand weiß, wann die Treffen sind, gar wo; ums neue Jahr herum, das allerdings bei jedem Dschungelstamm in einem andern Monat stattfindet. Du erkennst sie, weil das Singen, das Dröhnen, das Trommeln unendlich viel kraftvoller als das alltägliche strahlt. Die Häuptlinge haben Köpfe wie Gebirge, und jeder Schädel, so verschieden aussehend, dass sogar, sagt man, die Chefs selber zittern, wenn sie ihresgleichen erblicken, jeder Schädel, sage ich, hörst du, jeder dieser Schädel ist ein Musikinstrument, das Klänge erzeugt, wie sie niemand hören kann, ertragen kann, überleben kann. Von ganz fern, ja, natürlich. Dann flieh. Flieh und lass dich vom Echo nicht täuschen, das dich in die falsche Richtung schicken will, dem Unheil in die Arme. – Am Ende der wochenlangen Treffen, wenn die Bäume schon nahe gerückt sind und nur noch deshalb einen Lichtungsrest lassen, weil viele von ihnen fürs Feuer gebraucht werden, Stamm für Stamm: wenn schon die Kanus gerüstet sind und die in den Wald starrenden Wächter ermüden, wenn die Messer wieder dazu dienen, den Heimweg freizuschlagen, und kein Eindringling mehr erwartet wird – die Knochen derer, die gekommen sind, bilden abseits einen

Haufen –, wenn selbst den Ungeheuer Großen die Beine weh tun vom unaufhörlichen Bei-der-Sache-Sein, die Muskeln vom nie erlahmten Sichanspannen: dann sagt der, der sich am sichersten fühlt, am mächtigsten: Brüder, wie wär's mit einem Bier? Die Frage ist ein Ritual. Die Biere sind vorbereitet. Das Wort darf nur nicht zu früh gesagt sein. Alle Herrscher trinken, schlucken, keuchen, rülpsen. Lehnen sich zurück. Der eine oder andre lüftet gar die Maske für eine Sekunde und wischt sich den Schweiß ab. – Mag sein, dass nun auch Frauen für die Großen da sind, die Erschöpften, aber immer sind es dann Frauen aus den weißen Ländern, von charmanten Häschern in den Urwald verlockt, aus dem es keine Rückkehr gibt. Kichernd, mit hochgeworfenen Röcken, erregt folgten sie ihnen. – Die Frauen der Giganten tauchen zu der Zeit unerkannt auf den Märkten fremder Stämme auf. Sie tragen einfachste Gewänder, keinen Putz. Nur ihre atemberaubende Schönheit kann sie entlarven, tut dies zuweilen auch: dann werden sie von schreienden Weibern niedergemetzelt. Sonst gehen sie dahin, dorthin. Suchen nach dem Sohn des Häuptlings. Oh, ihre Augen. Die Lippen. Die Zunge. Oft, immer eigentlich, folgt der junge Mann der Frau in ihr Zelt. Sie erscheint ihm, der der nächste Löwenherrscher hätte werden können, von den Himmeln gesandt. Nackt, schlank, kundig. Sie bettet ihn auf den Rücken, küsst ihn auf Mund und Brust und legt dann den Kopf auf seinen Bauch – er sieht ihr Kraushaar von hinten – und saugt ihn aus. Saugt und saugt – oh, vorerst möcht sich der Herrschersohn verströmen vor Lust –, saugt weiter, erbarmungslos, bis sein Genuss in Schmerz umschlägt und er Halt inne! rufen möchte, aber dafür ist's nun zu spät, er ist zu schwach und sie ist zu stark, so wild endlich, dass sie den ganzen Häuptlingssohn einschlürft mit Haut und Haar und nur noch das weiterhin steife Glied in ihrem Mund bleibt. Alle Gigantenfrauen tun dies. Die eingesogenen Männer geben ihnen jene Kraft, die sie brauchen, wollen sie den Machtvollen für ein weiteres Jahr gewachsen sein. – Mit dem Penis als Beweis gehen sie zurück. Manche behalten ihn im Mund, wie eine Zigarre, die meisten binden ihn an ihre Gürtel. Eine Frau, die so angetroffen wird, darf nicht getötet werden. Gefahrlos schreitet sie durch das schweigende Heer des Todfeinds. Alle starren auf den Sohn des Häuptlings, das, was von ihm geblieben ist, im Mund der schönen Feindin oder an ihrem Bauch baumelnd. – Du, geh weg, wenn du eine Schöne siehst. Verbirg dich. Sie wird dir Augen machen, Augen! Traue ihnen nicht, diesen Blicken. Oder tu es. Es wird herrlich sein: und das letzte Mal.

ÜBER DIE GROSSEN Städte des Kongo, sage ich euch, haben die Herrscher der Urwälder keine Macht. Ihre Befehle, die in ihrer Welt sicheren Tod bringen, erreichen die Menschen in den Städten nicht, die, taub für die Stimmen alter Geister, in Abfallbergen wühlen, ein Essen zu finden, und aus Tümpeln trinken, die die Notdurft derer sind, die weiter oben wohnen. In den Städten kennen sich die Herrschergötter nicht aus. Sie wagen sich allenfalls einmal im Leben in sie hinein, ohne ihre Schreckmasken dann, ohne das ganze Monsterbrimborium, klein, nackt, von Mücken zerstochen nach einem tagelangen Marsch durch den Dschungel, nach einer wochenlangen Fahrt den Fluss hinab. Die

Maske, die sie nun tragen, ist ihre Unscheinbarkeit. Die Würdenträger sind mit ihnen, aber auch sie tragen keine Federbüsche, die ihren Rang zeigten, denn sie fürchten, dass die in der Stadt sich ihrer erinnern. Im Gänsemarsch gehen sie durch die Straßen, ohne Stadtplan und panisch um sich lugend. Sie nehmen den Herrscher in ihre Mitte, um ihn vor Verehrung, Hass und Wut zu schützen. Aber es gibt keine Verehrung in den Städten, auch keine Wut, die sie träfe. Niemand achtet auf die Waldmenschen. Solche wie sie kommen jeden Tag zu Tausenden an. Der Herrscher könnte verhungern, es sähe ihn niemand, es hülfe ihm keiner, und mancher Herrscher *ist* auf seinem Stadtbummel verhungert, mitsamt dem Hofstaat, denn die Zahlungsmittel, mit denen er sich ausgerüstet hatte – Gold, Edelsteine, Kupferdraht –, waren nicht die der Stadt, in der das Gesetz des Dschungels herrscht; beziehungsweise eben nicht. Hier brauchst du deine Visa-Card, um dein Essen zu bezahlen. Gute Dollar, eine Handvoll Zaires, einige Makutas wenigstens, oder ein paar Sengis, obwohl diese so viel wert sind wie der Wind.

Die Herrscher wollen alle einen Sexshop besuchen, ein McDonald's, einen Spielsalon voller *Slot-machines* und vor allem ein Kino. So oft haben sie davon gehört. Kein Treffen der Mächtigen Geister, da nicht einer – wenn das Ringen um die Macht vorüber war und sie, immerhin noch am Leben, die Maske abtaten – von dem Haus in der großen Stadt erzählte, in dem die Dinge laufen können.

Ich sage es, weil ich es weiß. Und so machen sich der Löwengleiche und sein Hofstaat auf die Suche nach dem glanzvollsten Kino am Prunkboulevard – begnügen sich allerdings meist, weil sie sich im Straßengewirr verheddern, mit einem Vorstadtschuppen – und sitzen, falls die Frau an der Kasse ihr Gold und Geschmeide akzeptiert hat, alle nebeneinander in der ersten Reihe und starren immer aufgeregter, immer aufgebrachter auf die Leinwand. Sie stoßen kleine Schreie aus und rufen denen auf der Leinwand Warnungen zu. Spätestens wenn, falls sie in einen Western hineingeraten sind, die Indianer hinter ihren weißen Felsen auftauchen, springen sie von ihren Sesseln auf, toben wie besessen im Kino herum, kreischen und heulen, denn sie wollen die Angreifenden mit den Kampftechniken vertreiben, die ihnen vertraut sind. Dass sie scheitern, erklären sie sich damit, dass sie ihre Masken nicht dabeihaben, und auch, weil die Polizei kommt und sie abführt. Kaum ein Herrscherbesuch, der nicht im Gefängnis endete. Dort stehen sie dann, die Hände an die Gitterstäbe gekrallt, im Gelächter der Mithäftlinge und brüllen, dass sie Könige seien, Wesire, Marschälle. Völlig ausgelaugt, maßlos erschöpft kommen sie in die Dschungelheimat zurück. Immerhin, kein Usurpator hat sich auf ihren Thron gesetzt. Auch darum haben sie den ganzen Hofstaat mitgenommen. – Nie mehr werden sie ihre Wälder verlassen, in denen sie der Herr sind, die Meister, die allmächtigen Herrscher, auch wenn ihnen hier nur allzu oft eine Klinge in den Hals oder ein Schwert in die Gedärme gestoßen wird, vom treusten Freund oder vom liebsten Sohn, ja, aber das kennen sie, es ist ihre Welt.

In Kinshasa, in Kisangani drängen sich die, die die Wälder verlassen haben und nie mehr zurückkönnen. Die vor den Fressmäuligen geflohen sind, bevor sie ihnen die Hände abhackten oder sie in Fässer voller Skorpione tunkten. Zu Beginn erinnern sich die Geflüchteten an die Fratzen der Häscher, an ihre Laubhütte, an Frau und Kind, aber bald, rasend schnell, verwirren sich die Bilder in ihren Köpfen. Was war, was war nicht? Da noch ein Fitzelchen, dort ein Fetzelchen. Aus. Sie haben nichts mehr. Kein Dach überm Kopf, kein Essen, keinen Freund, keine Ahnen. Keine Geister. Keinen Herrscher. – Nur einen Fernseher haben sie, den ja. Alle haben einen Fernseher, ausnahmslos. Geh zwischen den Hütten, von denen du nicht weißt, ob sie noch aufrecht stehen oder just nicht mehr, ob sie eben aufgebaut oder gerade abgerissen wurden, ob sie bewohnt oder verlassen, ob sie überhaupt Hütten oder zufälliger Schutt sind: überall das Blitzen der Bildschirme. Ein blaues Gewitter. Krächzende Dialoge von allen Seiten. Es gibt nur einen Sender. Die Menschen drängeln sich vor den Fernsehapparaten. Sie blicken gebannt auf die Löwenherrscher – alle Sendungen im Kongo handeln von ihnen –, vor denen sie geflohen sind, weil sie Vater und Mutter mordeten. Betend knien sie vor dem Bildschirm, den auszuschalten sie nicht den Mut haben. Natürlich sind es von Filmschaffenden erfundene Dschungelkönige, mit von Maskenbildnern modellierten Monstergesichtern, in Wäldern und Lichtungen, die in Studios nachgebaut wurden. Alles ist ziemlich nachlässig und lieblos gemacht. Die Betenden würden allerdings auch besser gefälschte Herrscher für wirklich halten. Da niemand, auch kein Studio-Boss, je einen Löwengott in seiner unvorstellbaren Macht gesehen hat – ein Studio-Boss wäre für ihn ein Fliegendreck auf dem Fingernagel –, sind die Bilder, die sich der Fernsehapparat von seiner Herrlichkeit macht, so lächerlich, so grotesk, dass die Walddämonen selber, wenn sie verschüchtert durch die Straßen schleichen und durch Luken oder Fenster auf die Bildschirme schielen, sich nicht erkennen. Nie denken sie, dass sie mit diesen hüpfenden Kobolden gemeint sein könnten, die sie dennoch verwirren, denn wie ist es möglich, dass Menschenwesen in einem so kleinen Kasten sind? Ganze Wälder?

Weil es nichts Wirkliches in den Städten gibt – ich weiß es, ich sage es euch –, wird das Unwirkliche wirklich. Es müssen nur genügend Menschen vom Gleichen träumen, das Gleiche fürchten, vom Gleichen sprechen, dann ist es nur allzu bald so wirklich, wie es die Herrscher in der Waldzeit waren. Sturzfluten aus völlig aus der Luft Gegriffenem fegen über die Städte hinweg und sind am gleichen Abend noch Gewissheit. An den Tischen unter den Palmenblätterdächern der Kneipen, beim Anstehen für Wasser, an den überfüllten Bus geklammert, bereden die Menschen erregt die neue Tatsache. Keiner, der, kaum hat er davon gehört, nicht vom heutigen Wahn überzeugt ist, der den von gestern ersetzt. Sag einem, aber nein, der Mond wird heute Abend nicht den Grand Boulevard hinunterrollen, er hält dich für einen Irren, auch am nächsten Tag noch, wenn kein Mond gekommen ist. Er weiß, warum, nämlich, der Mond hatte ein Familientreffen und hat sein Erscheinen auf nächsten Sonntag verschoben. Oft ist der gemeinsame Wahnsinn harmlos, lustig eigentlich, etwa wenn alle zusammen sicher sind, dass sie den Hauptgewinn der Lotterie gewinnen. Achteinhalb Millionen Zaires, auch wenn sie kein Los gekauft haben, wenn es keine Lotteriegesellschaft gibt und kein Geld, das ausbezahlt werden könnte. Macht nichts, ein paar Biere drüber. Immer ist Bier im Spiel, das sage ich euch. Bier ist das einzig Wirkliche in diesem Wirbel der Unwirklichkeiten. Immer fließt Bier mit dem Wahnsinn mit, oder dieser im Bier.

Schnell kann es um Leben und Tod gehen. Zum Beispiel schon, wenn alle im selben Augenblick erfahren haben, dass es am andern Stadtende Thunfischkonserven gibt, Levi's-Jeans, ja sogar gratis Kühlschränke und Autos zur freien Benutzung, so dass die gesamte Bevölkerung, alle von ihren Stadträndern her, die Stadt durchquert, zum andern Stadtrand hin, Blechnäpfe über dem Kopf haltend, mit Karren und Säcken, schreiend und schiebend. Oh, da wird natürlich der eine oder andere totgetrampelt. – Bier, Bier! Kein Mensch weiß, wo die Menschen immer wieder die paar Sengis hernehmen, die ein Napf Bier kostet. Dafür haben sie immer Geld, auch wenn sich zu Hause Todkranke im eigenen Kot wälzen. – Oder wenn plötzlich alle wissen – außer die Betroffenen, die es früh genug erfahren, zu spät, und den Wahn oft selber glauben –, dass die vom Stamme der N'gromis die schrecklichen Durchfallerkrankungen verschulden, an denen so viele sterben. Dass man sie niedermetzeln muss, auf dass es allen wieder gutgehe. – Am Vorabend hatte noch niemand davon gesprochen. Da beredeten noch alle, dass ein Geschwader der UNO Videogeräte und Ersatzreifen für Mofas abwerfen werde. – Überall liegen dann in Blutlachen Kinder und Frauen und Männer, auf den Trottoirs, in Ananaskörben, in den Vorortsbahnen. Ein Lokomotivführer gehört dem schuldigen Stamm an und wird in voller Fahrt erschlagen, und der Zug zertrümmert den Endbahnhof und tötet siebenhundert Wartende. –

Bier, nun braucht es sehr viel Bier. – Die Menschen feiern die ganze Nacht über, dass die Cholera besiegt ist, und manche kaufen schon einmal ein Mofa und einen Videofilm, wenn doch die Reifen und das Abspielgerät vom Himmel geflogen kommen.

Ein Wahn ist der schrecklichste. Noch überfällt er die Bewohner der Städte nur selten, obwohl besonnene Beobachter feststellen, dass auch dieser Wahnsinn häufiger wird und, einmal ausgebrochen, immer schrecklichere Folgen zeitigt. – Allerdings gibt es in den Städten des Kongo keine besonnenen Beobachter. – Niemand weiß, wie es dazu kommt, aber plötzlich stürzen alle aus ihren Behausungen, zum Fluss hinab, die Hügel hinauf, weil sie wissen, wissen!, dass die Löwenköpfigen aus ihren Fernsehern steigen werden. Dass sie bereits draußen sind. Viele haben schon einen gesehen, wie er herrisch den Boulevard herunterkam, Tod und Verderben säend. Sie beschreiben schreckensbleich seine Maske. Turmhoch ist der Putz des Monsters! Gleich werden sie um die Ecke biegen, die Mörderherrscher aus dem Wald, Rache zu nehmen, furchtbare Rache, alle zu bestrafen für ihre unbotmäßige Flucht. – Es kann sein, dass ein wirklicher Herrscher, der zufällig gerade auf seinem Schleichgang durch die Pornokinos ist und von seinem eigenen Kommen hört, insgeheim die Möglichkeit erwägt, es tatsächlich zu tun, nicht in seinem armseligen Lendenschurz natürlich, sondern in vollem Zierrat, unter der Schreckmaske und mit der Löwenmähne, die sogar seinesgleichen erzittern lassen. Ich weiß, ich sage es hier, dass in der Tat – es ist nicht lange her – einer die Gunst der Stunde nutzen wollte und im Triumphmarsch durch die Stadttore schritt, die vierspurige Autobahn entlang, die vom Flughafen herkommt, mit allen Dämonen und Würdenträgern, dem Hoforchester, dem Scharfrichter, den Fahnen, den Frauen, dem Staatsschatz, den Krokodilen, und als die Stadtbewohner seiner ansichtig wurden, erkannten sie auf der Stelle, dass der Maskierte an der Spitze dieses seltsamen Umzugs den Mordherrschern im Fernsehen nicht im Geringsten glich. Dass er ein Fälscher und unwirklich war. Sie schlugen ihn tot. Mit ihm alle seine Krieger, obwohl die tanzten wie immer und ihr Gebrüll ausstießen, das noch nie unwirksam gewesen war. Nur von den Frauen entkamen ein paar, und alle Krokodile. Noch einige Wochen lang krochen sie der Flughafenstraße entlang, bis auch das letzte abgeschossen und verspiesen war.

Die Untertanen warteten auf die Rückkehr des Königs. Nur Gerüchte erreichten sie von seinem Schicksal – dass alle tot seien –, die sie nach der Art der Waldbewohner nicht glaubten. Sie wussten, was sie sahen, und sie sahen, was sie wussten. Sie wagten nicht, einen neuen Herrscher zu wählen, auch als der alte sehr lange ausblieb. Wenn er doch noch käme! So ist dieser Stamm der einzige im ganzen Kongo, der kein Oberhaupt hat. Die völligste Anarchie herrscht in ihm. Jeder tut, was er will, und natürlich ist das nicht immer das Klügste. Aber keiner will herrschen, und keiner will in die Stadt. Keiner allerdings auch wagt sich in den Palast des Königs, der sich, obwohl er vierhundert Höflingen Platz bot, winzig unter die Baumriesen des Dschungels duckt. Nur die Kinder rennen durch die Säle. Sitzen auf dem Thron und schrecken sich vor den Mäusen und Ratten.

Grappa und Risotto

Ich möchte Ihnen, meine Damen und Herren, heute eine Geschichte erzählen, in der ein Risotto und ein Grappa vorkommen. Das ist für mich kein Problem, denn ich bin im Risotto und im Grappa aufgewachsen und habe eine Familie, die aus einem recht nahe gelegenen Süden stammt, die Familie meiner Mama, und von dieser Familie erzähle ich Ihnen jetzt also, und damit auch von unzähligen Risottos und ebenso vielen Grappas. Also, ich habe keinen wirklichen Überblick über meine Mutterfamilie, die einst einen sehr guten Grappa herstellte, später einen durchaus trinkbaren und am Ende einen, mit dem man Autos ablaugen konnte und mit dem mein kleiner Onkel das auch tat, er laugte die Lackfarbe seines Lancia ab, schwarz, das klappte auch recht gut, aber danach stank das Auto, auch als es neu bemalt war, weiß, so sehr nach Grappa, dass es unverkäuflich blieb, also, meine Familie umfasst, grob geschätzt, ein Dutzend Tanten, nicht ganz so viele Onkel und eine Unmenge Cousinen und Vettern und Großenkel und Stiefnichten, kein Mensch weiß, ich jedenfalls nicht, wie viele es sind, jedenfalls biegt immer noch einer oder eine um die Ecke, wenn ich meine, jetzt habe ich sie alle beisammen, es gibt die große Tante, die schwarze Tante, die sehr alte Tante, die Tante mit dem Bart, die Tante mit den nassen Küssen, die lustige Tante, die stumme Tante, die fromme Tante, und zu allen gibt es die zugehörigen Onkel, den stummen Onkel, den lustigen Onkel und den großen Onkel und den blöden Cousin und die scharfe Cousine, ja, und dann ist da noch Alma, die alle mit ihrem Namen ansprechen, obwohl jeder und jede versucht, jedes Gespräch mit ihr zu vermeiden, zu Alma geht man auch im Notfall nicht, allenfalls im alleräußersten Notfall und auch dann lieber nicht, etwa wenn man keinen Reis mehr und zwölf Gäste hat, die schon um den Esstisch herumlärmen und Grappa trinken und *fame!* rufen, dann ja, dann muss man eben, wenn man bei wirklich allen anderen gewesen ist, auch beim Bischof und auf der Polizeiwache, erfolglos, dann *muss* man zu Alma gehen und sie um einen Sack Reis bitten und gleich noch um eine weitere Flasche Grappa, das geht nun in einem Aufwasch, den kriegt man dann auch, den Grappa und den Reis, aber der Preis dafür ist, dass Alma dir alles von allen Mitgliedern der Familie erzählt, was sie weiß, alles!, von allen!, und sie weiß mehr als alles, sie erzählt also, dass die stumme Tante verstopft ist und Schleim hustet, dass die lustige Tante überhaupt nicht lustig, sondern eine Klapperschlange ist, dass die mit den nassen Küssen, auch als sie ganz jung war, schon nasse Küsse gab und dass deshalb der Sohn des Wirts, der aber eigentlich der Sohn des Bürgermeisters war, aber das ist eine andere Geschichte, und die erzählt Alma natürlich auch, in einer Abschweifung, die kaum mehr als eine halbe Stunde dauert, jedenfalls, der Sohn des Wirts und des Bürgermeisters habe von der Verlobung zu einem Zeitpunkt Abstand genommen, als ihn die Tante schon nass geküsst hatte und er sie eigentlich auch, und nun das, er kam nicht zur Trauung, einfach nicht, da wartete die Tante in ihrem weißen Schleier und hatte keinen, den sie küssen konnte, nass, da war nur der Pfarrer, und den konnte sie natürlich nicht einmal trocken küssen, item, das war das, aber da war noch die Tante mit dem Bart, von der wusste sie, dass sie die alte Tante benutzte, um ans Erbe der schwarzen Tante heranzukommen, die aber das Mahagoniholzbüfett, um das es in der Hauptsache ging, schon der großen Tante versprochen hatte, um es kurz zu machen, Alma redete mehr als alle andern, mehr als die fromme Tante – und das will etwas heißen – und viel mehr als die stumme Tante, obwohl auch die stumme Tante, anders als der stumme Onkel, der tatsächlich nie ein Wort sagte, nie, weil er der Mann der frommen Tante war und ein Bergsteiger, ein mit allen Wassern gewaschener Spitzenalpinist, er stieg der frommen Tante davon, die ihm aber nachkletterte, auf Dreitausender, auf Viertausender, auf Fünftausender, endlich auf den K2 und den Nanga Parbat, der stumme Onkel voraus, die fromme Tante hinterdrein, in seinen Rücken hineinredend noch in der luftlosen Todeszone, so dass er den Gipfelgrappa wirklich benötigte, ohne allerdings danke zu sagen oder vergelt's Gott, ja, aber ich habe nicht aus den Augen verloren, dass ich »obwohl auch die stumme Tante« gesagt und dann zum stummen Onkel abgeschweift bin und den Gründen, warum dieser im Alter Ehrenmitglied des Schweizerischen Alpenclubs wurde, nämlich, er hatte als erster Schweizer alle Berge der Heimat bestiegen, manche zweimal und den Piz Campascio, der über seinem Haus in die Höhe ragte, hundertsiebenundfünfzig Mal, das Matterhorn, das Bietschhorn, das Hockenhorn, das Finsteraarhorn, das Zinalrothorn, die Jungfrau, den Eiger samt der Nordwand – eine tolle Leistung auch der frommen Tante –, die Dufourspitze, den Dom, die Cima bianca und sogar den Säntis, ich wollte sagen, dass Alma mehr als Sie und ich und eben sogar als die fromme Tante redete, *obwohl auch die stumme Tante,* wenn sie zwei oder drei Grappa gekippt hatte, zuweilen loslegte, und dann war sie ein, zwei Minuten lang Alma ebenbürtig – sie war eine Kurzstreckenspezialistin, während Alma für die Marathons begabt war –, denn bei uns gab und gibt es nach jedem Risotto einen Grappa, einen Löffel für die Tante, einen Grappa für den Onkel, das lernen schon unsre Kleinsten, ich zum Beispiel bin mit dem in Grappa getränkten Hemdzipfel gestillt und schon im Milupa-Alter mit Risotto gefüttert worden, kurz, Alma lebt immer noch und ist jetzt hundertvier, weil auch Gott sich vor ihr fürchtet und den Tag, an dem er sie zu sich nehmen will, immer erneut hinausschiebt, in der Tat bedarf es auch heute noch eines Herkules, unverletzt von ihr eine Tasse Reis und einen Napf Grappa zu kriegen, keiner von uns war je ein Herkules, außer vielleicht mein Vater, dessen Tarnung just seine zwei linken Hände waren und der ein Leben lang so tat, als verstehe er kein Wort Italienisch, obwohl er die Verse des Petrark ins Deutsche übersetzt hat und die *Divina Commedia* im Original las, auf diese Weise kam er mit allen gut aus, er lächelte, und sie lächelten zurück, und er hielt die Hand über den Titel des Buchs, das er gerade las, *I Promessi Sposi* oder *Divorzio all'italiana,* aber das war kaum notwendig, keiner in der Familie las und liest ein Wort, nicht einmal die Betreibungs- und Konkursverfügungen der Ämter, denn die Firma ging Konkurs, weil mein großer Onkel starb, der sie erfolgreich und bewundert gemacht hatte, und der weiche Cousin, sein Sohn, übernahm den Betrieb, aber ein Weingut leiten konnte er nicht so gut wie sein Vater, das sah man bald einmal, zu spät dennoch, er fuhr eben lieber Auto und liebte die Frauen und auch den Grappa, vernünftigerweise den der Konkurrenz, den er aber bezahlen musste trotz oder wegen seiner Versuche, ihn gegen seinen eigenen einzutauschen, item, er fuhr also zuerst einen Skoda und dann einen BMW Cabrio, ich spreche von damals, nicht von heute, als Autos im Allgemeinen und BMWs im Besonderen etwas wirklich Herrliches waren, atemberaubend, mit seinem BMW kam er also bis nach Menaggio oder vielleicht auch Bellagio, und eine Dame von absonderlichem Zauber sprach ihn auf der Seepromenade an, und er antwortete ihr, und es zeigte sich, dass sie Anastasia, die letzte Zarentochter, war, und eine heiße Liebe begann, das war schließlich schon etwas, just von der letzten Zarentochter geliebt zu sein, auch wenn diese – es waren die frühen fünfziger Jahre – nicht mehr taufrisch war, eine bretterdick geschminkte Dame von russischer Ausstrahlung, die hell auflachte, wenn mein Vetter ihr den Wagenschlag öffnete oder ihren Hund trug oder einen Briefumschlag voller Banknoten in ihren Ausschnitt schob, denn sie hatten zusammen den Plan gefasst, das Bernsteinzimmer in ihren Besitz zu bekommen, das Anastasias legitimes Erbe, aber in den Klauen des Sowjetregimes war, das brauchte natürlich eine Vorfinanzierung, aber wenn all der Bernstein dann da war, dann war mein Vetter ein reicher Mann, weil seine Braut mit ihm fifty-fifty teilen wollte, er das halbe Zimmer, sie die andere Hälfte, und dann konnten sie heiraten, standesamtlich nur oder russisch-orthodox, das war meinem Cousin egal, und es war auch egal, denn nach dem fünften oder siebenten Briefumschlag war Anastasia plötzlich weg und verschwunden und mit ihr das ganze Geld der Firma, oder beinah das ganze, denn der Rest ging bachab, weil die Sekretärin des weichen Vetters, recht eigentlich die De-facto-Geschäftsführerin, sich in den jungen Inhaber der Konkurrenzfirma schräg gegenüber verliebt hatte, auch sie trank, wie mein Cousin, den Grappa der Konkurrenz lieber, und eben nicht nur das, sie trank den ganzen Firmenchef leer, um es so zu sagen, jedenfalls desertierte sie mit allen Geschäftsunterlagen in sein Heim und Hof und Tisch und Bett, ja, und so nahm das Unglück endgültig seinen Lauf, und die Firma ging definitiv pleite, und der Vetter war dann eine Zeitlang Bademeister irgendwo im Tessin – ich weiß übrigens nie, heißt es das oder der Tessin, wie mit dem Aargau, der Aargau, das Aargau, klingt beides gut, aber der Tessin ist schöner als das Aargau –, in Agno, genau, in Agno hatte er einen Kiosk, mein Vetter, und verkaufte Eis am Stiel und Fanta, traurig, alle waren traurig, nur Alma lebte auf, aber lassen wir Alma, bei Alma habe ich heute noch Angst, dass allein die Erwähnung ihres Namens bewirken könnte, dass sie erschiene hier groß vor uns, dort unter der Tür, eine Erscheinung, und ich dürfte dann nie mehr aufhören zu reden, keinen Atemmoment dürfte ich mir gönnen, denn hielte ich nur eine Sekunde lang inne, führe Alma in die Lücke, und dann spräche *sie,* und damit wäre auch Ihnen nicht gedient, denn das sage ich Ihnen, verglichen mit Alma bin ich ein Trappistenmönch, *to make a long story short again,* manchmal fahre ich mit meinem Auto das wunderbare Weingut entlang, das einmal unseres gewesen ist, auch wenn ich nur der Hundertachtundsiebzigste in der Erbfolge gewesen wäre, ein altes Kloster inmitten von Rebbergen, mit Feigenbäumen, Oleander und einer eigenen Kirche, aus deren Glockenturm früher Büsche wuchsen und der jetzt herrlich renoviert ist, denn der Konkurrent, dessen Produkte ich nie trinke, obwohl er so etwas wie der Marktführer auf seinem Gebiet ist – sein Gebiet ist der Grappa, aber nicht nur –, empfängt Großindustrielle und Bundesräte auf seiner Prunkterrasse, die trinken dann vor laufender Kamera seinen Grappa, der einmal meiner war, unserer, nun, eben, ich liebe meine Familie über Stock und Stein, das ist so mit den eigenen Klans, ihre Mitglieder sind samt und sonders fürchterlich und entsetzlich, aber sie sind die, die man hat, ich bin ja auch entsetzlich und fürchterlich, ja, was ich noch zum Risotto sagen wollte, dass die Chinesen den Risotto erfunden haben, ist ein haltloses Gerücht und eine üble Nachrede, die Spaghetti haben sie erfunden und auch die vielleicht nicht, das könnten sie gar nicht, den Risotto erfinden, weil sie kein R in ihrer Sprache haben und also Lisotto sagen müssten, was soll das, aus dem gleichen Grund haben sie auch den Grappa nicht erfunden, sie trinken Leiswein und essen mit Stäbchen, Risotto mit Stäbchen, das glaube, wer will, ich will nicht.

Das Ende Richards III.

Niemand je hatte so viel Angst wie Richard. Sein ganzes Jahrhundert toste vor Ängsten, und Richard spürte jede einzelne in sich. Oder nein, er spürte sie nicht, damals waren die Ängste so überschwemmend, dass keiner sie spürte. Ein Blick nach innen, und das Entsetzen hätte dich getötet. Alle dachten, es sei normal, in Todesschweiß auszubrechen, wenn es an der Tür klopfte. Es war normal. In der Tür stand nur allzu oft dein Mörder, dein bester Freund, was allzu oft nur das Gleiche war. Mit welcher Gelassenheit legten dann die gerade eben noch Glanzvollen ihre Köpfe auf den Richtblock. Zum Henker hochsehend (eine schwarze Kapuze vor einem schwarzen Himmel), gelang manchem noch ein anmutiger Scherz. – Man sagt, dass der wegkullernde Kopf noch ein paar Sekunden lang schauen kann, denken. Man weiß nicht, was die Köpfe dachten, wenn sie ihre blutüberströmten kopflosen Körper sahen. – Die Böden ganz Englands waren zu Richards Zeiten blutgetränkt, in allen Flüssen floss Blut, die Fußböden der Paläste waren voller Blut, aus den Fugen der Steine des Towers sickerte Blut, und sogar der Mond schien blutrot Nacht für Nacht. – Die Nächte waren das Entsetzlichste. Gegen die Gedanken der Nacht wehrten sich alle vergeblich.

Wer an einem Schloss vorbeiritt, selber auf einer nutzlosen Flucht, hörte das Schreien der von ihren Träumen Gepeinigten aus allen Luken. Er bekreuzigte sich, ritt in einem schnelleren Trab dem blutenden Mond entgegen, der ihn erwartete. – Jeder wollte auf einen Thron und räumte, weil es nur einen Thron gab, jeden, der auch dahin wollte, aus dem Weg. Jeder heulte vor Gier, jeder dachte, dass gerade ihm das Normale erspart bliebe, dass er jener Auserwählte wäre, der dann auf dem sonnenleuchtenden Goldstuhl säße. Dass seine Rivalen tot im Hof lägen. Mit jedem von ihnen hatte er einst gescherzt, pokuliert, über die Weiber geschwatzt. – Herrschen, das hieß seinen Kopf retten.

Aber immer eigentlich ging irgendwas schief (keiner lernte aus dem Unglück des Thronanwärters vor ihm), ein Freund verriet den verräterischen Anschlag, eine Amme tat das Gift ins falsche Glas, ein Versprecher während des letzten gemeinsamen Essens enthüllte die mörderische Absicht zu früh. Und schon schleppten die Häscher des Königs den zu Ehrgeizigen zum Richtblock, immer im Morgengrauen, das genau deshalb auch so heißt, in einen nassen Hof voller Nebel. Der Todgeweihte musste mit einem langen zu kurzen Strick um den Hals von den Burgzinnen in die Tiefe springen; das Seil tötete ihn, wenn er einen Meter über dem Boden war. Auf den Balkonen standen plaudernd seine Freunde von ehedem, gingen dann heiter zu anderen Beschäftigungen über. – Aber auch die Frauen starben gewaltsam. Ein Mächtiger zwang sie in sein Bett, und nach einer Nacht aus Blut und Kot wurden sie aufs Meer hinausgefahren. Sie schlugen um sich, schluckten schreiend das Wasser, das sie ertränkte. Manchmal wurde eine bleiche Leiche in

Samtgewändern angeschwemmt; dann bekreuzigten sich die Fischer, die von anderen Toden bedroht waren. – Kein Henker, kein Mörder, auf den seine Taten nicht endlich zurückfielen. Auch die Henker wurden gehenkt. So gesehen waren die Zeiten gerecht.

Natürliche Tode gab es keine, auch bei den Bauern nicht. Sie hackten in den Kartoffeln, und jäh brachen brüllende Ritter aus den Hecken. Die Bauern hingen an ihren Bäumen, und an ihre Beine klammerten sich ihre tränenüberströmten Frauen, die ihre Leiden zu verkürzen versuchten. – Diese selben Ritter verreckten dann keine zehn Tage später in einer Schlacht, in der keiner mehr wusste, wer Freund war, wer Feind; jeder jeden niederhackte. – Das war die Welt Richards, der nun Richard III. geworden war. Der König. Aber auf dem Thron war die Angst noch größer. Glücklich war er nie, nur dann in der Sekunde seines Todes. Der strahlende Heinrich Tudor erschlug ihn, beiläufig fast. Er lag in den Brennnesseln, sah eine milde Sonne über sich. Er atmete tief ein und aus. Er hörte sein Herz schlagen. Er war so wundersam schwach plötzlich. Nun mussten andere diese entsetzliche Welt aushalten. Er nicht mehr. Richard lächelte; starb.

In Timbuktu

O ja, auch ich bin in der Vergangenheit gereist, oft und zuweilen weit, einmal sogar in die Vergangenheit. Letzteres will ich nie mehr tun, Ersteres kann ich nicht mehr. Vorbei ist vorbei. Ich bin in Argos gewesen, in Istanbul, in Matala (dem Matala von einst: Felsen, ein paar verrückte Hippies in ihren Höhlen; ein einziges Hotel ohne jeden Komfort; und meine Frau hatte Angst, dass ich ertränke, so euphorisch schwamm ich in den hohen Wellen), einmal völlig allein in Delphi. Auch das soll mir heute einer nachmachen. – Nein, ich war nicht allein. Da war noch ein Pianist, der – ich schwöre, dass es genau so war – mitten in dem heiligen Tempelrund an einem schwarzen Flügel saß und Beethoven spielte. Er übte für ein Konzert, das am gleichen Abend stattfand. Ich ging hin und setzte mich zu den paar Zuhörern auf die Tempelsteine. Der Pianist erwies sich als blind und wurde von einer Frau zum Klavier geführt, seiner Frau vielleicht. Er setzte sich umständlich, schraubte an seinem Stuhl herum und donnerte endlich los, die *Pathétique* möglicherweise; ich habe vergessen, was genau er donnerte. Nicht vergessen habe ich, dass er nach wenigen Takten, in den Anfängen des ersten Satzes, steckenblieb und nicht mehr weiterwusste und hilflos um sich sah, nach den Noten von früher vielleicht. Das heißt, er wandte und drehte den Kopf wie ein sterbender Vogel. Die Frau, auf so etwas wohl vorbereitet, kam auf die Bühne gestürzt und führte ihn weg. Das Konzert war aus, nach kaum fünf Minuten, und wir standen auf und verloren uns im Mondlicht. Zikaden zirpten, eine Nachtigall sang aus einem Olivenbaum. – Ich war auch, auf meinen vergangenen Reisen, in Tokio, in Mettenbach, in Anchorage, in Tremona, in Liestal, in Bergen, in Mülheim an der Ruhr, in Prag, in Sils-Maria und auch in Sils-Baselgia, in Monterey, in Big Sur, in Cambridge, Mass., in Amsterdam und in Bruxelles, in Alfermée, in Salvador de Bahía, in Paris und in Lavérune und sogar in St-Étienne, wo gerade der Fußballklub wieder in die oberste Liga aufgestiegen war und die Stéphanois das ausgelassen feierten, ich bald mit ihnen, obwohl ich einst ein Fan des FC Basel gewesen bin. – All dies habe ich in der Vergangenheit getan. Und ich könnte Ihnen jeden dieser Orte beschreiben, o ja, das könnte ich. Ich könnte Ihnen Geschichten von Tokio erzählen, Mettenbach, Anchorage (die herrlichen Chinesinnen auf dem Flugplatz, alle eins fünfundneunzig groß), Los Angeles (meine Frau, die den Motor des Mietautos nicht mehr abstellen konnte, einfach nicht, weder mit Gebeten noch mit Fußtritten), La Rösa, Krakau, Bellagio, Tremona, Liestal (wo mein Vater, nach der Beerdigung seines Bruders, erschöpft und traurig vor der Kirche saß, mit seinem Hut in der Hand, und eine mildtätige Dame ihm fünfzig Rappen in den Hut warf), Bergen, Mülheim an der Ruhr, Prag, Sils-Maria und auch Sils-Baselgia, Monterey, Big Sur, Cambridge, Mass., Amsterdam, Bruxelles, Alfermée, Salvador de Bahía, Paris, Lavérune (wo ich das beste Gulasch meines Lebens aß, die Mutter aller Gulaschs), St-Étienne. Ich könnte Ihnen Geschichten erzählen, Geschichten! Aber ich soll, ich darf, ich will von der Zukunft sprechen. Ich werde Orte beschreiben, an denen ich noch nicht war. Vier Orte, vier von vielen. Denn die Erde ist groß und wird immer gewaltiger, für mich wenigstens, der es immer mehr mit Blaise Pascal hält und in seinem Zimmer bleibt. – Timbuktu zuerst. Mein Gott, was habe ich mich nach Timbuktu gesehnt! In Timbuktu sind die Menschen schwarz und schön und in farbige Tücher gehüllt, Körbe oder Wasserkrüge auf dem Kopf tragend. Der Niger, an dessen Ufern Timbuktu liegt, fließt verkehrt herum. Er ist der einzige Fluss der Welt, der von seiner Mündung wegfließt, vom Meer zur Quelle. Jedenfalls haben das ernsthafte Forscher wie Mungo Park festgestellt, nicht über alle Maßen überrascht allerdings, denn in Afrika im Allgemeinen und in Timbuktu im Besonderen ist alles möglich. Wie habe ich mich einst nach Mungo Park gesehnt! Ich wollte wie er sein, ich wollte er sein, fast so sehr, wie ich Fausto Coppi sein wollte, oder vielleicht noch inniger. Nur sein Ende, das blendete ich aus. Denn niemand kennt Mungo Parks Ende. Er wurde erschlagen oder ertränkt oder von einem Löwen aufgefressen. Oder alles zusammen. Wir wissen es nicht. Zum Schluss trieb Mungos Leiche den Niger hinauf, der Quelle entgegen, den Schakalen ins Maul, die ihn schwimmend an Land zerrten. – Timbuktu ist herrlich. In der Sonne leuchtende Lehmmauern, goldene Dächer. Flirrende Luft. Palmen. Verhungernde Menschen in den Gassen, das auch; wir sind in Afrika. Ein Sonnenuntergang ist, als rase der Sonnenball, einem abstürzenden Flugkörper gleich, in den Horizont. Und der Aufgang ist wie ein Raketenstart. Du siehst deine eigene Hand nicht vor den Augen, und zehn Sekunden später ist das Sonnenlicht so grell und heiß, dass du die Augen zupresst und das Schweißwasser dir aus allen Poren rinnt. Trink Bier, Wanderer! Du kriegst es in einer Bar am Hauptplatz, in der du am besten gleich über Nacht bleibst, denn am Morgen, nach Sonnenaufgang, braucht einer wie du viel Kraft und noch mehr Glück, den glühenden Platz lebend zu überqueren. Auch die Timbuktuer versuchen das kaum je, nur in Notfällen. Aber Afrika kennt keine Notfälle, weil jeder Tag ein einziger Notfall ist. So viel zu Timbuktu. – Der Polarkreis als Zweites. Da musst du, ob Mann oder Dame, warme Unterkleidung mitnehmen, heiße Oberkleidung, alles Dicke und Wärmende, dessen du nur habhaft werden kannst. Es ist saukalt am Polarkreis, besonders wenn du direkt aus Timbuktu kommst. (Das ist selten, aus Timbuktu geht man nicht weg, kaum je, weil der Bus in der Mitte des Hauptplatzes hält, in der gnadenlosen Sonne, und erst abfährt, wenn er bis zum letzten Platz gefüllt ist; was vorkommt; aber dann sind die zuerst Eingestiegenen bereits tot, auch der Fahrer. Hitzschläge, Durst.) Wir nähern uns dem Polarkreis von Süden her, wir haben den nördlichen als unser Sehnsuchtsziel gewählt. Wir gehen und gehen, durch Tundragras und erfrorenes Farnkraut. Tiefgekühlte Vögel flattern schreiend auf, Polarenten und Schneefinken. Wir sagen längst kein Wort mehr, gehen in unserer einsamen Einerkolonne, jeder auf den Rucksack des oder der vor ihm Gehenden starrend. In einsame Gedanken versunken, die oft um den Hauptplatz von Timbuktu kreisen, um dessen angenehmes Klima. Es ist dunkel, nur ein Polarlicht weist uns den Weg. Wir sind Silhouetten, sogar der oder die Geliebte sieht wie ein Scherenschnitt aus. Hier geht es ums nackte Überleben, wenn nicht just das der falscheste Ausdruck wäre: Überleben können sogar die Angezogensten und Eingemummeltsten kaum. Die Dunkelheit macht, dass wir dazu neigen, ein bisschen stumpf vor uns hin zu marschieren, ohne Sinn für das Schöne und Herrliche unserer Umgebung. So geschieht es oft, dass der oder die Vorderste der Kolonne unversehens gegen den Polarkreis prallt, sich regelrecht seinen oder ihren Schädel an ihm anschlägt, den Dutz, denn der Polarkreis verläuft – ein erdumspannender Ring aus einer unbekannten, aber festen Materie – etwa eins siebzig hoch über dem Erdboden, quer zur Marschrichtung. – Die Idee, dann eben kleinere Führer zu verwenden, Zwerge, hat sich kaum bewährt, weil diese, die Gnome, unter dem Polarkreis hindurchmarschierten, ohne ihn zu bemerken, so dass der oder die Nächste ihren oder seinen Dutz am Polarkreis an- oder gar einschlug. Einer dieser Führerkobolde bemerkte das Unglück hinter ihm so wenig, dass er einfach weiterging, weiter und weiter, und so am 23. April 1768 den Nordpol entdeckte, allerdings auch dies, ohne es zu bemerken, denn der Nordpol war damals noch nicht angeschrieben. – Ich will nicht hören, nein, dass es in Kathmandu nun auch schon Coca-Cola gibt. Erstens kann das nicht wahr sein, und zweitens. Zweitens wäre ich damals in Timbuktu froh gewesen um ein noch so kleines Coci. – Kathmandu also. Es ist äußerst schwer zu erreichen, dieses Kathmandu, du musst zuerst mit der indischen Staatsbahn fahren, auf dem Dach oben oder an einen Türgriff gekrallt, von Kalkutta über Dhanbad, Patna, Gorakhpur, Bettiah bis nach Birganj an der nepalesischen Grenze. Dort musst du auf Kamele umchecken oder auf Lamas, träge Lasttiere, die nie trinken und schlafen und dorthin gehen, wohin sie wollen; und das ist nicht immer Kathmandu. Da schaukelst du im Mondlicht durch endlose Salzwüsten und steigst terrassenförmige Berghänge hinan, längst ohne Kamel, ohne Lama, mit einem Sherpa dafür, der vor dir ekstatische Gesänge in seinen Bart orgelt, die Gebetsmühle dreht und für jeden Tag 15 Dollar will; später, als er sicher ist, dass du den Heimweg ohne ihn nicht mehr findest, 25 Dollar. (Solcher Vorkommnisse wegen sind viele Nepalreisende voller Misstrauen. In der Tat ist das Misstrauen ein nützlicher Reisebegleiter. Allerdings auch ein äußerst fader, denn von ihm begleitet bleibt man meist da, wo man ist, allein mit dem Misstrauen Tag und Nacht.) – Die Sherpas nehmen Kreditkarten. – Wie auch immer, am dreiundfünfzigsten Tag biegen wir um eine Felsecke: und sehen die Zinnen von Kathmandu. Oh, ah, das ist wunderbar. Wir haben die herrliche Stadt zwar schon mehrmals als Fata Morgana gesehen, in die Salzwüste gespiegelt, hinter fiktiven Seen gespiegelt. Als wir jetzt aber die Stadt betreten, einen Wellblechhüttenhaufen, ist alles noch viel großartiger als erwartet. Menschen, viele Menschen, alle mit irgendetwas handelnd. Glöckchen, Gewürzen, Rucksäcken. Mönche und Mönchinnen. Ein paar Neugierige auch aus anderen Ländern, die alle Rucksäcke tragen und alle im ›Kathmandu Inn‹ logieren, dem einzigen Hotel der Stadt, in dem auch wir uns einquartieren. Wir – meine Frau und ich – kriegen ein gemütliches Achterzimmer, zusammen mit sechs Briten, die für zwölfe schnarchen.

Im Pub des Inn trinken wir eine Cola. Wir sind die einzigen Touristen ohne Rucksack, darum sind die einheimischen Rucksackhändler den ganzen Tag hinter uns her. Der Rucksack ist nämlich eine Erfindung aus Kathmandu, oder vielleicht aus Kandahar, ich kann die beiden Orte schwer auseinanderhalten. Sicher jedenfalls stammen die ersten Skibindungen aus Kathmandu, ich hatte selber in meiner Jugend noch solche, montiert auf Eschenholzlatten. Tatsächlich gibt es über der Stadt schneeverwehte Hänge, in die die Mönche, auf heiligen Hölzern gleitend, mit weiten Schwüngen Spuren legen, die sie dann in hitzigen Debatten deuten, diese Zeichen, diese in den Schnee geworfenen Weissagungen. Die Spuren gleichen Wellenlinien, die da und dort von einem Loch unterbrochen sind, wenn nämlich sich einer der rasenden Mönche überschlagen hat. Ich miete mir auch so Latten und brettere einen jungfräulichen Hang hinab. Stiebender Neuschnee bis unten, wo mich die Hitze der Stadt erwartet. Ich deute meine Spur, die Deutung verheißt nichts Gutes. – Später kriechen wir auf den Knien durch ein Heiligtum voller holzgeschnitzter Drachen, essen, um Töpfchen und Tellerchen kauernd, Blumen und Fischteile, von denen niemand sagen kann, wie sie nach Kathmandu gelangt sind. Denn Kathmandu ist einige tausend Meilen und Höhenmeter vom nächsten Meer entfernt. Die Einheimischen, Fischer alle, behaupten, es seien fliegende Fische, die bis hierher flögen und mit großen, an Drachen schwebenden Netzen gefangen würden. Ich denke eher, sie sind tiefgekühlt und werden von rennenden Boten in die Berge gebracht. Aber was weiß ein Fremder, heutzutage. Heutzutage essen die Menschen in Bülach Litschi oder Sushi mit Stäbchen, und in Kathmandu verschlingen sie Fondue mit Schweizer Offiziersmessern, deren Zahnstocher sie für Fonduegabeln halten. – Bleibt mir das Matterhorn. Ich habe das Matterhorn noch nie gesehen, nicht ein einziges Mal, und natürlich auch nie das liebliche Zermatt. Aber ich sehne mich danach. Ich bin ein geübter Berggänger, das darf ich von mir sagen, ich habe vor dreißig Jahren den Piz Palü bestiegen und seither noch einige Eintausender. Vielleicht nimmt mich jener sechsundneunzigjährige Bergführer mit, der noch jeden Tag z' Berg geht und sich in seiner Freizeit mit der Milka-Kuh fotografieren lässt. Inzwischen ist er wohl hundertdrei. Das käme mir entgegen, vielleicht schaffe ich es so, ihm bis zur Hörnlihütte zu folgen. Weiter will ich sowieso nicht, ich bin kein Ogi, in mir herrscht über dreitausend Meter keine Freude. In der Hörnlihütte esse ich das Gericht des Hauses, trinke einen Halben, und dann trete ich vor die Hüttentür und juchze. Neben mir der Ätti, dessen Stimme noch viel weiter trägt als meine. Unten in Zermatt nicken sich die Einheimischen zu, ja, ja, die Berggeister sind auch im neuen Jahrtausend aktiv. Die Gäste aus dem Ausland sind fassungslos. Einer macht ein Video, mit Ton, auf dem man später das bewegungslose Matterhorn sehen wird. Der Ton ist ein langgezogenes Heulen, zweistimmig, das wie ein Hilferuf klingt. Götter, helft uns in unserer Not. Der Tourist, der Macher des Videos, führt dieses später in seiner Heimat, in Oklahoma City, seiner Frau und seinen Kindern vor, und allen rieselt ein solches Rieseln über den Rücken, dass sie das Video vor seinem Ende abstellen und also nicht sehen, wie der Ätti und ich in großen Sprüngen die Felsen hinunterschnellen, übermütig juchzend. Unten, im Dorf, bin ich gehörig erschöpft, ich bin ja bald zweiundsechzig; aber der Hundertdreijährige hilft mir auf die Beine, und zusammen gehen wir in seine Stammbeiz, das ›Shopping and Fucking‹, das in seiner Jugend ›Matterhornstübli‹ geheißen hat. Wir essen Älplermagronen und trinken einen weiteren Halben. Das sind meine Reisen in der und in die Zukunft. Liebe Freundinnen und Freunde. Kommen Sie mit. Buchen Sie jetzt unter www.widmerreisen.ch, oder schieben Sie mir diskret Ihre Kreditkarte unter meiner Haustür zu. Codenummer nicht vergessen. Danke.

Reise nach Istanbul

Ich weiß nicht mehr, wann ich dies erlebte: kürzlich jedenfalls, gestern vielleicht, jeden Tag. Ich fuhr in einem Zug, da bin ich mir sicher, in einem Schlafwagenabteil, zusammen mit meiner Frau und meinem Kind, das ein fünfjähriges Mädchen ist. Es war der Orientexpress, aber der Orient war noch fern. Kann sein, dass Istanbul das Ziel war, oder doch eher Bagdad oder Bombay, das wir allerdings über die Seidenstraße schneller erreicht hätten. Wir waren auch noch längst nicht so weit, in Zagreb allenfalls, oder auch erst in Triest. Der Balkan mit seinen herrlichen Gefahren hatte noch kaum begonnen. Der Zug hielt, fahrplangerecht. Wir hatten auch kaum Verspätung. Und weil der Bahnhof eine Grenzstation war, offenkundig, hatten wir einen großen Aufenthalt, einen jener Aufenthalte der alten Art, wie es sie heute, im Zeitalter der Intercitys, nicht mehr gibt. Obwohl die Geschichte gestern geschehen ist; allenfalls seit jeher.

Ich kletterte jedenfalls auf den Bahnsteig hinab, ohne meiner Frau und dem Kind etwas zu sagen, denn ich wollte nur eine Zeitung oder Zigaretten kaufen. Ich bin Nichtraucher, seit immer schon; aber mein Vater rauchte wie ein Schlot, und in seinem Namen tue ich bis heute Unbedachtes. Ich ging bis zum Ende des Bahnsteigs – herumhastende

Reisende, die ihr Coupé suchten; nach verbranntem Öl riechende Wolken zischten zwischen den Rädern der Lokomotive hervor – und öffnete eine Tür, hinter der ich die Bahnhofshalle und den Kiosk vermutete. Ich trat aber ins Freie hinaus. Die Tür schloss sich hinter mir; eine Tür ohne Griff. Ich wollte auch nicht zurück, ich hatte ja noch mehr als eine Stunde, zudem packte mich auch eine seltsame Erregung, Vorfreude vielleicht, oder Angst. Ich ging eine Straße hinunter, unter Platanen oder Kastanienbäumen, zwischen flanierenden Belgiern?, Belgradern? – waren wir doch schon in den Balkan eingedrungen? – bis zu einer fernen Straßenecke, an der sich tatsächlich ein Kiosk befand. Allerdings führte er nur Journale, die in einer für mich nicht lesbaren Schrift geschrieben waren, Kyrillisch nicht, auch nicht Hebräisch oder Arabisch. Aramäisch vielleicht, oder in einem uralten Griechisch, wie es heute nur noch die schwarzen Popen vom Berg Athos gebrauchen. Ich kaufte nichts, auch weil ich kein Geld bei mir hatte und weil im dunklen Inneren der runden Kioskhütte kein Mensch war, niemand vielleicht sogar oder ein Tier nur, das mit glühenden Augen nach draußen sah, stumm, bewegungslos, bereit, seine Waren vor räuberischen Händen zu bewahren. Ich wollte das nicht erproben und ging weiter, nicht rasch, nicht fluchtartig, denn ich suchte zu vermeiden, dass man in mir den Fremden erkannte. Den, der nichts von dem bösen Monster wusste, das ja vielleicht doch nur die Frau des Kioskunternehmers war, der im nahen Kafeneion just seinen Morgenkaffee trank.

Ich beschloss, zum Bahnhof zurückzukehren. Die Zeit wurde zwar nicht knapp, verrann aber doch. Ich ging um die Hausecke zurück. Da war aber nicht mehr die schnurgerade Platanenallee, an deren Ende die Bahnstation hätte leuchten müssen, sondern ein schmaler Weg, der steil nach unten in ein schwarzes Tal hinabführte. Auch fröstelte ich plötzlich. Da wollte ich nicht hinab, gewiss nicht; auch packte mich nun so etwas wie Angst. Nicht sehr, nicht überschwemmend, aber immerhin. Ich drehte mich um und ging eilends zur Straßenecke zurück. Da war nun auch keine Stadtstraße mehr, da war eine Steige, eine Steintreppe, die steil, voll nassem Laub, in die Tiefe führte, aus der diesmal allerdings hoffnungmachende Häuser im Tal zu sehen waren, unter einem Wolkenschleier, so wie Stuttgart von oben ein bisschen. Ich wollte nicht nach Stuttgart, ich wollte zum Bahnhof, in den Zug, zu meinen Lieben, die nun bald losfahren mussten und verzweifelten, weil ihr Mann, ihr Vater nicht zurückgekommen war. Oder sprangen sie im letzten Augenblick, als der Zug schon anruckte, auf den Bahnsteig hinunter, ohne Gepäck, ohne das Stoffschweinchen, das der Lebensbewahrer meiner kleinen Tochter war? Oder, noch schlimmer, war meine Frau schon ausgestiegen, und der Zug fuhr so jäh los, dass unser kleines Mädchen entsetzt oben in der offenen Waggontür stand, die vom Fahrtwind zugeworfen wurde und unser Kleinod einschloss, das nun hilflos verloren den Schlössern der Karpaten entgegenrollte?

Ich gelangte auch nach Stuttgart, falls das Stuttgart war; eher doch nicht. Denn ich kannte gleich das erste Gebäude, zu dem ich kam. Das war meine Schule, kein Zweifel. Nur, da war ich auch zu spät, deutlich zu spät, so deutlich, dass ich nicht einfach schief lächelnd ins Klassenzimmer treten und mich so unauffällig wie's eben ging hinter mein Pult verdrücken konnte. Sechzig Jahre sind doch eine lange Zeit, da werden die geduldigsten Lehrer unwirsch. Ich wusste zudem ja auch nicht, in welche Klasse ich musste, in die 5 a oder die 5 c. Ja, schlimmer noch, ich war der Lehrer, der das nicht wusste und also rastlos durch die Korridore irrte, wie durch den Bahnhof, ohne die Tür zu finden, hinter der ich auf den Bahnsteig und in den eben losfahrenden Zug hätte treten können, meine Frau und mein Kind in die Arme schließend und sie mit Küssen übersäend.

Also verließ ich die Schule wieder durchs Haupttor, ohne dass sich einer der vielen Lehrer, die wie Säbeltiger durch die Korridore strichen, um mich gekümmert hätte, mit Ausnahme eines Einzigen vielleicht, der mich mit zusammengekniffenen Augen verfolgte, knurrte und sich die Lippen leckte. Dann aber doch nicht zum Todesbiss in mein Genick ansetzte. Er steckte sich eine Zigarette an. Meine Rückenwirbel knallten und knackten, was sie heute noch tun, es ist ein Tick, ja, ein entsetzlicher, lästiger Tick, dass ich seit Menschengedenken versuchen muss, mit einem einzigen endgültigen Ruck alles Übel in mir und in der Welt wieder ins Lot zu bringen.

Ich ging also kopfruckelnd wie ein Truthahn über den Schulhof, der gegenüber einem Bahnhof war, einem anderen als dem, den ich suchte, dem von Stuttgart eben, oder wo immer ich jetzt war. Man konnte diese Schule überhaupt nur verlassen, wenn man diesen Bahnhof betrat, der ein ebenso widerwärtiges Gebäude wie die Schule war. Imponierrenaissance. – Es war inzwischen dunkel geworden. Ein paar Lichter brannten, traurig. Ich sah fern einen Zug stehen, einen stummelkurzen Triebwagen, der wie tot dastand, abfahrbereit dennoch. Ich stieg ein. Durchs Zugfenster sah der Bahnhof nun doch eher wie einer aus dem Wilden Westen aus. Ein verwittertes Holzhaus mit Schwingtüren.

Der Zug fuhr auch sogleich los. Er hatte eine merkwürdige Art, das zu tun – ich sah ja, von seinem Ende, mühelos bis zu seinem Anfang, da, wo hinter einer Glaswand der Lokführer sitzen musste –, er setzte sich nämlich mit seinem vorderen Teil zuerst in Bewegung, einer Ziehharmonika ähnlich, wurde länger und länger und nahm schnell Fahrt auf, während ich, im hintersten Teil, immer noch im Bahnhof stand. Die paar Passagiere, die vor mir saßen, entfernten sich in Windeseile von mir. Dann ruckte auch ich los, wie von einem Katapult geschleudert. Draußen raste eine schwarze Landschaft vorbei. Einzelne Lichter fegten vorüber, einmal eine Esso-Tankstelle, als ob sie flöge. Keine Ahnung, wo der Zug hinfuhr, auch war kein Schaffner zu sehen, den ich hätte fragen können. Nach Budapest fuhr dieser Zug sicher nicht, nach Niš, nach Nischni-Novgorod. Eher nach Dünkelkirchen oder Rastatt. Er war aber sehr schnell, unirdisch schnell, und nicht nur in mir machte sich bald eine Unruhe breit. Auch meine Mitgefangenen standen jetzt und riefen erregt etwas, was ich nicht verstand, vielleicht, weil ich weder des Kaukasischen noch des Dänischen mächtig bin. Sie kamen (Einzelne zuerst, hinter ihnen ein ganzer Pulk, Koffer und Taschen schleppend) durch den Gang zwischen den Sitzen mir entgegen. Sie wollten in den hinteren Teil des Zugs, da, wo ich war; als ob sie da sicherer wären. Ich, in einem Entschluss, der wie ein Befehl war, ging ihnen entgegen, kämpfte mich durch sie hindurch, raufend, schnaufend. Weil der Gang zwischen den Sitzbänken eng war, sprangen einzelne Passagiere jetzt auch über die Rückenlehnen, wie Hürdenläufer an mir vorbeischnellend. – Nach einer Weile waren alle an mir vorüber, und ich hatte freie Bahn bis zur Zugspitze, bis zur Trennscheibe aus dunklem Sichtblendenglas, hinter der ich dennoch, als ich jetzt mein Gesicht an sie presste, den Fahrer zu erkennen glaubte, eine wild gestikulierende weiße Gestalt, so weiß, wie eben ein Schatten hinter getöntem Glas sein kann, den ich nur von hinten sah. Der Fahrer musste ja die Gleise vor sich beobachten, die Signallichter, die an uns vorbeisprühten. Ich konnte durch das Glas nicht sehen, ob rot, ob grün. Ich brüllte ins Glas hinein, he!, Sie!, so lange, bis ich – ich holte gerade Atem – hörte, dass auch der Fahrer schrie. Oder sang er, ein Untergangsgeheul? Ich hämmerte gegen die Scheibe, und tatsächlich drehte er sich um – was für ein Gesicht! –, schien mich auch irgendwie wahrzunehmen und presste sein Gesicht von der anderen Seite her ans Glas, so wie ich es von dieser hier tat. Wir starrten uns in die Augen, die keinen Zentimeter voneinander entfernt waren. Wenn nur das Glas nicht gewesen wäre! War auch er eingeschlossen? Sah auch er keine Möglichkeit, ins Freie zu gelangen? Aufmachen!, brüllte ich, und obwohl ich selten den gewünschten Erfolg habe, wenn ich brülle – schon gar nicht auf Reisen –, tat sich die Tür auf, und ich schlüpfte in den Führerstand. Der war so unbeleuchtet, wie Führerstände das immer sind. Nicht einmal kleine Leuchtknöpfe am Armaturenbrett, da war gar kein Armaturenbrett, da war überhaupt nichts, um den Zug zu steuern, keine Kurbel, keine Druckluftbremse, kein Totmannpedal. Wir saßen also Seite an Seite auf einer schmalen Lederbank, die nicht für zwei gebaut worden war. Ich sah meinen Kollegen nur, wenn ihn die draußen vorbeifegenden Lichter der Signale sekundenschnell erhellten. Grün, rot, meistens rot. Er sah mich nicht an, er sah mit weit aufgerissenen Augen nach vorn. Da vorn war nichts. Da vorn war nicht vorn, das begriff ich jäh, als ich die unter uns hinwegfegenden Schwellen bemerkte, da war hinten. Wir waren am Ende des Zugs und fuhren in die Gegenrichtung. Die Signallichter stürzten von uns weg, nicht auf uns zu. Die anderen Passagiere hatten sich geirrt, als sie meinten, sich retten zu können, wenn sie dem Zugende entgegeneilten. Sie waren an seine Spitze gerannt, direkt in ihr Unglück, das den Zug nun auch ereilte und der erwartete Gegenzug war. Die Propheten behielten recht. Jetzt!, kreischte der Lokführer, der in Wirklichkeit der Bremser war, der einzige im ganzen Zug. Jetzt! In der Tat entgleiste unser Zug, kaum war sein Ruf verhallt, mit einer so ungeheuren Wucht, dass das Zugende steil in die Luft geschleudert wurde und auf irgendwelche Felder krachte, über die ich, als ich aus meiner Ohnmacht erwachte, ziellos zu kriechen begann.

Totenstille. Schwarze Nacht. Ein fernes Getrümmer, aus dem Flammen schlugen. Auch der Gegenzug war nicht verschont geblieben. Er glich, obwohl auch von ihm nicht viel mehr als verbogene Metallteile übrig geblieben waren, dem Orientexpress. Ich hastete an den Trümmern entlang, die Nase mit einer Hand des beißenden Rauchs wegen zuhaltend, und starrte entsetzt auf Koffer, Schirme, Hüte. Kannte ich diese Schuhe, dieses abgerissene Bein? – Ich war der Einzige im Zug, der am Leben geblieben war. Meinem

Freund hatte es nicht geholfen, sich ans Zugende zu retten. Er lag zerschmettert auf dem Rücken, den Mund zu einem Grinsen oder Schrei verzerrt. Ich schloss ihm die Augen, und dann auch den Mund. – Dann nahm ich mein Bündel, das die Katastrophe unversehrt überstanden hatte. Ein paar Brandspuren allenfalls, Blutspritzer. Wieso übrigens hatte ich jetzt einen Wegsack, wie ihn die wandernden Handwerksburschen haben? Egal, er gehörte mir, und ich machte mich über die weite Ebene davon, an deren Horizont die Lichter eines Weilers leuchteten. Halbwegs wandte ich mich nochmals um und sah die Flammen, die blau aus den Trümmern züngelten.

Ich weiß nicht, wie es kam, ich tat kaum vier oder fünf Schritte – mit Siebenmeilenstiefeln, schien es mir – und stand schon vor der Tür des Hauses, das mir von weit her zugeblinkt hatte, einer Villa mit Zinnen und Giebeln, deren Fenster aufflackerten, als würden Fackeln an ihnen vorbeigetragen, und auf deren Dach Tiere hockten, die, als hätten sie statt Augen Scheinwerfer, auf mich niederspähten. Über ihnen ein voller Mond. – Ich stieß die Tür auf und war sogleich in einem Getümmel von Menschen, die überall standen und saßen und gingen und schwatzten und lachten. Eine Party. Ich kannte den einen oder anderen Gast, viele Gäste eigentlich, auch wenn mir jetzt die Namen und Vornamen nicht einfielen. Allerdings randalierten auch schwarze Gestalten herum, die mir unbekannt waren. Alle riefen sich über alle Köpfe hinweg Scherzworte oder Beschimpfungen zu, tanzten mit heftigen Verrenkungen, tranken aus der Flasche, küssten sich. Gab es Musik? Ein dicker Mann kam mit einer dampfenden Schüssel Spaghetti aus der Küche – dort hinten musste die Küche sein –, stolperte und schüttete die ganze Pasta über einen niederen Tisch. Begeistertes Kreischen, Applaus. Der Mann versuchte, seinen Sturz aufzuhalten, und stützte sich mit beiden Händen in den Spaghetti auf. Er brüllte vor Schmerz. Seine Hände waren rot – die Spaghetti waren alla bolognese –, blieben es auch, nachdem er sie an allerlei Gästen und Vorhängen abzuwischen versucht hatte. Überhaupt begann das Fest zu entgleisen oder war längst entgleist, denn die finsteren Gestalten kippten inzwischen alle Bücher von den Regalen und rissen sie in Stücke. Es waren *meine* Bücher, wir waren in *meiner* Wohnung! Auch hatte sich einer der punkigen Freaks über eine Freundin von mir hergemacht, die ich als braves Mädchen kannte und die sich, den Oberkörper vorgebeugt, mit beiden Händen auf der Sofalehne abstützte. Er hatte ihren Rock hochgeschoben, seine Hosen lagen auf seinen Stiefeln, eine gräuliche Unterhose war quer über die Knie gespannt, und er tobte gegen die Hinterbacken der Freundin, die schrie und kicherte und stöhnte. Er hatte eine Zigarette im Mund, die auf und nieder wippte.

Ich floh in ein Zimmer, in dem niemand war. Oder doch: Es dauerte nämlich einige Minuten, bis ich eine Frau sah, die sich am Boden wand und das gewiss schon bei meinem Eintreten getan hatte. Sie hielt ein Kissen gegen ihr Gesicht gepresst, das brannte, und sie, die doch auf diese Weise keine Luft kriegen konnte, schlug mit den Beinen gegen die Möbel, als könne sie sich so befreien. Gleichzeitig aber ließ sie das Kissen nicht los. Ich half ihr nicht, ich war wie versteinert. – Auf einem Schragen lag mein Vater, der gestorben war. Er war auch hier tot, so wie ich ihn einst gesehen hatte. Papa!, sagte ich zu dem Kadaver und hielt mir mit beiden Händen Mund und Augen zu, denn wie kam ich dazu, meinen Vater einen Kadaver zu nennen. – Jetzt stand auch meine Mutter neben mir. Das brennende Kissen hatte ihr das Gesicht verwüstet, aber ich erkannte sie trotzdem auf der Stelle. Das Kissen glühte immer noch, aber sie hielt es jetzt nachlässig in einer Hand, die wohl auch längst so angesengt war, dass sie keinen Schmerz mehr verspürte. Sie empfand ja überhaupt nie Schmerz, das kam mir jetzt in den Sinn, sie konnte vom Küchentisch stürzen und sich einen Arm brechen und lachen. Kälte fühlte sie keine, sie ging in Rock und Bluse in die Winternacht und kam nach einer Stunde zurück, kaum blau angelaufen. Sie war doch auch schon tot! Oder täuschte ich mich da? Ich bin's, sagte ich vorsichtshalber, ich bin auf der Durchreise. Ich bin immer mit dir, sagte sie mit ihrer ganz normalen Stimme. Das weißt du doch. – Ich nickte. Sie hatte recht, und im Übrigen hatte ich auch früher immer genickt, wenn meine Mutter etwas sagte. Aber ich musste weiter. Jetzt hörte ich in der Ferne wieder das Festgetümmel. Also stürzte ich in meine Wohnung zurück. Die brave Freundin schrie just in einer wilden Ekstase, und der schwarze Mann hielt seinen Kopf wie betend in die Höhe. Die Zigarette fiel zu Boden und begann ein Loch in den Teppich zu brennen. Hinaus!, brüllte ich. Alle raus! Aber niemand kümmerte sich um mein Gebrüll, im Gegenteil, ein Kumpel, mit dem ich in alten Tagen durch die Kneipen der Stadt gezogen war, packte mich – sanft eigentlich, aber keinen Widerspruch duldend – am Kragen und setzte mich an die frische Luft. Da lag ich im Kies. Über mir in der Dachrinne hockten immer noch die Tiere und wieherten wie Pferde. Der Mond noch immer.

Ich stand auf. Kam denn nie ein Morgen, ein Nachmittag? Denn an einem hellen Nachmittag hatte ich den Zug verlassen, also konnte ich ihn auch an einem Nachmittag wieder besteigen. An einem Abend allenfalls. – Ich ging, ging, ging. Der Mond sank nach einer Weile tatsächlich hinter den Horizont, und eine rote Sonne ging auf. Ich ging auf sie zu, denn Konstantinopel lag im Osten. Ich kann mich nicht mehr an die Einzelheiten erinnern, es kam mir unterwegs manches spanisch vor, albanisch. Mazedonisch vielleicht. Minarette jedenfalls, Muezzingeheul aus der Ferne. Ein paarmal versuchten mich Wölfe zu fressen. Ich lebte von Wurzeln und Pilzen und fühlte mich manchmal wohl und zuweilen unwohl. Zu größeren Krisen kam es auch, einmal lag ich krank am Wegrand, und einmal erschlug ich einen Straßenräuber, einen großen Kerl, von dem ich zumindest annahm, dass er ein Räuber war. Vielleicht hatte ich ihn auch nur nach dem Weg gefragt, und er hatte geantwortet, dass ich da aber ganz falsch ginge und in die Gegenrichtung müsse. Zu viel war zu viel.

Jedenfalls, als ich in Byzanz ankam, fand ich den Bahnhof ohne Mühe. Auch der Bahnsteig 3 war sauber ausgeschildert, auf Türkisch, und ich hatte sogar noch Zeit, die *Sunday Times* und ein Päckchen Zigaretten zu kaufen. – Da fuhr auch schon der Zug ein. Achtzehn Uhr null drei, sekundengenau. Die Türen gingen auf, und bald kamen mir unzählige Reisende entgegen. Ich stellte mich auf die Zehenspitzen und hüpfte und lugte, um meine Frau und mein Kind zu erkennen. Ich sah sie aber erst, als sie vor mir standen. Meine Frau war eine Greisin geworden, und meine Tochter eine Frau. Sogar das Stoffferkel, das meine Tochter mit einer Hand herumschlenkerte, hatte die Haare und auch sein Ringelschwänzchen verloren. – Wir umarmten uns, als sei nichts gewesen, und schon während wir den Bahnhof verließen, war uns klar, dass tatsächlich nichts gewesen war. Wir waren einfach in Istanbul angekommen, und da hatten wir ja auch hingewollt oder hingemusst.

Nachwort

Ein Zauberer ist am Werk. Urs Widmers Schreibklause, irgendwo in Zürich-Hottingen, lässt an das Laboratorium eines Alchemisten denken. Welten werden hier erzeugt, erkundet, verwandelt. Figuren nehmen Gestalt an, verformen sich, verwehen. Die einen werden auf Reisen geschickt, die anderen in Häuser gesteckt. Die Fahrten führen hinunter zu den Ursprüngen oder hinaus ins Unbekannte, ins Extraterrestrische gar. Die Häuser sind bald windschief, bald gleichen sie Märchenschlössern hinter Rosenhecken und hohem Gras. Da wird variantenreich erzählt, in Beziehung gebracht, durchkomponiert. Wir haben es mit einer hochkonzentrierten Kunst zu tun, auch wenn sie auf den ersten Blick dem Zufall plötzlicher Einfälle zu vertrauen scheint. Das Jähe und Unverhoffte gibt den Geschichten Leichtigkeit, macht sie manchmal auch rätselhaft. Einem sorgfältigen Lesen jedoch erschließen sich die motivischen Verknüpfungen, die Hintergründe krauser, bunter Oberflächen. Nimmt man sich einen Widmer-Text zum zweiten Mal vor, greift die inspirierte Alchemie dieser Literatur auch auf einen selber über.

Der »Erzähl-Dichter« – Widmer braucht diesen Ausdruck gern – entwirft für jeden Roman, jede Geschichte eine eigene Bauart. Er dreht und wendet die Stoffelemente, bis sie sich amalgamieren und einer Vision anverwandeln – bis das Gold der Form gefunden ist.

Der vorliegende Band führt von den allerersten bis zu jüngeren und jüngsten Arbeiten. Sie sind zwischen 1968 und 2010 erschienen. Einerseits bezeugen sie auffällige Veränderungen im Verhältnis des Autors zu seiner Welt; andererseits gibt es wiederkehrende Themen und Figurenkonstellationen. Das Zusammenspiel von Konstanz und Wechsel wird zum Markenzeichen dieses Autors.

Fulminanter Start

1965, drei Jahre vor Erscheinen des Erstlingswerks *Alois,* starb Walter Widmer, der Vater. Er war Romanist, Gymnasiallehrer in Basel, bekannter Kritiker und Übersetzer. Begeisternd und begeistert verwaltete er das Feld der Literatur. Sein Tod mit zweiundsechzig Jahren machte es frei für den Sohn. Dieser, vorerst Germanist und Lektor bei Suhrkamp in Frankfurt, wird in seinen Geschichten keine Gestalt so häufig auftreten lassen wie den Vater. 2004 erkürt er ihn zur Hauptfigur eines ganzen Romans: *Das Buch des Vaters.* Er stehe auf dessen Schultern, sagt er 1991 in den Grazer Poetikvorlesungen *Die sechste Puppe im Bauch der fünften Puppe im Bauch der vierten.* Ein Leben lang hatte Walter Widmer einen Roman schreiben wollen. Der Sohn ist ihm dankbar, dass er es nicht tat: »So konnte ich es tun.« Der Vater schlug Löcher in Wände, durch die er jetzt aufrecht hindurchschreite: »Erst als er starb, verwandelte ich mich, fast auf der Stelle, in einen Schriftsteller.«

Mit dem Erstling setzt Urs Widmer einen Kontrapunkt zum Schreiben des Vaters. Er unterläuft den traditionellen Literaturbegriff der Nachkriegszeit auf der ganzen Linie. *Alois* entsteht im Vorfeld von 1968. Doch war der Autor nie ein militanter Linker im Sinne jener Jahre. Generell sind seine erzählerischen Bücher in explizit politischen Fragen zurückhaltender als einige Theaterstücke und Essays. Als Erzähler, aber auch in manchen Stücken, nimmt er teil an der Avantgarde seiner Zeit. Er setzt auf Phantasie und amerikanischen Pop, auf den Stummfilm und auf Mythen des Alltags. Beckett gehört zu seinen Leitfiguren. Das ihm wohlvertraute bürgerliche Bildungsgut kommt vor, doch fast nur als Parodie, beispielsweise Goethes *Werther* oder Stifters *Nachsommer*. Den Verballhornungen und Comic-ähnlichen Verkürzungen ist manchmal ein wehmütiger Abschiedsklang beigemischt.

Alois markiert in der neueren Literatur einen prächtig knalligen Akzent. In der Schweiz und in Deutschland geht kein Buch so entschieden in Richtung Pop wie dieses. Eine eigentliche Handlung gibt es nicht. Vor uns erscheint ein Erzählbouquet, lauter Farben und lose Miniaturen. Die Spielanlage ändert sich ständig, wobei der Ich-Erzähler aber immer das Heft in der Hand behält. Er ist eine Kunstfigur mit autobiographischem Einschlag. Diesem Ich ist schon da ein januskö̈pfiger Widerpart beigegeben, wie es auch später häufig geschieht. Hier trägt er den Namen Alois. Er ist bald Kumpan, bald Gegner. Dank Alois kann der Erzähler von sich selber reden, von seinen Bubenträumen, den Kinoerlebnissen mit Laurel und Hardy, den Comicfiguren Donald Duck oder Daniel Düsentrieb, von den

Fußballern beim FCB, dem Fußballclub der Heimatstadt Basel, von Winnetou, den Afrikaforschern Stanley und Livingstone, von Katastrophenängsten, die wunderbar folgenlos bleiben. Wie ein Zirkusartist spielt der Autor mit dem Denkmaterial seiner Generation. Er greift auf die schweizerischen Mikrokulturen seiner Jugend zurück, auf Ferdy Kübler und Hugo Koblet, die Helden des Radsports, denen er unverhofft Kämpfer aus einer völlig anderen Liga beigesellt. Einer der Rennfahrer heißt Jean Starobinsky – wohl in Allusion an den berühmten Genfer Literaturwissenschaftler – ein anderer Mario Cortesi, in Anspielung auf einen Filmer und Journalisten. Während Szenen und Figuren ständig ins Surreale kippen, können die Versatzstücke der Alltagsmythen aus den fünfziger und sechziger Jahren dingfest gemacht werden – selbst Idole der Eltern- und Großelterngeneration, vom Flugpionier Oskar Bider bis zur Königin Astrid aus Belgien, die bei einem Autounfall am Vierwaldstättersee ums Leben kam. Die Phantasie nähre sich aus der Wirklichkeit, betont Widmer in den Frankfurter Poetikvorlesungen. Auch die Sprachphantasie. Der Stellenwert von *Alois* in der Literaturgeschichte ist noch unentdeckt. Von Pop-Art wissen Musik- und Kunstgeschichte mehr als die Literaturkritik.

Gesinnungsbrüder fand Widmer damals vor allem in Österreich, wo Spiel und Poesie gefragte Güter sind – zumindest in Wien und in Graz. Bis heute empfindet er diese Städte als eine Heimat. Schon in den fünfziger Jahren hat die *Wiener Gruppe* den poetischen Aufstand geprobt. Mit Gerhard Rühm, einem ihrer Hauptakteure, schrieb Widmer eine kurze Zeit gemeinsam an Texten, gab dann die Zusammenarbeit aber wieder auf. Dem Wiener H. C. Artmann (1921–2000), der bei der Gruppe eine Weile prominent dabei war, fühlte sich der Schweizer besonders nahe – wiewohl er seiner Herkunft gemäß mit anderen Stoffen und bald auch einem anderen Formbewusstsein zugange war. »H. C.« habe er als Bruder empfunden, auch wenn dieser viel älter gewesen sei, sagt Widmer. Artmann selber erkannte Widmers künstlerischen Wagemut genau: Dessen Schreiben bezeichnete er als ein Vorstoßen »in das irrsal der abenteuer seiner texte«. Der Basler erlebt die Stadt Graz als einen Hauptort seines Daseins: mit den Freunden Klaus Hoffer und Alfred Kolleritsch, der Atmosphäre des einstigen »Forum Stadtpark«, dem Gedenken an Gerd Jonke und Wolfgang Bauer und nicht zuletzt der Zeitschrift *manuskripte,* wo er bis heute publiziert.

Die Grazer Poetikvorlesungen fangen mit einem Rückblick an: »Das erste Mal kam ich im Winter 1968 nach Graz. Ich war stunden-, um nicht zu sagen tagelang mit einem Zug gefahren, der an jedem Hühnerstall hielt... Natürlich hatte der Zug eine gehörige Verspätung, wie das alle Züge im Spätmittelalter hatten, und also tigerte Fredi Kolleritsch in endgültiger Panik am Bahnsteig hin und her, denn ich sollte um acht Uhr im Forum Stadtpark aus meinen Werken vorlesen. Es war die zweite Lesung meines Lebens, und mein Gesamtwerk war eine Broschüre mit dem Titel *Alois*. Wir schafften es rechtzeitig...«

Der Zweitling *Die Amsel im Regen im Garten* (1971) war da allerdings schon unterwegs, auch die Geschichten, die im Band *Das Normale und die Sehnsucht* erscheinen sollten.

Das Schaffen entfaltet sich

Zunächst geht's nicht weniger poppig zu, wenn auch zusammenhängender, gewissermaßen erzählerischer. Man stößt auf manches, was fortan zum Widmer'schen Programm gehört: paradiesische Abendlandschaften mit Häusern auf Anhöhen beispielsweise. Diese Häuser zitieren einerseits den *Nachsommer* von Adalbert Stifter, zielen aber auch auf Widmers Kindheitshaus und den Garten in Basel mit dem ballspielenden Jungen darin. In der *Amsel*-Erzählung befinden wir uns bald im 19., bald im 20. Jahrhundert. Der Sommer ist auch ein Winter, der Herbst auch ein Sommer. Eine Vatergestalt tritt in gleitenden Rollen auf: als Gutsbesitzer mit Steinesammlung – an Stifters Herrn von Risach erinnernd –, als Beherrscher der Bücher in vollendeter Bürgerlichkeit mit Herren- und Bücherzimmer, als kornmähender Bauer wie auf einem Gemälde von Millet oder als mehlbestäubter Bäcker (wie im Stummfilm), dem schon mal ein Messer in den Rücken gestoßen wird. Der Mann heißt Karl. So heißt aber auch der Sohn, zugereister Wandersmann (Heinrich im *Nachsommer*!) und Bäckerlehrling – seines Zeichens Ich-Erzähler. Diesem wiederum wird eine Spiegelfigur beigesellt, ebenfalls mit Namen Karl. Die Mutter nickt, sagt immer »Ja, Karl«. Sie gleicht einem ewigen Dornröschen im Rosengarten.

Der Dichter tastet sich allmählich zu seiner späteren Kunst vor. Die Sprache darf ausholen, atmen. Es fallen Seitenblicke auf die politische Atmosphäre der Bundesrepublik Deutschland, insbesondere der Stadt Frankfurt, wo Widmer mit seiner Familie bis 1984 lebt *(Eine Herbstge-*

schichte). Vermehrt tauchen autobiographische Anspielungen auf. Gebirgsschilderungen, Landschaftsbeschreibungen aller Art entfalten sich, beklemmende Übermalungen auch. In *Erinnerung an Schneewittchen* dient das Märchen als Folie für frühere Bubenängste, aber auch für das Schicksal der Basler Dichterin Lore Berger, die sich 1941 in der Nähe von Widmers Elternhaus von einem Turm gestürzt hat. Selbstironisch stellt der Erzähler einmal fest, er schreibe jetzt einen »richtigen Text mit einem richtigen Sinn«. *Die Amsel im Regen im Garten* wie auch die unmittelbar danach entstandenen Geschichten *Das Normale und die Sehnsucht* (1972) und *Vom Fenster meines Hauses aus* (1977) bereiten die groß angelegten meisterlichen Bücher vor, die diesem Band sein besonderes Gewicht geben: *Liebesnacht* (1982), *Indianersommer* (1985), *Das Paradies des Vergessens* (1990), *Liebesbrief für Mary* (1993).

Ein Dichter auf der Höhe seiner Kunst

Liebesnacht – sicher eines von Widmers schönsten Prosawerken – setzt auch wieder einen Anfang. Der Ich-Erzähler selber – er trägt Züge des Autors – betont eingangs den Neubeginn. Bis anhin habe er den Mangel an Erfahrungen durch »wild Herbeigesehntes« ersetzt. Von den Forschungsreisen ins Innere seiner Ängste sei er »mit Kamelladungen voll Erfundenem« zurückgekehrt. Nun wendet er sich dem eigenen Leben, seiner Vergangenheit und Zukunft zu. Slapsticks und burleske Einfälle geraten etwas in den Hintergrund.

Liebesnacht spielt in einer einzigen Nacht. Eine Runde findet sich da zusammen mit dem alleinigen Zweck zu erzählen. Das Hauptthema ist die erste Liebe samt ihrer Vorgeschichte; gelegentlich folgt auch noch die zweite oder dritte Liebe. Boccaccios *Decamerone* schimmert als fernes Vorbild durch.

Auch dieses Buch ist hochartistisch und vergegenwärtigt die »Kunstfelder«, mit denen der Erzähler Widmer operiert. »Kunstfeld« ist ein Begriff von Robert Walser, einem Dichter, den Widmer verehrt. Walser meinte damit die ganz andere Wirklichkeit der Kunst. Erzählungen und Theaterstücke sind nicht naturalistische Abgüsse der Welt, sondern gemacht, gebildet, geformt nach eigenen Gesetzen. Solche prägenden Mittel des Gestaltens kann man auch in Widmers Schaffen erkennen.

Bruder, Doppelgänger, Gegenspieler

Ein erstes charakteristisches Kunstfeld ergibt sich aus der wiederkehrenden Konstruktion eines Begleiters für den jeweiligen Ich-Erzähler. Dieser Begleiter macht deutlich, dass alles auch ganz anders sein könnte, als der Ich-Erzähler es erlebt. Er ist eine Art Bruder, Doppelgänger, Gegenspieler, ein zweites Selbst. Meistens sind die beiden gleichaltrig. Doch kann sogar der alte Orpheus in diese Rolle schlüpfen. So in der Geschichte *Orpheus, zweiter Abstieg,* wo der kläglich verstummte Sänger der Antike Zuflucht findet beim modernen Schriftsteller, der auch gerade in einer Krise steckt. Von Alois war schon die Rede. In *Liebesbrief für*

Mary heißt der Freund Helmut. Sein Lebensbericht zuhanden der abspenstigen Geliebten Mary Hope – in helvetisierendem Englisch gehalten – gehört zu den Fundstücken in Widmers Prosa. Egon dient als das Erzählferment der romanähnlichen *Liebesnacht*. Er erscheint als Reisender, dem die verrücktesten Dinge widerfahren. Er hat eine wilde Biografie, Kinder und Liebschaften in allen Erdteilen. Bruchstückhaft gibt er einiges davon preis. An ihm zeigt sich, dass die Groteske so oder anders zum Schaffen dieses Autors gehört. Egon ist am Abend unerwartet aufgetaucht, durch das wilde Gras. Am Morgen nach der langen Nacht, in der die Hausbewohner erzählend zusammenfanden, verschwindet er wieder. Das macht die Kinder traurig (Kinder nehmen bei Urs Widmer eine besondere Stellung ein), und die Erwachsenen sind wieder Einzelne, Vereinzelte.

Ein eigenes Kunstfeld stellt auch der Ich-Erzähler selbst dar. Er ist einigermaßen sesshaft, hat eine Frau und Kinder wie in *Liebesnacht*. Das muss aber nicht sein: In der letzten Geschichte dieses Bandes *Reise nach Istanbul* (2010) geht der Held nicht nur auf Reisen, sondern auch auf Zeitreise. Zusammen mit seiner jungen Familie sitzt er im Orientexpress, steigt an einem Grenzbahnhof kurz aus, findet nicht mehr zurück. Er saust vorwärts durch die verbleibenden Jahrzehnte seines Lebens. Wie er wieder auf seine Frau und die kleine Tochter trifft, ist die Frau eine Greisin und die Tochter eine Frau geworden. Die bekannte Erzählung *Der blaue Siphon* (1992) verläuft umgekehrt. Der Protagonist von 1991 befindet sich unversehens im gefährlichen Jahr 1941 und begegnet unter anderem seinem Vater, der eine Generation jünger ist als er. In *Liebesnacht* werden die Fesseln des Jetzt nach einem geläufigeren Muster gesprengt. Der Held erzählt von seinem Werdegang. Die Insel Naxos, das südliche Montpellier, Paris zur Zeit des Algerienkrieges sind Stationen seiner Wanderschaft. Diese findet ihren Höhepunkt auf den Jurahöhen, wo er seiner großen Liebe begegnet. Von da an geht die Wanderschaft weiter zu zweit, bis sie mit Kindern, Hund und befreundeten Mitbewohnern in einer merkwürdigen Baute, inmitten weiter Felder, zu einer gewissen Ruhe findet.

Häuser

Das Kunstfeld Haus ist bei Widmer archetypisch geprägt. In *Liebesnacht* steht das Gebäude im Elsässischen und war einst eine Bahnhofgaststätte. Alte Geleise rosten im Gras vor sich hin. Dieser Ort gerät auch sonst zum Schauplatz: in der Erzählung *Vom Fenster meines Hauses aus* beispielsweise, wo auch auf Goethes unweit gelegenes Sesenheim angespielt wird. Die Lokalität hat einen realen Hintergrund: 1974 hat der Autor, zusammen mit Freunden aus Frankfurt, im Elsass ein Haus erworben. In *Liebesnacht* bildet es einen konkreten Gegensatz zu den traumhaft zeitlosen Häusern, die anderswo erscheinen. Diese gehören eher zur Kindheit – oder zur jungen Liebe wie das idyllische Schulhaus mitten in den jurassischen Wäldern. Am realen Haus in der Rheinebene nagt die Geschichte: Spuren von Vorkrieg, Krieg, Nachkrieg lassen sich an ihm ablesen. So wird es auch zum Symbol für das gefährdete menschliche Dasein, was durch die stets drohenden Erdbeben verstärkt wird.

An diese Wohnstatt erinnert Marys Fluchtort im *Liebesbrief*, die Imbissbude mit Tankstelle, welche desolat und verwunschen zugleich mitten in der australischen Wüste liegt.

Kunst ohne Kunst

Durch ein eigenes Kunstfeld bewegen sich die Künstler mit ihrem Kunstverständnis. Widmers Schriftsteller, Musiker, Maler erheben einen so bedingungslosen Anspruch an ihre Kunst, dass sie nicht selten auf die eigentliche Kunstausübung verzichten. In *Liebesnacht* ist einer Musiker und Musiktheoretiker, verbietet sich aber jedweden Klang. Musik stellt für ihn etwas Absolutes dar. In kostbaren Momenten hört er im Kopf »nie gehörte Töne«, dirigiert er »unhörbare Musik«. Er ist Spezialist für tonlose Musik. Wenn er einen Kongress besucht, lockt ihn ein *workshop of silent music*. Ähnlich der Protagonist dieser Erzählung: Er schaut auf seine Selbstwerdung zurück, sieht sich träumend am Meer sitzen, da widerfährt ihm Kunst: »Ich malte nicht, schrieb nicht, komponierte nicht, trotzdem hatte ich ein Gefühl, all das zu tun.«

Indianersommer (1985) schildert zu Beginn einen Maler, der aufgehört hat zu malen, »dabei waren noch so viel Bilder in ihm«. Schon vorher malte er immer häufiger in die Luft hinaus, im Winter Savannengras und glühendes Abendlicht. Mit Federn auf dem Kopf geht er als nackter Indianer durch den gemalten Sommer. Der Ich-Erzähler begleitet ihn, bekommt rote Hände, wenn er die Landschaft anfasst. Man stürzt ins Bild mit den ewigen Jagdgründen, erreicht Urzuständliches, »Fruchtwasserglück«. Und eines Abends »fing alles Wirkliche Feuer ... und nur der gemalte Teil der Welt blieb«. Das enge rußschwarze Stadthaus, wo alles seinen Anfang nahm, ist überwunden. Die Zeiten geraten durcheinander, lösen sich auf, alles wird gleich gegenwärtig. So bleibt es nicht, auch nicht in dieser Erzählung. So aber will es Widmers kurzzeitig inszenierte Utopie – man sieht sie allenthalben bei ihm aufblitzen: Die wahre Kunst macht das pralle Leben erfahrbar. In der Realität ist es nie ganz da. Und die geschichtliche Welt hält sowieso nur Zerstörung bereit. So muss Paradiesisches hinzuerfunden werden.

»Pathos des Lebens«

Immer wieder beschwört Widmer Träume: Bilderträume wie im *Indianersommer*, die bald gemalt, bald geschrieben werden und rasch die Grenzen irdischer Zeitlichkeit hinter sich lassen. Von musikalischen Träumen redet *Liebesbrief für Mary;* da führt eine »Songline«, die in Liedern festgehaltene Wegspur der Aborigines, zwei liebessüchtige Männer vom Flughafen Sydney weg durch Wüsten und unwegsame Gebirge nach Nosucks, einem Ort, der auf der Karte nicht verzeichnet ist. Das Lied ist der »magische Weg«, eine Reise ins »Gelobte Land der Sehnsucht«. Das fingierte Romanmanuskript in *Paradies des Vergessens* berichtet von einem alten Mann, der sein Gedächtnis verloren hat und im Kino in einen Film gerät, »als sei er die Wirklichkeit«. Er erobert eine junge Geliebte und glaubt sich auf den Antillen.

Auch wenn er sich immer wieder Einhalt gebietet, verrät dieser Dichter doch eine unbändige Freude an solchen Grenzgängereien. Sie sprengen die peinvoll eingeschränkte Alltäglichkeit. Das geschieht auch augenzwinkernd im Spiel mit trivialen Mythen, wenn Zwerge auftauchen, Indianer Felswände bemalen oder – so im Roman *Im Kongo* – menschenfressende Stammesfürsten in blutbeschmierten Tierhäuten den Urwald unsicher machen.

Aber wie alles bei Widmer ins Rutschen gerät, so kippen auch diese kindlichen Bilder ins Dämonische. Dann saugen im Kongo Gigantenfrauen Häuptlingssöhne aus und hängen deren Penisse an den Gürtel. Solche Motive können einen unheimlichen Widerhall finden in realistischen Schilderungen. So heißt es einmal im *Liebesbrief für Mary:* Helmuts »tödliche« Mutter – eine »Meisterin der korrekten Form« – sei ein Vampir gewesen, »der Helmut leer saugte. Nichts mehr war in ihm, kein Blut, kein Herz, kein Hirn.«

Das besagt, dass die eben noch glühend inszenierten Welten gefrieren können. Die vervielfachten Grade der Illusionen münden dann in grausame Realität. Die Ausbrüche sind also gefährlich, und es ist sogar gefährlich, davon zu schreiben. Autor und Leser müssen die Spannung aushalten.

Widmers Heiterkeit hat eine ernste Grundierung. Er ist kein fröhlicher Geschichtenerzähler. Lebensgierig sucht er das »Pathos des Lebens«, spürt es auf in der Dichtung. An dieser Alchemie hält er bis heute fest.

Beatrice von Matt

Nachweis

Die Erzählungen wurden innerhalb der einzelnen Abschnitte nach ihrer Entstehung angeordnet und für diese Ausgabe an die neue Rechtschreibung angepasst.

I

Alois. Erzählung. Diogenes Verlag, Zürich 1968; Taschenbuchausgabe ebd., 1988

Die Amsel im Regen im Garten. Erzählung. Diogenes Verlag, Zürich 1971; Taschenbuchausgabe ebd., 1988

Liebesnacht. Erzählung. Diogenes Verlag, Zürich 1982; Taschenbuchausgabe ebd., 1984

Indianersommer. Erzählung. Diogenes Verlag, Zürich 1985; Taschenbuchausgabe ebd., 1990

Das Paradies des Vergessens. Erzählung. Diogenes Verlag, Zürich 1990; Taschenbuchausgabe ebd., 1992

Liebesbrief für Mary. Erzählung. Diogenes Verlag, Zürich 1993; Taschenbuchausgabe ebd., 1995

II

Tod und Sehnsucht. In: *Das Normale und die Sehnsucht.* Essays und Geschichten. Diogenes Verlag, Zürich 1972

In Amerika. Ebd. 1972

Aachen bis Zwieselstein. Texte zum amtlichen Verzeichnis der Ortsnetzkennzahlen für den Selbstwählferndienst, hrsg. von der Oberpostdirektion Frankfurt am Main, 1972. Erstmals in: »manuskripte« 37/38, Graz 1973. Außerdem als Fußnoten in: *Die Forschungsreise. Ein Abenteuerroman.* Diogenes Verlag, Zürich 1974; Taschenbuchausgabe ebd., 1976

Erinnerung an Schneewittchen. In: *Vom Fenster meines Hauses aus.* Prosa. Diogenes Verlag, Zürich 1977; Taschenbuchausgabe ebd., 1981

Der unbekannte Duft der fremden Frauen. Ebd. Erstmals in: »Akzente« 21, München 1975

III

Vom Fenster meines Hauses aus. In: *Vom Fenster meines Hauses aus.* Prosa. Diogenes Verlag, Zürich 1977; Taschenbuchausgabe ebd., 1981 (1976)

Gespräch mit meinem Kind über das Treiben der Nazis im Wald. Ebd., 1976

Die schreckliche Verwirrung des Giuseppe Verdi. Ebd., 1977

Das Verschwinden der Chinesen im neuen Jahr. In: *Das Verschwinden der Chinesen im neuen Jahr.* Mit einem Nachwort von H.C. Artmann. Taschenbuchausgabe. Diogenes Verlag, Zürich 1987. Erstmals in: »Die Zeit«, Hamburg, Silvester 1977. Auch in: *Das Urs Widmer Lesebuch.* Hrsg. von Thomas Bodmer. Diogenes Verlag, Zürich 1980

Hand und Fuß – ein Buch. Ebd. Erstmals mit Zeichnungen von Max Zaugg in: »Moon Press«, The Hague, 1978. Auch in: *Das Urs Widmer Lesebuch.* Hrsg. von Thomas Bodmer. Diogenes Verlag, Zürich 1980

Eine Herbstgeschichte. Ebd. Erstmals in: »Zeit-Magazin« 19, Hamburg 1979. Auch in: *Das Urs Widmer Lesebuch.* Hrsg. von Thomas Bodmer. Diogenes Verlag, Zürich 1980

An die Freunde. Ebd. Erstmals in: »Kutsch«. Literatur aus der Schweiz. Hrsg. von F. Schafroth und Egon Ammann. Ammann Verlag, Zürich 1983

Yal, Chnu, Fibittl, Shnö. In: *Stille Post.* Kleine Prosa. Diogenes Verlag, Zürich 2011. Erstmals in: »manuskripte« 82/83, Graz 1983

Mutter Nacht. In: *Vor uns die Sintflut.* Geschichten. Diogenes Verlag, Zürich 1998; Taschenbuchausgabe ebd., 2000. Erstmals in: »manuskripte« 94, Graz 1986. Außerdem abgedruckt in: *Literarische Begegnungen.* Festschrift zum 60jährigen Jubiläum des Literarischen Clubs Zürich. Hrsg. von Elisabeth Boner, Tilde Hunsperger, Marise Lendorff. Zürich 1993

Bildnis der Eltern als junges Paar. In: *Das Verschwinden der Chinesen im neuen Jahr.* Mit einem Nachwort von H.C. Artmann. Taschenbuchausgabe. Diogenes Verlag, Zürich 1987. Erstmals in: »Freibeuter« Nr. 32, Wagenbach, Berlin 1987

IV

Durst. In: *Vor uns die Sintflut.* Geschichten. Diogenes Verlag, Zürich 1998; Taschenbuchausgabe ebd., 2000. Erstmals unter dem vollständigen Titel *Durst. Variation eines Themas von Flann O'Brien* in »NZZ Folio«, Zürich August 1994

Orpheus, zweiter Abstieg. Ebd. Erstmals in: »manuskripte« 137, Graz 1997

Der Müll an den Stränden. Ebd. Erstmals in: »Akzente«, München 1994

Pia und Hui. Ebd. Erstmals unter dem vollständigen Titel *Pia und Hui. Eine chinesische Geschichte* in: »NZZ Folio«, Zürich November 1994

Bei den Augen-Wesen. Ebd. Erstmals in: »NZZ Folio«, Zürich März 1995

In Hotels. Ebd. Erstmals in: »NZZ Folio«, Zürich August 1995

Im Kongo. Entspricht den kursiv gesetzten Passagen in: *Im Kongo.* Roman. Diogenes Verlag, Zürich 1996; Taschenbuchausgabe ebd., 1998 (S. 21–22, 39–40, 47–52, 87–95)

Grappa und Risotto. In: *Stille Post. Kleine Prosa.* Diogenes Verlag, Zürich 2011 (1996)

Das Ende Richards III. Ebd. Erstmals in: »Theater heute«, Berlin, Jahrbuch 1997

In Timbuktu. Ebd. Erstmals in: »Tages-Anzeiger«, Zürich 20. 1. 2000

Reise nach Istanbul. Ebd. Erstmals in: »manuskripte« 189/190. Graz 2010

Urs Widmer
Reise an den Rand des Universums

Autobiographie

Das Besondere dieser Autobiographie: Sie hört da auf, wo andere gewöhnlich anfangen. Urs Widmers Jahre als Kind, als junger Mann, als Student, als Lektor. Elternhaus, Freunde, die ersten Lieben, seine Frau May. Familiengeschichten und Familienmythen. Die Schule, die Lehrer. Die Ferien, die Reisen. Basel, Montpellier, Griechenland, Paris. Banales wie Dramatisches in einer Zeit, in der Geschichte geschrieben wurde: der Zweite Weltkrieg, der Kalte Krieg, die sechziger Jahre. Und immer wieder die Eltern, die großen Schatten in seinem Werk.

Auch wenn diese Erinnerungen oft von Tragischem handeln, ihre Vitalität und Anschaulichkeit sind unübertrefflich.

»Eine Fundgrube für Widmer-Fans. Die ersten drei Jahrzehnte erzählt er mit großer Fabulierfreude und ironischer Selbstdistanz, selbst in schmerzvollen Erinnerungen.« *Anne-Sophie Scholl / Berner Zeitung*

»Widmers Buch – vielleicht sein bestes – ist von einer Leichtigkeit und Weisheit, einem Witz und einem literarischen Reichtum, wie man es in der deutschsprachigen Gegenwartsliteratur selten findet.«
Martin Ebel / Tages-Anzeiger, Zürich

»Ein bewegend schönes Buch über fröhliches Altwerden.« *Elke Heidenreich / Stern, Hamburg*

»Urs Widmer fügt seinem Gesamtwerk mit diesem Buch eines seiner besten hinzu.«
Thomas Groß / Mannheimer Morgen

Urs Widmer
im Diogenes Verlag

»Urs Widmer zählt zu den bekanntesten und renommiertesten deutschsprachigen Gegenwartsautoren.«
Michael Bauer/Focus, München

*Vom Fenster meines
Hauses aus*
Prosa

Schweizer Geschichten

Liebesnacht
Eine Erzählung

*Der Kongreß der
Paläolepidopterologen*
Roman

*Das Paradies
des Vergessens*
Erzählung

Der blaue Siphon
Erzählung

Liebesbrief für Mary
Erzählung

*Die sechste Puppe im
Bauch der fünften Puppe
im Bauch der vierten*
und andere Überlegungen zur Literatur. Grazer Vorlesungen 1991

Im Kongo
Roman

Vor uns die Sintflut
Geschichten

Der Geliebte der Mutter
Roman
Auch als Diogenes Hörbuch erschienen, gelesen von Urs Widmer

*Das Geld, die Arbeit,
die Angst, das Glück.*

Das Buch des Vaters
Roman

Auch als Diogenes Hörbuch erschienen, gelesen von Urs Widmer

Ein Leben als Zwerg

*Vom Leben, vom Tod
und vom Übrigen auch
dies und das*
Frankfurter Poetikvorlesungen

Herr Adamson
Roman

Stille Post
Kleine Prosa

Gesammelte Erzählungen

*Reise an den Rand des
Universums*
Autobiographie

Außerdem erschienen:

Shakespeares Königsdramen
Nacherzählt und mit einem Vorwort von Urs Widmer. Mit Zeichnungen von Paul Flora

Valentin Lustigs Pilgerreise
Bericht eines Spaziergangs durch 33 seiner Gemälde. Mit Briefen des Malers an den Verfasser

*Das Schreiben ist das Ziel,
nicht das Buch*
Urs Widmer zum 70. Geburtstag. Herausgegeben von Daniel Keel und Winfried Stephan

*Die schönsten Geschichten
aus Tausendundeiner Nacht*
Erzählt von Urs Widmer. Mit vielen Bildern von Tatjana Hauptmann

Hugo Loetscher
im Diogenes Verlag

Hugo Loetscher wurde 1929 in Zürich geboren. Er war seit 1969 als freier Schriftsteller und Publizist tätig und bereiste regelmäßig Lateinamerika, Südostasien und die USA. Hugo Loetscher war Gastdozent an verschiedenen internationalen Universitäten und Mitglied der Darmstädter Akademie für Sprache und Dichtung. 1992 wurde er mit dem Großen Schiller-Preis der Schweizerischen Schillerstiftung ausgezeichnet. Er starb 2009 in Zürich.

Wunderwelt
Eine brasilianische Begegnung

*Herbst in der
Großen Orange*

*Der Waschküchenschlüssel
oder Was – wenn Gott
Schweizer wäre*
Geschichten
Auch als Diogenes Hörbuch erschienen, gelesen von Emil Steinberger

Der Immune
Roman

Die Papiere des Immunen
Roman

Die Fliege und die Suppe
und 33 andere Tiere in 33 anderen Situationen. Fabeln

Die Kranzflechterin
Roman

Abwässer
Ein Gutachten

Der predigende Hahn
Das literarisch-moralische Nutztier. Mit Abbildungen, einem Nachwort, einem Register der Autoren und Tiere sowie einem Quellenverzeichnis

Die Augen des Mandarin
Roman

Vom Erzählen erzählen
Poetikvorlesungen. Mit Einführungen von Wolfgang Frühwald und Gonçalo Vilas-Boas

Der Buckel
Geschichten

Lesen statt klettern
Aufsätze zur literarischen Schweiz

Es war einmal die Welt
Gedichte

War meine Zeit meine Zeit

Außerdem erschienen:

In alle Richtungen gehen
Reden und Aufsätze über Hugo Loetscher. Herausgegeben von Jeroen Dewulf und Rosmarie Zeller

Alice Vollenweider &
Hugo Loetscher
Kulinaritäten
Ein Briefwechsel über die Kunst und die Kultur der Küche

Lukas Hartmann
im Diogenes Verlag

Lukas Hartmann, geboren 1944 in Bern, studierte Germanistik und Psychologie. Er war Lehrer, Jugendberater, Redakteur bei Radio DRS, Leiter von Schreibwerkstätten und Medienberater. Heute lebt er als freier Schriftsteller in Spiegel bei Bern und schreibt Romane für Erwachsene und für Kinder.

»Lukas Hartmann kann das: Geschichte so erzählen, dass sie uns die Gegenwart in anderem Licht sehen lässt.« *Augsburger Allgemeine*

»Lukas Hartmann entfaltet eine große poetische Kraft, voller Sensibilität und beredter Stille.«
Neue Zürcher Zeitung

Pestalozzis Berg
Roman

Die Seuche
Roman

Bis ans Ende der Meere
Die Reise des Malers John Webber mit Captain Cook. Roman

Finsteres Glück
Roman

Räuberleben
Roman

Der Konvoi
Roman

Abschied von Sansibar
Roman

Kinder- und Jugendbücher:

Anna annA
Roman

So eine lange Nase
Roman

All die verschwundenen Dinge
Eine Geschichte von Lukas Hartmann. Mit Bildern von Tatjana Hauptmann

Friedrich Dürrenmatt
Werkausgabe im Diogenes Verlag

Werkausgabe in 37 Bänden mit einem Registerband

Jeder Band enthält einen Nachweis zur Publikations- und gegebenenfalls Aufführungsgeschichte sowie zur Textgrundlage

● **Das dramatische Werk**

*Es steht geschrieben/
Der Blinde*
Frühe Stücke

Romulus der Große
Eine ungeschichtliche historische Komödie in vier Akten. Neufassung 1980

*Die Ehe des
Herrn Mississippi*
Eine Komödie in zwei Teilen (Neufassung 1980) und ein Drehbuch

*Ein Engel kommt
nach Babylon*
Eine fragmentarische Komödie in drei Akten. Neufassung 1980

Der Besuch der alten Dame
Eine tragische Komödie. Neufassung 1980

Frank der Fünfte
Komödie einer Privatbank. Neufassung 1980

Die Physiker
Eine Komödie in zwei Akten. Neufassung 1980

*Herkules und der Stall
des Augias/Der Prozeß um
des Esels Schatten*
Griechische Stücke. Neufassung 1980

Der Meteor/Dichterdämmerung
Zwei Nobelpreisträgerstücke. Neufassungen 1978 und 1980

Die Wiedertäufer
Eine Komödie in zwei Teilen. Urfassung

*König Johann/
Titus Andronicus*
Shakespeare-Umarbeitungen

*Play Strindberg/
Porträt eines Planeten*
Übungsstücke für Schauspieler

Urfaust/Woyzeck
Zwei Bearbeitungen

Der Mitmacher
Ein Komplex. Text der Komödie (Neufassung 1980), Dramaturgie, Erfahrungen, Berichte, Erzählungen. Mit Personen- und Werkregister

Die Frist
Eine Komödie. Neufassung 1980

Die Panne
Ein Hörspiel und eine Komödie

*Nächtliches Gespräch mit
einem verachteten
Menschen/Stranitzky und
der Nationalheld/Das
Unternehmen der Wega*
Hörspiele und Kabarett

Achterloo
Achterloo I/Rollenspiele (Charlotte Kerr: ›Protokoll einer fiktiven Inszenierung‹; Friedrich Dürrenmatt: ›Achterloo III‹) / Achterloo IV / Abschied vom Theater
Mit Personen- und Werkregister

● **Das Prosawerk**

*Aus den Papieren
eines Wärters*
Frühe Prosa

*Der Richter und sein
Henker / Der Verdacht*
Die zwei Kriminalromane um Kommissär Bärlach
Auch als Diogenes Hörbücher

*Der Hund / Der Tunnel /
Die Panne*
Erzählungen

*Grieche sucht Griechin /
Mister X macht Ferien /
Nachrichten über den
Stand des Zeitungswesens
in der Steinzeit*
Grotesken

Das Versprechen
Requiem auf den Kriminalroman /
*Aufenthalt in einer
kleinen Stadt*
Fragment
›Das Versprechen‹ auch als Diogenes Hörbuch

*Der Sturz / Abu Chanifa
und Anan ben David /
Smithy / Das Sterben
der Pythia*
Erzählungen

Justiz
Roman

*Minotaurus / Der Auftrag
oder Vom Beobachten
des Beobachter der
Beobachter / Midas oder
Die schwarze Leinwand*
Prosa
›Der Auftrag‹ auch als Diogenes Hörbuch

Durcheinandertal
Roman

Labyrinth
Stoffe I–III: ›Der Winterkrieg in Tibet‹ /
›Mondfinsternis‹ / ›Der Rebell‹. Vom Autor revidierte Neuausgabe. Mit Personen- und Werkregister
Auch als Diogenes Hörbuch

Turmbau
Stoffe IV–IX: ›Begegnungen‹ / ›Querfahrt‹ / ›Die Brücke‹ / ›Das Haus‹ / ›Vinter‹ / ›Das Hirn‹. Mit Personen- und Werkregister

Theater
Essays, Gedichte und Reden. Mit Personen- und Werkregister

Kritik
Kritiken und Zeichnungen. Mit Personen- und Werkregister

Literatur und Kunst
Essays, Gedichte und Reden. Mit Personen- und Werkregister

*Philosophie und
Naturwissenschaft*
Essays, Gedichte und Reden. Mit Personen- und Werkregister

Politik
Essays, Gedichte und Reden. Mit Personen- und Werkregister

Zusammenhänge
Essay über Israel. Eine Konzeption /
Nachgedanken
unter anderem über Freiheit, Gleichheit und Brüderlichkeit in Judentum, Christentum, Islam und Marxismus und über zwei alte Mythen. 1980
Mit Personen- und Werkregister

*Versuche /
Kants Hoffnung*
Essays und Reden. Mit Personen- und Werkregister

Gedankenfuge
Essays. Mit Personen- und Werkregister /
Der Pensionierte
Fragment eines Kriminalromans (Text der Fassung letzter Hand)

*Registerband
zur Werkausgabe*
Chronik zu Leben und Werk. Bibliographie der Primärliteratur. Gesamtinhaltsverzeichnis. Alphabetisches Gesamtwerkregister. Personen- und Werkregister aller 37 Bände

Hartmut Lange
im Diogenes Verlag

»Ein erzählerisches Gesamtwerk, das sowohl mit seiner sprachlichen Qualität, mit seinen gedanklichen Perspektiven wie auch mit seiner humanen Behutsamkeit in der deutschen Gegenwartsliteratur seinesgleichen sucht.« *Die Welt, Berlin*

»Die mürbe Eleganz seines Stils sucht in der zeitgenössischen Literatur ihresgleichen.«
Frankfurter Allgemeine Zeitung

Die Waldsteinsonate
Fünf Novellen

Die Selbstverbrennung
Roman

Das Konzert
Novelle
Auch als Diogenes Hörbuch erschienen, gelesen von Charles Brauer

Tagebuch eines Melancholikers
Aufzeichnungen der Monate Dezember 1981 bis November 1982

Die Ermüdung
Novelle

Vom Werden der Vernunft
und andere Stücke fürs Theater

Die Stechpalme
Novelle

Schnitzlers Würgeengel
Vier Novellen

Der Herr im Café
Drei Erzählungen

Eine andere Form des Glücks
Novelle

Irrtum als Erkenntnis
Meine Realitätserfahrung als Schriftsteller

Gesammelte Novellen
in zwei Bänden

Leptis Magna
Zwei Novellen

Der Wanderer
Novelle

Der Therapeut
Drei Novellen

Der Abgrund des Endlichen
Drei Novellen

Im Museum
Unheimliche Begebenheiten

Das Haus in der Dorotheenstraße
Novellen

Erich Hackl
im Diogenes Verlag

Erich Hackl, 1954 in Steyr geboren, hat Germanistik und Hispanistik studiert und ein paar Jahre lang als Lehrer und Lektor gearbeitet. Seit langem lebt er als freier Schriftsteller und Übersetzer in Madrid und Wien. In seinem literarischen wie publizistischen Schaffen geht es Hackl darum, Fäden zu knüpfen zwischen denen, die sich mit heutigem Unrecht nicht abfinden, und jenen, die sich schon früher empört haben und damit nicht allein bleiben wollten. Seinen Erzählungen liegen authentische Fälle zugrunde.

»Ein besessener Rechercheur und Grenzgänger zwischen Literatur und literarisch-historischer Reportage.« *Frankfurter Allgemeine Zeitung*

»Erich Hackl erzählt souverän und stilsicher.« *Der Tagesspiegel, Berlin*

Auroras Anlaß
Erzählung

Abschied von Sidonie
Erzählung

Materialien zu Abschied von Sidonie
Herausgegeben von Ursula Baumhauer

König Wamba
Ein Märchen. Mit Zeichnungen von Paul Flora

Sara und Simón
Eine endlose Geschichte

In fester Umarmung
Geschichten und Berichte

Entwurf einer Liebe auf den ersten Blick
Erzählung

Die Hochzeit von Auschwitz
Eine Begebenheit

Anprobieren eines Vaters
Geschichten und Erwägungen

Als ob ein Engel
Erzählung nach dem Leben

Familie Salzmann
Erzählung aus unserer Mitte

Dieses Buch gehört meiner Mutter

Drei tränenlose Geschichten